KB082870

단풍은 락엽이 아니다

단풍은 락엽이 아니다

리희찬

아시아

차례

일러두기

1. 소설 본문은 띄어쓰기와 일부 부호를 제외하고는 북한의 어문법에 따르는 것을 원칙으로 삼았다.
2. 북한에서만 쓰는 단어와 남한에서 익숙하지 않은 단어가 처음 나올 때 괄호 안에 설명을 넣었다.
    예) 기름사탕(캐러멜), 마지크(매직펜), 말밥(구설수), 허재비(허수아비)
3. 남한에서는 과도하게 사용하고, 북한에서는 과도하게 사용하지 않는 '두음법칙' '사이시옷' 등도 단어가 처음
    나올 때 괄호 안에 남한 어문법에 따라 표기하였다.
    예) 락엽(낙엽), 녀의사(여의사), 련애(연애)
        사위감(사윗감), 아래목(아랫목), 후날(훗날)
        휴계실(휴게실), 필림(필름), 페지(페이지)
4. 독자들의 편의를 위하여 책의 맨 뒤에 표기법이 다른 단어와 남한에서 익숙하지 않은 단어들을 가나다 순으로
    실어 찾아보기 쉽게 하였다.

단풍은
락엽이 아니다

리희찬 지음

1. 재미나는 집

　푸르싱싱하던 산발들이 어느덧 불그스레해지기 시작한 지도 벌써 여러 날 째가 되였(었)다.

　멀리 높은 산정에 바라보이는 빨간 단풍들은 저녁노을의 빛을 받아 마치 봉화재의 불길이 하늘 높이 솟아오르는 듯하였다.

　거리에 두 줄로 쭉 뻗어간 은행나무의 노란 단풍들은 그것대로 또 얼마나 황홀한지……

　한 해 동안을 잠시도 쉬지 않았던 산천초목들이였다.

　저마다 제 모양대로의 고운 꽃을 피워 사랑의 열매를 낳았으며 푸른 잎사귀를 펼치여 그 열매를 자래웠고(길렀고) 지금은 뜨거운 열정을 다 기울여 저를 대신할 후대, 제가 낳은 열매를 마지막까지 충실히 여물구기(여물기) 위해서 저렇게 자기를 불태우고 있는 것이다.

　사람들은 흔히 단풍을 바라보며 아, 벌써 마지막 모습이구나, 꽃같이 고운 저 단풍도 이제 락엽(낙엽)이 되여 없어지겠지 하고 생각한다.

　그러나 단풍은 락엽이 되여 영영 없어지는 것이 아니라 자기의 아름다운 모습을 그대로 남긴다.

이제 저 꽃같이 고운 단풍이 설사 락엽이 되여 우수수 바람에 날려 떨어진다 해도 여태 품 들여 무르익힌 알찬 열매들을 대지에 힘껏 뿌려놓아 우리의 아름다운 거리와 유정한 산천들에 저와 똑같은 모습들을 활짝 피워놓게 될 것이다.

그리고 보면 푸르던 좋은 계절도 락엽 지면 볼품없노라 하고 구슬프게 읊었던 옛사람들의 풍월도 그리 꼭 맞는 소리는 아니였다. 이 아름다운 산천을 쉬임 없이 꽃피울 사랑의 열매를 여기 풍요한 대지에 심어주거니 어찌 볼품없는 계절이라 할 수 있으랴.……

보라, 저 가로수 밑으로 쌍을 지어 걸어오고 걸어가며 거리에 웃음꽃을 가득히 날리는 우리 젊은이들의 의젓하고 끌끌한 모습을…… 저 젊은이들도 저만큼 자라서 이 땅의 주인으로 남겨놓을 때까지는 역시 숱한 품이 들었을 것이다.

어찌 보면 살아 숨 쉬는 세상 만물들은 모두가 다 자기의 모습을 세상에 남기기 위하여 저를 깡그리 바치고 있는 것은 아닌지.……

희슥희슥한 반백에 도수 높은 두툼한 안경을 무겁게 걸친 홍유철도 지금 창밖을 내다보며 사람이 세상에 났다가 무엇인가 남기는 것이 있어야 한다는 생각을 하고 있었다.

이것은 젊은 시절부터 오늘까지 변함없이 소중히 간직해온 홍유철의 아름다운 리상(이상)이였다.

그 좋은 꿈이 간직되여 있었기에 고려약생산관리국 부원으로부터 제약공장 지배인(공장, 기업소들을 행정적으로 책임지는 사람)에 이르기까지 거의 한생을 행정사업으로 들볶이우면서도 여러 건의 가치 있는 론문(논문)들을 내놓았고 지금은 림상(임상)실천에 크게 도움이 될 수 있는 현대 나노기술에 의한 약물과 고려약물의 배합치료효과에 대한 의의 있는 박사학위론문을 마지막 단계에서 집필을 다그치고 있는 것이다.

지배인은 아무나 할 수 있는 하나의 행정사업으로서 제가 아닌 다른 사람이 이 의사에 앉아서도 자기 하던 일을 그대로 아니, 훨씬 더 잘해 나갈 수 있을 것이라고 생각하였다. 그러나 자신만이 할 수 있는 일, 그래서 이것만은 내가 세상에 남긴 것이라고 떳떳이 말할 수 있는 그 무엇인가를 가졌을 때에야 세상에 났던 보람도 있는 것이라고 생각하는 홍유철이였다.

그런 점에서, 지금 완성 중에 있는 이 론문이 학계의 인정을 받아 박사학위를 가지게 된다면 그것이 바로 세상에 났다가 자기를 남기는 것이라고 굳게 믿었다.

때문에 그는 약품생산을 위한 전투지휘도 그저 행정실무에만 매달리지 않고 학위론문을 완성하기 위한 학술적 탐구와 잘 결부해서 밀고 나가야 하겠다고 생각하였다.

한창 이런 생각을 하고 있을 때 등 뒤에서 부드러운 녀인(여인)의 목소리가 들려왔다.

"지배인 동지, 명상에 잠긴 그런 심각한 모습은 지배인 동지에게 좀 덜 어울리지 않습니까?"

돌아보니 안해(아내)가 어느새 자기가 방금 일어선 의자에 걸터앉아 두툼한 원고에 무엇인가 써넣고 있는 것이다.

홍유철의 안해 진순영은 대학을 다니던 그 시절까지만 해도 이만한 롱(농)을 제가 먼저 하는 것은 고사하고 남들의 우스개소리(우스갯소리)를 받아들일 만한 그릇도 전혀 못 가진 새침데기였다. 간혹 남학생들이 "요새 순영 동무가 별로(따로 별나게. 또는 따로 특별히) 고와지는데……" 하고 롱을 하면 "놀리는 거예요?" 하며 새파래져서 다음 말이 이어지지 못하고 오히려 한마디 롱을 했던 쪽이 무안해서 저절로 돌아서게 만들어주군(곤) 하던 그런 얼음조각 같은 처녀였다고 할가(까). 문학예술 부분에서 흔히 쓰는 말에 비유하면 심각한 정극 양상의 처녀였다고 할지……

그러던 진순영이가 홍유철이와 결혼하여 30여 년 세월을 함께 살면서 이제는 남편을 닮아 가는지 흔히 주고받는 보통 말에도 유모아(유머)의 옷을 곧잘 입히군 하였다.

홍유철은 별로 웃는 법을 몰랐다. 노상 무표정한 인상이였는데 웬일인지 그가 한마디 할 때마다 옆에서 듣는 사람들은 와— 하고 웃음을 터뜨리군 하였다. 홍유철이 오히려 이 사람들이 도대체 뭐가 우스워서 내가 한마디 하면 저렇게들 좋아할가 하는 의아쩍은 생각이 들어 뻥해질 뿐이였다.

지금도 그는 뻥해서 진순영이를 바라본다.

"아니, 여보! 참, 국장 동지지. 내 학위론문을 공동 집필로 하자는 겁니까? 손까지 척척 대면서……"

"걱정 마세요. 여기에다 내 이름은 안 써넣을 테니. 라틴어 표기가 한 두 자 좀 또렷치 않아서 진하게 다시 새겨드립니다. 이제는 마음이 놓이시나요? 지배인 동지……"

시침을 뻑 따고(떼고) 척척 받아넘기는 솜씨가 이제는 진순영이도 남편을 눌러보겠다는 심산 같기도 하였다.

여기에서는 조금도 안해에게 지려고 할 리가 만무한 홍유철이었다.

"이젠 나를 지배인이라 부르지 말구 박사 선생이라 불러주시오, 국장 동지……"

"네, 네…… 이 학위론문이 통과되면 그날부터 그렇게 불러드리지요. 그러나 아직은 통과되지 못했으니까요. 그럼 외상으로 먼저 그렇게 불러드릴가요?"

하긴 아직도 통과되지 못한 집필 중에 있는 론문인 것만은 사실이였다. 여기서 다음 대답을 찾지 못하면 안해에게 지는 판이였다.

"내적으로는 이미 다 통과된 거나 같다는 걸 모르겠지요? 몇 명의 심사성원들이 이 론문을 읽어보고 환성을 질렀다는 걸……"

"정 소원이라면 그렇게 불러드립시다. 그런데 당신도 남들이 나를 부르는 대로 약국장 선생이라고 제대로 부르세요. 지금부터……"

"예, 예…… 약국장 선생님, 이젠 좀 빨리 일어나서 내게 자리를 내여주시오, 자리를……"

"한 가지 의문 나는 점을 마저 좀 물어보구요."

"어서……"

"머리말에 '새로운 약재의 발견과 발명'이라는 표현이 있는데 그렇다면 발견이라는 것과 발명이라는 것은 서로 어떻게 다른가요?"

"설명해드리지요."

홍유철은 마치 교단에 서서 강의를 하듯 류창하게(유창하게) 내리엮었다.

"발견이 이 세상에 이미 있던 것을 찾아내는 거라면 발명이란 이 세상에 전혀 없던 것을 새로 만들어내는 겁니다. 리해(이해)를 쉽게 하기 위해서 내 가까운 례증(예증)을 들어 설명드리지요. 당신은 나를 찾아냈구 나는 당신을 찾아냈습니다. 이것은 발견이지만 우리 아들 홍경식은 이 홍유철이와 진순영 동지의 '발명품'입니다."

순영은 그만 저도 모르게 킥— 하고 웃어버렸다. 결국 오늘도 남편에게 지고 말았던 것이다. 하긴 하나밖에 없는 아들 때문에 같이 기쁘고 같이 걱정하고 같이 밤잠을 설치게 되는 것을 보면 남편의 말마따나 공동의 발명품이라는 말도 틀리는 소리는 아닌 것 같다.

지금 이 순간도 순영은 남편과 함께 아들 경식에 대한 문제를 의논하고 싶었다.

"여보, 당신은 그래 우리 '발명품'을 어떻게 하실 생각이예(에)요?"

"어떻게 하다니?"

"아니, 경식이도 이젠 세는 나이로 스물둘이예요. 그런데 아직 대학에도 못 가……"

"여보, 내가 왜 그 애를 원자재공급소 창고원 자리에 넣어준 것 같소?"

"거야 나도 알지요. 시간두 좀 많구 비교적 편안한 자리에 넣어서 그새 입학시험 준비랑 착실히 시키자는 걸 내가 왜 모르겠어요. 그런데 그 자리가 글쎄 늘 돌격대에 뽑혀 다니는 자리 같기도 해서……"

진순영은 순간에 납덩이같은 것이 가슴을 꾹 누르는 듯하여 얼굴마저 찡그리였다.

"지금 그 돼지목장 확장공사에 나가 일하면서 얼마나 피곤했으면 애가 요새 음식 맛까지 다 잃구…… 가뜩이나 편식이 심한데다 입이 잔뜩 받아가지고 뭘 먹는 둥 마는 둥 하니 그러다가……"

홍유철의 얼굴도 금시 어두워졌다.

"근심걱정이 그것만이래도 좀 낫겠소. 그 녀석이 거기에 동원 나가서 일이 좀 힘들다고 몰래 자유주의를 하며 돌아가지나 않는지, 무슨 또 말썽을 일으켜서 집단에 걱정거리가 되고 있지나 않는지…… 내 말은 다 안해두 늘 가슴이 달랑달랑해……"

진순영은 이때라는 듯 한걸음 다가앉으며 간절한 눈길로 남편을 쳐다보았다.

"내 그래서 하는 소리예요. 무슨 또 골치 아픈 일이 생기기 전에 차라리 그 공사장에서 빨리 데려 내오는 편이 어때요?"

"여보!"

홍유철은 엄한 눈길로 진순영이를 쳐다보며 딱 잡아뗐다.

"정신 있소? 지금 제일 어려운 곳에 책임일군(일꾼)들의 자식들부터가 앞장서라는데 당신은 그걸 몰라서 그런 소리를 하오? 그따위 오그랑수 (겉과 속이 다른 말이나 행동으로 나쁜 일을 꾸미거나 남을 속여 넘기려는 수법)를 써서 함부로 빼내는 놀음을 벌였다가 말썽이라도 생기면 내 체면은 또 뭐가 되오?”

“그러게 말썽도 생기지 않구 당신의 체면도 깎이지 않으면서 어떻게 좀 조용히 데려 내오는 방도가 없을가 해서 의논해보자는 거지요 뭐.”

“흥……” 하고 홍유철은 너무도 어처구니없어 쓴웃음을 지었다.

“말썽도 생기지 않구 체면도 깎이지 않으면서 빼낸다? 여보시오! 현상모집을 해도 그 답을 찾아낼 사람은 있을 것 같지 않소.”

“현상모집?” 하며 진순영은 갑자기 호호 웃어댔다.

홍유철은 의아해서 안해를 쳐다보았다.

“아니, 뭐가 우습소?”

“우리가 그전에도 가끔 가다 그런 재미나는 내기를 하군 했던 생각이 나서 그래요. 아들을 낳고 이름을 지을 때두 우리가 그런 현상모집 내기를 해서 당신이 당선 됐댔지요? 여보, 그럼 또 한 번 우리 현상모집을 해볼가요?”

안해 쪽에서 먼저 이렇게 우스개소리로 넘어가자 홍유철이도 역시 우스개소리로 받아넘기였다.

“그럼 무슨 현상모집 요강 같은 것이 있어야 할 게 아니겠소. 상품이나 표창 같은 것도 있어야 할 거구.……”

“물론 있어야지요, 있어도 아주 크게……”

“그래 뭘 내겠소?”

“그걸 왜 내게 물어요? 거기에 아직 누가 당선되겠는지도 모르면서…… 오늘은 우선 현상모집의 마감날자(날짜)와 시상부터 먼저 제정하자요."

홍유철은 허허 웃으며 천정에 눈길을 보낸 채 혼자소리(혼잣소리)로 중얼거리였다.

"먼저 상부터 제정하자?"

"여보, 내가 복안을 내놓을가요?"

"어디 한번 들어보기요."

"현상모집의 기간은 3일간, 총화(일 전체를 한데 모아 결산함)는 경식이까지 참가하여 우리 세 식구, 당선자들에게는 '모범부모 칭호'를 수여하며 총화 뒤끝에는 당선자를 축하하여 특별 식사를 마련한다.…… 어때요?"

"모범부모 칭호?"

홍유철은 안해의 말을 다시 받아 외우며 문득 정색해지였다.

"자, 이거 또 은근히 긴장시킨다? 우리 경식의 앞에서 어느 한쪽은 모범부모가 되고 다른 한쪽은 부모 구실도 제대로 못하는 있으나마나한 부모로 평가받는다는 소린데……"

"그러게 '모범부모 칭호'를 받으란 말입니다. 좋은 답안을 내놔가지구……"

"어떤 답안을 찾으면 당선될 수 있을가?……"

홍유철은 천정을 쳐다보며 중얼거리더니 허허 웃었다.

"좋기는 우리 제각기 제출한 두 답안이 신통히 똑같아서 나도 당신도 다같이 '모범부모 칭호'를 받으면 리상적이겠는데……"

"똑같은 답안?" 진순영은 어처구니가 없다는 듯이 남편을 가볍게 흘겨보았다.

"여보, 내가 생각하는 것하고 당신이 생각하는 것하구 언제 한 번 꼭 같은 공통점이 있은 적이 있기나 했어요?"

"있었지! 있어두 우리가 가정을 이루던 첫날부터……"

"예?"

"그래, 우리가 같은 해, 같은 날에 결혼식을 하자고 한 것도 내 생각하고 당신의 생각하구 꼭 같은 공통점이 있었기 때문이 아니였소? 시작부터……"

순영은 이번에도 또 제가 먼저 호호 소리 내여 웃고 말았다.

하긴 그 무엇인가 그들 둘 사이에 귀중한 공통점이 있었기에 홍유철의 말마따나 그들 사이에 결혼이 이루어질 수 있었으며 오늘의 행복한 가정도 생겨날 수가 있었을 것이다.

2. 말없는 고백

대학 박사원(대학원) 1학년에 같이 다닐 때까지만 해도 홍유철이와 진순영은 저들이 서로 사랑하게 되고 장차 결혼을 하여 가정을 이루리라고는 꿈에도 생각해본 적이 없었다.

그들의 결합은 그 누구의 소개결혼도 아니였고 둘 사이에 어느 쪽이 먼저 반해서 따라다는 것도 아니며 누가 누구에게 먼저 고백이라는 것은 더욱 있어보지 못한 참으로 특이한 결합이였다.

진순영은 처녀 시절에 우스개소리를 잘하는 홍유철이와 같은 총각들보다 말 한마디라도 무엇인가 깊은 여운을 남겨주는 무게 있는 말을 하는 그런 총각들에 대해서 남몰래 생각해보기를 좋아하였다.

한 번은 박사원생들이 다 같이 깊은 산속에 약초채취현지실습을 갔던 적이 있었다. 그때 권필이라는 남 동무가 약초를 찾다 말고 멍하니 하늘을 쳐다보며 깊은 생각에 잠겨 있었다.

순영이 의아해하며 물었다.

"동문 하늘에서 약초를 찾아요?"

그제서야(그제야) 권필은 생각에서 깨여나며 빙그레 웃었다.

"순영 동무는 저 나무가지(나뭇가지)에 매달려 있는 새 둥지를 보면서 무슨 생각되는 게 없소?"

"글쎄요, 어느 나라에선가 새 둥지 료리(요리)도 있다는 소리를 들었는데, 왜요? 저 새 둥지에서 만병통치의 특이한 약재를 찾아낼 수 없을가 해서요?"

"허허……" 권필의 허구픈(허전하고 어이없는) 웃음소리는 진순영에게 어쩐지 비웃음처럼 들리였다.

"어릴 적에는 나도 저 둥지를 무심히 보았거던(든).…… 지어는 나무에 기여 올라가서 새들의 보금자리를 마구 헐어버리여 알몸뚱이들이 땅에 떨어져 짹짹거리며 애처롭게 울고 먹이를 구하러 나갔던 엄지들이 돌아와서 새끼를 찾아 밤새 헤매이게(헤매게) 만들구……"

약초와는 영 다른 왕청같은(생각했던 것과는 전혀 엉뚱한) 소리였다. 그러나 그 뚱딴지같은 소리가 진순영이를 어쩐지 좀 쑥스럽게 만들어주었다. 저 동무는 나처럼 그저 약초의 세계만이 아닌 그 어떤 사색의 나래를 펼치고 있구나.

순영은 그 동무와 자기의 차이 나는 이 공간을 무슨 말로써 얼른 메꾸려고 하였다.

"그래 어릴 때 무심히 보았던 저 둥지를 쳐다보니 무슨 생각이 들어요?"

"무슨 생각이 드는가구?"

권필은 아득히 높은 새 둥지에서 여전히 눈길을 떼지 못한 채 혼자소리처럼 뜨직뜨직(말이나 행동이 매우 느리고 더딘 모양) 말을 이었다.

"의지가지(의지)라는 말의 의미가 다시 생각되거던.……"

"예?"

새 둥지에 대한 말을 하다가 의지가지라니 저건 또 무슨 소릴가? 진순영도 그에게서 눈길을 떼지 못한 채 말없이 쳐다보았다.

권필의 목소리는 아까보다 퍽 무겁게 들리였다.

"일본 땅에서 부모 없이 어린 시절을 보냈던 우리 아버지의 운명이였지. 나라 없던 그 세월 왜놈 땅에서 달리는 될 수 없는 것이 우리 아버지의 운명이였어. 바로 저 둥지도 새들의 의지할 데가 아니겠소. 까마득한 나무꼭대기에 매달려서도 추운 동삼(겨울)에 얼어 죽지 않고 굶어 죽지 않는 것이 엄지가 품어주는 저 둥지가 있기 때문일 거란 말이요.……"

그날 순영은 약초를 캐면서도 그가 하던 말이 종일 머리에서 떠나지 않았다. 새삼스레 들어보는 의지가지라는 말이 순영이에게는 생소한 말처럼 들려왔다.

그러나 같은 박사원생인 권필 동무는 나무꼭대기에 매달려 있는 새 둥지를 보면서도 생명을 지켜주고 키워주고 보살펴주는 품을 생각하였다.

순영은 대학졸업증에 4점이 한두 개 있었던 권필을 속으로는 은근히 자기보다 낮다고 생각해왔었는데, 그때부터는 반대로 모든 점에서 자기가 그보다 낮아 보이는 것을 어찌할 수 없었다.

박사원생들 속에서는 평범한 한마디의 말에 깊은 여운을 남겨주는 남 동무들이 퍼그나(퍽) 많았다.

그날도 아침부터 약초를 찾아 산발을 오르내리다나니 어지간히 배들이 고팠었다. 박사원생들은 점심시간이 되자 합숙(여러 사람이 한데 묵는 곳)에서 싸가지고 온 점심밥을 너럭바위 우(위)에 펼쳐놓기 시작했다.

순영은 물통을 들고 샘터로 내려가면서 곁에 서 있는 남 동무를 찾았다.

"정식 동무! 물 뜨러 같이 가자요."

그런데 샘물터 옆에서는 들놀이에 왔던 사람들이 불고기판을 벌려놓고 있었다. 그 사람들 속에 정식의 친구들이 있었다.

"정식이! 마침 잘 만났다."

동무들이 달려들어 그의 팔을 잡아끌었다.

"어쩌다 만났는데 같이 먹자구……"

"아니, 나는 가야 해.……"

"샘물 뜨러온 걸 보니 거기두 점심시간 같은데 뭘 그래? 자, 보라구! 없는 게 없어.……"

"우리 동무들이 기다려서 안 된다니까. 어서들 계속하라구.……"

정식은 힘내기를 하다싶이(하다시피) 하여 겨우 그들에게서 빠져나왔다.

물통을 맞들고 오면서 순영은 그에게 한마디 했다.

"가까운 동무들 같은데 함께 식사할 걸 그랬어요."

"올라가서 우리 동무들하고 같이 먹어야지 뭐."

"내가 동무들한테 말할게요. 오래간만에 만난 친구들 같은데 여기서 식사하세요."

"무슨 소리? 사람은 밤 한 끼를 잘 먹어야 해.……"

잘 먹는다. 이 말의 의미를 진순영은 처음으로 깊이 생각해보았다. 흔히 맛있는 음식을 푸짐히 먹었을 때 잘 먹었다고들 한다. 그러나 사람이 밥 한 끼를 잘 먹어야 한다는 정식 동무의 말에는 높은 인격적 수양이 담겨져 있었다. 이 한마디의 말에 순영은 그 동무를 다시 쳐다보게 되였다.

그런가 하면 어느 하루는 또 박사원생들 전체가 집체적으로 인민군렬사묘를 찾았던 적이 있었다.

그때 어느 한 남 동무가 혼자소리로 이렇게 중얼거리였다.

"여기에 명이 짧아서 일찌기(일찍이) 간 젊음이 어데(어디) 있고 병을 앓아서 숨진 젊음이 어데 있던가!"

그 순간 진순영은 가슴이 찌릿해지였다. 렬사(열사)들의 나이를 생각해보면서 순영은 그저 너무나 애젊은 아까운 나이들이였구나 하고 단순하게 생각했을 뿐이였다. 하지만 남 동무의 말에는 청춘의 참된 삶의 진가에 대한 속 깊은 느낌이 있었다. 그래서 진순영은 방금 그 동무가 혼자소리로 중얼거린 그 말을 토받침(토씨) 하나도 놓치지 않고 그대로 외워두었다.

물론 썩 후에 어느 책을 펼쳐보니 그 비슷한 서정시 한 구절이 있기는 하였다. 하지만 그날 밤 진순영이 잠자리에서 이 말을 다시 외워보느라 여직껏(여태껏) 눈밖으로 흘리였던 그 남 동무의 어리숙한 얼굴이 어쩐지 사색 깊은 얼굴로 눈앞에 다시 바뀌여지기도 하였다.

이런 여운을 남겨준 모습들 가운데 홍유철의 얼굴만은 이불 속에서 단꿈을 꾸는 처녀의 눈앞에 단 한 번도 그려지지 못하였었다.

있었다면 그와는 반대로 어덴가 좀 '모자란다'는 험한 딱지를 붙여주었던 우스운 일이 떠오를 뿐이였다.

그것은 박사원에 들어가기 전 대학졸업시험기간이였다.

진순영이네가 어느 단층집 마을에서 살 때였는데 무슨 참고자료 책을 빌리려고 홍유철이가 집에 찾아왔던 적이 있었다.

어머니는 그가 합숙생이라는 것을 알고 손목을 잡아끌었으나 마음이 어진 홍유철은 굳이 사양하고 선 자리에서 돌아섰다. 하는 수 없이 어머니는 딸의 옆구리를 꾹 찔렀다.

"얘, 인민반에서 도랑을 파놓고 덮개를 아직 미처 씌우지 못했던데 바래라도 주려무나. 안경을 낀 사람치고 밤눈이 어둡지 않은 사람이 없다더라."

진순영은 하는 수 없이 그를 따라나섰다.

그런데 좀 있다가 집에 돌아온 진순영의 흰 달린 옷이 온통 진탕 물투성이였다.

어머니는 눈이 휘둥그래(레)졌다.

"아니, 너 그게 무슨 꼴이냐?"

순영은 화가 나서 투덜거리였다.

"흥, 그 사람이 좀 모자라는 통에…… 이게 뭐람?"

"모자라다니? 옷을 빨면 그만이지 처녀라는 게 남의 총각을 보고 무슨 그런 상스러운 욕이냐?"

"내가 뭐 그 사람이 모자란다고 했나? 도랑을 뛰여넘을 때 채 건느지 (건너지) 못해 거리가 모자랐다는 소리지.……"

"원, 무슨 소린지……"

"글쎄 좀 모자라지 않았나 들어보세요. '여기에 도랑이 있어요.' 하고 내가 먼저 뛰여넘으면서 그 동무한테 미리 말했지요 뭐. 그러니까 글쎄 겁이 얼마나 많은지……"

순영은 어처구니가 없다는 듯 어질어질 걸어가는 홍유철의 걸음을 흉내 내기까지 하였다.

"제가 무슨 무용수라고 이렇게 잦은걸음으로 몇 발자국 나가더니 아직 도랑이 앞에 있는데 이렇게 훌쩍 뛰지 않겠어요? 그러니 글쎄 그 사람이 어데 떨어졌겠어요? 도랑 한복판에 떨어지면서 흙탕물을 나한테 뒤집어씌울 수밖에…… 결국 도랑 너머까지는 거리가 모자랐지요 뭐."

어머니도 이번에는 호호 웃었다.

"내 생각에는 잘못이 너한테 있는 것 같구나. 그 사람이 밤눈이 어두운데 네가 도랑을 건늘 때까지 손목을 좀 잡아주었으면 그런 일도 없었을 거구 이렇게 흙탕물도 뒤집어쓰지 않았을 게 아니냐?"

"어머니도 정말…… 내가 왜 그 사람의 손목을 잡아요?"

이것이 바로 대학 기간과 박사원에 들어와서까지도 홍유철이가 진순영에게 남겨준 인상의 전부였다. 그러다 보니 순영에게는 언제 한 번 홍유철이라는 인간을 두고 혼자 조용히 생각해보는 그런 순간이란 있어본 적이 없었다.

그러던 어느 날이였다.

어머니가 위에 종양이 생겼다는 가슴 철렁하는 진단을 받고 대학병원에 입원하였을 때이다.

진순영은 낮에는 특강과 실습과제를 치르고 밤이면 어머니의 입원실에서 뜬눈으로 새벽을 맞이하여야 했다.

진순영의 그 마음을 헤아려 같은 반의 박사원생들이 다 같이 어머니에게 면회를 왔었다. 그들은 침상에 누워 있는 어머니를 보는 순간 두 눈에 눈물을 머금었다.

그때 마침 중년 나이의 담당의사도 이 호실에 와 있었다.

순영이 또래의 한 처녀 박사원생은 녀의사(여의사)의 팔에 매달리다싶이 하면서 간청하였다.

"선생님, 우리 순영 동무의 어머니를 잘 치료해주세요."

"그럼요. 있는 힘껏 노력해보겠어요."

진순영에게 새 둥지의 이야기를 해주던 권필 동무도 걱정이 가득 담긴 눈길로 녀의사를 쳐다보았다.

"선생님, 지금 병세가 어느 계선입니까?"

녀의사는 잠시 주저하더니 병력서를 내밀었다.

"다들 전문가 자격을 받은 박사원생들인데 자, 한번 보세요."

박사원생들은 빙 둘러서서 병력서를 들여다보며 일반 사람들은 듣고도 알지 못할 라틴어들로 서로 소곤거리였다.

"카르치노마……"

"생검검사표! 쁠류스야, 미누스야? 아하……"

그때마다 어머니는 불안한 눈길로 이 얼굴, 저 얼굴들을 번갈아 쳐다보았다.

이때였다. 어머니의 손목을 잡고 맥을 짚어보던 홍유철이가 다들 들으라는 듯이 한마디 불쑥 내뱉았다.

"오진은 아니야?"

무척 로숙(노숙)해 보이는 담당의사 앞에서 망탕(되는대로 마구) 내뱉는 듯한 홍유철의 이 한마디 때문에 박사원생들은 저마다 얼굴에 모닥불을 뒤집어쓴 듯이 바빠들 하였다.

그래서 녀의사 앞에 사례하는 뜻으로 한 동무가 얼른 홍유철이를 가볍게 질책하였다.

"홍 동무! 비전문가도 아니고 박사원생이라는 사람이 선생님 앞에서 무슨 그런 실례되는 말을 탕탕……"

그러나 홍유철은 그 동무의 질책에 기가 죽기는커녕 오히려 제 딴의 주장을 내댔다.

"이건 내 몸에 밴 습관이 돼서 그랬네. 난치의 병일수록 혹 오진이 아닌가를 다시 한 번 의진해보는 습관을 키우라는 건 우리 어촌마을 명의의 충고였거던."

홍유철이가 말하는 어촌마을의 명의란 다름 아닌 자기의 아버지였다.

그의 아버지 홍수일은 당시 리진료소의 준의였다. 그것도 검정시험을 쳐서 자격을 받은 준의였다. 군사복무 때 대대 위생지도원을 하면서 그 시절에 벌써 반의사 쯤은 된다고 말할 수 있었다.

갑자기 배가 못 견디게 아프면서 다리를 펴지 못하는 환자가 생기면 급성충수염으로, 내장이 꼬이는 듯한 동통이 몇 분 간격으로 반복되면 장불통이라 생각하고 시간을 다투어 군의소에 데리고 갔는데 그때마다 제가 미리 생각한 진단이 어김없이 맞아 떨어지군 하였다. 군의들은 홍수일을 반의사나 다름없는 위생지도원이라고 늘 칭찬해주군 하였었다. 원래 그는 일상생활에서도 남달리 촉기가 빠르고 무슨 일에서나 감각이 예민한 편이었다.

아직은 비록 준의의 자격밖에는 못 가졌지만 이 어촌마을사람들은 홍수일을 대단한 명의로 떠받들어주었다. 손으로 한두 번 꾹꾹 만져보기만 하여도 어디에 무슨 병이 생기였는지 어김없이 정확히 진단한다는 소문이 돌아서 린근(인근) 마을의 여기저기에서까지 환자들이 끊기지 않고 찾아왔었다.

그랬던 '명의'의 유명한 손이 제 병에 대해서만은 크게 오진하는 뜻밖의 일이 생길 줄이야. 자기의 장기에 기본세포를 파괴하는 다른 조직, 장암이라는 어마어마한 진단을 내렸던 것이다. 아직 3기까지는 아니더라도 이미 조기단계는 지나서 종양의 크기가 몇 센치(센티) 몇 미리 정도라는 것까지 속으로 매일같이 계산하고 있었다.

안해가 빨리 큰 병원에 가서 치료대책을 세우자고 발을 동동 구르는데도 홍수일은 고개를 저었다.

"여보, 내가 왜 내 병을 모르겠소? 아무리 큰 병원이라도 현대의학이

도달한 계선이 있는데……"

그는 거의 밥술을 들지 못했고 불면증 때문에 뜬눈으로 밤을 새우다 싶이 하였다. 점점 피골이 상접해지면서 나중에는 몸져누워 혼자 일어서지도 못하는 지경에까지 이르렀다. 이 모든 증상은 그 몹쓸 병이 가져다주는 불가피한 공정이라는 것을 홍수일은 너무나도 잘 알고 있었다.

그때 고등중학교 졸업반이었던 홍유철은 아버지의 머리맡에서 눈물겨운 유언까지 받았었다. 아버지의 목소리는 기력이 너무나 딸려서 겨우 알아들을 정도였다.

"추석날에 할아버지, 할머니의 묘소를 찾는 걸 잊어서는 안 된다. 내가 없어도 너희들을 키우느라 수고가 많은 어머니를 잘 돌보아라.……"

그러다가 그것이 종양이기는 하지만 악성이 아니라는 확진을 받은 그날부터 밥사발도 푹푹 자리를 냈고 밤을 꼬박 새우던 불면증은 무슨 불면증, 그새 밀렸던 잠을 봉창(보충)하는지 아침에도 안해가 흔들어 깨워서야 겨우 일어났다.

"여보, 이젠 그만큼 자고 일어나라요. 빨리 일어나서 우리를 또 머리맡에 불러다 앉혀놓고 유언이랑 남겨야 할 게 아니나요. 우리 유철이한테랑 조상의 산소도 제때에 찾아보구 이 에미(어미)를 잘 돌보라는 당부도 해야겠는데 이렇게 자꾸 쿨쿨 잠만 자면 어떻게 해요? 예? 빨리 일어나서 유언을 하시라요."

홍수일은 말없이 히죽이 웃을 뿐 안해의 익살에 단 한마디의 대꾸도 하지 못하였다. 뭐라고 말할 만한 체면도 없게 되었다.

그러나 그때부터 홍수일은 환자의 심리적 고충을 누구보다 잘 알아주고 같이 아파하는 의사로, 아무리 어마어마한 진단이라도 다시 한 번 머리를 흔들어보고 마지막 확진까지 심사숙고하는 명의로 이 바다가(바닷가)마을에 소문이 자자하게 펴지였다. 아마 누가 학술적으로 정립한다면 환자의 심리상태가 치료반응에 미치는 영향이라고 할지는……

홍수일은 의학대학에 입학하여 집을 떠나는 아들에게 이렇게 당부하였다.

"의학과 함께 사람의 마음을 편안하게 하는 법도 동시에 배워야 한다. 내가 겪어보니 성한 사람도 고치지 못할 병에 걸렸다고 하면 진짜로 죽을 수가 있고 설사 죽을병에 걸린 사람도 생에 대한 희망을 안겨주면 오래 살 수가 있다. 약재와 의술로만은 사람의 탈을 고치지 못한다."

그래서 의학자는 그 어떤 난치의 병일지라도 죽음에 대한 선고를 내리기 전에 이렇게 혹은 저렇게 의진을 해보는 습관을 키워야 한다는 것이다. 단번에 인차(곧) 확진을 서두르면서 거기에만 매달리는 것도 의사로서는 일종의 교만성이고 자고자대의 표현이다, 꼭 명심해라, 이것이 아버지가 늘 당부해주던 말이였다……

그래서 의진을 해보는 건 내 몸에 밴 습관이라는 말이 불쑥 나온 것인데 물론 례의(예의)로 보면 좀 실없는 소리라고 할 수도 있겠지만 그러나 참 이상한 일이 하나 생겼다.

불안한 눈길로 이 얼굴, 저 얼굴을 번갈아 쳐다보던 순영의 어머니가 줄곧 홍유철에게서 눈길을 떼지 않고 있는 것이다. 물론 어머니도 "오진이 아닐가?" 하는 홍유철의 이 한마디에 그 무슨 전적인 기대를 가졌기 때문만도 아니였다.

이제는 자기 운명의 시각을 각오하고 있는 어머니였다. 그러나 가뜩이나 죽음이라는 본능적인 공포와 불안을 안고 있는 마음에다가 친척들과 가까운 사람들까지 쉴 새 없이 찾아와서 벌써부터 가슴 아픈 눈물을 지어 보이거나 동정의 눈길로 말없이 지켜보는 모습을 대할 때마다 어머니는 더 이상 견디여내기가 힘들었던 것이다.

그러던 어머니가 순간이나마 마주 쳐다보기에도 벌써 편안하게 생긴 사람이 제 침대에 척 걸터앉아서 우스개소리까지 섞어가니 저도 몰래 자연히 눈길은 홍유철의 얼굴에만 가게 되였다.

"자네 졸업반 때인가 우리 집에 한번 왔던 걸 봤던 생각이 나네. 그때 지짐(부침개) 한 짝(쪽)도 못 먹구 갔지."

"이제 어머니가 다 나아서 퇴원하신 다음엔 오지 말라고 해도 제 꼭 찾아가겠습니다."

위안의 말이라는 것을 어머니는 모르지 않았다.

"나도 내 병을 알아. 그런 날이 올 수만 있다면 얼마나 좋겠나? 자네가 좋아하는 걸 내 손으로 만들어서 잘 대접해주련만……"

"그럼 어머니, 제가 좋아하는 걸 미리 신청해둘가요?"

"뭘 제일 좋아하나?"

"호박지짐입니다. 달짝지근한 호박지짐……"

방금 전까지 "내 병은 내가 잘 알아." 하며 깊은 한숨을 내긋던 어머니

가 차츰 홍유철의 재미나는 이야기에 말리워들어가서 저도 모르게 맞장
구를 치기 시작하였다.

"호박지짐이야 못 지져주겠나? 거야 아무 때건……"

"아무 때가 뭡니까? 호박 철이 아닌 때 제가 찾아가면 그때는 뭘 해주
겠습니까?"

"정말 그렇겠구나. 그때는 뭘 해준다?"

홍유철은 미리 준비나 하고 있었던 듯이 얼른 대답을 이었다.

"감자지짐입니다. 생감자를 채칼에 썩썩 갈아서 좀 설컹하게(설익은 곡
식이나 열매 따위가 씹히는 소리가 나게) 지지면 서걱서걱 씹히는 맛이 달삭하
면서도(달짝지근하면서도) 약간 아릴사한(알싸한) 게……"

"듣고 보니 감자지짐은 아무 때 찾아와도 지져줄 수 있겠구만."

"그런데 참, 어머니! 찾아가더라도 캄캄한 밤에는 절대로 가지 않고
꼭 밝은 대낮에만 찾아가겠습니다."

"그건 왜?"

"도랑창(도랑)에 또 빠지면 어찌(쩌)겠습니까?"

어머니의 입 언저리에 미소가 어리었다.

"참, 그때 그런 일이 있었댔지.……"

"그날 밤 정말 혼이 났습니다. 겨우 불 밝은 큰길에 나서기는 했는데
가로등 밑에서도 통 앞이 보이지를 않더란 말입니다."

"저런, 안경알에까지 흙탕물이 튕겼댔던 게로구만."

그 순간 홍유철은 안경을 척 벗어들었다.

"안경알에 흙탕물이 튕긴 거야 이렇게 닦으면 되지요. 도랑에 털썩 빠질 때 이 안경알이 뚤렁(꽤 묵직한 물건이 바닥에 뚝 떨어지면서 울리는 소리 또는 모양) 빠져나갔단 말입니다."

"저걸 어쩌나……"

"유리가 없는 빈 안경테만 걸치고 겨우 합숙에까지 찾아가던 생각을 하면……"

어머니는 가늘게 소리까지 내면서 웃었다. 마음이 한결 편안해졌던 것이다.

병력서를 둘러싸고 심각해서 수군거리던 박사원생들도 모두 덩달아 허허 웃었다.

진순영이도 오랜만에 처음으로 소리 없이 웃음을 지었다.

그들이 면회를 왔다가 돌아간 그 다음 날 새벽 순영은 어머니 옆에서 깜빡 졸다가 눈을 떴다. 눈을 뜨자바람으로(뜨자마자) 인차 어머니의 얼굴을 찬찬히 들여다보았다.

주름 잡힌 눈까풀(눈꺼풀)은 파르르 떨리였는데 입 언저리에는 알릴 듯 말 듯하게 미소가 그려져 있었다.

"어머니, 뭘 생각하세요?"

어머니의 입에서는 뜻밖의 대답이 나왔다.

"어제 면회 왔던 그 사람의 말이 생각나서…… 참, 편안한 사람이야."

홍유철이라는 것을 순영은 대뜸 알았다.

그는 어제 동무들과 함께 잠간(잠깐) 왔다가 어머니에게 뿐만 아니라 진순영에게까지도 오랜만에 마음 편안한 순간을 만들어주고 돌아갔다.

만사가 다 흥겨울 때는 오래 생각하게 되는 뜻이 담긴 말마디 그리고 마음속에 깊이 간직해두고 가끔 외워도 보고 싶어지는 시적인 표현들…… 그래서 그런 말을 들을 때가 제일 즐거웠고 그런 이야기를 해주는 사람들이 한결 돋보였다.

그러나 살아가느(노)라면 그런 날들만이 있는 것도 아니었다. 지금은 그럴 경황이 없었다. 다만 어머니의 가슴이 바질바질 타 번지는 이야기밖에 다른 할 말이 없었다. 그것도 서로 입을 다문 채 눈물을 삼키며 마음속으로만 서로 말을 주고받아야 하였다.

"어머니, 정말 우리 어머니가 나를 두고 세상을 떠나실까. 아버지도 없는 나를 혼자 두고 가자니 어머니의 마음이……"

"순영아, 이제 어떤 신랑감이 생겨서 살아가겠는지. 에미가 해줘야 할 일두 다 못해주구 정말 죄스럽구나.……"

이런 가슴 허비는 이야기가 밤낮으로 말없이 이어진다고 생각할 때, 이런 때 필요한 말이 따로 있고 그런 말을 해줄 수 있는 사람도 따로 있다는 것을 진순영은 난생처음으로 알게 되였다. 그런 사람이 있다면 순영은 지금 만사 제쳐놓고 그에게 매달리고 싶었다. 그 사람은 바로 어머니의 꼭 다문 입 언저리에 미소를 그려준 홍유철이였다. 어머니의 그 말없는 미소가 한순간이나마 진순영의 마음 또한 얼마나 편안하게 해주었는지 모른다.

진순영은 합숙에 들어가는 한 동무에게 쪽지편지 한 장을 보내였다.

"홍유철 동무, 한창 론문 집필에 바쁠 때인데 정말 미안해요. 저녁시간에라도 소풍하는 겸 입원실에 잠간 들려주면 고맙겠어요. 물론 우리 어머니 때문입니다. 기다려요. 진순영."

홍유철은 그 쪽지를 호실마다 들고 다니였다.

"이걸 좀 보라. 진순영 동무가 어머니 때문에 나를 좀 와달라는데 뭐가 필요한지 알구 가야 할 게 아닌가? 뭘 준비해가지구 가면 좋겠는지 좀 생각되는 게 없어?"

"글쎄……" 하며 모두들 고개를 기웃거리였다.

누구도 진순영의 속을 알 수가 없었다.

한두 명의 처녀 박사원생들만이 알만 한데 말은 안 하겠다는 듯 돌아서며 능청스럽게 고개만을 천천히 끄덕이였다.

"우리 새침데기가 그랬댔구나.……"

홍유철은 끝내 쪽지의 의문을 풀지 못한 채 저녁이 다 되여서야 사이다 서너 병을 구럭지(끈으로 그물처럼 떠서 물건을 넣게 만든 용기)에 사들고 입원실에 나타났다.

진순영의 어머니는 뜻밖에 나타난 홍유철이를 보더니 침상에서 일어나려고까지 하였다.

"아니? 어머니!……" 홍유철은 급히 다가가서 어머니를 도로 눕히고 손맥부터 집어보았다.

"어제보다 한결 맥박이 고르로와졌습니다(한결같이 골라졌습니다)."

"그래?"

어머니는 한동안이나 홍유철을 쳐다보더니 나직한 목소리로 다시 이었다.

"자네는 왜 약학 공부를 했나? 혼자 돌아앉아서 약 짓는 일이야 우리 저 새침데기 같은 순영이나 할 노릇이구 자네같이 자상한 사람은 환자를 다루는 의사가 되였으면 더 좋았을걸.……"

"저같이 밤눈이 나쁜 놈이 의사가 되면 생사람을 다칩니다. 제 대학 졸업반 때 어머니네 집에 갔다가 도랑에 빠진 것도 사실은 이 눈 때문에……"

"호호, 그렇지만 밤눈이 어둡다구 대낮에 환자도 못 볼가?"

"그렇지도 않습니다, 어머니. 그전에 어떤 일이 있었는지 압니까?"

홍유철이가 너무도 정색해서 말하는 통에 그의 이야기는 모두가 다 진짜처럼 들리였다.

"늦은 가을철에 어떤 량반(양반)이 하늘소를 타고 령길(영길)을 내려오는데 찬바람이 가슴팍에 새여들어서 막 싫거던요. 그래 저고리를 벗어서 옷고름이 잔등(등) 쪽에 가게 돌려입었단 말입니다."

이 우스개소리는 어데서나(어디서나) 그리고 누구나 다 아는 이야기였다.

"그런데 어머니, 그 하늘소가 그만 아차 넘어지는 통에 끄덕끄덕 졸던 량반이 골짜기로 굴러 떨어져서 운신도 못하게 되였지요. 마침 일이 될 때라 명의라고 자처하는 령감(영감)이 령길을 오르다가 그를 발견했습니다. 그런데 그 의원 령감도 나처럼 밤눈이 몹시 어두웠나봅니다. 어둠 속에서 서둘러 들여다보니 글쎄 잔등에 저고리 고름이 매여 있거던요.

36

아뿔싸, 이 사람이 목이 비뚤어졌구나 하고 얼굴을 잡아 돌리니 량반 나리가 고함을 질렀을 게 아닙니까? 그때마다 의원은 '량반님, 살겠으면 좀 참으시오.' 하며 얼굴을 무작정 저고리 고름하구 일직선이 되게 돌려놨습니다. 그런즉 그 량반의 목숨이 어떻게 됐겠습니까?"

순영의 어머니는 처음으로 소리 없이 웃었다. 그런데 밤눈이 멀어서 그만 량반 나리의 명줄을 끊어버렸다는 이야기를 들을 때는 그 내용이 눈앞에 방불히 펼쳐지는 듯하여 나중에는 끝내 호— 입을 열고 웃고야 말았던 것이다.

이때를 같이 하여 이 구석, 저 구석에서 키득거리는 소리가 들려왔다. 호실에 같이 들어 있는 환자들이였다. 순영의 어머니를 내놓고 두 명의 녀인들이 또 있었는데 한 명은 50대의 뚱뚱한 중년 녀인이였고 다른 한 명은 30대에 갓 들어섰을 젊은 녀인이였다.

지금까지는 옆 사람에게 면회들을 오면 조용히 돌아눕군 하던 두 녀인들이였다. 그런데 지금 이 두 녀인들은 마치 약속이나 한듯 키득키득하며 동시에 홍유철이를 향해 일어나 앉았다. 하긴 온종일 침대에 누워 있어야 하는 환자들만큼 가슴 답답한 시간을 보내는 사람들은 없을 것이다.

웬만한 아픔은 참고 견디여내는 것이 녀인들이다. 어쩔 수 없이 환자복을 입고 병원침대에 누워서도 숱한 근심걱정을 안고 있는 것이 또한 녀인들이다. 아이들 걱정, 남편 걱정…… 가지각색의 근심걱정에 온종일 무거운 마음들이였을 것이다. 그러다나니 자연히 무겁고 침울했던 환자호실의 답답한 공기가 어쩌다 웃음소리에 밀려나게 되고 벽을 향해 돌아누웠던 이 두 녀인들도 잠시나마 괴로운 번민들을 털어버릴 수 있었던 것이다.

"저녁식사 들어갑니다." 하며 쟁반을 들고 조용히 들어서던 간병원(간병인) 녀인도 괜히 덩달아 히죽이 웃어보였다.

"이 호실에서 무슨 재미나는 일이 생긴 모양이네."

간병원 녀인이 나가자 홍유철이 벌떡 일어섰다.

"자, 그럼 식사들을 맛있게 하십시오."

그 순간 "아니?……" 하며 뚱보 녀인이 침대에서 내려섰다. 무엇 때문인지는 잘 몰라도 호실의 그 어떤 귀중한 것이 날아나 버리는 듯한 아쉬움이라 할지…… 그래서 뚱보 녀인은 저도 모르게 홍유철이를 못 가게 막아 나섰다.

"기숙사생 같은데 여기서 우리하고 같이 들자요. 자, 여기에 없는 게 없수다."

뚱보 녀인은 사물함에서 여러 가지 빵이요, 과일이요 지어 통졸임(통조림)과 마른명태까지 정말 없는 것 없이 갖가지 음식들을 원탁 우에 내놓았다.

어느새 30대의 날씬한 젊은 녀인은 홍유철의 손목을 잡아끈다.

"앉으라요. 어서 앉으라는데……"

순영은 제가 하고 싶은 간절한 말을 앞질러 대신해주는 두 녀인이 얼마나 고마왔는지 몰랐다.

순영은 마음속으로 아까부터 이렇게 말하고 있었다.

'홍 동무, 좀 더 같이 있어줘요. 어머니를 제 혼자서 쳐다보기가 너무 힘겨워 그래요. 동무가 옆에 있으면 우리 어머니가 한결……'

그러나 처녀의 입에서 이 말은 좀처럼 나오지 못하였다. 평상시에 거의 무시하다싶이 눈밖으로 지나 보낸 홍유철이였던 것이다.

순영은 이런 안타까운 마음을 안고 두 녀인의 뒤전(뒷전)에 서서 말없이 홍유철이와 어머니만을 지켜보고 있었다.

어머니도 문 쪽을 향해 돌아누우며 손짓까지 하였다.

"원탁을 여기 내 옆에 끌어다놓고 둘러앉게나."

침대에 누워서도 한축 끼워서 참여하고 싶다는 의사였다.

순영이도 더는 참지 못하고 말없이 원탁을 들어 어머니의 침대 옆으로 옮겨갔다.

뚱보 녀인은 출입문 쪽을 슬쩍 한번 살피더니 "자, 이런 것두 있수다." 하며 '솔잎술' 상표가 붙은 작은 병을 척 꺼내놓았다.

홍유철은 어쩌는 수 없이 원탁 옆에 놓인 의자에 도로 앉고야 말았다.

"아니, 녀자 입원실에 어떻게 이런 '솔잎술'까지……"

"우리 남편이 면회 오면서 가져온 거네. 퇴근 후에 담당의사 선생에게 가져다주라면서……"

"아니, 여기 담당선생은 녀의사 같던데요?"

"녀자의사지요. 내 집안 망신이기는 해두 한마디 해야겠수다. 우리 남편이라는 사람이 나한테 얼마나 덜퉁한가(성질이나 행동 따위가 찬찬하고 깐깐하지 못한가) 좀 보시우. 전번에 면회 왔을 때 그 담당선생을 만나보기까지 했더랬수다. 뭐 말로는 우리 집사람을 좀 잘 치료해달라고 부탁까지 합디다. 그런데 며칠 새에 녀자의사였다는 걸 감감히 잊어버리구 여보, 퇴근시간이 지난 담에 담당선생에게 꼭 주라구…… 아마 담당선생두 좋아할 거란 말이요…… 이러지 않겠나요. 얼마나 나한테 무관심했으면……"

홍유철은 허허 웃었다.

"그건 안해에 대한 무관심 때문이 아니고 건망증의 표현이지요."

"에이구, 예순한 살에 건망증은 무슨 벌써 건망증?"

"누구나 자기에게는 그런 것이 안 온다고 생각하지요. 그러나 나이 들면 다 그렇게 됩니다. 제 건망증에 대한 이야기를 좀 합시다. 한번은 세 할머니가 모여앉아서 건망증 한탄들을 했습니다. '나는 어떤 때는 아빠트(아파트) 계단으로 한창 내려가다가 가만 있자, 내 지금 어데루 가니? 하고 아무리 궁리해봐두 통 생각이 나야 어쩌지요.' 이 소리에 다른 할머니가 또 '아이구, 그건 아무것도 아니웨다. 나는 옷장을 열어 놓고두 무얼 꺼내려고 했던지 전혀 생각이 나지 않아서 도루 닫는 때도 있네.' 이 소리를 듣고 있던 세 번째 할머니가 그들을 나무라면서 '원, 벌써들 그러면 어쩌나? 나는 아무렇지도 않더라.' 하고 으쓱해서 손가락으로 밥상을 똑똑 두드리다가 제가 지금 밥상을 두드리고 있다는 걸 감감 잊고 '거 문 두드리는 게 누구요?' 하고 소리쳤답니다."

원탁에 둘러앉았던 녀인들이 동시에 호호— 폭발적인 웃음을 터뜨리였다.

그런 중에도 뚱보 녀인이 누구보다 성수가 났다(일이 잘 되어 신이 나서 기세가 올랐다).

"그러니까 우리 주인도 그런 건망증의 증상에서 온 걸가?"

"제 이자(방금) 말하지 않았습니까? 그건 절대로 안해에 대한 무관심이 아니고 건망증 때문일 거라구……"

"그럼 한번 용서를 해줘?"

"그렇지 않구요."

"에이, 이제야 뱃나던(부아가 나던) 게 좀 스르르 내려가는 것 같다."

뚱보 녀인이 자연스럽게 말을 받아 안는 통에 아직 음식을 들기도 전에 원탁에는 벌써 즐거운 분위기가 찰찰 돌기 시작했다.

참, 생활의 이모저모를 들여다보면 서로 모르던 사람들이 빨리 친숙해지는 데는 실로 헤아릴 수 없으리만큼 여러 가지의 계기들이 있다. 렬차(열차)를 타고 가면서 빛다른(색다른) 음식들이랑 같이 나누며 서로 통성을 하다가 친숙해지는 경우도 있고 즐거운 휴양의 나날에 같이 춤추고 노래를 부르면서 친숙해지는 경우도 있고…… 이렇게 즐겁고 유쾌한 생활환경에서는 특별히 품을 넣지 않아도 자연스럽게 인차 서로 친숙해질 수 있다.

그러나 무엇인가 따분하고 더우기는(더욱이는) 공기가 어수선한 환경에서 짧은 한순간에 많은 사람들을 단꺼번에(한꺼번에) 친숙하게 만들어주는 데서는 웃음처럼 그렇게 큰 힘을 주는 것도 그리 흔치 않을 것이다.

병원침상에 누워 있는 환자들에게 웃음을 만들어주어 힘을 내게 하고 마음을 즐겁게 해준다는 것이 아무나 할 수 있는 일도 아닌 것이다.

그래서 이들은 지금 홍유철이를 진순영에게 찾아온 일반면회자라기보다 저네들에게도 꼭 필요한 귀인이기나 한 것처럼 그를 꼭 붙잡아 앉혀놓고 모든 성의를 다 기울이는 것이다.

순영은 지금 말없이 앉아서 이 두 녀인의 덕을 입고 있는 셈이였다.

뚱보 녀인은 얼른 술을 한잔 붓더니 술병을 원탁 밑에 내려놓았다.

"어서 들라구. 남정들치고 이걸 싫어하는 사람이 없더라구. 아직 통제할 색시도 없는데 총각 때나 마음 놓구 하게. ……"

"허허, 그러나 아직 남편의 술을 끊게 한 색시도 이 세상에 없답니다."

홍유철은 잔을 받아놓고 다시 말을 이었다.

"하긴 세상에는 독한 녀자가 있긴 있었던가 봅니다. 남편의 술을 끊어보겠다고 술잔에 벌레를 한 놈 집어넣었지요. 그랬더니 그 벌레가 글쎄 순간에 죽어버렸습니다. 순간 겁에 질릴 줄 알았던 남편이 손벽(손뼉)을 치더니 '여보, 빨리 한잔 부어주오. 이 술이 들어가면 배 안의 벌레들이 순간에 몽땅 죽을 게 아니겠소?' 하더랍니다. 그 안해도 끝내 남편의 술을 못 끊어주었지요."

호호호……

어찌나 웃음소리들이 커지기 시작했던지 복도로 지나가던 간호원(간호사)들이 깜짝 놀라서 문을 열어보다가는 공연히 한 번씩 빨쭉(이가 드러나 보일 듯 말 듯 약간 입을 벌려 소리 없이 웃는 모양) 웃어보이고는 얼른 문을 도로 닫군 하였다.

물론 입원실에서 지나치게 큰소리로 떠들어대는 것은 금지되어 있다. 그러나 복도로 지나가던 의사나 간호원들도 환자들의 방에서 앓음소리나 신음소리보다 웃음소리가 새여 나오는 때면 발걸음도 마음도 한결 가벼워질 것은 틀림없었다. 그래서 복도로 지나가던 간호원들도 이들이 왜 이렇게 좋아하는지 알지도 못하면서 공연히 웃음을 지어 보이고는 얼른 문을 도로 닫아주었던 것이다.

뚱보 녀인이 다시 한 번 권하였다.

"자, 어서 잔을 내라는데……"

"제 아직 이런 걸 배우지 못해서 한잔만 들어가도 숨이 차고 얼굴이 빨개져서……"

"그래도 이게 들어가면 속에 있는 벌레들이 순간에 다 죽는다면서요?"

"그런데 몸에서 받지 못하는걸 보면 내 속에는 아마 나쁜 벌레가 하나도 없는 것 같습니다."

일단 웃음의 발동이 걸린 두 녀인은 홍유철의 별치도 않은 말 한마디에도 좋아라고 깔깔거리였다.

진순영은 그때마다 미소 어린 눈길로 홍유철을 한 번씩 슬쩍 흘기고는 말없이 마른명태를 찢어 그의 앞에 놓아주었다.

원래 무표정한 인상인 홍유철은 좌중에 이렇게 즐거운 웃음을 마련해주고는 라이터를 켜서 명태껍데기를 열심히 구워 먹고 있었다.

드디여 진순영의 입이 처음으로 열리였다.

"홍 동무는 참 고약한 데가 있군요. 찢어놓은 건 들지 않고 굳이 껍데기만 골라서……"

"그래서 사람들이 명태들한테 모진 욕을 먹는 게 아니겠소?"

갑자기 왕청같은 소리에 녀인들은 두 눈이 휘둥그래졌다.

"아니, 명태들이 사람들에게 왜 그렇게 모진 욕을 한답니까?"

"물고기들이 회의를 하는데 갑자기 명태가 일어나더니 사람들을 욕한다는데……"

홍유철은 마치 그 물고기들의 회의에 제가 참석해보기라도 한 듯이 정색해서 이야기를 펼치였다.

사람들은 자기네를 그물로 말끔히 건져서 땅에다 아무렇게나 부리워놓고는 녀자들이 달려들어 빼또칼(주머니칼)로 배를 째더니 알은 뽑아서 명란젓을 만들고 밸은 뽑아서 창난젓을 담그고 까불까불한 고지(명태의 이리, 알, 내장을 통틀어 이르는 말)는 국을 끓여먹고 애(간)를 짜서는 간유를 뽑고 그담에는 코를 꿰서 높은 데 매달아놓고 눈비를 실컷 맞힌다는 것이였다.

그러자 다른 한 놈의 명태가 재차 뒤따라 일어나더니 이자 그것만이라면 또 모르겠는데 실컷 눈비를 맞힌 다음에 눈깔을 뽑아서 간염약을 만들고 망치로 두들겨서 껍데기를 벗겨먹다가 나중에는 그 껍데기까지 불에 태워 구워먹든가 튀겨 먹어버린다면서 기염을 토하더라는 겁니다.

그때 마침 순영은 명태눈깔을 뽑다가 "어마나……" 하며 얼른 도로 놓아버렸다.

어머니는 큰소리로 웃기에는 기력이 딸렸던지 두 손을 들어 가볍게 손벽까지 마주쳤다.

홍유철은 시침을 뚝 따며 이렇게 이야기를 결속하였다.

"그러나 다른 물고기들이 그 명태를 가만히 놔두었을 게 뭡니까. 저마다 앞을 다투어 일어나서 명태를 공격했지요. 이놈들아, 그래 세상에서 제일 으뜸가는 사람들이 너희들을 껍데기까지 통채(통째)로 다 먹구 건강들 해서 잘살면 긍지스럽게(보기에 떳떳하고 자랑할 만한 데가 있게) 생각할 대신에 뭐 어쩌구 어째? 돼먹지들 않게……"

두 녀인은 호호 소리 내어 웃으며 맞장구까지 쳤다.

"맞아요. 명태의 말이 맞기야 맞지 뭐. 명태는 마지막에 뼈다구(뼈다귀) 남은 거랑 다 두부장에 넣고 끓여먹어두 구수한 게 우리 주인은 그 이상 더 맛있는 장이 없다지 않아요."

모두들 벅적(흥분하여 큰소리로 떠드는 모양) 떠들어대는데 유독 홍유철이만 혼자서 안경을 추켜올리며 부지런히 빵을 먹고 있다.

홍유철은 무슨 이야기든지 상대방이 충분히 납득이 되도록 례증도 들고 유모아나 지어 옛적의 패설까지 섞어가며 구수하고 재미나게 말을 해서 모인 자리를 즐겁게 해주고는 제꺽 눈을 내리깔고 입을 꾹 다물어버리군 하였다. 그리고는 누가 먼저 말을 시키기 전에는 먼저 입을 여는 때가 거의 없었다. 지금 바로 그러한 공간이였다.

이 공간을 먼저 메꾼 것이 역시 뚱보 녀인이였다.

"마침 여기 의학대학 박사원 선생님들이 둘씩이나 앉아 있는데 한 가지 좀 방조(도움) 받자요."

이렇게 기분을 띄워주고는 홍유철이와 진순영이를 번갈아 쳐다보았다.

"우리 아들 녀석도 의사를 시켜볼가 하는데 어떤가?"

순영이가 먼저 입을 열었다.

"집안에 의사가 하나 있는 것도 나쁘지 않지요 뭐."

"좋단 말이지. 그런데 총각 선생은 왜 아무 말도 없나?"

"저도 의사 시키는 걸 왜 반대하겠습니까? 그런데 아들애가 머리는 좋습니까?"

뚱보 녀인은 의아해서 쳐다보았다.

"우리 애가 수학 골(지능지수)은 그리 없는데…… 의사도 그렇게 머리가 좋아야 하나?"

"글쎄 보통의사 노릇이야 할 수 있겠지요. 그러나 추리판단의 두뇌까지 있어야 뛰여난 의사가 될 수 있지 그저 환자의 아픈 데나 자꾸 물어보면서 환자의 호소에만 매달려가지고서는 명의가 못되지요."

뚱보 녀인은 또 한 번 의아해서 묻는다.

"아니, 의사 선생들이 진찰을 할 때 어데 아픈가고 자꾸 물어보더구만 뭐,"

"글쎄 물어야 보지요. 하지만……"

그러다가 홍유철은 무슨 생각이 났는지 혼자 허허 웃는다. 그에게서는 거의 보기 드문 일이였다.

모두들 눈이 둥그래서 쳐다본다.

"왜 웃나?"

"환자에게 물어보고서야 무슨 병인지 알아맞춘다는 소리가 나오니 옛날 패설집에서 의원을 전혀 믿지 않았다는 어느 고을원에 대한 이야기를 읽었던 생각이 나서 그럽니다."

분명 또 무슨 재미나는 이야기가 나올 것 같은지 뚱보 녀인이 바싹 다가앉았다.

"무슨 재미나는 이야기 같은데 그래 그 고을원이 어쨌나요, 예?"

"글쎄 어떤 한 원이 자기 고을에 있는 의원들을 다 모아놓고 한바탕 을러멨다는 겁니다. 너희들은 다 가짜 의원들이다. 문진임매하구 병자에게 아픈 데를 깨깨(하나도 남김없이 몽땅) 다 물어본 담에 옷을 벗겨서 그 아픈 자리까지 제 눈으로 상세히 들여다보고서야 무슨 탈인지 겨우 알아맞추는(알아맞히는) 의원도 의원이냐? 그런 의원 노릇은 나도 하겠다. 글쎄 우리 막내딸이 겨드랑이에 무엇이 꼭꼭 찌르는 것 같다구 하기에 마누라가 어느 의원이라는 놈한테 데리고 갔더니……"

이 대목에서 홍유철은 말허리를 뚝 끊었다.

"에익, 이 자리에 처녀가 앉아 있어서 그만두겠습니다."

두 녀인이 안달이 나서 순영이를 볶아대기 시작하였다.

"야참, 순영 아지미(아주머니)! 복도에 잠간 좀 나가주렴.……"

"나갔다가 우리들이 웃는 소리가 나면 그때 좀 들어와 주려무나.……" 그러나 순영은 "흥……" 하며 까딱하지 않고 거의 부동자세로 눈을 내리깐 채 마른 까나리만 집어먹고 있었다.

"홍 동무는 지금 나를 다른 처녀들하고 같이 보는 게 아니예요? 나도 의학을 배우고 약학 전문가의 자격증을 받은 처녀랍니다."

두 녀인들이 홍유철에게 또 졸라대기 시작했다.

"자, 어서요, 어서……"

이 순간 홍유철은 아차, 내가 탈선하고 있구나 하는 생각에 정신이 번쩍 들었다. 그 바쁜 론문 과제까지 미루면서 내가 왜 이 입원실에 오게 되였던가? 순영의 어머니를 위로하기 위해서였다. 아니, 그보다도 순간이나마 어머니의 마음을 즐겁게 해주고 싶은 순영의 간절한 부탁 때문에 여기에 와서 앉아 있게 된 것이다. 그런데 지금 두 녀인이 벅적 떠들며 웃어대는 바람에 고무풍선처럼 붕 떠서 순영이를 잊고 있는 듯한 미안한 생각이 들었다.

홍유철은 의자에서 얼른 일어나 어머니의 침대에로 다가갔다.

"자, 이젠 그만하고 어머니! 좀 봅시다."

홍유철이가 맥박을 짚어보려고 손을 내미는 순간이였다. 어머니는 얼른 그의 손을 잡아 쥐며 간청하는 듯한 눈길로 홍유철을 쳐다보았다.

"나는 지금 일 없어. 자네 이자 무슨 재미나는 이야기를 하려다가 그만둔 것 같은데 그 이야기나 마저 좀 들려주게나."

더욱 놀라운 것은 진순영이였다.

"그럼 내가 잠간 나갈게 홍 동무! 방금 그 이야기를 우리 어머니한테 마저 좀 해드려요."

"아니, 아니…… 한번 해보는 소리지 무슨 나가기까지야……"

홍유철은 진순영을 도로 눌러 앉히였다. 어머니의 안정에 다소라도 도움이 되고 순영의 마음을 편안하게 해주는데도 잠시나마 이바지된다니 방금 미안하게 생각되였던 마음도 한결 가벼워지며 홍유철은 끊어졌던 이야기를 다시 이어놓았다.

고을원의 이야기인즉 그 의원이라는 녀석이 제 막내딸의 저고리를 벗겨보더니 아하, 겨드랑이에 지금 털이 날가 말가 하누만, 이제 다 나오면 찔러주지 않을 거다 하고 진단을 내렸다고 한다.

이 소리를 들은 고을원은 노발대발하며 고을 안의 의원들을 다 모여놓고 호통을 쳤다.

이제부터 너희들 가운데서 진짜 의원과 가짜 의원을 골라내겠다. 저기서 그네와 널뛰기를 하는 계집들을 여기에 다 모이게 할 터이니 당사자들에게 물어보지 말고 그 가운데서 겨드랑이에 털이 날가 말가 한 계집을 알아내야 한다. 알아내지 못하면 그건 마땅히 가짜 의원이라 하겠다. 알아들었느냐?

그 말이 떨어지자마자 여기저기에서들 아니, 물어보지도 아니하고 눈으로 보지도 아니하고 어느 귀신이 그걸 알아낼고 하면서 수군수군들 했다.

그런데 아이 티를 금시 벗은 듯한 애송이 총각 의원이 척 나서더니 제가 당장 알아내겠노라고 했다. 그는 처녀애들이 모인 앞으로 다가가더니 이중에서 겨드랑이에 털이 난 계집들은 오른쪽에 서고 아직 나지 않은 계집들은 왼쪽에 서라 하고 소리쳤다.

그 순간 와 하고 량켠(양편)으로 갈라지는데 어느 쪽으로 가야 할지 몰라 중간에서 왔다 갔다 하며 갈팡질팡하는 처녀들이 몇 있었다.

이 총각 의원은 남은 처녀들을 가리키며 바로 저 계집들이라고 말했다. 고을원은 그들을 불러다가 너희들은 왜 오른쪽에도 안 서고 왼쪽에도 안 서고 중간에서 왔다 갔다 하느냐고 물었다.

그러자 처녀들은 하나같이 이렇게 대답하였다고 한다.

"원님! 털이 날가 말가 한 우리들 같은 건 어느 쪽에 서야 하나요?"

고을원은 드디어 무릎을 탁 쳤다. 아, 우리 고을에도 과시(과연) 의원다운 의원이 노상(아주 또는 전혀) 없지는 않도다.……

이 대목에서 두 녀인은 배를 그러쥐며 깔깔 웃어댔다. 뚱보 녀인은 허리를 굽히고 뱅글뱅글 돌다가 침대에서 굴러 떨어질 번하기까지 하였다.

여기에다 홍유철이 또 한마디 덧붙였다.

"보십시오. 명의가 되자면 의술뿐만 아니라 머리도 좋아야 하지 않겠습니까?"

뚱보 녀인이 이 말에 맞장구를 쳤다.

"그 말을 듣고 보니 우리 녀석은 안 되겠어. 제 아버지를 닮아서 골두 잘 돌지 않지, 성질까지 꽁하지, 아예 포기하구 마는 수야."

홍유철은 정색해서 손을 내저었다.

"포기는 왜 하겠습니까. 걱정 마십시오. 이자 그건 옛말이구요, 이제는 우리 의학에도 최첨단 기술이 도입돼서 환자가 말을 안 해도 기계가 척척 다 알아냅니다. 아주머니는 그저 병을 깨깨 다 털고 나가서 식당 주방장 일을 잘하고 아드님도 제가 희망하는 공부를 시켜서 유명한 의사로 키우십시오."

"그럼 나도 명의의 어머니라는 소리를 어디 한번 들어봐? 호호, 오늘 실컷 웃고 큰 힘을 얻었다."

순영의 어머니는 제 침대에 걸터앉은 홍유철의 등을 정답게 쓸어주었다.

"골이 좋기는 우리 이 총각 선생이야! 이야기를 척척 만들어내는 걸 보면 봉이 김선달이 찜 쪄 먹거던. 참, 이자 뭐라고 했더라? 원님! 털이 날가 말가 한 우리들은 어느 쪽으로 가야 하나요? 호호……"

순영이도 한참이나 웃고 나서 홍유철이를 향해 가볍게 눈을 흘기였다.

"홍 동문 정말 엉터리네. 그런 싱거운 이야기는 또 어데서 다……"

가볍게 살짝 흘기는 처녀의 두 눈에 담긴 유정한 미소를 어떻게 표현해야 할지? 그러나 홍유철은 정이 넘치는 처녀의 그 눈길을 마주 보지 못하였다.

홍유철은 보통 때에도 처녀들의 눈길을 피하는 데 늘 습관 되여 있었다.

홍유철이 잠자코 있는데 옆에서 두 녀인이 진순영을 동시에 몰아대기 시작하였다.

"아니, 그 얘기가 어째서? 남자들이 운동할 때랑 작업할 때랑 보면 런닝그(러닝셔츠) 바람에 겨드랑이를 다 드러내놓기도 하두만 뭐."

뚱보 녀인의 말에 젊은 녀인도 뒤질세라 맞장구를 쳤다.

"그러게나 말이예요. 저도 웃을 건 다 웃어놓구서는…… 그래 순영 아지미는 유모아도 분간 못하나?"

홍유철은 진순영의 눈길을 외면하느라고 얼굴을 어떻게 건사할지 몰라서 갈팡질팡하며 변명하듯 혼자 중얼거리였다.

"에이 참, 그래서 내 여기에 처녀가 하나 앉아 있길래 말을 안 할가 했는데 그만……"

"어마나, 저 총각 선생의 얼굴이 새빨개진 걸 좀 봐라."

"아니, 그렇게 쫄나가지구 이담에 처녀의 손목인들 제대로 잡아 낼가?"

두 녀인은 처녀의 앞에서 부끄러워 어쩔 줄을 몰라 쩔쩔 매고 있는 홍유철이를 바라보며 다시 웃음보를 터뜨렸다. 참으로 순진하고 어진 총각에 대한 애정이 담긴 웃음이기도 하였다.

순영의 어머니는 어린애같이 천진하고 순진한 홍유철의 얼굴을 들여다보는 데 정신에 아픔도 다 잊은 듯 줄곧 미소를 짓고 있었다.

이러는 새 저녁시간도 퍼그나 흘렀다.

홍유철은 무겁고 침침했던 호실에 즐거운 웃음을 가득히 채워주고 거의 밤 11시가 되여서야 기숙사로 돌아갔다.

웃다가 자는 잠보다 더 좋은 진정제는 아직 세상이 만들어내지 못했다고 한다. 하루 종일 침상에 누워서 자기의 몸에 생긴 병을 걱정하느라면 가슴은 두근거리다 못해서 숨마저 가빠지고 거기에 아이들 걱정과 남편에 대한 근심까지 덧쌓이면 설사 잠이 좀 들었다 해도 심장과 뇌수는 여전히 무겁고도 위험한 부담을 안고 있어야 했던 환자들이였다. 고도로 긴장되여 있는 이 팽팽해진 신경은 오직 횡격막 진동으로만 풀어줄 수 있는데 그 어떤 운동과 그 어떤 약도 횡격막만은 진동시키지 못한다고 한다. 그러나 인간에게는 또한 그 어떤 운동이나 약으로도 길들이기 힘든 그 횡격막을 순간에 움직일 수 있는 저항도 가지고 있다. 그것이 바로 웃음이다. 한번 크게 웃을 때 횡격막은 1초 사이에 거대한 진동파를 이루는데 그것은 팽팽해진 심장신경과 뇌신경을 순간에 풀어줄 수 있다. 그래서 어느 한 나라의 신경병원에서도 잠자기 전 웃음치료법을 널리 도입한다는 소리까지 나왔다.

어쨌든 웃다가 잠들면 어지러운 꿈도 꾸지 않고 푹 깊이 잠들게 되니 하루밤(하룻밤)을 편안히 잠재워주는 이 웃음의 도움도 여기 병상에 누워 있는 녀인들에게 있어서는 결코 적은 것이라 할 수도 없을 것이다.

홍유철은 이렇게 진순영이와 그의 어머니를 그리고 아무런 인연도 없는 두 녀인들까지 발편잠(근심걱정 없이 마음 놓고 편안히 쉬는 잠)을 재워주고 밤늦게야 기숙사에 돌아가서 잠자리에 들었다.

이제는 그가 오지 않으면 이 입원실의 무거운 공간을 그 어느 누구도 메꿀 수 없었다. 그 누구보다 정신 육체적으로 이겨내기 힘든 진순영의 가슴에서 한순간이라도 호— 하는 안도의 숨이 나올 수 있게 해줄 수 있는 사람은 지금 당장 홍유철이밖에 아무도 없었다.

우선 어머니부터가 오후시간만 되면 출입문 쪽에 자주 눈길을 보내군 하였다. 그럴 때면 진순영의 마음도 저절로 그가 기다려지며 안타까와지기까지 했다.

그래서 홍유철이가 입원실에 왔다가 돌아갈 때면 매번 똑같은 당부를 하는 것을 놓치지 않았다.

"어찌겠어요. 어머니가 기다리는데 힘들어도 홍 동무가 래일(내일)

또……"

그런데 사흘째가 되도록 그는 나타나지 않았다.

어머니는 문소리만 나도 얼른 그쪽을 향해 돌아눕군 하였다. 그러나 그때마다 간호원이나 간병원이 아니면 두 녀인의 면회자들이였다.

순영은 거의 창문에 붙어있다싶이 하면서 줄곧 밖에만 눈길을 팔았는데 기다리는 홍유철은 사흘이 지나서 나흘째 되던 저녁 무렵에야 나타났다.

반갑다는 도수를 넘어서 진순영은 저도 몰래 짜증부터 냈다.

"아니, 며칠만이예요?"

"삼 일째만이구만."

"보라요. 며칠 쨌지도 모르구 세월 보낸 걸…… 벌써 나흘째예요."

"벌써 나흘째던가. 내 론문에 의견들이 꽉 쏟아져 나오는 통에 정신없이 밤을 새우다나니……"

그것을 짐작 못했던 순영은 아니였다. 그러나 온종일 창문 곁을 떠나지 않고 애타게 기다렸던 순영에게는 그 하루가 정말 백날 맞잡이(대등한 정도나 분량)였다. 그래서 저도 모르게 짜증이 섞인 목소리가 튀여나왔던 것이다. 조만해서 자기의 감정을 내비치지 않으려고 하는 것이 처녀들이라면 일단 또 도수가 넘어서기만 하면 속에 품고 못 견디는 것이 처녀들이기도 하였다. 그것을 가리켜 처녀들은 아, 이제는 나 자신도 어쩔 수 없게 되였어요, 이런 영화 대사 비슷한 한마디로써 자존심이요, 부끄럼이요 하는 것쯤은 순간에 무너지고 만다.

그런 경우를 당해보지 못한 채 아이 둘 셋이나 낳고 사는 녀자(여자)들에 대해서는 뭐 저네들보다 행복하지 못하다고 말한다던가. 그렇다면 약이 바싹 올라 있는 진순영은 지금 행복한 순간을 맞이했다고 말해야 할지. ……

어쨌든 홍유철이가 다시 나타난 것으로써 호실의 무거운 적막도 다시 가셔지고 침울했던 어머니의 얼굴에도 말없는 미소가 자주 그려지군 하였다. 어머니는 홍유철을 위해서 무엇인가 성의를 하고 싶었으나 마음뿐이였지 병상에 누워 있는 몸으로 어찌할 도리가 없었다.

이럴 때 뜻밖에도 신사 풍의 한 중년이 순영의 어머니 앞에 나타났다. 그날은 진순영이도 꼭 참가해야 할 특강이 있어서 박사원에 나가고 어머니가 혼자서 괴로운 시간을 보내던 오전시간이였다.

"어머니, 제 진순길 동무와 같이 일하는 사람입니다."

진순길이란 멀리 해외에 나가서 중요한 사업을 하고 있는 진순영의 오빠였다.

순간 어머니의 두 눈에 물기가 핑 돌았다.

"멀리서 날아왔구만. 그래 우리 애들은 다……"

어머니는 뒤말(뒷말)을 잇지 못했다.

중년은 얼른 다가서며 어머니의 두 손을 꼭 잡아주었다.

"다 잘 있습니다. 손자애랑…… 다만 어머니가 앓으신다는 뜻밖의 소식에 아들, 며느리가 지금 몹시 걱정하고 있습니다."

어머니 때문에 자식들이 몹시 걱정이 되여있다는 데 대하여 상세히 전갈하고 나서 그는 이렇게 다시 이었다.

"진 동무가 맡은 일은 누구도 대신할 수 없는 너무나 중요하고 시간을 다투는 일이 돼서 끝내 자리를 못 뜨고 제가 혼자 왔습니다. 아드님이 온 걸로 생각하시고 제게 아무 부탁이나 해주십시오. 방금 담당의사 선생님도 만났댔습니다. 필요한 약은 다 쓰고 있다는데 그래도 혹시⋯⋯"

어머니는 멀리 있는 자식들 쪽에 근심걱정이 날아갈가봐 애써 미소를 지어보였다.

"병원에서랑 다 잘해주는데 부탁은 무슨 부탁⋯⋯ 거기서 그저 앓지들 말고 맡은 일들이나 랑패(낭패) 없이 잘하면 나는 마음을 놓겠네."

"그렇지만 어머니, 저도 이렇게 들렸다가 어머니의 부탁을 한 가지라도 안고 가야 마음이⋯⋯"

이 순간에 어머니의 눈앞에는 홍유철의 얼굴이 떠올랐다.

"글쎄, 혹 인편이라도 있으면 남자 양복이나 한 벌 좋은 걸로 좀 보내주면 좋겠네."

"그거야 뭐 어려울 게 있겠습니까?" 하며 그는 인제야 좀 마음이 개운한 듯 얼른 수첩을 펼치였다.

"나이가 얼마쯤 되고 체격은 어느 정도의⋯⋯"

"우리 순영이하고 박사원에 같이 다니는 홍유철이라는 총각인데⋯⋯"

"아, 따님하고 같이 박사원에 다니는 홍유철이라는 총각⋯⋯ 알겠습니다."

그는 이렇게 중얼거리며 어느새 벌써 수첩에 또박또박 적기 시작하였다.

"옷 치수는 얼마쯤 되면 되겠는지⋯⋯"

"키두 체격두 그저 우리 아들하고 신통히 꼭 같네. 순영의 오빠가 입어서 맞으면 그 사람한테도 꼭 맞을 상(성=추측이나 가능성을 나타내는 말) 싶은데……"

"예, 알겠습니다. 홍유철의 옷! 어머니, 제 여기에다 상세히 다 적었습니다."

……

어머니의 장례를 치른 후에 누구도 알지 못하는 짐이 도착하였다.

진순영은 어리둥절한 채 전혀 알지도 못할 뜻밖의 큼직한 지함(박스)을 받았다. 거기에는 '홍유철 동무에게'라는 짐의 주인 이름까지 굵직한 마지크(매직펜)로 큼직하게 씌어 있었던 것이다.

어머니가 아니고서는 홍유철의 이름이 지구의 한끝에까지 날아갈 수 없었으리라는 것만은 틀림없겠으나 그 구체적인 내막에 대해서는 이미 누구도 설명해줄 사람이 없게 되었다. 다만 주인의 이름이 명확하게 씌어 있으니 만큼 그 짐을 주인에게 돌려주어야 했다.

"받으세요." 하고 순영이가 그 포장 짐을 내놓았을 때 홍유철은 두 눈이 휘둥그래지지 않을 수 없었다.

"아니, 내가 어떻게?……"

"그럼 이걸 어떻게 하겠어요? 이름까지 꼭 찍어서 홍 동무에게 보내온 건데……"

"그럼 순영 동무가 풀어보고 나한테 주든가 해야……"

"여기서 풀어보겠으면 보구 가지고 가서 풀어보겠으면 보구 거야 주인의 마음대로지 내가 왜 남의 짐에 손을 대요? 나도 내게 온 편지들이 있는데……"

그리고는 겉봉에 '사랑하는 동생 순영에게'라고 씐 봉투를 말없이 뜯었다.

이때를 같이하여 홍유철은 또 저대로 순영이가 보는 앞에서 지함을 열었다.

그 속에는 봄가을 옷과 겨울 양복 두 벌에 와이샤쯔(와이셔츠)와 넥타이 그리고 속옷까지 들어 있고 맨 우에는 편지 한 장이 놓여 있었다.

홍유철은 얼른 그 편지부터 손에 들었다.

"홍유철 동무, 우리 어머니가 마음속에 안고 가신 사위감(사윗감)이 분명하겠는데 나도 매부라는 이 한마디밖에 무슨 더 할 말이 있겠습니까. 우리 어머니의 마지막을 끝까지 지켜준 그 수고와 고마운 은혜를 내 잊지 않겠습니다. 우리 순영이와 잘 의논해서 이 양복 두 벌 중에 어느 하나를 첫날옷(결혼하는 날에 입는 옷)으로 정했으면 합니다. 품을 넣어 제일 고급한 것으로 고르느라고는 했는데 마음에 들겠는지……"

홍유철은 머리가 하늘로 올라가는 것처럼 어리뻥뻥(어떻게 해야 할지 모르고 얼빠진 사람처럼 매우 명한 모양)해지였다. 이 모든 것은 물어보나마나 자기의 등 뒤에서 순영이와 어머니 사이에 그리고 지경을 넘어 수만 리 밖에 있는 오빠와도 이미 다 상론이 되고 결심이 이루어진 것이 분명하다고 생각하지 않을 수 없었다.

겨우 얼굴을 들어 진순영이를 건너다보니 그도 지금 편지를 들여다보고 있었다. 순영은 어쩐지 형님의 편지부터 먼저 읽고 싶었다.

"누이, 내 누이를 만나는 날에 누이 앞에 엎드려 절을 하겠어요. 내가 해야 할 그 모든 험한 일을 누이가 다 맡아서 혼자 치르었으니 우리 집에서 어른은 오빠나 내가 아니라 누이예요.……"

눈물겨웁게 써 보낸 절절한 편지였다.

오빠의 편지도 역시 이러한 눈물겨운 사연이었으나 마지막 구절에 가서는 순영에게도 역시 홍유철이처럼 와뜰(갑자기 소스라치게 놀라는 모양) 놀라게 하는 똑같은 소리를 하였다.

"……순영아, 다행히도 어머니의 의향을 이 오빠가 여기서 다 전달받았다. 같은 박사원생이라지? 어머니가 마지막으로 마음속에 안고 가신 네 신랑감이겠는데 어련하겠니. 홍유철이 그 사람에게도 내 편지에 다 썼다. 너희들에게 다 위임하겠으니 잘 의논해서 잔치날(잔칫날)이랑 결정이 되면 오빠에게 인차 알려주기 바란다.……"

편지를 다 읽고 나서 호— 한숨을 지을 때 홍유철은 조심스럽게 두 벌의 양복을 진순영의 앞에 내놓았다.

"순영의 생각에는 어때? 첫날옷으로 어느 것이 더 좋겠는지……"

진순영은 한동안 생각에 잠겼다가 손가락으로 그 어느 하나를 짚었다.

"이 봄가을 옷이 낫지 않아요?"

더 이상 다른 말이 필요 없었다. 그 누구의 소개라는 것도, 그 어느 쪽의 고백이라는 것도 특별히 있어보지 못한 채 그들의 결혼식은 어머니의 삼년상을 치른 그해의 가을에 이 봄가을 옷을 입고 하였다.

3. '산신령'의 손자

보름달빛이 산간의 령길에 포근히 뿌려지고 있었다. 대낮같이 밝은 이 령길로 승용차 한 대가 굽이굽이 돌아내리고 있다. 승용차는 속도도 빠르지 않거니와 산굽이를 돌 때는 거의 서다싶이 하여 보는 사람의 마음에도 퍼그나 안정을 주었다.

하긴 운전대를 잡고 안에 앉아 있는 최국락이도 이제는 한창 혜덤빌(공연히 바쁘게 서두를) 때가 퍽 지났다고 말할 수 있는 지숙한(나이가 지긋한) 나이였다. 더구나 옆자리에서 홍유철 지배인이 지금 끄덕끄덕 졸고 있는 것이다. 차를 그렇게 조심히 모는데도 한 번 덜컥할 때마다 지배인은 와뜰 놀라서 눈을 번쩍 뜨군 하였다.

"내가 왜 이렇게 녹초 되니? 꿈까지 꾸면서……"

"저…… 지배인 동지!"

운전사 최국락은 이렇게 한마디 조심스럽게 불러놓고는 인차 다음 말을 잇지 못하고 한동안 머뭇거리기만 하였다.

"왜?"

"약초포전에 갈 때마다 매번 이렇게 밤을 새우고 몸이 어디 견디겠습니까?"

하긴 홍유철이 약초포전으로 가는 시간은 토요일의 하루 일과를 다 마친 밤 시간이였다. 돌아오는 시간도 역시 일요일의 하루를 약초포전에서 다 보내고 월요일 아침 출근에 맞춘 밤 시간이였다.

홍유철도 운전사에게 미안한 생각이 들었다.

"최 동무! 어찌겠소. 우리 좀 힘들고 피곤해도 같이 이겨내기요."

홍유철은 사정하듯이 이렇게 말하고는 목 메인 목소리로 나직이 다시 이었다.

"최 동무도 신문을 봐서 잘 알고 있지 않소. 우리 장군님께서 낮과 밤을 이어가시며 끊임없는 현지지도의 길에 계신다는 걸 말이요. 최 동무, 우리가 가는 이 길이 장군님을 따라가는 길이라고 생각하면서 계속 힘차게 달리잔 말이요."

"예, 저라고 왜 모르겠습니까? 지배인 동지가 잠꼬대까지 하면서 너무도 피곤해하길래 제 한마디 해보는 소립니다."

홍유철은 허허 웃으며 운전사 쪽으로 눈길을 돌리였다.

"내가 잠꼬대까지 하던가……"

"예, 아이 때 학교에서 현상모집 하던 꿈을 꾸어댔습니까?"

"하하, 아이 때가 아니라 어제 우리 집사람하고 그런 내기를 하나 걸었댔소. 우리 경식이 그 녀석 문제를 가지구……"

"아니, 경식이 문제라니요?" 하며 돌아보니 그새 벌써 홍유철은 다시 끄덕끄덕 졸고 있었다. 더 묻지 않아도 경식이 때문에 또 무슨 마음 써야 할 일이 생긴 것이 분명하였다.

그러지 않아도 홍유철과 진순영의 마음속에는 늘 하나밖에 없는 아들 경식의 걱정으로 꽉 차 있었다.

간혹 홍유철이가 어데 몹시 말째 하는(거북하고 불편해하는) 것 같은 눈치여서 "지배인 동지, 몸이 좀 편치 않습니까?" 하고 물으면 그날 어김없이 경식이가 감기에 걸렸거나 배탈을 만난 날이었다. 경식이가 조금이라도 앓기나 하면 같이 앓는 홍유철이였다. 지금 이렇게 피곤해서 곯아떨어진 속에서도 그는 지금 아들에 대한 생각을 가슴 속에서 잠시도 놓치지 않고 있는 것이 분명하였다.

최국락은 이렇게 몸을 가누기조차 힘들 정도까지 피곤에 잠겨 있는 홍유철 지배인을 곁눈질해보면서 그의 사업을 있는 힘껏 도와야 하겠다는 생각이 새삼스럽게 가슴을 파고들었다.

오늘도 푸름푸름 날이 밝아서야 약초포전에 당도하였다. 지배인의 이 일과에 익숙된 작업반장이 벌써 마당에서 기다리고 있다가 그들을 맞아주었다.

두 사람의 소박한 아침식사도 이미 쟁반에 담겨져 있었다.

이번에는 운전사 최국락이 숟가락을 든 채로 끄적 하고 한 번씩 고개를 떨구군 하였다.

"최 동무, 얼른 한술 들구 빨리 눕소. 나는 밤새 자면서 왔으니까 아무렇지도 않은데 동무야 뜬눈으로 꼬박 새웠으니……"

최국락은 히죽이 웃더니 더는 못 견디겠는지 수저를 놓고 털썩 누워 버렸다.

작업반장은 어데 미진된 데라도 있을세라 포전으로 올리(아래에서 위로 향하여) 뛰고 내리 뛰면서 불이 나게 돌아치고 있다.

홍유철은 작업반 휴계실(휴게실)에서 나오며 울타리 밖의 개울 옆에 세워놓은 승용차에로 다가갔다. 밤새 먼 길을 달려온 승용차는 먼지와 흙투성이로 말이 아니였다. 홍유철은 차에서 바께쯔(양동이)를 꺼내들고 청소를 하기 시작하였다. 뜬눈으로 밤을 새운 최국락의 수고를 생각해서 자기가 얼른 차를 말끔히 청소해놓을 생각이였다.

이때 여기로 스무 살쯤 되여 보이는 나이 어린 총각이 그에게로 다가왔다. "운전사 아바이(어르신), 수고합니다." 걸싸게(몹시 괄괄하고 세차게) 차를 청소하고 있는 홍유철 지배인을 그는 운전사로 볼 수밖에 없었다.

"음?"

"이게 아바이네 지배인이 타고 온 차지요?"

"맞아. 그런데 우리 약초 작업반에서 동무를 봤던 생각이 안 난다?"

"내가 여기 약초 작업반 사람일 게 뭡니까? 저기 한 이십 리 떨어진 범골마을에서 사는……"

"그런데?"

"일요일 아침마다 제약공장 지배인 동지가 여기 약초포전에 오군 한다고 해서 한번 만나볼가 해서요. 좀 통하는 데가 있으면 나도 여기에 오려구요."

"허, 받아줄가?……"

"안 받아주면 제가 손해지.……"

"이것 봐라?"

홍유철은 그와 이야기하는 것이 재미가 났던지 일손까지 멈추고 흥미 있게 바라본다.

"손해 본다? 뭘 손해 봐."

"아바이네 그 지배인이 보나마나 머리가 좀 잘 안 도는 사람 같애요(같아요)."

"음?"

"약초라는 게 아무 땅에나 심으면 되는 줄 아는 모양인데 체, 그것도 모르면서 제약공장 지배인을 한다는 게 나는 원……"

이번에는 홍유철이도 정색해서 그를 바라보았다.

"아니, 그럼 어떤 데다 심어야 하나?"

"여기 이런 강냉이 밭 같은 데다 심을 것이 아니라 기왕이면 저 산삼 밭 같은 데로 찾아들어가야지요. 산속에 들어가서도 산삼 밭이 따로 있고 도라지 밭이 따로 있구 다 제가 뿌리내리기 좋아하는 땅들이 따로따로 있는 법인데 운전사 아바이네 지배인이 그걸 알거나 뭡니까."

그의 말에도 일리가 있었다.

"그런데 동무는 그걸 어떻게 아오?"

"하긴 운전사 아바이도 내가 '산신령'의 손자라는 걸 모를 테니까……"

"하하, 이 총각이 허풍이 좀 있는 것 같애. '산신령'이라는 게 이 세상에 어디 있어?"

"저 범골 안의 산삼과 귀한 약초는 다 우리 할아버지의 눈에만 띄운단 말입니다. 그래서 이 고장 사람들은 우리 할아버지를 '산신님', '산신령'이라고 했는데 이젠 내가 '산신님'이 되였거던요. 우리 할아버지가 그 약초밭 략도(약도)를 내 손에 쥐여주고 세상을 떠났으니까요. 운전사 아바이네 그 지배인이라는 사람이 어느 정도 수준인지는 모르겠지만 나를 몰라보면야 제가 손해지."

홍유철은 하하 소리내여 웃었다.

"흥미 있어. 대단히 흥미 있는 친구야!"

"흥, 운전사 아바이나 흥미가 있어서는 뭘 합니까? 내 지금 운전사 아바이하고 긴 말을 하는 것부터가 괜한 시간 랑비(낭비)지."

"그럼 저 작업반 휴계실에 들어가라구. 나도 인차 따라 들어갈 테니……"

"왔던 김에 지배인을 한번 만나본다? 길고 짧은 건 대봐야 안다는데……"

제절로 '산신령'의 손자라고 하는 차동근은 흔들흔들 휴계실 앞에 다가가더니 똑똑똑 문을 두드린다.

"들어가도 좋습니까?"

홍유철은 물 바께쯔를 든 채 그의 등 뒤에 대고 속삭이듯 말했다.

"자는 사람을 깨우지 말고 조용히 들어가서 기다리라니까. 내 인차 따라 들어갈게.……"

그리고는 서둘러 차바퀴들에 냅다 물을 끼얹는다. 홍유철은 흔히 걸작이라고들 말하는 저런 기질의 젊은이와 마주 앉아서 재미나는 이야기를 더 나누고 싶은 생각이 들었던 것이다.

'허허, 재미난 친구야.'

홍유철은 일손을 서둘렀다.

그러나 홍유철이가 따라 들어가기도 전에 작업반 휴계실에서는 차동근이라는 젊은 총각의 오해가 지내(너무) 빨리 풀리고 말았다.

그가 들어서며 문을 닫는 소리에 최국락이 눈을 번쩍 떴던 것이다.

"누구요?"

차동근은 얼른 모자를 벗어들며 허리 굽혀 인사하였다.

"안녕하십니까? 지배인 동지! 주무시는 줄을 모르고 제가 그만……"

"아니?" 하며 최국락은 얼른 일어나 앉았다.

"지배인이라니?"

"밖에서 운전사 아바이가……"

"뭐?"

"지배인 동지를 한번 만나고 싶다니까 여기로 들어가라구 하길래……"

"원, 무슨 소린지?……" 하며 최국락은 창밖을 내다보았다.

잠간 눈을 붙인 사이에 홍유철 지배인이 어느새 밖에 나가서 차를 청소하고 있는 것이였다.

최국락은 어처구니가 없어서 허허 웃었다.

"내가 운전사구 차를 청소하시는 저 아바이가 지배인 동지야."

"뭐요?"

차동근은 와뜰 놀라더니 빠끔히 문을 열고 밖을 내다보았다. 마침 홍유철 지배인이 등을 돌려대고 앉아서 손을 씻는 중이였다.

이 틈을 타서 문을 열고 나간 차동근이 냅다 줄행랑을 놓았다.

최국락은 그가 밖에 나가서 지배인을 만나리라고만 생각했지 도망친 줄은 꿈에도 생각하지 못하고 입을 쩝쩝 다시며 선하품을 하고 있었다.

이때 휴계실에 들어서던 홍유철의 눈이 둥그래지였다.

"아니, 이 동무가 어데 갔소?"

"방금 전에 나갔는데요?"

"나가다니?"

"내가 운전사라구 하니까 깜짝 놀라면서 도로 나가길래 지배인 동지를 만나는 줄 알았는데……"

"달아 뺐구만. 그 동무를 놓치면 안 돼! 빨리……"

전후 사연은 알 수 없었지만 지배인이 너무나 볶아대는 통에 최국락이도 같이 덤비지 않을 수 없었다. 급히 달려 나가서 발동을 거는 사이에 지배인도 벌써 차에 올라탔다.

얼마쯤 달렸을 때 앞에 '산신령'의 손자 차동근이 나타났다. 벌써 약초포전을 벗어나 령길로 들어서고 있었던 것이다. 부지런히 발걸음을 재게 놀리는 그의 뒤모습(뒷모습)을 지켜보니 알릴 듯 말 듯하게 한 쪽 다리를 절고 있었다.

이때 빵— 하는 경적소리에 뒤를 돌아보던 차동근은 깜짝 놀랐다. 아

까 운전사 아바이로 알았던 지배인이 차문을 열고 엄한 눈길로 자기를
내다보고 있는 것이다.

"붙잡혔지?"

"예? 아니, 차를 청소 하길래 운전사 아바인 줄 알았는데 그게 무슨 붙
잡아갈 일이라구……"

"붙잡아가지 않구. 동무를 우리 포전에 꼭 잡아 놓겠단 말이요."

"예?"

"빨리 타오."

그날 홍유철은 이 '산신령' 손자와 포전을 같이 돌아보며 오랜 시간을
이야기하였다. 지어 그가 펼쳐놓은 략도 같은 것을 들여다보며 부지런
히 옮겨 쓰기도 하였다.

젊은 총각의 말 한마디에도 심중한 태도를 취하며 귀를 기울이는 지
배인의 모습을 지켜보느라니 최국락은 그를 처음으로 알게 되였던 20
대의 젊은 시절이 되살아났다.

좋은 사람은 역시 지금이나 예전이나 좋은 사람이다.

4. 착한 사람

사람은 누구나 다 오래 지내보면 나쁜 사람이 따로 없다고들 말한다. 그러나 오래 같이 지내보지 않고도 만나는 첫 순간에 아, 이 사람은 참 좋은 사람이구나 하는 생각이 절로 들게 하는 그런 사람들도 있다.

그가 바로 홍유철 지배인이였다.

최국락이가 지배인을 처음으로 알게 된 것은 대학도서관에서였다. 그때 최국락은 군대에서 제대되여 약학부 1학년에서 공부하고 있었다.

실습보고서를 강좌에 당장 제출하게 되였는데 무엇부터 어떻게 써야 할지 최국락이로서는 준비가 몹시 약하였다. 그래서 대학도서관에 찾아가 이 자료, 저 자료 뒤적거리며 시간을 보내다나니 실습보고서를 제출할 날자는 이제 하루밖에 남지 않았다. 초조해질 대로 초조해진 최국락이였다.

그런데 출입문 옆의 어느 책상 우에 의학도서들이 무드기(수북하게 쌓일 정도로 상당히 많이) 쌓여 있는 것이 눈에 띄였다. 그리고 그 책상 우에는 집필 중에 있는 두툼한 원고가 놓여 있었다.

이 책상을 차지한 주인공이 바로 홍유철이였다.

그는 원고 집필을 하다가 생각이 막혀서 붓이 잘 나가지 않을 때는 야외의 로대(노대)에 나가서 한참 사색을 무르 익혀가지고 다시 돌아오군 하였다.

그 공간을 눈여겨 살피던 최국락은 얼른 다가가서 집필 중에 있는 원고를 들여다보았다.

'상용약물의 작용과 응용'

이런 제목의 론문에 제1장은 '약물의 호상작용'이고 그 안의 제1절은 '약물 호상작용에 대한 개념'이였다. 정신없이 원고를 들여다보던 최국락은 원고의 주인이 들어서는 것 같으면 얼른 제자리에 돌아가서 앉았다.

그것도 하도 여러 번 반복되다나니 자연히 홍유철의 눈에 들키지 않을 수 없었다. 그런데다가 최국락은 학습장에 옮겨 쓰는 정신에 등 뒤로 원고의 주인이 다가와서 한동안 서 있는 것도 미처 의식하지 못하고 있었다.

초조하고 불안한 예감에 뒤를 돌아보던 최국락은 와뜰 놀라며 고양이 앞의 쥐가 된다. 남의 것을 채다가 들킨 바로 그러한 순간이였다.

그런데 도적 맞힌 물건의 주인 홍유철이 도리여(도리어) 기뻐하며 어쩔 줄을 몰라 하였다.

"그러니까 내 이 론문이 볼 만한 데가 있다는 건가? 동무가 자꾸 들여다보고 싶어 하는 걸 보니……"

"선생님, 이거 정말……"

"아니, 아니…… 나는 아직 선생님이 아니요. 나도 대학을 갓 졸업한 박사원생이야. 동무도 약학부에 다니는 것 같은데 어때? 이 론문을 들여다보니 새로운 데가 좀 있는 것 같애? 지지를 받을 것 같은가 말이요."

"제가 그런 걸 평가할 수준까지는……"

최국락은 몸 둘 바를 몰라 하며 변명하듯 다시 떠듬떠듬 이었다.

"정말 미안합니다. 제 사실은 실습보고서를 내지 못해서…… 래일 당장 제출해야겠기에 여기 내용을 가지고 어떻게 좀 만들어볼가 해서……"

"그럼 동무의 책상에 빨리 들고 가서 옮겨 쓸 건 옮겨 쓰구……"

"그래도 일 없겠습니까?"

"일 없지 않구. 이것도 다 공부지……"

홍유철은 최국락의 실습보고서에 손까지 대면서 밤늦도록 도와주었다.

그로부터 한 주일이 지난 후에 최국락은 박사원 기숙사에 찾아와서 실습보고서가 통과되였다는 것과 과목 담임선생님이 비록 작은 내용이지만 여기에 새로운 문제점이 있다고 평가를 했다는 것을 알려주었다. 본인보다 홍유철이 더 기뻐하며 그의 손목을 잡아끌었다.

"새로운 문제점이 있다고 하더란 말이지? 가자, 가서 우리 둘이 축하 모임을 가지자."

"이거 뭐 제가 해야 할 인사를……"

"서로 축하해줄 내기를 하잔 말이야. 나도 오늘은 내 론문이 지지받은 거나 같애!"

그런데 최국락이 2학년에 진급한 지 한 달도 되나 마나해서 다시 기숙사에 찾아오더니 이번에는 홍유철에게 불쑥 이렇게 말하는 것이였다.

"유철 동지! 나 대학을 그만둘가 합니다."

"아니, 그건 갑자기 무슨 소리야? 대학을 안 다니다니……"

"누가 안 다니겠대요? 우리나라에서 일하면서 대학공부를 할 수 있는 좋은 교육정책도 있지 않아요. 한 일 년쯤 기초를 잘 닦아가지고 통신공부를…… 나는 운전대를 놓군 못살 것 같애요."

홍유철은 한동안 생각에 잠겨 혼자 중얼거리였다.

"강좌에 알아봤더니 네가 입학시험도 잘 쳤고 머리도 좋다던데……"

"그렇지만 제가 미처 따라가지 못하다나니 나 때문에 남들에게까지 화를…… 우리 제대군인들이 화학이랑 외국어 실력이 딸리니까 학부에서 직통생(고등중학교를 졸업하고 곧바로 상급 학교에 진학하여 공부하는 학생)들을 한 명씩 방조 붙여주었단 말이예요. 내게는 오순이라는 우리 집 둘째 동생벌(뻘)이나 되는 직통생 녀학생이 붙었는데 제 공부까지 뒤로 미루면서 수업이 끝난 후에도 개별지도를 해주느라고 수고 많이 했지요 뭐. 그런데도 이번 시험에서 다른 제대군인들과는 달리 나만이 또 성적이 낮았어요. 그 때문에 오순이라는 그 처녀는 회의에서 비판을 받았는데…… 뭐 굉장했던 것 같습니다. 제 혼자 최우등이나 하면 그래 마음이 편안한가 하면서 개인리기(이기)주의자라는 소리까지 듣게 하구…… 이제 그 처녀의 얼굴을 매일같이 어떻게 마주보며 또 그렇게나 그럭저럭 대학을 졸업한들 내가 제 구실을 할 수 있겠어요? 그럴 바에는 한 일 년쯤 기초를 잘 닦아가지고 온전하게 대학졸업증을 받자는 겁니다. 일하면서 통신공부를 하여……"

이제는 더 이상 움직일 수 없는 그의 결심이라는 것을 홍유철은 짐작하였다. 얼마 오래 지내보지는 않았지만 정말 정직한 사람이였다. 그리고 자기의 명백한 주장이 있는 사람이였다. 그래서 동생같이 생각했던 그와 헤여진다고 생각하니 서운하기 그지없었다.

"할 수 없구나. 너의 생각이 정 그렇다니……"

그런데 마침 대학에서는 대학병원에서 운전사로 일하며 통신공부를 하도록 조치를 취해주어서 홍유철의 마음은 한결 가벼워졌다.

그러나 최국락의 사생활에서는 홍유철이가 발 벗고 중재에 나서지 않으면 안 될 또 복잡한 문제가 하나 생기였다. 그것은 최국락의 개별학습 지도를 담당했던 직통생 오순이라는 처녀 때문이였다.

오순은 최국락이가 대학을 그만두었다는 뜻밖의 소식을 들었을 때 그에게 달려들어 들먹이는 가슴을 움켜쥐며 따지고 들었다.

"대라요. 최국락 동지 때문에 내가 비판을 받았다는 말을 누가 대줬어요(알려줬어요)? 그 말을 대준 게 누구냐 말이예요? 대라요."

오순은 자기대로의 죄의식을 느끼며 수업이 끝나면 거의 매일이다싶이 최국락을 찾아와서 그의 학습을 방조해주었다. 그것도 하루 이틀이 아니라 해를 넘기고 또 넘기여 삼사 년이 지나다 보니 오순이가 졸업반 때는 그들은 서로 좋아하는 사이 같다는 소문까지 나기 시작하였다. 최국락은 와뜰 놀라서 될수록 오순이를 만나지 않으려고 슬슬 딴전을 부리였다.

이것을 눈치챈 오순이가 또 발끈하였다.

"왜 사람을 슬슬 피하면서 망신스럽게 놀아요?"

"오순이, 괜히 헛소문이나 돌아가지구 후에 시집 못 가면 어쩌자고 그래?"

"흥, 앞으로 책임을 못 지겠다는 건데……"

"나야 공부를 정 못해서 중퇴까지 당한 주제에…… 짝이 너무 기울면 남들의 웃음거리가 되지 뭐."

"그럼 어느 쪽이 기울겠는지 저울에 달자요. 약국에 가서 천평(천칭)저울을 빌려다가 동지하고 나하고 달구자요."

오순이에게 있어서 최국락은 몸이 좀 체소하고 까무잡잡해서 눈에 잘 안겨오지는 못하지만 그의 끝없이 착하고 정직한 마음에 한 발 두 발 끌리여 이제는 그에게서 헤여 나오기 힘들 만큼 정들어버렸던 것이다.

오순이가 먼저 이렇게 나오게 된 이상 그들의 결합은 순조로이 될 수도 있었다. 그런데 오순은 졸업을 얼마 앞두고 제약공장 실습에 나갔다가 분쇄기에 그만 팔을 다쳤다. 그 왼쪽 팔이 신경위축으로 결국은 잘 쓰지 못하게 되였던 것이다. 이제는 반대로 오순이가 최국락이를 피해 다니기 시작하였다. 동시에 오순이가 섰던 공격선에 이번에는 최국락이가 바꾸어 서게 되였다.

"왜 피해? 언제는 제가 천평저울에 달구자고 큰소리를 치더니. 그래 약국에서 천평저울을 빌려다가 어디 한번 달아보자나?"

그래도 오순은 막무가내로 곁을 주지 않았다.

결국 최국락은 홍유철의 방조를 청했고 홍유철은 이들의 문제에 중재로 나서게 되였던 것이다.

"왜? 이게 뭐 아이들의 놀음이야?"

홍유철은 그들을 공원에 불러내다놓고 처음부터 일부러 노기가 등등해서 중재를 시작하였다.

"사랑이라는 게 뭐 동정을 주고받는 놀음인가 말이요? 처음에는 국락이가 그런 동정은 싫다고 뻗치더니 이제는 또 오순이 쪽에서 몸 빼기를 하구…… 어떻게 할 셈이요? 자, 한 사람씩 차례로 대답을 해! 먼저 오순이부터!"

오순은 고개를 떨군 채 소리 없이 흐느낀다.

"나 때문에 최 동지까지 고생시킬 거야……"

"좋아, 그럼 국락이는 그만한 고생을 각오하겠는가?"

"형님, 이거 정말 답답한 노릇이 아닙니까. 팔이 영 없는 것도 아닌데 무슨 큰일이나 난 것처럼 별나게 놀면서……"

홍유철은 웃음이 터지는 것을 겨우 참으며 엄한 목소리로 다시 을러댔다.

"그렇다면 내 보는 앞에서 서로 웃으며 화해하라구. 어서……"

최국락은 너무 급해서 이마에 땀까지 송골송골 내돋았다.

"형님, 좀 이따가 형님이 없는 데서 화해하면 안 되겠습니까?"

홍유철은 끝내 웃음을 터뜨리고야 말았다.

"허허, 나도 알아! 서로 뜨거운 마음에서부터 생긴 사랑싸움이라는 걸 나두 알아! 옛말하며 오래오래 행복하게 잘 살라구.……"

정말 이들은 가정을 이루고 자식을 낳아 키우며 오늘까지 재미나게 살아왔다. 오순의 신경위축으로 잘 쓰지 못하던 왼쪽 팔도 수술이 잘 되여 이제는 울고불고 하던 처녀 시절의 그 일도 언제 있었던가싶이 옛말처럼 되었다.

그 후 최국락은 제약공장의 운전사로 조동되여(행정적인 조치로 직장이 옮겨져) 왔는데 여기로 홍유철이가 지배인이 되여 내려왔다.

그래서 홍유철과 최국락은 한 배에 같이 타듯이 한 차에 같이 몸을 싣고 이제는 인생의 마무리 길을 힘차게 달리고 있는 것이다.

5. 그들의 아들딸들

돼지목장 확장공사는 산턱을 깎아내는 작업부터 시작되었다.

급양관리국에서는 인민생활을 급속히 향상시킬 데 대한 당의 호소를 높이 받들고 자체로 운영하고 있는 돼지목장을 통이 크게 확장하기 위한 대담한 작전을 벌리였던 것이다. 그런 만큼 여기에는 급양관리국 아래 단위의 모든 기관들에서 로력(노동력)들을 내여 돌격대를 뭇게 되였다.

공사가 아직은 첫 시작에 불과하여 여기저기에서 모여온 돌격대원들이 서로 낯을 채 익히지 못한 상태였다.

"꽝, 꽝." 하는 요란한 폭음과 함께 흙기둥이 하늘 높이 치솟아 올랐다. 뿌연 먼지가 가셔질 때까지 돌격대원들은 휴식을 하면서 한동안 기다려야 하였다. 잠간 쉬는 참에도 가만있지 못하는 것이 또한 젊은이들이였다.

꽝 하는 요란한 진동에 바위짬의 좁은 구멍에서 한 발씩이나 되는 뱀들이 요동을 치며 기여 나왔다. 장난꾸러기 젊은 패들이 때를 만났다. 그중의 어느 담대하게 생긴 한 청년이 뱀의 꼬리를 잡아들고 휘휘 돌리다가 멀리 뿌려 던졌다. 그런데 그 뱀이 그만 공구 옆에 앉아서 질통 끈을 다시 조여매고 있는 처녀 앞에 떨어졌다.

그 순간 처녀는 "아—" 하고 비명 가까운 소리를 지르며 옆으로 물러앉았다.

바로 이때였다.

"이거 누구야?" 하며 벌떡 일어나 달려오는 안경 낀 청년이 있었다.

"누군가 말이야? 처녀들을 놀래우면서 희롱하는 게 누군가 말이야? 못 나서겠어?"

그는 뻥해서 쳐다보는 한 청년을 쏘아보았다.

"너지?"

"나보구는 왜 그래? 나는 아니야."

이때 허우대가 큰 장본인이 나섰다.

"내가 뿌렸네. 멀리 던지느라구 했는데 그놈이 포물선을 그으며 처녀 앞에 떨어질 줄이야. 아마 수놈이였던 거지? 녀자를 알아볼 적에는……"

옆에서들 와 웃음이 터졌다. 그 통에 안경쟁이 청년은 더욱 약이 올랐다.

"너 아직두 히히덕거려(시시덕거려)? 주먹찜질(주먹으로 마구 때리는 짓)이라는 게 뭔지 아직 모르는구나." 하며 너무나도 드세게 달려드는 서슬에 허우대가 큰 뚱보도 흠칫하며 뒤로 물러앉았다.

"내가 잘못했다니까. 일부러 처녀들을 놀래울 사람이 어데 있겠나? 멀리 던진다는 노릇이……"

"물론 일부러 그런 거야 아니겠지."

안경쟁이 청년이 이번에는 제가 먼저 손을 척 내밀며 화해를 청했다.

"나도 너무했네. 저 처녀가 기절할 것처럼 놀라더라니 결김에 허튼 소리를 좀 했네."

안경쟁이치고 이런 남자다운 결패(결기와 패기)는 보기가 좀 드문 일이였다.

오후 휴식시간이였는데 안경쟁이 청년이 방금 뱀한테 놀랬던 처녀 앞으로 성큼성큼 다가왔다.

"나한테 인사 안 해?"

처녀는 말없이 미소만을 짓고 있었다.

안경쟁이가 한발 더 다가서면서 물었다.

"기옥이지?"

"예……"

"나를 모르겠어?"

"경식 동무지 뭐."

"알면서도 인사 안 해?"

"제가 먼저 인사할 때까지 기다렸지 뭐."

안경쟁이 경식은 재미가 났던지 또 한 번 롱을 걸어왔다.

"그런 걸 나는 또 어른이 다 된 나를 보고 어려워서 인사 못하는 줄 알았지"

"흥, 그때 그 안경쟁이가 그 안경쟁이지 뭐."

"하하, 기옥이도 학교 때 그대로구나. 톡톡 쏘는 거랑……"

호호…… 처녀는 말없이 웃기만 하였다.

경식은 남포(폭탄)에 허리가 쭉 갈라진 바위를 가리켰다.

"우리 저기에 좀 앉자꾸나. 동창생끼리 오랜만에 만났는데……"

경식은 바위에 턱 걸터앉으며 연신 이 말 저 말을 물어댔다.

"우리가 같은 학년이였으니까 나이는 같을 거고…… 기옥인 생일이 언제가?"

"3월 29일."

"음…… 나는 1월 5일이니까 나보다 동생이댔구나."

"흥……" 하고 얼굴을 돌리며 기옥은 혼자 중얼거리였다.

"같은 해에 났으면 동갑이지 생일은 무슨……"

그러나 경식은 말투까지도 제법 웃사람(윗사람)의 행세를 하는 판이였다.

"그때 졸업하고 어데 갔더랬던가."

"내가 속도전청년돌격대에 입대할 때 박수까지 쳐주구선 벌써 다 잊었나?"

"아하, 생각 나."

경식은 긴 목을 끄덕거리며 또 물었다.

"그런데 여기에는 어떻게 나왔어?"

"지금은 급양관리국에서 통계원을 하니까요. 또 물어볼 게 없어요?"

경식은 하하 큰소리로 웃었다.

"물어보나마나 돌격대에 나가서 일을 잘했구나. 학교 추천을 받아서 통계원 자격까지 받은 걸 보니……"

이 안경쟁이가 바로 홍유철이와 진순영이가 잠시도 마음을 놓지 못해 하는 귀한 외아들 홍경식이였다.

그는 여기 공사장에 나왔던 첫날에 벌써 최국락의 딸 기옥이를 알아보았던 것이다.

"기옥이, 나와 어데 좀 같이 가자."

"작업 중인데 승인도 안 받구요?"

"이것도 다 작업장을 위한 일인데 뭘……"

"그래도 전투장을 리탈(이탈)할 때야 승인을 받아야지요 뭐."

경식은 대견한 눈길로 기옥이를 쳐다보며 히죽이 웃었다.

"그래, 속도전청년돌격대에서 단련된 대원이 다르긴 달라."

경식은 소대장에게 다가가서 무엇인가 몇 마디 말하더니 다시 기옥에게로 달려왔다.

"가자, 다 말했으니……"

그들은 작업장을 떠나 마을로 내려가는 좁은 자동차 길에 들어섰다.

"기옥이네 오빤 해군에서 군사복무를 마치고 해운대학까지 나왔더구나."

"그건 벌써 어떻게 다 알아요?"

"체, 선장까지 된 걸 내가 왜 몰라. 나도 이제 그 기호 형님하고 같이 무역선을 탈 사람인데……"

기옥은 놀라지 않을 수가 없었다. 오빠가 선장으로 임명받은 것은 불과 며칠 전의 일인데 그것까지 알고 있는 것을 보면 경식의 저 소리가 그저 뜬소리만은 아닌 것 같았다.

하긴 바로 엊그제 기옥의 오빠 최기호가 경식이네 집에 잠간 들렸던 것은 사실이었다. 멀리 조국을 떠나기 전에 큰아버지와 큰어머니한테 꼭 찾아가서 인사를 해야 한다는 아버지의 당부가 있었던 것이다.

선장복 차림의 기호가 나타났을 때 홍유철과 진순영의 기쁨은 이루 말할 수가 없었다.

"산원에서 우리가 저 애를 받아 안고 나오던 때가 엊그제 같은데 세월두……"

진순영은 목이 메이기까지 하였다.

여기에 경식의 호기심과 흥분 또한 보통이 아니였다.

"기호 형님! 형님은 이 세상 못 가본 데가 없겠지요?"

"허허, 배길(뱃길)이 있는 데야 다 갈 수 있지."

"챠!……"

경식은 손으로 무릎까지 탁 쳤다.

기호는 히죽이 웃으며 경식의 머리를 다정히 쓰다듬어주었다.

"왜? 우리 경식이도 배를 타고 싶은 생각이 나는 게지?"

"형님, 나는 원래 바다를 좋아한단 말이예요."

"배를 타자면야 바다를 좋아해야 하구말구. 바다를 싫어하는 사람이야 천상(천생) 배를 탈수가 없지."

"합격이구나!"

경식은 손을 높이 들며 환성을 질렀다.

기호는 허허 웃으며 사랑스러운 눈길로 경식이를 건너다보았다.

"그러나 바다를 사랑한다고 누구나 다 배를 탈 수 있는 건 아니거던. 풍랑 속에서 그 어떤 정황에 부닥쳐도 이겨낼 수 있는 준비가 갖추어져 있어야지."

"형님, 그건 문제없어요. 학교 때 수영경기에 나가서 내가 5등권 내에 들었던 선수라는 걸 모르지요?"

"그거 아주 대단하구나. 그러나 그것 말고도 더 중요하게 갖추어야 할 게 있다."

"나도 다 알아요. 대담성과 의지지요?"

기호는 히죽이 웃으며 경식의 잔등을 다정히 두들겨주었다.

"그렇다구 할 수 있지. 그러나 아직은 구체적인 대답이 못 돼. 어떤 사람이 배를 타고 먼 바다로 나갈 수 있는가. 이 대답을 깊이 생각해서 찾아내면 나한테 편지해라."

"정말?"

"그 편지를 읽어보고 그때 가서 우리 경식이가 배사람(뱃사람)이 될 수 있겠는지 없겠는지 다시 생각해보자."

"좋아요."

이것이 그들 사이에서 롱 삼아 주고받았던 이야기였다.

경식은 기옥이 앞에서 또 한 번 으시(스)대였다.

"기옥의 오빠도 아마 내 편지를 손꼽아 기다리고 있을 거야."

"우리 오빠가요?"

경식의 이야기는 들을수록 정말 같기도 하고 거짓말 같기도 한 아리숭한(아리송한) 말들뿐이였다.

이런 이야기를 하는 새에 그들은 벌써 마을 어구에 당도하였다.

"다 왔어."

경식은 기옥이를 데리고 어느 식료 매대(진열대) 앞으로 다가갔다.

매대 녀인도 경식이와는 벌써 척척 롱을 거는 사이로 되였다.

"아이구, 잘생긴 총각! 오늘은 인형같이 고운 처녀까지 척 데리구. 저 방울 귀에 앵두 입술…… 호호."

"내 동생이예요."

"호호, 그럼 오빠 동생이겠다? 모르겠어…… 그래 뭘 달라나?"

"거기 빵이구 과자구 있는 대로 다 내리라요. 사이다랑 시원하게 마실 것들도 다……"

매대 녀인은 자루에 집어넣는다, 구럭지에 넣는다 하며 둘이서도 겨우 들고 갈 만큼 큼직한 짐들을 불이 번쩍 나게 만들어주었다.

기옥은 눈이 동그래서 경식이를 쳐다보았다.

"아니, 뭘 이렇게 많이?……"

"이게 뭐 많아? 이 더운 때 우리 동무들이 지금 얼마나 땀을 흘리고 있니? 너도 지금 속이 좀 출출하지? 힘들어도 우리 좀 같이 들고 가자꾸나."

경식은 주머니에서 돈을 아무렇게 훌쩍 꺼내더니 매대 녀인 앞에 척 내밀었다.

"자, 세여 보라요."

성수 나서 돈을 세여 보던 매대 녀인이 "어쩌나, 좀 모자라는데……" 하며 난처한 눈으로 경식이를 쳐다보았다.

"모자라요?"

경식은 별로 깊은 생각도 없이 얼른 손목시계를 벗어서 내밀었다.

"아주머니, 이 시계를 맡기자요."

"원……" 하며 매대 녀인은 펄쩍 뛴다.

"이런 고급시계를 받았다가 잊어버리기라도 하면 어쩌자구? 돈을 래일 가져와도 좋으니 그냥 가지고 가라구.……"

"그러면 됩니까?"

경식은 시계를 끝내 매대에 놓고 자루를 둘러메더니 도망치듯 발걸음을 다그쳤다. 그리고는 어쩔 줄을 몰라 망설이고 있는 기옥이를 돌아보며 불같이 재촉하였다.

"기옥이, 빨리 가자! 저 구럭지들을 가지고 빨리 따라서라니까."

기옥이도 하는 수 없이 경식의 뒤에 따라섰다.

경식은 뒤도 돌아보지 않고 여전히 앞으로 씨엉씨엉(걸음걸이나 행동 따위가 기운차고 활기 있는 모양) 걸어가고 있었다.

……

작업시간이지만 마음을 푹 놓고 따라오라던 경식의 말이 틀리지 않았다. 큰 자루와 큼직한 구럭지 안의 갖가지들을 와르르 쏟아놓는 순간 작업장은 흥성거리기 시작하였다. 경식이와 기옥이가 그동안 작업장을 떴던 것은 오히려 말없이 좋은 일을 했다는 아주 장한 소행으로 해석되였다.

총각들이 처녀들에게는 빵을 쥐여주고 자기들은 시원한 사이다병을 입에다 물고 병나발을 분다 하며 한동안 즐거운 시간을 보내였다.

이때 나이가 좀 지숙해 보이는 작업복 차림의 중년이 다가오더니 허허 하며 기쁨에 넘쳐 있다. 여기 공사장에 돌격대 정치지도원으로 나온 급양관리국 초급당위원회 부비서 강명국이였다.

"분위기가 아주 좋구만! 자, 휴식들을 좀 했으면 청년동맹원들은 저기 바위 옆에 좀 모여 주시오. 최기옥 동무! 어서……"

"예."

그들이 다 모였을 때 정치지도원 강명국은 청년동맹원들을 빙 둘러보고 나서 절절히 말하였다.

"……이 어렵고 방대한 공사를 빠른 시일에 완공하자면 무엇보다 청년동맹의 역할이 커야 합니다. 여기 모인 모든 동무들이 청년동맹조직을 책임진 최기옥 위원장 동무와 합심을 잘해서 청년동맹조직의 본때를 한번 단단히 보여줍시다."

뜻밖에 박수까지 터졌다. 제일 먼저 깜짝 놀라며 떡 굳어진 것도 경식이였고 제일 먼저 박수를 치기 시작한 것도 경식이였다.

기옥은 그가 고맙게 생각되였다. 경식은 누구보다 힘 있게 박수를 쳐주면서 기옥이를 향하여 고개까지 끄덕이였다.

정치지도원도 느슨한 미소를 지으며 함께 박수를 쳐주고 나서 젊은이들 앞으로 한발 다가섰다.

"동맹원 동무들! 우리 확장공사장에는 중년들도 있고 녀성들도 있고 나이들도 다 제각기들입니다. 누가 기둥이 되여서 이 공사를 끌고 나가야 하겠습니까? 다름 아닌 여기에 앉아 있는 동무들입니다. 그러자면 초급단체조직이 강해야 합니다. 그래야 확장공사도 빨리 진척될 수 있고 동맹원들도 값 높은 청춘 시절을 빛내일 수 있습니다."

다들 헤여져 작업장 쪽으로 걸어갈 때 경식은 얼른 기옥에게로 다가왔다.

"속도전청년돌격대에 나가서 일을 잘했구나. 위훈을 세우고 돌아온 게지?"

"위훈까지야 뭐. 그저 시키는 일을 했을 뿐이지. 그런데 어쩌나. 나는 학교 때 학습반장도 해본 적이 없지 않았나요?"

"내가 있지 않아. 이 자도 봤지? 내가 먼저 박수를 치니까 다들 뒤따라서 짝짝……"

"호호……"

그 말은 옳았다. 흔히 하는 말로 경식에게는 젊은 축들 속에서 통솔력을 발휘할 수 있는 능력과 기질을 가지고 있었다.

그것을 기옥이는 여기 작업장에서 만난 첫 순간에 벌써 느낄 수 있었다.

과격한 데가 있는가 하면 인차 너그러워지기도 하고 남달리 정의감이 강한 반면에 약점도 인차 로출(노출)되며 어덴가 좀 정돈이 잘 안 된 것 같은가 하면 제 것을 아까와 하지 않고…… 이런 기질은 흔히 처음 만난 사람들끼리 조직을 새로 뭇고 서먹서먹한 분위기를 단축하는 데서 단단히 한몫하는 경우도 있다.

오늘도 새로 사귀게 된 모든 동무들이 하나같이 경식이를 따랐다. 본의 아니게 뱀 때문에 기옥이를 놀래웠다가 경식에게 된탕을 먹었던 뚱보도 휴식시간이면 제일 먼저 경식의 옆에 가 앉아서 오래동안(오랫동안) 같이 지냈던 친구처럼 재미나게 이야기를 주고받았다.

그러고 보면 "내가 있지 않아." 하는 경식의 큰소리가 그저 희떠운 소리만이 아니라 어덴가 은근히 힘이 되는 소리로 들리였다. 게다가 학교 때 동창생이겠다, 또 아버지가 운전사로서 사업을 보장해주는 그 지배인의 아들이겠다, 어디 그뿐인가. 두 집의 지나온 래력(내력)을 봐도 그래 기옥에게 경식은 어느 모로 보나 마음의 의지가 되는 존재로밖에 될 수 없었다. 어쩐지 여기서 경식이를 만난 것이 행운처럼 생각되기까지도 하였다.

그런데 기옥의 이러한 기대는 하루도 넘기지 못하고 허물어지고 말았다.

바로 이날 저녁 예견치 않았던 야간작업이 제기되여 대렬(대열)점검을 하였는데 대대장이 경식의 이름을 두 번씩이나 곱씹어 불렀으나 대답이 없었다.

기옥이가 서둘러 사방을 둘러보았으나 경식의 얼굴은 보이지 않는다.

이번에는 대대장의 옆에 서 있던 정치지도원 강명국의 목소리가 울려왔다.

"아무에게도 말하지 않고 자리를 뜨지는 않았겠는데?……"

"예, 저에게……"

뜻밖에도 맨 뒤에서 어린 처녀의 기여들어가는 듯한 목소리가 가늘게 울리였다. 경식이네 원자재공급소에서 운반공으로 일하는 18살 난 처녀였다.

정치지도원은 대원들의 짬새(짬이 나 있는 사이)로 그 처녀를 띄여보며 미소를 지었다.

"아하, 유희에게 보고했나?"

"보고라기보다……"

콤파스(컴퍼스)를 돌려놓은 듯이 동그랗게 생긴 어린 처녀의 얼굴은 홍당무우(무)처럼 새빨개졌다.

"야간작업이 제기될 줄은 모르고 좀 전에 무슨 급한 일이 있는지 지휘관 동지들이 없으니까 저에게……"

"하긴 우리가 자리를 좀 떴댔지."

이렇게 대렬점검은 넘어갔다. 그러나 대대장의 전투조직이 끝난 후에 정치지도원은 기옥이를 따로 불렀다.

"자기네 동맹원에게 무슨 급한 일이 생겼는지 조직 책임자는 응당 알고 있어야 되지 않겠소? 위원장 동무는 여기 작업장에 있었겠는데……"

기옥은 아무런 변명도 할 수가 없었다.

"제가 미처……"

"일부러 시간을 내서라도 알아보오. 작업이 긴장하니까 아픈 데 있어도 혼자 참는 동무들이 있을 수 있고 미안해서 개인 사정을 말 못하는 동무들도 있을 수 있겠는데 조직 책임자는 그런 것까지도 다 알고 있어야 돼."

기옥의 생각에는 경식이가 어데 아픈 데가 있어도 혼자 참고 있을 성미 같지는 않고 미안해서 개인 사정을 말 못할 기질 같지도 않았다.

기옥은 작업장을 떠나 어둠 속으로 혼자 걸어오면서 낮에 있었던 일을 다시 생각해보았다.

경식은 작업시간에 승인을 받지 않고 전투장을 떠나 마을로 내려가자고 하면서도 전혀 아무러한 긴장감도 얼굴에 내비치지 않았었다. 오히려 옆에서 근심하는 기옥에게 마음을 푹 놓으라고 하면서 여유 있게 웃어 보이기까지 하였다. 하긴 아까 경식의 말대로 그냥 아무 승인도 받지 않고 몰래 얼른 갔다고 해도 그새 아무런 일이 없이 무난히 지날 수도 있었다.

일상생활에서 이러한 때 흔히는 가만, 내가 자리를 뜬 사이에 혹 무슨 일이 생기지 않을가 하는 불안감이 앞서는 것이 상례이지만 한편 아무러면 그새 무슨 일이 생기랴 하고 무사태평스럽게 생각하는 부류도 혹 없지는 않다.

기옥은 어쩐지 경식이가 후자 부류에 속하는 것이 아닐가 하는 걱정스러운 생각이 들었다. 지금도 이전처럼 아무런 긴장감이 없이 마음을 푹 놓고 어데 가서 제 볼 장을 보고 있는 것은 아닌지.……

경식이가 잘 되기를 바라는 기옥이로서는 십분 그런 우려를 가질 수도 있었다. 또한 남다른 경식의 특이한 개성을 기옥은 오늘 하루 사이에 벌써 정확히 보았다고도 할 수 있다. 기옥은 어쩐지 불안해지기 시작하였다.

경식은 공사장에 나오면서 제가 어릴 때부터 귀동자로 자라온 지난날을 되풀이하지 않으리라 애써 마음먹었다. 그것은 고등중학교를 같이 졸업하고 군대에 나가서 모범군인이 되어 표창휴가를 받고 찾아온 동무들을 만나는 때이면 더욱 충격이 컸다.

어쩐지 그들 앞에서 자기는 아직도 아이로 남아 있고 그들은 모두가 어른처럼 보이였다. 짧은 휴가 기간이나마 무엇인가 한 가지라도 좋은 일을 더 해놓고 부대로 돌아가려고 애쓰는 그들을 보면서 경식은 어린 시절을 곰곰히(곰곰이) 생각해보기도 하였다. 그때 벌써 그 애들은 건설장이랑 찾아다니면서 제 손으로 파고철(파쇠와 고철)을 주어다가 학교에 바쳤다. 그러나 경식은 자기를 대신해서 부모들이 학교에 바쳐주었다.

경쟁도표판에 홍경식의 붉은 줄이 제일 높이 올라갔으나 선생님은 어째서인지 늘 다른 아이들에 대해서만 칭찬해주었다. 모든 인간들에 대한 사회적 평가는 무엇으로 이루어지는지를 경식은 그때 너무도 깨닫지 못했었다.

경식은 어릴 적 동무들 속에는 영예군인이 되어 돌아온 제대군인도 있었다. 성준이라는 그 동무는 경식이가 소년단 야영소에 가서 알게 된 다른 학교의 학생이였다.

즐거운 야영생활의 어느 날 경식은 제 동무들을 너럭바위 우에 앉혀 놓고 사진을 찍는데 어째선지 필림(필름)이 잘 돌아가지 않았다. 당황한 김에 사진기의 뚜껑을 열고 이것저것 풀어보면서 한창 역사질(육체적으로 힘을 들여서 하는 일을 낮잡아 이르는 말)을 하다가 도로 맞추자고 하니 그것도 제대로 되지 않았다.

이때 다른 학교의 낯모를 한 학생이 한동안 지켜보더니 제가 한번 해보겠다고 나섰다. 그는 별로 품을 들이지 않고 조립해주었는데 필림이 사륵사륵 잘 감기여 돌아갔다.

경식은 어릴 적부터 워낙 통이 컸던지라 제가 가지고 왔던 맛있는 간식들을 통채로 성준에게 안겨주다싶이 하였다.

성준이라는 그 학생은 또한 어릴 적부터 남의 고마움을 무겁게 받아 안을 줄도 알고 남을 발 벗고 도와줄 줄도 아는 착한 품성을 지니고 있었다.

야영생활이 끝난 후에도 경식은 성준이와 무척 가깝게 지냈다.

성준이가 군대에 나가면서 경식이를 만나보러 집에 찾아왔을 때 경식의 어머니 진순영은 그에게 기념품들까지 성의껏 안겨주었었다.

성준이가 영예군인메달을 달고 돌아왔을 때 그의 아버지는 어느 지방부대에 소환되였으므로 그는 자그마한 기계공장의 합숙에서 살고 있었다.

경식은 어느 날 그에게 놀라갔다가 문득 목장건설장이 생각나서 이런 청을 들이댔었다.

"너 아이 때부터 손재간이 있더니 이제는 기계물계에 환하구나. 나도 우리 목장 건설에 뭘 한 가지 좋은 창안을 해보고 싶은 생각이 드는데 좀 도와줄래?"

그날 경식은 성준이한테서 뜻밖에도 가슴 아픈 충고를 받았다.

"그런 생각을 벌써 했어야지! 우리도 이제는 10대의 소년이 아니지 않니? 그러지 않아도 나는 너를 볼 때마다 나의 어릴 적 친구가 사람은 더없이 좋은데 한생 저렇게 살다가 말지 않겠는지 하는 걱정도 없지 않았다. 사람이 집단을 위해서 뭘 한 가지라도 크나 작으나 보탬두 좀 하고 또 조직과 집단의 인정을 받으면서 일을 잘해야 우리가 서로 만날 멋도 있지. 차츰 세월이 가면서 네가 나를 피해 다니는 그런 날이 올가봐 은근히 근심스럽다."

아프기는 해도 어릴 적 동무의 충고에는 진정이 어려 있었다.

그렇지. 태여나서부터 오늘까지 받아 안은 혜택들은 나도 그들과 꼭 같았다. 그러나 그에 보답하기 위하여 아글타글(무엇을 이루려고 몹시 애쓰거나 기를 쓰고 달라붙는 모양) 애쓰는 그들과는 너무도 차이 났다.

이런 생각을 하며 고개를 떨구고 있는 경식의 두 손을 성준은 뜨겁게 꼭 잡아주었다.

"경식이, 너를 힘자라는(힘이 미치는) 껏 도와주지 못한 내 잘못이 더 크다."

경식은 동무의 그 진정이 눈물이 나도록 고마왔다.

이런 일이 있은 후에 경식은 짬만 생기면 제 딴의 설계도면 같은 것을 만들어가지고 부지런히 성준이를 찾아가군 하였다.

성준이와 같은 호실에 있는 20대의 기계기사와 수리공도 경식이를 적극 도와 나섰고 이제는 서로 하루만 떨어져 있어도 그리워지는 친구 사이로 되였다. 여기에 성준이가 형님처럼 믿고 따르는 이 공장의 자재 창고장 독고병일이 또한 경식이를 도와 흐름식콘베아(컨베이어) 창안에 필요되는 부속품들을 발 벗고 구해다주군 하였다.

오늘도 야간작업이 제기될 줄을 모르고 경식은 오후작업이 끝날 무렵에 윤희에게만 몰래 한마디 말해놓고는 서둘러 그들에게로 달려갔던 것이다.

경식이가 이런 좋은 일을 한번 해보리라 혼자 마음 쓰고 있는 것을 눈치 챈 것은 유독 원자재공급소에서 같이 나온 윤희밖에 없었던 것이다.

경식이가 곡괭이를 휘두르며 한창 기초 파기를 하고 있는데 윤희가 랭차(냉차) 고뿌(컵)를 들고 쪼르르 달려오더니 재담의 서두처럼 말꼭지(말의 첫머리)를 뗐다.

"야! 깊다는 건……"

"깊을 게 뭐야? 아직도 10센치를 더 깊이 파야 되는데……"

"누가 뭐 이 기초 파기가 깊다고 했나?"

"그럼 뭐가 깊다는 거야?"

"경식 동지의 생각이 웅심깊다(웅숭깊다)는 거지."

"너 지금 나를 놀리니?"

"체, 내가 모를 줄 알아요? 휴식시간마다 몰래 떨어져 앉아서 창의고안도면을 그리는 걸……"

경식은 깜짝 놀라며 곡괭이를 떨구기까지 하였다.

"너 정말 그런 소문을 냈다가는 나한테 혼날 줄 알아."

"아니, 그런 좋은 일을 하면서 숨길 건 또 뭐람?"

"뭘 하나 좀 한다고 미리 와짝(기운이나 기세가 갑자기 커지는 모양) 소문부터 냈다가 일이 제대로 안될 땐 그런 망신이 또 어디 있어?"

"오라, 그러니까 다 완성해놓은 다음에 보란 듯이 우리 모두를 깜짝……"

"뭐, 보란 듯이? 야, 뭘 한 가지 좀 했다구 보란 듯이 우쭐거리면 그게 남자야?"

"하긴……" 하며 윤희는 갑자기 깔깔 웃어댔다.

"경식 동지는 워낙 그런 사람이지."

경식이는 의아해서 쳐다보았다.

"왜 그래?"

"직장에서 그 속보 사건, '홍경식 동무를 자랑한다! 창고 와장재 바르기에서 모범', 이런 속보가 나붙었을 때 그걸 몰래 뗄려다가 문제가 서서 혼쌀(혼쭐)이 났댔지요?"

"너, 또 그 소리야?"

"그 속보를 갈아댈 때까지 속보판 앞으루 못 다니고 후문으로 숨어 다녔댔지요? 호호……"

경식이도 윤희의 그 재잘거리는 익살에 허허 웃어버리고 말았다.

그러나 윤희도 경식이가 무엇을 해보려고 짬만 있으면 어데로 달려가는지 그것까지는 아직 알 수가 없었다.

6. 새로운 걱정거리

퇴근을 해서 집에 들어설 때까지만 해도 최국락은 기분이 붕 떠 있었다. 안해 오순이와 아들 기호랑 셋이서 밥상에 빙 둘러앉으려는데 돼지목장 확장공사에 나갔던 막내 기옥이가 문을 벌컥 열고 들어섰던 것이다. 오랜만에 네 식구가 다 모이게 되였다. 이 아들딸들을 키우던 그 시절에는 둥글밥상(둥글게 생긴 밥상)에 빈자리가 없었다.

그러다가 기호가 군대에 나가면서 한 자리가 비더니 기옥이까지 속도전청년돌격대에 입대하여 집을 떠난 다음에는 이 둥글밥상에 량주(양주)가 마주 앉아 이따금 한마디씩 주고받으며 거의 침묵석에서 밥을 먹군 하였다.

오늘 다시 이렇게 둥글밥상에 빈자리가 없이 모두들 제자리를 메우게 되였으니 나이 들어 이 재미도 또한 여간한 것이 아니였다.

최국락은 남매를 두었다. 아버지를 닮지 않고 제 어머니를 닮아서 키가 쭉 빠지고 눈이 억실억실한 아들 기호는 해군에서 군사복무를 마치고 라진해운대학에 추천을 받더니 항해학부를 최우등으로 졸업하고 30

96

대 나이에 벌써 어느 무역선의 선장으로까지 되였다. 평상모와 견장, 량쪽 팔소매에까지 누런 금줄이 번쩍거리는 선장복 차림으로 집에 들어서던 날 아버지는 이 름름한(늠름한) 청년이 과연 내 아들이 분명한가 하는 눈으로 그를 한참이나 말없이 올려다보았다.

최국락의 안해 오순이도 대견해진 아들을 바라보며 한동안 어쩔 줄을 몰라 하다가 마침내는 두 팔로 꽉 껴안아주었다.

"용타, 선장이 되다니."

오순은 뒤말을 잇지 못했다.

기호는 어머니가 왜 목이 메여하는지를 알았다.

아들에 대한 대견함과 함께 부모로서 자식에게 뒤바라지(뒷바라지)를 잘해준 것이 없다는 스스로의 가슴 아픔이였을 것이다. 그래서 기호는 누구나 다 아는 이야기를 구태여 다시 꺼내는 것으로 어머니의 마음을 편하게 해주려고 하였다.

"어머니, 그 어디에 가서 무슨 일을 하든지 간에 당에서 하라는 대로만 일하면 누구나 다 잘 될 수 있어요. 일부 제 구실을 못하는 것들이 있으니 뒤에서 부모들이 애쓰며 뛰여다니는 거지."

말해놓고 보니 제 자랑을 한 것 같애서 기호는 뒤더수기(뒷덜미)를 긁적거리였다.

그러나 여직껏 뻥해서 바라만 보던 최국락은 아들의 그 말에 얼굴을 돌리며 얼른 눈굽(눈의 안쪽 구석이나 눈의 가장자리)을 찍어냈다. 저 희한한 정복 차림이 그저 대견하기만 했다. 기호가 방금 한 그 말은 중학교를 졸업한 후 대학을 다니는 전 과정에 면회조차 제대로 한번 가지 못한 부모들에 대하여 조금도 노여움이 없었다는 것으로 들리여 최국락은 문득 목이 메였다. 저만한 자립성과 각오라면 장차 자식 걱정은 안 해도 되겠구나 하는 마음의 안정이 가슴을 찌릿하게 만들었던 것이다.

여기에는 막내이자 외동딸인 기옥이에 대한 대견함도 합쳐진 안도의 감정이였다.

기옥이도 고등중학교 졸업증과 속도전청년돌격대의 입대증을 동시에 같이 받았다. 거기에서 당원이 되였고 학교에도 추천을 받았다. 그래서 지금은 급양관리국의 통계원으로 일하게 된 것이다.

돼지목장 확장공사장에 나갔던 기옥이가 불쑥 집에 들어섰다. 기호와 반대로 기옥이는 제 아버지를 닮아서 감실감실한 철색에 이마로부터 코며 입술이며 오똑(오뚝) 두드러진 것이 누구나 한번 손가락으로 꼭꼭 눌러보고 싶어지는 그런 귀염상스러운 얼굴이였다.

"오빠도 왔구나!……"

기옥은 기호의 목에부터 매달렸다.

기호도 너무 기뻐서 녀동생(여동생)을 안고 돌았다.

"마침 잘 왔다. 난 너를 못 보고 래일 아침 떠나는 줄 알았는데……"

"멀리 가나?"

"음, 한 반년쯤……"

기호는 기옥이와 함께 둥글밥상에 마주 앉았다.

"이번에 돌아올 땐 우리 기옥이 시집갈 준비를 쫙 다 해가지구 올가?"

"흥, 시집은 안 가."

"어디 두고 보자. 진짜 안 가나."

"오빠만 한 사람이 내 앞에 나타나기 전에는 잡아끌어도…… 그런 사람이 어데 있나?"

자그마한 방안에 즐거운 웃음이 가득히 차고 넘치였다.

분주한 때식을 좋아하는 것이 어머니들인지 오순은 성수가 나서 부엌으로 들락날락하더니 어느새 밥사발이며 국그릇이며 기옥의 몫을 차려 놓고 숟가락을 쥐여주었다.

"오늘은 우리 네 식구가 다 모였구나. 그런데 기옥이는 무슨 일로 이렇게 갑자기?……"

"지배인 동지네 경식 동무 말이예요, 붙잡으러 왔어요."

최국락은 수저를 든 채 떡 굳어졌고 오순은 저절로 오른손이 가슴 우에 얹어졌다.

"아니, 그게 무슨 소리니?"

"도망쳤어요."

기호도 두 눈이 휘둥그래졌다.

"같은 직장도 아닌데 네가 왜 찾으러 다니니? 경식이는 원자재공급소에서 창고원인가 한다던데……"

"원자재공급소도 우리 급양관리국에 속한 아래 단위 기업소거던요. 거기서 공사장에 나왔는데 내가 경식 동무의 청년동맹 초급단체 위원장이란 말이예요. 우리 초급단체에서 책임지고 경식 동무를 무조건 찾아오라는 거지요 뭐."

기호는 고개를 끄덕이며 혼자 허허 웃었다.

기옥은 오빠의 그 허구픈 웃음 속에 무슨 속대사가 있는 듯이 생각되여 한마디 슬쩍 넘겨짚었다.

"오빠가 왜 웃는지 나는 알아. 그 못난이를 뭐, 오빠의 무역선에 태워주겠다고 했다면서요?"

기호는 여전히 껄껄 웃었다.

"그 녀석이 사랑이 가는 데는 있어."

"뭐가 그렇게 사랑이 가요?"

"타고난 그대로구 거짓이 없더란 말이야."

기옥은 어처구니없는 듯 쓴웃음을 지었다.

"홍, 행방이 없이 노는 걸 보구 타고난 그대로래. 그럼 어서 조국을 떠나 먼 바다로 데리고 나가서 어디 한번 애먹어보지."

"기옥아."

기호는 이번에 정색해서 타일렀다.

"경식이가 이삭으로 말하면 아직 채 여물지 못해서 그런 거다. 그래 나도 이번에 만나서 사람이 장차 무슨 일을 하든 준비를 잘 갖춰야 한다구 충고를 주긴 했다. 이 오빠도 그렇구, 너도 그렇구 자기가 모든 준비를 원만히 다 갖추었다고 자신 있게 말할 수 있는 사람이 별로 있니? 우리가 어릴 때 소녀단 경례를 하면서 '항상 준비!'라고 했지? 나는 그 구호를 어른이 되여 한생을 마칠 때까지 늘 외워야 하는 참 귀중한 자신에 대한 요구성이라고 생각한다. 네가 마침 청년동맹조직을 책임졌다니까 경식에게 무엇이 부족한지 그것부터 잘 찾아서 그가 자신을 준비하는 데 도움을 주는 게 좋겠다.”

기옥은 가만히 앉아서 잠자코 듣고만 있다가 긴 한숨을 내그었다(내쉬었다).

“오빠의 말이 맞기야 하지. 그러나 그건 누구에게나 할 수 있는 말이구, 구체적으루 나는 그 경식 동무를 찾아서 작업장으로 데리고 가야 하거던요. 그런데 이자 오다가 집에 들려봤는데 집에서도 모르구⋯⋯”

최국락의 얼굴이 금시 어두워졌다.

“그래 작업장에서 도망쳤다고 집에다 대줬니?”

“대주지는 않았는데 갑자기 말을 돌리자니 급해서 혼났네.”

기옥은 아까 경식이네 집에 찾아갔던 생각을 하니 금시 얼굴이 새빨개져서 슬며시 손을 볼에다 가져갔다.

⋯⋯

출입문에 손기척(노크)을 하고 경식이를 찾으면 복도로 본인이 나올 줄 알았는데 어머니가 나올 줄은 미처 타산하지 못했던 기옥이였다. 기옥은 제 목소리를 제가 듣기에도 바빠 맞아 한다는 것이 알리였다.

“안녕하십니까. 저— 경식 동무를 좀 만나자구.”

“우리 경식이는 돼지목장에 동원 나가서 집에 없는데⋯⋯”

그러다가 진순영은 기옥이를 알아보았다.

“너 기옥이 아니냐?”

"큰어머니, 그새 건강하셨어요?"

"너 속도전청년돌격대에 나가서 입당이랑 다 하구 돌아왔다는 소식을 너의 아버지한테서 벌써 들었다. 용쿠나."

다음 순간 진순영은 의아해서 한발 다가선다.

"그런데 우리 경식이는 왜?"

이런 정황을 미처 예견 못했던 기옥은 몹시 당황해하였다.

그럴 줄 알았으면 경식의 아버지와 어머니에게 인사하러 일부러 들렸다고 했을 걸 이제는 늦었다. 문밖에서 경식이를 찾았으니 이제는 경식이와 관련된 대답을 찾아야 했다. 그렇다고 돼지목장 확장공사장에 같이 나가 있다는 말도 꺼낼 수가 없었다. 그렇게 되면 어차피 이야기는 점점 더 복잡하게 번져서 경식이가 자유주의를 하고 공사장을 말없이 떴다는 데로 이어질 수 있는 '위험계선'에 이르게 될 수 있다.

진순영은 대답을 기다렸고 기옥은 빨리 대답을 주어야 했다. 동안이 너무 긴 것 같은 느낌을 서로가 의식하게 되는 그런 순간이었다. 기옥의 입에서는 미처 생각지도 않았던 왕청같은 대답이 나왔다.

"저— 경식 동무를 한번 만나보고 싶기두 하구."

말해놓고 보니 인차 대답을 못하고 쭈밋쭈밋(자꾸 무엇인가 하려다가 망설이며 머뭇거리는 모양)했던 제 몸가짐이 꼭 부끄러움 때문에 급해 맞아하는 처녀의 내우 비슷한 것으로 보였겠구나 하는 생각이 들었다. 이랬건 저랬건 때는 늦었다.

"우리 경식이를?……" 하며 진순영은 뜻밖인 듯 놀라는 기색이더니 인차 미소를 지어보였다.

"그래, 우리 경식이가 집에 있을 때 꼭 한번 놀러오너라."

"예." 하고 기옥은 도망치듯 계단으로 급히 달려 내려왔다.

......

지금도 그 생각을 하면 기옥은 얼굴이 홍당무우처럼 새빨개지는 것을 감출 수 없었다.

그것을 어머니는 지금 기옥이가 경식이 때문에 너무 상심해서 얼굴이 달아오른 것이라고 생각했던지 딸을 위안하듯 한마디 톡 내쏘았다.

"얘, 기옥아! 경식이는 네가 마음을 쓴다고 해결될 아이가 아니야. 그 녀석은 백날 가야 사람질을 못해."

가뜩이나 근심이 한가슴에 가득히 찼던 최국락에게 안해의 이 말은 짜증으로 번져졌다.

"여보! 무슨 그런 험한 욕을 하오? 남의 귀한 자식을 놓고. 더구나 우리하고도 영 남남이 아니라는 걸 누구보다 당신이 잘 알면서도……"

"나도 너무 안타까와서 한마디 한다는 게 그만…… 잘못했어요."

얼른 사죄를 하고 나서 오순은 다시 이었다.

"그런데 여보, 솔직히 말해서 경식이는 아이 때부터두 가만히 노는 걸 보면 무슨 일에서나 뒤끝을 생각하지 않고 후과를 무서워할 줄 모르는 것 같은 생각이 듭디다. 사람이 뒤끝과 후과를 생각하지 않는다면 무슨 일을 저지를지 어떻게 알겠어요."

이 말은 기옥이를 가슴 철렁하게 하였다. 얼핏 보았을 때는 남자다운

데도 있는 것 같던 그가 어머니의 말을 듣고 보니 분명히 무슨 일에서나 뒤끝을 생각하지 않고 후과를 두려워하지 않는 그런 약점이 있는 것 같이 생각되었다.

기옥은 낮에 공사장에서 있었던 그 일이 다시 눈앞에 펼쳐지였다. 작업 도중에 전투장을 벗어나려고 하면서도 그새 혹 저를 찾는 일이 생기지 않을가 하는 위구심이란 전혀 보이지 않았고 식료 매대에 고급손목시계를 맡길 때에도 저 귀중품을 혹시 잊어버리기나 하면 어쩌랴 하는 후과에 대해서도 전혀 걱정하는 기색이 보이지 않았다. 없으면 또 생기겠지 하고 제 것을 그리 아까와함이 없이 턱턱 뿌려 던지는 경식이를 처음 만나는 사람들은 얼핏 보기에는 결패도 있고 통도 큰 남자다운 기질로 인차 호감을 사게 만들어주었다.

그러나 이것은 경식이가 어머니의 배 안에서부터 타고난 기질은 아니였다. 가정적인 특이한 생활환경이 그에게 만들어준, 비유해서 말하면 옆에서 아버지와 어머니가 '인공'적으로 만든 개성이라고 할 수도 있었다.

경식은 원래 세상에 태여날 때부터 남달리 힘들게 태여났다.

그의 어머니 진순영은 결혼한 후에 불임증의 진단을 받고 남모르는 속을 얼마나 태웠는지 모른다. 3대 독자 외아들인 남편의 얼굴을 마주쳐다보는 것마저 차츰 꺼려 하게 되는 진순영이였다.

그런데다가 어촌마을 진료소에서 준의를 그만두고 집에 들어온 시아버지가 한 주일이 멀다 하게 무슨 바다풀로 만든 불임증의 특효약이라는 둥, 바다의 특이한 미생물로 제조한 약이라는 둥 하면서 현대의학공부를 한 약학 전문가 며느리에게 련거퍼(연거푸) 올려 보내놓고는 기쁜 소식이 내려오기를 안타깝게 기다렸는데 그때마다 진순영은 이 집안의 대를 잇지 못하겠으면 스스로 물러나라는 독촉같이 느껴지여 그 중압감을 이겨내기가 또한 조련치 않았다.

그런 마음고생 끝에 낳은 아들이 경식이였다. 신통히도 홍유철이를 꼭 닮은 아들이였다.

홍유철은 집에 들어서자부터 갓난 애기(아기)의 얼굴에서 잠시도 눈을 떼지 못했고 지어 밥을 먹으면서까지도 줄곧 들여다보군 하였다. 들여다보면 볼수록 그 갓난 애기의 얼굴에 자기의 모색이 비껴 있었다.

아이 때부터 경식은 눈이 나빠서 안경을 끼였는데 부모로서 걱정은 하면서도 눈이 나쁜 것까지 신통히 저를 그대로 닮은 것이 너무도 기특하여 허허 웃으며 안경 낀 어린 아들을 대견스럽게 바라보는 홍유철이였다. 경식이자 곧 자기 자신이였던 것이다.

이 집안에서 맛있는 것, 좋은 것이라면 의례히 그 모두를 다 경식이가 차지해야 하는 것으로 되였었다.

경식이가 고등중학교를 졸업할 때까지 전 기간을 학교에 제일 많이 찾아다녔던 아버지와 어머니로서 홍유철이와 진순영이가 모범 학부형이였던 것은 물론 자랑할 만한 일이였다. 그러나 과외시간에 응당 경식이가 해야 할 좋은 일 하기와 같은 사회적 활동까지 부모들이 거의 대신해주다나니 나중에는 경식이가 학교에 다니는지 그를 대신해서 부모들이 학교에 다니는지 통 알 수 없을 지경에까지 이르렀다. 자식의 뒤바라지에서는 홍유철이와 진순영이가 서로 경쟁을 하듯이 어느 한쪽도 기울지 않았던 것이다.

……

그들의 이 가정사를 알 리가 없었던 기옥은 생긴 것도 멀쩡하게 잘생겼고 그리 악이 있어 보이지도 않는 경식이가 왜 그리 행방이 없는 사람으로 세상에 태여났을가 하는 안타까운 생각이 들었다.

둥글밥상에 모여앉은 그들 네 식구들은 짧은 한순간에 약속이나 한 듯 다 같이 경식이를 걱정하고 있었다.

그러나 이들 가운데서 제일 무거운 돌덩이를 가슴에 안고 모지름(모질음)을 쓰고 있는 사람은 이 집의 가장인 최국락이였다.

최국락에게 있어서 홍유철의 집 문제는 결코 남의 집 문제가 아니였다. 그것은 다만 지배인과 그 지배인의 사업을 보장하는 운전사라는 데서만이 아니라 거의 한생, 지어 오순이까지도 다 같이 깊은 사연으로 맺어진 것 때문에 가슴이 답답해지는 최국락이였다.

그러나 지금 당장은 어찌했으면 좋을지 좀 생각을 굴리여야지 인차 쉬운 답이 찾아질 것 같지도 못하였다.

"자, 그건 그거구 밥상에 차려놓은 것부터 없애자꾸나."

"아버지, 제가 한잔……"

기호가 얼른 술병을 집어 들었다.

세대주가 반주 술을 한두 잔 마시는 데서도 이 가정에서는 아주 특이하고도 철저한 공식이 있었다. 최국락은 집밖에서는 어떤 경우에도 술을 마시는 법이 없었다. 운전대와 함께 한생을 살아오는 직업적인 절제 때문만이 아니라 집밖에서는 그 어떤 술도 역해서 입에 잔을 대기조차 싫어진다는 것이다. 꼭 퇴근 후 집에 들어와서 처자를 옆에 끼고 앉아 반주를 할 때만 술이 제 맛이 난다는 것인데 이때에도 잔을 부어주는 엄격한 순서가 정해져 있었다. 첫잔은 아들 기호였고 두 번째 순서가 기옥이였으며 정 기분이 좋아서 한잔 더 마시게 될 때 겨우 오순에게 세 번째 순서가 차례졌다(주어졌다.). 한 번은 기옥이가 끝내 불평을 내뱉았다.

"아니 아버지, 그러니까 이 딸은 셈 밖이라는 거지요?"

그랬다가 어머니에게서 곤욕을 치르고 난 후부터는 말 한마디 제대로 못하였다.

"애, 너는 그래도 두 번째지? 여기서 세 번째 순서가 앉아 있다. 그것도 정 기분이 좋아야 어쩌다 한 번씩 차례지는 세 번째……"

어딘가 좀 '도식' 같기는 해도 오랜 생활 속에 굳어져 이제는 어길 수 없는 일과처럼 돼버린 질서를 기다리는 것도 기옥에게는 소중한 재미였다.

이 저녁도 제 차례가 되여 술병을 기울이려는데 기호가 부은 첫잔이 아직 절반나마 그대로 남아 있었다.

최국락은 반주 잔을 밀어놓고 벌써 말없이 수저를 집어 들었던 것이다.

기옥은 술병을 밥상 밑에 도로 놓으며 아버지의 얼굴을 살피였다. 몹시 걱정에 잠긴 컴컴한 얼굴이였다.

남의 일처럼 그저 대수롭지 않게 스쳐 넘길 수 없는 아버지라는 것을 기옥이는 모르지 않았다.

방금 전까지만 해도 기옥은 불현듯 제가 불쑥 들어서서 우리 집 저녁을 한결 더 즐겁게 만들었다고 기뻐했던 것이 결국 저 때문에 아버지의 술맛까지 쓰겁게(쓰게) 만들었다고 생각하니 여직껏 지켜오던 그 술잔 붓는 재미나는 '도식'마저 자기가 깨여버린 것 같은 죄스러움에 밥이 잘 넘어가지 않았다.

그래서 기옥은 다음 날 아침 아버지의 의향이 어떠한지 눈치만을 살피였다.

오순은 밤새 생각하고 또 생각하던 끝에 이런 '대책안'을 내놓았다.

"여보, 당신도 이젠 래일모레 륙(육)십인데 운전대를 놓을 때가 되지 않았어요? 지배인 동지에게랑 제기해서 빨리……"

다른 뾰족한 방책이 없는 오순으로서는 십분 그렇게 생각할 수도 있었다. 행방이 좀 없어 보이는 듯한 경식의 문제에 뜻밖에도 기옥이가 끼여들었다.

기옥은 초급단체 위원장으로서 경식이가 아무리 학교 때 동창이라 하더라도 잘못된 걸 보고 가만있을 수는 없을 것이다. 더구나 오돌차고(야무지고 단단하고) 맵짠 데가 있는 기옥이였다. 그러다 나면 미처 생각지도 못했던 오해나 억측 같은 것이 생기여 아차 하면 두 집이 서로 어성버성(분위기가 어색하거나 사람을 대하는 것이 부자연스럽고 사이가 서먹서먹한 모양)한 사이로 아니, 서로 얼굴을 붉히는 사이로 번져질는지도 모른다. 그렇게 되는 경우에 홍유철 지배인의 사업을 보장하면서 매일, 매 시각 서로 얼굴을 마주 쳐다봐야 할 남편의 딱한 정상이 걱정되지 않을 수 없었다.

그래서 오순은 남편이 어차피 이제는 운전대를 놓을 때도 되었는데 기왕이면 그런 바쁜 모퉁이에 들어서기 전에 차에서 미리 내리는 편이 낫겠다고 생각했던 것이다.

그래서 안해가 조심스럽게 입을 뗐는데 최국락은 고개를 저었다.

"이게 뭐 서로 얼굴을 피한다구 될 일이요?"

그리고는 딸에게 사정하듯이 조용히 당부했다.

"기옥아, 그 녀석 행처를 집에서는 모르는 걸 보니 분명 제 친구들하고 어데 밀려다니며(몰려다니며) 돌아가는 것 같은데……"

"그런 것 같아요."

"그걸 네가 찾아서 붙잡아가느라 소동을 피우지 말고 너는 먼저 공사장으로 혼자 가거라. 경식인 내가 래일 차에 태워서 데려다주면 안 되겠니?"

"예, 그럼 그렇게 해줘요."

기옥은 아버지의 무거운 마음을 덜어주는 데는 이 대답밖에 없었다. 그 대신 혼자 공사장으로 돌아가야 하는 기옥에게 그 짐이 그만큼 더 무겁게 실리였다.

7. 캄캄한 밤

약초포전에서 돌아오는 령길은 달도 없는 캄캄한 밤이였다.

홍유철은 '산신령' 손자와 함께 온 정신을 새로운 약초밭 개간에 바치였다.

전번에 달 밝은 이 령길을 넘어 약초포전에 갔다가 우연히 제 발로 찾아온 자칭 '산신령' 손자를 앞세우고 숱한 산발을 뒤지였던 것이다. 그의 말은 첫 순간에 납득이 되였다. 각종 산짐승도 제 좋아하는 골짜기가 따로 있고 수만 가지 약재와 산나물도 제 뿌리박고 싶어 하는 계곡이 따로 있다는 그 말은 정말로 일리가 있었다. 농사로 말하면 알맞는 땅에 알맞는 씨를 심어야 풍작을 얻을 수 있는 적지적작의 리치(이치)나 같은 것이였다.

홍유철은 '산신령' 손자와 함께 온종일 산발을 다니다가 공장으로 돌아가는 승용차에 그를 태웠다. 초급당위원회와도 이미 토론이 있었던 만큼 이제는 선을 보이고 약초포전에 정식으로 받자는 결심이였던 것이다.

돌연 최국락이 '아!' 하며 속도를 높인다. 전조등의 불빛 속에 노루 한

마리가 나타난 것이다. 그놈은 차길(찻길)에서 비켜설 생각을 하지 않고 불빛을 따라 계속 도망치기만 한다.

지배인은 허허 웃었다.

"머저리 같은 놈, 한 발만 비켜서면 이 어둠 속에 네가 어디에 숨었는지 알게 뭐야? 그런데 왜 자꾸 저렇게 불빛을 따라가면서 뛰기만 하나? 정 죽고 싶은 모양이지."

거의 따라잡아 이제 아차하면 노루를 쳐 갈기게 된 그 순간에 홍유철은 다급하게 소리 질렀다.

"세우게!"

최국락은 제동을 밟으며 히죽이 웃었다.

"지배인 동지 때문에 불고기감 한 마리를 허양(맥없이 그냥) 놓쳤습니다."

"알게 뭐요? 저 노루가 이제 최 동무에게 저를 살려준 신세갚음을 하겠는지."

"저 노루가 무슨 강남 갔던 제비라고 신세갚음을 다……"

지배인은 허허 웃고 나서 다시 이었다.

"이자 그 불고기 이야기가 났으니 말이지 최 동무는 고기를 좋아하는 체질이지?"

"그렇게 말입니다. 사람의 몸에는 남새(채소)가 좋다는데 나는 어쩐지……"

"남새가 좋은 건 사실이지."

지배인은 뒤자리(뒷자리)에 말없이 앉아 있는 '산신령' 손자를 돌아보았다.

"차동근의 생각에는 어때? 사람의 몸에 남새가 더 좋나, 아니면 고기가 더 좋나?"

"글쎄 남새도 필요하겠지만 풀만 먹어가지고야 어떻게 앞으로 냅다 달려 나갑니까?"

지배인은 의아해서 다시 물었다.

"달려 나간다는 건?"

"할아버지를 따라서 산속에 들어가 볼 때면 토끼, 노루, 사슴 같은 풀 먹는 짐승들은 다 도망치구 날고기를 먹는 승냥이, 여우, 범 같은 짐승들은 다 쫓아가거던요. 초식동물들은 눈부터가 벌써 잔뜩 옆에 붙어가지고 사방을 두리번거리며 먼저 도망칠 생각부터 하는데 육식동물들은 두 눈이 앞에 모아 붙어가지구 쫓아갈 생각부터 하더란 말입니다. 이 자동차도 눈이 이마에 딱 붙어 있으니까 이렇게 앞으로 냅다 달리지 않습니까?"

홍유철은 하하 큰소리를 내어 웃었다. 이 웃음 속에는 제 마음속의 생각과 차동근의 말이 어딘가 일치되는 점이 있었기 때문이기도 하였다.

홍유철은 혼자 마음속으로 늘 이런 생각을 하고 있었다. 축산에서 고기생산을 부쩍 늘이는 것과 함께 우리 제약공장들에서도 고기 성분과 꼭 같은 보약강장제를 더 많이 개발해낸다면 얼마나 좋을가. 그래서 홍유철에게는 차동근의 이야기가 그저 우스개소리로만 들려오지 않았다.

'산신령' 손자—차동근은 이제 겨우 스무 살의 어린 청년이였지만 지내보면 볼수록 의젓한 데가 있어 보이고 말을 해보면 해볼수록 정이 끌리는 데가 있었다.

홍유철은 며칠 전에 차동근을 처음으로 만나던 때가 다시 생각나서 혼자 씨물(입술을 약간 씰그러뜨리며 소리 없이 한 번 웃는 모양) 웃었다.

제가 '산신령' 손자노라 하면서 처음에 나타났을 때는 하도 엉뚱해 보이는 것이 재미가 나서 이래저래 이야기를 번져갔었다. 그러다가 홍유철은 차동근이라는 청년을 파악하기 전에 자기가 먼저 그에게 파악을 당해버린 셈이 되였다.

차동근은 지배인에게서 한동안 약초포전의 전망에 대한 이야기를 듣더니 말없이 물끄러미 그의 얼굴을 쳐다보며 깊은 생각에 잠기는 것이였다.

홍유철은 의아해서 마주 쳐다보았다.

"왜 그러나?"

"저는 결심이 됐습니다."

왕청같은 대답이였다.

"결심이 되다니? 무슨 결심이……"

차동근은 말없이 가방 속에서 두툼한 종이 퉁구리를 꺼내더니 홍유철의 앞에 척 내놓았다.

"지배인 동지한테 이걸 넘겨드리겠다는 결심이……"

"아니, 이건 뭔데?"

"우리 할아버지한테서 물려받은 유산입니다. 산삼이랑 귀중한 약초들이 몰래 숨어 있는 비밀장소들에 대한 략도들이지요 뭐……"

홍유철은 돌연 당황해졌다.

"아니, 할아버지한테서 물려받은 이 비밀략도를 왜 내게 넘겨준다는 거냐?"

"우리 할아버지도 이걸 지배인 동지한테 넘겨주는 걸 아시면 기뻐할 겁니다.……"

홍유철은 무슨 영문인지 알 수가 없어 한동안 말없이 그를 쳐다보았다.

차동근은 지나온 20년 세월의 눈물겨운 인생사를 홍유철의 앞에 솔직하게 다 터놓았다. 그것은 아직 기억조차 할 수 없었던 갓난 애기의 시절부터였다.

……

차동근의 할아버지는 약산동대의 어느 산줄기에서 산림감독원을 하였고 아버지는 그 산림보호구에서 양묘공을 하였다.

할아버지가 이제는 륙십(육십)이 되여 산림감독원의 일을 아들에게 넘기려던 그해에 뜻밖에도 차동근의 아버지는 시름시름 앓던 심장병으로 작업장에서 순직을 하였다. 차동근은 유복자로 세상에 태여났다.

할아버지에게는 차동근이가 집안의 피줄(핏줄)을 이어갈 하나밖에 없는 귀한 손자였다. 온 정신은 갓 낳은 그 피덩이(핏덩이)에게만 가 있었다.

그날도 할아버지는 대한추위의 찬바람을 헤치고 산발을 오르내리면서도 저녁에 빨리 집으로 돌아가서 손자를 한시바삐 안아볼 생각에 추위조차 다 잊고 있었다.

할아버지는 집에 들어서자바람으로 차동근을 덥석 끌어안았다.

"에끼, 내 손자야! 너두 온종일 이 할아버지가 보고 싶었지? 어디보자.……"

그런데 이 순간 어린 것은 돌연 손발이 가드라들며(빳빳하게 되면서 오그라들며) 울지도 못했다.

"아니, 이 애가 어째 이러니?"

이때는 벌써 늦은 때였다. 할아버지가 얼음장 같은 두 손을 손자의 겨드랑이에 꼈을 때에는 어린 것의 신경중추가 이미 침해되어 소아마비의 증상이 왔던 것이다. 손놀림과 발놀림도 제대로 하지 못했고 침 건사도 제대로 하지 못하였다.

제 생명처럼 여기던 아들 없는 손자를 한순간에 이렇게 만들어놓은 할아버지의 정상은 말이 아니였다. 가슴은 탈대로 타다 못해서 재만 가득히 차올랐다. 그날부터 동근의 할아버지는 자리에 누워서 식음을 전폐하고 꼼짝 안 했다.

동근의 어머니는 시아버지의 정상을 보다 못해서 머리맡에 무릎을 꿇고 앉아 어깨를 들먹이였다.

"아버님, 애를 저에게 혼자 맡겨놓고 아버님까지 이렇게 모진 마음을 가지시면 저는 어쩌라는 겁니까? 손자를 하도 중해하시다가 뜻하지 않게 그리된 건데 아버님, 아들 하나 데리고 평생을 혼자 살아가야 할 이 며느리를 생각해서라도 일어나서 밥술을 들어주세요. 일어나서 같이 맞들구 뛰여다니느라면 고칠 수도 있지 않겠습니까.……"

하긴 이대로 숨이 진다 해도 눈을 감지 못할 할아버지였다. 있는 힘을 다하여 다시 일어났다.

그날부터 동근의 할아버지는 소문난 의사들을 다 찾아다녔고 좋다는 약재나 약초가 있을 만한 데는 다 찾아다니며 깊은 산골짜기와 높고 낮은 산발들을 샅샅이 훑다싶이 하였다.

그러나 아무리 애를 쓰며 아글타글 뛰여봤댔자 별로 효험이 없었다. 중추신경의 침해에서 생긴 소아마비는 현대의학에서도 난치에 속한다더니 정말 앞이 잘 보이지 않았다.

동근은 다른 아이들처럼 유치원에도 다녀보지 못하고 인민학교 마당에도 들어서보지 못하였다. 그의 어린 시절의 선생님은 병원의 간호원들이였다고 말할 수 있었다. 그들이 어린 것에게 우리말과 우리글을 배워주기도 하였다.

열 살쯤 넘어서부터 동근은 뜻밖에도 침대를 잡고 일어서기 시작하더니 다음에는 한 발 두 발 저절로 걸음마까지 타기 시작하였다. 기적이였다.

그러나 어떤 경우에도 기적은 저절로 이루어지는 것이 아니였다. 여기까지 꼭 10년 세월이 걸리였다. 리인민병원에서부터 군인민병원, 군인민병원에서부터 도인민병원 그리고 중앙병원들과 의학과학원의 연구집단에 이르기까지 10년 세월에 이 차동근이 하나를 위해서 모여앉은 유능한 의료일군들의 협의는 그 몇 번이였고 그에게 쏟아부은 값비싼 약재들은 또한 얼마였는지 뜨거운 정성을 돈으로 계산하자면 이루 헤아릴 수가 없었다. 드디여 동근이는 고등중학교를 제 발로 걸어서 다니게 되였다.

할아버지는 손자의 졸업증까지 다 받아보고 팔십을 넘어 편안한 마음으로 눈을 감을 수 있었다. 그때 할아버지는 약초밭이 적혀 있는 략도를 넘겨주며 이런 당부를 하였다고 한다.

"이 할아버지 불찰로 해서 너를 그만 병신으로 만들어놓구 그 죄를 좀 씻어볼가 하여 험한 산발을 다 뒤지고 좋다는 약초도 다 써보았지만 그것만으로는 안 되더구나. 하는 수 없이 눈을 감지 못하고 저세상으로 가게 되나부다 했는데 나라에서 끝내 너를 일떠세워(힘차게 일어서게 하여) 우리 가문의 대를 잇게 해주었다. 정신없이 돌아치다가 지금에 와서 생각해보니 이 할아버지는 고마운 나라에 귀한 약초 한 뿌리도 바친 적이 없었구나. 이건 그새 내가 갖가지 약초들을 캐면서 그때마다 거기로 가는 길을 그려놓았던 략도들이다. 너는 크게 공부하지 못했으니 안 되는 거구, 이걸 가지구 나라에 조금이나마 도움을 줄 수 있는 사람을 꼭 찾아서 넘겨주도록 하여라.……"

옛날에는 비방이나 보물이 숨어 있는 지리는 누구도 모르게 자손에게만 넘겨준다고 하였는데 차동근의 할아버지는 자기를 대신해서 나라의 은혜에 조금이라도 보답해줄 수 있는 사람을 찾아서 그에게 넘겨달라는 당부를 손자에게 남기였다.

그 적임자가 바로 홍유철이라고 생각되였다.

차동근은 약초포전에 온 넋을 바쳐가면서 밤길을 걷기도 하고 그 바쁜 속에서도 학술연구에 전심하는 이 제약공장 지배인이 바로 할아버지가 꼭 찾으라고 당부했던 그런 사람이라고 생각되었던 것이다.

그래서 차동근은 할아버지가 넘겨준 약초밭의 략도를 홍유철의 앞에 서슴없이 꺼내놓았다.

홍유척은 한 가문의 곡절이 담겨진 약초밭의 략도를 받아들자니 그 종이장(종잇장)이 천근만근으로 느껴졌다. 차동근이 약초포전에 처음으로 찾아와서 제가 '산신령' 손자라고 으시댈 때는 그저 덜렁거리는 그 재미에 몇 마디 받아주었는데 지금 할아버지가 넘겨주었다는 제 집안의 가보나 다름없는 략도를 두 손에 정히 받쳐 꺼내놓을 때 그의 얼굴은 지어 근엄해 보이기까지 하였다.

그 나이에 벌써 고마움을 간직할 줄 알고 그에 조금이라도 보답하고 저 애쓰는 기특한 심정 그리고 이것을 넘겨주는 사람에 대한 믿음과 기대…… 그런 것을 홍유철은 차동근의 얼굴에서 읽을 수 있었던 것이다.

"지배인 동지……"

운전사가 조용히 부르는 소리에 홍유철은 생각에서 깨여났다.

"왜?"

"저…… 경식이가 말입니다."

"우리 경식이?"

"예, 지금 집에 와 있는 것 같은데 래일 제가 얼른 공사장에 데려다주고 오면 안 되겠습니까?"

"그 애가 집에 와 있을 게 뭐요? 요새 일감이 많다면서 며칠째 집에두 안 들어오는데……"

"이삼 일 안팎에 한 번 왔다간 적도 없었습니까?"

"없었는데…… 왜 그러오?"

최국락은 얼른 말머리를 돌리였다.

"차를 몰고 지나가다가 얼핏 한번 본 것 같애서……"

"아, 저하구 친한 성준이라는 동무네 기계공장합숙에서 전화를 한번 걸어온 적이 있었지. 그 길로 공사장으루 다시 나간다면서……"

최국락은 가슴이 덜컥하였다. 기옥이는 속이 까매서 찾아다니는데 공사장에는 없고 집에는 또 오지 않았다지…… 그럼 어데 갔을가?

이런 걱정스러운 생각을 하고 있는데 홍유철이 먼저 입을 열었다.

"그 녀석이 이번에는 지그시 몸을 좀 잠그고(어떤 일을 하기 위해 전적으로 달라붙고) 일을 하는 모양인데 그래두 마음은 안 놓인다니까. 오죽했으면 그 녀석 때문에 두루 걱정하다가 집안에서 현상모집 소리까지 나왔겠소,"

"아니, 현상모집이라니요?"

"국락이도 우리 집 그 현상모집에 좀 참가해주지 않겠소?"

최국락은 영문을 알 수 없어 얼른 지배인을 건너다보았다.

홍유철은 어처구니없는 듯 허허 웃고 나서 천천히 다시 이었다.

"자, 우리 집사람은 그 애가 편식이 심한데다 집을 떠나기만 하면 물갈이를 하니 어떻게 좀 작업장에서 빼내가지고 상급학교 입학시험 준비를 시켰으면 하는데 그게 어디 헐한(만만한) 일이요? 글쎄 집단생활이 몸에 배지 못한 그 녀석이 혹 자유주의를 하다가 무슨 말썽이래두 일구지 않겠는지 나도 걱정은 걱정이야. 입학시험 준비하는 동안만이라도 집에다 좀 붙들어놓구 있으면 마음이야 놓이겠지만 일군들부터가 제 자식들을 어렵고 힘든 일에 앞장세우라는 요구가 아닌가. 내가 그 소리를 했더니 우리 집사람이 이번에는 뭐라고 하는지 아오? 말썽도 생기지 않구 체면도 깎이지 않으면서 어떻게 좀 뽑아낼 방도는 없겠는가, 이러누만. 내 너무 기가 막혀서 그건 현상모집을 해두 그 문제에 대한 답을 내놓을 사람은 없을 거라고 했더니 이번에는 또 저하구 나하구 현상모집을 하자누만. 당선자에게는 '모범부모 칭호'와 함께 특별 식사대접을 시켜준다나? 하하⋯⋯"

홍유철은 최국락을 힐끔 곁눈질하며 롱 삼아 한마디 덧붙였다.

"동무가 어디 한번 그 답을 찾아주게나."

"저두 뭐 그 답은 찾아낼 것 같지 못합니다.⋯⋯"

최국락은 지배인의 롱말(롱담)에 웃지 않고 정색해서 대답하였다. 웃음이 나올 경황도 없었다. 공사장에 내보내놓고 그렇게도 마음이 놓이지 않아 집안에서 현상모집 소리까지 나왔을 적에는 경식이를 공사장에 그냥 붙잡아두고 이번 기회에 단단히 좀 단련을 시켜보겠다는 마음의 준비가 홍유철 지배인에게 전혀 되여 있지 못한 것이 분명했다.

그러고 보니 기옥이와 약속한 것이 난사였다. 경식이를 인차 차에 태워서 공사장까지 데려다주겠으니 혼자 먼저 들어가라고 하였는데 경식은 집에도 없다고 한다. 딸은 아버지와의 약속을 안타깝게 기다린다. 결국 기옥이와 약속했던 첫 번째 방안은 포기할 수밖에 없었다.

어차피 기옥이까지 끼여들게 된 경식의 문제 때문에 장차 지배인의 얼굴을 마주 쳐다보기가 난처해지는 그런 날이 혹 오지 않을가 하는 불안감에 운전대를 잡은 최국락의 손이 저도 모르게 떨리기까지 하였다.

이제는 하는 수 없이 미리 '부결'했던 안해의 방안에 매달리는 길밖에 다른 도리가 없었다.

"지배인 동지……"

이렇게 불러놓고 최국락은 다음 말을 잇기가 너무 힘들어서 한참이나 갑잘랐다(힘이 들거나 뜻대로 되지 않아 낑낑거렸다).

홍유철이도 무엇을 예감했는지 정색해서 물었다.

"왜 그러오? 갑자기 심각해가지구……"

"나는 금년에 륙십입니다."

"뭐? 아, 하긴 그렇겠구나. 세월도 참…… 그런데?"

"이제는 차에서 내릴가 합니다. 눈도 점점 나빠지구……"

"하긴 운전사야 눈이 기본이지.……"

이런 때 자기의 의사에 즐거운 웃음의 옷을 곱게 입혀서 상대방의 마음을 편안하게 해줄 줄을 아는 사람이 홍유철 지배인이였다. 그는 갑자기 흥얼흥얼 노래를 부르기 시작하였다.

　　달도 없는 야밤에 자동차 달리다
　　자동차 달리다가 문득 세우고 치치……
　　여기가 어데인가 물었더니
　　……

그리고는 최국락이를 돌아본다.

"뭘 하고 있소? 빨리 다음 구절을 받아주어야지. '여기는 전선원호사업에서 소문난 순천이웨다……' 하구 말이요.……"

최국락은 마지못해 허허 웃었다. 그를 이쯤 풀어놓은 다음에 홍유철이 다시 입을 열었다.

"낮에는 해빛(햇빛)이, 밤에는 전조등이 앞을 밝히니…… 눈이 잘 안 보여두 이자 그 노래처럼 달도 없는 야밤에 차를 모는 것보다는 낫겠지?"

그 다음에는 홍유철이도 정색해서 다시 이었다.

"그래 최 동무의 입에서 그런 말이 그렇게 헐하게 나옵데?"

"……"

대답 없는 최국락이를 돌아보며 홍유철은 이렇게 간절히 말했다.

"내가 왜 이렇게 새로운 약초포전을 찾아 밤길을 헤덤비며 뛰여다니는지 최 동무도 알겠지? 나도 이젠 졸업할 때가 됐거던. 뭘 한 가지라두 나라에 보탬이 되는 일을 더 해놓구 지배인 자리를 내놓아도 내놓아야 할 게 아니요. 바다가 마을에서 맨발로 모래불(모래부리)을 뛰여다니던 진료소 준의의 아들을 나라에서 먹여주구 입혀주구 대학에 박사원 공부까지 시켜주고 일군으로까지 내세워주었는데 그 은혜에 조금이라도 보답해야지? 그리구 세상에 났다가 나도 뭘 하나 남긴 것이 있어야 할 거구. 그래 내 언제 한번 한가한 시간을 보내는 때가 있던가? 내 딴으루 박사학위론문을 결속하느라 애쓰면서두 또 공장의 일에 대해서도 늘 최동무와 의논하댔지? 내 국락이를 언제 한번 그저 운전사로만 생각한 적이 없었어. 같이 동업자로 생각했구 친형제로 생각해왔는데…… 이게 어디 의리가 있는 처사요?”

“저도 그걸 몰라서가 아니라 사실은……”

“물론 본의는 아니겠지. 그건 나도 알아. 다시는 그런 소리를 하지 말구 우리 마지막까지 같이 일하다 같이 차에서 내리자구.”

홍유철은 허허 웃으며 뒤를 돌아보았다.

“동근이가 한번 대답해보라. 그래 내 말이 틀리는 소리나?”

“맞습니다. 운전사 아바이가 옳지 않습니다. 이자 운전사 아바이가 이젠 차에서 내릴 생각이다, 지배인 동지도 나 역시 졸업할 때가 됐다 하고 말씀들을 할 때 나는 우리 할아버지의 그 약초밭 락도를 도로 찾아가지고 돌아갈가 하는 생각까지 했더랬습니다.”

홍유철은 하하…… 크게 소리를 내어 웃었다.

“걸작이야, 차동근이는 역시 걸작이거던.……”

그리고는 최국락의 쪽에 얼굴을 돌리며 한마디 더 오금을 박았다(함부로 말이나 행동을 하지 못하게 단단히 이르거나 을렀다).

"보라구! 최 동무 때문에 아차하면 그 략도까지 도로 떼울 번했단 말이요.……"

최국락은 홍유철의 그 진정이 고마왔다. 그래서 더구나 이 순간에 최국락은 숨쉬기마저 가빠질 지경이였다. 이제는 더 이상 다른 방책이 없었다.

이자 지배인의 그 마디마디는 얼마나 뜨겁고 간절한 것인가. 그 말이 옳았다. 지배인을 수십 년 전에 '형님'이라고 먼저 불렀던 것도 최국락이였다.

지배인의 그 따뜻한 정에 눈이 까매서 기다리고 있을 기옥이에 대한 걱정이 한데 섞이여 최국락이는 저도 몰래 깊은 한숨을 내쉬였다.

마음 같아서는 경식의 잘 정돈되지 못한 생활에 대하여 지배인 앞에 툭 빠개놓고(어떤 내용이나 내막 따위를 사실대로 다 드러내놓고) 싶은 생각도 없지는 않았다. 그러나 아버지로서 자식의 약점을 모르지도 않고 있는 그의 근심걱정에 구태여 덧짐(겹친 부담이나 고통)을 놓기가 최국락이로서는 너무도 힘들었던 것이다.

하긴 제 자식의 약점과 허물을 사람들한테서 듣게 되는 때처럼 그렇게 괴로울 때는 없을 것이다. 하물며 경식이에 대하여 늘 마음을 놓지 못해 항상 옆에 끼고 있어야 발편잠을 자는 홍유철이라는 것을 너무나도 잘 알고 있는 최국락이로서는 지금 혼자 속을 태우는 수밖에 없었다.

수십 년 세월 최국락은 지배인 때문에 마음고생을 해본 적은 단 한 번
도 없었다. 정말 인간으로서나 일군으로서나 거의 부족점(단점)을 찾아
보기 힘든 사람이라고도 말할 수 있었다. 나라의 고마움을 누구보다 가
슴 깊이 간직할 줄도 알고 당에서 의도하는 일이라면 앞에서 하는 말이
나 뒤에서 하는 말이나 늘 똑같았으며 종업원들이 혹 미처 알아보지 못
하고 그냥 지나치면 제가 먼저 인사를 하는 지배인이었다. 수백 명의 종
업원들 속에서 자식들의 걱정스러운 문제만 생기면 초급일군으로부터
자기 자신에 이르기까지 모두가 떨쳐나 뛰도록 하였다. 자식 문제에 들
어가서는 내 자식, 남의 자식이 따로 없어야 한다고 입버릇처럼 말해온
것이 홍유철이었다. 그래서 더구나 종업원들은 그를 두고 '우리 지배인'
이라고 불러왔는지도 모른다.

그런데 다만 집안에서 자식을 잘못 키운 것 때문에 사람들의 말밥(구
설수)에 오르고 일군으로서 처신 문제라도 생기지 않을가 하는 것이 최
국락에게는 은근히 걱정스러웠다. 자식을 이겨내는 부모가 없다더니 우
리 지배인도 역시 그래서 그러는지……

경식이를 데려다주기로 약속하고 공사장에 돌려보낸 기옥이가 오늘
도 속이 새까매 기다리겠지 하는 생각을 하니 최국락은 가슴이 바질바
질 타는 듯하였다. 지배인은 마지막까지 같이 일하다가 차에서 같이 내
리자고 손목을 꼭 잡지, 어떻게 했으면 좋을는지 가슴이 답답하기만 하
였다.

"가만, 최 동무! 우리 집을 지나가지 않소?"

지배인의 목소리에 "참." 하며 최국락은 차를 후진하여 아빠트 두 번째 현관 앞에서 멈추었다.

지배인은 차에서 내리더니 얼른 뒤문(뒷문)을 열었다.

"자, 동근이도 빨리 내려야지. 오늘은 우리 집에서 자자."

"지배인 동지, 공장에 합숙도 있다는데 저는 거기에 들겠습니다."

이번에는 최국락이가 얼른 따라 내리며 문을 도로 닫으려고 서둘렀다.

"지배인 동지, 우리 집에 데리고 가서 같이 자겠습니다."

"그래도 첫날밤이야 지배인네 집에서 나하고 같이 자는 게 옳지. 자, 어서……"

지배인은 끝내 차동근의 손목을 잡아끌었다.

8. '현상모집' 당선자

홍유철은 차동근이를 데리고 집에 들어서면서 벅작(복작) 떠들었다.

"여보! 내 오늘 어떤 귀한 손님을 모시고 왔는지 아오?"

그런데 이 순간 진순영은 의자에서 일어나려다 말고 털썩 도로 쓰러진다. 머리카락은 헝클어지고 몸은 경련이 일듯 와들와들 떨기까지 하였다.

홍유철은 깜짝 놀라며 가방을 아무렇게나 집어던지고 얼른 진순영의 손맥을 짚었다.

"왜 그러오?"

"우리 경식이가 글쎄……"

"경식이가 도대체 어쨌다는 거요?"

"제 죽을 줄 모르구 꽝꽝 남포가 터지는 그 속으루 글쎄 정신없이……"

"그래서 어떻게 됐다는 거요?"

"아무리 소리쳐야 말이 나가야 어쩌지요? 깜빡 조는 새에 무슨 꿈두, 원……"

"뭐?"

"당신이 그때 마침 문을 쾅 하구 닫는 소리를 내지 않았으면, 아이구……"

"여보, 나까지 졸도할 번했소, 허허……"

홍유철의 이마에도 식은땀이 질퍽하니 내배였다.

홍유철이 안해의 맥을 짚을 때부터 차동근은 어느새 다가앉아 그의 두 팔과 두 다리를 주무르기 시작하였다.

홍유철은 눈이 둥그래서 차동근이를 쳐다보았다.

"자, 이것 봐라! 우리 '산신령' 손자의 안마 솜씨가 웬만한 전문가들 찜 쪄 먹겠는걸.……"

"지배인 동지, 제 어릴 때 10년 세월을 병원 입원실에서 보내지 않았습니까. 그 기간에 의사 선생님들과 간호원 누나들의 수족 안마인들 제 얼마나 많이 받았겠습니까?"

그 순간 진순영은 "아니, 그럼 당신이 나한테 말하던 그 '산신령' 손자?……" 하며 얼른 차동근의 손목을 반갑게 잡아주었다. 그리고 친자식을 대하듯 뜨거운 눈길로 동근이를 바라보았다.

"네가 자라온 기막힌 이야기를 나도 다 들었다. 어디 한번 선 자리에서 걸어보렴.……"

차동근은 제법 활개까지 치면서 힘차게 제자리걸음을 걸었다.

진순영은 그의 두 다리를 짚어보며 머리를 끄덕이였다.

"정말 기적이라는 것도 있긴 있구나. 그런데 아직 오른쪽 발보다 왼쪽 발이 먼저 나가게 되지?"

"예……"

"후유증이 아직 좀 남아 있을 수 있는데 이만하면 정말 기적이야! 가만, 귀한 손님이 우리 집에 왔는데 내 어째 이러고 있니.……"

홍유철은 의자에서 힘겹게 일어서는 안해의 손을 잡아주었다.

진순영은 부드러운 눈길로 남편을 쳐다보았다.

"미안해요. 온종일 힘들게 일하다가 집에 들어서는 당신을 깜짝 놀래우기만 하구……"

"글쎄 나는 또 그렇다 치구 당신이 그렇게 온종일 경식이 때문에 신경을 쓰다가 그것이 쌓이구 쌓여서 이제……"

"어찌겠어요, 저절로 그렇게 되는걸.……"

진순영은 아직도 그 무서운 꿈의 여운 때문인지 가슴에 손을 얹은 채혼자소리처럼 중얼거리였다.

"나두 참 고약한 에미지. 자식에 대한 걱정이 왜 인차 못된 생각으로만 자꾸 번져질가요? 그러다가 나중에는 그런 험한 꿈까지……"

"허, 가까운 혈육일수록 근심걱정이 인차 험한 생각으로 번져지는 법이니까.……"

홍유철은 안해를 위로하듯 부드러운 목소리로 다시 이었다.

"그러니 여보, 당신도 이제부터 우리 경식에게 무슨 좋은 일이 더 많이 생길 것 같은 쪽으로 생각을 자꾸 좀 돌려보란 말이요. 공사장에 나가서 그 애가 힘든 일을 꽤 견디여낼가, 어데 다치지나 않을가 이런 걱정스러운 이야기 줄거리만 자꾸 만들지 말구 우리 경식이가 어떤 놀라운 창의고안 같은 걸 해가지구 표창장이랑 타는 그런 기쁜 생각들을 해보란 말이요. 그랬으면 아마 그 애가 꽃다발을 받는 꿈같은 걸 꾸었을지두 몰라.……"

진순영은 빙그레 미소를 지었다.

"놀라운 창의고안을 해가지고 표창장은 못 타도 무슨 걱정스러운 일이나 생기지 않았으면……"

"허, 당신은 제 자식을 무슨 못난이처럼 보는 게 탈이라니까. 우리 경식이에게는 아이 때부터 타고난 비상한 응용머리가 있지 않았소?"

"우리 경식이에게요?"

"생각이 안 나오? 그때가 유치원 높은 반에 다니던 때였던지……"

한창 음식상을 차리는 안해에게 마음의 안정을 시켜주려는 듯 홍유철은 제가 먼저 허허…… 웃음을 지어보이였다.

"그날은 마침 일요일이였댔는데 이 녀석이 제 동무들과 공을 차는 정신에 점심시간이 퍽 지나 오후 3시가 다 되여서야 집에 들어오더란 말이요. 그리고 배가 쓰리면서 아프다고 하지 않겠소. 그때 당신이 경식일 눕혀놓고 배를 눌러보더니 이렇게 말했소. '보려무나. 제 시간에 들어와서 점심을 제때에 안 먹으니까 속이 텅 비여서 배가 아프지 않니? 속에다가 빨리 뭘 좀 집어넣으면 인차 일 없어진다.' 그리고는 콩우유에 빵을 받쳐 먹이더란 말이요. 그러니까 이 녀석이 인차 '엄마, 진짜 배가 안 아파!' 하지 않았소.……"

진순영은 어처구니없는 미소를 지어보였다.

"그게 그렇게두 제 아들의 머리가 비상해보였어요?"

"마저 들어보오. 그날 저녁에 마침 우리 고향에서 내 사촌형이 출장을 왔다가 집에 들렸댔소. 성미는 참 유순하고 좋은 사람인데 아이 때 공부하기를 싫어하구 손에 책을 드는 법이 없었소. 그래서 우리 할아버지가 그 사촌형을 보구 '너의 머리는 텅텅 빈 빈 통이야, 빈 통……' 하고 욕을 하군 했소. 그래 우리 집안에서 사촌형의 별명이 '빈 통'이 되여버렸거던. 바루 그 사촌형이 우리 집에 찾아왔을 때였소. 차멀미를 해서인지 머리가 아프다고 한마디 하더란 말이요. 그러니까 그때 우리 경식이가 당신이 하던 말을 얼른 응용해서 이렇게 말했소. '큰아버지! 그건 큰아버지의 머리속(머릿속)이 텅 비여서 그래요. 머리에다 뭘 좀 집어넣으면 인차 아프지 않아요. 우리 어머니가 그렇게 말했어요, 텅 비면 아프다구.……' 그러니까 사람 좋은 우리 사촌형이 허허 웃으며 '옳다, 너의 어머니두 내 아이적(아잇적)에 머리가 너무 텅 비여서 별명이 빈 통이였다는 걸 알구 있었던 모양이구나.' 하더란 말이요."

그제야 진순영은 호호 소리를 내여 웃었다.

"나도 이제야 생각나요. 내 그때 너무 바빠서 경식이의 옆구리를 찌르며 '이 녀석아, 내 언제 그렇게 말했니? 속이 텅 비였을 때 아무거나 인차 집어넣으면 배가 아프지 않다구 말했지.' 하니까 시형님이 이렇게 말했지요. '제수, 냐두시오. 속이 텅 비였을 때 뭘 집어넣어야 하는 거나 머리가 텅 비였을 때 뭘 집어넣어야 하는 거나 리치를 따지만 이 애의 말이 틀리지 않수다.' 호호……"

"보란 말이요! 그 나이에 벌써, 그게 비상한 응용머리가 아니고 뭐요?"

경식이의 자랑스러운 이야기만 나오면 금시 어린애가 되는 듯하는 것이 이들 부부였다.

이번에는 진순영이가 아들의 자랑거리를 꺼냈다.

"하긴 당신의 말마따나 우리 경식이는 유치원 때부터 엉뚱한 소리를 곧잘 해서 어른들을 깜짝깜짝 놀래우군 했지요. 한 번은 유치원 교양원(유치원 교사)이 '기린의 목이 긴 것은 무엇 때문일가요?' 하구 물으니까 우리 경식이가 이렇게 대답하더래요. '예, 몸뚱이에서부터 머리가 멀리 있기 때문에 목이 깁니다.' 교양원 처녀가 글쎄 너무 우스워서 허리를 펴지 못했대요. 호호……"

홍유철이도 하하 따라 웃으며 안해의 팔을 당겨 맥을 짚어보았다.

"보란 말이요, 67. 벌써 정상맥박으루 떨어지지 않았소? 그래 약만 가지구 이 짧은 시간에 정상으루 돌아갈 수 있겠소?"

진순영은 팔을 맡긴 채 정찬(정이 넘치는) 눈으로 남편을 쳐다보았다.

"나를 위안하면서두 당신인들 하루 종일 경식이에 대한 걱정이 마음속에서 떠났겠어요? 돌격대에서 빼내자니 책임일군의 처신에 어긋나겠지, 오죽했으면 롱말이래두 '현상모집'을 해서 방도를 찾아보자구 했을가요?"

음식상을 차리며 홍유철이와 진순영이가 주고받는 이 모든 이야기들이 차동근에게는 꼭 옛말처럼 신기하기도 하고 재미도 났다. 산골에서 나서 자랐고 할아버지를 따라 산속으로밖에는 별로 다녀보지 못한 차동근이로서는 이렇게 여러 칸짜리의 큰 집에도 처음 들어와 보았고 아버지와 어머니들의 이런 단란한 이야기도 처음 들어보았다. 그는 남의 집이라는 어려움도 다 잊고 그들의 재미나는 이야기를 들으며 어린애처럼 즐겁게 웃었다.

이때였다. 출입문이 벌컥 열리며 "어머니!" 하고 경식이가 들어섰다.

"아버지도 들어오셨군요."

홍유철은 너무 반가운 김에 얼결에 일어나서 경식의 팔을 잡아끌었다.

경식은 아버지에게 끌리워 들어오면서도 낯선 차동근의 얼굴을 의아해서 바라보았다.

"참, 알고 지내거라. 우리 약초포전에 새로 들어오는 재간둥이야. 너보다 두 살이 아래니까 동생벌이 되니 잘 돌봐도 주구……"

차동근은 얼른 일어서며 "형님, 안녕하십니까?" 하고 꾸벅 인사까지 하였다.

경식은 첫눈에 그가 마음에 들었던지 머리를 쓸어주었다.

"무슨 총각이 처녀애들처럼 이리 곱게 생겼어?"

그리고는 차동근이를 밥상 가까이에 끌어 앉히였다.

"자, 내 옆에 앉아야 많이 먹을 수 있어.……"

벌써 즐거운 웃음이 방안을 가득히 채웠다.

홍유철이도 경식의 옆에 자리를 잡고 앉으며 아들의 등을 정답게 쓸어주었다.

"지금 한창 네 말을 하던 참이다.……"

반가운 속에서도 홍유철은 또한 걱정이 앞섰다.

"너 말이야, 이틀 전엔가 어느 기계공장합숙에서 얼핏 한번 전화를 걸어왔댔지?"

"예, 거기서 우리 동무들하고 뭘 좀 토론하다가 그날 밤은 합숙에서 자구 어제와 오늘은 우리 원자재공급소에 나가서 미진한 창고 일들을 좀 보느라구 왔다 갔다 하다가……"

"그래, 공사장에다는 보고랑 제때에 다 하구 승인도 다 받구 다니겠지?"

"아버지, 마음 놓으시라요. 그런 건 나도 다 처리하고 다니니까……"

"그래, 그래……"

홍유철은 안심되는 듯 뻥해서 바라보고 있는 안해에게로 눈길을 돌리였다.

"자, 보란 말이요! 제 앞 처리를 다하고 다니면서 오늘은 또 집에 이렇게 나타나지 않았소? 무슨 남포가 꽝꽝 터지는 데로 맞받아 들어가구 어쩌구……"

"남포라니? 아버지, 그건 무슨 말씀이예요?"

"허허, 너의 어머니한테 물어봐라. 아직두 꿈속에서 너를 보는 것처럼 저렇게 뻥해서 쳐다보고 있지 않니.……"

경식은 의아해서 이번에는 어머니 쪽으로 눈길을 돌린다.

"어머니, 내가 남포가 꽝꽝 터지는 속으로 달려 들어갔다는 건 누가 그래요?"

"누군 누구? 이 에미가 네 걱정을 얼마나 했으면 그런 험한 꿈까지 꾸었겠니.……"

"꿈이요?"

경식은 "몇 시쯤 됐나……" 하고 손목을 내려다보다가 문득 시계가 없다는 것을 느끼고 얼른 벽시계를 쳐다본다. 밤 10시가 되였다.

"벌써 이렇게 됐나. 이젠 집에서 자고 래일 가야겠구나.……"

"그럼 이 밤에 돌아갈려 댔니?"

그러다가 진순영은 깜짝 놀라며 경식의 손목을 들여다보았다.

"아니, 너 시계는 어떻게 했니?"

"시계?" 하며 잠시 주저하는 듯하더니 경식은 얼른 말머리를 돌리였다.

"거…… 직일근무를 서는 우리 동무가 갑자기 제 시계가 어데 고장났다는지, 하루만 좀 빌려달라고 해서……"

미리 대답을 준비해두기라도 했던 것처럼 척척 둘러맞추는 솜씨가 여간이 아니였다. 방금 전에 홍유철이가 자랑삼아 말하던 그 비상한 '응용' 머리라고 할지는……

진순영은 방금 꿈속에서 다시 만나지 못할 번했던 아들을 이렇게 옆에 척 앉혀놓으니 밤새 꼭 껴안고 놓아주고 싶지 않았다.

"그러지 않아두 네 문제 때문에 우리는 '현상모집'까지 걸었단다."

"아니, 현상모집이라니요?"

"글쎄, 지휘관들에게 잘 말해가지고 너를 돌격대에서 어떻게 좀 데려

내올가 하는 생각두 했는데 그건 아버지가 책임일군으로서 처신에 어긋나겠구……"

경식은 어처구니가 없다는 듯 아버지를 돌아보며 히죽이 웃었다.

"아버지! 어머니가 얼마나 락후(낙후)한가 좀 보시라요. 아니, 일단 공사장에 나갔던 바치구야(김에) 마지막까지 일을 하고 총화랑 똑똑히 하고 돌아와야지 중도에서 뺑소니치듯이 돌아온다는 게 말이 돼요?"

홍유철은 대견한 눈길로 아들을 건너다보며 마음속으로 칭찬을 하고 있었다.

'저 녀석도 이제는 퍽 컸구나.……'

진순영은 혼자소리처럼 다시 이었다.

"뺑소니는 무슨 뺑소니…… 시간을 좀 받아서 대학 입학시험 준비도 해야 하겠기에 교대를 좀 해달라구 너의 원자재공급소 소장에게 말해볼가 하댔지.……"

"과연 어머니도 정말…… 돌격대에 나가자바람에 교대한다는 건 또 무슨 소리예요? 그리구 또 교대해서 공급소에 돌아간다 해도 창고문은 닫아 매구 입학시험 준비만 하겠어요? 시간이야 어데서나 일하면서 제가 내야지……"

아들을 대견하게 바라보던 남편이 이때라는 듯 안해에게 한마디 툭 내쏘았다.

"여보, 내 그러게 뭐라 했소? '현상모집'을 해두 답이 나오지 못할 문제라구 내 벌써 말했지?"

진순영이도 차츰 짜증이 나기 시작하였다.

"그러니 경식이의 말을 들구서야 무슨 소린지 통 알겠나요? 자, 교대해서 직장에 돌아가두 입학시험 공부할 시간을 받기는 힘들대. 그럼 돌격대에 그냥 남아 있으면 그 시간을 보장받을 수는 있니?……"

"그러지 않아도 요새 다른 동무들보다 일을 제대로 하지 못한데다가 시간을 좀 받느라고 야간작업에랑 좀 빠졌는데 어머니, 나를 도와주겠으면 우리 공사장에 후방사업(성원들의 생활 문제와 생활상의 편의를 돌봐주는 일)이나 좀 해달라요."

잠시 생각에 잠겨 있던 홍유철이 안해의 귀에 대고 조용히 말해주었다.

"여보, 저 애의 말에도 일리가 있는 것 같소. 돌격대에 그냥 있으면서 후방사업의 명목으로 시간을 받으면 경식이도 떳떳하구……"

"거야 못하겠어요?"

홍유철은 무릎을 탁 쳤다.

"드디여 '현상모집'은 끝났다! 그 영예로운 당선자는 역시 우리 경식이다."

"맞아요. 여보! 그건 뭐 빼내는 것도 아니구 교대시켜달라는 것도 아니니 뭘 제기될 것도 없구…… 후방사업은 이 어머니가 전적으로 맡으마……"

역시 제 생각대로 판단하고 제 생각대로 결론을 짓는 판이였다. 어쨌든 이날의 저녁상은 특별히 푸짐했다. 진순영은 저녁밥을 먹고 왔다는 경식의 손에도 끝내 수저를 쥐여주고 랭동기(냉장고) 안에 있는 것들도 와락와락 모조리 꺼내는 듯하였다.

"그런데 경식아, 최국락 아저씨네 딸 기옥이 말이다, 엊그젠가 너를 찾아왔더라."

"예, 기옥이도 지금 돼지목장 확장공사장에 나하고 같이 나가 있어요."

"그래?"

진순영은 다시 의아해서 묻는다.

"그런데 저를 동창생이라고 좀 관심해줬더니 따르는 거예요."

"애, 처녀들이란 엉뚱한 것들이야. 그 애도 이젠 나이가 스물을 넘었는데……"

"하하, 어머니도 이젠 낡았어요. 우리 때 련애(연애)를 좀 하면 어떻고 사랑을 좀 하면 어떻고……"

"못 써!" 하며 진순영은 벌컥 화를 냈다.

"아버지와 어머니 앞에서 련애요, 사랑이요 꺼리낌 없이 척척……"

"예?"

"나와 너의 아버지는 처녀 총각 때 련애라는 말을 입 밖에 내본 적두 없구 사랑이라는 말을 서로 주고받아본 적두 없었다. 서로 마음속으로 사랑했구 고백도 서로 마음속으로 했구. 그래서 아버지와 나 사이에는 누가 먼저 고백을 했구 누가 먼저 고백을 받았다는 것두 오늘 이때까지 똑똑한 계선이 없이 살았다. 진짜 사랑은 이런 거야.……"

홍유철은 허허 웃으며 혼자소리로 중얼거리였다.

"같은 소리를 가지구 어떤 때는 저렇게 말했다가 어떤 때는 또 이렇게 말했다가……”

“아버지, 이자 뭐라구요?”

“음? 네 어머니가 말이다, 어떤 때는 처녀 시절에 나한테서 고백을 받아보지도 못한 게 아수하다구(아쉽고 서운하다고) 말했다가 이런 때는 또 그게 가장 고상했다구 말했다가…… 허허, 그러나 네 어머니의 저 사랑 철학도 명심해서 들어두는 게 나쁘지는 않겠다.”

그리고는 또 한 번 하하…… 소리내여 웃었다.

어머니와 아들도 덩달아 웃었다. ‘현상모집’을 만장일치로 결속한 이 집의 오늘 밤은 명절처럼 흥성거리였다.

“자, 어서 들어오라니까. 너는 이 형님하고 내 방에서 같이 자잔 말이야.……”

경식은 차동근이를 데리고 제 방으로 들어섰다.

남의 집에서 신세를 지는 저녁식사 시간치고 어찌나 즐거웠던지 차동근은 처음에 서먹서먹했던 몸가짐도 이제는 탁 풀리여 가까운 친척집에 나들이 온 심정이였다.

“여기가 형님의 방이예요?”

“내 방이야, 왜? 지내 조잡하니?”

“아니, 나는 이런 방을 처음 봐요.”

차동근은 장식장이요, 벽등이요 하는 것들을 빙 둘러보더니 푹신한 침대를 꾹꾹 눌러보기도 하였다.

경식은 친동생을 돌보듯이 차동근의 웃옷 단추를 벗겨주기까지 하였다.

"네가 이 침대에서 자란 말이야. 나는 바닥에다 포단을 깔고 잘 테니까."

차동근은 펄쩍 뛰었다.

"됐어요, 형님! 나는 바닥이 더 좋아요."

"그럼 침대에서 같이 자자꾸나.……"

경식은 차동근의 옷을 벗겨들고 옷장 문을 열었다. 옷걸이에 옷을 걸어놓고 돌아서는데 차동근은 눈이 휘둥그래서 옷장에 걸려 있는 갖가지 양복들을 바라보고 있는 것이다.

경식은 히죽이 웃으며 차동근에게 물었다.

"네가 보기에는 어느 옷이 제일 좋은 것 같애?"

"다 멋있구만요."

"그래도 이 가운데서 형님이 어느 옷을 입고 척 나서면 길 가던 처녀들이 나를 다시 쳐다볼 것 같나 말이야?"

롱 같은 그 말이 재미났던지 차동근은 웃으며 옷장 가까이에 다가섰다. 그리고는 진한 하늘색의 제낀(젖힌) 깃 양복을 짚었다.

"형님이 이 옷을 입고 나가면 거리가 환해질 것 같애요."

"허, 동근이도 꽤 볼 줄을 아는데……"

경식은 그 옷을 꺼내더니 옷장 문을 얼른 닫았다.

"자, 래일부터 이걸 네가 입어.……"

"아니, 형님?……"

차동근은 뜻밖에도 어안이 벙벙해서 뒤말을 잇지 못하고 경식이를 쳐다보기만 하였다.

경식은 방금 옷장에서 꺼낸 옷을 의자의 등받이에 걸어놓으며 명령조에 가까운 목소리로 엄하게 오금을 박았다.

"형님이 입으라면 입는 거지 뭘 그렇게 눈이 동그래서 쳐다봐?"

"아니, 내가 어떻게 그런 옷을?……"

"또, 또……" 하며 경식은 일부러 차동근을 흘겨보고 나서 다정한 목소리로 다시 이었다.

"래일 공장에 나가서 첫인사랑 한다는데 온전히 차리구 나서야 할 게 아닌가. 이자 봤지? 나는 이것 말구도 옷이 많지 않니…… 너한테 이 옷을 입혀주면 우리 아버지와 어머니도 좋아해."

그리고는 차동근의 손목을 잡고 침대로 다가가더니 제가 먼저 벌렁 누워버렸다.

"좋구나! 너도 여기에 와 빨리 누우라는데……"

차동근이가 옆에 와서 어줍게 천천히 눕는 것을 보더니 경식은 낮은 목소리로 다정하게 물었다.

"너 외롭게 자랐다지?"

"……"

차동근이는 아무 대답 없이 천정에만 눈길을 보내고 있었다.

경식이도 지그시 두 눈을 감으며 들릴락 말락 하게 다시 입을 열었다.

"무슨 생각을 하니?"

그래도 차동근이는 한동안이나 말이 없더니 여전히 천정에 눈길을 박은 채 혼자소리처럼 나직이 입을 열었다.

"그저 할아버지의 생각을 하댔지요 뭐.……"

그런데 경식의 쪽에서는 아무 응대도 없다. 돌아보니 몹시도 피곤했던지 그새 벌써 혼곤히 잠들어버린 것이다.

그래도 차동근은 혼자 마음속으로 이야기를 계속하고 있었다.

"아버지의 얼굴도 보지 못한 이 병신손자 때문에 한생을 바질바질 가슴 태웠을 할아버지의 생각을 하니……"

이렇게 혼자 마음속으로 말해놓고 보니 저도 모르게 눈물부터 찔끔 나왔다.

차동근은 유복자로 태여나서 아버지의 사랑이라는 것도 받아보지 못하고 자랐다. 아버지의 사랑을 받아오다가 끊긴 것도 아니여서 그 사랑이 어떤 것인지 알 수 없었고 그 사랑이 그립다는 생각조차 별로 해보지 못하고 자랐다.

아버지의 사랑이란 이다지도 뜨거운 것이구나 하는 것을 차동근은 뜻밖에도 홍유철 지배인을 따라 이 행복한 가정에 들어와서 비로소 알게 되였다.

아버지는 아들이 집에 들어서자부터 한순간도 아들에게서 눈길을 떼지 못하였다. 그의 두 눈에는 자식에 대한 대견함과 무한한 애정이 그득 담겨져 있었다. 자식을 위해서라면 그 무엇도 아끼지 않고 그 무엇이나 할 수 있는 아버지라는 것이 차동근의 가슴에 부럽게 안겨왔다. 롱 삼아 시작된 듯한 '현상모집'이라는 것도 다름 아닌 경식에 대한 뜨거운 사랑에서 나온 말이다. 아까 홍유철 지배인이 "'현상모집' 당선자는 우리 경식이다!" 하고 환성을 올릴 때 그의 모습은 꼭 어린애와도 같았다.

아, 아버지의 사랑이란 이런 것이였구나! 이 순간에 차동근은 문득 할아버지의 생각이 나서 가슴이 찌릿해졌다. 아버지의 사랑을 받지 못하고 자라는 병신손자에 대한 할아버지의 애절한 가슴 아픔이 어떠했으랴. 먼저 앞세운 아들의 몫까지 합해서 이 손자에게 아버지의 사랑까지 더해주자니 할아버지의 심정은 또한 어떠했으며…… 하루도 마음 편한 날이 없었을 것이였다.

차동근이가 군인민병원에 입원했을 때는 칠십 리 길을 한 주일에 두세 번씩, 도인민병원에 입원했을 때는 삼백 리 길을 한 주일도 넘기지 않고 궂은날, 마른날 가림 없이 꼭꼭 찾아오군 했던 할아버지였다. 그러다가 중앙병원에 후송되여 치료를 받을 때도 할아버지는 허리가 꾸부정해가지고 로상(노상)에서 자동차와 기차를 갈아타기도 하며 달을 넘길세라 손자의 면회를 왔었다. 그러느라니 때식을 번지는(끼니를 거르는) 때도 있었을 것이고 정거장 기다림칸(대기실) 같은 데서 밤을 꼬박 새운 날도 없지 않았을 것이다.

그러나 할아버지의 이 가슴 아픈 지성을 알기에는 아직 너무도 철이 없었던 그 시절이였다. 차동근이는 기다리고 기다리던 할아버지가 병원에 찾아오면 먼저 분풀이부터 하였다.

"할아버지, 왜 인제야 오나? 나하구 같은 호실에 있는 아버지들과 형님들에게는 매일 면회들을 오는데…… 그걸 할아버지가 알기나 해?"

할아버지는 손자 앞에서 무작정 빌기만 하였다.

"내가 잘못했다. 이제부터는 네가 기다리지 않게 빨리 오마.……"

동근이는 할아버지가 떨리는 손으로 배낭 속에서 꺼내는 음식들을 보다가도 투덜대군 하였다. 쉬지 말라고 베천에 싼 당콩밥(강낭콩을 넣어 지은 밥)이 아니면 감자엿, 기껏 해서 잣씨나 돌배 같은 토산물들뿐이였다.

"같이 있는 어른들하구랑 나누어 먹어라."

"망신스럽게…… 모두 빨락지(셀로판지)에 싼 멋있는 것들만 있는데 할아버지는 이따위 것들만……"

"그래? 다음번에 올 때는 할아버지가 더 좋은 걸 가지구 오마.……"

할아버지는 그때 속으로 울었을 것이다. 그러나 할아버지는 울지 않았었다. 동근이는 할아버지가 우는 것도 웃는 것도 본 적이 없었다. 그래서 우리 할아버지는 웃는 법도, 우는 법도 처음부터 아예 배우지 못한 할아버지인가 부다 하고 생각했다.

동근이가 열 살 좀 넘었을 때였다. 병원에 면회를 온 할아버지에게 동근이는 이렇게 말했다.

"할아버지, 힘든데 이제부터는 자주 오지 말라요."

"자식두, 제 할아버지한테 걱정은 무슨 걱정이냐.……"

할아버지의 두 볼에는 눈물이 흘러내렸다. 할아버지도 다른 사람들처럼 울 줄을 아는 할아버지였고 웃을 줄도 아는 할아버지였다. 동근이가 짝다리(목발)마저 집어던지고 제 발로 걷기 시작하던 그날부터 할아버지의 얼굴에는 노상 즐거운 웃음이 한순간도 떠나지 않았다.

그 다음에 동근이가 마음속으로 생각하고 있는 것은 어머니에 대해서였다.

"나를 위해서 마음고생이 많았던 것은 우리 어머니도 할아버지나 마찬가지였지.……"

그러나 지금 아버지가 하던 양묘공을 그대로 맡아 하고 있는 어머니한테는 그래도 앞으로 자식 구실할 날이 있으리라는 기대나마 있지만 돌아가신 할아버지한테는 그것마저 영영 생각할 수 없었다.

차동근은 시름없이 달콤한 잠에 취해버린 경식의 옆에 누워서 혼자 생각에 잠겨 있었다.

9. 처녀의 고민

며칠째 기옥은 말이 적어졌다.

"어샤, 어샤……"

들끓는 공사장에서 기옥은 질통을 지고 달리면서도 차길에만 눈길을 보냈다.

"네가 경식이를 찾아서 데리고 가느라고 소동을 일구면 그 집에서 일이 좀 복잡해질 수도 있으니 혼자 먼저 떠나거라. 경식이는 조용히 내가 차에 태워서 데려다주마."

그렇게 약속했던 아버지의 차는 사흘째 되는 오늘도 나타나지 않았다.

대렬점검에서 두세 번씩이나 경식의 이름을 곱씹어 부를 때마다 기옥은 너무나 마음이 조마조마하여 발바닥까지 짜릿짜릿해졌다.

그제 아침에 경식의 이름을 부를 때는 원자재공급소에서 같이 나온 윤희가 갑자기 직장에 볼일이 생겨서 들렸다가 나오겠다는 련락(연락)이 왔노라고 대답해주었다.

어제는 또 기옥이가 이제 곧 나올 거라고 대답했다.

그런데 오늘 아침까지도 똑같은 대답을 하자니 목에서 소리가 잘 나가지 않았다.

그래서 말없이 침묵했더니 대대장은 경식의 이름을 불러놓구는 자꾸 기옥의 쪽에 눈길을 보내군 하였다.

기옥은 왜 경식이 때문에 제가 마음고생을 해야 하는지 생각할수록 어처구니가 없었다.

처음에 여기 나와서 며칠 동안은 남들처럼 삽질을 하고 등짐을 지면 좀 피곤했을 뿐이지 이런 마음고생은 없었다. 일이 아무리 힘들어도 속도전청년돌격대에서 일하던 나날들을 생각하면 이쯤한 건 아무것도 아니라는 생각이 들어 등짐도 한결 가볍게 느껴지군 하였었다.……

자동차 길을 지켜보며 한숨을 쉴 때마다 아버지에 대한 가슴 아픈 생각이 또한 기옥이를 괴롭히였다. 최국락은 기옥이와의 약속이라면 크건 작건 단 한 번도 어긴 적이 없었다.

그러한 아버지가 딸의 속이 까매서 기다리고 있을 걸 뻔히 알면서도 이렇게 사흘 밤씩이나 번질 때야 가슴인들 얼마나 바질바질 탈가 하는 생각이 들면서 기옥은 금시 눈물이 왈칵 쏟아질 것만 같았다.

점심시간을 알리는 신호나팔소리가 울렸다.

여유시간이 생기니 기옥은 또 다른 근심이 하나 더 덧쌓였다.

그것은 멋도 모르고 경식이를 따라갔다가 어느 식료 매대에 맡긴 경식의 손목시계였다. 물론 그것이 제 것은 아니라고 하더라도 하루 이틀이 지나고 사흘째가 되니 어쩐지 그 시계가 문득문득 떠오르면서 저도 모르게 불안해지기까지 하였다.

기옥은 점심 먹는 것도 뒤로 미루고 거의 달리다싶이 하여 식료 매대를 향하여 걸음을 다그쳤다.

공사장에서 거기까지는 그리 멀지 않은 오 리 길도 되나마나하였다.

거의 절반쯤이나 갔을 때 작은 다리 몸통에서 기옥은 뜻밖에 식료 매대 녀인과 마주쳤다.

그는 기옥이를 만나자부터 아부재기(아픔이나 어려움을 과장하고 엄살을 부리는 태도나 말)를 쳤다.

"처녀를 마침 만났구나, 내 지금 거기로 찾아가던 길인데……"

"예?"

"내 남의 귀중품을 건사했다가 밤잠도 제대로 못 잤다니까."

"안 됐어요. 그래서 제가 지금 찾으러 가던 길이였어요."

기옥은 주머니에서 채 물지 못한 나머지 돈을 꺼내여 매대 주인에게 주었다.

그 녀인은 돈을 받아서 주머니에 아무렇게나 집어넣으며 쯧쯧 혀를 찼다.

"이 돈 몇 푼 때문에 내 마음고생 한 걸 생각하면……"

녀인은 기옥의 손목에 시계를 채워주었다. 처녀의 손목에 홀렁한 시계줄(시곗줄)이 척 내려드리워서 손등을 덮었다.

녀인은 이번엔 호호 웃었다.

"이 시계주인 때문에 처녀도 마음고생을 좀 하는 것 같은데……"

"예?"

"나두 남동생들이 셋이나 돼서 총각들을 한번 척 보면 삼천리야. 이 시계주인도 쭉 빠지구 잘생긴데다가 남자답구 사람은 또 얼마나 좋아 보이나. 틀림없이 법이 없이도 살 사람일 거야.……"

'흥, 법이 없이도 살 사람?……'

경식이 때문에 공연한 마음고생을 하고 있는 기옥에게 이 말은 알지 못할 반발심을 불러일으켰다.

기옥은 이래저래 화가 나서 혼자소리처럼 투덜대는데 매대 녀인은 제 김에 떠서 그의 등까지 쓸어주었다.

"용타! 그래서 이렇게 뒤거두매(마무리)질을 해주는 무던한 처녀가 총각의 옆에 착 붙어 있지 않니……"

정말로 어처구니없는 억측을 하고 있는데 그렇다고 무엇이라 얼른 변명할 수 있는 말도 생각나지 않았다.

어쨌든 기옥이는 지금 이 녀인의 말마따나 경식의 뒤거두매질을 하고 있는 것만은 사실이였던 것이다.

시계를 찾아가지고 돌아오는 기옥의 발걸음은 한결 가벼워졌다. 거리에까지 나가지 않고 중도에서 시계를 찾아가지고 돌아선 데도 있겠지만 뜻밖에 만난 매대 녀인이 기옥의 마음을 얼마나 가볍게 만들어주었던가. 자그마한 식료 매대에 서 있는 녀인이였지만 남의 귀중품을 오래 건사하고 있는 것이 마음속에 걸채이여 그것을 돌려주려고 일부러 헐떡거리며 찾아오는 것 역시 고마운 일이였다.

기옥이가 공사장에 거의 당도했을 때 여기서는 더 큰 기쁨이 그를 기다리고 있었다.

지휘부 병실 앞에 아버지의 차가 서 있었던 것이다. 약속보다 좀 늦어져서 그새 속은 많이 탔지만 그래도 아버지가 이렇게 왔으니 오늘부터는 발편잠을 잘 수 있게 되었다.

"아버지!"

기옥은 어린애처럼 깡충깡충 뛰여서 승용차 가까이로 다가갔다.

최국락이도 몇 해만에 만나는 딸처럼 너무 좋아서 어쩔 바를 몰라 하였다.

"기옥아, 약속을 어겨서 안 됐다. 얼마나 속이 탔겠니.……"

"경식 동무는……"

"경식인 오늘 못 오구 경식이의 어머니만 혼자 먼저 왔다. 여기 지휘부하고 잘 토론해서 경식이가 시간을 좀 받는 몫으로 후방사업을 맡으려는가 보더라. 그렇게만 되여도 너야 한결 마음이 편안하구 피차 딱한 일이 없어 서로 좋긴 하겠는데 어떻게 락착(낙착) 되겠는지…… 지금 경식이 어머니가 지휘부에 들어가서 대대장을 만나고 있는데 인차 나올 거다."

"그래요?"

한 켠(편)에서 두 명의 대원들이 짐을 부리우고 있는데 지함들이며 물고기며 차에 싣고 온 물자들이 적지 않았다.

이때 대대장의 바래움을 받으며 진순영이 마당으로 나오고 있었다.

"어머니두 원, 단꺼번에 뭘 이렇게 많이……"

"이게 어디 많습니까? 다 우리 자식 같은 애들이 먹을 건데……"

진순영은 대대장과 헤여지고 나서 기옥이에게 다가오더니 그의 잔등을 정답게 쓸어주었다.

"기옥이가 여기 나와 있다는 걸 우리 경식이에게서 다 들었다. 뭐 필요되는 게 있으면 아버지한테 조르지 말고 나한테 찾아오렴."

그러다가 진순영은 기옥의 손등에 척 내려덮인 경식의 시계에 얼핏 눈길이 갔다.

시계를 어쨌는가고 물었을 때 아들은 직일을 서는 제 동무에게 빌려주었다고 하더니 그것이 지금 기옥의 팔목에 저렇게 척 걸려 있는 것이다. 녀자의 시계도 아닌 저 큼직한 남자용 시계를 왜 기옥의 손목에 척 채워주었는지 그리고 저는 요새 전자시계를 아무렇게나 대충 차고 돌아가는 그 내막이 무엇인지 통 알 수가 없었다.

이제 차차 알게 되겠지. 지금 당장은 최국락의 앞에서 딸이 급해하는 모양을 구태여 펼치고 싶은 생각이 없어 진순영은 얼른 말머리를 돌리였다.

"기옥아, 조심해서 일을 잘해라."

"안녕히 가세요, 큰어머니……"

기옥은 차에 다가가 최국락의 팔에 매달렸다.

"아버지! 천천히 모세요!"

"오냐."

기옥은 만시름(온갖 시름)을 다 놓고 아버지의 차가 보이지 않을 때까지 서 있었다.

대대장의 얼굴에서 경식의 문제가 어떻게 락착되였는지 그 눈치를 살피느라고 기옥은 제 손목에 채워져 있는 시계가 진순영의 눈에 사진기 렌즈처럼 찰칵 하고 또렷하게 찍히는 것도 전혀 모르고 있었다.

시계가 자그마한 식료 매대에서 며칠 밤이나 묵어 있는 것이 안심치 않아 마음을 썼던 일이며 방금 그것을 찾으러 점심도 못 먹고 바쁜 걸음을 걸었던 것을 생각하면 그 어떤 갈래의 자그마한 오해라 할지라도 기옥에게는 너무나 억울한 것이였다.

그러나 이 며칠 동안 대렬점검 때 경식의 이름을 부를 적마다 가슴을 조이던 시름들이 꿈처럼 사라진 것만도 기옥은 이제부터 발편잠을 잘 수 있겠다고 생각하였다.

그러나 이것은 오산이였다. 처녀에게는 또 다른 마음고생, 또 다른 고민이 생기였다.

이 며칠 새 목장의 확장공사는 몰라보게 달라졌다.

산턱을 등지고 벌써 목장의 기초공사는 령선(건물의 표고에서 기준이 되는 선)을 넘어서 어느새 벽체 쌓기가 시작되였다.

오늘도 하루의 벅찬 전투를 끝낸 돌격대원들의 앞에서 정치지도원 강명국은 제 집안 식구들과 무슨 살림살이 문제를 의논하듯 절절한 목소리로 몇 마디의 말을 하고 있었다.

"동무들, 한 주일도 채 못 되는 며칠 사이에 보다싶이 우리는 이렇게 놀라울 정도의 많은 일을 해놓았습니다. 정말 수고들이 많았습니다.……"

정치지도원은 문득 목이 메이는 듯 잠시 말을 멈추었다가 갈린 목소리로 다시 이었다.

"우리가 하는 돼지목장 확장공사가 대기념비건설장들에 비하면 뭐 그리 요란한 건설대상이기야 하겠습니까. 그러나 이 확장공사도 인민생활을 빨리 향상시킬 데 대한 어머니당의 의도에 조금이나마 이바지하는 길이라는 걸 명심하고 우리 모두 하나의 마음을 안고 뛰고 또 뛴 결과입니다. 동무들! 우리가 애국의 구슬땀을 한 방울이라도 더 많이 흘릴수록 우리 시민들의 국수그릇에 고기 한 점이라도 더 많이 오르게 되고 우리 인민들의 식생활이 풍족해질수록 어머니당의 걱정도 그만큼 덜어진다는 것을 우리 잠시도 마음속에서 지우지 맙시다!……"

여기까지 말하고 나서 강명국 정치지도원은 허허 웃음을 섞어가며 부드러운 목소리로 다시 이었다.

"그걸 누구보다 가슴 깊이 간직하고 있는 동무들이기 때문에 모든 어려움을 말없이 이겨내면서 이렇게 뛰고 또 뛰였을 거란 말입니다. 다 압니다, 동무들 가운데서 누가 자기 집안의 어려운 사정도 내색을 하지 않고 매일 공사장에 만가동(계획이나 규정대로 완전히 가동(출근)하는지)을 하는지, 또 몸이 말쨍 것도 참아가면서 웃는 낯으로 힘차게 삽질을 하는지 다 압니다. 그럼 우리가 동무들을 위해서 무엇을 해주었으면 좋겠는지 제기할 것들이 있으면 어서 제기하십시오,"

"예!" 하고 눈꼬리가 우로 쭉 째진 꺽다리 청년이 벌떡 일어섰다. 상식적인 초상으로 말하면 까다롭게 생겼다고 해야 할 얼굴이였으나 뜻밖에도 모임을 아주 흥성거리게 만들어주었다.

"한 가지 제기하겠습니다!"

"어서……"

"먹는 건 일 없습니다. 여기 돼지목장은 역시 돼지목장이여서 매끼 내 포국(짐승 내장을 넣고 끓인 국)이라도 안 떨구니 다른 데 동원 나갔을 때보다 한참이나 낫습니다.……"

좌중을 가볍게 웃겨놓고 나서 그는 이렇게 다시 이었다.

"재미나는 생활이 좀 더 많았으면 좋겠습니다. 지금은 나부터도 일이 끝나면 피곤한 김에 세면도 제대로 안 하고 그냥 누워서 자는 때가 많은데 군중무용(포크댄스) 같은 걸 하게 되면 처녀들하고 마주 서서 손잡고 춤을 춰야 하니 세면이랑 하지 않고 나설 수 있겠습니까? 머리도 빗어야할 거구 면도도 빡빡 해야 할 거구…… 처녀들도 또 우리하고 마주서야 하니 자연히 분이랑 바르구 눈섭(눈썹)도 그릴거구……"

와―하하…… 즐거운 웃음이 터졌다.

정치지도원 강명국이만은 정색한 눈으로 꺽다리 청년을 말없이 지켜보았다.

'내가 놓치고 있었구나, 한시도 소홀히 해서는 안 될 젊은이들의 저 소중한 생활을……'

꺽다리 청년은 시침을 뚝 따고 자기의 말을 이렇게 매듭지었다.

"취침시간을 한두 시간 좀 미루더라도 춤도 추고 노래도 부르고 벅작거리는 재미나는 생활이 좀 더 많게 되면 작업능률도 더 날 것 같습니다."

정치지도원은 눈물이 나도록 고마왔다.

"제가 중요한 문제를 놓치고 있었습니다. 나에 대한 고마운 충고로 받아들이겠습니다."

정치지도원은 뜨거운 눈길로 돌격대원들의 얼굴을 둘러보았다. 얼마나 정이 가는 좋은 우리의 청년들인가. 힘들고 피곤한 것쯤은 다 웃음으로 날려보내고 저렇게 벅작 떠들어대며 활기에 넘쳐 있는 우리의 미더운 청년들이 있어 조국의 모습은 날로 아름다와지고 있는 것이다.

정치지도원은 알릴 듯 말 듯한 목 메인 소리로 모임을 결속하였다.

"방금 제기한 그 훌륭한 제의는 제가 오늘 저녁부터 곧 집행하겠습니다. 다른 또 제기할 문제들이 없겠습니까? 그럼 다들 헤쳐가고 대대장 동무와 최기옥 동무만 여기 좀 남으시오."

세 사람이 모여앉았을 때 기옥이를 바라보는 정치지도원 강명국의 눈에는 금시 걱정이 가득 담겨졌다.

"초급단체 위원장 동무, 홍경식 동무의 어머니가 후방물자를 싣고 여기 공사장에까지 찾아왔댔다는데 그건 정말 고마운 일이구…… 그러나 홍경식 동무가 혹 그 턱을 대고(의거할 근거나 이유로 삼고) 오늘 작업에 빠진 게 아닌가 하는 걱정이 생겨서 하는 소리요."

그 말에 젊은 대대장은 오금이 좀 저려났던지 얼른 입을 열었다.

"정치지도원 동지, 내가 잘못하였습니다. 홍경식 동무의 어머니가 아들이 요새 밥도 제대로 안 먹구 건강이 말이 아니라고 너무 걱정하길래 정 힘들어할 때는 집에서 좀 쉬우라구……"

"글쎄, 몸이 아픈 거야 어찌겠습니까. 그러나 혹시 그 후방사업의 명목으로 홍경식 동무가 조금이라도 조직생활을 소홀히 하는 데로 나갈가봐 걱정스러워서 그러는 겁니다."

대대장은 고개를 끄덕이며 몸 둘 바를 몰라 하였다.

"만약 그렇다면 이건 전적으로 내가 경식 동무의 자유주의를 조장시킨 거나 같습니다. 나는 그저 후방물자라도 좀 생기면 야간작업 때 대원들을 배불리 먹일 수 있겠다는 그 한 가지 생각으로……"

"물론 우리 지휘관들에게 있어서 대원들을 잘 먹이는 것보다 더 중요한 일이 어데 있겠습니까. 그러나 그보다 더욱 중요한 것은 우리 청년들 모두가 이 공사가 끝날 때는 하나같이 거목이 되게 자라나게 하는 겁니다. 이자 그 석일 동무가 하는 말을 못 들었습니까? 나는 눈물이 다 나는 걸 겨우 참았습니다. 내포국 한 그릇도 그렇게 큰 것으로 생각하면서 조국과 함께 오늘의 이 행군 길을 끝까지 걷겠다는 그 의지가 얼마나 좋습니까. 바로 그 정신이 어렵고 힘들수록 춤과 노래로 이겨내겠다는 결의로 표현되었다고 생각합니다."

정치지도원은 기옥이에게로 눈길을 돌리었다.

"위원장 동무! 동무는 홍경식 동맹원에 대해서 어떻게 생각하오?"

정말 대답하기가 힘든 질문이였다. 실지로 기옥은 경식이에 대하여 꼭 짚어 그가 어떤 사람이라고 말할 수 있을 만큼 파악이 없었다. 그저 잠시도 마음을 놓을 수가 없는 것만은 분명하였다.

대답을 찾지 못하여 우물쭈물하는 기옥이를 바라보던 정치지도원은 미소를 지으며 다시 물었다.

"초급단체 위원장 동무가 제 동맹원에 대해서 저렇게 몰라가지고서야…… 기옥이가 휴식 참에랑 책을 많이 보는 것 같더구만. 나도 책을 좋아하오. 그래 문학작품으로 말하면 홍경식 동무가 긍정인물 같소, 아니면 부정인물 같소?"

"어쩐지 제 생각에는 꼭 부정인물 같은 생각이 자꾸만……"

정치지도원은 주먹으로 대대장의 잔등을 툭 치며 하하 소리를 내여 웃었다.

"저 초급단체 위원장이 한다는 소리를 좀 들어보오. 책이랑 많이 읽는다는 위원장 동무가 하는 소리를…… 물론 한창 자라나는 청년인데 결함이야 있을 수 있지."

강명국 정치지도원은 목소리를 낮추며 타이르듯이 조용히 다시 이었다.

"우리 청년들 속에는 타고난 부정인물이란 없어. 또 있을 수도 없구. 말하자면 다 좋은 긍정인물인데 자라난 환경에 따라서 개성들이 좀 제각기일 따름이지. 그거야 어찌겠소? 사람마다 생긴 것도 제 나름이구 걷는 것도 다 제 멋인데…… 경식이도 찬찬히 들여다보란 말이요. 얼마나 재미나는 사람인가. 그리고 얼마나 순진해 보이오? 말 한마디, 행동 하나도 다 꾸밈이 없어 보이지 않소? 지금도 어데 가서 나쁜 짓은 절대로 안 해! 보나마나 경식의 마음속에는 지금 우리의 이 공사에 대한 생각이 꽉 차 있을 게 분명할 거란 말이요. 우점(장점)을 먼저 보고 살려주면서 결함을 고쳐주잔 말이요. 경식이도 그렇고 우리 청년동맹원들 모두가 다 이번에 제 몫을 단단히 하게 하자면 나나 초급단체 위원장인 기옥 동무부터가 품을 많이 들여야 하오. 남보다 등짐을 한두 점 더 나르는 것만 중요한 게 아니요. 동맹원들의 마음속에 뛰여드는 게 더 중요하거던.…… 무슨 소린지 알겠소?"

"알겠습니다."

정치지도원은 기옥의 앞으로 한 걸음 다가서며 부탁하듯이 절절한 목소리로 다시 이었다.

"듣자니까 기옥이네가 경식이네하구도 가까운 사인 것 같은데 그 동무네 집이 어덴지도 알겠지?"

"예."

"아직 채 어둡지 않았소. 이제 당장 떠나오. 아프면 어데가 어떻게 아픈지 알아서 대책도 세워야 할 거구 무슨 걱정스러운 일이라도 생겨서 혼자 안구 뛰면 도와주어야 할 거구…… 어서!"

"알겠습니다."

기옥은 얼른 자리에서 일어서며 차렷 자세를 하였으나 자기도 모르게 두 다리가 후들후들 떨리였다.

　모든 것이 며칠 전의 그 걱정거리로 다시 도루메기(도루묵)가 되여버렸다.

　'어쩌다가 그 애꾸러기(골칫덩이) 경식 동무가 나한테……'

　기옥은 시내를 향하여 발걸음을 옮기였다. 이제 경식이를 만나면 첫순간에 그를 깜짝 놀래우는 것으로부터 시작하리라고 마음먹었다. 무슨 말로 어떻게 시작할가?

　"문제가 섰어요. 정치부에서 당장 데려오라고 해서 지금 막 달려왔어요."

　속으로 이 말을 준비해놓고 보니 어덴가 썩 시원치 못했다.

　'저 때문에 내가 마음고생 하는 걸 생각하면 너무 약해……'

　한두 마디에 와뜰 겁을 먹고 제 발로 정신없이 달려올 그런 말을 찾자니 신통한 마디가 얼른 떠오르지 않아서 줄곧 그 생각만을 하고 있는 사이에 기옥은 벌써 시내에 들어섰다.

　막상 어두워진 시내에 들어서고 보니 경식이를 한번 크게 놀래워서 정신을 번쩍 차리게 하는 것은 차후 만난 다음에 할 일이고 지금 당장은 그를 어데서 어떻게 찾을가 하는 것부터가 난사였다.

정상적인 로정을 밟자면 경식이네 집부터 찾아가야 했다. 그러나 경식의 어머니를 만나면 어차피 경식이를 급히 찾아오게 된 이 돌변적인 사연을 구구히 설명하지 않을 수 없게 될 것이다. 그렇게 하기는 어쩐지 자신이 없었다.

기옥은 생각하던 끝에 체신소(우체국) 앞에서 발걸음을 멈추었다. 그런 딱한 경우를 피하자면 집에 찾아가는 것보다 전화로 경식이를 만나는 편이 좋을 상 싶었다.

그는 체신소 안으로 들어가려다가 이번에도 또 한 번 주춤거렸다.

만약 경식이가 집에 없거나 있다고 하더라도 그의 어머니가 먼저 전화를 받게 되는 경우 누구냐고 물으면 그때는 어쩔가 하는 걱정에서였다. 그렇게 되면 다른 처녀의 이름을 주어 대는 수밖에 없는데 그런 거짓말을 한다고 생각하니 벌써부터 가슴이 두근거리였고 설사 또 다른 처녀의 이름을 댄다 해도 어쩐지 어머니가 제격 목소리를 알아듣고 "너 기옥이지?" 할 것만 같아 겁이 덜컥 생겼다.

그래서 이러지도 저러지도 못하고 가로등 밑에 망설이고 서 있는데 서너 발자국 앞에서 처녀의 맑은 목소리가 들려왔다.

"너 기옥이 아니니?"

같은 또래의 파마머리 처녀였다.

"금주!"

"속도전청년돌격대에 나가서 입당이랑 하고 왔다는 소리를 동무들한테서 다 들었다. 부럽구나.……"

"어데 다니니?"

"료리학교를 졸업하고 지금은 공장합숙식당에서…… 로동(노동)계급 속에서 사는 재미가 얼마나 좋은지 몰라."

"료리사?" 하고 기옥은 코를 가볍게 벌름거리며 호호 웃었다.

"글쎄, 네 몸에서 별로 맛있는 료리냄새가 난다 했더니……"

금주도 따라 웃으며 손에 든 구럭지를 들어보였다.

"여기서 나는 냄새야. 외할머니 생일이 돼서 맛있는 걸 해가지고 가던 길이지 뭐. 그런데 누구를 기다리니?"

"아니……" 하다가 기옥은 문득 그의 도움을 좀 받았으면 하는 생각이 들었다.

"너 내가 대주는 집에 전화 한 통 걸어줄래?"

"동창생이 그런 부탁도 못 들어줄가? 애인네 집이가?"

"애두, 애인은 무슨 애인……"

기옥은 체신소에 들어가며 종이쪽지에 전화번호와 경식의 이름을 얼른 적어주었다.

그리고 옆에서 전화하는 소리에 귀를 기울이였다.

"……경식 동무가 지금 집에 없다구요? 예. 그저 잘 아는 사인데 그럼 후에 다시 한 번 걸겠습니다."

파마머리 처녀는 송수화기를 놓기 바쁘게 호— 하고 한숨까지 내쉰다.

"따지누나, 누군가구…… 그런데 기옥아! 이 경식이라는 동무의 성이 홍가 아니가? 홍경식……"

"맞아."

"키가 훤칠하고 눈이 시꺼먼 총각, 송편같이 생긴 두 귀 쪽이 척 드리운 잘생긴 미남 말이야.……"

"호호, 자세히도 봤다. 아는 사이가?"

"원자재공급소 창고원이지?"

"그래……"

"맞구나."

파마머리 처녀는 고개를 끄덕이고 나서 다시 조용히 물었다.

"깊이 들어간?"

"아니래두…… 공적인 일 때문에 찾는 거야."

"그렇다면 좋구…… 좀 놀새(놀기만 하는 허랑한 사람) 같애. 우리 기계공장합숙 3층 6호실에 제 친한 짝패들이 있는 것 같은데 요새는 노상 거기에 와서 살다싶이 하두나. 아까두 소랭이(대야)만 한 가오리 두 마리를 척 들구 와서 회를 좀 쳐달라나? 우리 주방에서 지금쯤 한창 준비해주고 있을 거야. 꼭 만나야 할 일이면 거기 가 찾아보렴. 우리 기계공장으로 가는 길이……"

"나도 알아……"

기옥은 금주와 헤여져 어둠 속으로 다시 발걸음을 옮기였다. 어떤 일이 있어도 오늘 밤중으로 경식이를 만나야 했다. 금주의 말을 들어봐도 그래 경식은 오늘 저녁에도 먹자판을 벌리고 있는 것이 틀림없을 것이다. 남들이 먹고 마시는 데 찾아가는 것처럼 구차스러운 노릇은 없겠지만 밤이 열이라도 합숙 앞에서 기다리고 있다가 그를 붙잡아 만나야만 하였다.

각오가 이러했던 것만큼 아직 한 시간도 되나마나하게 기다린 것쯤은 별로 힘들다는 생각이 없었다. 다만 총각들이 쉴 새 없이 들락날락하는 합숙 앞에 처녀가 혼자 서 있기 거북할 뿐이었다. 어떻게 생긴 처녀가 누구를 찾아왔을가 하는 호기심이 담긴 눈길들이 기옥의 얼굴을 훔쳐보며 지나갔다. 그것까지는 또 참아낸다 치더라도 저녁 늦게까지 놀다가 그 자리에 꼬꾸라져 여기 합숙에서 자는 날에는 밤새 기다리다가 허탕을 치게 되는 판인데 그 이상 맥 나는 노릇은 없을 것이였다.

기옥은 3층의 불 켜진 창문을 쳐다보며 깊은 한숨을 내쉬였다.

바로 그 3층의 6호실에서는 지금 일이 났다. 경식이를 비롯한 그의 동무 성준이와 그리고 같은 호실에 있는 기계기사며 기계수리공 총각들이 설계도면을 둘러싸고 흥분에 넘쳐 벅작거리고들 있었던 것이다.

"맞아, 맞아! 그러니까 여기가 콤퓨터(컴퓨터)조종실이라는 거지?"

"여기에 척 앉아서 흐름식콘베아로 집짐승 먹이를 날라주는데 화면을 통하여 돼지들의 먹성과 그 크기에 따라서 먹이량(양)은 조절해준다.…… 어때?"

"설계는 만점이야!"

경식은 다시 한 번 고개를 기웃거린다.

"다시 좀 따져보자. 그런데 과학환상소설(공상과학소설) 같지는 않아?"

"로케트(로켓)도 텔레비죤(텔레비전)두 처음에는 과학환상소설에서부터 시작됐다는 걸 몰라?"

성준이가 주먹을 높이 들어 흔들었다.

"성공, 성공이다!"

이때 마침 출입문을 벌컥 열리며 레스링(레슬링) 선수처럼 생긴 청년이 큼직한 쟁반을 량손에 받쳐 들고 기세 좋게 들어섰다.

"자, 이 형님도 수고들 하는 너희들 앞에 한 몫 해야 할 게 아닌가? 이건 경식이가 들고 온 가오리루 회 친 거구……"

"거기에 받쳐 먹을 것도 여기에 다 있지요."

경식은 멜가방(배낭)의 쟈크(지퍼)를 쭉 열더니 대동강 맥주를 꺼내놓았다.

"독고 형님도 빨리 거기 앉으라요. 이제 이 설계에 필요한 전자부속이랑 두루 구해주자면 앞으로 또 수고가 많겠는데…… 한 고뿌 받으라요."

"너희들이나 먼저 시작해라. 나는 주방에서 아직 더 날라올 게 있어. 이 가오리회뿐인 줄 알아? 내가 준비한 몫도 있단 말이야."

하하…… 설계도면의 성공에 이들은 기쁨에 넘쳐 웃고 떠들었다.

환희와 희열에 넘친 젊은이들의 웃음소리는 불 밝은 창문에까지 흘러 나왔다.

그 창문을 바라보는 기옥의 얼굴은 저도 모르게 찡그려지였다.

'야단이구나.……'

저 판에 앉아 있는 경식이도 야단이고 행방 없는 그를 기다리고 있는 제 자신도 야단이였다. 어쨌으면 좋을지……

이때 마침 어둠 속에서 부드러운 녀인의 목소리가 들려왔다.

"거기에 서 있을 게 혹시 최기옥이라는 처녀가 아닌가?"

"예. 누군데 저를?……"

"나는 이 공장합숙 관리원인데 아까 우리 료리사 금주를 만났댔지?"

기옥은 점점 더 의아해서 되받아 물었다.

"예, 그런데 왜 그러시나요?"

"이자 방금 나한테 전화가 왔댔네. 합숙 앞에 최기옥이라는 제 동무가 서 있으면 3층 6호실에서 홍경식이라는 총각을 찾아 꼭 만나게 해주라 구.……"

"그런데 본인은 왜 안 나오고……"

이때 또 관리원 녀인의 등 뒤에서 퍽 호방한 청년의 목소리가 울려왔다.

"홍경식 동무 대신에 제가…… 이렇게 '특사'가 나오지 않았습니까?"

"예?"

"경식이가 나오면 기옥 동무를 따라서 도망칠가봐 내가 대신 나왔지요. 또 우리 합숙에 찾아온 손님을 호실장에 나와서 맞이하는 게 인사구요. 자, 어서 들어갑시다."

"아니, 거기에 있다는 것만 알면 제 어느 때까지건 기다리겠습니다. 어서 들어가 보세요."

"세상에 그런 법이 어데 있습니까? 이 '특사'가 여기까지 나왔다가 그냥 되돌아설 것 같습니까?"

성준은 허허 웃으며 무작정 기옥의 팔을 끌었다.

"들어가기요. 내 경식 동무하고 어릴 적부터 송아지친구(소꿉친구)입니다.……"

관리원 녀인이 또 기옥의 팔을 잡았다.

"우리 금주가 어릴 적 동무라고 하면서 일부러 전화까지 내게 걸었는데 어서……"

하는 수 없이 기옥은 그들에게 끌리워 합숙으로 올라갔다.

성준은 그를 안내하여 출입문을 열며 손벽부터 치기 시작하였다.

"자, 들어갑시다!"

순간 모두가 동시에 일어서며 "반갑습니다." 하고 박수를 치며 노래를 부르기 시작하였다.

기옥은 얼떨떨해지는 속에서도 얼른 그들을 둘러보았다.

경식이까지 모두 네 명의 청년들이 하나같이 멀끔하고 쭉 빠진 호남

아들이였다. 그중에 한 청년은 노래에 맞추어 덩실덩실 춤까지 추는데 그 솜씨가 무용수 못지않았다.

기옥은 이 분위기에서 자칫하면 촌스러워질 수 있다는 생각이 들어 텔레비죤 화면에서 련환모임(둘 이상의 집단이나 조직의 성원들이 모여서 함께 경축하고 즐기는 모임) 같은 걸 봤던 그 식으로 저도 같이 박수를 치며 허리 굽혀 인사를 하였다.

"감사합니다!"

그러면서도 기옥은 아까 정치지도원 앞에서 제가 했던 말을 다시 한번 속으로 외워보았다.

'저 경식 동무는 확실히 부정인물이야.……'

그의 이런 생각을 알 리가 없었던 경식은 창의고안의 설계가 지지를 받는 이날 저녁에 기옥이가 또한 뜻밖에 나타난 것이 너무 기뻐서 그를 제 옆자리에 앉힌다, 동무들한테 자랑을 한다…… 한동안이나 으시대였다.

"자, 나에게도 이런 멋쟁이 녀 동무가 있다는 걸 너희들은 몰랐지? 뒤축 높은 구두소리나 딸깍딸깍 내면서 멋이나 부리는 처녀들하고 어디 대비나 돼? 다들 어렵게 대하라.……"

"동문 정말……"

기옥은 경식의 쪽에 가볍게 눈을 흘기고 나서 말없이 미소를 지었다.

기옥이에 대한 경식의 자랑에 성준이가 얼른 한마디 받아넘기였다.

"아무렴, 그래서 이 '특사'가 직접 나가 마중하여 모셔들이였구 노래까지 부르지 않았댔나? 자, 그런 의미에서 다 같이 축배!"

모두들 즐겁게 고뿌를 기울일 때 기옥이도 제 앞에 놓인 고뿌를 들어 얼른 입에 대였다가 뗐다. 그리고는 얼핏 짧은 순간에 그들을 둘러보았다.

기옥의 눈에는 여기 경식이와 같이 자리를 나란히 하고 앉아 있는 이들도 모두 하나같이 '귀동자' 총각들로 보이였다.

그러나 오늘 저녁 성공의 기쁨에 넘친 이 젊은이들은 저희들의 축하연 비슷한 저녁식사에 뜻밖에도 고운 처녀까지 끼우니 흥이 또한 더해져서 저마다 제가 가지고 있는 재간들을 남김없이 꺼내놓을 기세들이다.

기옥의 눈에는 아까 동창생 금주가 말하던 것처럼 꼭 놀새패들처럼 보이였다. 그래서 이런 좌석에서나마 한순간이라도 그들을 좀 뜨끔하게 각성시켜볼가 하는 생각이 들어 깊은 뜻이 담긴 노래 한 곡을 얼른 머리 속에서 굴리였다.

기옥은 자리에서 움쭉 일어섰다.

"동무들……"

뜻밖에 처녀의 챙챙한(야무지고 맑은) 목소리에 다들 주춤하며 기옥에게로 눈길을 돌리였다.

기옥의 림기응변(임기응변)의 솜씨도 이만저만이 아니였다.

"경식 동무의 동무들은 다 저의 동무들이기도 합니다. 불청객이나 다름없이 갑자기 뛰여 들어온 저를 이처럼 반갑게 환대해주어서 정말 감사합니다. 그래 저도 동무들 앞에서 노래 한 곡 불러드리겠습니다. 우리 새 세대들이 대를 이어 어떻게 살아야 하는가를 가르쳐주는 '아버지 어머니의 청춘 시절'······"

웬걸, 놀새패 '귀동자'들이라고만 생각했던 이들은 기옥이보다 얼른 한 수 더 떴다. 경식의 어릴 적 동무라는 영예군인 성준이가 그 노래의 1절을 마치 시를 읊듯이 조용히 운을 떼기 시작하였다.

　나의 아버지 청춘 시절
　강선의 로 앞에서 흘렀네
　눈 내리는 십이 월에
　쇠물(쇳물) 뽑던 용해공이
　나의 아버지였네

토받침 하나도 더듬지 않고 가슴 깊이에 절절하게 안겨주는 그의 목소리에 기옥은 저도 모르게 눈굽이 쩌릿해지였다.

노래의 2절을 조용히 부르는 기옥의 목소리는 알릴 듯 말 듯 하게 떨리고 있었다.

　　나의 어머니 청춘 시절
　　해주와 하성에 흘렀네
　　첫 렬차 떠나보내며
　　울고 웃던 그 처녀가
　　나의 어머니였네

어느새 경식이네들은 다 같이 일어나서 3절을 힘 있게 합창하였다.

　　나의 보람찬 청춘 시절

　　대를 이어 조국에 바치리

　　그날의 아버지처럼

　　그 나날의 어머니처럼

　　아 빛나게 살리

모두들 박수를 치며 기옥이를 한껏 올려춰주었다.

"역시 멋쟁이야! 말도 잘하구 노래도 가수 못지않구……"

그러나 경식이는 아니라고 두 손을 내저었다.

"아니, 틀렸어. 우리 기옥 동무가 노래는 잘 불렀는데 말은 잘 못했거던.……"

사실은 경식이도 너무 기쁜 김에 기옥에게 한번 해보는 엇드레질(엇나가게 비뚜로 행동하는 것)이였다.

"이자 뭐 제가 불청객이라구? 기옥이가 어떻게 나한테 불청객이 될 수 있어? 내가 여기에 있는 걸 알고 찾아왔으면 곧바로 들어와야지 그런 법이 어데 있어? 나는 여기 앉아서 맛있는 걸 혼자 먹구 기옥이는 합숙 앞에 혼자 서 있는 걸 너의 오빠가 알았으면 나를 사람이라고 했겠어? 그리고 기옥이네 집에서는 또 아버지와 어머니가 나를 뭐라고 하며……"

"고마워요. 그런데 경식 동무! 저기 좀……"

기옥은 구석 쪽에 놓여 있는 의자를 가리켰다.

분위기가 고조될수록 경식이를 와뜰 놀래워서 이제라도 당장 작업장에 달려가도록 정신을 번쩍 차리게 해야 하겠다는 생각이 불끈 치밀어 올랐다.

기옥은 경식이를 의자에 데려다 앉혀놓고 귀속말(귓속말)로 엄하게 속삭이었다.

"경식 동무, 비상소집이예요."

"비상소집이라니?"

"동무 때문에 비상이 걸렸단 말이예요. 정치지도원 동지가 노발대발해서 지금 당장 찾아오라고 모두 총출동시키구……"

아까 여기로 걸어오면서 생각할 때는 와뜰 놀래울 만한 신통한 말 마디가 잘 떠오르지 않더니 막상 그를 만나 입을 열자 좀 과장된 말까지도 슬슬 섞어 나오면서 이러다가 갑자기 또 지내 겁을 먹지나 않을가 하는 걱정이 들었다. 그러나 지금은 그를 위해서 좀 모질다 해도 내친걸음으로 그냥 밀고 나가는 수였다.

"지금 정치지도원 동지가 나오는 걸 봐서는 분명 직장에도 통보할 것 같구……"

아무 응대도 없이 말 한마디 못하는 걸 보면 놀라기는 되게 놀라는 것 같았다. 그래 슬며시 곁눈질해보았더니 경식이는 지금 의자 등받이에 머리를 떨구고 완전히 곯아떨어져 있었다. 오늘 저녁에 보니 별로 마실 줄도 모르면서 공연히 기분이 떠서 맥주 고뿌를 입에 댔다 뗐다 하는 것 같더니 벌써 이렇게 녹초가 되여버린 것이다. 그를 지켜보는 기옥의 마음은 안타깝기도 하고 분하기도 하고…… 막 울고 싶었다. 갈수록 험산이라더니 기옥은 눈앞이 캄캄해지였다.

이제는 기옥이가 경식이를 집에까지 데려다주지 않으면 안 되였다. 이 밤에 혼자 가다가 무슨 일이 생길지 도저히 마음을 놓을 수 없었다. 만약 뜻밖의 사소한 사고라도 생긴다면 이 자리에 마지막까지 같이 있었던 자기가 전적으로 책임지게 될 것이라고 기옥은 생각하였다.

집에까지는 그럭저럭 데려다주는 수밖에 없다 치고 래일 첫 시간에라도 정치지도원에게서 받은 과업을 수행하여야 하겠는데 지금 이 상태에서는 언제 어데서 만나자는 약속조차 도저히 할 수가 없었다. 래일은 또 그가 어디에 가있겠는지 오늘 밤처럼 막연한 길을 찾아 헤매여야 한다.

그래서 겨우 생각해낸 것이 담배갑(담뱃갑)을 꺼내느라고 손이 제일 자주 드나드는 양복 옆 주머니에 글쪽지(메모지)를 써넣는 것이었다. 기옥은 얼른 제 주머니에서 수첩을 꺼내여 몇 자 적더니 쭉 찢어 경식의 주머니에 넣어주고는 팔을 부축여 일궈세웠다.

한편 아들 때문에 한시도 마음을 놓지 못하는 진순영은 밤이 깊어지기 시작하자 집에 가만히 앉아 있을 수가 없었다. 시계는 벌써 열한 점을 친다.

그는 초조해지는 마음을 안고 끝내 아빠트 현관 앞에까지 나와 밤거리를 지켜보았다. 마침 달이 휘영청 밝아서 아빠트 모서리를 돌아오는 사람들의 륜곽(윤곽)도 어지간히 알아볼 수 있었다.

그런데 경식이는 나타나지 않고 남편이 불쑥 앞을 막아섰다.

"아니, 무슨 일이 생겼소? 현관 앞에까지 나와 서서……"

"왜 나왔겠어요. 아침에 집을 나간 녀석이 밤 열두 시가 다 되도록 어디 들어와야 말이지요."

"원, 별 걱정을 다…… 그 나이 때 집에 붙어있자구 할 게 뭐요? 이제 제 발로 들어오지 않으리. 자, 올라가기요."

"당신은 늘 속이 편하지, 쯧쯧……"

그러다가 진순영은 긴장해서 달빛 속을 지켜본다.

"저기에 나타난 것 같기는 한데 아니, 옆에 찰싹 붙어 있는 건 또 뭐야?"

"여보, 웬 처녀 같구만.……"

달빛 속을 뚫어지게 지켜보던 진순영이가 쓴 입을 쩝쩝 다시며 혼자소리처럼 중얼거리였다.

"내 글쎄 어쩐지, 저 애가 우리 경식이를 대하는 눈치가 좀 별나다 했더니 끝내 이제는 같이 먹구 같이 마시는 판에까지 저렇게 팔을 척 끼고 돌아다니게 됐으니……"

"저 애라니, 어떤 처녀인데?……"

"됐어요. 당신은 아직 모르는 척 하세요."

"아니, 여보! 나도 알아야 할 게 아니요?"

진순영은 일부러 남편의 앞에 막아서며 말머리를 돌린다.

"글쎄 당신은 몰라도 된다니까요. 괜히 깜짝 놀래지 말구……"

"놀래다니?" 하며 홍유철은 문득 긴장해지더니 엄한 목소리로 다시 한 번 다그쳐 물었다.

"어떤 처녀인가 말이요? 깜짝 놀랄 만한 처녀라면 더구나 내가 사전에 알아야 할 게 아니겠소?"

진순영은 하는 수 없이 마지못해 입을 열었다.

"아직은 당신 혼자만 알고 있으라요. 저기서 우리 경식이의 팔을 끼고 오는 게 최국락 운전사의 딸 기옥이예요."

"뭐?" 하고 홍유철은 진순영의 말에 깜짝 놀라며 어둠 속을 뚫어지게 들여다보았다.

"맞구만! 우리 최 동무의 딸 기옥이가……"

그리고는 고개를 기웃거리며 혼자 중얼거리였다.

"이건 어떻게 된 감투끈이야(까닭을 모르거나 갈피를 잡을 수 없는 상태를 비유적으로 이르는 말)?……"

기옥은 지금 홍유철이와 진순영이가 저를 지켜보는 줄도 모르고 경식이가 블로크(블록) 같은 데 걸치여 기우뚱거리면 얼른 그를 부축하여 바로잡아 주기도 하면서 현관 앞으로 한 걸음, 두 걸음 다가온다.

진순영은 홍유철의 팔을 잡아끌었다.

"여보, 우리는 모르는 척 하고 빨리 올라가자요."

"하긴, 오다가 우연히 만나서 같이 올 수도 있는 거구……"

그들 량주가 2층 계단으로 올라설 때 기옥은 경식이를 조심스럽게 현관에까지 데려다주었다.

기옥이가 경식에게 신신당부하는 목소리가 계단으로 오르는 홍유철이와 진순영의 귀에 도란도란 들려왔다.

"이젠 혼자 올라갈 수 있겠어요?"

"일 없다니까. 아까 봤지? 내 얼마나 마시기나 하던가. 나는 그저 한두 고뿌만 마셔도 핑 돌구 숨이 차구…… 안녕히! 오늘 기옥이가 있어서 분위기가 얼마나 좋았었는지 몰라."

"담배가 들어 있는 주머니에 쪽지편지를 넣었어요. 맑은 정신에 읽어보구 꼭 그대로 해야 돼요. 부탁이예요, 알겠지요?"

"알았다니까.……"

그러고 보면 홍유철이가 생각했던 것처럼 길에서 우연히 만나 같이 오게 된 것도 아니라는 소리였다.

홍유철이와 진순영은 말없이 문을 열고 집에 들어와서도 서로 말없이 앉아 있었다.

잠시 후에 경식이가 뒤따라 들어서며 어줍게 웃음을 지어보였다.

"지금 몇 시인데 아버지와 어머니가 아직도…… 나는 어데 가서 절대로 실수를 안 한다는 데두요."

경식은 집에 들어서자바람으로 침대에 벌렁 누워버리였다.

진순영은 그의 옷을 벗겨서 옷걸이에 걸며 담배가 들어 있는 주머니에 손을 넣어 쪽지편지부터 꺼냈다. 그것을 펼쳐보지 않고서는 밤새 잠이 올 것 같지 못한 진순영이었다.

그는 쪽지를 들여다보다가 가볍게 한숨을 내쉬며 그것을 홍유철의 앞에 내밀었다.

"여보, 좀 보시라요. 이게 어디 우연히 길에서 만나 같이 온 사이예요?"

홍유철은 의아해서 그 편지쪽지를 펼쳐들었다.

'경식 동무, 래일 아침 9시에 아빠트 앞에 있는 소공원의 제일 마지막 돌의자에서 기다리겠어요. 창문으로 내다보고 내가 앉아 있으면 인차 나와서 꼭 만나야 해요.……'

홍유철은 편지쪽지를 도로 내밀며 고개를 기웃거린다.

"무른 련계(연계)가 있긴 있는 것 같은데 그래두 여보! 우리 경식이가 먼저 무슨 미끼를 던졌으니 처녀가 총각의 팔에 매달려서 따라다닌다, 주머니에 쪽지편지를 몰래 집어넣는다…… 했을 게 아니겠소?"

"그럼 이제는 다 털어놓자요. 며칠 전에 글쎄 기옥이가 우리 경식이를 찾아왔길래 왜 찾느냐구 물었더니 보고 싶어서 찾아왔댔는데 그때부터 내 벌써 눈치가 좀 별나다 했는데 아니다 다를세라……"

그래도 홍유철은 여전히 고개를 기웃거리였다.

"거야 아이적부터 학교랑 같이 다녔댔으니까 보고 싶어서 찾아올 수도 있는 거지 뭘.……"

"그럼 경식의 손목시계는 왜 기옥의 팔목에 척 채워 있을가요?"

176

"그건 또 무슨 소리요?"

새록새록 듣느니 깜짝깜짝 놀랄 소리들뿐이었다.

"아니, 그 손목시계는 전번 날 저녁에 경식이가 말하지 않았소? 직일을 서는 제 동무한테 좀 빌려주었다구……"

"여보, 여보! 기옥이가 우리 경식의 시계를 차고 있는 걸 내 눈으로 보구 하는 소리예요."

홍유철은 점점 더 의아해서 두 눈을 끔쩍거리었다.

"글쎄 녀자 시계를 기념으로 주었다면 혹 몰라라 남자 시계를 처녀의 팔목에 채워주었다니 그건 도대체 무슨 뜻일가.……"

"아마 내 것이자 네 것이구 네 것이자 내 것이구…… 서로 합해진다는 놀음새로 그랬는지 그 속을 어디 알겠어요?"

홍유철은 돌연 껄껄 웃는다.

"이 녀석이 생긴 것두 쭉 빠진데다가 노는 것두 또 사내답겠다. 이제부터 처녀들의 단련을 꽤나 받을 거란 말이야. ……"

"내 그래서 마음을 못 놓는 거지요. 시험공부도 시키구 대학공부두 시켜야 하겠는데 처녀들이라는 건 우리 경식이만 보면 그저 졸졸……"

내 아들이 세상에서 똑 제일이라고 생각하는 그들이었다.

진순영은 그 종이쪽지를 다시 들여다보며 중얼거리었다.

"그런데 글쎄 처녀들이 우리 경식이를 어디 가만히 놔둡니까? 이런 쪽지를 몰래 주머니에 집어넣으면서 자꾸 만나자구 살살 홀리니…… 련계를 못 가지게 이걸 아예 없애버리고 말가부다."

바로 이때였다. 깊이 잠들 줄로 알았던 경식이가 쪽지편지를 없애버린다는 소리에 벌떡 두 눈을 뜨고 침대 우에 일어나 앉았다.

"아니, 어머니! 그게 무슨 쪽지편지인데 내가 보기도 전에 없애치운다는 거예요?"

진순영은 흠칫 놀라며 변명하듯 중얼거리였다.

"그저 한번 말해보는 소리지 어머니가 아무러문(아무러면) 없애치우기까지야……"

경식은 얼른 쪽지편지를 빼앗아서 한번 쭉 훑어보구 어처구니없다는 듯 하하 웃었다.

"아니, 여기에 래일 아침에 만나자는 소리밖에 없는데 왜 이렇게들 소란을 피워요? 어머니는 정말……"

"나야 어머니가 아니냐?"

진순영은 절절한 목소리로 다시 이었다.

"어머니치고 제 아들이 어떤 처녀들하고 사귀는지 눈여겨 살피지 않는 어머니가 어데 있겠니? 그래, 그게 너는 그렇게도 성가스러우냐?"

"아니, 어머니! 내가 지금 무슨 처녀들하고 사귄다는 거예요?"

"그럼 최국락 아저씨네 딸 기옥이는 처녀가 아니면 뭐냐?"

"뭐라구요?" 하며 경식은 또 한 번 하하…… 웃음을 터뜨리였다.

"어머니, 제발 좀 웃기지 말라요."

"뭐, 웃기지 말라?"

진순영이도 이제는 내친걸음이였다.

"그럼 기왕 말이 난 김에 아버지 앞에서 한 가지씩 빠개볼가?"

"빠개라요."

"자, 기옥이가 너를 자꾸 만나고 싶어서 주머니에 쪽지편지까지 집어넣을 때야 무슨 내용이 있어두 있겠지?"

"물론 있겠지요. 그거야 래일 아침에 만나봐야 알지 아직 만나보지도 않았는데 내가 어떻게 알아요?"

경식이가 이렇게 나오는 데는 진순영이도 물러설 수가 없었다.

"그렇다면 하는 수 없이 공개해야 하겠구나.……"

"공개하라요, 어서……"

"뭐, 어서? 그래 네가 기옥이를 데리고 식당에까지 밀려다니는 걸 아버지두 나두 모르는 줄 아니?"

"식당이라는 건 또 뭐예요?"

"어데건 간에 네가 데리고 다니며 먹고 마신 데가 있겠지?"

"내가 데리고 갔나요? 기옥이가 찾아왔지."

"데리고 간 거나 제 발로 찾아간 거나 같이 모여앉아서 먹자판을 벌린 거야 같고 같지.……"

"그럼 나를 만나겠다고 찾아왔는데……"

여기까지 말하다가 경식은 억이 막히다는 듯 홍유철이를 쳐다본다.

"아니, 아버지! 아버지가 좀 말해보시라요. 그래 아버지네 운전사 딸이 내가 동무들하고 같이 먹는 데 찾아왔으면 반갑게 맞아주는 게 옳지, 그게 나빠요?"

"나쁘기야 왜 나빠? 더구나 최국락이야 그저 단순한 내 직무 차의 운전사만인가? 네가 아이 때부터 삼촌, 삼촌 하는 한집안이나 같은 사인데……"

"그렇지요?"

"그렇지 않구.……"

"여보……" 하며 이번에는 진순영이 홍유철의 옆구리를 꾹 찌른다.

"아니, 당신은 지금 문제를 어느 방향으로 끌고 나가요?"

"방향?" 하며 그제야 홍유철은 정신이 번쩍 들어 다시 얼른 말머리를 돌린다.

"하긴 최국락이네 하고는 우리가 한집안이나 같으니까 그래서 더구나 너의 어머니는 기옥이와의 방향 문제를 좀 심각하게 생각하는 것 같은데……"

"야참, 자꾸 방향, 방향 하는데 도대체 무슨 방향이 어떻게 됐다는 거예요?"

경식은 마깝지(마땅치) 않다는 듯 침대에 도로 벌렁 눕더니 모포를 푹 뒤집어쓴다.

경식이가 짜증을 내거나 엇나가기라도 할 것 같으면 꼼짝을 못하고 슬슬 어루만지기만 하는 것이 홍유철이였다. 그래서 지금도 그는 침대 옆에 조심히 다가가며 애써 듣기 좋은 말을 골랐다.

"하긴 네 나이도 이젠 작다고는 볼 수 없지! 그래서 처녀들하고랑 사귈 수 있는 거구……"

진순영은 혼자 돌아앉아서 쓴웃음을 지으며 쯧쯧 혀를 찼다.

"에이구, 기껏 교양한다는 게 늘 밥도 아니구 죽도 아닌 소리를⋯⋯"

홍유철은 좀 잠자코 있으라는 듯 진순영이 쪽에 눈을 끔쩍거리고 나서 다시 입을 열었다.

"그런데 경식아! 앞으로 막상 최국락 삼촌네 하고 사돈을 맺는다, 방향을 이렇게 설정해놓고 생각해볼 때 어머니의 말도 좀 심사숙고해서 네가 참작해봐야 하지 않겠니?"

모포 속에서 경식은 몸을 뒤치락거리며 또 한 번 짜증을 내였다.

"아니, 최국락 삼촌하고 사돈을 맺는다는 건 또 무슨 소리예요? 아버지의 말은 너무 복잡하니까 듣구도 무슨 소린지⋯⋯"

"하긴 그렇지?" 하며 홍유철은 진순영이를 끌고 얼른 아래방(아랫방)으로 내려가더니 벌컥 화를 내였다.

"보란 말이요. 저 애는 통 무슨 소린지 알지도 못하는데 당신은 괜히 기옥이하고 어쩌니 저쩌니 쓸데없는 선불질을 먼저⋯⋯"

"그럼 어디 두고 보자요, 내 말이 맞나 당신의 말이 맞나.⋯⋯"

"우리 경식이는 처녀들과의 관계에서도 절대로 물덤벙술덤벙(아무 일에나 대중없이 날뛰는 모양)할 아이가 아니야.⋯⋯"

경식이만은 나무랄 데 없이 원만한 제 자식이라고 여기는 아버지—홍유철이였다.

10. 그를 알기 시작하였다

 이 밤에 아직도 잠 못 들기는 최국락의 집도 마찬가지였다. 반가운 손님을 청해놓고 그들은 지금 밥상에 둘러앉아 시간가는 줄도 모르고 손님의 이야기를 눈물겨웁게 듣고 있었던 것이다. 그 손님이란 차동근이였으며 그의 이야기란 소아운동장애로 손발도 제대로 건사 못하였던 애기 때부터 제 발로 걸어서 학교에 다닐 때까지 눈물겨웁고 가슴 뜨거웠던 이야기들이였다.

 최국락은 전번 날에도 약초포전에 갔다가 홍유철 지배인과 함께 그의 이야기를 물론 들었었다. 그때 집에 돌아와서 오순이와 기옥이한테도 우리 사회주의제도 하에서만 있을 수 있는 그 뜨거운 이야기를 들려준 적도 있었다.

 그런데도 오순은 의학자로서 그의 이야기를 새삼스럽게 다시 들으며 감탄을 금치 못해하였다.

 "정말 놀라운 기적이구나! 돈으로 그 병을 고치자면 상상도 할 수 없지. 설사 억만금을 들인다 해도 다른 나라에서는 도저히 못 고쳐. 그런

극진한 정성이 안받침(뒷받침)되지 않구 의술 하나만 가지고서는 그 어느 나라에서두……"

이때 마침 경식이를 집에까지 데려다주고 돌아섰던 기옥이가 문을 열고 불쑥 들어섰다.

"아니, 너 왜 이렇게 늦었니?"

아버지와 어머니는 저으기(적이) 놀란 눈으로 딸을 쳐다보는데 기옥은 또 의아한 눈으로 곱게 생긴 낯선 총각을 내려다본다.

그제야 최국락은 얼른 눈치를 채고 기옥이에게 귀띔해주었다.

"참, 내 전번에 한 번 말했지? 그 '산신령' 손자님을 내 오늘 우리 집에 모셔왔다. 어제 저녁은 지배인 동지한테 먼저 떼우구……"

동근은 움쭉 일어서더니 기옥이한테 꾸벅 인사를 하였다.

"안녕하십니까?"

기옥은 첫눈에 벌써 정이 갔던지 얼른 동근의 두 손을 곱게 잡아주었다.

"빠진 데 없군요. 길에 척 나서면 누가 산골에서 온 총각이라고 할가. 양복두 이만한 멋쟁이 양복을 입은 신사가 별로 없을 거야.……"

동근은 말없이 히죽이 웃고만 있는데 옆에서 최국락이가 자랑삼아 한마디 하였다.

"우리 지배인 동지네 경식이가 용킨 용해! 저한테서 제일 좋은 이 옷을 골라서 동근이한테 입혀주었다는구나.……"

옆에서 오순이도 한마디 덧붙이였다.

"비단결 같은 마음씨를 가진 아버지와 어머니의 그 피줄이 아무렴 어디 가겠어요."

이 순간에 기옥이도 경식에게는 참 좋은 점들이 많지 하는 생각이 들었다. 다시 돌이켜보니 별로 욕심이 많은 것 같지도 않아보였고 남을 위해주는 데서도 쪼물짝하지(사람이 시원하게 트이지 못하여 옹졸하고 좀스럽지) 않고 통이 큰 데가 있었다.

어머니의 목소리가 그의 생각을 깨쳐버리였다.

"뭘 하고 있니? 빨리 밥상에 나앉지 않구……"

"먹고 왔어요."

"그래두 밥상 앞에 앉았다가 일어나야지. 네가 좋아하는 식혜(식해) 단지 뚜껑을 오늘 열었다. 가재미(가자미)도 어찌나 잘 익었는지……"

"아이, 군침부터 돈다.……"

"그러게 빨리 앉아서 얼른 맛보라니까.……"

오순이 어느새 부엌에 내려가서 식혜 한 접시를 담는데 눈치 빠른 동근이가 얼른 접시를 받아서 기옥의 앞에 놓아주었다.

기옥은 밥 한술에 식혜 한 점을 입에 넣고 맛있게 씹었다.

"우리 어머니의 식혜 담그는 솜씨는 누구도 흉내 못내!"

그러다가 기옥은 "캬……" 하며 입술을 호— 벌리였다.

눈치 빠른 동근이가 "매워요?" 하며 이번에도 제가 얼른 일어나서 기옥의 앞에 물을 떠다가 놓아주었다.

기옥은 문득 짚이는 생각이 있어 동근이를 측은한 눈길로 지켜보았다.

"총각 손님이 이게 뭐나요? 이런 잔심부름이야 우리 같은 녀자들이 하는 거지.……"

오순이도 끌끌 혀를 차며 동근의 잔등을 가볍게 두드려주었다.

"내 이렇게 눈치 빠른 총각을 보다가 처음이라니까. 내가 부엌에서 음식들을 담으면 어느새 날라다가…… 이 밥상도 동근이가 다 차려놓았단다."

"어머니, 그게 어데서 생긴 습관 같애요? 아이 때부터 오래동안 병원에 있으면서 같은 호실에 있는 어른들의 신세를 얼마나 많이 졌겠어요. 집은 멀리 촌에 있으니 남들처럼 면회도 자주 오지 못했을 거구…… 노상 신세를 지다 보니 무엇으로나 신세갚음 해야겠지, 그러다나니 아이 때부터 이런 습관을 만들어주었을 거예요. 동근이! 내 말이 틀려?"

동근은 말없이 히죽이 웃었으나 눈부리(눈초리)는 저도 모르게 벌개졌었다.

기옥의 말이 맞았다. 어린 시절의 오랜 세월을 동근은 남들의 도움으로 컸다고 말할 수 있었다. 같은 호실에 입원해 있는 어른들의 면회물자에서 제일 맛있는 것들은 동근에게 안겨졌다. 그들이 퇴원하면 새로 입원한 또 다른 어른들이 보호자가 되어 동근이를 각근히 도와주군 하였다.

그 나날에 동근은 사람이란 혼자서는 못한다는 생각을 굳히게 되였고 그 고마운 사람들을 위해서 내가 할 수 있는 일이 무엇일가 늘 마음을 써왔고 어떻게 해서나 동지들과 집단을 위하여 좋은 일을 많이 하려는 습성이 어렸을 때부터 몸에 배였었다.

……

기옥은 동근이를 생각해준다는 것이 그만 공연히 가슴을 허벼준 것만 같은 미안한 생각이 들어서 얼른 말머리를 돌리였다.

"자, 동근의 잠자리는 내 방에다가 깔아주마. 나는 오랜만에 어머니하고 같이 자구……"

기옥은 눈을 감고 자리에 누웠으나 도무지 잠들 수가 없었다. 경식이에 대한 이런저런 걱정이 점점 더 정신을 말똥말똥하게 만들어주었다.

자기가 지금 경식이네 집에서 쪽지편지니, 손목시계니…… 그러루한 엄청난 오해를 받고 있다는 것을 알았다면 기옥은 너무도 억울하여 이불 속에서 혼자 흐느껴 울었을 것이다. 그러나 기옥은 제가 경식에게 기울인 그 지성과 마음고생이 억울한 오해를 받고 있다는 것은 전혀 알 수가 없었다.

다만 그는 지금 어떻게 하면 정치지도원의 높은 요구성에 어긋나지 않게 경식이를 잘 타이르고 도와서 제 발로 전투일선에 서도록 할 것인가 하는 생각밖에 없었다.

경식이가 목장 확장공사장에 새로운 창의고안을 한 번 도입해보려고 말없이 혼자 뛰고 있는 줄을 알 수가 없었던 기옥이로서는 그가 꼭 어머니의 후방사업의 명목으로 대오를 리탈하여 자유주의를 하는 것으로 여겨지였다. 그렇게 생각되다 보니 경식이가 어릴 적부터 부모들을 눈면 사랑 속에서 그리운 것도 아까운 것도 잘 모르고 생활에서 어덴가 절제가 좀 부족한 것만 같은 허점만이 눈앞에 도드라져서 기옥은 도무지 마음을 놓을 수가 없었다.

그는 도대체 어떤 사람일가? 타고난 인정과 착한 마음씨도 가지고 있다. 그런데도 어떻게 그는 집단과 조직에는 늘 마음이 놓이지 않는 걱정스러운 사람으로 되고 있을가.……

기옥은 그 답을 기어이 찾아내리라 마음먹었다.

문득 며칠 전에 오빠가 하던 말이 생각났다. 그때 오빠는 이런 말을 했었지.

……경식에게는 참 사랑스러운 데가 있어. 이삭으로 말하면 아직 덜 여물어서 그럴 뿐이지. 이삭두 뭐 품을 들이지 않고 저절로야 딴딴하게 여무니? 경식이도 준비만 잘 시켜주면 장차 한몫 단단히 할 수도 있지.……

그러면서 오빠는 어릴 때 소년단 경례를 하면서 "항상 준비!"라고 하던 그 말은 어른이 되여 한생이 끝날 때까지 늘 속으로 외우며 살아야 한다고 말했지. 오빠가 말하는 그 준비란 무엇을 의미하는 것일가? 기옥은 오빠의 눈으로 경식이를 들여다보고 싶은 생각이 들었다.

기옥은 자리에서 움쭉 일어나 책상에 마주 앉았다. 그리고는 책장에서 오빠의 두툼한 일기장을 꺼내놓고 첫 장을 펼치였다.

아까부터 아버지의 마른 기침소리가 기옥의 가슴을 쿵쿵 울려주었다. 아버지는 기관지가 좀 나쁜 편이여서 밤에 인차 잠들지 못하면 저렇게 마른 잔기침을 하군 하였다. 저 때문에 아버지가 잠을 이루지 못한다고 생각하니 기옥은 가슴이 아팠다.

그러나 기옥은 지금 아버지를 인차 잠재워줄 수 있는 아무 말도 찾아낼 수가 없었다. 아까 경식이를 데려다주고 밤늦게 집에 돌아왔을 때 아버지와 어머니는 깜짝 놀라 눈들이 휘둥그래졌었다. 이렇게 늦은 밤길을 걸었을 적에는 분명 그 무슨 걱정스러운 일이 생겼으리라는 것을 짐작하고도 남음이 있는 아버지와 어머니였다.

"아니, 이 밤중에 웬일이냐?"

어머니는 놀라기부터 하였고 아버지는 또 걱정부터 앞세웠다.

"집에 왔다간 지 며칠 안 되는데 이 밤에 갑자기? 또 무슨 일이 생긴 게구나.……"

"일은 무슨 일……"

기옥은 아버지와 어머니의 놀라는 눈길을 말없이 외면해버리였다. 무슨 말을 어데서부터 어떻게 떼면 좋을지 아직 이야기의 긻을 찾을 수가 없었다.

아버지와 어머니가 알고 싶어 하는 대답을 하자면, 우선 정치지도원이 경식에게 무슨 걱정스러운 일이라도 생기지 않았는지 꼭 만나보라던 그 말부터 시작하여 그를 찾아다니다가 난데없이 어느 공장합숙에 끌리워 들어가서 노래까지 같이 부르게 되였던 일까지도 자연히 다 이야기해야 했다.

그리고 경식이를 집에까지 데려다주고 지금 막 돌아오는 길이라는 데서 이야기는 끝나게 되겠는데, 이 이야기만을 가지고는 정치지도원의 과업을 어떻게 수행했다는 소린지 아버지와 어머니를 도저히 납득시킬 수가 있을 것 같지 않았다. 납득은 고사하고 아버지와 어머니에게는 이 의혹이 또 저 의혹으로 자꾸 번져지게 될 것이다.

기옥이가 끝내 잠을 이루지 못하고 자리에서 일어나 책상에 마주 앉는 것을 보자 아버지와 어머니는 더더욱 불안해하며 입을 열고야 말았다.

"좀 눈을 붙이지 않고 뭘 그리 열성스레 읽니?"

기옥에게서 뭘 좀 알아내기라도 할가 해서 공연히 한두 마디 건늬는 (건네는) 어머니의 말이였다.

"오빠의 일기장이예요."

호호…… 하며 오순은 일부러 웃음소리까지 내면서 기옥의 눈치를 슬쩍 살폈다.

"오빠한테 혼날려구? 일기장을 몰래 봤다가……"

"나는 오빠의 일기장을 아무 때나 봐도 일 없어요."

"우리 집에서 기옥이는 특수냐?"

"오빠는 중학교에 다닐 때부터 매일 저녁 그날 하루 일기를 나한테 보여주었거던요. 그리구 내 생각을 물어보기도 하면서…… 그땐 잘 몰라서 대답 못한 걸 이제라도 대답해볼가 해서 다시 읽어보는 거예요."

듣고도 무슨 소린지 모를 몇 마디뿐, 어머니는 아무것도 더 묻지 못한 채 잠자리에 들고 말았다.

기옥은 날이 밝을 때까지 오빠의 일기장을 읽다가 아침밥을 몇 술 뜨는 체 하고는 인차 집을 나섰다.

아버지와 어머니는 말없이 계속 기옥의 얼굴만 훔쳐보았다. 면바로(똑바로) 마주 쳐다보기조차 불안해하는 기옥의 얼굴이었다.

기옥이도 부모의 그 심정을 알고도 남음이 있었으나 지금 집을 나서는 이 순간까지도 무슨 말을 어떻게 해야 할지 알 수가 없었다.

"이 길로 그냥 공사장에 나가겠어요."

겨우 이 한마디를 남기고 기옥은 집을 나섰다. 그리고는 바쁜 걸음을 걸어 어제밤(어젯밤) 쪽지편지에 썼던 그 경식이네 집 앞의 소공원으로 갔다. 거기 마지막 돌의자에 앉아 아빠트 창문을 바라보았다. 아직은 10분 전이니 이제 늦어도 9시만 되면 경식이가 창문으로 내다보고 불이 나게 달려 나오겠지.……

그러나 9시가 넘어 10시가 되여 오도록 현관으로 달려 나오는 경식이는 보이지 않았다. 그런데다가 보슬비까지 내리여 기옥의 어깨며 머리카락이 축축히(축축이) 젖어들기 시작하였다. 야속하다고 할지, 괘씸하다고 할지……

이때 아빠트 현관이 아니라 2층 창문에서 경식의 목소리가 크게 울리였다.

"기옥이, 빨리 올라오라!"

"빨리 내려오라요."

"비가 점점 더 오는데 집에 올라오라니까. 2층 3호야…… 빨리!"

그리고는 창문이 꾹 닫기였다. 꾹 닫겨진(닫힌) 창문을 바라보니 이런 때는 어떻게 했으면 좋을지 기옥은 호— 저도 몰래 한숨까지 나왔다. 이쯤한 시간이면 어른들도 이제는 다 출근을 했을 것이고 그러니 총각이 혼자 있는 집에 처녀가 서슴없이 발길질을 한다는 것이 어덴가 좀 온전한 행실 같지 않은 불안한 생각이 절로 들었다.

그러나 이런 걱정, 저런 걱정을 다 하다 나면 경식이를 언제 만날지 막연하였다. 온종일 집에 꾹 박혀 있을 경식이라고는 도저히 믿기 어려웠다. 문을 쾅 닫고 집을 나가면 다시 또 어데 가서 찾을 길이 막연해질 것이다.

기옥은 움쭉 일어나서 아빠트 현관으로 들어섰다.

2층 계단으로 올라가는데 복도에서 인민반 녀인들이 회칠을 하다가 그만 소랭이가 기울어지는 통에 회가루(횟가루)물이 기옥의 목덜미며 어깨에 묻었다.

마침 2층 3호집 출입문이 열리며 경식이가 기옥이를 반갑게 맞아주었다.

"기옥이, 빨리 들어와."

기옥이는 불쾌하기 그지없었다.

"아니, 9시에 꼭 내려와 달라는 종이쪽지를 못 봤어요?"

"왜 못 봐? 보기야 봤지. 늦잠을 자다가 깜빡 잊었지 뭐. 비가 오는 소리가 나서 마침 창문을 내다보다가 돌의자에 앉아 있는 기옥이를 보고서야 아차, 내 깜빡 잊었구나 하는 생각이 나두나.……"

정말 어처구니가 없었다. 그러나 왕청같은 거짓말을 꾸며서 업어 넘기려 할 줄을 알았는데 솔직하게 말하니 그래도 속이 빤히 들여다보이게 얄미운 것보다는 한결 좀 나은 것 같았다.

경식은 어깨와 목덜미에 묻은 회가루를 보다니 눈이 커다래져서 어찌할 바를 몰라 하였다.

"이건 누가 이랬어? 자, 이걸로 빨리……"

경식은 수건을 물에 적셨다가 꾹 짜서 얼른 기옥에게 쥐여주었다.

"자, 여기 어깨 있는 데랑 그리고 목 뒤에랑……"

그러나 잘 보이지 않는 목덜미와 잔등 사이에 묻은 회가루를 손이 채 닿지를 못하여 잘 지워지지 않았다.

"경식 동무, 이젠 다 지워졌어요?"

"아니, 좀 더 우에, 야참 옆에……"

그러다가 경식이도 안타깝던지 벽거울을 벗겨 들고 삼면경대 앞으로 다가온다.

"자, 이걸 보면서……"

제가 그 물수건을 받아들고 한두 번만 썩썩 문질러주면 순간에 말끔히 지워질 것이였는데 경식이는 처녀의 새하얀 목덜미에 손을 댈 엄두조차 내지 못하였던 것이다.

거울 속에서 어쩌지 못하는 경식의 얼굴을 보니 어딘가 아이들처럼 천진스러운 데가 느껴져 우습기도 하고 금방 현관으로 들어설 때 괜히 이래저래 망설이던 생각이 나면서 절로 얼굴이 붉어지기도 하였다.

그 때문이였는지 기옥은 회가루를 다 씻고 나서 생각했던 것보다 퍽 부드럽게 첫마디를 뗐다.

"경식 동무, 이제부터 내가 하는 말을 명심해서 똑똑히 들어요."

말꼭지를 떼자마자 전화종(전화벨)이 따르릉 울리였다.

"잠간……" 하며 경식은 얼른 송수화기를 집어 들더니 기쁨에 넘쳐 소리까지 질렀다.

"아, 독고 형님! 오늘 오후까지 돈을 꼭 가져가야 된다구요?…… 그럼요. 그 값이 아마 그만큼은 될 거예요. 우리 동무들에게는 절대로 부담을 주지 말구, 그건 내가…… 안녕히."

흥, 먹자판의 뒤끝에는 역시 돈이 그림자처럼 따를 수밖에…… 기옥은 속으로 이렇게 생각하고 있었다.

그러나 이들이 전화로 말하는 돈이란 창의고안 제작에 필요한 전자부속 값이였다.

기옥은 돈 이야기는 아직 묻어두고 키득키득 웃음을 참느라 손등으로 입을 꼭 막기까지 하였다.

경식은 의아해서 쳐다보았다.

"뭐가 그리 우스워?"

"도끼 형님? 호호……"

"내가 언제 도끼 형님이라구 했어? 독고 형님이라고 했지."

"호호, 독고나 도끼나 듣기에는……"

"그게 같을 게 뭐야? 이름이 병일인데 그럼 도끼병일이겠나? 독고병일이지.……"

그러다가 경식이도 무슨 생각이 났는지 하하…… 소리내여 웃었다.

"그러고 보니 그 형님의 머리가 어쩐지 도끼처럼 생긴 것 같기도 해. 참, 기옥이도 어제 그 공장합숙에서 얼핏 봤겠구나. 자기의 몫이라고 하면서 물고기종합회(모듬회)를 큼직한 접시에 담아들고 들어왔다가 얼른 나가던 뚱보 말이야. 그 공장의 자재인수원인데 사람이 좋은데다가 내일이라면 뭐든지 발 벗고 나서주는 친형님이나 같은 사이야. 내가 성준이네 그 합숙방에 자주 다니다가 알게 됐지.……"

기옥은 그들의 관계가 어떻든 간에 방금 전화로 주고받은 몇 마디만으로도 그쯤하면 서로 어떻게 맺어진 사이들이라는 것을 짐작하고도 남음이 있다고 생각하였다. 같이 고생을 하면서 서로 도와주고 위해주는 생활 속에서 뜨겁게 맺어진 우정일가? 아니, 분명 어제밤처럼 그런 먹자판 같은 데서 재미를 붙인 친구들이 틀림없으리라는 생각이 들었다.

사람이 맛있는 음식을 먹으면서 즐거운 시간을 보내는 것을 다 나쁘게 볼 수는 없다. 그러나 동시에 사람은 그런 흥미 나는 생활조차도 엄격한 절제는 지켜야 한다. 때와 장소와 시간에 대해서까지도…… 경식에게는 어쩐지 그것이 없거나 덜해 보이였다.

며칠 전에 남들도 함부로 만지기 저어되는 고급손목시계를 식료 매대에 생각 없이 턱 맡겨놓고 며칠이 지나도록 감감 잊고 있는 것도 바로 이러한 생활의 연장이 분명하였다.

기옥은 지금 이 순간에 경식의 손목시계를 꺼내놓음으로써 그로 하여금 자기의 절제 없는 생활에 대한 그 어떤 충격으로 하여 자신을 돌이켜

볼 수도 있게 하는 하나의 좋은 기회가 될 수 있겠다고 생각하였다.

다른 것은 몰라도 우선 시계를 보는 순간에 그는 깜짝 놀랄 것이다. 그리고 여러 날이 지나도록 감감 잊고 있었던 이 시계를 찾아온 데 대하여 말을 못하고 얼굴이 붉어질 것이다. 그 다음에는 고맙다든가, 미안하다는 말이라도 겨우 한마디 할 것이다. 그때 경식에게 좀 따끔히 교훈이 될 수 있는 말이 무엇일가. 그건 그때 일단 맞다든(정면으로 마주친) 다음에 보기로 하자.……

"경식 동무……" 하며 기옥은 말없이 그의 앞에 시계를 꺼내놓았다.

그 순간 하하하…… 소리내여 웃으며 경식은 뜻밖에도 첫마디를 이렇게 뗐다.

"아니, 이 시계가 어떻게 아직도 숨이 살아서 돌아왔나?"

여기에다 대고 기옥은 무슨 대답을 어떻게 했으면 좋을지 다음 말이 생각나지도 않았고 구태여 다음 말을 더 찾고 싶은 생각도 나지 않았다. 이제는 아까 말꼭지를 뗐다가 전화 때문에 끊어졌던 그 이야기로 다시 돌아가서 정치지도원이 문제를 세운 그 내용만 전달해주고 말자.……

"그래서 말이예요. 문제가 섰어요."

"가만, 잠간만……" 하며 경식은 또 한 번 기옥의 말허리를 뚝 짜르더니(자르더니) 자리에서 움쭉 일어섰다.

"잊어먹기 전에 내 얼른 뭘 하나 찾아놓구……"

경식은 벽장에서 트렁크를 꺼내더니 열쇠를 열고 비데오촬영기(비데오카메라)를 꺼내들었다. 그리고는 그것을 기옥의 앞에 내밀었다.

"학교 때 영어선생님한테서 늘 칭찬을 받았댔지? 여기에다 뭐라고 썼는지 한번 보렴."

"전문가용, 촬영기 번호 '엠씨 3—29', 호호호……"

"왜 웃어?"

"촬영기의 번호하고 내 생일이 꼭 같애서 그래요, 3월 29일……"

경식은 듣는 둥 마는 둥 하며 혼자 중얼거리고 있었다.

"전문가용이니까 값이 나갈 거란 말이야.……"

기옥은 금시 두 눈이 동그래지였다.

"아버지와 어머니한테 혼나자고 그래요?"

"이건 내 거란 말이야. 외삼촌이 내게 보낸 건데 집에다 계속 처박아두어서는 뭘 해. 신식 촬영기들이 계속 자꾸 나오는 세월에……"

여기다 대고 기옥은 더 이상 관여할 생각이 없었다.

이제는 하던 이야기를 빨리 꺼내여 긴 설명이 없이 경식이를 놀래우기부터 하리라 마음먹었다.

"경식 동무, 지금 비상이 걸렸어요."

기옥은 이렇게 첫마디를 떼놓고 경식이를 쳐다보았다. 별로 놀라는 기색이 아니였다. 그에게서는 도리여 이런 대답이 나왔다.

"나도 다 알아.……"

"뭘 다 안다는 거예요?"

"기옥이가 지금 나한테 뭘 말하자고 하는지 내가 다 안대두……"

"몰라요. 알 수도 없구……"

"자, 이런…… 나 때문에 정치지도원 동지가 노발대발해서 비상소집을 일으키지 않았나? 그래서 기옥이가 어제밤에 나를 찾아 정신없이 뛰여다녔구……"

"예?"

"정치지도원 동지가 나오는 걸 봐서는 나에 대한 걸 우리 직장에 통보할 수도 있다, 이제라도 당장 공사장으로 빨리 가자, 기옥이가 지금 나한테 말하자는 게 바로 이거지?"

기옥은 깜짝 놀랐다.

"누가 벌써 대줬어요?"

"누가 대주긴……"

기옥은 한 걸음 다가앉으며 따지고 들었다.

"어데서 그걸 다 알았나 말이예요?"

"어데긴 어데야. 기옥이한테서 들었지."

"내가요?"

"어제 저녁에 나한테 다 말하지 않았나? 귀에다 바투(두 대상이나 물체의 사이가 썩 가깝게) 대구……"

"예?"

기옥은 또 한 번 입을 딱 벌리였다.

"아니, 취해서 곯아떨어진 줄 알았더니……"

"내가 무슨 술고래라구 곯아떨어진다 그래? 필요한 소린 다 들었는데……"

역시 안 되겠구나 하는 생각에 기옥은 맥이 탁 풀리였다.

"아니, 그 소리를 다 들었는데도 그렇게 뜬뜬해가지구(느물느물하고 뱃심이 좋아가지고)…… 그래 겁도 안 나요?"

"내 재미나는 이야기를 하나 해줄게 좀 들어볼래?"

"흥, 속두 정말 편안하지. 안 듣겠어요."

경식은 귀가 열리면 자연히 듣겠지 하는 심산인지 벌써 이야기의 꼭지를 떼기 시작했다.

"어떤 두 친구가 캄캄한 야밤에 철길 다리를 건너가고 있었단 말이야……"

"안 듣겠어요."

그래도 경식은 이야기를 멈추지 않는다.

"그런데 이때 굴간(굴속)에서 기차가 꽥— 하고 전속으로 달려오더니 어느새 벌써 철길 다리를 들어섰구나. 앞으로 달려 나가자니 이미 늦었구, 그렇다고 다시 뒤로 돌아서서 냅다 뛰자니 금시 기차가 꽁무니를 칠 것 같거던. 철길 다리 밑에는 시꺼먼 강물이 사품치며(물살이 계속 부딪치며 세차게) 흐르고, 이제는 별 수 있니? 기차가 코앞에 다 왔는데.…… 그래도 살아보겠다고 저쪽 친구는 다리 우에서 뛰여내렸다. 이 순간 다른 한 친구는 급기야 두 팔로 침목을 끌어안고 동동 매달렸지. 어느새 기차는 지나가고 목숨은 요행 건졌다. 아래를 내려다보면 아찔해서 금시 떨어져 죽을 것 같구 그래서 캄캄한 하늘을 쳐다보며 물에 빠져죽은 제 친구의 명복을 빌었구나. 그런데 다시 철길 우에 올라서자니 침목을 끌어

안은 이 두 팔을 풀 수가 있어야지. 어느 한 쪽 팔만 놓아도 당장 강물에 떨어져 죽을 판인데…… 날이 밝을 때까지 기다리느라니 제정신이였겠니? 몽롱한 속에 푸름푸름해지는(푸르무레해지는) 앞을 겨우 내다보니 물에 빠져 죽은 그 친구가 다시 이 다리 우로 마주 걸어오는구나. 앞에까지 다가와서는 일을 다 보구 돌아가는 길인데 아직 철길에 매달려서 뭘 하구 있는가, 이렇게 묻지를 않나. 그래 귀신이 돼서 나를 살려주러 왔으면 빨리 두 팔을 잡아당겨 달라고 했더니 그 친구는 허허 웃으며 자꾸 아래를 좀 내려다보라는 거야. 그래서 죽었소 하고 슬며시 아래를 내려다보았더니 글쎄 풀이 발가락에 닿을가 말가 하더라는 거야.…… 하하……"

기옥은 금시 웃음이 나오는 걸 혀끝을 깨물며 참다가 그만 킥— 하고 터뜨렸다. 그리고는 다시 새파래지며 경식을 흘겨보았다.

"흥, 재미도 없다. 그래 웃음이 나와요?"

"내 모를 줄 알구? 기옥인 지금 나를 겁부터 먹게 만들자고 하는 것 같은데 이자 그 이야기두 보라, 무슨 일이나 겁부터 먼저 먹으면 괜히 안 할 고생도 사서 하게 돼.……"

경식이도 제 아버지의 젊었을 때를 닮았는지 익살은 또한 이만저만이 아니였다.

기옥은 슬그머니 부아가 났다. 어제 저녁에 제가 정색해서 이야기를 했을 때 처음부터 그것을 다 듣고 있으면서도 눈섭 하나 까딱하지 않고 곯아떨어진 체 했다던가, 지금 별로 사리에 닿지도 않는 제 나름의 '용감성과 비겁성'에 대한 이야기를 가지고 그 무슨 훈시를 하자는 것 같기도 하고 아니면 당겼다, 놓았다 하면서 사람을 놀리는 것 같기도 하여 불쾌해지기 시작하였다. 이제는 정면으로 맞받아 들어가야 하겠다는 생각이 들었다.

"한 가지 묻자요. 정치지도원 동지가 왜 하필 나한테 이런 과업을 주었을 것 같애요?"

경식은 정색해서 기옥이를 쳐다보았다.

"아니, 나를 지금 어데 좀 모자라는 사람으로 보는 게 아니야?"

"예?"

"밤중에 나를 찾아 그렇게 헤매고 다녔을 때야 초급단체 위원장으로서 정치지도원 동지한테 오죽이나 추궁 받았겠나? 내가 그 합숙방에 앉아 있는 것까지 알아내느라니 속은 또 얼마나 탔겠구…… 나도 혼자 마음속으로 가슴 아픈 생각을 했지 뭐.……"

그래도 영 지각이 없는 사람은 아니구나. 여기까지는 처녀의 마음을 어지간히 눅잦혀주었다(누그러뜨려주었다). 그런데 문제는 다음 대목이었다.

기옥은 경식의 입에서 그런 자책의 말이 다시 한 번 더 나오기를 바랐던지 일부러 한마디 비틀어보았다.

"흥, 말 같았으면…… 진짜 그렇게 가슴 아팠으면 내가 안타깝게 말하는데도 눈을 감고 자는 체 했을가?"

경식의 대답은 한 수 더 떴다.

"가슴 아프니까 자는 체 했지. 그럼 남자라는 게 벌떡 일어나서 같이 붙어 잡고 엉엉 울겠나?"

"호호……"

기옥은 아무리 웃지 않을래야 더 이상 참을 수가 없었다. 속에 없는 소리를 지어서 하는 말 같지는 않았다.

"그렇게 생각했다면 이제 나하고 같이 가지요?"

"혼자 먼저 가려무나. 오늘은 내 꼭 처리해야 할 일들도 있구……"

예견치 못했던 대답은 아니였다. 하긴 복잡한 전화들이 연방 오던 것으로 미루어보면 오늘 그 모든 것들을 대충이라도 처리해놓은 다음에 떠나려고 하지 이대로 지금 당장 따라나서자고 할 것 같지는 않았다.

기옥의 생각에도 경식이가 시급히 처리할 건 해놓고 떠나야지 괜히 공사장에까지 그 미결 건이라는 것이 뒤따라 다니면 그때는 또 지금보다 더 복잡한 문제들이 생겨날 것 같은 생각이 들었다.

"경식 동무, 정치지도원 동지에게는 이제 곧 뒤따라온다고 보고해도 되지요?"

"되지 않구. 이게 뭐 기옥이가 제 마음대로 혼자서 하는 일인가?"

경식이가 말처럼 모든 일을 그렇게 처신해주었으면 얼마나 좋을가 하는 생각을 하며 기옥은 자리에서 일어섰다.

공사장으로 가는 시외뻐스(버스)정류소에서 기옥은 맨 앞줄에까지 섰다가 그 옆에 바라보이는 분체신소에로 다시 발길을 돌리였다.

경식이를 데려오지 못하고 혼자 불쑥 나타나면 정치지도원이 실망할 것은 뻔했다. 그래서 전화라도 한 통 걸어서 이러저러한 사연으로 제가 먼저 떠나고 경식은 이제 곧 뒤따라오게 된다는 것을 미리 알려주면 아무 예고도 없이 불쑥 혼자 나타나기보다는 훨씬 체면이 좀 설 것만 같았다.

그런데 정치지도원은 기옥의 전화를 다 받고 나서 그런 사연 때문이라면 혼자 먼저 오지 말고 기다렸다가 경식이와 함께 오라고 오금을 박았다.

그리고 하루 이틀 일을 더하고 못하는 것이 문제가 아니라 이 공사기간에 한 명의 락오자(낙오자)도 없게 하여 청년동맹의 조직력과 전투력을 강화하는 것이 기본이라는 것까지 한마디 덧붙였다.

기옥의 마음은 점점 더 무거워지기 시작하였다.

방금 전화까지 받고 보니 정치지도원의 요구를 경식에게 전달이나 하고 경식의 이러저러한 사연을 정치지도원에게 보고나 하는 것으로써 자기의 임무가 그리 쉽게 끝날 것 같지 않았다.

이렇게 놓고 보면 경식이보다 더 바쁜 모퉁이에 들어선 것은 사실상 기옥이였다.

지금 당장 어느 쪽으로 발길을 돌려야 할지 갈피를 잡기가 힘들었다. 이제 다시 경식이를 찾아갔댔자 그 이야기가 또 그 이야기일 것이다.

기옥은 체신소의 문을 나서서 자기가 지금 어데로 가고 있는지도 생각 없이 무작정 천천히 발걸음을 옮기였다. 정치지도원의 요구는 경식에게 무슨 걱정스러운 일이 생기지 않았는지 그저 알아보고나 돌아오라는 정도가 아니라는 생각이 점점 더 가슴을 무겁게 짓눌렀다. 그의 높은 요구성은 한 명의 동맹원도 그리고 그들이 한순간도 조직 밖으로 삐여져 나가는 일이 없도록 초급단체 위원장으로서 응당한 책임을 져야 한다는 것인데, 그러자면 경식의 부족점은 무엇이고 오빠가 말하던 그 준비는 어떤 것이여야 하는지 기옥에게는 똑똑한 대답이 아직 없었다.

이러한 답을 찾기에는 기옥이가 경식이에 대하여 아는 것이 너무나 적었다.

그저 아버지가 사업보장을 해주는 지배인의 아들이라는 것밖에 아무것도 몰랐던 경식이에 대하여 이제는 곱든 밉든 파고들어서 그를 잘 알아야 했다.

이 생각, 저 생각을 하면서 혼자 타발타발(매우 가볍게 조금 빠른 동작으로 걷는 모양) 걸어가는데 꼭 어느 허공에서 누군가가 찾는 듯한 느낌이 들어 문득 발걸음을 멈추었다. 그리고 사방을 둘러보았다. 환각이 아니였다. 공업품수매상점의 2층 창문에서 경식이가 내려다보며 지금 기옥이를 찾고 있었던 것이다.

"기옥이! 빨리 좀 올라오라, 빨리……"

기옥은 저도 모르게 혼자 중얼거리였다.

"아니, 어느새 저기에 벌써? 홍길동이 아닌가?……"

첫 순간에는 깜짝 놀랐으나 다음 순간에는 숨이 나갔다. 저 홍길동이 같은 경식이를 이제 또 어데 가서 찾으랴 하는 걱정에 발걸음마저 잘 안 떼지더니 요행 이렇게 맞다들 줄이야.……

"왜 쳐다만 보구 있어? 빨리 올라오라는데……"

"일을 보고 빨리 내려오라요."

"기옥이가 빨리 올라와야 내 일도 인차 끝날 수 있어서 그러는 거야.……"

내가 올라와야 제 일도 끝난다니? 통 무슨 소린지 듣고도 모를 말이었다. 사람들이 쳐다보는 길거리에서 계속 올라오라, 내려오라 서로 소리만 지를 수도 없고 하여 하는 수 없이 기옥은 계단을 따라 올라갔다.

푸수해(수수해) 보이는 수매원 녀인의 앞에는 벌써 록화(녹화) 촬영기가 척 놓여 있었다.

"기옥이, 이걸 수매시키자니까 증명서가 있어야 된다는데 오늘 아침에 옷을 갈아입고 나오면서 내 그만……"

"리해하라구." 하며 수매원 녀인이 도리여 사정하다싶이 하였다.

"어데서 들어온 물건이 어데로 나갔다, 이런 게 다 철저하면 좋지 않아요? 그래서 그러는 건데……"

"예, 예. 거야 물론……" 하며 경식은 기옥이를 쳐다보았다.

"기옥이, 증명서가 있지?"

"예……"

경식은 기옥의 증명서를 받아서 수매원 녀인 앞에 척 내놓았다.

"자, 내 동생의 증명서면 되지요?"

수매원 녀인은 기옥의 증명서를 들여다보며 능청스러운 웃음을 지었다.

"오빠하고 동생이 성이 다르다? 하나는 홍씨, 하나는 최씨…… 호호."

"수매원 어머니!"

기옥이가 이런 때 보면 오돌차기란 또한 보통이 아니었다.

"나도 이 촬영기를 잘 압니다. 촬영기의 자호와 번호까지도 다 외울 수 있구요. 어디 한번 맞춰보랍니까?"

"아니, 자호와 번호까지?"

"자호는 '엠씨', 번호는 3에 29…… 틀리나요?"

"맞아, 맞아!"

아무렴, 틀릴 수가 없었다. 경식이네 집에 갔다가 그 촬영기에 새겨진 번호를 들여다보았을 때 '3─29'는 자기의 생일 3월 29일과 같았던 것이다. 문득 그 생각이 나서 촬영기의 번호를 외웠더니 수매원 녀인은 제가 도리여 좋아하며 한참이나 경식이와 기옥이를 놀려주었다.

"알만 해. 그러니까 둘이서 이걸 가지고 멋진 촬영도 꽤나 많이 했겠구만…… 호호."

녀인은 수매대장에 얼른 기옥의 이름이며 증명서 번호까지 적어 넣었다.

11. 첫 스승들과 그의 제자들

퇴근하여 집에 들어서던 최국락은 옷방(윗방)을 기웃거리며 들여다보다가 저으기 놀랐다. 기옥이가 상심에 잠겨 책상에 마주 앉아 있는 것이다.

"아니, 어찌된 일이냐? 공사장에 나간다고 하더니……"

기옥은 심드렁해서 마지못해 대답을 하였다.

"경식 동무를 데리고 같이 오기 전에는 혼자 오지 말라는 거예요."

"누가?"

"누구긴 누구겠어요, 우리 정치지도원 동지지.……"

간밤에 기옥이가 잠을 설치던 것도, 아침밥을 몇 술 뜨는 둥 마는 둥 하다가 침울해서 집을 나서던 것도 이제는 명백해졌다. 결국은 경식의 문제였다.

이때라는 듯 오순이가 짜증 섞인 목소리로 한마디 덧붙였다.

"나는 정말 알다가도 모르겠구나. 아니, 네가 왜 경식이 때문에 속을 태워야 하니?"

그것도 성차지 않아서 오순은 벌컥 화를 내기까지 하였다.

"워낙 돼먹기를 그렇게 돼먹어서 제 아버지와 어머니도 어쩌지 못하는 그 녀석을 왜 하필이면 너한테 떼 맡기는가 말이다. 기옥아! 누가 뭐라구 하든 일체 상관하지 말고 내버려두어라, 상관하지 말구.……"

"나는 뭐 상관하고 싶어서 해요? 빠져나올 수 없게 됐으니 할 수 없이 이러고 다니는 거지.……"

오순의 딸에 대한 걱정은 차차 신경질로 넘어갔다.

"아니, 그건 무슨 소리니? 빠져나올 수 없게 됐다는 건 무슨 소린가 말이다. 네가 경식의 문제에 아예 상관하지 않으면 그게 빠져나오는 거지.……"

"야참, 어머니는 알지도 못하면서……"

"뭐, 내가 몰라? 알다가도 모를 건 너다."

이때 참다 못해서 최국락이가 한마디 참견을 하기 시작하였다.

"여보, 자꾸 제 말만 하지 말고 이 애의 말도 좀 들어봐야 할 게 아니겠소?"

"그럼 어디 좀 들어보자. 네가 경식이 문제에서 왜 빠져나올 수 없게 됐다는 건지 좀 말해봐라."

기옥이도 오늘은 제 생각을 죄다 털어놓으리라 미리 마음의 준비를 안고 집에 들어섰던 참이였다.

"내 전번에도 말하지 않았어요, 청년동맹 초급단체 위원장이 됐다는 걸.…… 어머니! 우리 당위원회에서 그 과업을 왜 나한테 주었겠어요? 속도전청년돌격대 생활도 해봤구, 당원인 나에 대한 믿음이겠지요? 만약 경식 동무가 이번 확장공사기간에 혹 자그마한 부족점이라도 나타났다고 생각해보세요. 당조직에서는 나에 대해서 얼마나 실망하고 나도 또 우리 당조직 앞에서 뭐가 되겠어요? 그런데 내가 이만한 밤길도 걷지 않고 발편잠을 잘 수 있겠어요?"

그 말에 어머니의 목소리도 잦아들었다.

"하긴 그 말을 듣고 보니 경식의 문제이자 네 문제이기도 하구나. 하기사(하기야) 또 그 집 문제이자 우리 집 문제인것만두 사실이야 사실이지.……"

"기옥아!" 하며 아버지가 너그러운 웃음을 지었다.

"인제야 너의 어머니도 생각이 제 곬으로 들어선 것 같구나. 방금 전까지만 해도 밥이 되겠으면 밥이 되고 죽이 되겠으면 죽이 되고 경식이 문제에는 일체 상관하지 말라고 잔소리를 하던 너의 어머니가…… 그래 여보! 남남이 따로 없는 우리 사회의 대가정에서 하물며 그 집이 그래 남의 집이고 경식이가 그래 남의 집 자식이요? 더구나 우리 기옥이가 경식이네 초급단체 위원장이라는데 발 벗고 나서지 않게 됐나 말이요?"

말없이 묵묵히 듣고만 있던 어머니도 긴 한숨을 내그었다.

"그러니 글쎄 전번에 너의 오빠도 말하지 않더냐? 경식이가 사랑스럽기는 한데 이삭으로 말하면 아직 덜 여물어서 그런다구……"

"우리 오빠가 그렇게 말하게도 됐어요. 오빠의 말마따나 경식 동무는 무슨 일에서나 뒤끝을 생각하는 것 같지 않고 제가 하는 일에 대한 후과를 걱정할 줄 모르는 것 같애요. 그러다나니 생활에서 절제가 없어 보이고……."

"아니, 그렇다면 그거야 아직 지각이 부족하다는 소리나 같은 건데……."

"그렇지요. 그에게는 첫 스승이 없었는데 어떻게 그런 귀중한 것이 갖추어질 수 있었겠어요. 그래서 한편 생각하면 불쌍도 하구."

"첫 스승이라니?……."

아버지와 어머니는 동시에 두 눈이 휘둥그래진다.

어머니가 의아해서 먼저 물었다.

"아니, 첫 스승이라면 유치원 선생이거나 소학교 선생이겠는데 그래 우리 사회에서 태여난 사람치고 첫 스승이 없었던 사람이 어데 있다는 거냐?"

"나도 그렇게 생각했는데 사람의 첫 스승은 자기의 아버지와 어머니예요."

"뭐?"

아버지와 어머니는 처음 들어보는 말이여서 의아한 눈길로 기옥이를 지켜보며 다음 말을 기다렸다.

기옥은 생각에 잠긴 채 혼자소리처럼 나직한 목소리로 다시 이었다.

"나도 오빠의 일기장을 다시 읽고서야 사람의 첫 스승이 저를 낳은 아버지와 어머니라고 가르치신 분이 우리 장군님이시라는 것을 알았어요."

이번에는 아버지가 의아한 눈길로 기옥이를 쳐다보았다.

"네 오빠의 일기장에 그런 것도 다 씌여 있더냐?"

"내가 왜 오빠의 일기장을 밤새워 다시 읽었는지 알아요?"

기옥은 그새 혼자 가슴앓이를 해오던 자기의 생각을 오늘은 아버지와 어머니 앞에 죄다 툭 털어놓고 싶었다. 그리고 자기의 생각을 시험도 쳐보며 아버지와 어머니의 의사도 들어보고 싶었다. 그것은 무엇보다 자기 자신을 위해서 더구나 절실했던 것이다.

어쩐지 행방이 좀 없어 보이는 경식이를 빨리 돌격대의 전투서렬(서열)에 세워놓아야 초급단체 위원장으로서 마음이 놓일 것만 같았다.

"나는 오빠의 눈으로 경식 동무를 들여다보고 싶었어요. 오빠는 어려서부터 어떤 준비를 해왔고 경식 동무에게는 아직 무엇이 채 준비되지 못했을가 생각하고 또 생각하다가 이제는 알아냈어요. 그걸 알아내느라고 내가 오빠의 일기장을 밤새워 읽고 또 읽었던 거예요."

"알아냈단 말이지?"

최국락은 딸 앞에 바싹 다가앉았다.

그새 특별히 뾰족한 방책이 없어서 기옥에게 이래라저래라 말은 못해주면서도 마음속으로는 경식의 문제 때문에 늘 걱정이 많았던 최국락이였다. 그런데 기옥이가 무슨 좋은 생각을 찾아냈다니 그것이 무엇인지 죄다 들어보고 싶고 같이 의논도 해보고 싶었다.

"그래, 네 생각에는 경식의 그 부족점들이 어데서 생긴 것 같으냐?"

"내 생각에는 그의 첫 스승인 아버지와 어머니가 자기들이 할 바를 자식에게 제대로 하지 못한 탓이라고 생각해요."

첫마디부터 아버지와 어머니를 눈이 둥그러지게 만들었다. 아니, 자식에게 누구보다 극진했던 경식의 아버지와 어머니를 두고 그 부모들의 탓이라니?

최국락이와 오순은 말없이 기옥의 얼굴만 긴장해서 지켜보았다. 딸의 입에서 이제 무슨 말이 이어지려는지……

"생각해보세요. 아버지와 어머니가 되였으면 자식에게 숟가락을 오른손에 쥐여주는 법과 손잡아 걸음마를 익혀주는 것만으로 첫 스승으로서 자기의 의무를 다했다고 말할 수 없지 않겠어요? 그것 말고도 첫 스승으로서 제 자식에게 품을 넣어 가르쳐야 할 법도가 어디 한두 가지뿐이나요?"

최국락이도 딸이 무엇을 말하려는지 알만 하다는 듯 천천히 고개를 끄덕이였다.

"그렇지. 네 말마따나 첫 스승으로서 자기의 의무를 다하자면 아이적부터 익혀주어야 할 갖춤새가 한두 가지가 아니고 말구……"

"아버지, 경식 동무는 그런 걸 제대로 다 갖추지 못했나 봐요."

"그러나 기옥아!"

최국락은 절절한 목소리로 다시 이었다.

"사람들을 자세히 들여다보면 경식이처럼 어릴 적에 아버지와 어머니들이 제 자식을 지내 어자어자(오냐오냐) 하면서 귀동자처럼 자래우다나니 정돈이 잘 안되여 보이는 그런 경우들도 간혹 없지는 않아. 그래서 우리 사회에서는 가정교양만이 아니라 학교교양, 사회교양까지 다 힘을 합쳐 온전한 사람으로 만들어주지 않느냐? 우리 기옥이가 경식이를 위해서 애쓰며 뛰여다는 것도 다 그래서구……"

기옥은 돌연 호호 웃어댔다.

"그러니까 내가 지금 경식 동무의 아이적 아버지와 어머니가 되였나?…… 호호."

"그렇다고 말할 수도 있지, 아버지와 어머니가 그때 놓친 걸 네가 찾아줄려고 이모저모 마음 쓰고 있으니까.……"

기옥은 마치 어린애가 된 듯이 성수가 났다.

"그렇다면 내가 오빠의 일기장을 다시 읽으면서 우리 오빠와 경식 동무의 차이점을 찾아낸 건 아주 잘 한 거지요?"

"글쎄, 잘 한 건지 못 한 건지 말만 들어가지고서야 어디 알겠니?"

"그럼 어디 한번 들어들 보실래요? 그 경식 동무에게 무엇이 없거나 부족한가를 첫째, 둘째…… 쫙 다 알아냈단 말이예요. 호호……"

이번에는 어머니도 기옥이의 이야기에 바싹 구미가 당겨 하였다.

"좀 들어보자꾸나. 경식이가 가지고 있는 부족점을 알아냈다는 건 네가 그 애를 잘 도와줄 수 있는 방도를 찾아냈다는 걸 말하는 건데…… 나도 네가 하도 애타는 게 가슴 아파서 상관하지 말라고 했던 거지, 사실이야 그 집일을 강 건너 불구경 하듯 해서야 안 되지. 경식이에 대한 걱정스러운 소리가 나올 때마다 너의 아버지가 말없이 속상해하는 줄도 내 다 알구…… 그런데 네가 오빠의 일기장을 들여다보며 무슨 교수안 같은 것까지 쭉 다 짜놓은 것 같은데 어디 한번 들어보자꾸나,……"

기옥은 심중히 오빠의 일기장을 척 펼쳐들었다.

"첫째, 경식 동무는 부끄러워하고 미안해하는 법을 채 배우지 못했어요."

"뭐?"

아버지와 어머니는 또 한 번 깜짝 놀랐다.

"아니, 왕청같이 그건 또 무슨 소리냐?"

어머니가 다그쳐 물었다.

"왕청같은 건지 아닌지는 강의를 다 받고 끝난 다음에 질문을 해도 해야겠습니다. 이제 그 첫 번째 조항에 해당되는 오빠의 일기 한 토막을 읽어드리겠습니다."

기옥은 시침을 뚝 따고 일기장의 한 페이지(페이지)를 읽어 내려갔다.

4월 1일(수요일)

오늘부터 나는 고등중학교 학생이 되였다. 인민학교 학생이였던 어제까지만 해도 공부가 끝나기 바쁘게 불이 나게 집으로 달려가군 하댔는데 오늘부터는 수업이 끝난 다음에 학생 도서관에 가서 책도 빌려보고 일기도 썼다.

아버지 장군님의 명언집부터 찾아 읽었다.

거기에는 이런 명언이 새겨져 있었다.

"부모는 사람들의 첫 스승이다."

그렇다면 나의 첫 스승은 나의 아버지와 어머니였다. 왜 아버지와 어머니가 첫 스승이였을가?

유치원 선생님과 인민학교 선생님보다 우리 아버지와 어머니가 나에게 먼저 그 무슨 귀중한 것을 가르쳐주었기에 그들, 자기 부모를 첫 스승이라고 부르는 것일가?

그래서 나는 나의 첫 스승이였던 우리 아버지와 어머니에게서 무엇을 배웠던가를 생각해보았다.

그리고 그때 첫 스승에게서 배웠던 그 고마운 것들을 일기장에 하나하나 적어두고 싶었다.

첫째, 우리 아버지와 어머니는 나에게 사람이 부끄러워하는 법을 배워주었다.

그것은 내가 아마 유치원의 높은 반에 다니던 시절이였던 것 같다.

그때 어느 하루는 점심밥들을 싸가지고 교양원 선생님을 따라 강변에 들놀이 나갔던 적이 있었다. 우리 어머니도 토끼무늬 가방에 맛있는 간식들이랑 많이 넣어주었다.

모두들 빙 둘러앉아서 가방 속에 가지고 온 것들을 꺼내놓기 시작하였다. 나도 가방을 열고 어머니가 넣어준 것들을 하나하나 꺼내놓았다.

밥곽(도시락)은 물론 바삭과자(비스킷)며 사과며…… 그런데 그 속에서 내가 제일 좋아하는 기름사탕(캐러멜)과 귤을 꺼내놓기가 아까왔다.

그래서 그것들은 보자기로 몰래 덮어놓고 나머지 것들만 꺼내놓았다. 그런데도 교양원 선생님은 우리 어머니가 맛있는 것들을 많이 넣어 보냈다고 칭찬까지 해주었다.

집으로 돌아오니 좋지 않아한 것은 우리 어머니였다. 토끼무늬 가방을 열다가 어머니는 그 자리에 펄썩 주저앉기까지 하였다.

"너 이걸 왜 도로 가져 왔니?"

"거기다 내놓으면 나는 조금밖에 못 먹지 않나?"

"이 애가 정말……"

어머니는 억이 막혀 말도 제대로 하지 못하고 나를 곱지 않은 눈으로 한동안이나 바라보았다. 지금 생각하면 그때 어머니의 모습은 울먹이는 모습에 가까왔다.

"얘가 이거 사람질을 못하자고 이러누나. 네가 이걸 혼자 먹자구 감추는 걸 선생님이나 동무들이 봤으면 뭐라고 할 거 같애?"

"체, 보자기를 씌워놨는데 봤을 게 뭐나? 선생님은 어머니가 맛있는 걸 많이 넣어 보냈다고 칭찬까지 했는데 뭐."

어머니는 점점 더 기가 막혀 하였다.

"선생님도 다 봤다. 봤기 때문에 네가 부끄러워할가봐 일부러 그렇게 말한 거야."

"정말?"

"정말이다. 남을 속이고 몰래 하는 짓은 누구나 다 보는 법이다. 교양원 선생님두 봤구 너의 동무들도 봤구 네가 맛있는 걸 혼자 먹자고 몰래 감추는 걸 다 봤다. 너 이젠 어떻게 할려니?"

나는 왜서(왜)인지 저도 몰래 머리를 꾹 틀어박게 되였다. 아버지도 나의 역성은 들어주지 않고 오히려 곱지 않은 눈으로 엄하게 지켜보았다. 이제 어머니의 핀잔이 끝나면 뒤따라 아버지도 몇 마디 나를 욕할 것 같은 표정이었다. 그런데 나를 뚫어지게 지켜보던 아버지가 돌연 기쁨에 넘친 목소리로 거의 탄성을 울리다싶이 하였다.

"여보, 이젠 됐소! 우리 기호가 지금 얼굴이 빨개졌단 말이요. 그만하오."

나는 그때 내 얼굴이 빨개졌는지 어쨌는지는 알 수가 없었다. 그리고 얼굴이 빨개진 것 때문에 갑자기 내가 왜 칭찬을 받는지도 알 수가 없었다. 지금 생각해보면 내가 부끄러움을 안다는 데 대한 첫 스승들의 기쁨이였을 것이다.

아버지가 이렇게 말하자 이번에는 어머니가 나에게 도리여 빌기까지 하였다.

"시작은 이 어머니가 잘못했다. 가방을 메워줄 때 동무들하고 맛있는 걸 꼭 나누어 먹으라고 너에게 당부해야 하는 건데 내가 그만 그 말을 못해주었으니……"

그 다음 날 나는 동무들과 선생님을 만났을 때 어쩐지 자꾸 그들의 눈치를 살피게 되였다.

어제 어머니가 하던 말이 자꾸 생각나서였다.

정말 내가 맛있는 걸 몰래 감출 때 다들 본 것 같았다.

그 생각을 집에 와서 했더니 우리 어머니는 나를 꼭 껴안아주며 볼에다 입을 맞춰주었다.

"우리 기호가 용타! 벌써부터 부끄러운 걸 알구 제가 잘못한 걸 미안해할 줄 아는 걸 보니 우리 기호가 이제 꼭 훌륭한 사람이 되겠다."

그러나 단꺼번에 그런 훌륭한 사람이 될 수 있는 것도 아닌 것 같다.

그 후 언젠가는 이런 일이 있었던 것도 생각난다.

학습반 동무들과 같이 우리 집에서 숙제를 하고 있었는데 아버지가 아빠트 앞에 잠시 차를 세워놓고 급히 들어섰다.

"마침 너희들이 다 모여 있구나. 자, 이걸 나눠 먹어라."

아버지는 자루 속에 들어 있는 사과를 커다란 소랭이에 와르르 쏟아놓았다.

"야! 사과구나.……"

우리는 좋아라며 학습장을 밀어놓고 빙 둘러 모여앉아 사과를 맛있게 실컷 먹었다.

그런데 그날 저녁 아버지가 집에 들어오더니 나를 불러앉히고 이렇게 물었다.

"기호야, 아까 낮에 동무들하고 같이 사과를 나누어먹을 때 네 손에 들었던 그 사과가 어떻게 생겼던지 생각나니?"

아무리 생각해도 그 사과가 어떻게 생겼던지 통 생각이 떠오르지 않았다. 오히려 아버지가 어처구니없는 걸 묻는다는 생각이 들었다. 그래서 나는 이렇게 대답했다.

"생각날 게 뭐나? 다 똑같이 생긴 사과들이였는데……"

"아니다. 어떤 건 크고 어떤 건 작고, 다 똑같은 사과는 아니였다. 그리고 어떤 사과는 빨갛게 잘 익었구 어떤 사과는 시퍼렇게 덜 익었구…… 네 손은 다른 동무들의 손보다 먼저 제일 큰 사과를 골라 쥐더라. 그게 아무리 컸댔자 한 입 차이밖에 안 돼. 그 한 입 차이 때문에 사람들에게 제 속을 들여다보게 하구 이 담에 어른이 돼서도 저 하나밖에 모르는 사람으로까지 돼.……"

그때도 나는 어쩐지 아버지 앞에서 부끄러운 생각이 들었다.

그 후로는 사과를 먹을 일이 생겼을 때마다 손이 먼저 나가다가도 어김없이 꼭 아버지의 그 말이 생각나군 해서 남보다 작은 사과를 골라 쥐게 되였다. 그런 때이면 내가 스스로 남보다 별스럽게도 높아 보이는 것 같아서 저절로 기분이 좋았다.

나의 첫 스승이였던 우리 아버지와 어머니가 배워준 부끄러워할 줄 아는 법과 미안해할 줄 아는 법은 사람이 되기 위한 첫걸음에서 결코 작은 것이 아니였다.

우리 학교는 인민군대 영웅 아저씨의 이름으로 불리우는 영웅학교이다. 그 영웅 아저씨는 혁명 동지에게 굴러오는 수류탄을 제 몸으로 막고 영웅적으로 전사하였다. 우리 아버지와 어머니가 나에게 배워주었던 것처럼 맛있는 사탕알, 맛있는 사과알을 제가 먼저 골라먹으면서도 부끄러워할 줄 모르는 사람이 혁명 동지에게 굴러오는 수류탄을 제 가슴으로 덮는다는 것은 말도 되지 않을 것이다.

나는 학교를 졸업하고 인민군대에 나가서도 그 영웅 아저씨처럼 되기 위해서 나의 첫 스승인 우리 아버지와 어머니의 당부를 늘 가슴에 안고 군사복무를 하겠다.……

　기옥은 오빠의 일기장 한 단락을 읽고 나서 능청스러운 눈길로 아버지와 어머니를 둘러보았다.

　"이상 첫 번째 조항의 강의를 끝마치겠습니다. 이제는 청강생 여러분들의 질문을 받겠습니다. 물어볼 것들이 있으면 말씀하십시오."

　어머니도 제법 기옥의 익살을 잘 받아넘기였다.

　"거기에 무슨 질문이 있겠습니까? 우리를 첫 스승이라고 불러주니 그저 목이 메일 뿐입니다."

　최국락은 정말로 목이 메여 몇 번씩이나 침을 꿀꺽 삼키더니 겨우 첫마디를 뗐다.

　"녀석두 참…… 여보, 기호한테 우리 그런 걸 대준 적두 있었던가?"

　"글쎄요. 어릴 때 하도 많은 말을 해주었으니 그런 말도 있었겠지요.…… 하여간 그런 걸 명심하고 있다니 혼자 나다녀두 마음은 좀 놓이는군요."

　"그런데 말이예요." 하며 기옥은 이번에는 정색해서 말을 이었다.

　"경식 동무는 부끄러워하는 법을 못 배웠어요. 어떤 때는 그 동무 때문에 내가 다 얼굴이 화끈해지는데 당사자는 아무렇지도 않아 해요. 오히려 벌쭉벌쭉 웃기까지 하면서…… 그러니 어떻게 자신을 돌이켜보고 채심할 수 있겠어요."

　아버지와 어머니는 깊은 근심에 잠겨 묵묵히 앉아 있었다.

이런 때 분위기를 역전시켜 이야기를 멈추지 않고 계속 끌고나가는 데서 기옥의 솜씨도 이만저만이 아니었다.

"아하, 이거 너무 심각합니다. 원인을 찾고 거기에 기초해서 대책적인 답을 만들어내자는 모임인데 이렇게 초긴장 상태에서야 문제가 풀리겠습니까? 자, 긴장을 풀고 또 해부학적으로 하나하나 원인을 찾아들어가 봅시다."

최국락이가 허허…… 하며 먼저 맞장구를 쳤다.

"그럼 두 번째 원인은 또 무엇인지 강사 선생의 요강부터 들어보는 게 좋을 것 같습니다."

"예, 좋습니다."

본론에 들어가서는 기옥이도 정색해지였다.

"둘째, 경식 동무는 그 누구를 사랑하는 법과 그 누구에게서 사랑을 받는 법을 못 배웠어요."

"아니?"

아버지와 어머니는 약속이나 한 듯이 서로 마주 쳐다보았다.

"이건 또 뭐야? 그런 것도 뭐 누구한테 배워서 하는 건가?"

"아하, 강사의 설명이 끝난 다음에 질문을 해도 하라고 아까 강조했는데……"

"아, 잘못했습니다. 어서!……"

기옥은 다시 일기장을 펼쳐들고 다음 대목을 읽기 시작하였다.

5월 3일(목요일)

나의 첫 스승이였던 우리 아버지와 어머니가 나에게 가르친 두 번째
는 사랑이란 무엇인가를 배워준 것이였다. 그것은 자기를 바치는 데서
생기는 가장 고결하고 순결한 감정일 것이다.

이것을 나는 탁아소 시절에 제일 작은 것으로부터 알기 시작하였다.

그것은 마른 명태 한 토막이였다.

나는 어머니가 마른 명태 찐 것을 반찬으로 해주는 걸 늘 맛있게 먹군
하였다.

그러나 어머니는 그 반찬을 별로 좋아하는 것 같지 않았다. 내가 맛있
게 먹을 때도 우리 어머니는 내가 먹는 걸 구경만 했지 자기는 한 번도
입에 대지 않았다.

그러다가 나는 한 번 어머니에게서 이상한 것을 보았다. 부엌에서 내
가 먹다가 내놓은 찐 명태 반찬을 뼈까지 맛있게 빨고 있었던 것이다.
그래서 나는 의아해서 물었다.

"어머니도 그걸 좋아하나?"

"좋아하지 않구. 내가 좋아하니까 너도 엄마를 닮아서 이걸 맛있어 하
는 거지 뭐."

그 더 이상 더 깊은 생각을 하기에는 아직 너무도 어렸던 탁아소 시절
이였다.

그런데 주탁아소에서 어느 하루는 바로 마른 명태 찐 것을 한 토막씩
밥 우에 놓아주었다. 나는 어머니가 생각났다. 자신은 그렇게 좋아하면

서도 나만 먹여주던 어머니의 생각이 났다. 그래서 보모들이 보기 전에 찐 명태 한 토막을 얼른 주머니에 몰래 넣었다. 그리고는 호실에 오자바람에 그것을 종이에 꽁꽁 싸서 베개 밑에 아무도 모르게 감추었다. 어머니가 나를 찾으러 오는 날에 나는 그 찐 명태를 잊지 않고 어머니에게 꼭 주겠다고 생각했다.

그러나 일은 내 마음처럼 그렇게 되지 못하였다.

주탁아소는 이름 그대로 아이들을 한 주일에 한 번 월요일에 맡겼다가 토요일 저녁에 찾게 되여 있었다.

그 찐 명태 한 토막이 여러 날째 되다 보니 나의 베개 옆에서 개미들이 진을 치며 돌아가게 되였다. 보모들이 하도 이상하게 생각되여 나의 베개를 뒤져보니 그 밑에서 종이에 꽁꽁 싼 찐 명태 토막이 나왔다.

보모가 그것을 밖에 있는 휴지통에 버리였을 때 나는 너무도 분해서 발을 동동 구르며 울었다.

"우리 어머니가 좋아해서 나도 안 먹구 감추어놓은 건데……" 하며 슬피 울었다.

어머니는 나를 생각해서 안 먹고 나는 어머니를 생각해서 안 먹었던 탁아소 시절의 찐 명태 한 토막으로부터 나는 사랑이란 무엇인가를 배우기 시작했다.……

류창하게 일기장을 읽던 기옥의 목소리가 뚝 멎었다. 아버지가 의아해서 고개를 쳐들어보니 기옥이는 지금 목이 메여 소리 없이 흐느끼고 있었다.

최국락이도 갈린 목소리로 겨우 말을 꺼냈다.

"됐다. 네 오빠가 이제는 세상이 좁다하게 못 가보는 데가 없구 못 먹어보는 게 없겠는데 그랬으면 됐지 않니……"

오순이는 아까부터 혼자 몰래 눈굽을 찍고 있었다.

"녀석두, 이제는 산같이 큰 배를 몰구 다니는 사내대장부가 그런 잔정에 매달리지 말아야지……"

"어머니!" 하며 기옥이가 목 메인 목소리로 나직이 말했다.

"사람에게 그보다 더 귀중한 건 없을 거예요. 바로 그래서 못 먹고 못 입어도 제 부모가 제일이구 그 어디에 가봐도 제 나라가 세상에서 제일 좋아 보이는 게 아니겠어요? 나는 그래서 우리 오빠 같은 사람이 나타나기 전에는 시집도 안 가겠다고 롱을 했던 거예요. 아니, 롱이 아니고 나는 진짜로 그렇게 생각해요."

어머니는 딸을 대견스럽게 바라보았다.

"그만하면 다들 용타. 너희들은 이젠 우리가 그리 걱정을 안 해도 일없을 것 같은데 저쪽 집 경식이까지도 마음을 놓을 수 있으면 얼마나 좋겠니? 두 집이 다 말이다."

"아이 때부터 그런 걸 미리 다 간직했더라면 더 좋았지요. 그 경식 동무가 아이 때 또 하나 놓친 게 뭔지 아세요?"

이번에는 아버지가 서로 엇바꿔가며 물었다.

"그게 뭐니?"

"자기가 하는 모든 일들에 대한 후과를 미리 생각하지 못하는 거예요."

최국락은 저으기 놀라와하였다.

"나는 그 소리가 나올 때마다 가슴이 철렁하군 한다. 사람이 제가 하는 일의 뒤끝을 미리 걱정할 줄을 모른다면 무슨 일을 저지르게 될지 어찌 알겠니.……"

"아버지, 그것도 사람은 아이적부터 배워야 해요. 오빠의 일기장에는 이런 구절도 있어요."

기옥은 다시 일기장을 펼쳐들었다. 그리고 조용히 읽기 시작하였다.

6월 7일(월요일)

나의 첫 스승이였던 우리 아버지와 어머니가 나에게 가르친 세 번째는 사람이 제가 어데서 무슨 일을 하든 그 뒤끝을 생각할 줄 알고 그 후과를 생각할 줄 아는 법을 배워준 것이였다.

아직도 물인지 불인지 모르던 주탁아소 시절이였다. 그때 우리 반에는 얼굴색이 감실감실한 어느 나라 대표부의 아이도 있었다. 이름을 뚜뺀이라고 부르는 나와 동갑 나이였다. 나와 무척 친했다. 낮은 반에서부터 우리와 같이 다녔기 때문에 조선말 발음도 우리와 조금도 다를 바 없었고 벌써 여러 해 같은 반, 같은 보모에 같이 먹고 같이 자며 재미나게 놀다나니 어느덧 친형제처럼 가까와졌다.

그런데 이날 나는 뚜뺀과 처음으로 다툼질을 하였다. 우리 높은 1반과

224

2반이 바줄(밧줄)당기기를 할 때였다. 우리 반이 이기자면 키가 제일 큰 내가 앞에 서야 하겠는데 뚜뻰은 제가 몸이 더 뚱뚱하기 때문에 제가 맨 앞에서 바줄을 당겨야 한다나……

서로 앞자리를 차지하겠다고 싱갱이질(승강이질)을 하다가 그만 뚜뻰이 넘어지는 통에 팔굽(팔꿈치)이 약간 긁히웠다.

보모 엄마가 뚜뻰에게 빨간 약을 발라주고는 우리를 다 같이 앞에 가지런히 세워주었다. 그리고는 뚜뻰과 나의 손을 이끌어 서로 어기치기로 바줄을 잡게 하였다.

호각소리가 울리였다. 어샤, 어샤……

처음에는 우리가 끌리워 갔다가 다시 "하나, 둘! 하나, 둘!" 하며 구령을 합창하고 힘을 합쳤더니 2반 아이들이 우리한테로 끌리워 오기 시작하였다. 뚜뻰의 말이 옳았다. 뚜뻰은 정말 힘이 보통 세지 않았다.

"호르륵."

경기를 끝내는 호각소리가 울리였다.

"뚜뻰아, 우리가 이겼다!"

"기호, 우리가 이겼다!"

나와 뚜뻰은 "만세!" 하며 저도 모르게 서로 부둥켜안고 돌아갔다.

우리는 아까 서로 싱갱이질하던 것도 다 잊고 즐겁게 하루를 보냈는데 탁아소 보모들은 뚜뻰이 팔굽에 상처가 좀 생긴 것 때문에 무척 걱정들을 하였다. 뚜뻰이 다른 나라 대표부의 아이였기 때문에 더구나 그러는 것 같았다.

그 다음 날에 우리 아버지와 어머니도 이 사실을 알고 탁아소에 찾아왔었다. 그때 철없는 내가 보기에도 아버지와 어머니의 얼굴은 걱정이 가득 차 있었다. 어제 서로 싱갱이질 하다가 뚜삔의 팔굽을 다친 것 때문이라는 것을 어린 나도 인차 알 수 있었다.

옆에서 이런 이야기들이 들려왔다.

"물론 아이들한테서야 흔히 있는 일이지요 뭐. 그런데 뚜삔의 어머니가 어떻게 나오겠는지…… 우리도 사과할 준비는 하고 있어요."

그 다음 날은 마침 토요일이여서 뚜삔의 어머니도 제 아이를 찾으려고 주탁아소에 왔었다. 그는 제가 몸이 뚱뚱하기 때문에 맨 앞줄에서 바줄을 당기겠다고 서로 싱갱이질을 하다가 결국 둘 다 앞에서 가지런히 당기게 했다는 자기 아들의 이야기를 듣더니 너무 웃어서 배가 다 아프다고 하였다. 그리고 화해의 기념으로 사진을 찍자고 하여 나와 뚜삔이 손을 잡고 한 장, 어깨를 겯고 한 장, 이렇게 두 장을 찍었다.

그 사진을 들여다볼 때마다 나는 우리 아버지와 어머니의 목소리를 다시 듣군 한다.

"기호야! 이번에 네가 뚜삔과 다툰 것 때문에 아버지와 어머니가 주탁아소 보모들 앞에서 고개를 숙이고 있는 걸 봤지? 이 담에 커서도 무슨 일이나 잘 생각해보고 해야 돼. 내가 하는 이 일이 잘하는 일인가, 잘못하는 일인가 그리고 나 때문에 아버지와 어머니가 속상해하지나 않을가 하는 것두……"

나의 첫 스승들이였던 우리 아버지와 어머니는 나에게 인간의 책임감에 대한 참으로 귀중한 것을 배워주었다. 결코 나는 나 혼자가 아니다. 나는 나 자신 앞에서 자기를 책임져야 하는 동시에 나의 아버지와 어머니 그리고 나의 동생 앞에서까지 나 자신을 책임져야 하며 나아가서는 어머니조국 앞에서 자기가 하고 있는 모든 것에 대하여 책임질 줄 알아야 할 것이다.

기옥은 오빠의 일기장에서 잠시 눈을 떼고 아버지와 어머니를 둘러보았다.

아버지와 어머니는 서로 얼굴을 쳐다보며 깊은 회억(돌이켜 추억함)에 잠기는 듯하였다.

"허허, 하긴 그때 그런 일이 있긴 있었댔지.……"

"보세요.……" 하며 기옥이가 정색해서 혼자소리처럼 나직이 입을 열었다.

"얼마나 일찌기 배웠어요? 사람이 살아가는 데 꼭 필요한 그 모든 걸 우리 오빠는 벌써 얼마나 일찌기 배웠나 말이예요. 엄마 손 잡고 아장아장 걸음마를 떼는 그 철부지 때, 티 없이 깨끗하고 맑은 그 눈동자에 비끼는 모든 것에 대해 가르쳐주고 일깨워주는 사람이 바로 자기 부모들이지요. 물론 학교교육에서도 가르쳐주게 되지만 사소한 나쁜 습관이나 그릇된 사고가 굳어지기 전에 미리 신발을 잘 신겨주는 건 아버지와 어머니일 거예요. 그런데 경식 동무는 아직도 그걸 덜 배웠구 자기가 하는 모든 일에 대한 뒤끝과 후과에 대하여 별로 걱정할 줄 모르니 글쎄 돈에 대한 우리 오빠와 경식 동무의 리해에서도 얼마나 차이가 나요?"

"돈이라는 건 또 무슨 소리냐?"

돈이라는 말에 아버지와 어머니는 어리둥절해하였다. 그들은 돈과 아들을 결부하여 생각해본 적이 한 번도 없었던 것이다. 아버지의 입에서 놀란 목소리가 튕겨 나왔다.

"아니, 그래 너의 오빠도 돈 소리를 한단 말이냐?"

"하지 않구요. 오빠는 뭐 사람이 아니예요?"

이번에는 어머니가 모를 소리라며 고개를 저었다.

"그럴 수가 있나? 나는 그래도 너의 오빠만은 돈이라는 건 영 생각 밖에 두고 사는 줄로 알았는데……"

"아니예요. 나도 오빠의 일기장을 읽고서야 사람은 돈의 가치에 대해서도 잘 알고 살아야 한다는 걸 알게 됐어요."

아버지와 어머니의 목소리는 합창하듯 동시에 들려왔다.

"모를 소리다. 그래, 네 오빠의 일기장에 돈 소리도 있단 말이냐?"

"있지 않구요."

기옥은 다음 대목을 읽기 시작하였다.

7월 4일 (금요일)

……

그리고 나의 첫 스승이였던 우리 아버지와 어머니에게서 나는 돈이란 무엇인가에 대해서도 배웠다.

우리 아빠트의 량 옆에는 에스키모(아이스크림) 매대가 두 군데 있었다.

우리 반에 종호라는 아이가 있었는데 그의 어머니는 아들에 대한 사랑이 정말 끔찍하였다. 종호의 어머니는 에스키모 매대들에 미리 돈을 푼푼히(모자람이 없이 넉넉하게) 맡겨놓고 자기 아들이 아무 때나 와서 에스키모를 달라고 하면 주게 하였다.

종호는 학교에서 돌아오다가 그 에스키모 매대 앞에서 저와 친한 아이들을 한 줄로 쭉 세워놓고 차례차례 하나씩 다 나누어주었다. 좀 냠냠하면 그 다음에는 다른 매대에 가서 또 한 줄로 세워놓았다. 아이들은 그것을 하나씩 받아먹는 재미가 이만저만이 아니였다. 나도 그 줄에 끼워 섰다. 그런데 종호가 나의 팔을 잡아챘다.

"너는 안 돼! 학급반장이면 다가? 오늘도 내 좀 지각했다구 너 나한테 까불었지?"

"지각하지 말라고 말한 것도 까분 거야?"

"까분 거 아니문……"

"좋아, 네 건 안 먹어……"

나는 그 길로 집에 달려가서 돈을 꺼내가지고 마당으로 달려 나왔다. 어머니가 돈을 건사하는 데를 나는 알고 있었던 것이다. 어머니가 부엌의 찬장빼람(서랍)에서 돈을 꺼내가지고 두부랑 콩나물이랑 사러 식료상점에 나가는 걸 나는 늘 보군 하였다.

나는 눈에 띄우는 몇 아이들과 함께 에스키모에 빵까지 받쳐서 맛있게 먹었다. 종호를 좀 골탕 먹이자고 했는데 그새 제 친한 동무들과 같이 어데 또 놀러갔는지 보이지 않았다.

그날 저녁 일이 끝내 터지고야 말았다. 어머니가 퇴근해서 반찬거리를 사려고 찬장빼람을 열어보니 돈이 없어졌던 것이다.

어머니가 처음에 조용히 물었을 때까지는 모른다고 딱 잡아뗐다. 그랬더니 어머니는 종이로 내 손을 꽁꽁 싸기 시작하였다.

"솔직히 말하지 않는 건 몰래 챈 거다. 돈을 몰래 챈 손은 불에 태워 없애버려야 한다."

그때에야 나는 엉엉 울면서 돈을 어머니의 승낙도 받지 않고 꺼냈던 자초지종을 솔직히 다 말하였다. 어머니는 무엇인가 자꾸 말하려다가 끝내 입을 열지 못하였다. 그 목 메인 소리가 자기의 엄한 표정을 지워버리게 될가봐 어머니가 애써 참았다는 것을 나는 썩 후날(훗날)에야 알게 되였다.

7월 5일(토요일)

아버지는 식사를 끝내고 밥상에서 물러앉자마자 담배꽁초를 툭툭 털어 종이에 말아 피웠다. 아버지가 담배를 그렇게 피우는 것을 나는 처음 보았다.

"아버지, 그렇게 피우면 더 맛있나?"

"그럼. 담배는 꽁초가 더 맛있지."

이때 어머니가 조용히 말을 뗐다.

"기호야, 아버지가 왜 이 꽁초를 종이에 말아 피우는지 아니?"

"여보!" 하며 아버지는 갑자기 눈을 흘기며 무섭게 떴다.

"아이에게 무슨 쓸데없는 소리를 하자구?……"

"당신은 좀 가만있으세요. 나는 엄마예요. 가슴 아파두 우리 기호를 위해서 꼭 말해줘야 해요."

그런데 이상한 것은 금시 화가 독같이 났던 아버지도 어머니의 그 말에는 입을 꾹 다물고 침묵해버리는 것이었다. 이제 아마 어머니가 나에게 무엇 때문인지 욕을 하려는 것이 분명하였다. 자연히 긴장해지지 않을 수가 없었다.

그런데 어머니의 목소리는 뜻밖에도 어른들끼리 이야기를 진지하게 나누듯이 그렇게 절절히 들리었다.

"기호야! 네가 집안의 돈을 통채로 들고 나가서 다 썼기 때문에 이번 달 아버지는 담배값(담뱃값)이 모자란다. 너도 어머니가 찬장에 넣어두군 하는 그 돈이 어떻게 생기는 것인지 알아야 한다. 아버지는 아침부터 저녁 늦게까지 차를 운전해야 하구 어머니도 직장에 나가서 오늘 하루 무슨 약을 얼마나 만들어야 하는가 하는 책임량이 있다. 그것을 제대로 다 했을 때 나라에서는 생활비를 준다. 이렇게 제 힘으로 벌어서 생기는 게 돈이다. 그렇게 생긴 돈이 아닌 다른 돈은 떳떳치 못한 돈이다. 그리고 그런 돈을 쓰는 사람도 떳떳치 못한 사람이구……"

옆에서 잠자코 듣기만 하던 아버지도 나의 잔등을 가볍게 쓸어주며 타이르는 듯한 목소리로 조용히 말하였다.

"기호야! 네가 에스키모를 사먹었다구 엄마가 이런 말을 하는 건 아니야. 돈이 어떻게 생기구 사람은 그 돈을 어떻게 써야 하는지를 알려줘야 하겠기에 엄마가 너에게 말하는 거다. 알겠니?"

"예."

그때는 아직 잘 모르면서 나는 이렇게 대답했다.

그러나 나는 그 후에 나이를 먹어갈수록 그때 아버지와 어머니가 알겠느냐고 묻던 그 말을 다시 외워보며 "알겠어요." 하고 혼자 속으로 대답하는 때가 많았다.

사람이 돈이란 무엇이며 그 돈이 어떻게 생기는 것인지를 모른다면 나라에서 무료로 공부시켜주고 무상으로 치료해주는 그 고마움의 의미도 제대로 다 안다고 말할 수 없을 것이다.

선렬(선열)들이 겪었던 지난 고난의 행군 때만 해도 그렇다.

항일의 그 고난의 행군 때는 눈무지 속에서 풀뿌리를 찾아 먹으며 눈보라 속에서 잠을 잤다. 그러나 우리의 고난의 행군은 그래도 제 집에서 잠을 잤고 우리 아이들은 책가방을 메고 학교로 갔으며 아프면 병원에서 구급차가 달려왔다.

그런데도 아버지 장군님께서는 고난의 행군을 하는 우리 인민들이 걱정되시여 얼마나 험한 길을 많이 걸으시였던가. 그때가 우리 아버지장군님께서 나라의 전부라고 할 수 있는 돈을 가지고 오늘의 CNC를 구상하시며 자강도의 로동 계급을 찾아 험한 눈보라 령길을 넘으시던 바로 그때였다.……

이 대목을 읽다가 기옥은 목이 꽉 메이여 오빠의 일기장으로 얼굴을 가리웠다.

아버지도 목이 뜨끔해 와서 겨우 입을 열었다.

"여보, 우리 기옥이가 왜 제 오빠의 일기장을 밤새워 들여다보고 또 들여다보았는지 나나 당신도 미처 몰랐댔지?"

어머니도 얼른 눈굽을 찍고 나서 애써 미소를 지었다.

"몰랐지요. 에미라는 게 우리 애들이 이렇게 커진 줄도 몰랐구요."

"기옥아……" 하다가 아버지는 허허 웃으며 얼른 다시 고쳐 불렀다.

"아, 강사 선생님!"

기옥이도 제법 목소리를 눌러가며 아버지의 익살을 재치 있게 받아주었다.

"예. 다들 들었으면 어서 소감들을 말씀하십시오, 어서!"

그 통에 오붓한 집안에 즐거운 웃음이 가득히 차고 넘치였다.

아버지는 담배 한 대를 붙여 물더니 이번에는 정색해서 입을 열었다.

"기옥의 말이 맞아! 경식이는 아이 때부터두 우리 기호가 생각했던 이자 그런 것들을 너무 모르고 자랐거던. 그저 어자어자…… 여보! 그런 생각이 안 드오?"

"아까 우리 기옥이가 제 오빠의 일기장을 읽어준 것처럼 사람의 첫 스승이 제 부모라면 확실히 홍유철 아저씨가 자식을 지내 귀동자로 키운 것만은 사실이예요. 그러다나니 제 마음이 내키는 대로 하는 버릇이 생기구……"

기옥이는 어머니의 말에 머리를 끄덕이였다.

"맞아요. 사람들마다 누구나 다 자기의 조직이 있는데 제대로 보고도 하지 않아서 다들 걱정하게 만들고 찾아다니게 만드는 것도 다…… 지금 정치지도원 동지랑 다들 얼마나 걱정하고 있는지 아세요?"

여직껏 말없이 깊은 생각에 잠겨 있던 아버지도 천천히 무겁게 입을 열었다.

"경식에게 뭐가 부족한지 이제는 다 알았으니 우리가 잘 도와주자!"

"예?" 하며 어머니가 의아해서 쳐다보았다.

"우리라는 건?"

"기옥이는 초급단체 위원장이니까 응당 경식의 문제를 맡아나서야 하겠지? 나나 당신도 그 집 경식의 문제를 강 건너 불구경 하듯이 그저 바라보고만 있을 수가 없겠지? 그래서 우리가 잘 도와주자는 건데 눈이 올롱해서(유별나게 휘둥그레져서) 빤히 쳐다보긴……"

어머니는 호호 웃기 시작했다.

"저걸 좀 봐라, 너의 아버지를.…… 네 고충을 아니, 초급단체 위원장 동지의 고충을 풀어주자고 이 모임을 시작한 것 같은데 갑자기 우리가 잘 도와주자는 소리가 불쑥 나오길래 내가 좀 떨떨했댔구나. 그랬다구 내가 눈이 올롱해서 쳐다본다고 그렇게 몰아칠 거야…… 호호."

아버지도 좀 지나쳤다는 생각이 들었는지 말없이 허허 웃었다.

어머니는 이번에 정색해서 다시 입을 열었다.

"기옥아, 그 집 일이 이 어머니인들 강 건너 불구경 할 수 있겠니? 경

식의 아버지가 아니였다면 너의 아버지와 이 어머니는 서로 영영 남남
이 되였을는지도 몰라. 그랬으면 너나 너의 오빠도 이 세상에 태여나지
못했을 거구……"

"여보, 당신 유식하다 보니 말이 또한 길구만. 빨리 결론부터 말하오."

"결론이야 명백하지요. 당신의 말대로 우리가 잘 도와주자요. 하나하
나 대책도 세우구요."

"그러나 우리 셋 중에서도 책임자가 있어야지?"

"아이구, 거야 누구겠어요. 책임자는 어디까지나 저 위원장 동지지
요."

그 순간 기옥이가 "어험." 하며 위엄 있게 마른기침을 하고 나서 움쭉
일어서기까지 했다.

"그럼 대책적인 문제가 제기될 때마다 두 조직성원들은 이 책임자 동
지의 지시에 민첩하게 움직여야 하겠습니다."

"예, 예.……"

또다시 이 집에서는 즐거운 웃음소리가 오래도록 울리였다.

12. 당사자들

　최국락이네 집에서 밤늦도록 걱정하고 있는 그 당사자들, 홍유철이네 집에서도 그들은 또 그들대로 흥분에 넘쳐 있었다. 오늘 저녁 경식의 대학입학 준비를 위해서 '예비심사'가 벌어지게 되는 것이다.

　이제 곧 '예비심사'의 '시험관'이 도착하게 된다.

　그 '시험관'은 다름 아닌 홍유철의 외사촌 동생인 조학문인 것이다.

　홍유철의 어머니 조분녀는 제 친정의 대를 이을 하나밖에 없는 사내 자식 조학문을 친자식 못지않게 귀히 여겨서 아이 때 거의 데리고 살다 싶이 하였다.

　그런 만큼 조학문이도 제 고모인 홍유철의 어머니를 아이 때부터 "엄마, 엄마." 하며 치마폭에 노상 매달려 돌아갔다.

　그래서 홍유철이와 조학문은 고모사촌 간이라고는 하지만 어릴 때부터 한동네에서 쌍둥이 형제처럼 함께 자랐었다.

　그 사촌동생이 지금은 평양연극영화대학에서 교무과 부원으로 일하고 있는 것이다.

홍유철의 내외는 경식이가 어느 설날에 동무들과 같이 웃고 떠들며 노는 것을 보더니 분명 배우의 기질이 있는 것 같다는 데로 의논이 모아지여 사촌동생에게 전화를 걸었던 것이다.

배우과 선발명단에 등록시켜달라는 전화를 받은 조학문은 그거야 내가 하는 일인데 조금도 어려울 것이 없다고 하면서 오늘 저녁에 당장 집에 달려가겠으니 한상 잘 차려놓으라고 큰소리를 쳤다.

"형님, 우리 집안에서 유명한 배우가 나온다면 이거야말로 큰 경사가 아니겠소. 내가 오늘 저녁에 당장 달려가서 경식의 첫 시험관 노릇을 하겠으니 형수에게 단단히 일러두시오. 크게 한상 차려놓으라구.……"

그 큰상이 벌써 진실의 한복판에 자리를 잡고 있었다.

홍유철은 웃방을 기웃이 들여다보았다.

"그런데 여보! 경식이가 어데 갔소?"

"벌써 나갔지요. 현관 앞에서 삼촌을 마중해서 모시구 같이 들어 온다나요."

홍유철은 만족한 듯 껄껄 웃었다.

"이 녀석이 되게는 흥분했군."

경식은 지금 조학문 삼촌을 제가 먼저 만나서 선손을 쓰고 있었다.

"아니, 삼촌! 우리 아버지와 어머니가 나를 영화배우로 만들겠다는 건데…… 내 참."

조학문은 현관으로 들어서며 전등불 밑에서 경식이를 새삼스러운 눈으로 다시 한 번 쭉 훑어보았다.

"왜? 너의 모든 것을 봐선 명배우가 될 수도 있지 뭐.……"

"그러나 삼촌! 사람마다 제가 가지고 있는 소질이 있고 제가 바라는 희망이 있지 않아요?"

"거야 그렇지. 그래 너는 뭘 희망한다는 거냐?"

경식의 대답은 단마디, 아주 명백하였다.

"기계공학!"

"좋지! 우리 경식이가 그래도 주대(줏대)는 있는데?"

그러다가 조학문은 의아해서 경식이를 돌아보았다.

"그런데 우리 대학 배우과에 시험을 치겠다는 건 또 뭐야?"

"흥, 우리 아버지와 어머니의 그 고집을 누가 꺾어내요? 내가 이제 공학계통으로 나가며는 고생만 시킨다는 건데……"

경식은 조학문에게 바싹 다가붙어서 귀속말로 소곤거리였다.

"삼촌! 이제 올라가서 시험을 쳐다보는 것처럼 하다가 콱 퇴짜를 놓으라요."

"그래도 너의 아버지와 어머니가 뭘 보는 데가 있으니까 배우를 시키겠다고 하겠지? 하여간 올라가서 한번 좀 보자.……"

조학문은 출입문 손잡이를 당기며 기세를 돋구어 소리부터 질렀다.

"자, 시험관이 왔수다."

진순영은 얼른 달려 나가서 조학문의 팔을 잡고 전실로 들어섰다.

"삼촌도 이제는 흰 머리칼이 많아졌다."

"어찌겠소. 경식이랑 우리 아이들이 이제는 저렇게들 다 컸는데……"

홍유철은 벽에 척 기대여 앉아서 반가운 눈길로 사촌동생을 쳐다보았다.

"용케 시간을 냈구나. 이래서나 또 한 번 만나보는 거지.……"

조학문은 전실에 차려놓은 밥상을 내려다보며 히죽이 웃었다.

"하, 이거 시험관의 대접이 요란한 걸 보니 우리 경식의 합격은 벌써 먹구 난 거로다. 그런데 형수, 저 구석 쪽에 꿍쳐(꾸려)놓은 먹음직한 것들은 또 뭐요?"

"삼촌이 집에 가지고 가서 삼촌이랑 조카애들이랑 같이 나누어 먹어야지?"

"소득이 대단한 걸.……"

조학문이도 홍유철의 옆에 자리를 잡고 앉았다.

"자, 차려놓은 음식이야 어데 가겠소? 우리 경식의 재간부터 좀 봅시다. 시작하자! 시험장으로 수험생 홍경식이가 들어섰다. 첫 번째 문제는 자유종목, 자기가 제일 자신 있는 연기동작부터……"

경식은 떡 굳어지며 아버지와 어머니의 얼굴에만 눈길을 보내고 있다.

홍유철은 경식의 긴장을 풀어주려고 일부러 허허 웃어 보이며 조용히 귀띔해준다.

"경식아, 너무 긴장하지는 말구. 거 있지 않니? 그때 동무들하고 같이 놀면서 네가 되게 웃기던 그 '1인 2역'을 말이야.……"

"1인 2역?" 하며 조학문이도 바싹 흥미가 끌렸다.

"혼자서 두 사람의 역을 수행한다면 그건 보통 기량이 아닌데…… 영화에서도 한 장면 안에서 혼자서 두 사람의 역을 보여주자면 연기는 물론 분장이나 기술적인 기교가 상당한 정도로 높아야 하는데……"

조학문이가 감탄부터 앞세우는 통에 홍유철은 더욱 으쓱해져서 슬쩍 그의 옆구리를 가볍게 찔렀다.

"이제 보라구.……"

경식이가 '시험관' 앞에 한발 나섰다.

"제목은 '애꾸눈 대장과 외팔 대장의 격술'……"

"음?!"

조학문은 제목이 좀 이상했던지 고개를 기웃거리였다.

"하여간 보자.……"

경식의 격술동작이 시작되였다. 먼저 애꾸눈 대장의 휘둘러돌아차기 격술이였다.

"하하, 이놈! 한 쪽 팔이 떨어져 나갔으니 너 이젠 외팔이 신세가 됐지? 그러자 그 외팔이 하하 웃으며 하는 말, 천만에! 내 이 떨어져 나간 팔은 가짜 고무팔이였다. 이번에는 외팔 대장의 손칼치기와 손끝찌르기……"

경식의 격술동작이 속도가 있고 볼 만은 하였다. 거기에 받쳐지는 대사의 형상도 일정한 수준은 있었다.

"내 손가락칼 맛을 보아라. 앗, 그놈의 한쪽 눈깔이 쑥 빠졌다. 하하, 이놈 너 이제부터는 애꾸눈 신세가 됐지? 그 애꾸눈 대장이 하하 웃으며 하는 말, 천만에! 내 이 눈알은 있으나 마나 한 유리눈알이였다.……"

경식의 '기량판정시험'은 드디여 끝났다.

조학문은 "수고했다." 하고 박수를 쳐주며 홍유철이와 진순영을 돌아보았다.

"형님과 형수에게도 시험관의 자격을 주겠으니 어디 한번 채점들을 해보시오. 먼저 형님부터……"

"긴장해서 그런지 전번에 볼 때보다는 좀 못해.……"

그리고는 구원의 눈길로 조학문을 쳐다보았다.

"그래도 소질은 좀 있어 보이지 않아?"

조학문은 천천히 고개를 끄덕이며 이번에는 진순영을 돌아보았다.

"형수의 생각에는?……"

"장차 공부를 시키면 안 될가? 저만한 체격에 저만큼 생겼으면……"

"하긴 우리 경식이가 쭉 빠졌지요."

조학문은 다음 차례로 경식이를 쳐다보았다.

"경식아, 네 생각에는?"

"불합격이예요."

이번에도 또 경식의 대답은 간단하고 명확했다.

조학문은 다시 한 번 물었다.

"왜 불합격일 것 같니?"

"이자 그건 서툰 격술동작이지 그게 어디 배우연기예요?"

조학문은 경식이를 끌어다가 잔등까지 쓸어주었다.

"우리 경식이가 정말 똑똑해! 자기가 자기를 평가할 줄 아는 걸 보니……"

홍유철은 허허…… 웃기는 하는데 저으기 실망에 잠긴 목소리였다.

"그러니까 불합격이라는 소린가?"

"형님은 이자 그걸 배우연기로 보았소? 그건 오락회 같은 때 한번 웃기는 놀음이구…… 그래도 뭘 좀 준비시키겠으면 수류탄을 뽑아들고 적의 화점으로 육박하는 장면을 련습(연습)시키던가.…… 그때 시험관들은 적의 화점으로 돌진해가는 그의 얼굴과 눈에서 마지막으로 세상에 남기는 병사의 웨침(외침)소리를 듣는단 말입니다. 글쎄, 생활적인 연기를 할 수도 있지요. 처음으로 아버지가 된 한 청년이 꽃다발을 들고 산원 앞에서 퇴원하는 애기를 기다린다. 이때 그의 희열과…… 가만, 우리 경식이가 아직 그 체험세계하고는 멀지?"

홍유철은 실망에 잠긴 눈으로 진순영을 건너다보았다.

"여보, 그러니까 우리의 생각이 명중을 못한 셈인가?"

그 대답을 얼른 조학문이가 해주었다.

"헛방이지요. 타고난 배우의 소질도 보이지 않구. 또 소질이 없으니 자연히 취미도 없었을 거구……"

쑥스러운 듯 고개를 떨구고 앉아 있던 경식이가 한마디 끼여들었다.

"삼촌의 말이 맞아요. 나는 합창시를 할 때도 얼굴부터 먼저 빨개지는데……"

조학문은 쓴입을 쩝쩝 다시였다.

"내가 먼저 보기를 잘했지 제창(이내) 배우학부 선발시험에 참가했으면 무슨 망신을 할 번했소?"

진순영은 애써 미소를 지었다.

"삼촌이 안 된다면 안 되는 거지. 제 삼촌의 눈에도 불합격인데 다른 시험관들의 눈에야……"

"그렇다면……" 하고 홍유철은 두 눈을 지그시 감은 채 잠시 생각에 잠기더니 문득 조학문의 앞으로 다가앉았다.

"그럼 왔던 김에 마저 한 가지 더 의논하고 여기서 제창 락착을 짓자. 우리 집에 경식의 몫으루 록화 촬영기가 한 대 있는데 그걸 가지고 촬영과에 넣어서 촬영공부를 시켜보는 게 어떨가? 촬영기를 척 메구 다니면서 영화를 찍는 직업도 괜찮지 뭐."

"괜찮은 정도겠습니까? 성공만 하면야…… 그런데 경식에게 미술공부랑 많이 시켰습니까?"

"이제부터 부지런히 시켜야지 뭐."

조학문은 한참이나 제 사촌형의 얼굴을 찬찬히 들여다보았다.

"그럼 형님은 촬영기를 가지고 대학에 쉽게 붙어보려고 하는 건 아니요?"

"물론 시험이야 쳐야지. 그런데 촬영기는 아주 기 딱 막힌 전문가용이야. 어디 한번 좀 보겠나?"

홍유철은 움쭉 일어나더니 웃방으로 올라갔다.

그 순간 경식은 픽 돌아앉으며 혼자 투덜대였다.

"갑자기 촬영과는 또 무슨 촬영과? 에익, 일이 또 복잡해지겠네.……"

진순영은 발끈해서 경식이를 쏘아보았다.

"아니, 너 왜 그러니? 아버지가 네 전망 문제 때문에 저렇게 마음 쓰는 걸 보면서…… 그래 뭐가 복잡해진다는 거니?"

"그 촬영기가 집에서 나가고 없는데……"

진순영은 와뜰 놀라며 경식에게 다그쳐 물었다.

"집에서 나가구 없다니? 그건 무슨 소리야?"

"어머니, 그건 내가 어데 좀 요긴한 데 썼어요."

진순영은 펄쩍 뛰였다.

"뭐라구? 아니, 그걸 아버지한테 말도 안 하고 내갔단 말이냐?"

"말을 했댔자 뭐, 욕만 할 건 뻔한 거구…… 어머니! 그걸 트렁크 안에 꾹 박혀두어서는 뭘 해요? 계속 낡아지는데…… 그럴 바에는 어데 좀 값 있는 데다 쓰는 게 좋지 않아요? 아버지한테도 말을 좀 잘해달라요."

진순영은 딱 잡아뗐다.

"이게 뭐 말이나 잘해서 될 일이야? 그래 그 록화 촬영기가 지금 어데 가 있니? 내가 당장 찾아오겠다."

"찾긴 어데 가서 찾는다고 그래요? 공업품수매상점에 넘겨서 벌써 다 팔린 지도 옛날이겠는데……"

"아이구……"

이때 따르릉 전화종이 울리였다.

마침 경식이를 살려주는 고마운 전화였다. 얼른 송수화기를 집어 드니 성준의 목소리가 울리였다.

"성준이! 나야, 그런데 왜?"

저희들이 지금 애쓰고 있는 그 창안기의 제작과 관련되는 내용이었다. 기계조립과정에 설계상에서 약간의 모순점이 좀 제기되어 걸린 문제를 빨리 와서 같이 풀어보자는 것이었다.

"아하, 그 문제, 걸렸단 말이지? 내 이제 당장 달려갈게, 이제 당장……"

경식은 옷을 찾아 입으며 덤비기 시작하였다. 그러면서도 조학문에게 인사만은 놓치지 않았다.

"삼촌, 고마워요."

경식은 나가다가 다시 돌아서서 조학문의 귀에 대고 소곤거리였다.

"내 지금 뭘 하나 창안하고 있는데 이제 성공한 담에 삼촌한테 찾아가요."

"오냐, 알만 하다."

경식은 너무 급해서 신발을 찾아 신는 두 다리가 부들부들 떨리기까지 하였다.

진순영이도 신발을 찾아주면서 떨리는 목소리로 다그쳐 물었다.

"아니, 문제가 생겼다는 건 무슨 소리구 어데 걸렸다는 건 또 무슨 소리냐?"

"글쎄 빨리 가봐야 알겠어요."

경식이가 출입문을 쾅 닫고 집을 나서는 것과 동시에 웃방에서 홍유철이가 나오며 소리쳤다.

"여보, 록화 촬영기가 왜 제자리에 없소?"

이제는 경식이가 저질러놓은 이 일을 진순영이가 안고 치르지 않으면 안 될 판이였다.

"흥, 그 물건 짝은 벌써 제 갈 데로 갔수다."

"제 갈 데로 가다니?"

"당신의 그 잘난 아드님이 벌써 집에서 고스란히 내다가 공업품수매상점에 넘겼답니다."

"뭐?"

홍유철은 이를 사려물고(사리물고) 사방을 휘둘러본다.

"이 녀석이 어데 갔어? 이 녀석이……"

"방금 나갔지요."

"바쁘니까 도망쳤구나, 이 녀석이……"

진순영은 사색이 되여 남편을 쳐다보았다.

"도망을 쳤으면 좀 낫기나 하겠수다. 성준이라는 아이적 동무한테서 무슨 급한 전화를 받으며 문제가 생겼다. 어데가 걸렸다 하더니 제정신이 없이 달려 나갑니다."

"그건 또 무슨 소리야?"

홍유철은 가슴이 철렁해서 놀란 눈으로 안해를 쳐다보았다.

"이 녀석이 무슨 복잡한 문제에 끼워들어서 어데 혹 걸린 건 아니야?"

"글쎄나 말입니다. 어찌두 바빴던지 신발도 미처 신지 못하구 질질 끌면서……"

"분명 무슨 일이 생긴 게군.……"

246

방금 전의 록화 촬영기 문제는 아예 뒤전으로 밀려나고 말았다.

홍유철은 맥을 푹 놓고 쏘파(소파)에 털썩 주저앉아버린다.

"우리 집은 이 녀석 때문에 화약고야. 언제 꽝— 하구 터질지 모를 화약고……"

"그렇게 무서운 소리만 자꾸 하지 말고 그 화약이 터지지 않게 아버지라는 사람이 미리 좀 손을 써야지요, 제때에 미리미리.……"

"집에 들어와서 내가 언제……"

그 다음의 말은 얼른 나가지 않았다. 말을 했댔자 일이 바빠서 내 언제 집안걱정이요, 자식교양이요 하는 데까지 마음을 쓰고 시간을 바칠 새나 있는가 하는 소리겠는데, 이건 가장으로서나 아버지로서나 자기를 회피하는 것인 줄을 홍유철이도 모르지는 않았던 것이다. 사실 홍유철은 언제 한번 집에 들어와서 경식이를 앉혀놓고 사람이 참되게 살아가는 리치를 차분히 일깨워준다든가 자식이 정상궤도에서 탈선되지 않도록 엄하게 타일러주는 아버지의 몫을 제대로 하지 못하고 지냈다.

그러다나니 이런 때는 그저 제발 무슨 걱정스러운 일이 생기지나 않았으면 하고 가슴을 조이다가 요행 그 고비만 넘어가면 한시름 놓는 것으로 끝내고 말았던 것이다. 지금이 바로 그런 순간이었다.

"그런데 여보, 이자 그 전화가 성준이라는 제 아이적 동무한테서 왔다고 했지?"

"예."

"빨리 그 성준이에게 전화를 걸어보오. 그러면 무슨 감투끈인지 대충이라도 알 수 있을 게 아니겠소?"

"그런데 글쎄 그 전화번호를……"

"우리 전화에 그 전화번호가 찍혔을 게 아니겠소?"

"참, 그렇겠구만.……"

진순영은 떨리는 손으로 급히 번호판을 누르기 시작하였다.

"아, 마침 성준이구나. 아까 우리 경식이한테 전화를 걸었댔지? 그 전화를 받고 경식이가 급히 달려갔는데 뭐? 지금 한창 오는 길인지 아직 도착하지 않았단 말이지. 그런데 아까 전화로 무슨 문제가 있다고 급한 소리를 한 건?…… 뭐, 설계도면에서 어데 한 군데가 걸린 문제 때문에 경식에게 전화를 걸었댔다구?……"

진순영은 송수화기를 덜렁 놓아버린다.

"아이구, 그런 걸 난 또……"

허허…… 하며 홍유철은 허구픈 웃음을 지었다. 한시름이 놓이면서 이번에는 도리여 아들에 대한 칭찬으로 넘어갔다.

"그런 바쁜 모퉁이에 경식이를 찾는 걸 보면 우리 그 녀석도 설계물계랑 기계 속이랑 좀 알긴 안다는 소리지?"

"여보! 됐어요. 그까짓 록화 촬영기는 록화 촬영기구. 이젠 한숨이 다 나가는군요."

"래일 공업품수매상점에 찾아가서 알아는 보오, 그 녀석의 말이 맞기나 하는지나.……"

홍유철은 긴 한숨을 내그으며 밥상에 다가앉았다.

"자, 우리 시험관 선생두 빨리 오게나. 한창 볶아쳤더니 배가 다 출출하다."

진순영은 맥주병 뚜껑을 열어 조학문에게 한 고뿌 부었다.

"삼촌도 봤지요? 우리 집은 노상 이래 가지고 있어요. 그 녀석 때문에 늘 그저 들볶아가지구……"

조학문은 한 고뿌 쭉 기울이고 나서 여직껏 꾹 다물고 있던 입을 드디어 열었다.

"내 오늘 불합격은 놓았지만 시험관 노릇을 했으니 만큼 일단 총화는 지어야겠지요?"

홍유철은 허허…… 하며 우스개소리로 받아넘기였다.

"체, 불합격을 맞은 당사자는 도망을 쳤는데 우리를 앉혀놓고 총화는 무슨 총화?"

"불합격은 경식이보다 형님하고 형수웨다."

"그건 또 무슨 소리야?"

"형님!" 하고 조학문은 홍유철이와 진순영의 고뿌에 맥주를 부어주며 정색해서 다시 이었다.

"우리 형님이 일군으로서는 정말 책임성이나 일 욕심에서 나무랄 데가 없는데 눈이 먼 게 탈이거던요."

"허, 내가 눈이 나쁜 거야 타고난 건데 재간 있니?"

홍유철은 안경을 벗어들고 손수건으로 두툼한 안경을 천천히 닦았다.

조학문은 어처구니가 없다는 듯 허허…… 하며 입을 쩝쩝 다시였다.

"내가 뭐, 그 눈이 나쁘다는 소리요? 형님의 그 눈이야 천성으로 타고 난 눈이니 할 수 없는 거구…… 자식 키우는 데서 형님의 눈이 멀었다는 겁니다. 형수도 같구요."

두 부처의 놀란 눈들은 동시에 퀭해서 조학문을 쳐다보았다.

우스개소리처럼 시작되였던 조학문의 목소리는 이번에 정색해서 다시 이어지였다.

"자식에 대한 사랑도 눈먼 사랑, 자식의 전망을 내다보는 눈도 그렇게 멀어가지고서야…… 그러니까 오늘 우리 앞에서 경식이를 웃음거리로 만든 게 아니고 뭡니까? 아니, 그래 자식의 타고난 소질과 앞날의 희망을 아버지나 어머니가 대신할 수가 있습니까? 그런 걸 정확히 잘 가려보고 아들이 장차 성공하도록 걸음걸음 이끌어주는 게 부모가 할 일이지요. 우리 아들이 앞으로도 고생을 모르고 살아가게 해주자면 어떤 공부를 시키는 게 유리할가 하는 눈으로 전망을 내다보면서 강요를 해가지고서야 자식을 나라에 쓸모 있는 인재로 키울 수 있겠는가 말입니다."

여기까지 말하고 나서 조학문은 허허…… 하며 일부러 웃음을 날렸다.

"내가 이거 형님이나 형수를 가르치려드는 건 아니구요."

"원, 별 소리를 다…… 어서!"

홍유철이도 우스개소리로 부드럽게 받아넘기였다.

"오랜 교육일군의 이런 강의를 우리가 어데 가서 받아보겠나? 어서……"

"그렇게 생각한다면 내친김에 내 오늘 저녁에 보고 느낀 걸 마저 다 털어놓겠수다."

조학문은 밥상까지 밀어놓으며 홍유철이와 진순영의 앞으로 다가앉았다.

"아까 형님이 경식이를 언제 터질지 모를 화약고라고 욕을 할 때 나도 가슴이 철렁합디다. 그런데 그것도 결국은 누구의 탓이예요? 그 애가 생활에서 절제가 좀 부족하고 정돈이 잘 되지 않은 것도 그게 다 부모들의 눈먼 사랑 때문이란 말이예요. 물론 제 자식이 세상에서 제일 잘나 보이구 제일 총명해 보이는 거야 부모들의 하나같은 심리라고 볼 수 있지요. 한데…… 사람들이 모여서 제 자식의 자랑을 하는 소리를 좀 가만히 들어보세요. 그 말대로 하면 이 세상천지에 수재가 아닌 사람이 하나도 없을 거구 선남선녀가 아닌 사람이 하나도 없을 거란 말이예요. 그런데 어디 이 세상 사람들이 다 그렇나요. 부모는 귀한 자식일수록 객관적으로 공정하게 볼 줄 아는 눈을 가져야 한단 말입니다. 그래서 눈먼 사랑이 귀한 자식을 망친다고들 말하는 게 아니겠어요?"

진순영은 고개를 떨군 채 혼자소리처럼 조용히 중얼거리였다.

"삼촌의 말이 다 맞지요 뭐."

"맞고 말고.……"

홍유철이도 안해의 이 말에 맞장구는 치면서 한편 고개를 설레설레 흔들었다.

"동생은 딸만 둘을 키우다나니 아직 다 몰라. 사내 녀석을 하나 다스린다는 게 얼마나 베찬지(벅찬지) 알기나 하나? 나는 아직 누구한테도 져

본 적이 없었는데 우리 그 녀석한테만은 노상 지면서 산다니까.……”

이것이 바로 홍유철이였다. 그의 말마따나 홍유철이가 경식에게 지면서 사는 지는 벌써 어제오늘이 아니였다.

그것은 경식이가 열세 살 되던 어느 초겨울 날 아침에 있었던 일이였다. 사내가 그쯤 되는 나이면 제 주장을 내세우기도 하는 그런 시절이라고 볼 수도 있을 것이다.

홍유철은 책가방을 드는 경식에게 옷걸이를 가리켰다.

“오늘 아침에는 저 솜옷을 입고 학교에 가거라.”

“안 입을래요.”

홍유철은 출근길이 바쁜 가운데서도 가방을 도로 놓고 옷걸이에서 경식의 솜옷을 벗겨들었다.

“입으래두? 오늘 아침부터는 령하(영하)로 떨어져서 추워.”

“안 입겠다는데두.……”

홍유철의 목소리가 돌연 높아졌다.

“아버지가 입으라면 입을 거지?”

경식이도 눈이 올롱해서 대들었다.

“안 입겠다는데 왜 그래요?”

“이 녀석!”

홍유철은 손바닥이 저도 모르게 경식의 볼을 철썩 내리쳤다.

한순간 아버지와 아들은 서로 놀란 눈으로 마주 쳐다보았다. 홍유철이가 아들에게 손을 대는 이런 일이 있으리라고는 아직 상상도 해본 적이 없었다. 경식이도 또한 그렇게 저를 애지중지 귀해하던 아버지가 이렇게 때렸다는 것이 너무도 놀라웠다.

그래서 경식은 너무도 서러워 엉엉 울었다.

"왜 때려요? 다른 아이들도 아직 안 입었는데…… 내 혼자 입기가 창피해서 안 입겠다는데 왜 때려요?"

부엌에서 설겆이(설거지)를 하던 진순영이까지 달려 나오며 남편에게 해대였다.

"아니, 당신 정신 나가지 않았어요? 어데다 손을 대요? 어데다……"

그날 아침 홍유철은 공장에 나가서도 영 일이 손에 잡히지 않아서 온종일 거의 방에 박혀있다싶이 하였다. 저녁에 부서 책임자들의 하루사업총화도 부지배인에게 맡기고 여느 때보다 일찍 집에 들어갔었다. 너무나 가슴 아파서 오늘은 좋은 신발도 한 컬레 사주고 맛있는 음식도 먹여주리라……

그런데 학교에서 돌아왔으리라고 생각했던 경식은 집에 없었다. 홍유철은 그때부터 벌써 가슴이 철렁 꺼져 내려가는 것 같았다. 이제는 어두워졌다. 그런데도 경식은 나타나지 않는다. 안해와 함께 학교에로 달려갔다. 캄캄한 교실은 텅 비여 있었다. 그 길로 경식의 외삼촌네 집으로 달려갔다. 거기에서까지도 경식이를 찾지 못했을 때 홍유철은 허탈이 오기 시작하였다. 이제는 어데 또 달려가서 찾아봐야 하겠는지 통 생각나지도 않았다. 그 사이에 혹 집에 와 있지나 않을가? 한 가닥의 기대를 안고 달려갔더니 집은 여전히 텅 비여 있었다.

그때부터 세 시간이나 되는 긴 시간에 홍유철은 별의별 생각들을 다 세워보았다. 그 모든 생각들은 하나같이 다 험한 생각들뿐이였다. 그러느라니 심장은 조여들대로 조여들어 이제는 숨조차 쉬기가 가빠지였다.

보안원이 경식이를 데리고 집에 나타난 것은 새벽 두 시가 다 되여서였다. 공원을 순찰하던 보안원이 돌의자에 쪼그리고 앉아서 곯아떨어진 경식을 발견했던 것이다. 경식은 그날 밤 감기에 걸린 것이 기관지염으로 넘어가서 한 주일 동안이나 병원에 입원까지 했다. 지금도 가끔 감기에 걸려서 경식이가 마른기침을 하거나 목에서 쌔근쌔근하는 소리만 나도 제 가슴이 찢어지는 듯이 아팠다.

이제 그러한 고통이 단 한 번이라도 다시 있게 된다면 더는 견디여낼 것 같지 못한 홍유철이였다. 심장도 이겨낼 것 같지 못했고 지배인사업도 제대로 감당해낼 것 같지 못했다. 웬만큼 몸이 말째도 공장에 나가서 일을 하면서 앓던 홍유철이가 옹근(온전히) 하루 일손을 놓아보기는 그때가 처음이였다. 이제 다시 그러한 마음고생을 겪지 않기 위해서도 홍유철은 경식이가 어쩌다 좀 격해지는 눈치가 보이면 얼른 한발 물러서군 하였다. 그때마다 홍유철은 자식을 이기는 부모가 없다더니…… 하고 자신을 위안하였다. 오늘도 바로 그러한 날들의 하루 저녁이였다.

……조학문이 집으로 돌아간 다음에 홍유철은 인차 자리에 누웠다. 비교적 마음이 편안한 잠자리였다. 크게 기대했던 경식의 '예비시험' 판정이 불합격으로 끝나기는 했지만 그것도 타고난 소질이 없다는 제 삼촌의 판정을 미리 받아보기를 잘했다. 경식의 전도 문제는 이제 다시 또

찾아보느라면 곬이 잘 트일 수도 있을 게고…… 오늘 밤은 성준이네 합숙에서 같이 잔다니 그것도 마음이 놓였다.

홍유철은 조용히 눈을 감고 래일 아침 생산총화에서 꼭 강조해야 할 몇 가지 문제와 그리고 최종심의에 제출해야 할 학위론문의 몇 가지 수정대목을 머리속에 그려보다가 저도 몰래 깊은 잠에 들었다.

애기들처럼 쌔근쌔근하는 남편의 잠소리를 들으니 진순영이도 마음에 안정이 왔다. 코를 고는 소리에 남들은 옆에서 잠을 못 잔다고 하지만 우리 안해들은 남편이 코를 골아야 마음 놓고 잔다고들 한다. 노상 코를 골던 남편이 코를 골지 않으면 무슨 걱정스러운 일이 생겼나부다 하는 근심에 깊은 잠을 못 자는 것이 안해들이라는 말도 있다. 진순영이도 편안한 마음으로 전등불을 껐다.

그 다음 날 진순영은 남편의 당부를 잊지 않고 공업품수매상점으로 갔다. 제 집안에서 일어난 자식에 대한 구구한 설명을 하기가 싫어서 그는 그저 수매대장을 좀 보여달라고 요구했다. 그 수매원 녀인은 마침 진순영이가 잘 아는 수매원이였다.

"아니, 약국장 선생님이 어떻게 다……"

"안녕하세요? 수매대장을 한번 좀 볼가 해서……"

"아니, 수매대장을요?"

수매원 녀인이 의아해하는 통에 진순영은 하는 수 없이 사실대로 털어놓았다.

"잘 아는 사인데 뭐 감출 거나 있어요? 우리 녀석이 집에서 뭘 하나 내다가 수매시켰다는데 그 말이 사실이라면 우리도 마음을 놓을 수 있겠구 해서요."

그제야 수매원 녀인은 진순영의 앞에 수매대장을 꺼내놓았다.

"어서…… 그리고 무슨 상품인지 집에 꼭 필요한 거면 도로 찾아가도 되구요."

진순영은 말없이 수매대장을 번지였다(넘겼다).

쭉 내려 훑어보았지만 경식의 이름은 없었다. 또 한 번 가슴이 철렁했다. 수매시켰다는 것이 거짓말이라면 그 록화 촬영기가 어데 가서 돌아가는지…… 수매자들의 이름에 경식이가 없는 것만은 틀림없었다. 진순영은 호— 하고 한숨을 내쉬며 저도 모르게 경식에 대한 욕이 혼자소리처럼 나왔다.

"망할 녀석 같은 것! 록화 촬영기를 여기다 수매시켰다고 하더니 온통 거짓말을……"

그 순간 수매원 녀인은 두 눈이 커지였다.

"록화 촬영기는 웬 잘생긴 총각이 우리한테 와서 틀림없이 수매시켰는데요."

"아니예요. 우리 총각이 수매시켰으면 여기에 왜 그 애 이름이 없겠어요?"

"거야 이름이 없을 수밖에…… 딴 사람의 이름으로 수매시켰댔으니까요."

"딴 사람의 이름으로요?"

"안경을 낀 쭉 빠진 총각이 록화 촬영기를 들고 왔던 건 틀림없다는데두요."

말만 들어도 한결 마음이 놓이였다. 안경을 낀 쭉 빠진 총각이 록화 촬영기를 수매시키러 왔댔으면 경식일 수도 있겠다는 생각이 들었다.

그러면 그렇겠지 경식이가 아무려면 부모들한테 거짓말이야 했을가. 진순영은 한순간에 마음이 가벼워지면서 이번에는 여기에 같이 왔댔다는 그가 누구인지 알아보고 싶은 호기심이 생기였다.

"그런데 왜 제 이름으로 수매시키지 않고 딴 사람의 이름으로 수매시켰을가요?"

"그날 집의 아들이 그만 증명서를 못 가지고 와서 처녀의 증명서루……"

"처녀라니?"

진순영은 문득 놀라며 따지듯이 다시 물었다.

"그럼요. 가만히 눈치를 보니 이젠 그들 둘 사이가 네 것이자 내 것이구 내 것이자 네 것이구…… 벌써 그러루하게 된 것 같습니다. 호호…… 그 처녀가 촬영기의 자호와 번호까지도 말짱 외우고 있던데요 뭐."

진순영은 록화 촬영기에 대한 불안감을 안고 여기에 왔다가 새로운 걱정거리를 또 받아 안았다. 인제 겨우 스물두 살이 벌써부터 처녀를 달고 다녀? 그것도 고작 수매상점 같은 데를…… 가슴이 철렁하지 않을 수가 없었다. 진순영은 어머니이기 때문에 누구보다 경식의 개성과 기질을 잘 알고 있었고 바로 그래서 더욱 불안했던 것이다.

경식에게는 제가 일단 마음이 내키는 일이면 그 뒤끝과 후과에 대한 구체적인 타산과 계산을 앞세우기 전에 무작정 훌떡 뛰여들어가놓고 보는 그런 기질이 있었다.

그런데 이런 공업품수매상점 같은 데까지 데리고 함께 와서 그의 증명서로 록화 촬영기를 수매시킬쯤 되였으면 그 처녀에게 벌써 타산 없이 뛰여든 것이나 아닌지 가슴 철렁하지 않을 수 없었다.

그리고 보면 지금 이 상점 녀인이 경식이와 그 처녀와의 사이가 이젠 벌써 네 것이자 내 것이구 내 것이자 네 것인 그러루한 사이 같더라고 한 말도 그저 우스개소리로만 받아넘길 일이 아니였다.

"이 녀석이 벌써부터 처녈 달고 다니면서 이 에미의 속을 태워?"

마음속의 착잡한 생각들이 저도 모르게 이처럼 밖으로 새여나오는 것조차 진순영은 느끼지 못하고 있었다.

"어떤 처녀인가구요?"

수매원 녀인은 진순영에게 무슨 큰 신세나 입힐 것처럼 부산스럽게 수매대장을 다시 뒤지기 시작했다.

"내가 대줄게요. 처녀의 이름이랑 직장이랑 내 얼른 다 대주지요. 옳지, 여기에 다 있지 않아요? 자……"

수매원 녀인은 진순영의 앞에 수매대장을 펼쳐들고 손가락으로 꼭 짚었다.

"자, 보시라요. 이거……"

진순영은 수매대장을 찬찬히 들여다보다가 허리를 굽힌 채 우뚝 굳어지였다. 거기에는 최국락 운전사의 딸 기옥의 이름과 그의 직장 직위까지 적혀 있었다.

'수매자—최기옥, 직장 직위—급양관리국 통계원'

끝내 일은 여기까지 오고야 말았구나. 기옥이가 느닷없이 경식이를 보고 싶다면서 집에 찾아왔을 때부터 진순영은 좀 이상하다는 예감이 들었었다.

그 후에 경식의 손목시계가 기옥의 팔목에 걸려 있었던 것과 밤늦게 식당에 같이 밀려다니다가 경식의 팔을 끼고 집에까지 데려다주었던 그때쯤에라도 빨리 손을 썼더라면 지금처럼 돈을 장만하러 같이 짝을 지어 돌아칠 정도로까지는 깊어지지 않을 수도 있었을 것이라는 후회가 막심하였다.

그럴수록 이번에도 또 남편에 대한 원망이 가슴 속으로 욱 치밀어 올랐다.

그때도 홍유철은 아무러문 우리 경식이가 설마 제 아버지의 사업을 보장하는 운전사의 딸을 끼고 다니려 하겠는가. 아직 그런 생각을 할 나이도 안되였는데 괜히 선불질을 하지 말라고 오금을 박는 통에 진순영이도 한발 물러서고 말았던 것이다. 집안일에서 늘 설마, 설마하며 한 고비, 한 고비를 그저 무탈하게 넘기려는 남편의 처사가 지금 이 순간

막 원망스럽기까지 하였다.

진순영이가 수매대장에서 눈을 떼지 못한 채 착잡한 생각에 잠겨 있을 때 옆에서 수매원 녀인은 흥이 나서 다사를 떨었다.

"너무 그리 깊이 생각할 것도 없어요. 처녀가 똑똑하고 대가 바르다는 건…… 오히려 그 집 총각이 축 잡히겠습니다."

남의 속은 모르고 그 녀인은 잠시도 입을 다물지 않고 계속 줄줄이 쏟아놓았다.

"생기기는 또 얼마나 오돌차게 생기구요. 좀 까무잡잡한 데는 있어도 눈이 억실억실한 거랑 방울귀 치구는 귀박죽(귓바퀴)이 또 얼마나 크고 잘생겼겠어요. 송편 같은 귀 쪽이 량볼에 척……"

진순영은 그 말에 짜증이 나서 저도 모르게 한마디 톡 내쏘았다.

"됐어요. 귀박죽이나 그리 커서는 뭐…… 그래, 토끼귀만큼이나 합디까?"

"예?"

한참이나 떠들어대던 수매원 녀인은 입을 꾹 다물고 의아해서 진순영이를 쳐다보았다.

"예, 들어오시오."

홍유철은 손기척 소리가 나는 출입문 쪽에 무심히 눈길을 보내다가 문득 굳어지였다.

뜻밖에 진순영이 들어서고 있었던 것이다. 지배인의 사업을 시작해서부터 오늘까지 공장 사무실을 찾아온 적이라고는 거의 없었던 안해였다. 지금쯤 수매상점에 가 있으리라고 생각했던 그가 어떻게 사무실에까지 찾아왔을 때는 무슨 급한 일이 생긴 것이 틀림없었다. 무엇일가? 경식의 문제인 것만은 분명할 텐데.

……

"바쁜 시간에 안 됐어요. 전화로는 다 말할 수도 없지, 빨리 대책을 세워야 하겠지.……"

첫마디부터 벌써 홍유철의 가슴을 철렁하게 만들었다. 전화로도 다 말할 수 없는 문제라니……

홍유철의 목소리는 저도 모르게 알릴 듯 말 듯 떨리였다.

"그래, 수매상점에는 못 갔댔소?"

"거기서 오는 길이예요."

그렇다면 이제는 짐작이 갔다.

"그 녀석이 그걸 수매상점에 넘겼다는 게 거짓말이였다는 거지?"

"아니, 정확히 수매시킨 건 사실이예요."

홍유철은 그것만으로도 한시름이 놓이였다.

"그랬으면 됐구만 뭐. 그게 어데 돌아가면서 무슨 말썽을 일구지 않으면 되는 거지 빨리 대책을 세워야 하겠다는 건 또 무슨 소리요?"

"글쎄 그까짓 물건이나 돈 같은 것이 집에서 좀 들락날락하는 건 문제가 아니지만 남의 집 식구가 우리 집 문턱을 넘어서는 문제야 빨리 손을 써서 대책을 세우지 않다가는⋯⋯"

홍유철은 통 무슨 말인지 갈피를 잡을 수가 없어 한동안이나 진순영의 얼굴을 바라보았다.

"남의 집 식구가 우리 집 문턱을 넘어서다니? 그건 또 무슨 소리요?"

"글쎄, 하나밖에 없는 며느리 자리를 이제 남의 집 식구가 들어와서 한 번 메꾸면 끝장인데 이걸 그래 빨리 손을 써서 막아야지 팔짱을 끼고 가만히 앉아 있다가 어쩌자고 그래요?"

홍유철은 너무도 어처구니가 없어서 껄껄 소리내여 웃었다.

"나는 또 무슨 소리를 한다구? 허허⋯⋯ 이제야 겨우 스물두 살인데 무슨 지금 당장 장가를 보내기라도 하는 것처럼⋯⋯"

"당신두 경식이 녀석의 성미를 알지요? 이따금 우리하고 아무 의논도 없이 제 마음 내키는 대로 물덤벙술덤벙 홀떡 뛰여들어가놓구 보는 그 성미를⋯⋯"

"그래, 어느 처녀한테 뛰여든다는 거요?"

"있지요. 있으니까 우리가 미리 손을 쓰자는 거지요."

홍유철이도 차츰 긴장해지기 시작하였다.

"그게 누구요? 그 녀석이 부모의 승인도 안 받고 제 마음대로 홀떡 뛰여들었다는 처녀가⋯⋯ 그게 그래 도대체 어떤 처년가 말이요?"

"최국락 운전사네 딸 기옥이예요."

"여보!" 하며 홍유철은 벌컥 짜증을 냈다.

"그 소리가 벌써 몇 번째요? 말도 되지 않는 소리를 듣고 다니면서 당장 무슨 큰 변이나 난 것처럼……"

"뭐라구요?"

"내 그때 말하지 않았소? 그 녀석이 설마 제 아버지의 사업을 보장하는 운전사의 딸하구 그럴 리가 있겠느냐구. 그런데 뭘 자꾸……"

"여보!" 하며 이번에는 진순영이도 물러서려고 하지 않는다. 아니, 이제는 더 이상 물러설 수도 없게 되었다.

"여보! 그래 당신의 그 말을 믿다가 일이 어떻게 됐어요? 때가 벌써 늦었단 말이예요."

"때가 늦다니?"

이건 또 심상치 않은 소리 같다. 홍유철은 문득 가슴이 섬찍해져서(섬뜩해져서) 얼른 다음 말을 묻기가 두려워졌다. 돼지목장 확장공사에 같이 동원되었다니 젊은 것들끼리 함께 좀 밀려다닐 수도 있겠다고 생각했지만, 자기의 사업을 보장하는 운전사와 사돈을 맺는다고 생각하기에는 지금 당장 너무도 아름찼다. 그런데 때가 벌써 늦었다니……

홍유철은 조심스럽게 다시 물었다.

"도대체 이자 그건 무슨 소리요? 때가 벌써 늦었다는 건……"

"나두 글쎄 식당 같은 데나 같이 밀려다니다가 그만둘 줄 알았지요. 그런데 이제는 집안의 가산까지도 몰래 같이 꺼내다가 서로 합세해서 돈을 말구며 짝자꿍이(끼리끼리만 내통하거나 어울려서 손발을 맞추는 일)하고 돌아가니 이게 둘 사이가 벌써 간단한 사이예요?"

"여보!" 하며 홍유철은 이번엔 벌컥 소리까지 질렀다.

"아무리문 기옥이가 우리 집안의 가산까지 같이 들고 나가서 팔겠소? 그것도 말이라고 하오?"

"내 그럼 없는 소리를 만들어서 남의 귀한 딸을 말밥에 올리겠어요? 이자 방금 수매대장을 뒤져보니 우리 집 록화 촬영기도 최기옥의 이름 으로 수매시켰더군요."

"뭐, 뭐라고?"

홍유철이도 이제는 더 할 말이 없었다. 잠시 앞이 뿌예지는 것 같더니 다음 순간 콱 역증이 났다.

"이 녀석이 제 전망 문제도 아직 확고하지 못한 주제에 벌써 그런 데 부터 빠져 돌아가?"

"나도 그래서 달려왔어요. 당신도 그 애의 성미를 알지요? 아버지는 글쎄 제 자식이 남자싼(남자다운) 데가 있다고 늘 자랑하지만 이런 데서 는 또 마음을 놓을 수 없는 게 그 녀석이 아닌가요. 이제 어느 때 가서든 '나는 기옥이한테 장가들겠으니 잔치를 해주시오.' 하면 그때 가서 복잡 해질 걸 좀 생각해보라요."

홍유철은 공연히 안해한테 역증만 냈다.

"여보! 그런 되지도 않을 소리는 하지도 마오. 인제 겨우 스물두 살 짜리를 가지고 무슨 장가요 뭐요 말 같지 않은 소리를?…… 그 대신 저 쪽 집 기옥이는 경식이하고 동갑이니까 좀 있으면 시집을 가야 할 판인 데……"

"그래서 미리 빨리 손을 쓰자는 거지요. 기왕 일이 이렇게 된 걸 숨긴다고 될 것두 아니니 저쪽 집 하구랑 서로 마주 앉아 툭 털어놓고 의논하자는 거예요. 먼저 시집가야 할 기옥이 쪽에서 마음을 돌려먹도록 제 부모들이 딸을 잘 타일러서……"

홍유철이도 그 말에는 깊은 생각에 잠긴 채 천천히 고개를 끄덕이였다.

"하긴 이제는 그 길밖에는 없겠군.……"

그들이 서로 주고받는 이 말을 최국락이네 가정에서 듣고 있었다면 너무도 어처구니가 없어서 쓴웃음을 날려보냈을 것이다.

13. 수수께끼

기옥은 너무나 뜻밖이여서 아무 대답도 못하고 입을 딱 벌린 채 아버지의 얼굴을 쳐다보았다.

퇴근하자바람으로 아버지는 딸을 앞에 앉혀놓고 이렇게 따졌던 것이다.

"기옥아, 너에게 한 가지만 묻자. 경식이의 록화 촬영기를 네가 수매시켰니?"

"아니?"

기옥은 깜짝 놀라지 않을 수 없었다. 록화 촬영기의 사연을 아버지가 알고 있다는 것도 너무나도 상상 밖이였다. 어떻게 알게 되였을가? 그러나 지금 당장은 아버지의 묻는 말에 대답부터 해놓고 봐야 했다.

그런데 어떻게 대답해야 할 것인가. 록화 촬영기를 최기옥이라는 자기의 이름으로 수매시켰던 것은 사실이였다. 그러나 그것은 어디까지나 경식이가 수매시킨 것이지 기옥이가 수매시킨 것이라고는 볼 수 없는 일이였다. 그런데 아버지는 "경식이의 록화 촬영기를 네가 수매시켰니?" 하고 물었다. 대답을 기다리는 아버지를 언제까지건 계속 이렇게

266

쳐다보고만 있을 수도 없는 일이였다.

"저…… 이름은 내 이름으로 수매시켰는데 내가 수매시킨 건 아니예요. 아이 참, 내가 무엇 때문에 남의 물건을……"

"네 이름으로 수매시켰는데 네가 수매시킨 건 아니다?"

아버지의 목소리가 돌연 높아졌다.

"무슨 대답이 그 모양이야?"

때를 같이 하여 밥상을 차리던 오순은 수저를 아무렇게나 내던지고 기옥에게 달려들었다.

"야, 똑똑히 말해라."

오순의 어성은 최국락이보다 더 날카로왔다.

"너 그게 무슨 소리야? 가뜩이나 말썽이 많은 그 집 경식의 록화 촬영기인지 뭔지 하는 걸 네가 들구 다니며 수매시켰다는 건 도대체 무슨 소리냐 말이다."

"내가 들고 다니긴 무슨 내가 들고 다녔다고 그래요? 어머니는 알지도 못하면서……"

"알지 못하다니?" 하며 오순은 너무도 기가 막혀 부들부들 떨리는 주먹으로 다 큰 딸의 잔등을 한 대 쥐여박았다.

"이자 방금 네 입으로 말해놓고두 그런 게 아니라는 건 또 무슨 소리냐 말이다."

"그럼 어떡해요? 우연히 그 공업품수매상점 앞으로 지나가다가 증명서가 없어서 수매를 못 시키고 안타까와하는 경식 동무와 맞다들었는데

(정면으로 마주쳤는데)……"

최국락이가 문득 긴장해지며 다그쳐 물었다.

기옥은 그날 우연히 록화 촬영기의 수매에 끼워들게 된 사연과 경식에게 증명서가 없어서 부득불 제 증명서로 수매시키지 않으면 안 되였던 자초지종을 상세히 다 말하고는 이렇게 덧붙이였다.

"그러니까 아버지가 묻는 말에 그렇게밖에 어떻게 대답하겠어요? 이름은 내 이름으로 수매시켰는데 수매는 내가 시킨 게 아닌 건 사실이구……"

기옥의 말이 채 끝나기도 전에 아버지는 하하…… 하며 큰소리로 웃음을 터뜨렸다.

"됐다. 이제는 모든 걸 다 알만 하다……"

이번에는 반대로 기옥이가 새침해서 아버지 앞에 다가앉았다.

"뭘 다 알았다는 거예요? 아버지가 뭘 다 알았는지 몰라두 나는 하나도 모르겠어요. 아버지가 록화 촬영기의 수매사건을 어데서 어떻게 들었구 그걸 왜 나한테 뒤집어씌워가지고 꼬치꼬치 따지는지……"

"그러니까 이번에는 내가 대답할 차례란 말이지.……"

아버지는 좀 어처구니없는 일이 생겼댔다는 듯이 허구픈 웃음을 짓고 나서 첫마디를 힘들게 뗐다.

"우리 지배인 동지네 집에서는 지금 네가 경식이한테 반해서 따라다니는 걸로 오해하고 있다."

"어마나?……"

기옥이는 또 한 번 입을 딱 벌리고 굳어지는 오순이가 앉은걸음으로 바삐 다가든다.

"오늘 저녁은 왜 이렇게 듣는 소리마다 생벼락 같은 소리들뿐이니?"

"하긴 당신도 미리 알고 있어야 하겠기에 사실대로 다 말하는 거요."

……최국락은 오늘 저녁녘에 지배인을 만났던 이야기를 꺼냈다.

그들의 이야기는 지배인방도 아니고 바깥도 아닌 조용한 승용차 안에서 진행됐다. 고려약생산관리국에 갔다가 공장에 들어와서 행정청사 앞에 차를 세웠을 때 홍유철은 천천히 담배 한 대를 꺼내 물었다. 다른 때 같으면 차가 미처 서기도 전에 문부터 잡아 열군 하던 그가 오늘은 인차 내릴 차비가 아니였다.

그렇다고 최국락이도 제가 혼자 먼저 내릴 수는 없었다.

"어데 또 갈 데가 있습니까?"

"아니, 내 오늘 최 동무한테 미리 마음의 준비를 좀 시킬 게 있어서……"

"예?"

최국락은 금시 가슴이 꺼져 내리는 것 같았다. 그날이 왔구나. 그날이란 이 차에서 내리는 날이였다.

누가 먼저 내리는지, 아니면 둘이 같이 내리게 되는 것인지 그것은 아직 알 수가 없었다. 최국락이도 어느덧 륙십이 되였다. 그래서 전번 날 약초포전에서 돌아오며 최국락이가 그 의사를 얼핏 비치였을 때 홍유철은 그 말이 그렇게 쉽게 나오더냐고 반문하며 못내 섭섭해하였다. 자기도 이제는 륙십을 이미 넘어섰으니 박사학위론문이나 통과시켜놓은 다음에 차에서 내려도 같이 내리자고 오금을 박았었다.

그러던 그가 오늘따라 미리 마음의 준비를 시킨다면서 이렇게 한동안이나 갑자르고 있는 것이다.

그런데 홍유철의 첫마디는 지금까지 최국락이가 생각하고 있던 것과는 전혀 생각 밖의 왕청같은 것이었다.

"글쎄 최 동무네하고 우리하고 서로 사돈을 맺을 수만 있다면 얼마나 좋겠나?"

"예?"

최국락은 껑충 뛰다싶이 하며 지배인을 향해 얼른 돌아앉았다.

"그건 무슨 소리입니까?"

지배인은 부드러운 미소를 지었다.

"그렇게만 될 수 있다면야 어떤 의미에서는 리상적이라고도 말할 수 있지. 그러나 세상 일이 다 제 생각대로만 될 수 있다면 나도 얼마나 좋겠나. 한데 우리 경식이라는 녀석이 허우대만 컸지 이제 겨우 스물두 살인 데다가 이제 또 대학공부도 해야 하거던. 그러나 최 동무네 기옥이는 속도전청년돌격대에 나가서 입당도 하고 돌아왔으니 얼마 후에 인차 시집이랑 보내야 할 거란 말이야.……"

최국락이는 점점 더 얼떨떨해졌다.

"그런데 왜 갑자기 이런 말씀을 꺼내는지 나는 듣고서도?……"

"그래서 내 우리 집사람이 기옥의 어머니를 만나러 찾아가기 전에 이렇게 마음의 준비를 미리 시키는 거라니. 나도 몰랐는데 사실은 기옥이가 우리 경식이를 좋게 생각하고 바싹 따라다니는 것 같애. 하하…… 하긴 글쎄 좋기야 좋은 일이지 뭐.……"

"아니, 그건……"

최국락은 억이 막혀 더 말이 나가지 않았다.

딸의 남모르는 마음고생을 누구보다 잘 알고 있는 최국락이로서는 손목시계 사건이요, 팔을 끼고 집에 데려다준 사건이요 하는 것들은 이미 벌써 알고도 남음이 있는 이야기들로서 속으로 혼자 안고 있을 따름이였다. 그러다가 록화 촬영기 수매사건에 대한 대목에 이르러서는 최국락이도 고개를 기웃거리지 않을 수 없었다. 그것이 기옥의 이름으로 수매시킨 것이 사실이라면 저쪽 집에서도 십분 그런 오해를 가질 수 있게끔 되여 있었다.

그런데 집에 급히 돌아와서 사연을 다 들어보니 기옥의 말마따나 제 이름으로 수매는 시켰는데 제가 수매시키지는 않았다는 그런 아리숭한 대답도 나올 수 있게는 되여 있었다. 그래서 최국락은 기옥의 말을 듣고 나서 하하 소리내여 크게 웃었던 것이다. 그리고 의아해서 쳐다보는 안해에게도 차분히 타일렀다.

"전후 사연의 내막을 다 알았으니 이젠 됐소. 당신도 경식의 어머니가 찾아오면 속으로 그저 그렇겠거니 하고 듣기만 하오."

그러나 오순은 너무 분해서 목소리마저 떨리였다.

"찾아오기 전에 내가 먼저 맞받아 찾아가겠수다. 어데다 대구……"

"뭐?"

"지배인도 혁명과업을 수행하는 사람이고 운전사도 혁명과업을 수행하는 사람인데, 그래 우리 사회에 어디 높은 집이 따로 있구 낮은 집이 따로 있답디까?"

오순은 너무 화가 나서 펄펄 뛰다싶이 하였다.

여기에 기옥이까지 불붙는 데 키질을 하며 투덜대였다.

"내가 그 못난이한테 시집 가? 홍, 어머니! 그 집에 찾아갈 때 나도 같이 가자요. 같이 가서 내가 다 빠개겠어요.……"

최국락의 호령소리가 방안을 들었다 놓았다.

"이건 무슨 란장판(난장판)들이야? 이 집은 가장도 없구 웃사람도 없는 제개비네 집안(아랫사람이 윗사람을 업신여기는 집안. 질서와 규율이 없는 집안)이야?"

엄한 불호령에 오순이도 기옥이도 일단 움츠러들었다. 최국락이가 한번 날을 세우기만 하면 움쩍을 못하고 복종하는 가풍이 이 집에는 철저히 서 있는 듯하였다. 그러나 속으로는 아직 분을 삭이지 못한 기옥이가 기여드는 목소리로 한두 마디 중얼거리였다.

"어머니가 억울해하는 마음을 아버지도 리해해주어야 하지 않아요?"

"물론 리해는 하지.……"

최국락의 목소리도 방금 전보다는 퍽 수그러들었다.

"그렇다구 해서 맞받아 찾아다니며 해명이나 하고 분풀이나 하는 걸로 일이 다 끝날 상 싶은가 말이다. 극상해서 사실이나 까밝히는 걸로 끝나겠지? 전번 날 저녁에 우리가 왜 밤늦도록 경식이에 대해서 같이 걱정하고 도와줄 방도에 대해서도 같이 의논했니?"

기옥이도 이번에는 할 말은 좀 해야 하겠다는 투로 머리를 쳐들었다.

"아버지, 그걸 누가 몰라요? 그건 누구보다 제가 조직으로부터 받은 과업이구 거기다 또 아버지의 립장(입장)이 딱해질 거랑 두루 생각해서 웬간한(웬만한) 건 다 참았는데 나중에는……"

"내 말을 마저 듣거라!"

최국락의 목소리가 다시 높아졌다. 오순이도 와뜰 놀라며 기옥의 옆구리를 슬며시 꾹 찔렀다.

최국락은 엄한 목소리로 이렇게 다시 이었다.

"길게 말할 것 없이 내가 하는 말은 잘 듣고 내 하자는 대로 하자. 내 보기에는 우선 그 집에서 문제는 우리 지배인한테 있다고 생각한다. 가정을 옳게 이끌어야 할 책임이 그 집의 가장에게 있기 때문에…… 우리 집으로 말하면 전적으로 나에게 있는 것처럼! 그런데 가장의 몫을 제대로 하고 있지 못하는 우리 지배인 동지로서는 암만 해도 경식이를 옳게 바로 잡아나갈 것 같지를 못하다. 그 대신 우리가 경식이를 의젓하게 바로 세워놓으면 아무 때건 지배인 동지가 잘못 생각했던 자기 자신을 돌이켜보게 할 수도 있지 않겠니. 그 방도는 내가 이미 찾아가지고 대책도 다 세우고 있으니 안심들 하고 이젠 저녁밥들이나 먹자!"

너무나도 자신만만한 최국락이였다. 그래서 오순이도 기옥이도 잠자코 그의 말을 듣고만 있었다. 방도는 이미 찾구 대책도 자기가 다 세워놓았으니 안심하라?……

그것이 아직은 무엇인지 딱히는 알 수 없어도 오순은 남편의 말을 믿으려고 애썼다. 믿는 데 습관이 된 것이 가정을 이룬 때로부터 이제는 30년 세월이 넘었다. 신혼생활을 시작할 때부터 오순은 남편의 말이라면 그것이 설사 자기의 비위에 거슬린다 해도 항상 무겁게 받아안는 습관을 붙이였다.

그것은 세대주가 차를 모는 운전사의 직업을 가진 로동자라는 것 때문에 더욱 그랬다.

자기는 대학을 나온 의사의 직업을 가졌다고 해서 세대주를 무시하거나 홀시하는 그런 안해로 살고 싶지 않았다. 그런 안해가 되는 것은 녀인들 치고 가장 불행한 녀자라고 생각하는 오순이였다.

그런 데로부터 남편의 의사를 부정하거나 그의 말에 대꾸질을 한다면 그것은 곧 남편을 가르치려 드는 것이며 훈시하는 것이나 다름없다고 생각해왔다.

그래서 무슨 일에서나 될수록 남편의 의사를 그대로 따랐더니 집안일이 제대로 잘 되여나갔다.

원래 최국락은 사람이 참되고 정직하다 보니 그런 사람이 생각하는 바는 언제나 공명정대하고 정의로운 일이여서 늘 랑패가 없었다.

이번 일도 그러했다. 속이 욱 치밀어 오를 때 같았으면 발끈해서 당장 경식이네 집으로 달려갔을 것이였다. 하여 빠갤 건 빠개고 해명할 건 해명하고 돌아올 수도 있었다.

그러나 그것으로써 다 끝날 상 싶으냐 하던 최국락의 말이 맞았다.

가깝게 지내던 사람들을 잘 깨우쳐서 스스로 자기 자신의 부족점을 깊이 뉘우치고 가정을 옳바로(올바로) 이끌어나가도록 도와주어야 하고 그를 위해서는 여러 가지 방법이 있을 수 있었다.

하지만 오해가 풀리는 데서 제 스스로가 그 오해를 느끼게 되였을 때 가슴을 찌르는 충격은 몇 곱절 더 강렬해지는 것이다.

다음 날 오순은 남편의 말대로 이러한 마음의 준비를 갖추고 진순영이를 만났더니 오히려 웃음이 나오는 것을 겨우 참았다. 진순영이가 점심시간에 잠간 만나자고 오순이를 청한 데는 자그마한 공업품 매대가 달린 어느 조용한 식당이였다.

오순의 마음속을 들여다볼 수 없었던 진순영은 이제 혹 그의 비위나 건드리게 되지 않을가 하여 무척 가슴을 조이는 눈치였다.

"오랜만에 이렇게 만났는데 먹고 싶은 것이 무엇인지 청하라구.……"

진순영은 오순에 대한 대접부터가 이렇게 후하였다.

그럴수록 오순은 진순영이가 품을 들이는 대접이 우습기만 하였다.

"호호, 형님! 나는 그저 국수 한 그릇이면 돼요."

"그래도……"

진순영은 음식차림표를 척척 번지며 몇 가지 료리들을 청하였다.

"기옥이 엄마하고 언제부터 한번 마주 앉자고 하던 참인데……"

"그런데 오늘 갑자기 무슨 일루?"

오순은 제법 시침을 떼며 새물새물 그냥 미소만을 짓고 있다.

진순영은 힘들게 입을 열었다.

"기옥이도 이제는 시집보낼 준비랑 해야겠지?"

"좋은 자리가 있으면야 래년이나 래후년쯤에는 보내야지요 뭐. 큰엄마가 어데 좀 봐둔 데가 없어요?"

"그렇다면 이제 당장 물색하자구. 기옥이만 한 처녀라면 소리치면 서라두. 호호, 그런데 말이야. ……"

진순영은 한동안 바재이다가(마음이 놓이지 않아 머뭇거리다가) 다시 입을 열었다.

"우리 두 집 사이에야 서로 감출 거나 있나? 털어놓고 말하자구. 기옥의 엄마는 깜짝 놀랄 수도 있어."

"호호, 뭔데 그렇게……"

"사실은 말이야, 그 집 기옥이가 우리 경식이한테 마음을 좀 두고 있는 것 같애."

오순은 참다못해 호호…… 웃음을 터뜨리고야 말았다.

진순영은 의아해서 마주 쳐다보았다.

와뜰 놀라리라고 생각했던 오순이가 뜻밖에도 소리내여 깔깔 웃고 있는 것이다.

"왜 그렇게 웃나?"

"우리 기옥이가 너무도 기특해서요. 그 집 경식이처럼 그렇게 잘난 멋쟁이 총각에게 반할 줄도 다 알구, 제법인데…… 호호……"

"사실이야 그렇게만 될 수 있다면 얼마나 리상적이겠나?"

"예, 리상적이구 말구요."

"그런데 기옥이는 이젠 나이도 있는데 빨리 시집을 보내야 하겠지?"

"그럼요, 보내야지요 뭐."

오순은 지금 진순영이가 묻는 대로, 요구하는 대로 대답하는 판이였다.

진순영이가 다시 입을 열었다.

"그런데 우리 경식이는 인제 겨우 스물두 살이거던.……"

"그럼요. 스물두 살이지요 뭐."

"아니?" 하며 진순영은 의아해서 쳐다본다.

"왜 앵무새처럼 내 말을 자꾸 덮어놓고 받아 외우나? 좀 심사숙고해서 마저 들으라구.……"

"그러문요."

"경식이가 이제 대학공부까지 하자면 몇 년은 더 걸려야겠는데, 아무래도 기옥이가 먼저 시집을 가야 하겠지?"

"그러문요."

이 대목에 와서 진순영은 오금을 꼭 박았다.

"그러니까 아무래도 부모들이 기옥이를 잘 타일러서 안착을 좀……"

"그러지요."

"아이에게 너무 타격은 되지 않게……"

호호호…… 오순은 또 한 번 참지 못하고 웃음을 터뜨렸다. 그때마다 진순영은 깜짝깜짝 놀래였다. 쑥스러워서 쥐구멍이라도 찾는다던가, 아니면 차라리 새뚝해서(새침해서) 자존심이라도 좀 세워본다던가. 헌데 (한데) 어덴가 약간 모자라지 않고서야 저렇게 부끄러워할 데 가서도 웃고 성날 데 가서도 웃고…… 저럴 수가 있나. 하긴 어느 쪽이 약간 모자라든지 간에 지금 이들의 사이에서 벌어지는 이야기들은 희극이 아닐 수가 없었다.

어쨌든 진순영은 처음에 마음이 조마조마했을 때보다 오순이가 제 의사를 인차 척척 받아 무니 아주 흡족했다.

"처녀애들이라는 건 혹 몰라. 갑자기 지내 타격을 줘서 절대로 고민은 하지 않게……"

"호호, 명심하겠어요."

"기옥의 신랑감은 우리 힘을 합쳐서 만점짜리 총각을 고르자구.……"

진순영은 식사값을 치르고 식당을 나오다가 공업품 매대에서 기옥의 것으로 손가방까지 하나 사주었다. 오순이가 그런 페까지 끼치는 것이 너무 미안해서 손목을 딱 잡았으나 진순영은 기옥에게 미안한 속죄를 이렇게라도 꼭 하고 싶었던 것이다.

집으로 돌아오면서 오순은 남편의 말이 정말 옳았다는 것을 다시 한번 느끼였다.

일시적인 오해는 어느 때 가서나 풀리기 마련인데 스스로 깨달아서 즐거운 웃음으로 자신들을 돌이켜보게 되는 그날을 마중 가는 오늘이 더 좋았다.

기옥이도 아버지의 당부를 그대로 따랐다. 처음에 어처구니없는 오해를 당했을 때 같으면 당장 경식이를 찾아가서 손목시계를 찾아준 것 때문에 그리고 공업품수매상점에서 자기 증명서로 록화 촬영기를 수매시켜준 것 때문에 이런 시시한 오해를 받게 되였다고 한바탕 들이대고 싶었다. 그랬으면 속은 한결 좀 후련했을는지도 모른다.

그러나 그 뒤끝은 수습하기 어려울 지경으로 복잡해졌을 것은 틀림없다. 우선 이 모든 공정을 너무나도 잘 알고 있는 경식이가 기옥의 이 말을 들으면 가만있자고 안 했을 것이다. 당장 집에 달려가서 행패질을 해댈 것은 뻔하고 그 다음에는 십분 집을 뛰쳐나오는 일이 생기지 않으리라고 믿기도 어렵다.

그렇게 되면 경식이를 잘 도와서 공사장에 몸을 잠그게 하라는 분공은 어떻게 하며…… 자칫하면 일을 다 그르칠 번하였다. 정말 아버지의 분부가 옳았다.

'내 팔딱팔딱 하는 성미도 문제야.……'

그러나 다음 날 공사장으로 나가는 통근뻐스 정류소에서 경식이를 보는 첫 순간에 기옥이도 인차 자기의 얼굴이 알릴(아릴) 정도로 새침해 있다는 것을 느끼였다.

가슴 속에 감추고 있는 불쾌한 생각을 애써 지우며 순간에 웃음으로 바꿀 수 있을 만큼 제가 당한 불쾌한 오해를 드러내놓지 않고 이렇게 가슴 속에 묻어두고 있는 것만도 자신이 놀랄 만큼 용타고 생각하는 기옥이였다. 그만한 의지도 사실은 아버지의 힘이였다.

이 모든 사연을 알 리가 없었던 경식은 의아한 눈길로 기옥이를 지켜보며 급히 다가왔다.

"어데 아파?"

"아프긴……"

기옥은 반쯤 픽 돌아서며 눈길을 떨구었다. 그 순간에 아, 내 어째 이러니? 아버지가 절대로 내색을 하지 말라고 했지.……

그런데 경식의 목소리가 재차 들려왔다.

"몸이 말째면 집에 들어가려무나. 지금 기옥의 얼굴이 말이 아니야.……"

"내 얼굴이 어쨌어요?"

아차, 내 말에 아직도 가시가 돋쳐 있구나. 그러다가 기옥은 다행히도 제 마음을 돌려세울 수 있는 한 가닥의 틈새를 찾아냈다. 경식이가 오늘은 기어이 공사장에 나가기로 다짐했던 약속을 지켜 통근뻐스 정류소에 아침 일찍 나와주었다는 그것이다.

기옥의 입에서는 좀 전보다 퍽 부드러운 목소리가 울려 나왔다.

"오늘 나오기를 잘했어요. 1단계 공사총화를 짓는다고 했는데.……"

"그런데 기옥이!"

경식은 사방을 둘러보고 나서 사정하듯 조용히 속삭이였다.

"오늘은 공사장에 나가서 얼굴만 잠간 비치구 인차 좀 빠져야 할 것 같애."

"그건 또 왜요?"

"오늘 중으로 빨리 처리하지 않으면 좀 복잡해질 수 있는 문제가 생겨서 그러는 거야. 조용할 때 내 사실대로 다 말해주지……"

"얼굴만 슬쩍 비치고 도망칠 바에는 왜 나가요?"

경식은 또 한 번 뒤를 돌아보고 나서 한발 더 가까이 다가서서 귀속말로 소곤거리였다.

"사실은 아침부터 움직이면 좋기는 하겠는데 오늘까지 나가지 않다가는 기옥이가 또 추궁받을가봐 그래서 그러지 뭐."

"됐어요. 얼굴이나 비치고 돌아설 바에는 그냥 남아서 일이나 마저 보라요."

경식은 너무도 뜻밖이여서 뻥하니 기옥이를 쳐다보았다. 좋기는 한데 이렇게 기옥이가 너그럽게 나오기는 처음이였다.

이때 마침 통근뻐스가 오는 통에 기옥은 뒤도 돌아보지 않고 얼른 올라탔다. 그리고는 차창 밖으로 슬쩍 눈길을 돌려 경식이를 내다보았다. 경식은 뻐스가 떠나는 것까지 지켜보고 나서 천천히 발길을 돌리였다.

뻐스가 덜컥 하고 움직이는 순간 기옥의 가슴도 덜컥 하였다. 공사장의 지휘관도 아닌 내가 경식이를 오늘 하루 빠지라고 선뜻 승인해버리다니…… 내가 왜 그렇게 어벌뚝지(생각하는 구상이나 배포)가 큰 짓을 했을가? 다시 곰곰이 생각해보니 첫 순간에는 마음을 돌려세우기가 힘들었지만 그래도 경식이를 만나던 중에 오늘이 제일 기분 좋은 날이였던 것 같았다. 오늘 아침에 경식은 처음으로 약속을 지켜주었다. 그리고 기옥은 처음으로 그에게서 솔직한 것을 보았다. 가만, 또 한 가지가 더 있다. 참, 내가 추궁을 받을가봐 걱정했지? 남을 걱정해주는 마음도 기옥은 그에게서 오늘 아침에 처음 보았다.

그 기쁨 때문에 기옥은 주제넘게도 미처 깊이 생각할 새 없이 경식의 결근을 제가 얼른 승인해놓은 것처럼 되여버렸는데 그래도 어쩐지 마음은 퍼그나 가벼웠다. 그까짓 사실대로 솔직히 보고하고 싫은 소리를 한번 좀 들으면 뭘 해?

그러나 걱정했던 것보다는 일이 완전히 달라졌다.

아침대렬점검 때였다. 경식이가 통근뻐스를 타려고 정류소에까지 나왔는데 갑자기 무슨 급한 일이 제기돼서 그의 일을 승인했노라고 기옥이 대대장에게 보고했을 때 그는 아무 말도 없이 그저 고개만을 끄덕이였다.

지어(심지어) 경식이를 두고 은근히 마음을 놓지 못하던 정치지도원 강명국이까지도 입을 꾹 다문 채 아무 말 없이 기옥이를 지켜보며 미소를 짓고 있었다.

정치지도원의 미소는 1단계의 전투총화를 끝내고 초급일군들의 협의회가 열리는 마당에까지도 그대로 이어졌다.

"그래, 초급단체 위원장 동무는 어떻게 생각하오?"

정치지도원은 자기가 한마디 말해놓고는 이렇게 기옥의 의사를 묻군 하면서 다정한 미소를 보내주었다.

50대의 초엽이 이미 지났을 정치지도원은 화술배우(성우)가 대사를 외우듯 속으로 제 혼자서 자신과 늘 무엇인가 말해가지고 있는 듯한 인상이었다. 포부대에서 군사복무를 했던 그는 언제나 결심이 명백하고 성미가 괄괄하면서도 짬만 생기면 손에서 책을 놓지 않는 탐독가였다. 그때문인지 늘 사람들에 대하여 깊이 생각하는 아주 진지한 품성을 가진 일군으로서 항상 "바꾸어놓고"라는 말을 입버릇처럼 말꼬리(말끝)에 붙이는 습벽(버릇)을 가지고 있었다. 방금 전에 1단계 총화를 지을 때에도 그 "바꾸어놓고"라는 말을 아마 열 번은 더 남아(넘게) 했던 것 같다.

"운전사 동무, 이자 통근뻐스가 늦어진 것 때문에 대대장 동무의 비판을 좀 받았다고 해서 속으로 마깝지 않아 하는 것 같은데 바꾸어놓고 생각해보오. 동무가 대대장이라면 작업시간이 15분이나 늦어지는데 속이 타지 않겠소? 지금 이 선 자리에서 좀 생각해보오. 동무가 지금 대대장의 립장에서 자, 통근뻐스가 15분이나 늦어서 인제야 들어서고 있소. 바꿔놓구…… 대대장인 동무가 어떻게 했겠소?"

"참지 못하는 제 성미에 운전사를 한 대 줴박았을 것 같습니다."

총화마당은 삽시에 하하 웃음판으로 번져졌다.

강명국이도 함께 소리내여 따라 웃었다.

"그럼 제 주먹으로 제 볼을 한 대 줴박아야지 뭐."

또 한 번 와— 웃음이 터졌다.

"보시오, 동무들! 무슨 일에서나 바꾸어놓고 다시 생각해보면 높은 요구성이 자기 자신에게로 옵니다. 그러나 반대로 무슨 일에서나 바꾸어놓고 생각할 줄 모르는 사람을 가만히 들여다보시오. 신통히도 인간성과 동지애가 부족하거나 대체로 자기 자신만을 생각하는 사람들입니다."

웃음판은 금시 물을 끼얹은 듯이 조용해졌다.

순간에 모두에게 납득이 되였던 것이다.

그래서 오늘 1단계 총화에서는 모두들 비판을 받는 사람들에 대해서도 자기와 바꾸어놓고 생각들 해보았으며 비판을 하는 사람들에 대해서도 자기와 바꾸어놓고 생각들을 해보았다.

그랬더니 총화는 보다 진지해졌고 문제토의에도 모두들 솔직했으며 성실했다.

그리고 보면 누구나 흔히 쓰는 이 '바꾸어놓고'라는 말의 참뜻이 자신을 수양하고 자기를 정립하는 데서 하나의 생활철학처럼 느껴지기도 하였다. 그 때문인지는 몰라도 별로 틀진 데가 없이 걀쏨하고(깜찍하면서도 트인 맛이 나게 갸름하고) 텁텁하게 생긴 강명국을 지금 여기 확장공사장에서 정치지도원으로만이 아니라 모두들 학생이 교원을 대하듯이 하였다.

정치지도원은 1단계 전투총화를 끝낸 다음 초급일군들을 이렇게 따로 남겨놓고도 지금 그 '바꾸어놓고'라는 말부터 시작하였다.

"우리 바꾸어놓고 생각해봅시다. 오늘 총화모임에서 지적을 받았던 동무들의 립장과 바꾸어놓고 말이요. 그 동무들이 일을 일대로 하구 욕은 욕대로 먹었으니 밤잠인들 편하게 자겠소? 바꾸어놓고 생각한다면 우리 초급일군들도 같이 밤잠을 제대로 못 자야 일이 옳지! 사전에 그들을 미리 잘 돕지 못했던 자기 자신들을 반성하면서 말이요.……"

정치지도원은 남포가 터지는 통에 허옇게 쪼개져나간 너부죽한 돌 우에 털썩 주저앉으며 다시 이었다.

"자, 앉아서 툭 털어놓고 이야기합시다. 이자 1단계 총화에 다들 참가했으니 잘 알겠지만 이 돼지목장 확장공사는 무조건 제 기일에 어김없이 끝내야 합니다. 지금 나라의 가는 곳마다에서 이 공사와 비교도 할 수 없는 훌륭한 대기념비적 창조물들이 제 기일에 건설을 끝내가지고 세상 사람들을 놀래우고 있는데 우리가 자체로 벌려놓은 이쯤한 공사야 아무러문 제 기일 안에 못 해내겠습니까? 문제는 이 기간에 우리 전투원들의 사상정신 상태에서 변화를 가져오도록 하는 것입니다. 더구나 당위원회로부터 직맹, 청년동맹에 이르기까지 돌격대의 조직이라는 데서 자칫하면 무규률(규율)적이거나 비조직적인 결함들이 나타날 수 있는 요소가 있는데 여기에 모인 초급일군들이 책임성을 높이고 사전에 각성들해서 사소한 편향도 나타나지 않도록 하는 겁니다. 물론 이 중에는 자기가 맡은 당적분공을 책임적으로 잘하는 초급일군들도 있습니다.……"

정치지도원은 한숨 돌리며 좌중을 둘러보다가 얼굴을 숙이고 앉아 있는 기옥에게서 눈길을 멈추었다.

"기옥 동무!"

"옛."

기옥은 힘 있게 대답하며 자리에서 일어섰다.

이제부터 하는 정치지도원의 한마디, 한마디가 다 수수께끼 같은 말들이였다.

"기옥 동무가 지휘성원도 아니면서 오늘 홍경식 동무의 결근을 승인했을 때는 초급일군으로서 무엇인가 생각하는 것이 있었겠는데 그걸 좀 말해줄 수 없겠소?"

"예, 그 동무가 처음으로 우리와의 약속을 지켰고 솔직성을 보여주었습니다. 그리고 자기 때문에 남들이 화를 입을가봐 걱정하는 걸 저는 오늘 그 동무에게서 처음으로 보게 되였습니다."

그 다음에는 목소리를 낮추어 혼자소리처럼 중얼거리였다.

"거기에 감동돼서 주제넘게 결근을 승인해놓구서는…… 저도 인차 겁이 났댔습니다. 그래서 참모부에 사실대로 보고하고 비판을 받자구 저도 생각하고 있습니다."

정치지도원은 그의 말을 얼른 받아서 자기의 말로 다시 이어주었다.

"동무들! 저건 벌써 사람들에 대한 구체적인 연구에 들어간 걸 말하는 거요. 그래서 저 동무가 아까 홍경식 동무의 결근보고를 할 때 우리도 저 동무에게 추궁을 안 했던거구.……"

정치지도원은 잠시 생각에 잠기더니 신중한 어조로 이렇게 물었다.

"초급단체 위원장 동무! 동무가 생각하고 있는 걸 여기 초급일군들 앞에서 어디 한번 솔직히 말해보오. 내가 모임 때마다 조직 관념을 높이고 집단주의 정신을 발휘할 데 대하여 늘 강조하는데 그래 말로만 해서 이 문제가 원만히 해결될 수 있다고 봅니까?"

기옥은 고개를 숙인 채 신발코로 계속 풀뿌리만 파헤치고 있었다.

정치지도원은 그를 뚫어지게 바라보며 한 걸음 더 깊이 조이였다.

"기옥이가 속으로 뭘 생각하고 있는지 내 그걸 몰라서 물어보는 게 아니요. 솔직히 말하면 동무가 대답을 안 해도 나는 동무의 생각을 첫째, 둘째…… 조금도 틀리지 않고 그대로 말할 수 있소. 그러나 동무가 직접 여기 모인 초급일군들한테 다 들려주게 하고 싶어서 그러는 거요. 그래 내가 조직 관념을 높이고 집단주의 정신을 높이 발휘하자는 걸 전투원들 앞에서 연설식으로 계속 강조만 하면 해결될 상 싶은가 말이요?"

"안 됩니다, 그것만 가지고는……"

기옥은 근래에 자기가 늘 마음속으로 외우고 있던 생각이 저도 몰래 불쑥 튀여나왔다.

정치지도원은 바로 이때라는 듯 다시 또 다그쳐 물었다.

"그건 왜 그런 것 같소?"

"사람들은 초보적인 인격이 없이는 높은 요구를 자기의 것으로 받아들이기가 힘들 거라구 생각합니다."

"초보적인 인격이라!"

정치지도원은 두 눈을 지그시 감으며 천천히 고개를 끄덕이였다.

기옥은 내친 김에 여기까지 말하고 보니 자기의 준비 정도에서 너무 지나치게 유식한 말을 했다는 생각이 들어 금시 얼굴이 붉어지는 것을 느끼였다.

오빠의 일기장에서 읽었던 한 구절을 그대로 외우다나니 '초보적인 인격'이라는 소리까지 저도 모르게 불쑥 나가버리고 말았던 것이다. 그래서 얼른 말꼬리를 달았다.

"이건 글쎄 제가 방금 생각해낸 소리는 아니고 누가 쓴 걸 읽어보구······."

"원, 별 소리를 다 하오."

정치지도원은 다들 앞에서 보라는 듯이 기옥이를 부쩍 높이 취주었다.

"어느 책에서 읽었건 어느 형제의 일기장에서 읽었건 그게 무슨 상관이요? 그것을 제 것으로 만들었으면 이제는 그것이 기옥의 세계로 된 것이지!"

기옥은 속으로 흠칫 놀래였다.

정치지도원의 입에서 일기장이라는 소리가 불쑥 나올 줄은 전혀 생각도 하지 못했던 것이다. 방금 전에 내가 말을 안 해도 내 속을 환히 들여다보고 있다고 말하더니, 저 정치지도원은 정말 사람의 속을 들여다보는 무슨 귀신같은 재간을 가지고 있지 않은가 하는 생각까지 들었다. 아니, 정치지도원은 분명히 기옥이가 생각하고 있는 모든 것을 미리 다 알고 하나하나 파고들어가는 사람같이 느껴졌다.

이번에는 또 이렇게 물었다.

"기옥 동무! 여기 모인 다른 동무들도 다 알아두는 게 나쁘지 않을 것 같아서 내 이렇게 묻는 거요. 그래 사람의 인격이라면 대체로 어떤 것을 들 수 있다고 생각하오? 어서 한번 말해보오."

기옥이도 일단 말꼭지를 뗐으니 이제는 맞건 틀리건 그대로 내미는 길밖에는 없었다. 오빠의 일기장에서 '나의 첫 스승'의 소제목들이 눈앞에 떠올랐다.

그래서 거침없이 내리엮었다.

"첫째는 부끄러워할 줄을 아는 것, 특히는 혼자서도 부끄러운 생각에 얼굴을 붉힐 수 있으리만큼…… 둘째는 다른 사람들에게 미안해할 줄 아는 주위감각…… 셋째는 사랑을 고맙게 간직할 줄 아는 품성, 넷째는 무슨 일에서나 뒤끝과 후과를 미리 생각하는 습성…… 이런 것들이라고 생각합니다."

강명국은 기옥이를 물끄러미 쳐다보았다.

"기옥 동무가 생각하고 있는 게 아직 더 있을 것 같은데? 가령 돈에 대한 립장도 사람의 인격에 속하는 문제가 아니겠소?"

"돈은 사람을 고상하게 만들 수도 있고 반대로 저속하게 만들 수도 있다고 생각합니다. 그것은 돈을 자기의 힘으로 어떻게 벌어서 그 돈을 어디에, 어떻게 값나게 쓰는가 하는 데 달렸다고 봅니다.……"

"앉으시오."

정치지도원은 기옥을 자리에 앉히고 그 대신 자기가 일어섰다.

"동무들! 위원장 동무의 말에도 일리가 있지 않습니까? 나는 당일군의 한 사람으로서 자기의 사업을 놓고 깊이 총화를 짓게 됩니다. 그 말이 맞단 말입니다. 부끄러워할 줄을 모르고 미안해할 줄도 모르구 초보적인 주위감각도 없는 사람에게 집단주의 정신을 발휘하라, 이렇게 아무리 일렀댔자 잘 먹어 들어가겠습니까? 평범한 일상생활에서 사랑을 고맙게 간직하는 마음을 제대로 키우지 못한 사람이 무료로 공부까지

시켜준 나라의 고마움인들 늘 가슴에 뜨겁게 간직하고 살 수 있겠습니까?……"

정치지도원은 우리 초급일군들이 허공에 뜬 연설식 정치사업만을 할 것이 아니라 평범한 일상생활에서 모두가 다 참된 인간으로 준비될 수 있도록 인격수양에도 깊은 주의를 돌리자는 데 대하여 절절하게 강조하였다. 그는 모임을 결속하면서도 기옥에 대하여 놓치지 않고 이렇게 몇마디 덧붙이였다.

"다들 지금 많은 생각들을 하겠지만 여기 모인 초급일군들은 기옥 동무처럼 당원들과 동맹원들에 대한 교양사업을 놓고 그렇게 깊이 사색하는 기풍을 세워야 하겠습니다. 나는 우리 청년동맹초급단체에서는 한명의 락오자도 없이 이 공사를 성과적으로 총화 지을 수 있겠구나 하는 신심이 확고히 생깁니다. 기옥 동무가 남모르는 마음고생도, 때로는 억울한 오해를 받으면서까지도 꿋꿋이 이겨내고 동맹원들을 하나같이 잘 묶어세울 거라고 생각합니다."

모두의 얼굴에 즐거운 웃음이 흘러넘치는 분위기 속에서 모임은 끝났다.

그러나 기옥의 마음은 여느 때보다 몇 배 더 무거워졌다. 믿음 때문이였다. 믿음보다 더 강한 요구성은 없으리라 생각되였다. 처음에 초급단체 위원장으로 발표 받는 순간에도 그 믿음 때문에 마음은 한량없이 묵직했었다. 그런데 이자 자기가 맡고 있는 초급단체에 대해서는 마음을 푹 놓겠다는 그 말을 듣는 순간부터 내가 그 믿음을 저버리면 어쩌나 하는 걱정에 가슴마저 후두두 뛰였다.

그런 속에서도 또한 기옥은 자꾸 고개를 기웃거리게 되는 하나의 의문점이 있었다. 내가 생각하는 것, 내가 말하려는 그 모든 것을 강명국 정치지도원은 마치 렌트겐(뢴트겐=방사선) 같은 것으로 가슴 속을 빤히 들여다보듯이 어떻게 그리도 잘 알아맞추는지 그 수수께끼는 모임이 끝날 때까지도 통 풀리지 않았다.

기옥은 저녁에 집으로 돌아와서도 오늘 모임에서 있었던 모든 이야기들을 하나도 빼지 않고 아버지와 어머니 앞에 그대로 다 말하였다. 그들은 딸이 흥분에 넘쳐 숨 쉴 새 없이 쏟아놓는 한마디, 한마디를 조금이라도 놓칠세라 눈섭 한 번 까딱하지 않고 긴장해서 들었다.

"그러니까 네가 오빠의 일기장에서 읽었던 그 대목을 그대로 말했더니 정치지도원 동지도 지지하더란 말이지?"

아버지가 이렇게 반문하면 옆에서 어머니는 또 걱정을 뒤 따라세웠다 (뒤 따라섰다).

"그런데 너 만장 앞에서 말은 제대로 했니?"

"어머니도!…… 거야 전번에 집에서 내가 한번 미리 쭉 련습해보지 않았댔나요? 그런데 참, 암만 생각해도 풀리지 않는 문제가 있어.……"

기옥은 이번에 그 수수께끼 문제로 넘어갔다.

"우리 정치지도원 동지가 말이예요, 슬슬 유도해서 내 대답을 뽑아내는데 꼭 미리 다 알고 말하는 것만 같더라니까요."

아버지가 어처구니없다는 듯 허허 웃었다. "거야 네 생각이겠지. 그 사람이 아무러문 네가 뭘 생각하고 있는지 그것까지야 어떻게 미리 다 알았겠니?"

"그렇긴 한데, 어쨌든 수수께끼야.……"

기옥이가 수수께끼라고 생각했던 것은 정확한 판단이었다. 정치지도원은 경식이 때문에 기옥이가 마음고생을 하고 있는 것, 지어 기옥이가 마치 경식이에게 반해서 따라다니는 것처럼 억울한 오해를 받으면서도 참고 견디여나가는 것 그리고 오빠의 일기장을 보면서까지 경식이를 바로잡아주기 위해서 기옥이가 애쓰고 있는 것…… 그 모든 것을 죄다 알고 있었다.

수수께끼 치고도 정말 풀리지 않는 수수께끼였다. 하긴 풀기가 힘들 수밖에 없었다.

사실은 기옥이가 초급단체 위원장의 분공을 수행하느라고 혼자 마음을 쓰면서 애타게 뛰여다니는 데 대하여 그리고 집에 들어와서 부모들과 경식의 문제를 같이 걱정하는 것까지도 사사건건 정치지도원에게 보고하는 사람이 여기 모여앉은 세 사람 가운데 있었다. 그 수수께끼의 주인공, 이 모든 것의 진지한 조달자는 바로 시침을 뚝 떼고 지금 엄숙히 앉아 있는 기옥의 아버지 최국락이였다.

그는 경식의 정돈되지 못한 무질서한 생활이 혹 뜻하지 않았던 말썽거리로 번져지지나 않을가 하는 걱정 때문에 기옥의 뒤에서 그에 못지 않게 남모르는 힘을 기울이고 있었다. 초급단체 위원장의 분공을 수행하느라고 마음고생을 하며 돌아가는 딸을 돕기 위해서도 그리고 20대 나이로부터 환갑 나이에 이르기까지 친형제처럼 지내왔던 홍유철 지배인을 걱정해서도 최국락은 경식의 문제를 강 건너 불구경 하듯이 무관심할 수 없었던 것이다. 그러자면 기옥이를 앞혀놓고 집안끼리 모여서 걱정이나 하는 것으로는 문제가 쉽게 풀릴 것 같지 못했다. 이런 때의 당조직의 책임자에게 모든 것을 다 털어놓고 그와 힘을 합쳐 같이 풀어나가는 길이 제일 상책이라는 것을 누구보다 잘 알고 있는 최국락이였다. 이따금 집안에서 경식의 문제를 토론하다가 좀 복잡해질 때마다 "그건 나도 다 생각이 있으니 다들 내 하자는 대로 하자." 이렇게 큰소리를 치게 된 것도 그러한 타산에서부터 생긴 자신심(자신감)이였던 것이다.

최국락이가 뜻밖에 정치지도원을 만난 것은 진순영이를 태우고 확장 공사장에 찾아왔던 바로 그날이였다. 그때 진순영은 대대장을 만나러 참모부 사무실에 들어가고 혼자서 차를 청소하고 있었다.

이때 마침 무슨 회의가 있어서 급양관리국에 올라가느라고 급히 나오던 정치지도원이 우뚝 굳어지였다.

"아니, 최국락 위원장 동지가 아닙니까? 야! 이게 몇 해만입니까?"

갑자기 최국락이가 위원장으로 불리워졌다.

정치지도원 강명국은 자기의 병사 시절 중대사로청 위원장이였던 최국락을 그때처럼 위원장이라고 불렀던 것이다.

뜻밖에 병사 시절의 옛 상관을 만난 정치지도원의 반가움과 기쁨은 오래 헤여져 생사를 몰랐던 혈육을 찾은 듯 그렇게 강렬한 흥분이였다.

지금은 정치지도원 강명국이를 누구나 다들 별로 흠잡을 데 없이 원만한 당일군으로 보지만 신대원으로 중대에 오기 전까지만 해도 집에서는 애군(늘 애를 먹이는 사람)이였다. 그는 열한 살 때 어머니를 잃었다. 그래서 어린 시절을 새 어머니의 손에서 자랐다.

정말 나무랄 데 없는 계모였다. 그 새 어머니는 강명국이를 친아들처럼 진심을 바쳐 키우기 위해서 일부러 제 아이도 낳지 않았다.

그 마음이 너무도 고마와서 아버지는 새 어머니를 끔찍이 위해주었다. 웬만한 부엌일까지도 소매 걷고 도와주면서 아버지는 여러모로 새 어머니에게 마음을 썼다. 물론 이것이 다 불현듯 어머니 없는 아이가 되여버린 아들에 대한 아버지의 가슴 아픔이 계모에 대한 고마움으로 이어졌을 것이다.

그러나 강명국은 아버지가 미웠다.

어머니가 살아 있을 때 아버지는 새 어머니의 절반만큼도 어머니를 위해주지 않았다.

아버지가 나쁜 사람처럼 보이였다. 그리고 돌아간 어머니가 더욱 불쌍하게 생각되였으며 그때마다 새 어머니가 미워서 견딜 수가 없었다. 강명국은 될수록 집에 붙어 있으려고 하지 않았다.

아버지는 퇴근하여 집에 들어왔다가도 아들의 얼굴이 보이지 않으면 선 자리에서 돌아나가서는 밤새도록 찾아다니였다. 그때마다 새 어머니는 빈집에서 혼자 앉아 울었다. 한 해, 두 해 학년이 올라갈수록 그런 날은 더 많아졌다.

그러는 사이에 강명국은 떠돌이 생활에 취미를 붙이였다. 아버지는 그를 사람으로 좀 만들어볼가 하여 학교를 졸업하자 인민군대에 내보내였다.

그러나 군복을 입은 첫날부터 저절로 사람이 되는 것은 아니였다.

그때 중대의 사로청 위원장이였던 최국락은 물샐 틈 없이 째일(짜일)대로 째인 그 바쁜 일과 속에서도 짬새기를 엿보는 듯한 신대원 강명국의 눈길에서 몹시 불안감을 느끼였다. 그때로 말하던 더구나 모범초급단체 판정을 앞두고 긴장할 대로 긴장한 나날을 보내고 있었던 때였다.

최국락은 그때부터 강명국에게 각별한 관심을 돌리였다. 산에 나무하러 갔다가 풀숲에서 밤알 한 개 주어도 그것을 건사해두었다가 강명국의 주머니에 넣어주었다. 강명국은 정을 남달리 무겁고 뜨겁게 받아 안을 줄 아는 좋은 천성을 가지고 있었다.

강명국은 중대의 일과에 취미를 붙이고 그 속에 점차 몸을 잠그기 시작하더니 인차 모범사로청원으로 자라나기까지 하였다.

최국락은 제대되여 대학으로 갈 때 중대사로청사업을 강명국에게 인계하였다.

강명국은 그날 최국락의 배낭을 메고 멀리까지 바래워주면서 눈물을 보이지 않으려고 자꾸 얼굴을 돌리군 하였다.……

그렇게 헤여졌던 두 전우가 오늘 여기서 만났다.

강명국은 최국락의 두 손을 놓지 못해하였다.

"아니, 제대될 때 의학대학에 추천받아 가더니 어찌된 일입니까?"

"허허, 1학년까지 다니다가 중도에서 내절로(내 스스로) 그만두었지. 나는 의학자가 될 만한 천성은 못 타고났더란 말이야. 그래 군대 때 배운 이 운전대를 잡고 오늘까지 그저……"

강명국은 무엇부터 어떻게 물었으면 좋을지 몰라서 말을 자꾸 더듬기까지 하였다.

"그래 지금은 어데서 일합니까?"

"음, 제약공사장 지배인의 차를…… 참, 여기에 우리 지배인의 아들 홍경식이라구 있지?"

"예, 경식이가 그 공장 지배인의 아들이지요?"

"그래, 경식의 어머니가 후방사업을 하겠다고 뭘 잔뜩 싣고 와서 지금 여기 대대장을 만나고 있는 것 같구만.……"

"고맙구만요." 하며 강명국은 얼른 참모부 사무실 쪽을 바라보았다.

"인사라도 한마디 하고 갔으면 좋겠는데 제 지금 회의시간이 늦어서…… 우리 대대장 동무가 만나고 있다니 됐습니다."

"그런데 자네는 지금 어데서 일하나?"

"급양관리국에서 초급당부비서로 일합니다. 지금은 여기 확장공사장에 정치책임을 지고 나와 있는데 제 하루 이틀 사이에 꼭 찾아가겠습니다."

"그래주게. 나도 뭘 좀 부탁하고 싶은 게 있는데 자, 오늘은 어서! 지금 회의에 가는 바쁜 시간 같은데……"

약속대로 강명국은 그 다음 날에 제약공장에까지 찾아왔었다. 그는 최국락이가 지배인의 사업을 다 보장하고 차고에 차를 세울 때까지 기다렸다가 저의 집으로 이끌었다. 아마 온 집안이 최국락이를 맞이하기 위한 데 모든 성의를 다했던 것 같다.

큰상의 한가운데 최국락이를 앉혀놓고 강명국은 깊은 회포가 담긴 잔을 부었다.

최국락은 그 잔을 받아서 카— 하며 뜨겁게 넘기였다. 그리고는 강명국에게도 한잔 부어주었다.

"급양관리국에서 초급당부비서를 한다니까 우리 애두 알겠는데……"

"우리 애라니, 누군데요?"

"통계원을 하는 그 애 말이네."

강명국은 두 눈이 커다래졌다.

"그럼 최기옥이가?……"

"그래, 그래…… 그 애가 내 딸일세."

"지금 확장공사장에 나와서 일을 잘합니다. 청년동맹 초급단체 위원장 사업까지 걸머지구. 그런 줄 알았으면 내 오늘 작업장을 떠나올 때 기옥이를 우리 집에 같이 데리고 왔을 걸.……"

"아니, 아니……" 하며 최국락은 무슨 큰일이나 난 것처럼 손을 저었다.

"내 그럴가봐 우리 딸애의 말부터 먼저 꺼낸 거네. 돌격대 생활을 끝마칠 때까지도 나와 자네와의 사이에 대해서는 꼭 비밀에 붙여주게."

"아니, 그럴 필요까지야 있습니까?"

"있네. 젊었을 때는 어데 등을 댈 데가 생기면 인차 거기에 기대는 버릇이 생기는데 그러면 사람이 못쓰게 돼. 이 기간에 저도 좀 긴장해서 살고 있는 것 같은데 아직은 모르는 체 해주는 게 그 애한테도 좋아.……"

강명국은 점점 더 의아해서 최국락을 쳐다보았다.

"아니, 그럼 나를 만나서 부탁할 게 있다는 건 뭡니까?"

"우리 지배인 동지네 아들 홍경식이를 사람으로 만들어주는 거지.……"

"예?"

"우리 지배인은 나와 사회생활도 같이 졸업하구 차에두 한날한시에 같이 내리자고 약속했는데 그 녀석이 저렇게 제 마음대로 돌아치다가 무슨 뜻하지 않는 일이라도 생기게 되면 어찌겠나?"

최국락은 들었던 잔을 도로 놓더니 20대 그 나이 때부터 오늘까지 지배인과의 남다른 과거지사며 오순이와 가정을 이루어주기 위해서 그가 친형제처럼 애썼던 뜨거운 사연으로 이야기의 첫 시작을 뗐다.

강명국이도 들었던 잔을 도로 놓고는 최국락의 얼굴에서 한순간도 눈을 떼지 못했다.

최국락의 이야기는 어느덧 과거로부터 현재로 넘어왔다. 그래서 경식이를 옳은 길로 잘 이끌어주는 것은 동맹 초급단체 위원장으로서 기옥이가 받아 안은 당적 분공이자 자기네 두 가정으로 볼 때는 남의 집 문제가 아니라 우리 집 문제로 된다는 것을 절절하게 말하였다.

그 이야기들을 털어놓자고 하니 자연히 그동안 경식의 문제를 둘러싸고 집안에서 벌어졌던 여러 가지 이야기들이 죄다 나오지 않을 수 없었다.

기옥이가 마치 경식이에게 반해서 따라다니는 것으로 오해까지 받게 되어 한동안은 집안이 복잡했다는 이야기가 나왔을 때 강명국이도 어처구니가 없어 소리 내여 웃었다.

"기옥이가 참 용습니다. 처녀가 그런 오해를 받으면서까지 초급단체 위원장의 임무를 수행하느라구. 하하…… 그러니까 〈밀림아 이야기하라〉 가극의 주인공처럼 됐구만요."

그러다가 오빠의 일기장에 대한 대목에서는 강명국의 감동이 매우 컸다.

"듣고 보니 얼마나 중요한 문젭니까. 인격이라! 정말 그렇단 말입니다. 인간으로서 응당 갖추어야 할 초보적인 도덕륜리(윤리)도 미처 채 갖추지 못한 사람에게 가장 높은 세계의 요구성만을 자꾸 들이대가지고서야 그게 어디 잘 먹어 들어가겠습니까? 참, 나에게도 큰 교훈이 되는 좋은 이야기입니다. 기옥이가 얼마나 마음을 썼으면 오빠 일기장까지…… 정말 용습니다."

어느새 퍽 시간이 흘렀다.

최국락은 다시 한 번 간절히 부탁하였다.

"고맙네. 그러나 나는 오늘 전우의 집에 대접받으러 온다는 생각보다 우리 애들의 당조직 책임자인 자네한테 잘 의거해서 경식에게 장차 무슨 걱정스러운 일이 생기지 않도록 미리 도움을 받고 싶어 이렇게 따라섰던 거네."

그 순간 강명국은 최국락의 두 손을 뜨겁게 꼭 잡았다.

"예, 옳습니다. 우리의 의무도 바로 그것이 아니겠습니까. 새 세대들을 옳은 길로 이끌어주는……"

강명국은 두 눈에 금시 물기가 핑 돌았다.

"멀리 볼 게 있습니까? 나를 보십시오. 그때 최국락 동지가 삐뚜로 나가는 저를 걸음걸음 제때에 막아주지 않았으면 내가 어쩔 번했습니까? 지금도 같지요. 젊은이들 중에 혹 철이 없어서 무슨 잘못을 저질렀다면 그것을 미리 막아주지 못한 바로 우리 세대들에게 전적인 책임이 있는 거지요. 최국락 동지의 말씀이 옳습니다. 미리 막읍시다, 우리 힘을 합쳐 같이.……"

최국락은 지그시 두 눈을 감고 천천히 고개를 끄덕이였다.

"그래, 그래! 미리 잘 바로잡아서 옳은 길에 제대로 세워만 주면 앞으로 제 몫을 단단히 할 거란 말이요."

"예, 그건 틀림없습니다. 그것도 멀리 볼 것 없이 저를 보십시오."

강명국은 담배를 뽑아들었다.

"한 대 피우겠습니다."

"어서……"

강명국은 한 모금 깊이 빨고 나서 고개를 푹 떨구더니 천천히 입을 열었다.

"그때 사로청사업을 내게 인계하고 부대를 떠났지요? 철이 들게 되니 나는 어쩐지 무슨 일에서나 자꾸 자기와 바꾸어놓고 생각해보는 습관이 생기였습니다. 우리 아버지를 두고도 말입니다. 그때 바꾸어놓고 내가 우리 아버지였다면 새 어머니를 데려다놓았는데 내라는 건 애를 먹이고 돌아가지…… 얼마나 속이 탔을가 하는 생각을 하니 너무도 죄스러워 견딜 수가 없었습니다. 아버지 앞에 무릎을 꿇고 용서를 빌자고 했는데 제대되였을 때는 아버지가 벌써 이 세상에 안 계시였습니다. 추석 때마다 술잔을 놓고 혼자 아무리 용서를 빌었댔자 그게 이제는 무슨 소용이 있습니까. 후회가 될 때는 이미 늦은 때라더니……"

강명국은 담배불(담뱃불)을 비벼 끄고 나서 눈굽을 찍었다.

그리고는 젖어드는 목소리로 조용히 다시 이었다.

"우리 어머니도 마찬가지였지요. 바꾸어놓고 내가 어머니였다면 우리 집에 계모로 들어와서 나를 친자식처럼 진정으로 키우겠다고 아이도 일부러 안 낳았는데 내라는 건 그 어머니가 밉다고 집을 뛰쳐나가 애를 먹이며 돌아갔으니 그 어머닌들 얼마나 억울하고 섧었겠습니까.……"

이때 출입문이 열리며 그 어머니가 들어섰다. 공부가 끝났을 시간인데 집에 오지 않으니까 어머니가 찾아나가서 제 동무들과 놀고 있는 손자의 손목을 잡고 집에 들어선 것이다. 자그마한 키에 흰서리를 머리에 가볍게 이였다.

최국락은 얼른 자리에서 일어섰다.

"어머니, 안녕하십니까?"

"어서 앉으시우, 어서…… 우리 저 사람한테는 내 벌써 다 들었수다."

이때 그만 강명국이 아들 녀석에게 꾸지람을 한마디 하는 통에 목소리들이 높아지기 시작하였다.

"너 공부가 끝나면 왜 곧바로 집에 오지 않아 할머니가 찾아다니게 만들어?"

이때까지만 해도 할머니의 목소리는 유순했다.

"됐네. 내 이자 같이 오면서 들을 만큼 다 말해주었으니.……"

여기서 끝났으면 좋았을 건데 강명국이가 한마디 더하였다.

"이 녀석, 그렇게 정 말을 안 듣겠으면 집에서 당장 나가거라. 당장……"

"됐다는 데두."

"어머니 때문에 저 녀석이 저 꼴이 돼요. 자꾸 어자어자 하니까 버릇이 없어지지. 어머니가 이렇게 감싸고도니까 말도 잘 안 듣지.……"

"뭐?"

어머니의 성미도 보통이 아니였다.

"아이들이라는 게 다 그렇지!"

"예?"

"제가 아이 때 애를 멕이던 생각은 어쩌구?"

그 통에 강명국은 허허…… 하며 기가 푹 꺾이우고 말았다.

"아이구, 우리 저 호랑이 어머니한테는 내 두 손을 바짝 들었다니까. 됐어요. 이제는 어머니가 그 녀석을 다 맡아가지고 어디 한번 사람으로 만들어 보시라요, 허허……"

어느 가정에서나 흔히 볼 수 있는 이런 일이 이 집에서라고 없을 리가 없었다.

최국락은 별로 마음이 흥그러워졌다. 어머니를 범 할머니로 만들어놓고 그 앞에서 절절 매는 강명국이를 바라보니 새삼스럽게 그가 돋보이였다. 세상을 살아가면서 기쁜 중에 기쁜 것이 아마도 뜨겁고 아름다운 인간을 보게 되는 그런 순간이 아닌지 모르겠다.

최국락은 누구의 집에 별로 초청을 받은 적도 없었거니와 초청을 받아가서 이렇게 후한 대접을 받아본 적은 더욱 없었다.

마지막 결속이 더욱 그를 가벼운 마음으로 자리에서 일어서게 만들었다.……

이런 일이 있었던 것을 알 수 없었던 기옥은 지금 최국락의 앞에서 계속 고개만 기웃거리였다.

"그렇지만 아버지! 우리 정치지도원 동지가 한 가지씩 뭘 물어볼 때마다 어데서 미리 다 듣고 사람들 앞에서 꼭 무슨 발표모임을 시키는 것만 같더라니까요."

"거야 초급단체 위원장을 한번 좀 내세우느라고 그런 거겠지."

"그럴가요?"

하면서도 기옥은 또 한 번 고개를 기웃거리였다.

"그렇다면 아버지! 묻는 말에 내가 대답을 다 하고 가만히 서 있으니까 정치지도원 동지가 찬찬히 쳐다보면서 이렇게 말하는 건 뭘가요? '가만, 기옥 동무! 또 한 가지 더 있겠는데?' 이러더란 말이예요. 사실은 사람들 앞에서 돈 소리 하기가 좀 별나서 그 소린 뺐댔는데 그것까지 다

들고서야 머리를 끄덕끄덕 했어요. 아버지의 생각에는 어데서 미리 다 듣고 능청스럽게 물어보는 감이 나지 않아요?"

실지로 능청스러운 것은 아버지였다. 그는 여전히 시침을 뚝 따고 창문 쪽에 눈길을 보내였다.

"그거야 떠보는 거지. 너한테서 또 무슨 새로운 소리가 나올가 해서……"

"그럼 내가 떠보는 데 홀떡 넘어갔나? 호호, 나는 이때까지 누구한테도 그리 호락호락 잘 넘어가지 않는다고 생각했더랬는데……"

기옥에게는 이 수수께끼가 아직 그대로 남아 있는 채 다음 날로 넘어갔다.

14. 새로 생긴 문제

지배인은 전번 주 토요일 저녁에 이 약초포전에 도착하여 오늘 금요일까지 거의 한 주일 가까운 여러 날을, 낮에는 작업반원들 속에서 땀을 철철 흘리며 같이 일했고 밤에는 론문 수정에 뜬눈으로 새벽을 맞다싶이 하였다. 지금도 그는 아침 일찌기 약초밭고랑에 물거름을 뿌리며 줄곧 고개길(고갯길)에만 눈을 팔고 있었다.

홍유철은 최국락을 공장에 보내면서 오늘 금요일 아침에 초급일군들을 모두 불러 여기 약초포전에 도착하도록 과업을 주었었다. 그들 모두를 이 약초포전 참관을 시키고 현장에서 경험발표회와 협의회도 조직하려는 사업계획을 세웠던 것이다. 홍유철의 기분은 저 하늘의 구름처럼 붕 떴었다. 약초포전의 수확량은 상상했던 것보다 놀라울 정도였던 것이다.

홍유철이가 기다리던 공장의 소형 뻐스는 아침 첫 시간에 도착했다.

뻐스에서 내리는 순간부터 모두의 눈을 휘둥그래졌으며 "야!" 하는 감탄의 목소리가 약속이나 한 듯이 저절로 동시에 터져 나왔다.

그럴 만도 하였다. 그새 새로운 약초포전들이 세 군데나 더 늘어났으며 그 토질의 특성에 맞는 갖가지의 귀중한 약재들을 심어 이제는 벌써 시꺼멓게 독이 올랐고 아지(어린 줄기) 마다에 약재 열매들이 주렁졌다(주렁주렁 열리거나 많이 매달렸다).

그 옆에다는 웅뎅이(웅덩이)를 파서 자그마한 늪을 만들어 수백 마리의 오리를 띄워놓았다. 그것들이 네 달만 되면 큰 오리가 되어 여기 종업원들의 생활을 부쩍 높여주게 될 뿐만 아니라 오리의 부산물들은 또한 특효약을 제조하는 데 크게 도움을 받을 수 있게 되었다. 그뿐만이 아니였다.

그새 얼마간의 경리자금도 마련되어 작업반 휴계실이 또한 몰라보게 달라지였다.

모두를 더욱 놀라게 한 것은 약초생산을 많이 하여 공장의 계획과제를 다 바치고 그 나머지 분을 수매시켜 약초포전의 기계화에 기여할 수 있는 여러 가지 설비들을 갖추어놓은 것이였다.

이렇게 많은 성과를 거두게 된 데는 일군들과 종업원들의 정신력이 비할 바 없이 높아진 데 원인이 있었으나 보다는 홍유철 지배인이 여기 약초포전에 받은 '산신령'의 손자 차동근의 역할이 컸던 것이다.

홍유철은 감탄을 금치 못하고 있는 초급일군들 앞에 차동근을 내세우고 경험토론까지 시키였다.

"자, 다들 보다싶이 이 차동근 동무가 뭐 우리보다 기업운영의 경험이 많습니까, 우리만큼 먹은 나이가 많습니까? 기껏 해서 이자 스무 살을 갓 넘긴 어린 나이라는 걸 초급일군 동무들도 다 알지 않습니까. 문제는 경험과 나이보다 정신력입니다. 어릴 때부터 손발도 제대로 움직이지 못하던 몸을 이렇게 일떠세워준 나라의 고마움, 그 은혜에 피와 땀을 바쳐 기어이 보답하겠다는 정신적 각오…… 우리 모두 그걸 배우자는 겁니다.……"

차동근은 스무 살이 갓 넘은 어린 나이치고는 아는 것도 많았거니와 홍유철의 말마따나 아주 걸작형이기도 하였다.

그는 그새 제가 해왔던 여러 가지 일들에 대하여 총화 비슷하게 몇 마디 말하고 나서 이렇게 덧붙이었다.

"뭐 그리 크게 해놓은 건 없지만 제가 하고 싶은 일이여서 그런지 힘든 줄을 몰랐습니다. 저는 병이 나아서 제 발로 걷기 시작해서부터는 산삼을 캐는 할아버지를 따라다니기 좋아했던 탓인지 고등중학교를 졸업하고 사회생활의 첫 시작부터 오늘까지 모두 산속에서 일하는 직업을 잡았댔습니다. 처음에는 국토 부문에서 양묘공을 했고 그 다음에는 림업(임업) 부문에서 송진 정제공을 했구……"

모두들 서로 쳐다보며 "송진 정제공?" 하고 수군거리였다.

이때를 같이하여 홍유철이가 허허 웃으며 한마디 하였다.

"동무들 중에 송진 정제공이라는 말을 들어본 사람이 있소?"

모두들 대답이 없는데 뒤통수에만 머리카락이 붙어 있는 회계과장이 혼자소리처럼 몇 마디 중얼거리였다.

"글쎄 우리 공장에서도 연고를 만들 때랑 송진을 쓴다는 건 알면서도 송진 정제공이라는 직제가 있다는 소리는 듣느니 처음 소린데……"

허허…… 하며 홍유철은 자랑삼아 다시 덧붙이였다.

"우리나라에는 그런 직제도 있소. 저 동무가 처음에 했다는 양묘공은 로동부류에서 2부류였다면 송진 정제공은 국가 로동부류에는 1부류에 속하오. 거기서 제일 높은 기능공 급수가 4급인데 차동근 동무가 바로 4급 기능공이였소. 그런데 왜 우리한테로 왔으며 제가 하고 싶었던 일이여서 힘든 줄을 몰랐다는 저 말이 무슨 소린가? 자, 이야기를 계속하시오."

차동근은 뒤통수를 문지르고 나서 다시 이었다.

"제가 알기에는 세상에서 자랑 중에 제일 많은 자랑의 하나가 제 나라의 산에 대한 자랑인 것 같습니다. 나무 자랑, 돌 자랑, 경치 자랑…… 저마다 제 나라의 산을 자랑하는데 우리나라의 산들처럼 사람들을 무병장수하는 데 바쳐지는 그런 산은 아마 세상에 없을 겁니다. 우리가 지금서 있는 이 약초포전도 바로 약산동대의 산줄기가 아닙니까! 관서 8경으로서 경치도 물론 더 말할 것 없지만 갖가지 약초가 많고 약수가 많다하여 약산이라 했고, 옛날 무주고을이라고 불렀던 녕변(영변)에서 동쪽에 있는 대라고 하여 약산동대라는 이름을 가진 것처럼 산속에서 살아보면 우리나라의 산들은 어데라 없이 다 약산이라고 자랑할 수 있습니다. 이 약초포전에서 우리의 약산을 자랑하는 일을 한다고 생각하니 저는 힘든 줄을 몰랐습니다.……"

홍유철 지배인이 먼저 박수를 쳤다.

그렇게 기뻐하는 지배인을 바라보던 최국락이도 마음이 너무나 흥그러워져서 얼른 들꽃 한 송이를 꺾어서 차동근의 손에 쥐여주었다.

"여, '산신령'의 손자님! 그새 정말 이렇게 많은 일을 하느라고 수고가 많았네."

홍유철은 자기의 운전사가 그에게 꽃송이를 안겨주는 것이 더욱 기뻐서 박수도 더 크게 쳐주었다. 하긴 이 '산신령'의 손자 차동근이를 처음 만났을 때 차를 청소하는 지배인을 운전사로 알고 눈을 좀 붙이느라고 누워 있는 운전사를 지배인으로 착각해서 흥거운 웃음을 자아냈듯이, 여기 약초포전에 입직해서도 이처럼 일을 잘해서 모든 사람들을 기쁘게 해주고 있는 것이었다.

그래서 최국락이도 이 '산신령'의 손자가 더욱 사랑스럽게 느껴지였다.

홍유철은 차동근에게 박수를 보내주고 나서 초급일군들을 둘러보았다.

"자, 더 물어보고 싶은 거라든가 혹은 자기의 소감이라든가…… 이야기하고 싶은 동무들이 없습니까?"

이런 때 역시 회계과장이 첫 자리를 놓치지 않았다.

"나 같은 건 이젠 자리를 내놔야 되겠다는 생각이 들었습니다."

회계과장 백민수의 한마디가 또한 홍유철이를 크게 감동시켰다.

"저 한마디 열마디, 백마디의 긴 자기 총화보다 훨씬 더 깊이가 있지 않습니까? 그런데 백민수 과장 동무, 자리를 내놓긴 왜 내놓겠소? 일을 더 잘해서 그 회계과장 자리를 꼭 붙잡고 있겠다는 생각을 해야지.……"

"예. 내적으로는 그렇게 생각하고 있습니다."

와― 하고 일시에 웃음이 터졌다.

지배인도 허허…… 즐겁게 웃고 나서 저 아래 샘물터를 가리켰다. 거기에는 홍유철이가 차에 싣고 왔던 큼직한 청량음료통이 시원한 샘물 속에 잠겨 있었다.

"자, 이제는 샘물터에 내려가서 모두들 집사람들이 맛있게 싸준 점심 밥곽들이나 펼쳐놓기요.……"

지배인은 즐거운 점심시간의 전 기간에도 차동근이를 자기의 옆에 앉혀놓고 약초포전의 전망에 대한 문제뿐만 아니라 본 공장의 현대적 기술 개건에 대한 구상을 두고 진지하게 이야기하였다.

최국락이도 지배인이 이처럼 즐거워하고 있는 것이 너무나 기뻐 그들의 앞에 큼직한 밥곽을 가져다놓으며 함께 즐거운 시간을 보내였다.

"우리 집사람이 지배인 동지가 물만두를 좋아한다구 이렇게……"

"허허, 우리 그 살뜰한 제수님이?……"

산봉우리를 넘어오던 검은 구름에서 갑자기 비방울(빗방울)이 쏟아지는 통에 그들의 즐거운 점심식사 시간이 그리 길지는 못하였다.

지배인이 소리쳤다.

"자, 모두들 차에 오르시오. 하긴 이제 떠나도 저녁 무렵이 다 돼서야 시내에 들어서게 될 텐데……"

그러나 어느 누구도 먼저 뻐스에 오르지 않았다.

산골물이 삽시에 도랑을 파헤치며 약초포전으로 흘러들었던 것이다. 모두들 삽을 집어 들고 포전에 뛰여들었다.

지배인은 몰라보게 달라진 약초포전이 그렇게도 만족했던지 옷에서 비물(빗물)이 뚝뚝 떨어지는 것도 전혀 느끼지 못하는 듯 삽을 들고 물고 를 깊이 째서 고인 물을 뽑는다. 바람에 넘어진 울타리를 바로 세운다 걸 싸게 일을 하였다.

차동근이가 저희들이 다 할 테니 좀 쉬라고 아무리 말려도 지배인은 손에서 삽을 놓지 않았다.

"'산신령'의 손자님! 자네가 방금 전에 말하지 않았댔나? 제가 하고 싶어서 하는 일은 힘든 줄을 모르겠더라구.……"

백민수 회계과장도 홍유철의 일손을 거들어주며 마음속의 가책되는 바를 숨기지 않았다.

"저 차동근이가 해놓은 일을 보니 정말 면목이 없습니다. 이 약초포전 을 꾸리는 데 회계과장이라는 게 다문 한 푼두……"

"회계과장 동무가 할 일은 이제 얼마든지 있소. 여기서 생산되는 약재 들을 우리 공장에서 쓸 건 쓰고 나머지는 확대재생산에 돌려야 하지 않겠 소? 그걸 차동근이와 협력해서 회계과장 동무가 해야 할 거란 말이요."

"예, 그렇게만 된다면야 우리 공장도 뛰는 말에 날개를 달아준 셈이지 요."

"그렇지 않구.……"

저녁 무렵이 다 되여서야 지배인은 젖은 옷을 꾹 짜서 도로 입더니 얼 른 차에 올랐다.

"자, 빨리 떠나기요."

최국락은 걱정스러운 눈길로 지배인을 돌아보았다.

"옷을 대충이래도 말리워 입고 떠나야지 일 없겠습니까?"

"가는 동안이면 다 마르지 않으리……"

그러나 홍유철이도 이제는 한창 때와 달랐다. 차가 떠나서 얼마 안 되여 노근해지는 듯 끄덕끄덕 졸더니 그 다음에는 연방 재채기를 하며 온몸을 덜덜 떨기 시작하였다. 이렇게 되면 고열이 나기 마련이었다.

차가 시내 입구에 들어설 때 최국락은 조심스럽게 지배인을 돌아보았다.

"지배인 동지, 제창 병원으로 갑시다."

그러나 지배인은 신음소리 대신에 허허…… 하며 애써 웃음소리를 내였다.

"내가 언제 병원에 가는 걸 본 적이 있소? 이러다가 저절로 낫지 않으리……"

"그럼 제창 집에 떨어져서 땀을 좀 푹 내던지……"

"아니, 공장으로 들어가야 돼. 월말생산전투를 벌려놓고 내가 현장을 떠난다는 게 말이 되오?"

이쯤 되면 지배인의 고집은 아무도 돌려세우지 못한다는 것을 누구보다 잘 알고 있는 최국락이였다.

하는 수 없이 차는 공장으로 들어섰다.

홍유철은 끝내 작업현장에서 생산지휘를 하다가 밤 12시가 넘어서야 현장 휴계실에 들어가 누웠다. 그때부터 새벽까지 그는 앓음소리(신음소리)를 내였는데 이따금 헛소리를 치기도 하였다.

최국락이도 뜬눈으로 밤을 새우다싶이 하였다. 생산현장에 나가서 패

독산을 비롯하여 금시 생산한 해열약들과 항생제를 가져왔다. 그러나 홍유철은 다음 날 아침에도 현장 휴계실에서 일어나지 못하였다.

최국락은 계속 지배인의 옆에만 붙어 있을 수도 없었다. 밤새 먼 길을 달려온 차부터 청소를 하여야 했다.

차 청소를 하고 있을 때 회계과장 백민수가 달려오더니 물바께쯔를 집어 들었다.

"자, 이만하면 멀끔해졌수다. 이젠 빨리 떠나야겠수다."

"그건 무슨 소리요?"

"약초포전이 이제 우리 공장을 크게 일떠세운다는 거야 최 아바이도 알지 않소? 우리 공장의 약재원료도 보장해, 약초수매를 해서 자금도 확보해.…… 혹시 알겠소? 우대물자를 나누어줄 때 최 아바이에게도 큼직하게 차례질지는…… 그래 내가 미리 알아볼 건 알아보고 수매기관들과 예약할 건 사전에 빈틈없이 예약도 하구 이제부터 이 회계과장이 쉴 새 없이 뱅글뱅글 돌아가라는 지배인 동지의 독촉이웨다. 자, 어서……"

최국락은 여전히 물걸레로 차바퀴를 닦으며 한마디 툭 내쏘았다.

"다른 때처럼 자전거를 타고 뱅글뱅글 돌아가면 될 게 아닌가?"

"자, 이런…… 지배인 동지가 제 차로 빨리 움직이라고 과업을 주길래 말하는 거지 아무러문 승인도 받지 않고 내 마음대로 지배인 동지의 차에 발을 올려놓을 사람이요? 이게 다 지배인 동지의 바쁜 모퉁이를 막아 주는 일인데……"

최국락은 회계과장 백민수에게서 바로 이 버릇이 제일 싫었다. 자기의 감정을 과장해서 표현하기를 좋아하는 것, 눈치를 보다가 먹을 알이 있을 것 같거나 성과가 있을 것 같은 일에는 얼른 남보다 한발 먼저 앞장에 서는 것, 무슨 긴요한 일을 좀 맡으면 지금처럼 이렇게 시작부터 지내 소란스러운 것…… 어제 약초포전에 가서 참관을 하고 협의회를 할 때만도 그랬다.

지배인이 다들 느낀 점들이 있으면 한마디씩 소감을 말하라고 했을 때 다른 초급일군들처럼 무엇을 새로 배웠다던가, 앞으로 이 경험을 살려서 어떻게 일하겠다는 결의를 다지면 되겠는데 백민수 과장은 대뜸 일어서더니 나 같은 건 자리를 내놓아야 하겠다는 생각을 했다고 말하였다. 물론 순간적으로 지배인을 감동시켰다는 점에서는 효력이 없지 않았다. 그러나 백민수 과장이 협의회가 끝난 다음에 실지로 과장 자리를 내놓았는가.…… 그때도 최국락은 그의 마음을 들여다보는 듯하여 눈길을 떨구었다.

지금은 또 공장의 긴요한 일을 좀 맡아 나섰다는 것을 등대고 이렇게 소란을 피우기 시작하는 것이 최국락에게는 영 질색이었다.

"과장 동무, 그렇게 지배인 동지의 바쁜 모퉁이를 진심으로 막아주겠다고 나섰으면 누가 알세라 모를세라 뒤에서 좀 조용히 말없이 해주면 안 되겠소? 너무 그렇게 다사를 피우지 말구.……"

최국락의 말에 백민수도 발끈해서 맞섰다.

"뭐, 그래 그 차가 도대체 운전사의 차요, 지배인의 차요?"

"운전사의 차도 아니구 지배인의 차도 아니요. 그건 우리 기업소 책임자의 사업을 보장하는 직무용 차요.……"

"뭐, 뭐라구?"

누구한테 될수록 싫은 소리를 하지 않는 최국락이로서는 모진 욕이라고 할 수 있었다. 그러나 홍유철 지배인을 생각해서는 그가 싫어하건 좋아하건 따끔하게 말해주지 않을 수가 없었다.

원래 지배인에게는 무슨 일을 좀 하겠다고 앞장에 나서는 초급일군들에 대해서는 무작정 어루만지는 눈먼 사랑이 있었다. 이런 기회에 자칫하면 백민수처럼 지배인을 등대고 사업절차와 공정을 뛰여넘어서 기업소의 엄격한 내부규정을 위반하는 화단이 생길 수도 있다. 아니, 앞으로는 저도 모르게 지배인의 행세를 하려는 수양이 낮은 사람들이 나타나려는지도 모른다. 이랬건 저랬건 또한 누가 일을 저질렀건 간에 종당에서는(결국에는) 그 책임을 기업소의 책임자인 지배인이 지게 될 것이였다.

이런 것을 사전에 막아야 하겠다고 생각하는 최국락이였는데 도리여 운전사가 지배인의 행세를 한다는 가슴 아픈 소리를 듣게 될 줄이야.…… 백민수에게 따끔히 해주었던 이 말이 지배인의 귀에 그대로 들어갔던 것이다.

"최 동무! 나를 봐서라도 동무가 지배인 행세를 한다는 뒤소리(뒷말)를 들어서야 되겠나?"

지배인은 퇴근 전에 최국락이를 자기의 방에 불러다놓고 이렇게 서두를 뗐다.

그 순간 최국락은 뜻밖에 너무도 억울해서 눈물이 찔끔 나오는 것 같아 얼굴을 창문 쪽으로 돌리였다.

그러나 지배인은 방금 전에 백민수가 사업보고를 하다가 문득 목이 메여 눈물을 보인 것에 더 가슴 아파하였다.

"그 회계과장이 얼마나 억울했으면 내 앞에서 목이 메여 말도 제대로 못하고 울기까지 했겠소?"

무슨 일에서나 참는 데 습관이 되였던 최국락이였지만 이 순간만은 저도 모르게 한마디 툭 튀여나왔다.

"워낙 노죽(남의 눈에 들기 위해 말과 행동을 꾸며내는 일)이 많은 사람이 아닙니까?"

"뭐? 일을 하자고 열성스럽게 뛰는 사람을 보구 무슨 그런 소리를 하오?"

지배인은 애써 목소리를 낮추었으나 여느 때 없이 엄한 투로 다시 이었다.

"그리구 그 사람도 크나 적으나 우리 공장의 한 개 과장인데 지배인의 사업을 보장하는 운전사라고 해서 그렇게 아래사람(아랫사람)을 다루듯이 하면 되나? 더구나 우리 약초포전의 생산물을 가지고 공장을 한번 좀 추켜세워보자고 뛰는 사람을……"

"지배인 동지, 아래 일군들에게 믿음을 주는 건 좋지만 사사건건 통제도 잘하고 모든 절차와 공정을 고지식하게 밟아나가는 버릇을 키워줘야 하지 않겠습니까? 지배인 동지의 직무용 차에 발을 한번 올려놓는 데 이르기까지두……"

지배인은 일부러 허허 웃음을 지었다.

"최 동무, 내 하나 물어보자. 우리 공장의 종업원들 모두가 한사람 같이 나를 '우리 지배인'이라고 불러주면 동무도 좋으면 좋았지 나쁠 거야 있겠나?"

"거야 더 말해서 뭘 하겠습니까? 그러나 지배인 동지! 제 생각엔 어루만지고 눈감아줘서 좋아하는 사람들보다 비판을 받고 추궁을 받으면서도 '우리 지배인'이라고 따르는 사람들이 더 많아야 한다고 봅니다."

지배인은 지그시 눈을 감고 한동안 생각에 잠기더니 한숨 섞인 목소리로 혼자 중얼거리였다.

"최 동무도 이젠 좀 늙었구나. 별치 않는 일에까지 삐치기를 좋아하는 걸 보니……"

서로 입을 다물고 굳어진 채 그들은 한동안이나 다 같이 일어서지 못하였다. 그들은 속으로 이렇게 말하고 있었다.

'지배인 동지! 지배인 동지는 가정에서도 좋은 아버지고 공장에서도 좋은 지배인입니다. 거기에다 제발 가정에서도 엄격한 아버지로, 공장에서도 요구성이 높은 지배인으로까지 좀 되여주지 못하겠습니까?'

'국락이! 그렇게 어질고 착하던 자네도 사람을 이렇게 싫게 구는 때가 있구만.……'

그러나 이 가슴 아픈 말들을 두 사람은 아직 마음속에 묻어두고 있었다.

15. 웃음 끝에 싸움

　홍유철이네 집에서 웃음 끝에 싸움이 벌어지게 된 것은 그 시작이 기옥이 때문이였다고 말할 수 있었다.

　기옥은 확장공사에 동원되여 있는 기간에도 급양관리국의 월말통계집계만은 제가 집적 원자재공급소에 내려와서 집행하게 되여 있었던 것이다.

　실사결과는 입고와 출고에서 거의 완전무결하다고 말할 수 있으리만큼 빈틈이 없었다. 다만 경식의 출고전표에서 고기 10키로그람(킬로그램) 정도가 적자났는데 비고란에는 '후불'이라고 적혀 있었다.

　"창고장 동지, 이 후불은 창고장 동지의 승인을 받고 창고원이 내준 겁니까?"

　"그런 건 아닌데 이 큰 창고에서 10키로 정도가 좀 빈 걸 가지고 꼭 문제를 세워야 하겠소? 이건 내라도 얼른 메꿀 수가 있겠는데……"

　물론 수백 톤의 고기가 들어오고 나가는 원자재 창고에서 그쯤 한 수량에 대해서는 감모로 보면 또 그렇게 볼 수도 있는 거요, 창고장이 사정하는 대로 얼른 메꾸라는 충고를 주는 것으로 실사총화를 지을 수도 있었다.

그러나 후불처리의 장본인이 다름 아닌 경식이라는 데서 기옥은 심사숙고하지 않을 수가 없었다. 무슨 일에서나 깊은 타산이 없이 제 마음 내키는 대로 척척 처리해놓고 보는 버릇, 그것이 아차하면 자유주의적인 행동으로 넘어갈 수 있는 우려…… 이러한 경식의 부족점에 대해서 이번 기회에 한번 경종을 울려주는 것이 그를 위해서도 필요하겠다고 생각하였다.

기옥은 무슨 문제가 제기될 때마다 속도전청년돌격대의 생활을 다시 돌이켜보며 거기에서 답을 찾고 교훈도 찾군 하였다. 그때는 식당근무에 나가서 쌀과 부식물이 1키로그람이 부족한 것도, 500그람이 남는 것도 다 크게 문제시 되였었다. 모자라도 안 되고 남아도 안 되고 오직 급식규정대로만 해야 하는 인민군대의 엄격한 규률이 속도전청년돌격대의 후방사업에서도 그래도 적용되였던 것이다.

그런데 경식은 그런 엄격한 규정과 교범의 생활 속에서 부대껴보지 못하고 자랐지.……

기옥은 또한 자식의 첫 스승으로서 부모의 몫을 제대로 하지 못하고 있는 경식의 아버지와 어머니도 이번 기회에 각성을 좀 하게 만드는 것이 나쁘지 않겠다는 생각이 들었다. 자식이 하는 일에 대해서 사사건건 관심도 하고 자식들이 무슨 일에서나 고지식하게 사는 법을 가르치는 데서 부모들의 몫이 얼마나 큰 것인가를 기옥은 아버지와 어머니한테서 노상 느끼며 살아왔었다. 경식의 아버지와 어머니에게는 그것이 거의 없다싶이 하였다. 경식이가 하는 모든 일은 그저 대견하고 그저 사내답기만 하고……

기옥은 이 기회에 단단히 마음먹고 달라붙었다.

"창고장 동지, 이 후불 건은 상급의 승인도 받지 않고 개별적인 창고원이 제 마음대로 처리한 것이기 때문에 끝까지 해명해서 다시는 그런 일이 생기지 않도록, 단단히 정신을 차리고 교훈을 찾도록 해야 하겠습니다.……"

"통계원 동무, 그럼 급양관리국에 보고하는 것만은 하루 이틀 좀 미루어주지 못하겠소? 당장 변상을 해서라도 얼른 메꿀 수 있는 그리 많은 수량도 아닌 걸 가지고……"

그래도 기옥은 시침을 따며 일부러 끝까지 내밀었다.

"그 량이 많고 적고가 아니구 또 그걸 보상하고 말고 하는 게 문제가 아니예요. 이번에 그 미결 건을 기어이 해명해야 하겠습니다."

아하, 이 처녀가 먹어 안 들어가겠구나.…… 창고장은 한숨을 푸— 내쉬며 기옥이를 바라보았다.

그래도 기옥은 꾹 참고 집에 돌아와서 먼저 아버지와 의논해보았다.

기옥의 말을 다 듣고 나서 아버지는 경식이가 매사에 책임성을 높이도록 정신을 차리게 하는 데서나 그의 아버지와 어머니가 제 자식의 교양에 각별한 주의를 돌리도록 각성을 시켜주는 데서 이번 기회가 아주 중요하겠다는 딸의 의사에 전적으로 찬동해 나섰다.……

그런 의미에서 이번에는 경식의 단위 책임자인 창고장을 앞에 내세우는 것이 나쁘지 않겠다는 조언까지 덧붙였다.

기옥은 제 방안을 지지받은 것이 너무나 좋아서 어린애처럼 아버지의 손까지 마구 잡아 흔들었다.

"우리 아버지가 제일이야! 어쩌면 아버지의 생각과 내 생각이 그리도 꼭 맞을가.……"

옆에서 어머니도 기쁨에 넘쳐 한마디 참견했다.

"하긴 우리 두 집은 한집안이나 같으니까. 쩍하면 오해가 생기고 인차 노여움이 생겨서 복잡해지기만 하는데 제 삼자인 창고장이 나타나기만 하면야 그 형님이나 지배인 아저씨도 아마 가슴이 따끔해서……"

아버지는 만족해서 연신 고개를 끄덕이였다.

"내 그래서 하는 소리요. 일단 그렇게 시작을 해놓고 그 다음에 기옥이가 개입할 수도 있구 또 뒤따라 나도 개입할 수가 있구.……"

기옥은 너무 좋아서 아버지 앞에 무릎걸음으로 다가앉는다.

"맞아요. 제1진, 그 다음에는 제2진으로 련속(연속)공격을 들이대보자는 거지요? 우리 아버지한테는 역시 군사작전가 다운 데가 있거던.……"

최국락은 하하…… 큰소리를 내여 웃었다.

"너는 늘 마지막을 이렇게 웃음으로 끝내놓고 막을 닫군 하더라. 좌우지간 래일 공사장에 나가서 너희 정치지도원에게도 상세히 보고하고 조언이랑 받아라."

"그런데 아버지! 내가 보고하자바람으로 정치지도원 동지가 대뜸 경식 동무를 불러다가 따진다, 창고장을 호출한다…… 이러면 우리 작전이 다 깨지지 않나요?"

"너희 정치지도원은 무슨 일을 그렇게 즉흥적으로 경솔하게 처리하는 사람이 아니다. 절대로!"

"절대로?" 하며 기옥은 눈이 동그래서 한동안이나 아버지를 쳐다보았다.

"아니, 아버지! 우리 정치지도원 동지가 그런 사람인지 아닌지 아버지가 한번 만나보지도 못했는데 그걸 어떻게 알아요?"

아버지는 얼결에 한마디 해놓고 얼른 대답을 찾지 못해서 한참이나 갑자르기만 하였다.

기옥은 따지듯 재차 물었다.

"예? 어떻게 우리 정치지도원 동지를 만나보지도 못하고 그렇게 잘아나 말이예요?"

아버지에게 여유시간을 너무 길게 주었다. 그래서 대답을 찾아냈던 것이다.

"너도 답답한 애로구나. 네가 늘 말하지 않았니? 너희 정치지도원은 사람이 깊이가 있고 무슨 일에서나 심사숙고하는 정치일군이라구. 나두 네 말을 듣고 알지 한 번도 만나보지 못한 사람을 이 아버지가 어떻게 알겠니?"

기옥은 고개를 끄덕이며 그만 감탄으로 넘어가버리였다.

"확실히 우리 아버지는 명석해! 내가 지나가는 말로 몇 마디 한 걸 척 듣구서도 우리 정치지도원 동지가 어떤 사람인지를 제꺽 다 알아맞추는 걸 보면…… 그런데 나는 어째서 아버지의 머리를 못 닮았을가."

여기서 끝났으면 무탈하게 넘어갔을 걸 괜히 딸을 한마디 추어올리다가 또 언질을 잡히게 될 줄이야.……

"너도 요새 노는 걸 가만히 보니 머리가 나쁘지는 않더라. 이따금 나를 깜짝깜짝 놀래울 때 보면……"

아버지의 이 말은 지나가는 빈말이 아니였다. 그는 요새 딸의 놀라리만큼 예민한 추리판단에 흠칫흠칫 놀라는 때가 한두 번이 아니였다. 기옥이가 지금 혼자 마음속에 안고 있는 수수께끼가 이따금 아버지를 깜짝깜짝 놀라게 만들군 하였던 것이다.

최국락은 강명국이를 만났을 때 자기들이 서로 막역한 전우관계라는 것을 기옥에게 당분간 비밀에 붙여달라고 부탁했던 그 다음 날부터 이령리한(영리한) 것이 벌써 문득문득 수수께끼를 던지군 하였다.

"참, 이상하지 않아요? 정치지도원 동지가 우리 집안에서 이야기된 걸 어떻게 미리 다 알고 있을가.……"

어떤 때는 또 이런 질문으로 아버지를 와뜰 놀래우기도 하였다.

"우리 정치지도원 동지는 내가 아버지한테 소곤거리는 소리까지도 어데 숨어서 다 엿듣고 있다가 나한테 다시 묻군 하는 것만 같애.……"

불쑥불쑥 이런 말을 한마디씩 던질 때마다 아버지는 흠칫흠칫 저도 몰래 놀라군 하였다. 저 애가 명물은 명물이야……

그래서 아버지가 "너도 요새 노는 걸 가만히 보니 머리가 나쁘지는 않더라. 이따금 나를 깜짝깜짝 놀래울 때 보면……" 하고 얼결에 한마디 했는데 기옥은 어느새 벌써 그 말꼬리를 잡고 또 달라붙었다.

"아버지, 내가 어떻게 노는 걸 보고 머리가 나쁘지 않다고 생각했나요, 예? 아버지를 이따금 깜짝깜짝 놀래웠다는데 뭘 보구 그러나요? 아버지! 나도 좀 칭찬을 받아 보자요. 아버지, 대달라요."

생야단이였다. 이제는 억지를 부리는 수밖에 다른 방도가 없었다.

"못써, 사람이 그렇게 칭찬받는 걸 좋아해 버릇하면……"

"흥, 말이 막히니까……"

정말로 아버지는 딸 앞에서 말문이 막히였다. 그는 못 들은 척 하고 얼른 말머리를 돌리였다.

"래일 아침 첫 시간에 정치지도원을 만나는 거나 잊지 말아라."

"위원장 동무!"

통근뻐스에서 내리는 기옥이를 정치지도원이 먼저 찾았다.

"세포비서모임에 들어가야 하겠는데 동무가 오지 않아서 내 지금 기다리던 참이요. 아침 첫 시간에 나를 만날 일이 있지?"

기옥은 너무도 의아해서 두 눈이 동그래지였다. 마치도 이제 무슨 문제를 제기하려고 하는 것까지도 죄다 미리 알고 기다리는 것 같아 보이였다.

기옥의 의혹은 사실 틀리지 않았다. 기옥이가 통근뻐스를 타고 공사장으로 나가는 그 시각에 아버지는 벌써 놓치지 않고 정치지도원에게 전화를 걸었던 것이다. 어제 저녁 제가 기옥이한테 조언을 준 그 내용들이 정치지도원의 의도에 혹 어긋나지나 않았는가를 먼저 물어보기 위해서였다.

정치지도원은 최국락의 의사를 적극적으로 지지했으며 아침 첫 시간에 기옥이가 찾아와 급양관리국 통계원의 자격으로 그리고 경식이를 책임진 청년동맹 초급단체 위원장의 자격으로 그러한 대책적인 문제를 제기한다면 힘껏 밀어주겠다고 했다.

그랬던 것만큼 정치지도원은 기옥이가 첫마디를 떼기 바쁘게 제 말부터 먼저 해버리였다.

"그래서 말이요, 시간이 없어서 그러는데 더 들어보나마나 나는 기옥의 의견에 적극적인 지지요. 이건 우리 급양관리국의 통계원이 원자재실 과정에 제기된 문제니만큼 창고장을 통하여 더 정확히 료해(요해)하고 그 결과를 보고해주면 좋겠소."

이렇게 되여 기옥은 창고장이 먼저 경식이를 만나도록 하였다. 기옥은 한발 뒤전에 서서 창고장이 경식이를 만난 결과를 기다리고 있었다.

그런데 경식은 제 마음대로 원자재를 후불로 먼저 출고한 잘못에 대해서는 선뜻 인정하면서도 어데 누구한테 주었다는 데 대해서는 끝까지 입을 다물더라는 것이였다.

기옥은 미리 생각했던 대로 이번에는 창고장이 경식의 아버지와 어머니를 만나보도록 하였다.

　창고장은 기옥에게 다시 한 번 사정을 하였다.

　"통계원 동무, 우리 원자재 창고의 이 자그마한 흠집도 결국은 창고장인 내 불찰에서 생긴 건데 경식의 부모들을 만나보고 올 때까지 나를 생각해서라도 좀 참아주지 않겠소?"

　"기다리겠어요. 얼마 안 되는 고기를 후불로 먼저 좀 낸 걸 가지구 너무 까다롭게 군다고 생각지 마세요. 그것이 다문 한 키로라두 돈으로 전환되였을가봐 그게 걱정스러워서 그러는 거예요."

　그것은 기옥의 진심에서 나온 말이였다. 하루에도 많은 원자재를 다루는 사람의 눈에 이쯤 한 것은 아무것도 아닌 것으로 여겨질 수 있다. 비록 얼마 안 되는 것일지라도 그것을 누구도 모르게 자기의 리익(이익)에 썼는데 이번에 요행 무사히 넘어갔다고 하자. 그것이 재미가 들어 그 얼마 안 되는 것이 다음번에는 더 늘어나고 또 그 다음번에는 생각만 해도 끔찍한 어마어마한 수량으로 번져지게 될는지 누가 알랴…… 이런 생각을 하면 기옥은 앞이 아찔해지기까지 하였다.

　기옥은 끝내 창고장을 홍유철의 집으로 떠밀어 보내였다.

　진순영은 가방을 받아들며 불안한 눈길로 남편의 얼굴을 쳐다보았다.

오늘 저녁도 그의 얼굴은 어두웠다. 남편이 퇴근해서 돌아올 때마다 늘 약속처럼 반복하군 하던 그 '유쾌한 도식'을 요 며칠째는 계속 어기였다.

그 '유쾌한 도식'은 남편이 퇴근해서 출입문 초인종을 누르는 데서부터 시작된다. 딸랑…… 하는 소리와 함께 안해가 잦은걸음으로 달려 나가서 "누구세요?" 하고 묻는다. 그러면 남편은 잔뜩 목소리를 눌러 가지고 "여기가 진순영 약국장 선생의 댁입니까?" 하고 묻는다. 안해의 대답은 또한 그럴듯하였다.

"네, 저의 처방을 찾는 분이라면 들어오세요." 하고 문을 열어준다. 그 다음에는 남편이 허허…… 하고 들어서며 하는 말은 매번 똑같은 물음이였다. "우리의 '발명품'이 아직 안 들어왔소?"

창조에서 반복과 도식은 죽음이라고 하지만 이들의 가정에서 이 '유쾌한 도식'은 마지막까지 깨여져서는 안 될 소중한 것이였다.

그런데 홍유철은 이 며칠째 그 '유쾌한 도식'을 마스고(제도나 양식 따위를 없애버리고) 짜증이 섞인 목소리로 대답하였다.

"나요. 자, 이런. 나라는데 문은 열지 않구……"

아니나 다를가 얼굴을 쳐다보니 남편은 오늘도 역시 마뜩지 않아 하는 표정이였다.

안해는 가방을 받아들고 방으로 따라 들어가며 조심스럽게 물었다.

"오늘 무슨 일이 있었어요?"

홍유철은 이삼 일 전에 최국락이와의 사이에서 있었던 그 불쾌한 이야기를 구태여 집에 와서까지 꺼내고 싶지는 않았다. 그래서 그저 한마디로 귀찮게 받아넘기였다.

"일은 무슨 일?……"

"그럼 학위론문이 제대로 안 돼요?"

"그것도 두루뭉그려서 마무리는 해놓았는데 어데 뚝 삐여지는 새것은 별로 보이지 않구……"

진순영은 남편을 위로하듯 애써 호호…… 웃음을 지으며 다시 이었다.

"필자가 요구성을 그렇게 높이는 걸 보니 되긴 되겠어요."

"여보, 그래도 약학박사학위론문쯤 되자면 다문 몇 가지라도 불치병 치료약재에 대한 새로운 걸 들고 나와야 할 게 아니겠소?"

홍유철은 시끄럽다는 듯이 한 손으로 턱을 고이며 얼굴을 찡그리였다. 집안의 공기가 조금이라도 무거워지면 매번 즐거운 웃음으로 '공기갈이'(환기)를 해주군 하던 남편이였다.

진순영은 이런 때 제가 한번 남편처럼 집안의 '공기갈이'를 해볼가 하는 생각이 들어 첫 서두를 이렇게 뗐다.

"그렇다면 여보! 불치의 병을 고치는 그 새로운 약재에 대한 종자를 내가 하나 대드릴가요?"

남편은 대답 대신에 힐끔 한번 쳐다보고는 얼굴을 외로 다시 돌리였다. 말 같지 않은 소리를 제발 그만두라는 듯이……

그러거나 말거나 진순영은 시침을 뚝 떼고 다시 말을 걸었다.

"웃음을 대신할 수 있는 약재를 만들어낸다면 아마 노벨상을 받을 수도 있을 거예요."

"웃음? 허허…… 당신 지금 무슨 소리를 하고 있는 거요?"

"어느 의학 자료를 펼쳐보니 거기에 어느 나라 정신병병원(정신병원)의 원장이 이렇게 썼습니다. '약학 전문가들이여, 웃음의 효력을 낼 수 있는 약재를 만들어내라.'……"

남편은 어이가 없는 듯 소리 없이 쓴웃음을 지었다.

"당신 지금 무슨 시를 읊구 있는 게 아니요?"

"글쎄 내 말을 좀 들어보세요. 당신도 알다싶이 세계 약학계가 아직 정신병을 고치는 이렇다 할 치료약을 못 만들어내고 있지 않나요? 이자 그 정신병병원 원장이라는 의사가 자체로 그런 치료약을 만들어서 실험실 단계에서는 성공하고 어느 정신병병원의 환자들에게 드디어 처음으로 복용시켰다는 거예요.……"

남편은 무슨 소리가 나오려는가 해서 슬며시 안해를 쳐다보았다.

"그런데?……"

"세 명이 들어 있는 병실이였는데 투약을 하고 다음 날 아침에 그 호실에 들어가 보았더니 한 명의 환자에게서는 치료반응이 헨둥하게(뚜렷하고 명백하게) 알리더라는 거예요. '선생님! 안녕하십니까?' 하고 인사까지 척 하고는 침대에 점잖게 걸터앉아서 두 녀석이 노는 꼴을 어처구니없이 지켜보며 쯔쯔 혀를 차는데 정신이 아예 멀쩡해졌더라지 않아요? 세 명의 환자들 가운데서 한 명만 고쳐도 그게 어디예요? 결국 첫 단계에서 30프로 이상의 치료반응이라는 소린데 거야 대단한 성공이 아니겠어요? 그런데 두 녀석만은 아직도 정신이 여전히 돌아 있더라는 거예요. 그중에 한 녀석은 침대 밑에 기여들어가서 뚝딱거리고 있었어요. 그래 저놈은 왜 저러는가고 물어보았더니 정신이 '멀쩡해진 녀석'이 역시 대답도 아주 온전하게 하더라는 거예요. '선생님, 저놈은 운전사를 하다가 들어왔는데 지금 자동차 밑에 기여들어가서 뭘 수리한다고 저러지 않습니까. 저놈은 절대루 못 고칩니다.' 이렇게 체현하게(사상, 이론, 특성 따위를 한 몸에 완전히 지닌 채로) 대답했어요. 그런데 또 다른 한 놈은 벽에다 창문을 그려놓구 밖으로 나가겠다구 벽을 어깨로 냅다 밀고 있더래요. 그 병원에서는 사고가 생길가봐 벽에 창문을 내지 않고 천정에 유리지붕을 씌웠던가 봐요. 그래 저놈은 왜 또 저러느냐고 물었더니 역시 정신이 '멀쩡해진 녀석'이 허허 웃으며 이렇게 대답하더라누만요. '선생님! 저놈두 못 고칩니다. 저기로 뛰쳐나가겠다구 저러는데 제까짓 게 나가기는 어떻게 나간다구 그럽니까? 저 창문열쇠를 내가 가지고 있는데 하하⋯⋯' 하고 주머니에서 병마개 뚜껑을 꺼내여 마구 흔들어대더라는 거예요. 원장은 '아이구, 이놈도 역시 돌아 있는 상태구나.' 하고 허탈이 오는 걸 겨우 걸어 나와서 제가 연구했다는 그 약을 몽땅 집어던졌다는 거예요.⋯⋯"

남편은 저도 모르는 사이에 하하⋯⋯ 크게 소리를 내며 웃었다.

안해도 호호⋯⋯ 따라 웃으며 다시 이었다.

"어쨌든 그 분야에서는 명중탄이라고 할 수 있는 새로운 약품이 아직 못 만들어지고 있지 않나요? 그래서 취침 전과 취침 후의 웃음치료법이 그중 효과가 크다는 리론(이론)까지도 나오는 거구. 한번 크게 웃을 때 신경계통과 순환기계통을 비롯해서 인체에 주는 그만한 효력의 약까지 만들어낸다면 이거야말로 하나의 발명에 속하는 것이 아니겠는가 말이예요."

홍유철은 너무 우스워서 손수건으로 눈굽을 찍기까지 하였다.

"당신도 사람을 되게는 웃기누만!……"

"배웠지요. 30년나마 같이 살아온 당신한테서요."

"허허…… 한바탕 웃고 났더니 아닌 게 아니라 머리가 좀 거뜬해지는 것 같구만.……"

이 기회를 타고 진순영이가 한발 다가앉았다.

"여보, 요새 정말 무슨 일이 있었어요?"

"아니, 특별한 건 아니구…… 우리 그 운전사도 이젠 좀 령감 냄새가 나기 시작하거던.……"

"예? 그건 무슨 말씀이예요?"

이때 딸랑…… 초인종 소리가 울리였다.

"초인종 누르는 소리가 경식이는 아닌데……" 하며 진순영이 급히 나가서 출입문을 열었다. 40대의 좀 무뚝뚝하게 생긴 사람이 서 있었다. 기옥이가 보낸 창고장이 찾아왔던 것이다.

"저녁에 찾아와서 이거 안 됐습니다."

"예, 들어오세요. 어데서 보던 낯인데……"

"제 원자재공급소에서 경식이하고 같이 일하는 창고장입니다."

"참, 그렇지! 언제 한번 경식이를 찾아갔다가 얼핏 만났던 생각이 납니다. 아직 철없는 걸 맡겨놓고 한번 찾아간다는 게 그만…… 어서 들어 갑시다. 어서요."

"제가 도리여…… 돌격대에 보내놓고 제가 공사장에 한번 찾아가 보 지도 못했으니……"

"그런데 경식이는 집에 아직 안 들어왔어요."

"예, 본인은 전화로 먼저 한번 만나서 확인했으니까 오늘은 부모님들 만 만나보면 되겠습니다."

진순영은 어쩐지 불안한 예감이 들었다. 경식이와는 먼저 확인해보았 다는 그 '확인' 소리가 벌써 심상치 않게 들리였다.

아니나 다를가 홍유철이와도 인사를 나누고 나서 창고장은 첫마디부 터 어마어마하게 서두를 뗐다.

"홍경식이가 승인도 받지 않고 원자재를 어데 좀 **빼돌린** 것이……"

"예?"

홍유철이와 진순영은 가슴이 뭉청(가슴이 심한 충격을 받아 대번에 내려앉 은 듯한 모양) 내려앉는 것만 같았다. 한동안 집안의 공기도 얼어붙은 듯 하였다.

사실 여부를 더 묻고 싶은 생각도 나지 않았다.

창고장이 부모들을 만나겠다고 집까지 찾아왔을 때는 벌써 확인 자 료가 있고도 남음이 있을 것이 분명하였다. 그리고 경식이는 또 집에서 도 이 비슷하게 행방 없는 짓을 저지른 일이 이미 여러 차례나 있었다.

"분량이 얼마나 됩니까?"

홍유철은 겨우 입을 열어 이렇게 물었다.

창고장도 별로 재는 기색이 없이 얼른 대답했다.

"예, 열 키로쯤은 됩니다."

"뭐, 열 키로요?"

불현듯 너무도 놀랐던 이들이였던지라 이번에는 반대로 반발심이 생기였다. 도제(고작) 얼마 안 되는 고기를 놓고 밤중에까지 찾아와서 어데 빼돌렸다고까지 하니……

진순영은 불쾌한 기색을 애써 감추며 창고장을 쳐다보았다.

"그 애는 지금 공사장에 나가있는데 그건 언제 때의 일인가요?"

"예, 동원되기 얼마 전이니까 한 달쯤 되였는데 이번 실사과정에 그만 빵짝(구멍)이 좀……"

"빵짝이라구요?"

진순영은 욱 치미는 것을 또 한 번 꾹 참았다. 같은 말도 좀 유한 표현으로 실사과정에 원자재들이 얼마 차이난다던가 아니면 어데 잘못 준 것 같다던가 하는 식으로 이왕이면 듣기 좋게 말해줄 수도 있겠는데 이 창고장이라는 사람은 빼돌렸다느니, 빵짝이 났다느니 하는 섬찍섬찍한 말마디를 골라서 가뜩이나 달랑달랑하는 가슴을 잔뜩 놀래주는 것이다.

그러나 지금은 누구를 탓할 처지가 못 되였다.

그래서 진순영은 불쾌한 마음을 애써 누르며 그 듣기 싫은 창고장의 말마디를 일부러 다시 입에 올리는 것으로 성풀이 삼아 이렇게 물었다.

"빼돌렸다고 하는데 그래 그건 도대체 어데다 빼돌렸답디까?"

툭 내쏘는 듯한 창고장의 대답도 역시 변함없이 무뚝뚝하고 투박하였다.

"그걸 글쎄 경식이가 어디 말해줍니까? 법에서나 다루면 입을 열겠는지······."

"예?"

순간 참고 참았던 홍유철이가 진순영이를 몰아치는 것으로 성풀이를 대신했다.

"여보! 뭘 자꾸 길게 늘어놓구 있소? 우리 극동기(최대로 얼리는 기계나 장치) 안에 걸 다 끌어내도 거의 그 량은 되겠는데, 그래도 모자라면 보충해주면 되는 거구······."

창고장은 홍유철의 그 말에도 딱 잡아뗐다.

"그저 보상하는 것만으로는 안 될 것 같습니다."

"그럼?"

"꼭 해명이 되여야 합니다. 어데 누구한테다 후불로 주었구 혹시 그것이 자금으로 전환되지 않았는가 하는 것까지도 해명되지 않고서는 내가 우선 견디지 못하겠습니다."

"아니, 누구한테 못 견딘다는 거요?"

창고장이 대답도 하기 전에 진순영은 듣다 못해서 한마디 또 참견을 하였다.

"아니, 도제 얼마 되지도 않는 걸 가지고 뭘 이렇게 소동을 피우나?"

창고장도 더 이상 참을 수 없었던지 이번에는 좀 더 드세게 나왔다.

"가정에서까지 이렇게 나온다면 좋습니다. 나도 우리 급양관리국 통계원에게 이 실태를 그대로 말해주는 수밖에 없지요."

"어데다 말한다구요?"

홍유철은 의아해서 창고장을 쳐다보는데 진순영은 자기의 귀를 의심하듯 다시 물었다.

"아니, 이자 어데다가 말하겠다구요?"

"우리 급양관리국 통계원에게요."

"아니, 통계원이라니?"

"최기옥이라는 통계원 처녀가 있습니다. 보통내기 줄 압니까?"

너무도 뜻밖이여서 홍유철이와 진순영은 입을 딱 벌린 채 서로 마주 쳐다만 보고 있었다. 숨까지 뚝 멎는 것만 같았다.

그들이 깜짝 놀라는 내심을 알 리가 없었던 창고장은 이 사람들이 이제야 드디여 누그러지기 시작하는구나 하는 생각이 들어 몇 마디 더 엄포를 놓았다.

"이 사건을 누가 캐냈는지 압니까? 창고장이라는 나도 허재비(허수아비)처럼 모르고 앉아 있었는데 우리 그 통계원이 끝까지 파고들어서 입고전표, 출고전표, 나중에는 부기문건, 잔고문건까지 다 깠단 말입니다. 마지막에 가서 떨어진 데가 경식이였지요.……"

이것은 창고장이 지어낸 소리가 아니였다. 죄다 사실이였다. 그러나 이것이 기옥의 어떤 근심걱정에서부터 시작된 일이라는 것까지는 홍유철이와 진순영이가 너무도 모르고 있었다.

창고장은 또 창고장대로 경식이네 집과 기옥의 관계를 전혀 모르고 있었다. 하긴 또 알 수도 없었다.

그러다 보니 창고장은 지금 홍유철이와 진순영이의 뻥해 있는 표정들이 마치도 이제야 제 말이 좀 먹어 들어가는 것으로 해석되였다. 그래서 이 집에 왔다가 대접은 고사하고 공연히 기분만 잡치고 돌아가는 듯한 억울한 생각까지 더 합쳐서 마음속에 참고 있었던 화풀이를 통채로 털어놓고야 말았다.

"솔직히 말합시다. 이 집으로 올 때 제 오죽했으면 우리 통계원의 손까지 딱 잡구 제발 좀……"

진순영은 떨리는 목소리로 창고장의 말허리를 뚝 잘랐다. "그래, 그 통계원이라는 처녀도 창고장 동무가 우리 집에 오는 걸 압니까?"

"아는 정도겠습니까? 제가 여기에 오게 된 것도 바로 그 통계원 처녀가 보내서 온 건데……"

"뭐라구요?"

"글쎄 제 말을 마저 좀 들으십시오. 여기로 올 때 제가 우리 통계원의 손을 딱 잡구 목이 마르도록 사정했다니까요. 경식의 부모들을 만나서 알아볼 수 있는 껏 알아도 보구 대책도 세우겠으니 내가 올 때까지는 제발 문제를 좀 확대시키지 말아달라고 말입니다. 그런데……"

창고장의 말이 채 끝나기도 전에 홍유철이가 다급하게 가로챘다.

"그러니까 그 애가 뭐랍디까?"

"아니, 그 애라니요?"

"실례했습니다. 글쎄 도대체 뭐라구 말합디까?"

창고장은 약이 바짝 올랐다. 통계원으로서 월말통계를 집계하다가 응당 찾아내야 할 문제점을 집어내서 료해를 해보자고 정정당당하게 제기한 것인데 남의 통계원을 거침없이 그 애라고 내뱉다니? 이것은 곧 자기에 대한 모욕으로 느껴졌다. 그래서 창고장도 맞받아 내뱉듯이 말했다.

"우리 통계원이 뭐라고 말하던가구요? 내가 찾아오면 이 집 부모들도 아마 바짝 긴장할 거라구 합디다. 그런데 도리여……"

홍유철이와 진순영은 입을 딱 벌리며 서로 마주 쳐다보았다. 최국락의 딸 기옥이라니 억이 막히지 않을 수가 없었다. 세상에 원, 이런 일도 생기다니……

진순영은 너무도 기가 막히여 남편에게서 눈길을 떼지 않은 채 쓴웃음을 지었다.

"우리를 바싹 긴장시켜 보겠다구? 제 밸대로 한번 해보라지.……"

창고장은 꼭 자기에게 하는 소리로 받아 안고 부들부들 떨리는 손으로 모자를 집어 들었다.

"제 밸대로 해보라구요? 좋습니다 예 예, 그렇다면 좋습니다."

진순영은 그제야 격했던 마음을 애써 누르며 얼른 따라 일어났다.

"아니, 창고장 동무에게 하는 말은 아니구요……"

"글쎄 누구던 간에 예 예, 알 만합니다."

창고장은 진순영의 팔을 뿌리치며 도망치듯 계단으로 뛰여 내려갔다.

홍유철은 너무도 불쾌하여 한 손으로 턱을 고인 채 천정에만 눈길을 보내고 있다. 진순영이도 창고장을 놓치고 방으로 들어서며 분을 삭이지 못해서 혼자소리로 투덜대였다.

"못 쓰지, 다른 집도 아니고 우리 집에 제가 그래서는 못 쓰지!"

홍유철은 또 저대로 화가 나서 중얼거리였다.

"글쎄 물론 통계원이니까 월말, 분기말 통계집계를 하는 과정에 응당 그런 약점을 찾아내는 건 옳아. 그러나 될수록 우리 집 문제를 막자는 생각보다 일부러 문제를 일구자고 잡도리(어떤 일을 하거나 치를 작정이나 기세)를 했다니까, 이거야 어디 에익…… 뒤에서 몰래 창고장까지 부추겨서 우리 집에 보내다니?"

홍유철이와 진순영은 분을 삭이지 못해 서로 제각기 기옥이를 욕하다가 차차 맞장구치는 데로 넘어가기 시작하였다.

진순영이가 먼저 번의 억측을 다시 꺼들어댔다.

"제가 우리 경식이를 넘겨다보다가 뜻대로 안 된 거야 리해해야지. 내 저네 어머니한테도 그만큼 알아듣게 말해주었는데…… 그 집 딸은 인차 시집가야 할 나이구 우리 경식이는 아직 멀었는 데다가 대학에도 가야 한다구…… 그런데 그렇게 고약하게 나와? 흥, 그런 게 며느리로 들어왔다가는 집안이……"

홍유철이도 심히 불쾌한 듯 쓴입을 쩝쩝 다시며 중얼거리였다.

"나도 제 아버지한테 알아들을 만큼 다 말을 해주었는데 이 답답한 사람이 잔뜩 앵돌아져 가지구……"

"그래가지고서야 그 애 아버지도 당신하고 같이 일을 못하지요 뭐……"

"에이 참, 이래저래 시시한 일들 때문에 최국락이하구두 점점……"

이때 출입문이 열리며 경식이가 들어섰다. 홍유철이와 진순영은 서로 약속이나 한 듯이 동시에 입을 다물며 경식이를 등지고 돌아앉았다. 얼음장같이 차가운 랭기(냉기)가 경식의 가슴팍에 확 밀려왔다.

"왜 무슨 일이 있었어요?"

"……"

침묵하는 것으로써 그들은 아마 경식이와의 '대결'을 시작하려는 모양이었다. 두 번째 경식의 목소리에는 짜증이 잔뜩 섞이었다.

"아니, 왜들 이래요?"

진순영이가 먼저 참지 못하구 툭 내쏘았다.

"왜 그러느냐구? 그걸 누구한테 묻니? 네가 대답해야지……"

"자 이런, 뭐인지 알아야 대답을 해도 하지요?"

이번에는 홍유철이가 엄한 목소리로 본론의 막을 열었다.

"그래, 후불로 출고했다는 그 고기는 도대체 어떻게 되였다는 거냐?"

"허참, 그것 때문에 그래요?"

경식은 대수롭지 않게 받아넘기며 아무 일도 없다는 듯이 허구픈 웃음까지 지어보이였다.

"그건 내가 다 처리해요."

"네가 처리하다니?" 하며 진순영이가 발끈해서 돌연 목소리를 높이였다.

"이번에도 또 우리를 업어넘길(얼렁뚱땅하는 수단을 써서 속일) 생각은 아예 말구 그 원자재를 어디에다 넘겼는지 그거나 말해라!"

"그건 집에서 몰라도 돼요."

"뭐, 몰라도 돼?" 하며 홍유철은 경식이를 쏘아보았다.

"우리는 알아야 하겠다. 대라!"

경식은 단호하게 나왔다.

"정 사람을 못살게 굴면 나는 이 길로 집에서 나가겠으니까 더 이상 묻지 말라요. 나는 그걸 어데다 주었다는 것만은 절대로 말할 수 없으니까요, 집에서 나가면 나가두……"

두 번씩이나 집에서 나가겠다는 소리에 홍유철은 흠칫 한발 물러섰다.

"여보, 됐소."

"아니……"

진순영이도 무슨 말을 다시 하려다가 주춤하고 입을 다물어버렸다. 아차 하면 집에서 뛰쳐나간다, 붙잡는다…… 소동이 일어날 수 있는 숨 가쁜 공기를 한 호흡 일단 넘기고 경식의 팽팽해진 기분 상태도 좀 가라앉혀놓아야 이야기가 차차 먹어 들어갈 것 같은 생각이 홍유철이와 진순영의 사이에 말없는 약속처럼 목소리를 다시 바꾸게 하였다.

홍유철이가 먼저 부드럽게 말을 뗐다.

"생각해봐라. 뜻밖에 그런 소리를 들었을 때 내나 너의 어머니가 놀라지 않을 수가 있었겠니?"

"그런데 참, 그건 어데서 들었어요?"

경식이가 의아해서 물었다. 이번에는 진순영이도 목소리를 낮추어 조심스럽게 말했다.

"어데긴 어데겠니? 이자 방금 너희 창고장이라는 사람이 우리 집에까지 찾아와서 한바탕 으름장을 놓고 갔다."

"우리 창고장이요?"

경식이는 전혀 놀라는 기색이 아니였다.

"체, 하루 이틀 사이에 메꾸어놓는다고 내 그만큼 말했는데도 끝내 집에까지 찾아왔더란 말이예요? 같이 일하는 제 창고원도 그렇게 믿지 못하고서야 그게 무슨 창고장이야. 내가 확장공사에 동원된 그 틈을 타서 몰래 출고대장을 싹싹 뒤져보고서는 무슨 큰 도적이나 잡은 것처럼 벅작……"

홍유철은 말없이 한동안 아들의 얼굴만 들여다보고 있다. 경식은 욕이라도 콱 할 상 싶던 아버지가 침묵 속에 자기를 지켜보고 있다는 것이 의아해졌다.

경식은 더 참지 못하고 물었다.

"왜 그래요? 아버지……"

"너 정말 너무 철이 없어서 그런다."

"예?"

"그래 이게 네가 동원 나간 사이에 창고장이 출고대장이나 몰래 뒤져보고 문제를 일군 거라고 생각하니?"

"그렇지 않구요. 내 그래서 우리 창고장이 틀려먹은 사람이라는 거예요. 창고에서 같이 일하는 사이에 그만한 잔고가 좀 차이 났으면 누가 알세라 모를세라 조용히 메꾸면 되는 거지 그걸 잔뜩 캐내가지구……"

홍유철은 너무도 어처구니가 없어 경식에게서 눈길을 돌리며 쓴입을 쩝쩝 다시였다.

"어리석구나……"

"예?"

"바로 그래서 네가 철이 없다는 거다. 그래 네 생각에는 잔고가 차이 나는 걸 창고장이 캐면서 돌아간다구 생각하니?"

"그렇지 않구요."

홍유철은 흥, 코웃음을 쳤다.

"알기도 잘 안다. 왕청같이 창고장에게 뒤집어씌우면서……"

"왕청같다니? 아버지, 그건 무슨 소리예요?"

"너의 입출고대장을 캐기 시작하고 문제를 일군 건 창고장이 아니라 기옥이야, 최국락의 딸 기옥이 말이다."

경식은 픽 웃었다. 왕청같은 억측은 지금 제가 아니라 아버지가 하고 있는 것으로 생각되였다. 그래서 경식은 홍유철이를 슬그머니 비웃기까지 하였다.

"아버지도 이제는 좀 늙었어요. 이따금 무슨 문제를 분석하고 판단할 때 보면……"

"흥, 그래 네가 판단도 잘한다. 그 애가 지금 통계원이 명판을 내대고 문제를 복잡하게 만드는 줄은 모르구……"

여기에다 또 진순영이가 착착 부채질을 해댔다.

"창고장을 우리 집에 떠밀어 보낸 건 또 누구구? 뒤에서 요리조리……"

경식은 너무도 당치 않은 말들에 차차 짜증이 나기 시작하였다. 그래서 볼멘소리로 툭 내쏜다.

"어머니는 왜 또 그래요? 알지도 못하면서……"

"알지 못하다니, 이걸 뭐 우리가 지어내서 하는 말인 줄 아니? 창고장이 제 입으로 말해서 우리도 그 소리를 듣고 아는 거지.……"

"예?"

경식은 문득 긴장해지며 따지듯이 물었다.

"아니, 우리 창고장이 정말 그렇게 말했어요?"

"그걸 우리한테 물어볼 게 있니? 정 미덥지 못하면 창고장에게 직접 물어보려무나."

경식은 정말로 믿기가 어려웠던지 놀란 눈으로 아버지를 쳐다보았다.

"아버지! 어머니의 저 말이 사실이예요?"

"죄다 사실이다.……"

경식은 주먹을 부르르 떨었다. 입에서 겨우 새여나오는 목소리마저도 파르르 떨리였다.

"됐어요. 그것이 사실이라면 됐어요."

"그러니 너도 이제부터는 처녀들을 하나 대상해두……"

진순영은 이 기회에 하고 싶었던 말을 꺼내려다가 경식에게 면박을 당하고 도로 쑥 들어갔다.

"어머니, 됐다지 않아요? 이젠 제발 좀 그만들 하자요. 나도 지금 막 심장이 터질 지경이예요."

그 소리에 진순영은 물론 홍유철이까지도 떡 굳어져 입을 꾹 다물었다.

경식이가 지금 당장 집을 뛰쳐나가 창고장이나 기옥이에게로 주먹을 들고 달려가지 않는 것만도 다행이다.

아차 하여 한 눈금만 도수가 좀 더 오르면 그럴 수도 있는 경식이였다.

그래서 홍유철이가 먼저 나가지도 않는 웃음을 일부러 만들었다.

"허허…… 그까짓 원자재 얼마 되지도 않는 걸 변상할려문 하자꾸나. 우리가 먹은 셈 치구."

"야참, 이젠 좀 그만들 하자는 데두요?"

경식은 신경질적으로 움쭉 일어나더니 제 방으로 휙 들어가버리였다. 즐거운 웃음으로 시작되였던 이 집의 오늘 저녁은 온통 싸움판으로 끝나고 말았다.

16. 싸움 끝에 웃음

기옥은 다음 날 아침 첫 시간에 창고장을 찾아가서 만났다. 창고장은 몹시 실망한 표정으로 될수록 기옥의 눈길을 피하면서 가늘게 한숨을 내그었다.

"내가 정말 체면이 없게 됐수다."

어제 저녁 경식이네 집에 찾아갔던 일이 시원치 않았다는 것이 분명하였다.

창고장은 혼자소리처럼 들릴 듯 말 듯 조용한 목소리로 중얼거렸다.

"이젠 어떻게 하면 좋다? 우리 창고에서 생긴 이 일을 통계원 동무한테 무한정 자꾸 막아달라고 할 수도 없는 일이구……"

"그 원자재가 어데로, 무슨 목적으로 후불처리가 되였는지 그것만 알아도 마음을 좀 놓겠는데…… 집에서도 짐작이 가는 데가 없다고 하더라는 거지요?"

"흥, 같이 걱정하는 건 고사하구……"

창고장은 어제 저녁에 당했던 억울한 일들을 다 털어놓아야 속이 좀 시원해질 것 같은 생각이 들었다.

"흥, 참는 것도 한도가 있지. 차차 부아가 치밀어 오르더란 말이요. 그래 내 좀 드세게 나왔지요. 이게 뭐 이 창고장 한 사람이 문제를 일군 건 줄 아는가, 우리 급양관리국 통계원이 집적 입고전표와 출고전표, 부기장부까지도 다 대조검토해가지고 문제를 세운 거다, 우리 통계원이 뭐라고까지 말했는지 아는가, 우리 통계원으로 말하면 돌격대원 출신에 당원인데 간단치 않게 매운 처녀다, 내가 손이 발이 되게 사정을 해서 겨우 저지시켜놓았는데 이 집에서 정 그렇게 나온다면 이제는 우리 통계원에게도 그대로 말하는 수밖에 없다, 후회하지 말라. 이랬더니 글쎄……"

창고장은 그 다음 말을 채 마무리하지 못하고 입을 다물었다. 기옥이가 듣고 싶은 말은 바로 그 다음 말이었다.

"그러니까 뭐라던가요?"

창고장은 대답을 못하고 잠시 갑자르기만 하였다.

"에익, 그 말은 차마 못하겠수다."

"글쎄, 말씀하세요. 나도 알아야 할 게 아니겠어요? 어서요."

"그 소리를 들으면 통계원 동무도 아마 가만있자고 안 할 거요."

"일 없어요. 좀 들어보자요."

"그럼 말합시다. 내가 통계원의 말을 꺼내자바람에 그 사람들이 통계원을 '아니, 그 애가?' 하며 마치 아이 취급하듯 '야, 자'로 나오지 않겠소. 그러면서 뭐라고까지 했는지 아오?"

"뭐라고 했어요?"

"그 애한테 빨리 가서 어서 전해주시오. 우리는 하나도 무섭지 않으니 하고 싶은 대로 실컷 해보란다구 그 못된 애한테 그대로 전해주시오.…… 이러더란 말이요. 남의 통계원을 보고 뭐 못된 그 애? 아니 글쎄, 그 애가 뭐요? 그 애가…… 몰상식해도 분수가 있지 말이야."

창고장은 기옥이를 차마 마주 쳐다보기가 힘들었던지 허공에다 대고 어제 있었던 일을 쭉 다 털어버렸다.

그런데 이때 창고장의 귀에 난데없이 처녀의 깔깔거리는 웃음소리가 날아들었다. 의아해서 돌아보니 새파래서 부들부들 떨고 있을 줄 알았던 기옥이가 지금 배를 그러안고 웃어대는 것이었다. 갑자기 어데 잘못되지 않고서야 저럴 수가 있나? 처녀가 그런 "야, 자" 소리까지 듣구서도…… 그래서 창고장은 속생각을 그대로 내뱉았다.

"아니? 그런 '야, 자' 소리를 듣구서도 웃음이 나오나? '그 애, 저 애' 소리를 듣구서도 그렇게 좋은가 말이요?"

"호호…… 그럼 우리 큰아버지, 큰어머니가 나를 애라고 하지 않으면 동지라고 부르겠어요?"

"뭐요?"

창고장은 금시 두 눈이 휘둥그래졌다.

"아니, 그건 또 무슨 소리요? 큰아버지, 큰어머니라는 건……"

"우리 큰집이니까 나에게 큰아버지, 큰어머니가 되지요?"

창고장은 점점 더 의아해서 기옥이를 쳐다본다.

"나는 원, 무슨 소린지……"

"우리 아버지는 총각 때부터 그 집 아버지를 친형처럼 따랐어요. 그 큰아버지가 아니였더라면 우리 아버지와 어머니가 가정을 이루지 못할 수도 있었구……"

"그럼 통계원 동무가 직접 갈 거지 나를 왜 보내놓구……"

"내 말이 날이 서겠어요? 그래도 창고장 동지가 말하면 우리 큰아버지, 큰어머니도 좀 놀래서 정신들을 차릴 줄 알았지요 뭐."

그제야 창고장은 허허…… 하며 투박한 손으로 제 목덜미를 슬슬 문질렀다.

"그걸 미리 알았으면 통계원에 대한 말은 꺼내지 않았을 걸……"

"저도 거기까지는 미처 생각을 못했지요 뭐."

"나는 또 그런 것도 모르구 통계원 동무의 앞에서 여직껏 그 큰아버지, 큰어머니를 냅다 욕질을 해댔구만.……"

"부정인물들이야 욕을 좀 먹어도 싸지요 뭐. 호호……"

"부정인물?"

창고장은 기옥이와 마주 서 있는 잠깐 사이에도 벌써 몇 번이나 깜짝깜짝 놀라게 되는지 몰랐다.

방금 전에는 큰아버지, 큰어머니라고 하더니 이제는 또 부정인물이라고 말한다. 그렇다면 나쁜 사람들이라는 소린가? 물자를 다루는 사람들은 하나같이 고지식하고 진실한 사람들이여서 창고장은 그 말의 뒤에 숨어 있는 또 그 다음 말이 무엇인지 인차 알 수가 없어 한동안 얼떨떨해지였다. 도대체 좋은 사람들이라는 소리나, 나쁜 사람들이라는 소리나?…… 이 처녀가 무엇을 말하자고 하는지 그리고 이 처녀가 묻는 말에 무엇이라고 어떻게 대답해야 할지 통 갈피를 잡을 수가 없었다. 정말 떨떨해질 수밖에……

기옥은 그 모양이 도리여 재미가 났던지 창고장을 찬찬히 마주 쳐다보았다. 문득 언젠가 정치지도원이 묻던 말이 떠올라서 제 말처럼 다시 외웠다.

"창고장 동지, 어제 만나보니 우리 큰아버지와 큰어머니가 좋은 사람 같애요, 나쁜 사람 같애요?"

"그, 글쎄……"

"솔직히 말해보세요."

"뭐, 방금 제 입으로 부정인물이라고 말하구선."

기옥은 호호 소리내여 웃었다.

"아니, 밤이고 낮이고 나라일밖에 모르는 우리 큰아버지와 큰어머니들이야말로 좋은 사람들이지요. 그런데 자식도 자기들처럼 잘 키워서 나라 앞에 떳떳이 내세우기 위한 부모들의 책임에서만은 창고장 동지도 보다싶이 아직 잘못이 많은 우리 큰아버지와 큰어머니예요."

창고장도 정색해서 고개를 끄덕이였다.

"하긴 자식들에 대한 눈먼 사랑에서 오는 그러루한 부족점들이야 내남없이 우리 다 명심해야 할 교훈인 거구…… 우리 사회에서야 나쁜 사람이 어데 있소?"

"그래요."

기옥은 절절한 목소리로 혼자소리처럼 조용히 다시 이었다.

"정말 좋은 나의 큰아버지와 큰어머니예요. 내 이자도 말하지 않았어요? 큰아버지가 아니였더라면 우리 아버지와 어머니는 가정을 이루지 못했을 수도 있었다구요. 그리구 큰어머니는 또 어떻구요. 우리 오빠와 나를 산원에서 받아 안고 나온 것도 바로 큰어머니였어요.……"

오목진 기옥의 두 눈에 맑은 것이 찰랑했다.

"그렇게 좋은 우리 큰아버지와 큰어머니한테도 이자 그런 약한 데가 있거던요. 꼭 고쳐드려야 해요. 우리 경식 동무의 장래를 위해서도 큰아버지와 큰어머니를 꼭……"

창고장은 두툼한 입술을 꾹 다물며 히죽이 웃었다.

"왜 웃어요? 갑자기……"

"허허, 통계원 동무가 제 큰아버지와 큰어머니를 위하는 마음이 끔찍하구만."

"왜요? 나의 뒤에는 또 든든한 긍정인물이 서 있거던요. 우리 아버지……"

창고장은 고개를 끄덕이며 껄껄 웃었다.

"아하, 통계원 동무가 어째서 도제 고기 열 키로그람이 빈 걸 가지고 그처럼 놀래구 걱정했는지 내 인제야 알겠소. 그러니까 결국 큰집과 작은집, 통계원 동무네 집안 문제인 셈이구만.……"

"맞아요. 우리 집 문제예요. 참 영화 생각도 나요. 호호……"

"그런데 통계원 동무가 나에게 준 과업을 수행하지 못했으니 어쩐다?"

기옥은 문득 정색해지였다. 그리고 단호했다.

"그걸 어데다 주었는지 그것부터 끝까지 꼭 알아내야 하겠어요. 제발 어데다 몰래 팔아넘긴 것 같은 그런 일은 없어야 하겠는데…… 이렇게 하자요. 내가 이제 본인을 직접 만나서 그걸 알아내겠어요."

"경식이가 말을 할가?……"

"아니, 내가 어떻게 하나 대답을 받아내겠어요."

기옥은 그 길로 확장공사장을 향해 발걸음을 다그쳤다. 원자재 창고에 들리는 통에 통근뻐스까지 놓쳐 기옥은 삼십 리 길을 거의 걷다싶이 하여 오전 첫 번째 휴식시간이 되여서야 공사장에 당도했다.

경식이도 기옥이가 보이지 않아서 아침 첫 시간부터 공사장의 여기저기를 살피였다.

어제 저녁 너무나 격분해서 주먹을 부르르 떨던 경식이 그 밤으로 당장 기옥에게 달려가지 않고 오늘 아침까지 참고 기다렸다는 것만도 놀라운 일이였다.

그런데 인제야 드디여 기옥이가 공사장에 나타났다.

"기옥이, 좀 만나자."

경식은 맞받아 걸어 나가서 기옥의 앞을 막아섰다.

"만나자요. 나도 만나자던 참이예요."

"저기 가자.……"

경식이가 휙 돌아서더니 앞에서 걸어간다. 기옥이도 그 뒤를 따라 걸었다.

경식이는 한참이나 씩씩거리며 산등성이 쪽으로 올라가더니 제일 마지막 돼지우리에로 들어갔다.

이번에 확장공사를 하면서 새로 짓는 돼지우리로서 아직은 벽체만이고 지붕도 미처 씌우지 못해서 하늘이 올려다보이였다. 기옥이도 거기에 따라 들어갔다.

그저 순순히 따라 들어가지는 않았다.

"사람을 돼지우리에는 왜 끌고 들어오나.…… 흥."

"돼지우리? 이게 돼지사지 돼지우리야?"

"흥, 돼지사나 돼지우리나……"

"말을 자꾸 돌리겠어?"

경식이는 눈살이 꼿꼿해가지고 기옥의 앞에 바투 다가섰다.

"똑바로 말해야 돼? 내 좀 묻자."

"물으라요."

"우리 입고전표와 출고전표 그리고 부기장부까지 다 까면서 나를 문제 세우고 있다는 게 사실이야?"

기옥은 태연하게 대답했다.

"사실이예요."

"좋아. 그리고 창고장을 우리 아버지, 어머니한테 보낸 게 너였다는데 그것도 사실이구?"

"사실이예요!"

"사실이다? 그리고 도제 열 키로밖에 안 되는 후불권을 들춰내가지고 큰 도적이나 잡은 것처럼 끝까지 파고들겠다고 소란을 피운다는데 그것도 사실이구?"

"사실이예요!"

"뭐, 어쩌고 어째?"

경식은 불이 이는 듯한 눈길로 기옥이를 쏘아본다.

기옥이도 맞받아 쏘아보았다.

"왜 사람을 쏘아봐요?"

"고와서! 에그, 요런 독한 걸 어느 놈이 데려가겠는지……"

"호호, 저런 독한 사람한테 어느 처녀가 시집을 오겠는지……"

"그럼 뭐 나도 독하다는 소리야? 너 정말……"

"그 소리를 누가 먼저 했나? 누가……"

"뭐?"

경식은 갑자기 말문이 막혀 계속 떠듬거리기만 하였다.

"너 정말, 너 정말……"

"나보고 자꾸 너, 너…… 하지 말라요."

"그럼 너라구 하지 않으면 뭐라고 하라는 거야?"

"초급단체 위원장 동지지……"

"사람들이 있을 때는 그렇게 불러도 우리 둘만 있을 때는 그렇게 못 부르겠단 말이야. 내가 한번 못한다면 못해.……"

기옥은 저도 모르게 킥— 하였다. 더는 참지 못하고 웃어버렸던 것이다.

"확실히 좀 남던가 좀 모자라……"

"아니, 너 정말 나를 어떻게 보고 하는 소리야? 뭐, 내가 모자라?……"

"모자라지 않으문. 내가 뒤에서 저를 잡으려 한다구 생각하는 게 모자라는 생각이지 그게 어디 온전한 생각이예요?"

"뭐?"

경식은 대답을 찾지 못하고 멍하니 기옥이를 쳐다보다가 겨우 입 안의 소리로 얼버무리였다.

"그런데 네가 왜 자꾸 내 뒤를 캐고 따지며 돌아가는가 말이야?"

"이자 내 말하지 않았어요? 좀 남던가 모자란다구. 그래 남는 건 내가 좀 덜어가지구 모자라는 건 내가 좀 보태주자고 그래요. 무슨 말인지 알겠어요?"

경식이도 하는 수 없이 허허 웃었다.

"잘은 놀고 있다. 너 지금 나를 진짜 못난이로 보는 것 같은데 그렇다면 좋아! 너 그럼 내게 남는 건 덜구 모자라는 건 어디 한번 보태려무나. 네가 노는 걸 좀 보자.……"

"좋아요. 그럼 아까 내게 따지고 들듯이 나도 한 가지 좀 따지고 들자요. 그 고기를 어데다가 넘겼어요? 대라요."

"못 대! 그건 묻지도 말구 내게서 그걸 알아낼 생각은 하지도 말란 말이야.……"

경식은 딱 잡아뗐다. 기옥이도 물러서지 않고 한발 더 바싹 다가들었다.

"왜 못 대요? 떳떳치 못하니까 못 대겠지요? 그래 정 급한 모퉁이에 들어가서야 대겠어요?"

"못 댄다니까, 내가 바쁠 때는 늘 신세를 지다가 그 형님이 좀 바빠하길래 별로 많지도 않은 걸 먼저 후불로 신세를 좀 입혀놓구 지금 와서 그 이름을 척척 불러대면 그것도 사람이 할 짓이야? 나는 그렇게 못 해……"

"정 안 대면 내가 어데 가서나 기어코 찾아내고야 말겠어요."

"찾아낼 수 있으면 어서 찾아내려무나. 내가 안 대주는데 제가 어데 가서 찾아? 흥……"

경식은 더 이상 말씨름을 하기가 시끄럽다는 듯 휙 돌아서서 밖으로 나가버리였다.

기옥은 맥을 놓고 벽돌장 우에 털썩 주저앉았다.

제가 초급단체 위원장만 아니라면 그리고 아버지의 체면만 아니라면 경식이와 영영 마주 서고 싶지도 않았다.

그러나 한편으로 다시 생각하면 경식이가 불쌍하기도 하고 동정이 가기도 하였다. 자기가 하는 일의 뒤끝을 생각할 줄 모르고 후과를 걱정할 줄 모르면 철이 없어 보이는 법인가부다. 알면서 저지른 잘못은 괘씸하기라도 하지만 경식이처럼 저렇게 후과를 생각 못하다가 뜻하지 않게 화를 당한다면 차마 못 볼 것을 보는 때처럼 가슴이 아파질 것만 같았다.

그래서 기옥은 그 원자재를 경식이가 제 리속(잇속)으로 어데 팔아넘긴 것이 아니라 이자 본인의 입으로 말한 것처럼 제발 후불로라도 어데 먼저 준 것이였으면 하고 은근히 바라게 되였다.

물론 그것도 엄중한 위반이기는 하다. 그러나 위반이라는 것과 위법이라는 것이 자그마한 차이라도 있다면 경식이는 제발 그 위법에 속하지 말고 위반에라도 속했으면 다행이겠다는 생각이 들었다.

그 바라는 마음에서 생긴 것인지 몰라도 기옥은 어쩐지 경식이가 한사코 비밀에 붙이는 그 사람을 꼭 찾을 수 있을 것만 같은 예감이 자꾸 들었다.

그리고 보면 제가 아까 경식에게 "정 대지 않으면 내가 어데 가서나 기어코 찾아내고야 말겠어요." 했던 것도 그러한 예감에서 불쑥 나온 말이 아니였겠는가 하는 기대까지 생기였다.

다시 좀 곰곰히 생각해보자. 아까 경식의 입에서 '그 형님의 신세'라는 말을 기옥은 벌써 오늘까지 두 번째로 들었다. 첫 번째로 들었던 것은 경식이네 집에 갔을 때였다. 그날 경식은 빚 독촉 같은 전화를 받을 때 그런 말이 입에서 불쑥 나왔었다.

그런데 아까 경식이가 리성을 잃다싶이 하면서 벅작 떠들 때 그 말이 또 나왔다.

"뭐, 누구에게 주었는가구? 그건 절대로 말 못해! 내가 바쁠 때는 늘 신세를 지다가 그 형님이 정 바빠하길래 얼마 되지도 않는 걸 먼저 후불로 좀 주고 지금 와서 그 이름을 척척 불러댄다면 그것도 사람이 할 짓이야?"

과연 그가 누굴가? 문득 형님이라고 하였던 말이 머리에 떠올랐다. 그 단어가 왜 떠올랐을가 하고 생각을 톺아보니 경식이가 형님이라는 말이 나올 때마다 그 형님이라는 단어 앞에 우습강스러운(우스꽝스러운) 단어가 붙군 하던 생각이 났다. 집에 갔을 때 경식이가 전화를 받던 그 목소리를 다시 귀에 재생시켜보았다.

"독고 형님, 내 오늘 중으로 찾아가서 꼭 갚을게요, 꼭……"

그때 기옥은 "도끼 형님?" 하면서 깔깔 웃었던 생각도 났다.

그러니까 경식은 또 "도끼 형님이 뭐야? 독고 형님이지."라고 했다.

그런데 이자 여기서 방금 또 "형님" 소리가 다시 나왔다.

방금 그 말을 다시 재생시켜보니 분명 서로 신세를 지고 신세를 갚는 사이가 분명한 듯하였다.

그런데 그 형님의 앞에 독고라는 성 씨가 붙어서 '독고 형님'이 되였다. 독고 형님! 독고 형님을 찾자.

한 걸음 더 들어가서 생각해보니 그 독고 형님은 경식이가 합숙에 자주 찾아가군 하는 기계공장의 자재 인수원이 틀림없을 것 같았다.

경식이를 찾아갔던 그날 저녁 독고 형님이라는 사람을 얼핏 보았던 생각이 떠올랐다. 그때 그는 물고기종합회를 큰 접시에 담아들고 들어와서 경식의 신세를 지는 인수원인데 자기의 성의로 받아달라고 말했다.

틀림없겠구나! 경식이가 휙 돌아서 나간 다음에 혼자 앉아서 여기까지 추리판단 하는 데 아마 10분쯤은 잘 걸렸다.

경식이는 아까 제 입에서 그 사람의 이름이 나오기 전에는 천상 그가 누군지를 절대로 알아내지 못한다고 큰소리를 쳤다. 지어 어디 한 번 찾아볼 테면 마음대로 찾아보라지 하고 기옥이를 비웃기까지 하였다. 그러나 기옥이는 지난날 경식의 말 한마디, 한마디까지도 다 더듬어서 끝내 이러한 추리판단으로 독고 형님을 생각해냈던 것이다.

기옥은 그가 틀림없을 것이라고 믿었다. 아니, 그가 틀림없어야 한다. 그래야만 경식은 이번 일을 교훈으로 삼아서 앞으로 규정과 규범을 고지식하게 지킬 줄 알고 무슨 일에서나 후과를 미리 생각할 줄 아는 생활 방식을 터득하게 될 것이다. 제발 제 리속을 채우기 위해서 나라의 법과 규정을 어기는 그런 사람으로 되지 말았으면……

문제는 기옥이가 추리판단으로 확정한 그 사람이 독고 형님이 틀림없어야 하며 또 그가 틀림없다고 하더라도 저는 이 일에 전혀 상관이 없다는 투로 나온다면 그때는 어떻게 할가 하는 걱정을 하니 그를 찾아 다급한 발걸음을 옮기는 처녀의 두 다리가 저도 모르게 후들후들 떨리는 듯하였다.

하여간 이제는 내친걸음이니 그 사람을 만나놓고 보자. '독고 형님'이라는 사람을 혼자 속으로 이렇게 내정해놓고 지금 다급히 찾아가고 있는 이 기대선만 해도 기옥에게는 더없이 다행스러운 일이였다.

그러고 보면 기억 속에서 그 사람을 용이하게 찾아낼 수 있도록 '독고'라는 희귀성을 가진 것마저 어쩐지 고마운 듯한 생각까지 들었다.

그 희귀성 때문에 독고 형님을 찾기도 쉬웠다.

"저…… 미안하지만 독고 동지를 좀 찾아줄 수 없을가요?"

이렇게 이름도 대지 못하고 독고를 찾아달라고 부탁했는데 뒤마당(뒷마당)에서 파를 다듬던 위생복 차림의 료리사(요리사) 녀인이 군말 없이 공급과 사무실 쪽을 향하여 크게 소리 질렀다.

"독고 인수원! 고운 처녀가 찾아왔네."

"무슨 처녀가 나를?……"

마침내 독고 형님이 기옥의 앞으로 걸어왔다.

그때 그날 물고기종합회를 큰 접시에 담아들고 합숙방으로 들어오던 그 인상 그대로 오늘도 푸접 좋게 기옥이를 맞아주었다. 그도 기옥이를 인차 알아보았다.

"가만, 그날 우리 합숙에 경식이를 찾아왔던 그 처녀 동무가 아니요?"

"예, 저도 그날 만났던 생각이……"

"맞구만, 오목눈……! 하하, 그런데 어떻게?"

"제 독고 동지를 만나러 여기 온 걸 우리 경식 동무는 모르고 있습니다."

"경식이가 모르고 있다?"

독고 형님은 문득 긴장해지였다. 경식이 때문에 알게 되였던 이 처녀가 경식이가 모르게 왔다는 그 말 한마디에 벌써 무슨 심상치 않은 일이 생겼다는 것을 예감하는 듯하였다.

"자, 그렇다면 들어가서 이야기하기요."

기옥은 그를 따라 공급과 사무실에 들어갔다.

독고 형님은 기옥에게 의자를 권하고 나서 그와 마주 앉더니 허리를 굽히며 한 손으로 턱을 고이였다.

"그래, 무슨 일이요?"

기옥은 월말 원자재 구입, 추고통계를 집계하는 과정에 창고의 잔고에서 빈자리가 생겼다는 것과 그것이 경식의 몫이라는 데까지 사실대로 말한 다음 이렇게 덧붙이였다.

　"당사자는 승인을 받지 않고 제 마음대로 후불처리한 데 대해서는 잘못했다고 말하면서도 그것을 어데, 누구한테 주었다는 데 대해서는 끝내 말하지 않습니다. 제가 바쁠 때는 빈번히 신세를 지다가 이번에는 반대로 저쪽에서 좀 바빠하길래 별로 많지두 않을 걸 후불로 먼저 주어놓구서는 이런 때 아무개한테 주었다고 대준다면 그건 사람이 할 짓이 아니라는 거지요 뭐.……"

　독고 형님은 한마디도 놓치지 않고 기옥의 말을 다 듣고 나서 따지는 듯한 어조로 물었다.

　"그런데 통계원 동무는 어떻게 돼서 그 대상이 나라고 생각하게 됐소? 경식이는 말하지 않았다면서……"

　"자기가 신세지는 형님이 이 공장에 있다는 소리를 그전에 한번 들었던 적이 있었거던요. 그리고 전화를 걸 때 독고 형님이라고 부르는 소리도 한번 얼핏 들었던 생각이 나구요. 아니나요?"

　독고 형님은 하하…… 큰소리로 웃었다.

　"맞소, 내가 맞소."

　"정말입니까?"

　"정말이 아니면, 내가 괜한 험테기(덤터기)를 쓰자고 그런 거짓말을 하겠소."

"고맙습니다, 독고 동지!"

기옥은 너무도 기쁜 김에 저도 모르게 두 손이 앞으로 쑥 나갔다. 그리고는 독고 형님의 두 손을 꼭 잡고 마구 흔들었다.

"됐어요. 후불로 입출고 규정을 위반한 정도라면 그래도 한결…… 됐습니다."

독고 형님은 눈길을 아래로 떨구더니 천천히 고개를 끄덕이였다. 그리고는 들릴 듯 말 듯 혼자소리처럼 중얼거리였다.

"경식이가 사람이 못할 짓이라고 하면서 끝내 내 이름을 안 대주더란 말이지? 그러구 보면 내가 사람질을 못할 놈이거던……"

독고 형님은 천천히 고개를 들고 조심스러운 눈길로 기옥이를 건너다보았다. 그리고 힘들게 입을 열었다.

"사실은 경식이를 좀 도와준 그 턱을 대고 내가 우리 집에 대사가 있어서 후불로 먼저 좀 가져다 썼던 건데…… 통계원 동무, 정말 면목이 없게 됐소. 내 그만 경식이가 원자재 창고의 내부규정을 어기게 만들었으니……"

"아닙니다, 우리 경식 동무가 나쁜 마음이 아니였다는 걸 알게 된 것만도 저는 정말 기쁩니다."

"경식이가 뭐, 나쁜 마음을 가질 사람이요?"

그런데 그의 다음 말이 기옥의 가슴을 다시 철렁하게 만들어주었다.

"며칠 전에 내가 그 후불처리를 다 했는데 아직 문건정리를 제대로 해놓지 않았는가.……"

"아니, 그럼 독고 동지는 그걸 다 갚았다는 거예요?"

"갚지 않구? 현품을 가져다주면 좋겠다고 해서 내가 직접 차에 실어다주었는데……"

기옥은 깜짝 놀랐다. 현품을 직접 실어다주었다면 경식이가 그것을 받아서 어데다 어떻게 처리했다는 것인가. 걱정스럽던 나머지 기옥은 못된 생각부터 먼저 들었다. 그것을 팔아서 혹 돈을 만들었다면……

"아니, 본인이 왜 현품을 직접 가져다달라고 했을가요?"

"참, 그 쪽지편지가 여기 어디 있을 텐데……"

독고 형님은 기옥의 앞에서 자기의 청백함을 보여주려는 듯 책상서랍을 열더니 종이쪽지를 얼른 꺼내주었다.

"자, 여기에 다 씌여 있지 않소? 경식의 부탁이…… 한번 읽어보오."

긴장해서 그 쪽지편지를 들여다보는 기옥의 고운 얼굴에 함박꽃 같은 웃음이 활짝 피여올랐다.

"독고 형님, 수고스러운대로 그 후불을 고기 현품으로 실어다가 우리 돌격대 후방부에 넘겨주면 정말 고맙겠어요. 사실은 우리 집에서 자진하여 후방사업을 맡아 나섰더랬습니다. 그 명목으로 내가 시간을 좀 받으라고 생각해서였지요. 독고 형님도 알다싶이 나는 돌격대에서 떨어질 수가 없지 않아요? 그런데 지금은 우리 집에서도 후방사업을 딱 끊었어요. 동무들이 나와 우리 부모들의 속을 빤히 들여다보는 것 같애서 어디 얼굴을 들고 다닐 수가 있습니까. 하루가 급해요. 정말 부탁이예요. 수고스럽지만 독고 형님이 후불권의 고기를 여기 후방부 공급과에 실어다가 우리 부모들의 지원물자로 등록시켜주면 내가 그래도 얼굴을 좀 들고 다닐 것 같은데…… 꼭 부탁합시다. 홍경식"

기옥이는 눈물이 찔끔 나오도록 기뻤다.

"독고 동지, 됐습니다! 이것이면 됐습니다.……"

독고 형님은 의아해서 기옥이를 쳐다보았다.

"아니, 뭐가 됐다는 거요?"

"글쎄, 이것 하나만이면 됐습니다."

기옥의 새까만 오목눈에 맑은 것이 가랑가랑 맺히였다.

"고마와요, 독고 동지! 정말 고마와요. 이 편지를 제가 가져도 일 없겠습니까?"

"일 없지 않으문……"

독고 형님은 히죽이 웃으며 능청스러운 눈길로 기옥이를 건너다보았다.

"그만하면 짝이 괜찮아! 경식이가 하도 귀동자처럼 자라서 철이 좀 없어 보이는가 했는데 이런 처녀를 골라잡은 걸 보면 그 녀석이 또 그렇지도 않거던."

"어마나? 그런 게 아닙니다.……"

"체…… 다들 처음에는 아니 아니 하더라."

기옥은 자리에서 일어나며 너무 기뻐 독고 형님의 손을 잡고 어린애처럼 마구 흔들었다.

"또 만나요, 독고 동지! 정말 고맙습니다."

"그럼 경식이랑 한번 같이 우리 만나기요."

"네, 꼭 한번 인사하러 오겠어요."

기옥은 가벼운 마음으로 공급과를 나섰다.

금시 뒤마당을 지나 후문으로 막 나서는데 "통계원 동무!" 하고 독고 형님이 기옥이를 부르며 급히 뒤따라 나왔다.

그는 기옥의 손에 큼직한 구럭지를 들려주었다.

"우리 식당에서 만드는 효모빵인데 품평회에 나가서 1등 없는 2등을 한 거요. 얼마 되지는 못해두 자, 가지고 가오."

"잘 먹겠습니다."

기옥이는 인사하고 돌아서서 다시 공사장을 향하여 거의 달리다싶이 하였다.

한 손에는 맛있는 빵 구럭지도 큼직한 걸 들었겠다. 이래저래 처녀의 마음에는 날개가 돋친 듯하였다.

경식이가 결코 나쁜 사람이 아니였다. 창고의 내부규정을 좀 위반했을 뿐이였지 그는 나쁜 마음을 먹었던 것은 아니였다.

그 누구든지 그가 나쁜 사람이 아니라는 것을 증명해냈을 때처럼 그런 기쁨과 환희는 이 세상 그 무엇에도 비기지 못할 것이다. 더우기 경식 동무가 집단에 대한 미안한 생각도 하고 동지들이 혹 제 속을 들여다보지나 않을가 하는 그런 자격지심까지 가지고 있다는 그것이 무엇보다 제일 기뻤다.

기옥은 처음으로 경식의 얼굴 생김생김이 눈앞에 선히 그려지였다. 지금까지는 금시 만났다가 헤여져도 잘 떠올려지지 않던 얼굴이였다.

그저 허여멀끔한 얼굴 모습만 남아 있을 뿐이였다. 그런데 지금은 그의 눈이 무엇인가를 감추기도 하고 무엇인가를 말하기도 하는 그런 깊은 의미를 담고 있는 듯한, 그래서 남달리 그 눈이 검실검실해 보이는 듯한 새로운 경식의 얼굴이 그려지였다. 사람은, 지어 책에 나오는 사람도 자기의 얼굴이 있어야 한다는 말이 이래서 생겼나봐 하고 기옥은 혼자 생각하였다.

그런 사람들과는 무엇인가 말하고 싶어지는 법인지 기옥은 이제 경식이를 만나는 순간의 첫 대사를 속으로 자꾸 찾아보았다.

"흥, 나보고 뭐라 했던가요? 어디 한번 찾아볼 테면 찾아보라고 했지요? 찾았어요, 독고 형님을 찾아냈단 말이예요."

생각해놓고 보니 경식의 깜짝 놀라는 얼굴은 떠오르는데 만나는 첫 순간의 대사치고는 너무 해발딱(모양새 없이 바라져서 납작한 모양) 하고 깊이가 없었다. 이때까지 흥분했던 마음에 비하면 뜨거움이 지내 좀 약했다.

"경식 동무! 어쩌다 그런 용한 생각까지 다 하게 됐어요?! 그런 기특한 생각을 다…… 이런 날이 꼭 오리라는 걸 나는 믿었어요."

이렇게 만들어놓고 보니 어쩐지 훈시조가 된 듯하고 경식이를 마치 개조 대상으로 취급하는 듯하여 이 두 번째 대사도 역시 마음에 들지 않았다. 하여간 나도 모르겠다. 이제 만나놓고 보자. 만나는 첫 순간에 한쪽 손이 나가든 두 손이 다 나가든 어쨌든 그를 붙잡고 기쁨에 넘칠 것만은 뻔했다. 그 순간에 첫마디가 무슨 말이 나오겠는지 그때 저절로 나가는 대사가 내 마음속에 하고 싶었던 말일 것이다. 이런 생각을 하는 새에 벌써 공장에 당도했다.

그런데 이렇게 마음은 경식이에게 가 있으면서도 기옥의 발걸음은 어째선지 저도 모르게 정치지도원 방 앞에 와서 멎었다. 이것도 역시 경식이를 위한 것이였는지 모른다. 아마도 경식이를 더 기쁘게 하고 싶은 마음이 제가 직접 만나는 것보다 정치지도원이 그를 먼저 만나도록 해주고 싶었을 것이다. 하긴 정치지도원도 지금 기옥이를 눈이 까매서 기다리고 있을 것이다.

아까 독고 형님을 찾아 공사장을 떠날 때 기옥은 정치지도원을 먼저 만나서 제 생각이 옳은지, 그른지를 구체적으로 보고하고 승인을 받았었다. 그는 기옥의 추리판단이 십중팔구는 들어맞을 것이라고 지지하면서 어서 떠나라고 등을 떠밀어주었다. 설사 틀린다고 하더라도 일단 목표를 세웠으면 한번 그대로 해보는 것도 나쁘지 않겠다고 힘을 주었다.

기옥이가 방에 들어서자 정치지도원은 벌써 모든 것을 대뜸 다 알아차리고 먼저 입을 열었다.

"허, 우리 초급단체 위원장이 누구라구! 경식이가 제 아무리 입을 다물었댔자 무슨 소용이야? 기옥이가 벌써 그 당사자를 찾아서 만나고 오는데……"

"어마나! 정치지도원 동지가 그걸 벌써 어떻게 다 압니까?"

"기옥의 그 얼굴이 지금 다 말해주고 있지 않나?"

"아이 참……"

기옥은 자그마한 손을 빨간 볼에 가볍게 올려다대였다.

정치지도원은 허허 웃으며 제가 먼저 입을 열었다.

"그래, 그 독고 형님이라는 사람이 우리 기옥이 앞에서 꼼짝없이 드러내놓았단 말이지?"

"네, 만나보니 서글서글하고 무척 좋은 사람이었습니다.……"

기옥은 독고 형님을 찾아가서 만났던 이야기들을 하나도 빼지 않고 차근차근 다 말하였다.

그리고는 건사했던 쪽지편지를 정치지도원의 앞에 보란 듯이 내놓았다.

"이건 뭔데?……"

그 쪽지편지를 무심히 내려다보던 정치지도원이 돌연 커다란 손바닥으로 책상을 탁 쳤다.

"사람을 알아냈소! 또 하나 우리 젊은 사람을 알아냈단 말이야.……"

정치지도원은 너무 기뻐 자리에 벌떡 일어서기까지 하였다.

"그게 제일 기쁜 소식이다! 좌우지간 집단에 대한 미안한 생각을 할 줄 모르는 사람은 도덕적 관념두 높을 수 없겠지? 그리고 남들이 제 속을 들여다보는 것 같아서 마음이 꺼려하는 것, 여기서부터 량심(양심)도 생기고 자각도 생기는 거겠지? 기옥이가 전번에 모임 앞에서 말하던 그 인격 문제!…… 가만 있자, 내 지금 누구한테서 배운 소리를 누구한테 하고 있니?"

"아이 참, 정치지도원 동지도!……"

정치지도원은 몹시 흥분했었다. 그는 창문을 활짝 열더니 공구를 메고 가는 어느 작업복 차림의 청년을 향하여 소리쳤다.

"소대장 동무, 홍경식 동무를 찾아서 내 방으로 빨리 좀 보내주오."

그는 창문을 닫으려다가 다시 한 번 또 소리쳤다.

"그리고 후방참모한테도 좀 알려주오, 내 방에 얼른 오란다구.……"

그가 창문을 닫을 때 기옥이도 자리에서 움쭉 일어섰다.

"정치지도원 동지! 돌아가겠습니다."

"왜? 초급단체 위원장이랑 같이 만나면 더 좋지! 그 독고라는 동무가 주었다는 이 맛있는 빵도 같이 나누어먹으면서……"

"이런 때는 정치지도원 동지가 혼자 만나는 게 더 좋을 것 같습니다."

기옥은 끝내 돌아서서 도망치듯이 자리를 떴다.

그런데 도망치듯이 뛰쳐나오는 짧은 순간에도 기옥은 정치지도원한테서 또 수수께끼 같은 이상한 소리를 한마디 들었다. 그것은 방을 나서는 기옥의 뒤모습을 지켜보며 정치지도원이 혼자소리로 하는 말이었던 것이다.

"허허, 역시 그 아버지에 그 딸이야.……"

갑자기 저건 또 무슨 소리야? 알지도 못하는 우리 아버지는 왜 꺼들면서…… 그러나 지금은 그 수수께끼를 생각할 새가 없었다. 경식이가 나타나기 전에 그가 오게 될 반대쪽으로 빨리 피해야 하였다.

기옥이가 야외가설식당 옆으로 착 돌아섰을 때 경식은 작업장 쪽에서 터벅터벅 걸어오고 있었다. 한 손을 주머니에 꾹 찌른 채 눈길을 땅에 박고 발걸음을 옮기는 그 모습이 어쩐지 근심이 가득 차 보이였다. 기옥은 이제 정치지도원의 방에서 벌어지게 될 그들의 극적인 이야기들을 머리속에 그려보면서 작업복을 갈아입으러 휴계실로 들어갔다.

　기옥의 눈에 담긴 것처럼 경식은 정말 근심이 가득한 채 정치지도원의 방문을 조심히 두드렸다.

　분명 원자재실사에서 제기된 그 후불권 문제일 것이다. 정치지도원이 찾는다고 할 때부터 가슴이 두근거리기 시작하더니 문 앞에 당도했을 때는 가슴 속에서 쿵쿵 방망이질 소리가 귀에까지 들리는 듯하였다. 아마도 떳떳치 못한 데서 오는 죄의식 때문이였을 것이다.

　경식이가 그 고기를 독고 형님에게 후불로 넘겨줄 때까지는 며칠 후에 인차 규정대로 재정처리를 하리라는 생각밖에 다른 마음은 없었다. 이것도 물론 규정위반이기는 하지만 아직 위법으로까지는 아니라고 볼 수도 있었겠다. 그런데 거의 보름이 지나도록 누가 별로 눈을 살피는 기색이 보이지 않았다. 이때 또 경식은 주머니에 얼마간의 돈이 좀 필요하였다. 창의고안 제작에 수고를 많이 해주는 성준이와 그 합숙호실의 다른 동무들도 한번 다 같이 식당에 데리고 가서 잘 대접해주고도 싶었고 두루 손에 돈을 좀 쥐였으면 하는 생각이 들었다.

　독고 형님에게서 그 돈을 받아 주머니에 넣었던 바로 그날 오후에 창고장의 심상치 않은 전화가 왔었다. 경식은 제가 규정을 위반했다는 데 대해서는 인정하면서도 어데다 주었다는 데 대해서는 입 밖에 낼 수가 없었다. 만약 누구든지 독고 형님을 만나기만 하면 그 돈이 제 손에 들어왔다는 것이 즉시에 알려지기 때문이였다.

　경식은 초조해나기 시작했다. 저녁에 독고 형님을 찾아갔더니 집에도 아직 오지 않았고 직장에도 없었다. 그래서 아침에 받았던 현금과 함께 쪽지편지를 한 장 써 놓았던 것이다. 편지에 쓴 그 내용은 물론 거짓말이 아니였다. 그러지 않아도 공사장에서 시간을 좀 받게 하려는 생각으로 부모들이 자진하여 시작했던 후방사업이 끊어진 때부터 경식은 지휘관들과 동무들이 저와 부모들의 속을 빤히 들여다보는 것만 같아서 늘 마음이 송구했던 것이다. 어차피 언제인가는 부모들한테 사실대로 툭 털어놓고 그 후불권을 청산하지 않으면 안 되게 된 이상에는 그 돈을 후방사업에 썼다고 말하는 것이 제일 무난하기도 하였던 것이다. 돈이 내 주머니에 들어왔다가 도로 나가기까지 이 모든 공정에 대해서는 아직 누구도 모른다.

어떤 경우에도 독고 형님에 대한 말만은 입 밖에 내선 안 된다.……

벌써 정치지도원의 목소리가 두 번이나 문밖으로 울려나왔다.

"예, 들어오시오. 어서 들어오라는데……"

경식은 고개를 떨군 채 출입문을 열고 조심히 들어섰다.

"정치지도원 동지, 홍경식 찾아서 왔습니다."

"앉소, 앉으라는데……"

경식이가 엉거주춤하며 의자 끝에 조심히 앉았을 때 정치지도원은 그의 앞에 큼직한 빵 구럭지를 밀어놓았다.

"먹소, 나도 하나 맛보구……"

정치지도원은 구럭지에 손을 넣어 빵을 꺼내더니 경식의 손에 쥐여주기까지 하였다. 그리고는 저도 하나 집어 들었다.

"자, 독고 형님이 경식이한테 보낸 효모빵인데 나도 하나 얻어먹어도 일 없겠지."

경식은 소스라치듯 깜짝 놀라며 빵을 손에 든 채 떡 굳어지고 말았다. 앞이 캄캄해진다는 말을 더러 들어보기는 했지만 이렇게 제가 당해보기는 난생처음이였다. 정치지도원의 입에서 느닷없이 독고 형님의 소리가 불쑥 튀여나올 줄이야.……

바로 이때 손기척 소리가 나더니 머리 벗어진 후방참모가 들어섰다.

"저를 찾았습니까?"

"예, 우선 이 맛있는 빵부터 하나 드오."

"아니, 갑자기 무슨 빵을?……"

"홍경식 동무가 우리한테 내는 거요."

후방참모는 정치지도원이 쥐여준 빵을 손에 든 채 의아해서 경식이를 건너다보았다. 뭘 낸다는 사람치고는 꾸어온 보리자루(보릿자루)처럼 빵을 손에 든 채 고개를 푹 숙이고 앉아서 지금 누구한테 권하는 자세보다는 비판을 받고 있는 듯한 표정이였다.

정치지도원은 후방참모가 왜 어리둥절해하는지 알 만하다는 듯 허허 웃었다.

"딴 게 아니고 홍경식 동무네 집에서 고기를 또 실어온 게 있소?"

"예, 이 동무네 부모들이 지원물자로 보내는 거라면서 어떤 젊은 사람이 차에 싣고 왔길래…… 참, 그 사람의 수표를 받아놓은 것도 저한테다 있습니다."

"물론 있겠지요. 그 독고라는 성을 가진 사람이 제가 직접 수표도 했을 거구……"

"독고가 맞습니다. 독고병일이라고 했던지…… 그런데 혹 무슨 일이라도?……"

"아니 아니, 그런 건 아니구……"

경식은 지금 사람의 생각을 알아맞추는 그런 방에 앉아서 제 속을 몽땅 털리우는 듯한 환각까지 생길 지경이였다. 언젠가 과학환상그림책을 보니 거기에 사람의 속생각을 척척 알아내는 신비스러운 기계가 있다더니……

경식은 제가 지금 바로 그 기계 앞에 앉아 있는 것만 같았다. 저 정치지도원이 그런 기계가 아니고서야 이렇게까지 사람을 놀래울 수가 있을가. 이제는 깨여진 바가지요, 쏟아놓은 물이였다. 저쯤 깨깨 다 알아냈으니 그 돈이 내 주머니에 들어왔다 나갔다 했던 그 공정인들 모르고 앉아 있을 리가 만무했다. 이제는 그것을 까밝히는 것으로 나를 놀래울 차례가 왔다.

그런데 정치지도원은 다른 말로 경식을 놀래웠다.

"후방참모 동무, 수고스러운대로 이번에 가져온 그 고기를 우리 급양관리국 원자재 창고에 싣고 가서 좀 입고시켜주시오."

"예?"

"그건 집에서 부모들이 보낸 게 아니고 이 홍경식 동무가 뒤에서 조직한 거요."

"아니?……"

경식은 그 이상 더는 앉아 배길 수가 없었다.

그래서 "저……" 하며 엉거주춤 일어서려는데 정치지도원이 다시 눌러 앉히였다.

"앉소, 경식 동무는 앉아서 듣기만 하면 돼. 듣다가 내가 하는 말이 틀리는 데가 있으면 그때는 일어나서 의견을 제기해도 되구……"

그리고 나서 정치지도원은 의자를 바싹 끌어당기였다.

"후방참모 동무! 우리 저 경식 동무를 좀 보오! 제가 창의고안 한답시고 공사장에 못 나올 때는 그 명분으로 후방물자를 싣고 와서 바치다가 제가 나오는 그 순간부터 딱 끊으면 동무들이 제 속을 들여다보는 것 같애서 얼굴을 들고 다닐 수가 없더라는 거요."

정치지도원은 책상 우에 놓여 있는 쪽지편지를 들어 보이기까지 하였다.

"이건 내가 뭐 짐작으루 지어내서 하는 말도 아니고 저 홍경식 동무가 여기에다 그렇게 썼길래 하는 말이요."

저것 봐라, 내가 누구도 모르게 독고 형님에게 썼던 저 쪽지편지까지 정치지도원의 손에 들어갔을 적에야…… 그러니 그 편지의 뒤에 있었던 일들을 모를 수가 있겠는가. 그러나 그는 지금 그 모든 것은 한마디도 입 밖에 내지 않고 계속 저렇게 칭찬만 하고 있는 것이다.

"'얼굴을 들 수가 없었다!' 말은 한두 마디인데 많은 걸 생각하게 하는 말이요. 그걸 자기 동무에게 시켜서 우리 공급과에 입고시켜놓고는 아무에게도 내색을 하지 않고 입을 꾹 다물고 있는 그 마음…… 나는 그것이 얼마나 좋은지 모르겠소."

후방참모도 다시 한 번 경식이를 돌아보며 한동안이나 고개를 끄덕이였다.

"저런 고운 마음을 그까짓 돼지고기 몇 십 키로나 몇 백 키로 같은 데 나 비기겠습니까!"

후방참모는 일어나 나가다가 손에 들고 있는 빵을 들어보였다.

"홍경식 동무, 이 손에 든 건 내가 가지고 가서 마저 먹어도 일 없겠소?"

경식은 대답 대신 고개를 푹 떨구었다.

후방참모가 나간 후에 정치지도원은 한동안이나 경식의 쪽에 눈길을 보내였다. 경식은 지금 고개를 숙이고 앉아서도 저를 쏘아보는 정치지도원의 눈길을 꼭 보는 것만 같았다.

그의 목소리도 이번에는 엄하게 들리는 듯하였다.

"내게 뭐 할 말은 없소?"

모든 것을 죄다 알고 있는 것이 분명한 그에게 무엇이라고 대답해야 할지 얼른 입이 열리지 않아 한동안 갑자르기만 하였다.

정치지도원의 목소리가 다시 울리였다.

"그럼 내게 물어볼 말은 없소?"

"없…… 없습니다."

"물어볼 말이 있을 것 같은데?……"

그리고는 딱 꼬집어서 물었다.

"내가 이 모든 걸 누구한테서 알게 되였는지 묻고 싶겠는데?……"

"누군지 저는 압니다."

"누구요?"

"우리 공사장에 그런 처녀 악발이(악바리)가 한 명 있습니다.……"

정치지도원은 하하하…… 큰소리로 웃었다.

"그럼 더 할 말이 없으면 나가서 일을 하오."

경식이 도망치듯 일어나 나오려는데 정치지도원은 그의 손에 구럭지를 들려주었다.

"자, 이건 동무가 가지고 가오."

……

기옥은 걸싸게 삽질을 하면서도 눈길은 지휘부의 가설 건물 쪽에만 팔고 있었다.

정치지도원에게 불리워 갈 때도 푹 숙이였던 경식의 머리는 빵 구럭지를 들고 그의 방에서 나오는 이 순간까지도 여전히 쳐들지 못하고 있다.

웬일일가? 이제 곧 밝은 얼굴로 나타나리라고 생각했던 경식이가…… 기옥은 작업장 쪽으로 걸어오는 경식이를 등지고 돌아서서 못본 체 하며 여전히 삽날을 땅에 박았다.

경식은 구럭지를 들고 빙빙 돌아가며 동무들의 손에 빵을 하나씩 쥐여주었다. 그 통에 작업장은 자연스럽게 간단한 휴식시간으로 넘어갔다. 경식은 허리를 굽히고 이 손, 저 손들에 부지런히 빵을 쥐여주는데 어느 자그마한 손은 그것을 얼른 받지 않는다.

의아해서 쳐다보니 한 손에 삽자루를 든 기옥이였다.

"왜 그래? 내가 주는 건 안 받겠다는 거지?……"

"좀 만나자요."

기옥이가 먼저 제일 마지막 돼지우리 쪽으로 발걸음을 옮기였다.

경식이도 빈 구럭지를 흔들며 그의 뒤를 따랐다.

아침에 둘이 만나서 서로 티각(티격)거리던 바로 그 지붕도 없는 돼지우리였다.

경식은 따라 들어오며 좀 메사한(쑥스러운) 듯 혼자 중얼거리였다.

"돼지우리에는 왜 끌고 들어와?"

"흥, 이 길을 처음에 누가 개척했나……"

"허, 개척까지야 뭐.……"

다음 순간은 경식이도 정색해지였다.

"그런데 왜? 제가 이겼다는 거지?……"

"그럼 경식 동무가 이겼다고 생각해요?"

경식은 갑자기 할 말이 없어졌다. 어제도 아니고 바로 오늘 아침에 그가 누군지 내가 말하기 전에는 절대로 찾지 못한다고 이 자리에서 큰소리로 호통을 쳤는데, 기옥은 끝내 독고 형님을 만나서 모든 것을 말짱다 알아내고야 말았던 것이다.

기옥이가 또 한 번 을러댄다.

"왜요? 말해보라요."

"맞아, 동무가 이겼어. 동무는 아주 유능한 녀성(여성) 정찰병이야.……"

기옥은 웃음이 터지려는 것을 겨우 참으며 또 한 번 들이댔다.

"정치지도원 동지한테서 칭찬을 좀 받았으면 받았지 어깨를 좀 낮추라요. 잔뜩 우쭐해가지구……"

"뭐, 칭찬? 지금 동무와 정치지도원 동지가 속으로 나를 떠보고 있는 줄 내 모를 줄 알아?"

"뭘 떠본다는 거예요?"

경식이도 능청스러운 눈으로 기옥을 쳐다보았다.

"내 뒤를 깨깨 다 캐가지고 정치지도원 동지한테 먼저 일러바친 걸 내 모를 줄 알아? 동무는 시침을 뻑 따고 모르는 척했지만 나도 정치지도원 동지 앞에서 동무를 다 까밝혔단(까발렸단) 말이야.……"

"뭘 까밝혔어요? 말해보라요. 얼마나 솔직한가 어디 좀 들어보자요."

"정치지도원 동지가 묻더구나, 이 모든 걸 누가 다 알아냈을 것 같은가구. 그래 내가 이렇게 말했지. '예, 저도 다 압니다. 우리 공사장에 그런 처녀 악발이가 한 명 있습니다.' 왜? 틀렸어?"

기옥은 배를 그러안고 깔깔 웃어댔다. 별로 마뜩지 않아 하는 경식을 보면서 저 동무는 확실히 칭찬받는 걸 창피스러워하는 성미구나 하는 생각이 들며 기옥은 그에게 한발 다가서서 정답게 속삭이였다.

"보라요. 이젠 마음이 다 편안해지지 않았어요? 모든 걸 다 드러내놓으니 떳떳하고 얼마나 좋아요?"

17. 서로 다른 생각

최국락이네 집에서는 이날 저녁 명절처럼 흥성거렸다.

그도 그럴 것이 기옥이가 월말 원자재통계를 집계하다가 경식의 출고에서 불미스러운 문제점을 찾게 되였을 때 온 식구가 모여앉아 걱정인들 얼마나 했고 그 방책을 찾느라고 마음인들 얼마나 썼던가. 기옥이가 경식이네 집에 창고장을 가보도록 했던 것도, 그 일이 뜻대로 안 되자 제 자신이 발 벗고 나서서 독고 형님을 끝내 찾아낼 수 있었던 것도 그의 뒤에는 아버지의 뒤받침(뒷받침)이 있었기 때문이였다.

그랬던 것만큼 오늘 경식의 후불 문제의 의혹이 완전히 해명되여 그 기쁜 소식을 안고 집으로 가는 기옥의 발걸음에는 날개가 돋친 듯하였다. 그런데다 오늘따라 기옥은 집으로 빨리 가야 할 또 하나의 다른 일이 있었다. 그것은 아직도 풀리지 않고 있던 그 수수께끼의 답이 이제 빨리 집으로 돌아가서 무엇인가를 한 가지 얼른 확인해보는 데 따라 명백히 나올 수 있었기 때문이였다.

그 단서도 기옥은 정치지도원에게서 찾게 되였다. 오늘 낮에 정치지도원의 방에서 나올 때 등 뒤에서 들려오던 그의 말이 온종일 머리속에서 떠나지 않았다.

"역시 그 아버지에 그 딸이야!……"

이 말은 우리 아버지를 잘 알지 못하고서는 도저히 나올 수 없는 말이였다. 그렇다면 정치지도원이 우리 아버지와 잘 아는 사이라는 것인데……

이런 생각을 계속 하고 있던 오후 마지막 작업시간이였다. 흙을 가득히 싣고 작업장을 벗어나던 자동차가 웅뎅이에 빠져서 부릉부릉 하며 모지름을 쓰기만 하고 좀처럼 헤여나오지 못하였다. 젊은 축들이 모여붙어서 어깨를 들이밀고 "어샤, 어샤……" 하며 힘내기를 했으나 부릉부릉 할 때마다 지독한 연기만을 뿜어주면서 끝내 나오지는 않고 계속 애를 먹이였다.

이때였다. "다들 비키시오!" 하며 정치지도원이 달려왔다. 그는 사람들을 물러서게 하고 젊은 운전사의 팔을 잡아 내리우더니 제가 운전칸에 올라앉은 것이였다.

어쩌자고 저러는가. 모두들 눈이 휘둥그래서 지켜보고만 있었다. 정치지도원이 차에 올라 운전대를 잡은 것은 아직 누구도 본 적이 없었던 것이다.

자동차는 윙— 하고 두세 바퀴 뒤걸음(뒷걸음)을 쳤다가 앞머리를 픽 돌리더니 부릉— 하며 웅뎅이에서 땅크(탱크)처럼 쑥 솟아올랐다.

"야!"

모두들 환성을 울렸다. 젊은 운전사는 장갑을 낀 손으로 뒤머리(뒤통수)를 문지르며 운전기술까지 언제 다 배웠는가 하는 눈길로 정치지도원을 힐끔 쳐다보며 씩 웃었다.

"쳐다보긴……" 하며 정치지도원은 주먹으로 젊은 운전사의 잔등을 쿡 치고 나서 허허 웃었다.

"내 이래 뵈도 산발루 포차 끌고 오르내리던 포차 운전수야. 아스팔트 길에서나 우쭐거리며 차를 몰구 다니더니 오늘 혼났지? 하하……"

모두들 즐겁게 웃어댔다. 기옥이도 따라 웃다가 문득 정색해지였다. 저런 소리를 늘 자주 들었던 기옥이였다. 이자 그 포차라는 소리와 아스팔트라는 소리는 쌍둥이 단어처럼 아버지의 입에서 버릇처럼 노상 외워지군 하였다.

아버지가 약초포전에 나가기로 되여 있는 그런 날 아침에는 어머니와 거의 어김없이 이런 이야기가 오가군 하였다.

"여보, 오늘 약초포전에 간다는데 산길에 차를 조심해서 몰아요."

"하지 않아도 될 걱정을…… 내가 그래 아스팔트 길에서 운전기술을 배운 사람이요? 노상 산발을 오르내리던 포차 운전수를 보구……"

아버지의 그 말을 들을 때면 기옥의 마음도 온종일 편안해지군 하였다. 저녁에 아버지가 돌아올 때까지 마음이 놓였다.

그래서 기옥의 귀에는 '산발', '포차', '아스팔트 길'이라는 이 세 단어가 정답게 무르익어 있었다.

그런데 오늘 이 세 단어가 다 합쳐진 그 귀에 익은 말마디가 정치지도원의 입에서 불쑥 나왔다.

물론 우리나라에 포차 운전수 제대병사가 어찌 아버지와 이 정치지도 원뿐이랴. 하지만 두 사람의 어제날(어젯날)의 포차 운전수 제대병사들 이 신통히도 서로 엇바꾸어가며 기옥에게 이따금 깜짝깜짝 놀래우는 수수께끼를 던져주군 했던 것이다. 이것이 추리판단에 령리한 이 처녀의 삼단론법(논법)에 걸려들고야 말았다.

기옥은 지금 자기의 추리판단을 멋지게 결속 지을 수 있는 하나의 자신만만한 묘안을 안고 집으로 가고 있는 것이다. 그래서 기옥의 발걸음 에는 더구나 날개가 돋치였다.

기옥은 집에 들어서자바람으로 웃방으로 올라가서 문을 꼭 닫고 사진첩을 펼치였다. 아버지가 병사 시절에 찍었던 사진들을 한 장 한 장 뒤지기 시작했던 것이다.

모범중대 판정에서 우를 쟁취하고 기념으로 찍은 사진 속에 정치지도 원과 비슷한 병사가 하나 있기는 한데 얼굴들이 너무 작게 나와서 맞는 것 같기도 하고 틀리는 것 같기도 하여 자신이 없었다.

아래방 쪽에서 어머니는 벌써 두 번씩이나 재촉하였다.

"집에 들어왔으면 옷부터 갈아입지 않고 거기서 뭘 하니?"

그러나 기옥은 대답할 경황조차 없었다. 한 장 또 한 장 번지는데 이번 에는 아버지가 제대되여 중대를 떠날 때 잊지 못할 전우들과 헤여지면 서 찍은 사진들이 나왔다. 그 가운데서 단 두 명이 찍은 한 장의 사진에 서 밤알만 한 정치지도원의 얼굴이 나타났다.

"호호……"

서로 어깨까지 척 견고 하하 웃고 있는 정치지도원을 들여다보니 기옥이도 호호 웃음이 나왔다. 아, 드디어 수수께끼를 풀었다는 쾌감, 그 재미란 이루 말할 수가 없었다. 그래서 혼자 깔깔 웃었다. 어머니는 참다못해 웃방 문을 열었다.

"아니, 너 어데 잘못된 게 아니야? 뭐가 그리 좋아서 혼자 그냥 웃고 있어?……"

"어머니는 차차 알게 돼요."

그리고는 또 웃어댔다. 이때 아버지가 퇴근해서 들어서는 통에 기옥은 얼른 사진첩을 제 자리에 집어넣고 아래방으로 내려갔다.

"아버지! 오늘 좀 늦으셨네."

"오냐, 그런데 우리 기옥이 오늘 퍽 좋은 일이 생긴 모양이구나.……"

"좋은 일이 한두 가지가 아니예요."

"그럼 어디 빨리 들어보자."

어느새 어머니는 밥상을 차리였다. 기옥은 어머니의 일손을 거들어 줄 념(생각)도 하지 않고 아버지의 옆에 착 붙어앉아서 말꼭지를 떼기 시작하였다.

"경식 동무가 입을 열게나 뭐예요? '내게 더 묻지 말라. 죽어도 나는 모른다.' 뭐 이런 식으로 나오면서 제가 무슨 영화의 주인공이나 되는 것처럼 얼마나 우습게 놀던지.…… 호호……"

어머니가 안타깝던지 참지 못하고 다그쳐 물었다.

"아니, 웃지만 말고 빨리 말을 해야 알지? 그래 후불로 주었다는 경식의 그 말이 사실인지, 사실이라면 누구한테 주었는지 그걸 그래 못 알아냈니?"

"어머니, 이 딸이 누구나? 좀 자세히 보라마.……"

"호호, 놀구 있다."

"단방에 찾았지요."

"찾았어?"

어머니는 너무 기뻐서 환성을 올리다싶이 하였다.

그럴수록 기옥은 더더욱 으쓱해지였다.

"찾다 뿐이겠나? 모든 것이 다 말끔히 해명됐지요 뭐."

"아이구, 한시름 놓인다!"

"만나보니 경식 동무가 형님처럼 따르는 독고라는 성을 가진……"

"독고? 애개, 그 성두 참 별스럽구나."

"그래도 그 독고라는 별스럽게 생긴 성 때문에 실마리를 찾았지요 뭐."

어머니는 너무 좋아서 손바닥까지 마주쳤다.

"네 이야기가 정말 정탐(탐정)소설을 듣는 것 같이 재미나는구나."

그러는데 아버지는 돌연 얼굴을 찡그리였다.

"여보, 이 국이 왜 이렇게 짜오?"

"짜졌어요?"

그 통에 기옥의 이야기가 끊어졌다. 기옥은 아버지를 가볍게 흘겨보며 주먹으로 무릎을 꾹 찔렀다.

"아버지는 뭐나? 내 이야기에는 하나도 감동이 없이……"

"아니, 감동이라는 거야 속으로 하는 거지 너의 어머니처럼 저렇게 겉으로 하는 거냐?"

이렇게 우스개소리로 슬쩍 넘기기는 했으나 사실상 아버지는 지금 기옥의 이야기를 흘려버리고 있었다.

자기의 말을 감동이 없이 듣고 있다는 기옥의 볼멘소리가 결코 틀리지는 않았다. 아버지는 아까 벌써 정치지도원의 전화를 받으면서 기쁨과 감동을 한 차례 이미 다 겪고도 남음이 있는 뒤였던 것이다.

그때 정치지도원은 기옥이와 경식이를 제각기 만나고 나서 제일 먼저 아버지에게 전화 걸어주는 것을 잊지 않았다. 그때 아버지는 우선 경식의 후불 문제에 대한 걱정스러운 소리를 들었을 때 제일 먼저 정치지도원을 찾아서 자기의 의사도 비추어보고 이 일이 제발 위법 행위로까지는 번져지지 않았으면 하고 바랐다. 그 바랐던 대로 일이 잘 풀렸을 때 정치지도원은 이 기쁨을 전화로 아버지를 만나 인차 알려주었던 것이다.

아버지는 너무 기쁜 나머지 "됐구만! 강명국 동무, 수고했네." 하고 말했다.

"허허, 내가 수고했나요?"

정치지도원은 기옥이가 추리판단이 어찌나 령리한지 독고 형님이라는 후불대상자를 끝내 찾아내서 경식의 깨끗한 마음을 들여다볼 수 있는 반가운 종이쪽지를 가지고 왔던 사연이며 그 독고 형님에게서 효모 빵까지 받아가지고 왔는데 그것이 지금 자기의 책상 우에 놓여 있다는 이야기까지 하여 아버지는 전화를 받으며 계속 시름없이 웃었다.

기옥은 지금 아버지가 아까 정치지도원에게서 이미 다 들었던 이야기를 흥분에 넘쳐 다시 쭉 다 되풀이하고 있는 것이다.

글쎄 아버지가 남들처럼 능통성이 좀 있는 사람 같으면 지금 기옥의 이야기를 처음으로 듣는 듯이 안해와 함께 맞장구를 치면서 연극을 좀 놀 수도 있었을 것인데 천상 둘러칠 줄을 모르는 아버지는 기옥의 말을 듣는 둥 마는 둥 하다가 저도 모르게 불쑥 국이 지내 짜졌다는 소리까지 함으로써 촉기(사물이나 현상을 빨리 알아차리고 느끼는 기운) 빠른 딸에게 또 한 번 언질을 잡히게 되였다.

기옥의 오똑한 입술에 능청스러운 미소가 그려지였다. 사진첩의 단서까지 쥐였겠다, 이제는 오늘까지 숨겨오던 그 수수께끼의 내막을 파헤쳐놓을 참으로 재미나는 순간이 다가왔다.

기옥의 첫마디는 이렇게 시작되였다.

"참, 이상하지? 우리 아버지가 오늘 저녁에는 좀 별나……"

"허, 그 아버지가 그 아버지겠지 뭐가 별나 보인다는 거야?"

"나는 아버지가 시켜서 그대로 다 해놓구 기뻐서 보고를 하는데 아버지는 지금 내 이야기를 듣는 둥 마는 둥……"

"듣고 있다. 말이야 귀로 듣지 입으로 듣니?"

조금도 뜨끔해하지 않는다. 첫 대사가 너무 약했다.

그래서 이번에는 강도를 좀 더 높이였다.

"아버지! 아버지가 이 이야기를 누구한테서 벌써 다 듣고 오신 게 아니예요?"

그 순간 아버지는 흠칫했다.

"내가 어데서 들은 데가 있어야 듣지? 너는 이따금 가다가 넘겨짚기를 잘하더라.……"

기옥은 호호 웃었다. 이제 웃방으로 쪼르르 달려 올라가서 사진첩을 안고 내려오면 모든 것이 끝장나는 판이였다. 그때는 아버지가 하는 수 없이 껄껄 웃으며 이런 말로 손을 들고 항복할 것이다.

"아이쿠! 우리 이 명물한테 들장났구나(들통났구나).……"

그러나 이 순간 기옥은 문득 생각이 달라졌다. 이 이상 더 빠개놓고 아버지를 항복시키고 싶지 않았다.

첫 스승인 아버지의 그 따뜻한 마음을 지켜주고 싶은 갸륵한 심정에서였다. 아버지가 왜 굳이 정치지도원과의 사이를 딸에게 숨기려 하는지 기옥은 너무나 잘 알고 있었다. 혹 다른 일부 아버지들 같으면 정말 더없는 좋은 기회로 여기고 초급당부비서이며 공사장의 정치책임자인 그를 통하여 조금이라도 제 자식에게 유리한 조건을 만들어주려고 숨기기는커녕 오히려 소리치며 뛰여다닐 수도 있었을 것이다.

아버지는 그와 정반대로 생각하였다. 사람은 젊었을 때 뒤에 믿을 데가 생기면 거기에 인차 의지하기 마련이라는 것이다. 의지하는 버릇이 생기면 차츰 맥이 빠지고 맥이 빠지면 나중에는 잔등을 아예 바닥에 붙이고 드러눕게 되며 종당에는 자식을 무골충으로 만들 수 있다는 것이 아버지가 늘 오빠와 자기에게 입버릇처럼 외우던 말이였다. 그래서 너희들은 조금도 기대일 데가 없이 제 발로 떡 뻗치고 제 힘을 키워야 한다…… 아버지는 자식들을 이런 높은 요구성으로 키워왔다. 어찌 보면 자식들에게 지내 가혹한 것 같기도 하였다. 그러나 그렇게 키워야 부모로서 후날에도 자식들에게 부끄럼 없다는 것이 아버지의 진정이였다.

그래서 지금도 정치지도원과의 전우 관계를 애써 숨기려 하는 아버지의 마음을 기옥은 마지막까지 지켜주고 싶었던 것이다.

기옥은 말머리를 슬그머니 돌리였다.

"하긴 아버지가 지금 내 말을 주의 깊게 들으면서 깊은 생각을 하시는 것 같애요. 아버지! 무슨 생각을 하고 계셨나?"

"음, 온종일 나는 전번 날 네가 읽어주던 오빠의 일기장 한 구절을 생각했다. 사람은 평범한 일상생활에서도 자그마한 고마움이라도 무겁게 받아 안을 줄 알아야 하고 남의 수고를 무겁게 느낄 줄 아는 법을 배워야 한다던 그 구절이 말이다."

전혀 다른 방향의 이야기였다. 그러나 아버지는 지금 무엇인가 딸한테 요긴하게 해주고 싶은 이야기를 가슴 속에 안고 있는 것이 분명하였다. 그래서 기옥은 조심스럽게 아버지의 얼굴을 쳐다보았다.

"아버지! 갑자기 오빠의 일기장은 왜 생각하게 됐어요?"

"갑자기가 아니지. 오늘 점심시간에 국수를 먹다가 말이야……"

이번에는 또 오빠의 일기장으로부터 국수로 넘어간다. 마저 다 듣지 않고서는 아버지가 지금 무슨 이야기를 하려는 것인지 도무지 짐작이 가지 않는다. 기옥은 긴장해서 아버지의 얼굴을 또다시 쳐다보았다.

그런데 아버지는 돌연 껄껄 웃었다.

"요새 말이다. 우리 공장의 구내식당에서 점심 한 끼 국수를 아주 맛있게 잘해준다. 닭알(달걀)도 꼭꼭 놓아주고 고기도 몇 점씩은 떨구지 않구……"

기업소의 식사 질이 높아진 이야기를 시작해놓고는 무엇 때문인지 정색해지였다.

"그러자니 우리 후방부 일군들이 밤낮으로 얼마나 힘들게 뛰였겠니? 당에서는 지금 종업원들의 생활을 책임진 우리 일군들이 있는 힘을 다해서 뛰고 또 뛸 것을 바라고 있으니까…… 국수의 질이 높아지니 우리 종업원들의 식당도 자연히 흥성거려졌을 게 아니겠니. 내 옆의 식탁에서 한 젊은 녀석이 국수를 받아놓고 흐뭇한지 이렇게 말하더라. '우리 공장의 이 많은 종업원들을 이렇게 매일 먹이자면 하루에 돼지를 적어도 세 마리는 잡아야겠지? 거기다 또 야간교대 인원들까지……' 그 간단한 몇 마디에도 고마움을 뜨겁게 받아 안는 마음이 깔려 있더란 말이야. 그런데 같은 또래의 젊은 녀석 하나는 또 이렇게 말하지 않겠니. 세 마리를 잡았으면 돼지 대가리도 세 개나 있겠는데 그건 다 누가 먹어? 돼지발쪽(족발)만 해도 삼사 십이, 열두 개에다가 순대, 내포는 다 어데 가구……"

기옥이도 어처구니가 없는지 쓴웃음을 지었다.

"그러니까 다른 동무들이 뭐라고 하던가요?"

"그때 한 젊은 청년이 이렇게 툭 쏘아주더구나. '그게 그렇게도 눈에 살펴지면 오늘부터 경리과에 가서 돼지를 기르려무나. 하루에 세 마리면 한 달에 구십 마리, 그 먹이를 장만하자니까 우리 후방부 사람들이 돼지의 부산물이랑 가공해서 어데다 넘겨주기도 해야겠지? 네가 재간껏 그 구십 마리의 뜨물(진딧물)이랑 다 구해다 혼자 먹이고 부산물까지도 혼자다 먹으려무나.'…… 그 말을 듣고도 그 못난 녀석은 부끄러워하는 기색은커녕 제가 먼저 큰소리로 하하 웃어대지 않겠니? 육수까지 쭉 다 들이마시면서……"

기옥이도 깊은 생각에 잠겨 아버지의 얼굴을 쳐다보았다.

"아버지의 눈에 그 사람이 되게는 미웠댔구나.……"

"곱지 않더라. 국수 한 그릇도 무겁게 받아 안는 젊은 사람과 그렇지 못한 젊은 사람과의 그 차이가 어디 작은 차이냐? 결국은 사람됨이 되였느냐, 아직 사람됨이 채 되지 못했느냐 하는 그 차이겠는데 그래 이런 차이가 어데서 생겼을 것 같니?"

아버지가 무엇을 말하려는 것인지 기옥은 알았다.

평상시에 자그마한 혜택도 큰 고마움으로 무겁게 받아 안을 줄 모르고 남의 마음고생과 남의 수고를 알아줄 줄 모르면 당의 크나큰 은덕도, 나라의 고마운 혜택도 그것이 어떻게 저한테 안겨지는지를 모르는 속물이 되여버린다는 것을 우리들에게 말하고 싶어 하는 아버지의 마음을 기옥은 말없이 읽고 있었다.

"아버지! 다 알아요. 아버지가 저한테 무슨 당부를 하시는지 다 알아요."

"물론 알 테지. 그러나 너도 그렇고 저쪽 집 경식이도 다들 고생 없이 자랐다. 늘 자기에게 차례지는 크고 작은 모든 것을 고맙게 받아 안는 버릇과 남의 수고를 뜨겁게 받아 안는 버릇을 굳혀야 한다. 그것부터 잘 알아야 나라의 고마운 혜택에 보답하겠다는 마음도 생길 거구⋯⋯"

"예, 명심하겠어요, 아버지의 말씀을.⋯⋯"

기옥은 새삼스러운 눈으로 아버지를 뜨겁게 바라보았다. 정말 자식들의 첫 스승다운 높은 품격을 갖춘 우리 아버지! 어렸을 때 기옥의 눈에 찍혀진 아버지의 손톱눈에는 늘 자동차의 기름때가 배여 있었다. 그러나 단 한 번도 자기의 아버지가 남들의 아버지보다 못나 보이거나 허줄해 보였던 적은 없었다. 아니, 제일 훌륭한 아버지로 돋보이였다. 나를 낳아준 아버지이기 때문만도 아니였다.

어버이장군님께서 부모는 사람들의 첫 스승이다 라고 말씀하신 그 귀중한 명언처럼 나의 아버지도 우리를 옳바른 길로 손잡아 이끌어주는 참된 첫 스승이기 때문이였다.

이 밤에 지배인네 집에서도 기옥이와 그의 집에 대한 이야기였다. 이들은 최국락이네와는 달리 노여운 생각뿐이였다. 그것은 창고장에게서 뜻밖에도 반가운 전화가 걸어왔던 것으로부터 발단이 되었다.

"어머니! 이거 정말 미안하게 되였습니다. 경식 동무에 대한 지나친 오해가 좀 있었던 걸 너무 나쁘게 생각지 말아주십시오. 공사장에 후방 사업을 하느라고 먼저 좀 돌린 걸 모르구……"

전화는 이렇게 시작되여 경식이가 후불로 처리했던 문제가 깨끗이 청산되였으니 마음을 놓아도 일 없겠다는 것과 부모들에게까지 걱정을 끼쳐서 대단히 미안하다는 사죄의 인사까지 덧붙이였다.

"어머니, 정말 안됐습니다. 이렇게 복잡스레 떠들지 않고 제가 내적으로 조용히 처리해야 하는 건데……"

진순영은 쏘파에 앉아 있는 남편 쪽에 슬쩍 눈길을 한번 던지고 나서 입을 비죽거리였다.

"그거야 뭐, 처음부터 창고장 동무가 문제를 들춰가지고 복잡하게 떠들어댄 건 아니지 않나요. 우리는 창고장 동무를 그렇게 생각하지 않습니다."

홍유철은 쏘파에 깊숙이 몸을 묻은 채 전화기 쪽에 눈길을 보내며 말없이 쓴입만 쩝쩝 다신다.

이들 량주의 노여운 화살이 지금 어느 쪽으로 날아가는지도 모르고 창고장은 계속 자기가 잘못했노라 사죄하고 있다.

"그래도 저야 부모님들한테 미안하지요 뭐. 제가 집에까지 찾아가지만 않았더라도……"

"원, 그것두 뭐 창고장 동무가 우리 집에 오고 싶어서 왔던 건 아니지 않나요? 우린 모든 내막을 알고도 남았으니 조금도 미안해하지 마세요."

진순영은 혼자소리처럼 중얼거리었다.

"거야 뭐 뒤에서 다 촉새질을 하는 게 있으니 그랬던 건데……"

"예?"

"아니, 내 혼자 하는 소리예요. 전번 날 저녁에는 참 우리가 안됐습니다. 경식이가 동원이 끝나면 꼭 한번 같이 오세요."

진순영은 송수화기를 덜컥 놓으며 홍유철에게로 다가앉았다.

"보라요. 무슨 큰 도적이나 잡은 것처럼 뒤에서 쏠가닥질(물건을 조금씩 빼먹는 일)을 하더니……"

"내 그러게 그때 뭐랬소? 우리 경식이가 아무러문 국가물자에까지 흑심을 가질 녀석이요? 그 공사장에 후방사업을 시작만 해놓고 중단해버린 우리 잘못도 물론 있지만……"

"그건 글쎄 내 불찰인 거구…… 그런데 저쪽 집에서 기옥이가 그렇게 나올 줄은 정말, 아무리 속으로 삭이자고 해도 영 내려가지 않누만요."

"그 애가 그렇게까지 모질게 나오다니……"

전번에 창고장에게서 기옥이에 대한 말을 처음으로 들으면서 깜짝 놀라던 그날 저녁보다는 이들의 목소리가 그리 높지는 않았다. 그러나 기옥이에 대한 노여움과 괘씸한 생각은 몇 곱절 더 진하게 깔려 있었다. 그때는 별치도 않은 일에 경식이를 지내 나쁘게 몰아치는 것 같은 불쾌감에 이 문제를 다름 아닌 급양관리국 통계원인 기옥이가 들추고 있다는 데 대한 격한 마음이 합치여 저도 모르게 목소리들이 높아졌던 것만은 사실이였다.

그러나 그때 그 격한 목소리 속에도 "정말 경식이가 혹시?……" 하는 불안감이 없지는 않았었다. 그런데 경식이가 일부러 나쁜 마음을 먹고 나라의 재산에 손을 댄 것이 아니였으며 그 뒤처리까지 깨끗이 정리되였다는 창고장의 전화를 받았을 때에는 안도감과 함께 이번에는 기옥이에 대한 격했던 마음이 자연히 노여움으로 번져지였다.

진순영은 남편이 들으라는 듯 일부러 목소리를 높이였다.

"사람들이 그래서는 못쓰지. 쪼꼬만(쪼끄만) 처녀애가 어데라구 우리 집에 대고……"

홍유철은 한 손으로 턱을 고인 채 지그시 두 눈을 감고 생각에 잠겨 중 얼거리였다.

"그 똑똑한 최국락이도 제 자식의 교양에 들어가서는 눈이 멀었더란 말이야. 하긴 자식한테 이기는 부모는 없다더니……"

진순영은 얼른 남편을 향하여 돌아앉았다.

"아니, 무슨 일이 있었어요?"

"음……"

홍유철은 두 눈을 번쩍 뜨더니 안해를 마주 쳐다보았다.

"이 말은 내 하지 말자고 했는데 아직은 혼자만 알구 있소. 전번에 그 창고장이 우리 집에 왔다 갔던 다음 날에 말이요, 최국락이에게 내 조용히 한마디 했댔지, 기옥이가 지금 불집을 일군 이 문제를.…… 그런데 벌떡 놀랄 줄 알았던 최국락이가 히물히물 웃기만 하면서 그 내용을 벌써 다 알고 있더란 말이요."

진순영이는 깜짝 놀랐다.

"아니, 그렇다면 그 집에서 아버지와 딸 사이에 이 문제를 두고 벌써 다 의논이 있었다는 소리가 아니나요?"

"좌우지간 알고 있는 것만은 사실이더란 말이야.……"

진순영은 자그마한 주먹으로 제 무릎을 탁 치며 이제는 모든 것을 다 알만 하다는 듯 볼이 부어서 투덜대였다.

"글쎄 어쩐지 쪼꼬만 처녀애치고는 별로 어벌뚝지가 크다 했더니…… 당신도 좀 생각해보시라요. 기옥이라는 그 애가 통계원이니까 물론 월 말집계를 하다가 우리 경식에게서 그런 약점을 발견해낼 수도 있었겠지 요. 그렇지만 그게 다른 집도 아니구 지배인네 집인데 그 애가 우리 집일 에까지 척척 삿대질하며 소매 걷구 나섰을 때야 그래 제 혼자 마음먹고 그랬을 것 같애요? 뒤에서 제 아버지하고 미리 토론도 없이?"

홍유철은 말없이 한동안 고개를 끄덕이였다. 안해의 말은 틀리지 않았다. 홍유철이도 그렇게 생각하고 있었다. 아니, 최국락 자신까지도 그 때 그렇게 말했었지.……

홍유철이가 최국락에게 이렇게 말했을 때였다.

"최 동무도 알고 있었으면 떠들지 말고 조용히 처리하도록 딸한테 일 깨워줄 수도 있었지 않았겠나? 우리 경식이가 국가재산에 손을 댈 녀석 은 아닌 거구……"

"지배인 동지, 부모라고 해도 제 자식을 다는 모릅니다."

"아니, 그럼?……"

"제 보기에는 집의 경식이가 너무 곱게만 자라서 무슨 일에서나 각성이 좀 덜하구 정돈이 잘 안 된 데도 더러 있는 것 같은데, 절대로 마음을 놓지 말고 미리 관심을 돌리는 게 좋지 않겠습니까? 혹 무슨 뜻밖의 일이라도 생기면 그때 가서 집안에 걱정만 더 커지구……"

물론 틀리는 말이 아니라는 것을 홍유철이도 모르지 않았다. 그러나 기옥이가 이번 일을 복잡하게 만든 데 최국락이까지 관여했다는 것은 사실이었다.

여기에다 안해의 푸념까지 듣고 보니 홍유철은 어쩐지 최국락이가 마음속에서 점점 멀어지는 듯한 허전한 생각이 들었다.

이때 문이 열리며 경식이가 들어섰다.

지금 한창 최국락이네 대한 노여움으로 푸념을 하던 때라 홍유철이도 진순영이도 얼굴들이 밝을 수가 없었다.

경식의 첫마디도 자연히 거칠었다.

"왜 또 무슨 일이 생겼어요?"

홍유철은 한 손으로 턱을 고인 채 말없이 눈길을 떨구었고 진순영이가 먼저 툭 내쏘듯 한마디 내뱉았다.

"뭐, 큰 도적이나 잡아낼 것처럼 벅적 떠들더니 그 후불권인지 뭔지는 다 해결됐다면서?"

경식은 허허 웃었다.

"우리 집은 과연 소식통도 빠르구만요."

"너네 창고장한테서 이자 방금 전화가 왔댔다."

"어머니! 이번 그 문제에서는 나도 교훈을 찾을 점이 많아요. 그러니 그 이야기는 더 하지 말아요."

이때까지만 해도 어머니의 목소리는 별로 높지 않고 조용했었다.

"이 어머니도 물론 잘못한 게 있구……"

그러다가 다시 볼멘 목소리가 터져 나왔다.

"그런데 너무 분해서 그런다."

"아니, 뭐가요?"

"뭐긴 뭐겠니? 기옥인지 뭔지 하는 그 계집애가 뒤에서 노는 꼴이……"

경식이도 차츰 짜증이 나기 시작했던지 얼굴을 찡그리였다.

"아참, 잘 알지도 못하면서 제발 좀 가만있어 달라요. 그 억측 때문에 나까지도 공연히……"

"뭐, 억측?"

진순영의 목소리가 높아졌다.

"그래 기옥인지 뭔지 하는 그 쪼꼬만 계집애가 뒤에서 쏠가닥질 하는 줄도 모르구 너는……"

"기옥이는 그런 처녀가 아니예요!"

너무 뜻밖이여서 진순영은 "뭐?" 하며 눈이 퀭해서 쳐다보는데 홍유철이까지도 얼굴을 번쩍 들고 경식이를 향해 돌아앉는다.

"그런 처녀가 아니다? 자, 이것 봐라.……"

경식이도 내친걸음이였다.

"그리고 남의 집 귀한 딸을 보고 자꾸 듣기 거북하게 계집애, 계집애 하지도 말구요."

진순영은 억이 막혀서 말까지도 더듬거리였다.

"아니 저, 저 녀석이 벌써 빠져두……"

"에익, 이제는 딱 집에 들어오기가 끔찍해서……"

참고 참았던 홍유철의 호령소리가 방안을 드렁 울리였다.

"집에 들어오기가 끔찍하면 눈앞에서 썩 사라지거라.……"

"예, 나가겠어요, 나가요."

"썩 나가라."

경식이는 휙 돌아서서 출입문을 콱 열며 복도로 달려 나갔다. 그의 뒤로 진순영이가 허둥거리며 따라 나갔다.

"경식아! 너 나가란다구 정말 나가니?……"

그러나 경식이는 어둠 속에서 벌써 보이지 않았다.

진순영은 방에 들어서며 아부재기를 쳤다.

"여보, 욕을 하겠으면 그저 욕을 하지 이 밤에 내쫓기는 왜 내쫓아요?"

아차, 홍유철은 고개를 떨구며 떨리는 두 손으로 이마를 떠받들었다. 철부지 시절 집에서 한번 내쫓았다가 두고두고 후회를 했던 그때 그 밤이 오늘 또다시 펼쳐졌다.

18. 밤 길

이상한 일이였다.

오늘 아침 기옥은 통근뻐스에 오르는 순간까지 안타깝게 눈을 살폈으나 경식은 종시 나타나지 않았다. 뻐스가 덜컥하고 떠날 때 기옥이 가슴도 덜컹하였다. 또 무슨 일이 생긴 것이 아닐가.……

더구나 오늘은 동맹회의가 있는 날이다.

기옥은 정치지도원의 방에 가서 동맹원들의 생활정형을 보고할 생각을 하니 벌써부터 가슴이 두근거리였다. 이번 달에 들어와서 경식이가 출근률(출근율)이 높아졌고 작업장을 떠나 조퇴하는 일도 거의 없었던 것을 놓고 정치지도원은 초급일군들의 모임에서 기옥이를 얼마나 칭찬했던지 모른다.

공사장을 바삐 돌아가던 정치지도원이 경식이를 얼핏 스쳐보는 그 눈빛에도 뜨거운 애정이 넘치군 하였다. 집단과 동무들이 제 속을 들여다보는 것 같아서 누구도 모르게 고기를 후방부에 실어다가 바쳤다는 경식의 소행을 정치지도원은 여간만 소중히 여기지 않았다. 그리고 누구도 모르고 지나갈 번했던 이 소중한 마음을 용케 찾아낸 기옥이에 대해서는 요란한 작업 실적을 보고하는 그 어느 다른 초급일군들보다 더 높이 평가하고 있었다.

그런데 오늘 경식이가 공사장에 나오지 않았으니 정치지도원에게 무슨 말로 어떻게 보고해야 할지 막연하였다. 정치지도원은 초급단체가 일을 잘하니 동맹원들의 정신력도 한 계단 더 높아지고 경식이처럼 우리 젊은 사람들이 더욱 아름다와진다고 얼마나 기뻐했던가.

그런데 뜻밖에도 오늘 경식이 때문에 실망을 안겨주게 되였으니 기옥은 난처하기 그지없었다.

공사장에 나오지 않은 구체적인 사연도 알지 못하면서 제 짐작으로 말할 수도 없는 일이고…… 어쩌면 좋을가?

통근뻐스가 공사장에 도착할 때까지도 그리고 휴계실에 들어가서 작업복을 갈아입고 대렬점검에 참가할 때까지도 기옥은 근심걱정에서 도무지 헤여 나올 수가 없었다.

이때 돌연 "차렷!" 하는 구령소리에 기옥은 정신을 번쩍 차리였다. 아침 대렬점검이 시작되였던 것이다.

눈길을 들어 횡대와 종대의 간격을 맞추던 기옥은 깜짝 놀라 돌처럼 굳어지였다.

앞줄에 다른 대원들보다 목이 하나가 더 긴 경식이가 껑충하니 차렷 자세로 서 있었던 것이다.

기옥은 너무 기뻐서 그 달음으로 뛰여가 그의 팔을 잡고 마구 흔들어주고 싶었다.

　대렬점검이 끝나고 작업장을 향하여 헤쳐지는 순간 기옥은 달려가서 "경식 동무!" 하고 그의 팔에 매달렸다.

　"날아왔어요? 통근뻐스도 안 타구…… 뭘 타고 왔어요?"

　"어떻게 왔건 그건 몰라두 돼. 왔으면 됐지……"

　그리고는 작업장으로 성큼성큼 걸어가서 맞들이(들것)를 골라잡았다. 경식의 말마따나 어떻게 왔건 이때까지의 근심걱정이 한순간에 다 사라져버리였으니 정말 한시름이 놓이게 되였다.

　그러나 작업을 하면서도 기옥의 머리속에는 통근뻐스가 있는데도 왜 굳이 그것을 안 타고 이 먼 길을 걸어왔을가 하는 생각이 좀처럼 떠나지를 않았다. 그러다가 점심시간에 취사당번 처녀들을 만나서야 경식이가 어제밤에 작업장의 남자 휴계실에서 잤다는 것을 알게 되였다. 그가 거의 새벽녘이 되여 돌아와서는 모포 한 장을 뒤집어쓰고 텅 빈 휴계실에서 혼자 자더라는 것이다.

　얼핏 생각해보아도 또 무슨 심상치 않은 일이 생긴 것만은 틀림없었다. 점심식사를 끝내고 휴계실로 돌아왔으나 기옥은 별로 휴식을 하고 싶은 생각이 나지 않았다. 그래서 기옥은 일기장을 펼쳐놓고 무엇인가 생각나는 것을 몇 자 또박또박 적었다.

　오늘 하루의 작업은 다른 때보다 눈에 번쩍 띄우게 공사장의 면모를 일신시켜놓았다. 기옥이와 경식이가 다툼질도 하고 웃기도 하던 그 돼지우리에도 문을 달고 말끔히 완성해놓으니 이제는 엄지돼지(성돈)들이

제 새끼를 거느리고 '새집들이'를 해도 손색이 없게 되었다.

그래서 오늘은 다른 날보다 성수들이 나서 퇴근 차비를 하였다. 자신들이 바친 로동에 대한 희열이고 보람이였을 것이다.

통근뻐스가 벌써 작업장 어구에 나와서 그들을 기다리고 있었다.

기옥이도 어느새 외출복을 갈아입고 뻐스 타러 달려왔다. 그런데 이 퇴근뻐스에도 경식이는 보이지 않았다. 차창 안을 들여다보았으나 뻐스 안에도 그는 없었다. 그는 오늘도 집으로 가지 않고 공사장에 혼자 남아있는 것이 분명하였다. 기옥이는 오늘 휴식시간에 경식이에 대하여 일기장에 몇 자 적어놓은 자기의 생각이 틀림없겠다는 것을 이 순간에 더 확신했다.

그 생각까지 하고 보니 뻐스에 선뜻 발이 올라가지 않았다. 기옥은 슬그머니 물러나 뻐스 뒤에 돌아가 섰다. 뻐스는 부릉 하고 파란 연기를 기옥에게 들씌우며 공사장을 떠나갔다.

기옥은 그 길로 휴계실로 달려갔다. 아니나 다를가 텅 빈 휴계실에 경식이가 혼자 누워서 천정을 쳐다보며 출입문 쪽에는 눈길도 돌리지 않는다.

"뭘 하세요?"

그제야 경식은 흠칫 놀라며 출입문 쪽을 바라보았다. 뜻밖에도 퇴근 차림에 들가방(들고 다니는 가방)을 든 기옥이가 서 있는 것이다. 경식은 저도 모르게 벌떡 일어나서 올방자(책상다리)를 틀고 앉았다. 그러지 않아도 경식은 이 호젓한 휴계실에 혼자 누워있자니 어쩐지 마음이 산란해지였었다. 그러다가 뜻밖에도 기옥이를 보는 순간 경식은 반갑지 않을 수가 없었다.

"어떻게 된 거야? 통근뻐스가 떠나는 소리가 났는데 안 가고……"

"경식 동무는 왜 집에도 안 가고 혼자 이러고 있어요? 어제밤에두……"

"그럴 일이 좀 있어.……"

"무슨 일?"

"아까도 내 말하지 않았어? 그런 건 다 몰라도 된다구……"

"흥……" 하고 입을 비죽거리며 기옥은 경식이와 척 마주 앉기까지 하였다.

"집에 왜 안 들어가는지 내 말하라요? 하나도 틀리지 않고 정확하게……"

"어디 말해보라, 어디……"

"에…… 내 참는다."

경식은 비양조가 담긴 눈으로 기옥이를 힐끔 건너다보고 나서 히죽이 웃었다.

"말 못하지? 체, 어쩌다 독고 형님을 한번 찾아낸 걸 가지고 제가 무슨 큰 정탐가나 된 것처럼 우쭐해서……"

"정말 말하라요?"

"말해보라니까, 어서……"

기옥은 입을 열지 못하고 머밋(머뭇)거리기만 하였다.

"좋아요. 차마 마주 쳐다보면서 말을 못하겠는데 내 일기장의 한 토막을 읽어줄가.……”

“일기장?” 하며 경식은 하하 소리내여 웃었다.

“저것 좀 보지? 말이 막히니까 왕청같이 일기장 소리까지 하는 걸……
일기라는 걸 써 보기나 하고 그런 소리를 하면 좋기나 하겠다.”

“아니, 뭐라구요? 그래 경식 동무의 눈에는 내가 일기도 하나 쓸 줄 모
르는 아이 같아 보여요?”

기옥은 어디 한번 본때를 보이려는 듯 가방에서 멋진 학습장을 꺼내
더니 뚜껑을 척 펼쳐보이였다.

“자!……”

속표지에는 ‘일기장’이라고 또박또박 새긴 세 글자가 씌여 있었다.

경식은 히죽이 멋적은(멋쩍은) 웃음을 지으며 목덜미를 슬슬 문질렀다.

“쓰긴 쓰댔구나. 그런데 제 일기장을 남에게 보여주는 법이 세상에 어
데 있어?”

“왜 없어요? 필요한 대목 같은 건 한 토막쯤 읽어줄 수도 있지요 뭐.
하긴 제 일기와 수기를 세상에다 대고 공개도 하고 노래도 할라니……”

“원, 말 같지도 않은 소리를?…… 하하, 제 일기를 노래까지 하는 못난
이가 세상에 어데 있겠어?”

“왜? 〈나의 일기〉라는 노래를 몰라요? 그 가사와 그 곡을 지은 창작가
들이 그래 못난이예요?”

“뭐?” 하며 경식은 금시 말문이 막히였다.

“〈녀병사의 수기〉는 뭐 처녀군인의 수기가 아니예요? 자꾸자꾸 또 대

라요? 〈종군기자의 수기〉……”

경식은 입을 다문 채 뻥해서 기옥이를 바라보며 혼자소리로 중얼거리였다.

“정말……”

“물론 일기장에는 저 혼자 간직하고 싶은 속마음도 있는 거지요. 그러나 때로는 가까운 그 누구에게 보여주고 싶은 대목도 있고 지어는 세상에 대고 말하고 싶은 때도 있지 않을가요?”

경식이로서는 처음 들어보는 말 같기도 하였다. 그래서 그는 잠자코 듣고만 있었다.

기옥은 막상 말해놓고 보니 어쩐지 좀 쑥스러운 생각이 들어 어색한 공간을 호호 웃음으로 메꾸었다.

“내가 경식 동무를 가르치려는 건 아니구요, 그저 일기장에 대한 이야기가 난 김에……”

“그렇다면 기옥이! 그 한 대목을 좀 들어보자꾸나. 내가 집에 안 들어가는 것까지도 거기에 다 썼다는데 맞나, 안 맞나 어디 좀……”

“들어볼래요?”

기옥은 일기장을 펼치려다가 쑥스러운 듯 두 볼이 빨개지더니 뚜껑을 도로 덮는다.

“됐어요.……”

“체, 보라! 말은 그렇게 하면서도……”

기옥은 얼른 일기장을 제 가방 우에 올려놓고 말머리를 돌리였다.

"그건 그거고, 오늘 아침식사는 어떻게 했어요?"

"음식 매대에 나가서 대충……"

"오늘 저녁에는?"

"저녁에도 어데 좀 나가서……"

"가만히 여기 앉아서 좀 기다리세요, 어데 나가지 말고 내가 올 때까지.……"

기옥은 얼른 일어나서 휴계실을 나섰다.

그리고는 곧장 취사장으로 들어갔다. 거기서는 취사당번들이 래일 있게 되는 전투원들의 특식을 준비하기에 여념이 없었다. 기옥이도 소매를 걷어올리고 순대 속을 다져넣은 처녀들 속에 끼워앉았다.

취사당번들의 환영이 이만저만 아니였다.

"좋구나! 우리 조에 공짜 로력이 한 명 더 생겼다."

"저리 좀 비켜! 속도전청년돌격대 시절에 순대가공반 책임자 칭호까지 받았던 내다."

호호…… 즐거운 웃음판이 벌어졌다.

기옥은 같이 따라 웃으면서도 온종일 버럭(버력) 나르기와 지대 정리에 힘을 뽑은 경식이가 지금 얼마나 시장할가 하는 생각을 하니 순대를 넣는 손이 저도 모르게 떨리는 것 같았다.

그러나 지금 경식은 배고픈 생각도 다 잊고 있었다.

그 생각보다 기옥이가 가방 우에 놓고 나간 일기장에 눈길이 자꾸 가는 것을 어찌할 수 없었다.

'내가 집에서 뛰쳐나온 내막도 저기에 다 써놓았다고 했지? 체, 귀신이 아니고서야 제가 그걸 어떻게 알아? 거짓말을 해도 분수가 있지. 하긴 또 몰라, 제 나름대로 무슨 억측을 써놓았을는지도…… 그것이 무엇일가?'

이런 생각을 할수록 경식은 그 대목을 읽어보지 않고서는 견딜 수가 없을 것 같았다. 그렇다고 처녀의 일기장을 펼치자니 그 무슨 남의 귀중한 것을 훔치는 것 같아서 일기장을 잡기도 전에 손부터 먼저 떨리였다.

그러나 아까 기옥이가 하던 말을 생각해보니 다시 용기가 나기도 하였다. 때로는 가까운 그 누구에게 보여주고도 싶고 지어 세상에 대고 소리치고 싶은 말도 적어놓는 것이 일기나 수기라고 하였지.……

여기까지 생각이 미치자 저도 모르게 용기가 생기였던지 얼른 일기장을 집어 들고 마지막 부분을 펼치였다. 다음에는 차츰 구절구절들에 끌리워 들어가면서 문득 기옥이가 들어설 것만 같은 조바심마저도 다 잊었다.

아닌 게 아니라 두 손에 쟁반을 받쳐든 기옥이가 문 앞에 다가와서 손잡이를 당기려다가 그 자리에 우뚝 굳어져버린 것도 전혀 모르고 있었다.

문을 열려다가 불 밝은 유리창을 통하여 일기장을 정신없이 들여다보고 있는 경식이를 띄여본 순간 기옥은 가슴이 철렁하였다. 막상 자기의 일기장을 읽고 있는 경식의 모습을 지켜보느라니 겁이 덜컥 났다. 경식이가 지금 자기에 대해서 쓴 구절을 읽으며 성이 독같이 올라 있는지도 모른다. 하긴 경식의 성미에 성을 내자꾸나 하면 주먹을 불끈 틀어쥐게 될 대목이 한두 군데가 아니였다.

어느 날의 일기에는 이런 구절도 있었다.

……

우리 오빠의 일기장을 읽고 나서 경식 동무를 들여다보면 아, 너무도 철없구나 하는 생각이 든다. 그저 키만 크고 멀끔하기만 했지 왜 저렇게 여물지 못했을가 하는 안타까운 생각이 든다. 나는 경식 동무가 지난날 호부자집 귀동자처럼 될가봐 그게 걱정스럽고 두렵기까지 하다.

……

경식은 문밖에서 기옥이가 저를 지켜보고 있는 줄도 모르고 천정을 향하여 허허 웃는다.

'흥, 철이 없다? 그저 키만 크고 멀끔하기만 하단 말이지.…… 그러니까 내가 육체적 발육은 되였는데 정신적 발육은 부진이라는 그 소리야?'

이런 생각을 하면 당장 기옥이를 불러내다가 아무도 없는 데서 한 대 쥐여박을 수도 있는 경식이였다.

그런데 별로 격동되지도 않고 도리여 허허…… 웃게 되는 것이 또한 무슨 까닭인지 경식은 자신의 생각에도 이상스러울 지경이였다.

그것은 이 일기장에 처녀의 아름답고 깨끗한 진정이 깔려 있었기 때문이였다. 그것이 없었다면 구태여 그 누구의 약점과 부족점을 놓고 그토록 가슴 아파하거나 걱정할 필요도 없을 것이다. 그러나 여기에는 잠시도 마음이 놓이지 않아서 가슴을 조이는 처녀의 안타까운 진심이 깔려 있었다. 그 한마디, 한마디가 뜨거운 입김처럼 경식의 가슴에 흘러들었다.

경식은 마지막 장을 읽다가 우뚝 굳어지며 전등불 밑으로 다가갔다. 오늘 점심시간에 기옥이가 몇 줄 써넣던 대목이었다. 거기에는 경식이가 어제밤에 왜 집에서 뛰쳐나왔겠는가 하는 기옥의 안타까운 심정이 적혀 있었다. 도대체 귀신같은 조화를 부리지 않고서야 이렇게 딱딱 들어맞출 수가 있을가 하는 생각에 경식은 깜짝 놀라지 않을 수 없었다.

일기에는 이렇게 씌여 있었다.

……

어제 퇴근뻐스에는 경식 동무도 탔었다. 그래 분명 집으로 갔을 것이라고 생각했는데 다시 그 밤으로 30리 길을 걸어서 공사장으로 돌아왔다.

왜 되돌아왔을가? 분명 무슨 좋지 않은 일이 생겨서 집을 뛰쳐나온 것같다. 그것이 아마 나 때문이였을 수도 있다. 사실 어제는 우리 두 집이 모두 발편잠을 잘 수 있는 기쁜 날이였다. 경식 동무의 원자재 후불출고 문제가 아주 순조롭게 풀리였던 것이다. 그 소식을 듣고 우리 아버지와 어머니는 너무 좋아서 어쩔 줄을 몰라 했다. 나도 너무 기뻐서 빨리 경식 동무네 집에 전화를 걸어주라고 창고장에게 부탁까지 했다. 그 전화를 받은 경식 동무네 아버지와 어머니의 기쁨은 누구보다 더 컸을 것이다.

그런데 좀 다시 생각해보자.

시름이 놓이는 동시에 그새 나에 대한 고깝던 생각이 큰 노여움으로 번져질 수도 있지 않았을가? 창고장이 처음에 찾아갔을 때 경식 동무의 아버지와 어머니는 나를 "못된 계집애"라고 욕을 했다고 했지. 그러나 나는 창고장에게서 그 말을 전해 들으면서도 깔깔 웃어댔다. 우리를 한

집안으로 여기는 데서 나오는 노여움이였으니까.……

그런데 어제 창고장의 전화를 받고는 나에 대한 더 큰 욕이 나왔을 수 있었다. "보라, 그런데 기옥이 그 못된 계집애는 우리 경식이가 뭐 국가 재산에 손을 대기나 한 것처럼 창고장까지 우리 집에 보내며 뒤에서 쏠 가닥질을 해?" 하고 분해서 벅적 떠들었을 수 있다.

이때 경식 동무가 처신을 잘못한 것 같다.

똑똑한 사람 같으면 한 수 더 떠서 나를 같이 욕을 했어야 했다. 하다못 해 "됐어요. 그래서 나도 그 애를 단단히 혼내줄 작정이예요." 이렇게만 말했어도 밤중에 경식 동무가 집을 뛰쳐나오는 일까진 생기지 않을 수 있었다. 다 원만하게 처신하는 것으로써 그것을 풀어나갈 생각을 했어 야 했다. 그런데 내가 저 때문에 마음을 쓰며 뛰여다닌 걸 모르지는 않았 으니까 대뜸 "그런 게 아니예요. 모르면 좀 가만들 있으라요. 기옥이는 그런 처녀가 아니란 말이예요." 하고 부모들에게 대들었을 것이다.

아버지와 어머니는 극도로 격동되여 "저 녀석이 기옥이한테 빠져도 단단히 빠졌구나." 하면서 이보다 더 험한 욕이 나왔을 수도 있었겠다. 물론 이 모든 것은 억측이여서 내 생각이 혹 틀릴 수도 있겠건만.……

……

여기까지 읽다가 경식은 "흥, 이게 귀신이 아니야?" 하고 혼자소리로 중얼거리였다. 정말 자기의 행동 하나하나, 걸음 하나하나를 다 지켜보 기라도 한 것처럼……

그런데 다음 구절에서는 또 생전 들어본 적도 생각해본 적도 없었던

새로운 소리들이 나왔다. 그 시작은 이렇게 씌여 있었다

......

집을 뛰쳐나옴으로써 경식 동무는 자기의 첫 스승에게 불손한 행동을
하였다.

......

'첫 스승이라니? 이건 또 무슨 소리야?'

의아해서 일기장을 더 바싹 들여다보는 경식에게 기옥의 절절한 목소
리가 귀전(귓전)에 들려오는 듯하였다.

......

경식 동무는 아마 자기의 첫 스승이 학교 때의 선생님들, 기껏 해서 유
치원 교양원 선생님으로 알고 있을 수도 있다. 그러나 자기의 첫 스승이
다름 아닌 저를 낳아 키워준 아버지와 어머니라는 것은 미처 알지 못했
을 것이다. 나도 몰랐다. 나는 우리 오빠의 일기장을 읽어보고서야 어버
이장군님께서 부모는 사람들의 첫 스승이다 라고 가르치시였다는 것을
처음으로 알게 되였다.

그리고 보면 우리 아버지와 어머니한테 걸음마 떼는 법만이 아니라
부끄러워하는 법과 수치감을 느낄 줄 아는 법을 배워야 하며 미안해할
줄 아는 법과 고마움을 무겁게 간직하고 그 고마움에 보답할 줄도 아는
법을 배워야 한다. 그리고 사랑을 귀중히 받아 안을 줄도 알고 사랑을
뜨겁게 바칠 줄도 아는 법, 둘러칠 줄을 모르고 고지식한 사람으로 되는
법, 거짓말을 모르는 솔직한 사람으로 되는 법을 우리는 우리의 첫 스승

들인 아버지와 어머니에게서 배워야 한다.

경식 동무가 며칠 전에 사람들이 자기의 속을 들여다보는 것 같다고 하면서 누구도 모르게 고기를 우리 후방부에 가져다 바쳤다. 자칫했더라면 그 속마음을 모르고 규정위반 일면만 론의(논의)될 번하였다. 사람들 앞에 미안해할 줄 아는 그 자그마한 자격지심도 경식 동무는 알게 모르게 자기의 첫 스승인 아버지와 어머니에게서부터 배웠을 것이다.

우리는 자기들의 첫 스승인 아버지와 어머니에게서 인간됨이 되는 데 필요한 모든 걸음마들을 하나도 놓치지 말고 열심히 익히고 배워야 한다.

그런데 경식 동무는 자기의 첫 스승들을 무시했다.

그래서 집을 뛰쳐나온 것이 분명한 것 같다. 제 집을 쉽게 뛰쳐나오는 사람이 제 집단에서도 쉽게 뛰쳐나가게 되지 않겠는지……

……

여기까지 읽고 나니 경식은 이제 기옥이를 마주 쳐다볼 일이 걱정스러웠다. 무엇인가 혼자 몰래 감추고 있던 것을 누구한테 들키웠을 때 당황해지는 그런 심정 같기도 하였다. 그것을 하필이면 기옥에게 들키우다니……

이때 문밖에서 기옥의 목소리가 들려왔다.

"빨리 문…… 문을 열어요."

기옥은 더 이상 문밖에 서 있을 수가 없어서 이렇게 일부러 큰소리로 재촉했던 것이다.

그 다급한 목소리에 경식은 일기장을 얼른 가방 우에 도로 놓고 황급히 걸어 나가서 문을 열었다. 두 손에 큼직한 쟁반을 받쳐든 기옥이가 얼른 들어섰다. 쟁반에는 김이 문문 나는 먹음직스러운 순대를 무드기 담은 접시가 놓여 있었다.

"식기 전에 빨리 먹자요."

그리고는 턱으로 앉은뱅이책상을 가리켰다.

"저걸 가운데다 좀 끌어오구요."

경식은 시키는 대로 하는 수밖에 없었다. 앉은뱅이책상을 닁큼 들어서 가운데다 옮겨놓기 바쁘게 기옥은 그 우에 쟁반을 척 올려놓았다. 쟁반에는 취사장에서 얻어온 대동강 맥주도 한 병 놓여 있었다. 맥주병을 따는 뽕— 하는 소리에 가뜩이나 속이 텅 비였던 경식이가 군침을 꿀꺽 삼키였다.

기옥은 고뿌에 맥주를 찰랑 붓고 나서 경식이를 쳐다보았다.

"왜 그러고 서 있어요? 앉지 않구……"

경식은 엉거주춤하며 쟁반 앞에 마주 앉아서 기옥이가 내미는 맥주 고뿌를 마치 무거운 돌을 한 손으로 겨우 잡듯 힘들게 받아들었다. 그리고는 입에 가져가다가 도로 놓더니 조심스러운 눈길로 기옥이를 쳐다보았다.

기옥은 모르는 체 하고 미소를 담은 눈으로 경식이를 마주 바라보았다.

"왜 그래요? 뭘 채다가 들킨 사람처럼……"

"챈 거나 같지 뭐. 기옥의 일기장을 몰래 봤으니……"

기옥은 말없이 다시 입가에 고운 미소를 그리였다.

경식은 눈길을 떨구더니 혼자소리처럼 힘들게 입을 열었다.

"미안해. 그 모든 오해를 기옥이는 모르고 있는 줄 알았는데……"

기옥은 자그마한 손을 경식의 입에 가져다대였다.

그리고는 제가 먼저 입을 열었다.

"정 하고 싶은 이야기가 있으면 나처럼 일기를 써서 읽게 해주세요. 말하기도 거북하고 듣기도 거북한데 차라리 나처럼……"

경식은 그제야 히죽이 웃었다.

"내가 뭐 일기라는 걸 써봤어야 쓰지.……"

"남의 일기는 다 읽으면서 그런 소리를 해요? 제가 속으로 생각한 걸 솔직하게 그대로 적으면 그게 일기지.……"

"그럼 나도 한번 일기라는 걸 써서 기옥이한테 시험을 받아봐?"

그 통에 기옥이는 호호…… 소리내여 웃었다.

그래서 경식이도 맥주 고뿌를 가볍게 들고 단숨에 쭉 들이켰다. 동시에 무겁던 입도 가볍게 열리였다.

"입을 막으니까 말은 더 못했는데 이제 누가 기옥이를 색시 삼겠는지 그놈은 머저리가 되겠지?"

"왜요?"

"저보다 앞질러 생각하는 색시하고 살자니까 자연히 머저리가 될 수밖에……"

"그럼 나보다 앞질러 생각하는 사람을 남편 삼으면 될 게 아니겠어요?"

"하하, 세상에 그런 놈이 있을 것 같지도 않다, 원……"

호호호…… 그들은 한동안이나 즐겁게 웃었다.

그들의 재미나는 이야기는 끝이 없었다. 경식은 그 어느 요란한 식당에서보다 오늘 저녁의 간소한 식사가 비할 바 없이 더 즐거웠다고 말했다.

밖에서 윙—윙— 눈보라치는 소리가 창문을 두들겨댔다. 봄에 밀려나는 이 해의 마지막 추위가 몸부림치는지……

경식은 문득 미안한 생각이 들었던지 벽시계를 쳐다보았다.

"기옥이! 나 때문에 집에도 못 가고…… 녀자 휴계실에 가서 눈을 좀 붙여야 하지 않겠어?……"

"예." 하고 기옥은 얼른 일어서며 손목시계를 들여다보았다.

"벌써 시간이 이렇게 됐나? 어서 쉬세요. 난 이제 집으로 가야겠어요."

"뭐?"

경식은 눈이 둥그래서 기옥이를 쳐다보았다.

"아니, 정신 있어? 지금 몇 시인데……"

"가야 해요. 아버지와 어머니가 나를 기다리다 못해 잠을 설치겠는데……"

기옥은 출입문 앞으로 다가가서 손잡이를 잡았다. 더는 막을 수 없다는 것을 경식이도 알았다.

"가만, 그럼 같이 가자! 내가 바래워주어도 일 없겠지?"

"동무해주면 나야 좋지요 뭐."

경식은 헤덤비며 솜옷을 찾아 입고 털모자를 뒤집어썼다.

그들은 30리 가까운 밤길을 2시간 남짓이 걸었다.

눈보라는 그들을 마주쳐왔다. 눈가루가 얼굴을 때릴 때마다 기옥은 장갑 낀 손으로 입을 막았다.

경식은 자꾸만 애처로운 생각이 들어 벌써 몇 번이나 기옥이를 돌아보았다.

"춥지?"

"빨리 가자요. 내가 이 추운 길을 가지 않으면 경식 동무는 오늘 밤에도 집으로 안 들어가요."

경식은 깜짝 놀라더니 한동안이나 말없이 기옥이를 지켜보았다.

'그러니 나 때문에……'

기옥은 그가 너무 마음이 무거워하는 것 같아서 일부러 웃음소리를 내였다.

"호호…… 참, 새벽이 다 돼서 들어가면 집에서 또 별나게 생각할 수 있겠는데 내 확인서를 한 장 써줄가요? 나와 지금까지 밤늦게 산보하다가 헤여졌음을 확인. 확인자 최기옥. 수표…… 어때요?"

경식이도 능청스럽게 맞장구를 쳤다.

"맞아! 얼른 한 장 써주려마.……"

그랬다가 경식은 얼른 한 수 더 떴다.

"그건 안 되겠어."

"왜요?"

"가짜 확인서라고 생각할 수도 있지 않나. 등탈(뒤탈) 없자면 둘이 제창 같이 들어가는 게 어때?"

"맞아요, 그러자요. 그때처럼 내가 팔까지 척 끼고…… 호호……"

그들은 맞바람을 흑흑 삼켜가며 한동안이나 웃어댔다. 눈보라 속에서도 제 할 소리들은 다 했다.

"경식 동무는 늘 봐야 나보다 한 수 더 뜨군 하네."

그들은 또 웃어댔다. 웃다가 어둠 속을 내다보니 어느새 기옥이네 아빠트 현관 앞이였다. 경식은 기옥이가 보이지 않을 때까지 어둠 속에서 그를 지켜주며 서 있었다. 참으로 즐거운 눈보라의 밤길이였다. 잠은 좀 덜 자고 춥기는 했어도 한생의 추억 속에 오래오래 지워지지 않을 가슴 뜨거운 밤이였다.

똑똑…… 경식이가 조심스럽게 문을 두드리기 바쁘게 진순영이가 달려 나왔다. 달려 나오는 속도가 잠자리에서 일어나 나오는 걸음걸이가 아니였다.

진순영의 뒤에는 잠옷 바람의 홍유철이 서 있었다.

그 순간 경식의 가슴도 쩌릿해졌다.

'아직도 쉬지 못하고 있었구나.……'

오늘까지 집에 안 들어오면 아버지와 어머니는 이틀 밤이나 뜬눈으로 날을 밝히며 고통을 겪을 번하였다.

그리고 보면 이번에도 기옥의 말이 맞았다. 방금 현관 앞에서 헤여질 때 기옥은 이렇게 말했었다.

"이제 집에 들어가면 아버지도 어머니도 주무시지 못하고 계실 거예요. 잘못했다고 하세요. 그렇게 울뚝뺄(화를 벌컥 내어 말이나 행동을 함부로 우악스럽게 내놓는 성미, 또는 그런 짓)을 써가지고 집을 뛰쳐나와서 부모들에게 고통이나 주어서야 그게 무슨 자식이겠어요. 설사 아버지와 어머니가 잘못 생각하고 오해하는 점들이 있다 해도 그걸 자신에게서 찾아보세요. 결국은 그게 다 아버지와 어머니가 자식에 대해서 늘 마음을 쓰고 있길래 그러는 거예요. 매사에 부모들이 마음을 놓을 수 있게 이제부터라도 처신을 좀 잘하세요."

말없이 고개를 떨구고 서 있는 경식이를 쳐다보다가 기옥은 돌연 호호…… 웃음을 터뜨리였다.

"왜 또 성을 안 내요? 호호, 걸핏하면 '훈시하지 말라.' 하고 성을 내더니……"

그래도 경식은 잠자코 서 있었다.

기옥은 사정하듯이 다시 한 번 간절히 타일렀다.

"이제 들어가서 어떤 방법으로든 아버지와 어머니 앞에 사죄하세요. 꼭 그렇게 하지요?"

기옥은 말없이 고개를 끄덕이는 경식의 등을 다정히 떠밀었다.……

기옥의 이 당부까지 받고 집에 들어서고 보니 아직도 잠자리에 들지 못한 아버지와 어머니에 대한 죄스러움으로 경식은 가슴이 서늘해지는 듯하였다.

어머니는 따뜻한 아래목(아랫목)에 씌워놓은 상보를 제끼고 밥사발과 반찬그릇들을 상 우에 차려놓으려 하였다.

"어서 가까이 오너라. 지금 몇 시인데……"

"먹었어요, 공사장에서 순대랑 푸짐히……"

홍유철은 아직도 그 자리에 선 채로 경식의 눈치만을 조심히 살피고 있었다.

그러는 아버지 앞에 더욱 미안한 생각이 들어 경식은 조용히 한마디 하였다.

"아버지도 아직 쉬지 않고 계셨군요."

기옥이가 당부하던 사죄의 표시였다.

혹 다른 아버지들 같으면 "이 녀석아, 네가 그렇게 집을 뛰쳐나갔는데 부모들이 잠인들 제대로 잘 수 있겠니?" 하는 푸념부터 시작되였을는지도 모른다.

그러나 홍유철은 경식의 말 한마디를 사죄의 표시로 받아들이고 어제 밤에 집을 뛰쳐나갔던 일은 입 밖에 내지도 않았다.

"학위론문이 채 안 됐는데 잠자리에 일찍 들어가 눕게 됐니?"

홍유철의 왕청같은 대답에 경식이도 왕청같은 말로 받아주었다.

"아버지! 나도 아버지의 그 학위론문을 좀 읽어보자요."

"음?!"

너무도 뜻밖이여서 홍유철이와 진순영은 약속이나 한 것처럼 서로 마주 쳐다보았다. 그리고 거의 동시에 입을 열었다.

"피곤하겠는데 눈을 좀 붙이려무나.……"

그러나 경식은 들은 체도 하지 않고 벌써 책상 앞에 다가앉더니 원고를 번지기 시작하였다.

그가 약학박사의 학위론문을 리해하리라고 믿을 수는 없는 일이였다. 하지만 홍유철이와 진순영은 아들의 등 뒤에 가지런히 앉아서 원고를 읽고 있는 경식의 대견한 모습을 바라보는 것만으로도 시간가는 줄을 몰랐다.

그런데 원고를 읽던 경식이가 돌연 혼자서 키득키득 웃음소리를 내였다.

이건 또 뭐야? 홍유철이와 진순영은 또 한 번 의아해서 마주 쳐다보았다. 작품이라면 몰라도 학위론문에 웃음을 자아내는 대목이 있다니.……

집필자인 홍유철이로서는 더구나 의아해지지 않을 수가 없었다.

"아니, 너 어느 대목이 그렇게 우습니?"

경식은 또 한 번 허허…… 웃으며 아버지와 어머니 쪽으로 돌아앉았다.

"아버지의 론문에서 비만증 환자의 약물치료에 대한 대목을 읽다가……"

"아니, 그게 뭐가 그리 우습다는 거냐?"

"그 약물치료법이야 왜 우습겠어요. 그 대목을 읽다가 갑자기 어느 책을 보던 생각이 나서 웃었지.……"

"뭐?"

"한번 들어보겠어요?"

"어디 좀 들어보자꾸나.……"

경식은 히죽이 웃으며 말꼭지를 뗐다.

"다리통이 한 아름이나 되는 어떤 비만증 환자가 의사를 찾아와서 이렇게 말했어요. '선생님, 더는 저의 이 몸을 이겨내지 못하겠습니다.' 그러자 의사는 이렇게 권고를 했지요. '몸을 까야 합니다. 지금 당신의 그 다리통을 좀 보시오.' 그러니까 그 비만증 환자가 성을 벌컥 내면서 이렇게 말하더래요. '나의 다리는 이보다 더 굵어야 합니다. 이 다리를 가지고도 이 몸을 지탱하기가 힘든데 이보다 더 약해지면 이 뚱뚱한 몸을 어떻게 지탱하라는 거요?'……"

홍유철은 무릎을 치고 진순영은 손벽을 치며 웃어대였다. 그렇게까지 웃길 만한 이야기 같지는 않은데 어째선지 그들은 일부러 만들어서라도 실컷 웃고 싶은 심정들이였다. 걱정스럽던 자식이 밝은 얼굴로 밤늦게 들어와서 이처럼 아버지의 원고를 읽고 있는 모양이 그리도 좋았던지……

홍유철은 대견한 눈길로 경식의 뒤모습을 지켜보며 껄껄 웃었다. 부모들에게 일부러 웃음을 만들어줄 줄 아는 아들을 그는 처음으로 보았던 것이다.

"우리 경식이도 되게 웃기는데……"

진순영이도 흡족해서 맞장구를 쳤다.

"누구의 아들이게요? 아무렴 그 아버지에 그 아들이겠지.……"

"하긴 소학교 때 선생님이 '기린의 목은 왜 그렇게 기나요?' 하구 물으니까 우리 경식이가 '예, 그건 대가리가 몸뚱아리(몸뚱이)에서 멀리 있기 때문입니다.' 하고 대답해서 선생님을 배 그러안고 웃긴 적도 있었지……"

"아버지도 정말……"

경식은 쑥스럽던지 목을 잔뜩 움츠리며 아버지 쪽으로 돌아앉았다.

"아버지! 그거야 내가 아이 때 좀 모자라는 소리를 해서 선생님을 웃긴 건데 아버지는 아직도 그걸……"

아버지는 펄쩍 뛰다싶이 하였다.

"아니, 그게 왜 모자라는 소리야? 기린이라는 동물의 특이한 생존방식을 미리 이야기해주지 않았으니까 너로서는 대가리가 몸뚱아리에서 멀리 있기 때문에 목이 길다구 말한 건데……"

하긴 경식이도 그것을 알 리가 없었다. 그래서 그는 호기심이 담긴 눈으로 아버지를 쳐다보았다.

"아버지, 기린의 특이한 생존방식이라는 건?……"

"기린이라는 놈은 풀을 거의 먹지 않아, 물도 한 달에 한 번이나 먹는 둥 마는 둥 하구. 키는 보통 5메터(미터)두 더 넘는데……"

"그러니까 우리 집 천정보다두 더……"

"키 높은 나무의 순하고 잎사귀만 훑어먹는데 주식은 아카시아나무라고 할 수 있지.……"

경식은 알만 하다는 듯 고개를 끄덕이였다.

"그러니까 명백하지 않아요? 기린의 목이 점점 길어질 수밖에……자, 풀하고 물은 안 먹는다니 머리를 숙일 일은 없겠구, 높은 데 걸 따먹자니 한껏 목을 허공으로 빼들어야 하겠으니 점점 더……"

홍유철은 거의 환성에 가까운 목소리로 안해를 불렀다.

"여보, 들었소?"

"예, 다 들었습니다."

"보란 말이요. 기린의 생존방식을 대충 말해주었는데도 이렇게 정확히 분석하지 않소?"

"예, 예…… 당신의 아들이 똑(조금도 틀림이 없이) 제일입니다."

진순영은 미소가 담긴 눈으로 남편을 가볍게 흘기며 쯧쯧 혀를 찼다.

"그저 별치 않은 걸 가지구두…… 그렇게도 대견해요? 호호."

이제 좀 있으면 날이 밝는다는 것도 그들은 감감 잊고 있는 듯하였다. 하긴 걱정을 안고 자리에 누워서 온밤 잠을 설치기보다는 이렇게 편안한 마음으로 즐거운 시간을 보내니 머리도 오히려 거뜬해지는 것 같았다.

19. 경식의 일기장

왜서일가?…… 별로 크지도 않은 좁은 작업장에서 경식은 왜서인지 자꾸만 기옥의 눈길을 피하군 하였다.

그러다 부득이 기옥이와 마주치게 되는 때면 어쩐지 저도 모르게 움츠러드는 듯한 자신을 느끼였다.

무엇인가 꼭 빚진 것을 갚지 못해서 피해 다니는 심정이였다.

하긴 빚진 것이 있었다. 그날 밤, 기옥의 일기장을 읽고 나서 경식이도 꼭 무엇인가 하고 싶은 말이 있었다. 그래 떠듬거리며 첫마디를 겨우 떼자마자 기옥은 손으로 경식의 입을 막았다. 서로 거북하게 얼굴을 마주 쳐다보며 떠듬거리느니 하고 싶은 말이 있으면 자기의 마음속의 이야기를 일기장에 써놓으라고 하였다.

경식의 생각에도 그것이 좋을 상 싶었다. 기옥의 얼굴을 마주 쳐다보며 용서를 바라느리 차라리 일기장에 하고 싶은 말을 다 써서 제가 읽어보게 하는 것도 나쁘지는 않을 것 같았다. 게다가 또 경식은 처녀의 일기를 먼저 보기까지 했겠다…… 그러고 보면 빚은 빚이였다.

좌우간 한번 써보자. 경식은 제가 가지고 있는 좋은 학습장을 한 권 골라서 거기에 난생처음 일기라는 것을 썼다.

어떻게 쓸 것인가 하고 궁리하다가 경식은 기옥의 일기장을 읽었던 생각을 해보았다. 거기에는 기옥이가 제 마음속에 품고 있는 생각, 제가 누구한테 하고 싶은 이야기들이 솔직하게 그대로 적혀 있었다.

그래서 경식이도 그날 밤에 기옥에게 말하려다가 하지 못한 이야기를 그대로 글로 적어 눈을 꾹 감고 넘겨주었다.

퇴근뻐스 안에서 주었는데 기옥은 벌써 그 다음 날 출근뻐스 정류소에서 그 일기장을 경식에게 돌려주었다.

한 의자에 같이 앉아서 공사장에 도착할 때까지 기옥은 일기를 잘 썼다든가 잘 쓰지 못했다든가 하는 한마디의 말도 없었다. 다만 일기장에 난데없이 고무지우개를 한 개 받쳐주면서 속삭이듯 조용히 말했다.

"연필로 몇 자 써놓았는데 읽어보고 이 고무지우개로 지워버리세요."

이것 봐라, 일기장에 제가 손까지 척척 댔다는 소린데…… 순간 경식은 기분이 썩 좋지 않았다. 이런 일을 당하게 될 줄을 알았으면 애당초 일기 쓰는 놀음이라는 것을 시작부터 하지 말았을 걸 하는 후회까지 났다.

그런데다가 기옥은 또 경식의 옆자리에 앉아서 말 한마디 없이 랭랭한(냉랭한) 눈길을 차창 밖에만 보내고 있었던 것이다.

그럴수록 경식은 기옥이가 자기의 일기장에 무엇을 어떻게 써놓았는지 빨리 보고 싶었다. 뻐스가 도착하자바람으로 경식은 얼른 작업복을 갈아입고 휴계실에 혼자 남아서 일기장을 부랴부랴 펼치였다.

기옥이가 연필로 몇 자 써넣은 첫 대목은 바로 이 대목이였다.

……

"미안해, 기옥이! 기옥인 나 때문에 손해 본 것밖에 없었구나. 나는 그 누구를 위해서 손해 보는 일을 해본 적이 단 한 번도 없었어. 남을 위해서 제가 손해 보는 일을 한다는 것이 누구나 할 수 있는 어디 쉬운 일인가? 더구나 기옥인 그 가슴 아픈 억울한 오해까지 받아가면서……"

……

이 대목에 기옥이는 "눈물이 나서 겨우 읽었어요."라고 연필로 썼다. 그리고 두 번째로 써놓은 데는 이 대목이였다.

……

"기옥이는 내가 혼자 속으로 생각한 것, 내가 혼자 몰래 했던 일도 다 알아내였다. 내가 누구도 모르게 원자재를 후불로 먼저 주었던 독고 형님을 끝내 찾아내가지고 그를 만나고까지 왔을 때 나는 속으로 이렇게 생각했다. '기옥이, 너는 분명 점쟁이가 아닌지 모르겠구나.'……"

이 옆에다는 "웃음이 나서 겨우 읽었어요."라고 연필로 썼다. 그리고 제일 마지막에 '5점'이라고 큼직하게 써놓았다.

이것을 고무지우개로 없애버리다니?…… 경식은 아이 때 동무들과 같이 밀려다니며 노는 재미에 시험공부를 잘하지 않아서 5점 점수를 받아보지 못했었다. 그러니 기옥이가 매겨준 5점은 처음으로 받아본 최우등 점수라고 볼 수 있었다.

그때부터 경식은 작업을 하면서도 온 정신이 일기장에 가 있었다. 무엇이든지 새롭게 생각되는 것이 있으면 어떤 짬 시간을 내서라도 그것을 일기장에 빨리 써놓고 싶었다.

오늘 있었던 일을 혼자 앉아서 일기장에 몇 자 적어놓고 있었다.

공사장을 돌아보던 정치지도원이 제 앞에 다가와서 흡족히 웃고 있는 줄도 모르고……

"좀 쉬지 않고 뭘 그렇게 열성스레 쓰나?"

그제야 경식은 정치지도원을 알아보고 일기장을 얼른 덮으며 자리에서 일어섰다.

"옛, 일기를 좀 쓰댔습니다."

"일기를 쓴다! 우리 경식이가 거 아주 좋은 습관을 가지고 있구만.……"

정치지도원은 경식이를 눌러앉히고 저도 그의 옆에 가지런히 자리를 잡으며 일기장 뚜껑(표지)을 내려다보았다.

"이 속에 혹 나에 대한 것도 씌여 있을지 몰라.……"

정치지도원은 롱 삼아 한마디 했는데 경식은 "예, 있습니다." 하고 거침없이 대답하였다.

정치지도원은 눈이 둥그래서 쳐다보았다.

"나에 대한 것도 씌여 있단 말이지. 물론 욕을 했을 테지?"

"저…… 도술가라고 썼습니다. 좋게 보아서……"

"뭐?"

정치지도원은 흠칫했다가 허허 웃었다.

"무슨 그렇게야 썼겠소? 내가 경식에게 잘못한 일은 없었던 것 같은

데 아무러문……"

"그렇게 썼습니다. 한번 읽어보십시오."

"진짜 그렇게 썼으면 한번 읽어보고는 싶은데…… 그러나 남의 일기를 읽어보는 법이 어데 있소?"

"왜 없습니까?"

경식은 일단 내친걸음이라 그냥 내밀고 나갈 작정이였다.

"있어도 많습니다. 〈종군기자의 수기〉와 〈녀병사의 수기〉라는 영화도 있구…… 그것도 다 일기나 수기를 세상에 대고 큰소리로 공개한 게 아닙니까? 그리고 또……"

여기까지 말해놓고 보니 경식은 정치지도원의 앞에서 지내 좀 쫄렁거린(가만있지 못하고 매우 경망스럽게 행동한) 것 같은 쑥스러운 생각이 들어 말을 채 매듭짓지 못하고 얼버무리였다.

그런데도 정치지도원은 도리여 경식이를 부쩍 춰주기까지 하였다.

"경식 동무가 이렇게 수준이 높은 줄은 내 아직 몰랐댔구만."

"사실은 기옥이…… 아니, 우리 초급단체 위원장 동무한테서 들은 말입니다."

"누구는 뭐 들어서 알지 않고 세상에 태여날 때부터 다 알아가지고 나온대?"

경식은 차라리 좋은 기회라고도 생각되였다. 빨리 정치지도원 앞에 자기를 드러내놓아야 속이 시원할 것 같았다.

"한번 읽어보십시오."

“그럼 경식이가 나를 뭐라고 욕을 했는지 한번 비판을 받아보는 셈 치고 읽어볼가? ……”

정치지도원은 허허 웃으며 일기장을 펼치다가 문득 긴장해지였다. 아닌 게 아니라 자기의 이름이 불쑥 나왔던 것이다. 그 대목의 첫 시작은 이렇게 씌여 있었다.

“우리 정치지도원 동지가 나를 놓고 도술을 부릴 줄은 꿈에도 생각하지 못하고 방에 불리워갔다. 내가 독고 형님에게 썼던 그 편지가 정치지도원 동지의 손에 들어갔을 줄이야. 그 순간에 나는 벌써 모든 걸 알고 있다는 것을 느꼈다. 돈이 좀 필요해서 그 후불권의 자금을 내가 주머니에 넣었다가 일이 좀 복잡해질 것 같아서 다시 꺼낸 것도 이미 다 알고 있겠구나 하고 생각하면서 단단히 비판받을 각오도 하고 있었다. 그런데 정치지도원 동지는 모른 척 하면서 그 고기를 우리 공급과 창고에 넣은 결과만을 가지고 나를 올려 춰주었다. 후방참모까지 불러다놓고 내가 들으라는 식으로 이 경식에게서 뭐 집단 앞에 미안해할 줄을 아는 량심을 보았다나? 욕먹을 데다 대고 칭찬하는데 그걸 눈치 채지 못할 머저리가 어데 있겠다구…… 그러나 정치지도원 동지는 나를 볼 때마다 이렇게 생각할 것이다. 저놈은 마음이 좀 흐리터분해. 언제까지 말을 안 하고 숨기나 어디 한 번 두고 보자.…… 나는 잠자리에 누웠다가도 그 생각을 하면 얼굴이 빨개져서 얼른 모포를 뒤집어쓰군 한다. 정치지도원 동지를 마주보면 더구나 얼굴이 빨개질 것 같아서 슬슬 피한다. 그런데 사람이 사람을 피해서 돌아간다는 것도 헐한 일은 아니다. 별스럽게도 저쪽으로 피하면 저쪽에서 나타나고 반대쪽으로 피하면 또 반대쪽에서 맞다들게 되고…… 이것도 도술인가. 에라, 그럴 바에는 차라리 속시원히 터놓고 말자.”

……

정치지도원은 여기까지 읽다가 더는 참지 못하고 하하 웃더니 한동안 새삼스러운 눈으로 경식을 지켜보았다. 그리고는 그의 어깨를 뜨겁게 껴안아주었다.

“얼굴이 새빨개졌다?!”

경식은 이 정치지도원이 왜 이러는지 통 알 수가 없었다. 지어 근엄한 표정을 짓기까지 하면서 그 말을 혼자소리처럼 다시 한 번 외우기도 하였다.

“음, 얼굴이 빨개지더란 말이지.……”

잠시 생각에 잠겼다가 그는 조용히 다시 이었다.

“내 지금 『일군과 철학』이라는 책을 읽는데 그 5권에도 바로 그런 내용이 담겨져 있더란 말이요. 언제든 한번 읽어보오. 아마 거기 11페이지이던 것 같은데 이런 말이 씌여 있소. ‘얼굴이 붉어지는 것은 인간의 모든 속성들 가운데서 가장 특징적이고 가장 인간적인 것이다.’ 왜 그렇게 말하는 것이겠소? 사람이 동물과 다른 것의 하나가 도덕을 가지고 있다는 것인데 그 도덕은 량심에 기초하였을 때만이 공고한 것으로 되기 때문이거던.……”

정치지도원은 너부죽한 손바닥으로 경식의 잔등을 다정히 쓸어주며 허허 웃었다.

"그것도 사람들 앞에서가 아니라 혼자서 얼굴을 붉힐 줄 알았다는 건 경식이가 지금 고결한 인간으로 자랄 수 있는 준비를 갖추고 있다는 걸 말하는 거야.…… 나는 그렇게 생각하고 있소."

경식은 몸 둘 바를 몰라서 머리를 숙이고 목덜미만 문지르고 있다.

정치지도원은 경식의 앞에 일기장을 내밀었다.

"내놓기가 아수하구만, 얼마나 재미나는지. 하하, 그러니까 이제부터 는 나를 피하지 않아도 되지 않겠나?"

"그래서 이렇게 맞다든 김에 에라, 콱 터놓고 말자 해서 저의 일기장 을 통채로 읽어보라고 했던 겁니다."

"걸작이야! 홍경식은 역시 걸작이란 말이야. 일기도 어찌나 잘 썼는지 재미나는 소설을 읽는 것 같더란 말이요."

경식이도 차츰 머리를 들고 마주 하하 웃는다.

"정치지도원 동지도 참, 괜히 저를……"

"아차, 이거 또 잘못 칭찬했다가 경식이한테서 도술령감이라는 욕을 다시 먹겠다."

"아, 아닙니다."

"내 일부러 칭찬하느라고 하는 소리가 아니라 정말 읽을 맛이 있어. 배울 점도 많구…… 계속 읽어보고 싶단 말이야."

"정말이라면 계속 보여드리겠습니다."

정치지도원은 가벼운 마음을 안고 자리에서 움쭉 일어섰다.

"정말이라니까. 보여만 주겠다면 내 따라다니면서라도 읽고 싶어. 보여만 주겠다면…… 약속했소?"

"예, 약속했습니다."

그들은 즐겁게 웃으며 헤여졌다.

경식은 자신이 어쩐지 다른 사람처럼 느껴지였다.

이제는 정치지도원이 일부러 지어서 만들어내는 칭찬 같지는 않았다.

기옥이에게서는 5점의 최고 점수를 받았고 오늘은 또 정치지도원에게서 계속 읽어보고 싶은 일기라는 평가까지 받았다. 아, 나에게도 이런 보람과 이런 긍지를 느낄 때가 있구나 하는 생각이 들었다.

경식은 이때부터 차차 말이 적어지고 그 대신 생각을 많이 하는 사람으로 되였다. 자신에 대하여, 동지들에 대하여 그리고 기옥이에 대해서도…… 그 생각들을 혼자 조용히 앉아서 일기장에 정리하는 재미란 이루 말할 수 없었다.

20. 언젠가는 꼭 다시 만난다

    최국락은 첫마디를 고르기가 무척 힘들었다.

    오늘 공장에서 있었던 뜻밖의 일에 대하여 그는 안해와 딸에게도 어차피 말을 하지 않으면 안 되였다.

    퇴근시간을 앞두고 로동과에 좀 들려달라는 전화가 왔던 것이다. 나이 지숙한 로동과장은 최국락이와 마주 앉아서도 인차 입을 떼지 못하고 잠시 갑자르기만 하였다. 그러더니 에둘러서 최국락에게 한마디 물어보는 것으로부터 시작하였다.

    "동갑이! 지배인 동지한테 이제는 운전대를 놓았으면 좋겠다는 말을 했던 적이 있었나?"

    "음?"

    어떻게 말했으면 좋을지 최국락은 인차 대답이 나오지 않았다. 언제인가 지배인에게 그런 말을 얼핏 한번 입 밖에 냈던 적은 있었다. 그때도 경식의 문제 때문이였다. 기옥이가 초급단체 위원장으로서의 분공을 수행하느라고 속이 까매서 경식이를 찾아 밤길을 헤매이던 때였다. 정

432

치부에서는 경식의 생활에 대하여 초급단체 위원장이 책임져야 한다고 강하게 요구하였다.

그때 기옥은 정말 속을 태우며 뛰여다녔다. 그러다나니 기옥은 경식의 말만 나오면 짜증부터 내군 하였다. 경식이와 기옥의 둘 사이에 무슨 좋지 못한 일이 생길 것만 같기도 하였다.

경식의 문제 때문에 자칫하면 거의 한생을 친형제처럼 그리고 큰집과 작은집이나 다름없이 의좋게 지내던 두 집이 서로 어성버성해지는 일이 혹 생기지나 않을가 하는 걱정이 은근히 생기기도 했던 것이다.

그래서 피차 서로 거북해지는 그런 딱한 일이 생기기 전에 이제는 나이도 다 되였는데 차에서 미리 내릴가 하는 생각도 없지 않아 있었다.

이러한 심중으로 하여 얼핏 차에서 내렸으면 하는 의향을 비쳤을 때 지배인은 어쩌면 그런 생각을 다하게 되였는가고 못내 섭섭해하면서 좀더 차를 몰다가 자기가 그만둘 때 차에서 같이 내리자고 딱 잘랐었다.

그 이후로는 최국락이도 지금 당장 제가 차에서 내린다는 생각을 다시 해본 적이 없었다.

그런데 그 말이 지금 로동과장의 입에서 나왔다.

한동안 대답을 못하고 뻥해진 최국락을 쳐다보던 로동과장은 다시 말머리를 약간 비틀었다.

"아니, 그렇다고 집에 들어가라는 소리는 아니고…… 이젠 나이도 많은데 운전을 그만두고 차수리조에 돌아앉아서……"

그의 말이 채 끝나기도 전에 최국락의 입에서 "아니." 하는 소리가 저도 모르게 흘러나왔다.

아마 로동과장이 아니라 지배인이 최국락이를 직접 마주 앉혀놓고 이렇게 말했다면 비록 운전대는 놓더라도 공장에 좀 더 남아서 젊은 운전사들의 뒤바라지일이나마 힘자라는껏 하겠다고 대답할 수도 있었다.

그러나 지금 최국락이에게는 공장에서 나가라는 소리를 차마 하기가 힘들어 이렇게 수리조요 뭐요 빙빙 에도는 말을 하는 로동과장의 처사가 더욱 불만스러웠다. 그래서 최국락은 뒤말을 다시 천천히 이었다.

"됐네. 내가 집에 들어가면 그만이니 거기선 더 마음 쓰지 않아도 되네."

로동과장도 최국락이에게서 그 대답이 나오는 것이 얼마나 다행스러웠던지 얼른 되받아 말했다.

"하긴 그래.…… 나도 이 자리가 후임이 내정되면 래일이라도 당장 집에 들어가서 낚시질이나 다니겠네."

최국락은 말없이 일어나서 쌀쌀한 밤거리로 천천히 발걸음을 옮기였다. 누구에게나 이런 날은 온다. 그리고 이 날에는 누구나 생각이 많아지기 마련이다.

왜 그렇지 않으랴, 사회생활이 이제는 끝나는데. 나라를 위해서 해놓은 것은 무엇이고 미진된 것은 무엇이였던가.……

최국락이에게 있어서 오늘 밤은 남달리 가슴 아픔이 커만 갔다. 어쩐지 친형제처럼, 한집안처럼 의좋게 지내던 지배인과 영영 헤여지는 것과 같은 허전한 생각이 가슴을 자꾸 꺼져 내려가게 하였던 것이다. 그

때문에 더구나 최국락은 오순이와 기옥의 앞에서 첫마디를 어떻게 떼야 할지 이 생각, 저 생각을 하다가 끝내 신통한 말머리를 찾지 못한 채 집에 들어섰다.

오늘따라 모녀는 별식을 해놓고 기다렸다. 문소리가 나기 바쁘게 달려 나온 안해가 가방을 받아들었고 딸은 아버지의 팔을 잡아끌었다.

"아버지! 빨리요. 내가 오늘 아버지가 좋아하는……"

기옥이의 말이 채 끝나기도 전에 아버지는 허허 하며 다음 말을 이어 주었다.

"콩비지를 했단 말이지? 오냐, 빨리 먹자."

아버지는 원래 콩비지를 별식으로 좋아했지만 속도전청년돌격대에서 배운 솜씨로 기옥이가 망질(맷돌질)을 하여 만든 콩비지를 각별히 더 맛있어 했다. 최국락은 지금 제가 좋아하는 콩비지를 먹으면서도 첫마디를 무슨 말로 어떻게 뗄가 하는 그 생각뿐이였다. 그러다가 저도 모르게 첫마디가 그럴듯하게 나갔다.

"여보, 요새는 저녁이 되면 왜 이렇게도 힘이 들가? 하긴 나도 이제는 힘들 나이가 되긴 됐지.……"

깊은 생각이 없이 불쑥 나온 첫마디치고는 괜찮게 시작을 뗀 것 같았다. 이 첫마디에 대한 대답으로 안해는 십분 그럴 수 있다고 리해하며 이렇게 말할 것이다.

"왜 힘들지 않겠어요. 이제는 자식들도 다 키워놓았는데 정 힘들면 운전대를 놓으시라요."

그런데 안해의 대답은 뜻밖이었다.

"간혹 가다가 힘든 날도 더러 있겠지요. 그래도 벌써 무슨 그런 생각을 다…… 아직은 제발 좀 늙은이 티를 내지 마시구려."

아뿔싸, 오늘은 틀렸다. 그저 묵묵히 콩비지 한 사발을 다 비우는 것으로 이날 저녁은 넘겨야겠다.

그 다음 날도 이 비슷한 이야기의 연장이었다. 남편 쪽에서는 이젠 하루가 다르게 점점 더 힘에 부친다는 소리였고 그때마다 안해는 또 별스레 요새 엄살이 많아졌다는 면박이었다.

이렇게 사흘을 넘기고 나흘째 되던 날 저녁이었다.

공장 구내식당의 주방 책임자가 운수반에 찾아와서 전체 운전사들이 퇴근 후에 식당에 와달라고 청하였다.

"우리한테 한상 잘 차려주려는가!……"

운전사들이 벌써부터 성수가 나서 흥성거리기 시작했다.

하긴 이 며칠 사이에 운수반에서는 모두가 달라붙어 주저앉았던 종업원들의 출퇴근뻐스도 새 차처럼 만들어놓았다. 아마 그래서 공장에서 단단히 뭘 좀 내나부다 하는 생각으로 다들 우쭐거리며 식당에 몰려갔다.

그러나 이 푸짐한 식탁은 홍유철 지배인이 최국락이 때문에 경리과장을 불러다가 직접 과업을 주어서 마련한 것이었다.

오늘 아침에 지배인은 경리과장에게 현금봉투를 내놓으면서 힘들게 첫마디를 뗐다.

"경리과장 동무, 이걸로 최국락 동무의 송별회를 좀 차려주오."

"아니, 지배인 동지! 이건 뭡니까? 우리 경리과가 그만한 것도 못할 것 같아서……"

"물론 하기야 하겠지. 그러나 우리 집사람이 보내는 건데 자, 성의껏 좀 잘 차려서 운수반 동무들끼리 모여앉도록 해주오."

경리과장은 지배인이 쥐여주는 봉투를 받아들고도 한동안 의자에서 일어서지 못했다.

"그런데 지배인 동지! 제가 보기에는 최국락 아바이가 아직도 젊은 사람들 못지않게 일을 잘 하는 것 같은데 왜 벌써 집으로 들여보냅니까?"

"허허, 누가 들어가라고 했나? 이제는 운전대를 놓고 수리조에 도는 게 어떤가고 했더니 제가……"

"최 아바이야 운전대를 놓으라는 소리를 이젠 들어가라는 소리로 받아 안았겠지요 뭐."

지배인은 한동안이나 침묵했다가 자신에게 말하듯이 조용히 입을 열었다.

"생각이야 내가 더 많겠지. 그러나 어찌겠소? 우리 일부 초급일군들 속에서도 최국락이가 지배인 차를 지내 오래동안 몰더니 이제는 지배인 행세까지 한다는 의견들도 좀 나오구 또……"

"글쎄 어떤 사람들이 그런 의견을 가지고 있는지 모르겠지만 제가 보기에는……"

경리과장은 제가 이제 아무리 말했댔자 때늦었다는 것을 모르지는 않으면서도 생각하는 바를 다 털어놓고서야 지배인 방을 나섰다. 그리고는 최국락이와 헤여지게 되는 아쉬움을 이 송별회 준비에 성의를 다하는 것으로 메꾸려 하였다.

식탁에는 잔치상(잔칫상)처럼 갖가지 음식들을 요란하게 차려져 있었다. 다들 모여앉았을 때라야 경리과장은 운수반장의 귀에 대고 홍유철 지배인이 자기의 성의로 최국락의 송별회를 이처럼 마련해준 것이라고 알려주고는 얼른 자리를 피했다.

그제야 이 식탁의 주인공이 누구인가를 알아차린 운수반장이 다들 자리를 잡았을 때 이렇게 서두를 떼였다.

"동무들, 우리와 같이 일하던 최국락 동지가 운전대를 놓고 이제는 집에 들어가게 되였습니다. 우리 장군님께서는 오래 같이 일해오던 동지들과 헤여질 때는 이렇게 한자리에 모여앉아서 꼭 송별회를 해주어야 한다고 말씀하시였습니다. 그런 의미에서 좋은 추억도 함께 나누고 또 남기는 말, 보내는 말…… 서로 나누며 이 잔을 듭시다. 자, 다같이……"

모두들 석별의 정을 금치 못하며 잔을 들었다. 얼마쯤 지났을 때 젊은 운전사가 자리에서 일어났다.

"방금 우리 반장 동지가 좋은 추억도 서로 나누자고 하였는데 정말 최국락 아바이에 대한 좋은 추억을 하자꾸나 하면 어디 한두 가지뿐이겠습니까. 그중에서도 차를 다루고 관리하는 데서는 우리 젊은 운전자들도 미처 따라서기가 힘들 정도였습니다. 언제나 우리 운전사들을 말없이 이끌어주고 힘을 주던 아바이와 이제는 헤여진다고 생각하니…… 그래서 저는 뜻 깊은 이 자리에서 최국락 동지가 늘 즐겨 부르던 노래 〈추억〉을 다시 한 번 들어보고 싶다는 것을 요청하는 바입니다."

모두가 동시에 박수를 치며 큰소리로 "좋습니다!" 하고 합창하였다.

최국락은 천천히 일어나서 한마디의 말도 없이 조용히 노래를 부르기 시작하였다.

추억은 그 무엇을 가져다주는가
즐거운 봄날인가 비오는 가을인가
기쁨과 슬픔이 엇갈려 있어도
추억은 아름다운 내 생의 메아리

모두가 약속이나 한 듯이 최국락의 노래를 다 같이 따라 불렀다.

……

지나온 그 기슭에 남긴 것 없다면
우리 어이 웃으며 돌아볼 수 있으랴
노래는 또다시 지을 수 있어도
추억은 다시 못 짓는 내 심장의 메아리

……

우리에게 인상의 아름다운 추억을 주신

노래를 부르는 최국락의 두 눈에는 알릴 듯 말 듯 물기가 어리여 있었다. 뜨거운 박수 속에 최국락은 노래를 다 부르고 나서 운수반장이 부어주는 한 잔을 또 단숨에 들이켰다.

최국락의 주량으로써는 좀 과했다 할 정도였으니 집에 들어서는 그의 걸음도 여느 때보다는 눈에 띄게 휘청거리지 않을 수 없었다.

오순은 깜짝 놀라며 그를 부축하기까지 하였다.

"아니, 어찌된 일이예요? 오늘은……"

"확실히 이젠 알리거던.…… 인차 힘들어지구, 한 잔 먹어두 핑 돌구…… 하긴 이젠 운전대를 놓을 때가 되긴 되였지.……"

둘러칠 줄을 몰라서 늘 남보다 언변이 딸리는 최국락은 오늘도 역시 이젠 힘들다는 똑같은 말로 안해와 딸에게 마음의 준비를 시키려 하였다.

그런데 반대로 오순에게서는 짜증이 터져 나왔다.

"이제 보니 당신은 몸이 쐬는 게 아니고 내가 보기에는 마음이 기울어진 것 같애요. 아니, 눈도 아직 밝아서 바늘귀두 나보다 더 잘 꿰면서 무슨 벌써 일손을 놓을 생각만 자꾸……"

이때였다. 돌연 기옥의 울먹이는 듯한 목소리가 오순의 말을 삼켜버리였다.

"어머니! 제발 이제는 좀 아버지를 더 못살게 굴지 말라요."

오순은 깜짝 놀라 딸을 돌아보며 눈을 흘기였다.

"아니, 저 애가 갑자기 왜 저러니? 내가 아버지를 못살게 굴다니……"

"그만하면…… 이젠 그렇게도 눈치를 못 채겠어요?"

오순은 한동안 얼떨떨해서 딸을 마주보았다.

"그래 도대체 내가 뭘 눈치 채지 못했다는 거냐?"

"어머니! 아버지가 언제 한 번 힘들다는 말을 했던 적이 있었어요?"

오순의 목소리가 이번에는 대뜸 높아지였다.

"그래서 내 하는 소린데 너는 뭘 눈이 올롱해가지고 제 어미한테……"

반대로 기옥의 목소리는 눈물에 젖어 울먹이였다.

"그러던 우리 아버지가 요새 갑자기 그 말을 왜 자꾸 집에 들어와서 하시는 것 같애요? 운전대를 놓고 집에 들어오게 됐다는 그 말을 차마 우리한테 하기가 힘들어서 그런 걸 어머니는 그렇게도 모르겠나 말이예요?"

그 순간 오순은 눈이 휘둥그래서 남편을 쳐다보았다. 그러나 구태여 입을 열어 더 이상 물어볼 필요는 없었다. 최국락은 허허 하며 덤덤히 말 없이 앉아 있었던 것이다. 다만 기옥의 격한 목소리만이 다시 들려왔다.

"어머니, 그래 아버지가 한 해를 보내는 뜻있는 집체모임을 내놓고 언제 한 번 보통날에 이렇게 술을 마시고 들어오신 적이 있었어요? 오늘 아마 아버지와 헤여지는 송별회 같은 것이 있었을 거예요.……"

오순은 다시 한 번 남편 쪽에 눈길을 돌리였다.

여전히 애써 웃음을 짓고 있던 그 모습 그대로였다. 인제야 오순도 모든 것을 다 알아차리고 남음이 있었다. 그의 목소리도 기옥이와 함께 격해지기 시작하였다.

"나가라면 나오지 누가 무섭대요? 저네 아들보다 갖출 걸 더 잘 갖춘 아들이 있겠다, 딸이 있겠다…… 어느 집이 더 잘되나 두구 보자요."

참고 참았던 기옥의 울분이 끝내 터지고야 말았다.

"우리하고 남남이 되자는 건데 좋아요. 이젠 몰라. 망나니가 되건, 공사장에서 쫓겨나건 나도 이젠 몰라. 그새 괜히 속을 태우고 애를 쓰며 돌아간 내가 바보였지, 내가……"

"이건 또 뭣들이냐?"

돌연 최국락의 벼락 치듯 하는 목소리가 방안을 드렁 울리였다.

"이게 뭐 서로 복수전을 한다고 풀릴 일이라더냐? 서로 진심을 바쳤을 때 해결될 문제지. 쩍하면 헤여진다느니 갈라진다느니…… 지금 같아서는 영영 다시 안 만날 사람들 같지? 세상 리치란 사람은 어느 때건 꼭 다시 만나게 되는 법이야. 살아서 다시 못 만나면 그 자손들의 대에 가서라두……"

이런 때는 말없이 잠자코 있어야만 한다는 것을 너무나도 잘 아는 안해와 딸이였다.

그 다음 날부터 말없이 아버지의 모습을 지켜보자니 기옥은 더 이상 견디기가 힘들었다. 그중에서도 더구나 이겨내기가 힘든 것은 낚시질 같은 데도 전혀 취미가 없어하는 아버지가 온종일 집안에서 일손을 잡지 못해 안타까와 서성거리는 그 정상을 보는 때였다.

그래서 기옥은 생각하고 또 생각하던 끝에 지금도 서로 잊지 못해하는 강명국 정치지도원을 아버지와 어떻게 이어놓을 수 없을가 하는 생각까지 하게 되었다.

일단 한번 마음만 먹으면 행동으로 넘어가고야 마는 기옥이였다. 토요일 날 퇴근뻐스가 떠나기 전에 기옥은 정치지도원을 조용히 찾아갔다.

"정치지도원 동지, 우리 아버지는 군대 때부터 포차 운전수였습니다."

기옥은 아버지와 정치지도원의 전우 관계를 전혀 모르는 척 시침을 뚝 따고 이렇게 서두를 뗐다.

그런데 정치지도원의 대답은 또 전혀 각성이 없었다.

"허허…… 기옥의 아버지가 포차 운전수라도 보통 기술을 가진 운전수가 아니였다지?"

그랬다가 정치지도원은 얼른 말머리를 돌리였다.

"가만, 그 소리를 내가 누구한테서 들었더라?"

"글쎄, 아마 제가 언제 한 번 정치지도원 동지한테 말했던 것 같기도 하구……"

기옥이도 한수 더 떠서 아버지와 정치지도원의 관계를 전혀 모르는 듯이 시침을 뗐다. 사진첩을 펼쳐보고 이 모든 수수께끼의 답을 이미 다 알게 된 이상 이제는 그리 안타까와할 것도 없고 서둘러 그것을 빠개느라고 조급해할 것도 없었다.

그보다는 아버지의 고독을 메꾸어주기 위해서 정치지도원의 도움을 받고 싶은 마음이 더 앞섰다.

"정치지도원 동지, 우리 아버지가 며칠 전에 운전대를 놓고 집에 들어오셨단 말입니다."

"뭐, 벌써 운전대를?……"

정치지도원은 깜짝 놀라며 기옥이를 쳐다보았다.

"그래서?……"

"막 못 봐주겠습니다. 손에서 잠시도 일을 놓지 못하시던 우리 아버지가 온종일 집에 혼자 앉아 시간을 보내기 힘들어하는 그 괴로움을.……"

정치지도원은 말없이 한동안 생각에 잠겨 고개를 끄덕이었다.

"하긴 그럴 테지.……"

"그래서 정치지도원 동지……" 하고 기옥은 의자를 끌어 한걸음 다가앉으며 사정하듯이 다시 이었다.

"우리 이 공사장에 자동차나 불도젤(불도저)이 여러 대 있는데 우리 아버지가 여기 나와서 수리보수랑 짬짬이 도와주면 안 되겠습니까?"

단번에 정치지도원은 환성을 올리다싶이 하였다.

"좋지! 그렇게만 해줄 수 있다면 우리야 찬성이지.……"

정치지도원은 병사 시절 옛 초급지휘관과 다문 얼마간이라도 가까이에서 함께 일하고 싶은 생각에 대뜸 쌍수를 들어 지지해주었다. 기옥은 너무 기뻐서 금시 어린애가 된 듯하였다.

"그럼 래일은 일요일이고 모레 월요일 아침 통근뻐스에 아버지를 모시고 같이 오겠습니다."

"가만, 모레까지 기다릴 것 없이 래일 조용한 일요일에 오면 빨리 만나는 것도 좋지 뭐."

정치지도원은 최국락을 하루라도 더 빨리 만나서 그새 있었던 이야기들을 실컷 나누고 싶었다.

"이렇게 하자. 래일 기화장을 실으러 화물차가 나가는 게 있거던. 내 운전사한테 말해놓을 테니 오전 열 시쯤에 우리 통근뻐스 타는 정류소에 아버지와 같이 나올 수 있겠니?"

"있지 않구요."

기옥은 기쁨에 넘쳐 의자에서 얼른 일어섰다.

이 소식을 들었을 때 최국락도 여간만 기뻐하지 않았다. 저녁에 기옥이가 집에 들어섰을 때만 해도 최국락은 묵묵히 텔레비죤 화면에만 눈길을 박고 있었다.

"아버지, 우리 정치지도원 동지가 말이예요."

"음? 강명국이가……"

"아버지가 우리 정치지도원 동지의 이름은 어떻게 그리 잘 알아요?"

역시 최국락도 정치지도원처럼 각성은 약했고 딸을 업어넘기는 수완도 서툴렀다.

"뭐, 이름? 가만, 내 누구한테서 들었던가.……"

"아마 내가 말했을 거예요."

"맞아, 맞아! 너한테서 들었지.……"

기옥은 아버지 앞에 무릎을 꿇고 다가앉았다.

"아버지가 자동차 기술이 능한데 지금 집에 들어와 그냥 있다니까 공사장을 좀 도와줄 수 없겠는가고 물어보래요. 자동차도 좀 수리해주고 젊은 운전사들도 좀 키워주구……"

"그래?!" 하며 최국락은 벌떡 일어나서 올방자를 틀고 딸을 향해 마주 앉았다.

"그래서 뭐라고 했니?"

"아버지한테 물어보겠다고 했지요 뭐."

"물어보고 말고 할 게 있니? 집에서 이렇게 맥을 뽑고 있기보다야 그런 데 나가 바람이라도 쏘이면 좋지.……"

"그럼 래일 당장 나하고 같이 나가자요."

"가자!"

그 다음 날 오전 최국락과 정치지도원의 '상봉'은 참으로 볼 만한 토막극의 한 대목 같기도 하였다.

먼저 기옥이가 정치지도원의 방에 들어서며 아버지에게 조용히 귀띔해주었다.

"아버지, 정치지도원 동지예요. 내가 말하던 우리 급양관리국의 부비서 동지……"

그리고 이번에는 정치지도원에게 다가서며 아버지를 '소개'하였다.

"정치지도원 동지, 우리 아버집니다."

정치지도원은 손을 내밀었다.

"안녕하십니까?"

"그래, 정말 오랜만에…… 아니, 내 오늘 왜 이러니? 저도…… 안녕하십니까?"

서로 오래 친숙해진 반가움이 가득 찬 눈들과 동시에 기옥의 앞에서 난생처음 만나는 듯한 인사를 주고받는 그 말들, 눈과 입들이 통 조화가 맞지를 않아서 기옥은 금시 웃음이 콱 터지려는 것을 겨우 참았다.

기옥은 강명국의 방에 놓여 있는 보온물통을 집어 들었다.

"그럼 말씀들을 하십시오. 제 얼른……"

기옥이가 나가자 그들은 서로 어깨를 쳐주며 한동안 즐겁게 웃었다.

"최 동지! 이제는 기옥이에게도 우리들의 관계를 다 말해줍시다."

"아니, 아니…… 내 전번에도 말하지 않던가? 이런 건 우리 젊은 아이들의 교양적 측면에서 볼 때 알게 하는 것보다 모르게 하는 게 더 낫다니까. 이자도 보라구, 우리 둘 사이를 영 모르고 있으니까 제 부비서 앞에서 자세를 긴장하게 가질 줄도 알구……"

"그새 기옥이가 초급단체를 맡아가지고 정말 일을 책임적으로 잘하고 있습니다."

그러다가 정치지도원은 허허 웃는다.

"참, 중대 생활을 할 때 최 동지는 한 번도 예술소조 무대에는 못 서봤지요?"

"왜? 합창에야 늘 끼우군 하댔지."

"글쎄, 토막극이나 재담 같은 연기를 못해봤으니 아까 어찌도 서툴던지……"

최국락은 의아해서 정치지도원을 쳐다보았다.

"아까 뭘?"

"기옥의 앞에서 말입니다. 내가 안녕하십니까 하고 먼저 인사를 했으면 최 동지도 예, 안녕하십니까 하고 마주 인사를 해야겠는데 이거 오랜만이라는 소리가 불쑥 나오니 자, 나는 어떻게 합니까?"

최국락이도 하하 큰소리로 웃었다.

"내 그랬던가?"

"또 일단 그렇게 됐으면 모르는 척 하고 그대로 냅다 밀든가 해야지 갑자기 '내 오늘 어째 이러니……' 하는 소리는 왜 또 합니까? 비밀 엄수는 그쪽에서 먼저 계속 강조하면서도……"

그들은 하하하 큰소리로 즐겁게 웃었다.

이때 똑똑 손기척 소리와 함께 기옥이가 보온물통을 들고 방에 들어섰다. 그리고는 아까 집에서부터 무겁게 메고 왔던 가방을 열었다. 기옥은 그 속에서 가재미 튀기(튀김)와 빨갛게 양념한 동태식혜며 군침부터 슬슬 도는 갖가지 음식들을 꺼내여 어느새 앞 상을 가득히 채워놓았다. 마지막에는 목이 긴 고급술도 한 병 꺼내놓았다.

정치지도원은 그것을 지켜보며 쯧쯧 혀를 찼다.

"아니, 내가 아버지의 점심 대접을 안 할가봐 이렇게 잔뜩 지고 왔나?"

기옥은 아무 대답도 없이 아버지 앞에 놓인 유리잔에 술을 하나 가득 찰랑 부었다. 그다음에는 정치지도원의 잔에도 조심히 부어주고 나서 울먹이는 듯한 목소리로 나직이 입을 열었다.

"전우들의 상봉을 축하합니다.……"

최국락이와 정치지도원은 입을 딱 벌리고 서로 마주 쳐다보았다. 기옥은 웃주머니에서 사진 한 장을 말없이 꺼내놓았다. 서로 어깨를 걸고 웃으며 찍은 군복 차림의 그 사진. 기옥은 집을 나설 때 그 사진을 주머니에 건사하는 것도 놓치지 않았던 것이다.

그 사진을 내려다보던 최국락이와 정치지도원은 또 한 번 깜짝 놀랐다. 더 이상 할 말이 없었다.

최국락이가 허허…… 하며 먼저 입을 열었다.

"우리 집에서 이게 명물이라니까.……"

정치지도원도 같이 따라 웃었다.

"그러니까 이때까지 연극은 우리가 놀았습니까, 아니면 이 기옥이가 놀았습니까?"

"글쎄, 서로가 제각기들 놀았다고 해야 할지.……"

한잔 들기도 전에 또다시 즐거운 웃음이 방안에 가득히 차고 넘치였다.

기옥은 조용히 일어섰다.

"일요일인데 이야기들을 하시면서 천천히들 드십시오. 그리고 정치지도원 동지, 우리 아버지가 집에 들어와서도 고독해하지 않게 잘 좀……"

그리고는 휙 돌아서 나가려는 것을 정치지도원이 얼른 막아섰다.

"어데 가나? 이렇게 잔뜩 차려만 놓고……"

"우리 취사당번 동무들이 기다립니다."

"가만……" 하면 최국락이 이번에는 정색해서 먼저 입을 열었다.

"가더라도 거기에 서서 한마디만 듣고 가거라."

기옥은 출입문 손잡이를 놓고 다시 돌아섰다.

최국락은 타이르듯이 간절한 목소리로 이렇게 다시 이었다.

"보려무나. 내 말했지? 사람은 언젠가는 꼭 다시 만난다고…… 네가 세상에 태여나기도 전에 군사복무를 같이 했던 우리들이 또 이렇게 다시 만나게 되는 것처럼! 지금은 경식이네하고도 영영 헤여져 다시 만나지 않을 것 같지? 아니, 꼭 다시 만나게 된다. 무슨 소린지 알겠지? 우리 경식이를 마지막까지 친형제처럼 잘 도와주자꾸나!"

기옥은 고개를 떨군 채 말없이 듣고만 있었다.

이때라는 듯 정치지도원도 최국락의 말에 한마디 더 보태였다.

"아버지가 왜 굳이 내 앞에서 그 당부를 하는지 기옥이도 다 알아들을 겁니다. 허허, 청년동맹 초급단체 위원장이 애를 많이 써서 경식이도 이젠 많이 정돈되여갑니다. 뭐 단꺼번에 사람이 완성되겠소. 가만히 들여다보면 경식이도 바탕은 좋은 청년입니다. 그렇지 않나? 기옥이……"

기옥은 고개를 쳐들며 내뱉듯이 톡 쏘았다.

"우리 사회에 뭐 바탕이 나쁜 청년들이야 있습니까? 어자어자 하면서 '귀동자'로 만든 사람들 때문에 옆에서 딴 사람들이 애먹는 거지.……"

기옥은 아버지를 섭섭하게 만들어준 그 가슴 아픔을 생각하면 경식의 아버지와 어머니를 꼭 찍어서 드러내놓고 욕이라도 한바탕 터뜨려놓아야 속이 좀 풀릴 것만 같았다. 그들에게 아무리 섭섭한 일이 생겨도

단 한 번 나무람 하지 않았던 우리 아버지를 그렇게 가슴 아프게 만들다니…… 지금 이 순간에도 아버지를 생각해서 기옥은 겨우 입술을 깨물고 참으면서 그저 '귀동자로 만든 사람들'이라고 빙 둘러 말했다.

그런데도 최국락의 목소리는 엄했다.

"귀동자로 만든 사람들이라니? 저 말하는 버르장머리를 좀 보오? 강동무, 내 그게 뭐랬소? 우리의 관계가 공개되자바람에 벌써부터 자기 기관의 초급당 부비서 앞에서 저렇게 너나들이로 나오는 걸……"

"흥, 아버지! 마치 그 비밀이 오늘에야 공개된 것 같군요? 나한테 언제 벌써 들장났다구……"

그 통에 최국락이도 정치지도원도 하하…… 웃지 않을 수 없었다. 정치지도원은 타이르듯이 한마디 덧붙였다.

"아버지가 무엇을 당부하는지 기옥이도 알지?"

"예, 압니다. 다 압니다."

이렇게 대답은 하면서도 기옥은 저렇듯 착하고 마음 고운 아버지를 바라보느라니 금시 눈물이 콱 쏟아질 것만 같았다. 그래서 아무 일도 없는 듯이 얼굴을 슬쩍 돌리며 문을 열고 달려 나갔다.

대견해서 기옥의 뒤모습을 지켜보던 최국락이와 정치지도원은 동시에 첫잔을 마주 들었다.

술은 쓰다고 하지만 달기도 하였다.

이 며칠 새 최국락은 사람이 그리웠다. 그러던 때 병사 시절 잊지 못할 추억을 함께 간직한 옛 전우와 이렇게 마주 앉으니 술맛은 각별히 더 달았다.

　그들의 이야기는 중대 생활을 같이하던 옛 전우들의 이름을 다시 불러보는 것으로부터 시작되었다.

　"최 동지, 박홍식이가 생각납니까?"

　"박홍식이? 가만, 기동훈련에 참가했다가 포차를 진창에 빠뜨려서 우리를 애먹이던 그 땅딸보……"

　"맞습니다. 그 박 땅딸보가 제대돼서 광산에 진출했더랬는데 로력영웅이 되였지요."

　"그렇소?! 원래 무슨 일에서나 직심스럽고 투지력이 또 보통이 아니였지?"

　그들은 서로 엇바꾸어가며 함께 중대 생활을 했던 그리운 전우들의 이름을 거의 다 불러보았다.

　오랜 세월이 흘러가도 잊혀지지 않는 모습들과 이름들이 있는데 그 하나는 교원 생활을 했던 사람들의 기억 속에 남아 있는 출석부의 순서이고 다른 하나는 함께 싸웠던 전우들의 이름일 것이다.

　한동안 잊지 못할 전우들의 이름을 서로 불러보던 정치지도원은 문득 실망스러운 눈길로 최국락을 찬찬히 쳐다보았다.

　"최 동지가 제대돼서 중대를 떠난 후에 얼마 있다가 우린 뒤에서 욕을 좀 했댔습니다."

　"그건 왜? 내가 중대에다 욕먹을 일을 남겨놓고 떠난 것 같지는 않은데……"

정치지도원은 한잔 더 달게 마시고 나서 좀 기분이 뜬 김에 툭 털어놓았다.

"대학추천을 받아가지고 중대를 떠날 때 우리 모두가 얼마나들 기뻐했습니까? 그런데 글쎄 공부를 따라가기가 힘들다고 본인이 제기해서 중퇴를 하다니…… 그 소리를 듣고 내 욕을 콱 했습니다."

"허허, 그것 때문에?……"

"원 참, 그런대로 몇 해 참았으면 지금은 의사 선생이 되였을 게 아닙니까?"

정치지도원의 그 말도 역시 최국락의 가슴을 찌릿하게 만들어주었다.

"전우들의 기대에는 참 미안한 일이였지만 그러나 어찌겠나? 나라의 돈만 축내면서 대학을 다녔댔자 크게 성공할 재목이 못되는 걸…… 사람이 제 자신까지 속이면서 살 수야 없지 않나?"

정치지도원은 천천히 머리를 끄덕이였다.

"하긴 그게 우리 최국락 동지지요!……"

21. 끝나자 새로 시작

'산신령' 손자 차동근이가 공사장에 불쑥 나타난 것은 너무도 뜻밖이
였다.

경식은 삽자루를 집어던지고 기옥은 질통(물통)을 벗어던지며 그에게
로 달려갔다.

"동근이! 너 어떻게 여기에 나타났어?"

"경식 형님이랑 기옥 누나를 만날 일이 있어서요."

"우리를?"

그들이 반갑게 만나서 벅적 떠들 때 마침 점심시간을 알리는 종소리
가 덩덩 울리였다.

"가자, 우리 돌격대 밥을 한 끼 먹어봐.……"

기옥이가 동근의 팔을 잡으려는데 경식이가 먼저 그의 팔을 끌었다.

"먼 데서 우리를 찾아왔는데 기옥이, 우리 동근이를 데리고 어데 같이
가서 식사하지 않겠어?"

"그럼 그렇게 하자요."

.

그들은 동근이를 데리고 건설장에서 얼마쯤 떨어진 어느 자그마한 식당으로 들어갔다.

"그러지 않아도 내가 떠날 때 어머니가 주머니에 얼마 좀 넣어주었어요. 형님하고 누나를 만나면 국수 한 그릇씩이라도 같이 하라구……"

"못 써……" 하며 경식은 동근이를 식탁의자에 눌러앉히였다.

"웃사람들 앞에서 쫄랑 나서는 것도 다 버릇없는 행동이야. 허허, 제가 무슨……"

아주, 이런 때 보면 정말 웃사람답게 원만한 경식이기도 하였다. 별로 요란하지 않은 소박한 식당이였지만 경식은 있는 성의를 다하여 갖가지 음식들을 식탁에 차려주었다.

"자, 배불리 많이 먹어라."

"가만……" 하며 차동근은 수저를 들기 전에 배낭부터 열었다.

"이건 우리 어머니가 기옥 누나에게 보낸 거예요."

그는 자그마한 사기 단지를 꺼내서 기옥의 앞에 내놓았다.

"아니, 이건 뭔데?……"

"둥굴레찜이라는 거예요. 어머니가 담근 건데……"

기옥은 뚜껑을 열고 그것을 한 점 집어서 입에 넣더니 두 눈을 지그시 감기까지 하였다.

"어마나! 세상에 이보다 더 달고 맛있는 것도 있을가.……"

동근은 종이 꾸레미(꾸러미)를 꺼내더니 경식의 무릎에 놓아주었다.

"이건 우리 어머니가 경식 형님에게 보낸 건데 마음에 들겠는지.……"

"나한테까지? 이건 또 뭐야?"

그것을 헤쳐보다가 경식은 눈이 둥그래졌다.

"아니, 이 고급샤쯔를 너의 어머니가 어데서 어떻게 장만했다는 거냐?"

"우리 어머니가 뽕을 쳐서 수매하고 그 우대물자로 받은 거라는 건지……"

경식의 두 눈에 알릴 듯 말 듯 하게 눈물이 핑 돌았다.

"그까짓 내가 입던 옷을 한 벌 입혀 보낸 게 그렇게도 빚이 돼서 너의 어머니가…… 그런데 그 옷은 왜 벗어버리고 이걸 입고 돌아가니?"

"체, 내가 벗어버렸나요? 어머니한테 회수 당했지. 옷장에 걸어두었다가 장가갈 때 입혀 준다나요."

그 통에 경식이와 기옥이는 소리내여 함께 웃었다.

"이 녀석아, 아무러문 우리가 너에게 입던 옷을 입혀서 장가보내겠니? 빨리 먹기나 하자."

경식은 차동근에게 수저를 쥐여주며 다정하게 물었다.

"그래 이번에는 무슨 일로 올라 왔니?"

"약초를 싣고 왔어요. 지배인 동지가 차를 내려 보냈더군요. 이번에는 공장에 쓸 약재원료를 푼푼히 내놓고도 수매자금이 퍼그나 떨어질 거라고들 해요."

경식은 차동근이를 대견스럽게 쳐다보았다.

"네 나이치고는 정말 똑똑해! 그래 여기에 올라와서 수매를 좀 시켜봤니?"

"시에 올라와서는 처음이지요 뭐. 이때까지는 우리 군에서 좀……"

경식이는 머리를 끄덕이였다.

"약초관리소의 수매원을 내가 좀 잘 알아. 내가 나서줄게.……"

"됐구나.……" 하며 기옥이도 기쁨에 넘치였다.

"그래주면 좋지요 뭐. 이것도 다 아버지의 일을 도와드리는 건데……
그리고 동근이가 아직 여기가 생소한 데가 아니나요? 그러니 경식 동무
가 시간을 내서 같이 좀 다녀주면 얼마나 좋겠어요."

경식은 여전히 말없이 머리를 끄덕이였다.

며칠이 지나서였다. 공사장으로 나가는 통근뻐스 정류소에서 기옥은
경식에게 조용히 귀띔해주었다.

"오늘 림산(임산)에 원목을 실으러 가게 돼요. 다섯 명의 청년들을 선
발해서 보내는데 아마 경식 동무도 뽑힐 수 있을 거예요. 그런 사업이
조직되면 먼저 자진해서 나가겠다고 하세요."

"그건 왜? 명단이 발표된 다음에 군말 없이 나가면 될 텐데."

"그렇게 명단이 발표돼서 나가는 것 하고 자진해서 앞장에 서는 것 하
고 어디 같애요?"

경식은 의아해서 기옥이를 돌아보았다.

"나가는 거야 같고 같지 뭐가 달라?"

"다르지요. 첫째는 지명을 받고 나가서 일하는 것보다 자진해서 나가면 성수도 나고 힘도 훨씬 덜 들 거예요. 그 다음에는 경식 동무의 높은 자각성에 집단은 더없이 고맙게 여길 거구요."

경식은 알만 하다는 듯이 히죽이 웃으며 고개를 끄덕이였다. 근래에 와서 경식은 기옥의 충고에 이처럼 말없이 고개를 끄덕이는 때가 많았다. 그동안 엇서도 보고 싸움도 해보았지만 기옥의 요구와 충고는 처음부터 마지막까지 모두가 다 저를 위해주고 걱정해주는 진정이라는 것을 경식은 저도 모르게 마음속에 간직하게 되였던 것이다.

경식이네 이동 작업조를 태운 화물 자동차는 오후 첫 시간에 작업장을 떠났다. 떠나기에 앞서 기옥은 그들을 바래워주려고 미리감치(일찌감치) 나와 있었다.

자동차가 발동을 걸었는데 경식이가 보이지 않았다.

두루 살펴보니 경식은 지금 구석진 곳에 피해가서 윤희에게 무엇인가 밀봉한 봉투를 맡기며 간절히 당부를 하고 있는 것이였다. 경식은 무슨 긴요히(긴히) 부탁할 일감 같은 것이 생기면 같은 직장에서 나온 윤희에게 맡기군 하였다.

자동차가 떠날 때 경식은 적재함 우에서 기옥에게 손을 흔들어주었다. 그리고 윤희에게는 무슨 의미인지 히죽이 웃으며 주먹을 들어보이였다.

윤희는 자그마한 손으로 입을 가리우며 키득키득 웃었다.

"위원장 동진 저 경식 동지가 왜 나보고 주먹질을 하는지 알아요?"

"글쎄?……"

"위원장 동지에게 대주기만 하면 나를 가만 놔두지 않겠다는 위협신호예요."

"호호, 무슨 비밀인지 그럼 내개 대주지 말아야지 뭐. 괜히 혼나지 말구.……"

여기까지만 해도 기옥은 그 말을 우스개소리로 받아넘기였다.

윤희는 능청스러운 눈으로 기옥이를 돌아보았다.

"위원장 동지도 이제는 좀 알아야 할 거예요."

"뭘?"

윤희는 발걸음을 멈추며 기옥의 귀에 대고 소곤거리였다.

"경식 동지가 위원장 동지를 사랑하고 있어요."

기옥은 소스라치듯 흠칫 놀랐다.

"너 지금 무슨 소리를 하고 있어?"

"아니, 왜요?"

"너 그게 무슨 소린지 알기나 하고 함부로 말하니?"

"어마나, 아무러문 그만한 눈치도 못 챌가?"

기옥은 등 뒤에서 누가 듣기라도 하는 것처럼 공연히 자꾸 뒤를 돌아보았다.

"윤희, 너 정말 그런 큰일 날 소리를 누구한테도 다시 해서는 안 돼. 알겠지?"

"위원장 동지한테만 말하는 거지요 뭐. 내가 뭘 보고 이렇게 확신성 있게 말하는지 알아요? 두 가지예요, 두 가지 근거.……"

"너는 정말……"

"첫 번째는 우리 경식 동지가 위원장 동지를 두려워하는 거예요. 쩍하면 너 기옥이한테 말하는 날에는 없어, 말끝마다 이 소린데 총각이 처녀를 왜 두려워하겠나요? 그거야 뻔하지.……"

기옥은 "흥……" 하며 코웃음을 쳤다.

"그거야 노상 제 약점이 나한테 드러나니까 그러지 뭐."

"그 다음에 두 번째는 또 뭔지 알아요? 언니에 대해서 마음을 놓지 못하는 거예요."

기옥은 깜짝 놀라며 윤희를 바라보았다.

"나를 왜?"

"자기를 한 주일 동안 이동작업에 떠밀어 보내고 그 사이에 위원장 동지가 제꺽 잔치를 하자는 계획이 아닌지 모르겠다나요."

"뭐라구?"

"그런 기미만 보이면 인차 자기한테 전화를 걸어달라는 거지요 뭐. 호호……"

기옥은 너무나도 어처구니없어 쓴웃음을 지었다.

"이제 당장 전화해라, 래일 잔치하니 빨리 돌아와서 축사를 해달란다구. 이제 당장.……"

"호호, 경식 동지가 까무라치는(까무러치는) 걸 보자구요?"

기옥이도 이번에는 따라 웃었다.

"그게 그래 온전한 사람이 하는 말이야? 내가 그런 못난이한테 시집 가느니…… 그래 네가 보기에도 그게 어덴가 꼭 부족한 사람이 하는 행동 같지 않아?"

"위원장 동지! 누구를 사랑하면 사람이 혹 그렇게 보일 수도 있지 않아요?"

"너는 사랑이란 게 뭔지 알기나 하고 자꾸 사랑, 사랑 하니?"

"아니, 직접 해보지는 못했어도 알지야 못할가?"

"됐다, 됐다.……" 하며 기옥은 얼른 말머리를 돌리였다.

"그런 말 같지도 않은 시시껄렁한 소리는 그만하자꾸나."

윤희는 잠시 쭈밋거리며 동그란 눈으로 기옥이를 쳐다보았다.

"이건 사실 위원장 동지에게 꼭 비밀에 붙이라고 했는데 후에라도 알게 되면 나에 대해서 섭섭하게 생각할 것 같애서……"

기옥은 문득 긴장한 눈길로 윤희를 쳐다보았다.

"왜, 무슨 일이 또 있었니?"

"우리 맏언니의 아저씨가 약초관리소에 다니거던요. 경식 동지가 약초수매하는 일을 좀 도와달라고 해서 내가 좀 나섰댔는데 위원장 동진 그걸 몰랐지요?"

"오라, 거기에 줄이 좀 있다고 큰소리를 치더니 그게 결국은 윤희 아저씨였구나."

"위원장 동지두 알고 있었구나 뭐."

기옥은 안심되는 듯 윤희의 손을 다정히 잡아주었다.

"윤희가 수고했구나. 그 일을 도와주면 나도 정말 기쁘겠다."

"그리고 또 하나, 나만 아는 비밀이 있어요. 오늘 래일 사이에 어느 기계공장에서 흐름식집짐승먹이공급기를 싣고 와요."

이것도 기옥은 처음 듣는 소리였다.

"뭐?"

"누구의 창안품인지 알아요? 우리 경식 동지가 창안한 건데……"

"아니?" 하며 기옥은 도저히 믿어지지 않아서 말 같지 않은 소리라는 듯 호호 웃기까지 하였다.

"그런 창안품이라는 게 어디 하늘에서 공짜로 그저 뚝 떨어진대?"

"공짜로 그저 뚝 떨어졌을 게 뭐예요? 나도 경식 동지가 짬만 있으면 어데로 정신없이 달려가길래 동무들한테로 놀러 다니는 줄 알았더니 기계공장합숙에 가서 노상 붙어살다싶이 했두만요."

아, 그들이 노래 부르던 그 합숙…… 기옥은 말없이 굳어지였다.

"나도 그 기계공장합숙에 갔댔지.……"

"그럼 다 알고 있었구만요 뭐. 그런데 기옥 위원장에게는 꼭 비밀에 붙여라, 그 창안품은 기계공장에서 우리 돼지목장에 지원하는 것으로 등록해라 하면서 오금까지……"

기옥은 경식이를 새롭게 알게 된 것이 얼마나 기쁜지 몰랐다.

오늘은 어린 윤희에게서 모든 기분 좋은 소리들만 들었다.

마음이 끝없이 착한 동근이를 도와서 경식이가 약초수매를 발 벗고 나선 것도 얼마나 기쁜지 몰랐다.

경식은 차동근이를 도와서 몸을 아끼지 않고 땀을 뻘뻘 흘리며 뛰여다니였다. 반짐차에서 약초지함을 부리울 때도 경식은 몸이 약한 동근이가 힘들어 한다고 제가 거의 다 날랐고 그것을 저울로 뜰 때에도 눈금을 일일이 들여다보며 다문 한 푼이라도 동근의 실적을 높여주려고 무던히도 원심을 썼었다(속으로 안타깝게 애쓰며 조바심을 냈었다).

물론 이 약초관리소의 수매원인 윤희의 아저씨도 경식이가 발 벗고 나선 일이 원만히 잘 마무리되도록 최선을 다하여 편의를 도모해주었다.

경식은 약초를 부리우다가 어느 한 지함의 모퉁이에 투박한 글씨로 쓴 '할아버지'라는 네 글자에 눈길을 박았다.

"동근아! 이건 뭐니?"

"우리 할아버지가 남기고 가신 거예요."

차동근은 서글프게 미소를 지었다.

경식은 의아해서 다시 물었다.

"할아버지가 남기고 가신 거라니?……"

"나를 구완하느라고 우리 할아버지는 이렇게 값이 나가는 귀한 약초들은 집에다 건사해두었지요 뭐."

"그렇다면 이거야 여기다 막 섞어서 수매시키지 않아도 되잖니?"

"우리 할아버지는 눈을 감기 전에 내 손을 꼭 잡고 이렇게 말했어요. 내 불찰로 하루아침에 너를 그만 병신으로 만들었는데 나라에서는 비행기로 귀한 약들을 실어다가 너를 이렇게 제 발로 걷게 만들어주었구나. 그런데 나는 이 산천에 돋아나는 귀한 약초 한 뿌리도 내 손으로 캐서 내 손으로 나라에 바쳐보지 못했으니⋯⋯"

차동근은 지함을 열어 경식에게 보여주었다.

산삼 몇 뿌리와 귀한 약재들이 차곡히 들어 있었다.

차동근은 울먹이는 듯한 목 메인 목소리로 다시 이었다.

"이번에 이것까지 같이 수매시키면 그래도 할아버지의 마음을 좀 풀어드릴 수 있을가 해서⋯⋯"

"너의 마음은 기특한 거구⋯⋯"

경식은 잠시 생각에 잠기더니 머리속에서 돌연 제 딴의 '계산기'가 돌아가기 시작했다.

"그러나 이거야 명백하게 개인 재산인데 기업소의 수매에다 같이 섞지 말고 따로 하지 않겠니?"

"따로 해서는 또 뭘 하겠어요? 같이 하고 말지.⋯⋯"

"사실은 나도 돈이 좀 필요해서 그러지 뭐."

"그래도 일 없을가요?"

"일 없지 않으문? 이거야 규정을 위반하는 것도 아닌데 너만 어데 말하지 않으면야⋯⋯"

"그럼 형님이 좋을 대로 하자요."

이들의 주고받은 이야기를 회계과장 백민수가 얼핏 듣기는 하였으나 저네 홍유철 지배인의 아들이 개입하는 일이여서 모르는 척 하고 그 자리를 얼른 피해버리고 말았다. 그저 사무실에 들어가서 수매시킨 약초에 해당되는 수량의 값을 즉시지불서로 받아다가 지배인에게 고스란히 바쳤을 뿐이였다.

　홍유철 지배인은 즉시지불서를 들여다보며 고개를 기웃거리였다.
　"회계과장 동무, 아침에 생산과에서 올라왔던 그 수매항목하구 이 지불서하구 좀 차이가 나는 것 같은데……"
　"글쎄요. 저는 그저 차동근이가 수매시킨 수량만큼 현금처리를 받아 가지고 왔을 뿐입니다."
　"아니, 아니……"
　지배인은 책상 가까이에 다가앉았다.
　"아침에 수매항목에서 보았던 산삼 같은 귀한 약재들이 더러 지불서에 계산되지 않은 것 같단 말이요. 대충 눈짐작으로도 전혀 맞지 않는데…… 그렇지 않소?"
　"그것까지는 제가 잘 모르다나니……"
　백민수는 아닌 보살을 하고 딱 잡아뗐다. 지배인의 앞에서 제가 구태여 아들에 대한 의심스러운 말을 꺼내서 지배인을 곤경에 처하게 만들

고 싶은 생각은 없었다. 그러다나니 지배인은 점점 더 차동근이를 몰아
치는 데로 넘어갔다.

"하도 성근해보이더라니 내 좀 내세워주었더니 이따위 짓을 해? 회
계과장 동무, 다시 가서 확인해보고 나한테 보고하오. 차동근이가 단 한
푼이라도 돈을 따로 뽑았을 때는 내 그 녀석을 우리 기업소에서 당장 내
쫓고 말겠소. 사람 질을 못할 건 저레(뒤로 미루지 아니하고 무엇을 하거나 생
각한 기회에 아예) 당장……"

백민수는 벗어진 이마에 내돋은 땀을 문지르며 지배인 방을 나섰다.

최국락은 어둠이 깃들기 시작하는 거리로 무거운 시름을 안고 터벅터
벅 걸어오고 있었다. 그는 지금 딸에게도 안해에게도 말 못할 무거운 시
름을 가슴에 안고 혼자서 힘든 순간순간을 넘기고 있었다.

바로 어제 있었던 일이였다. 최국락은 이번에도 여러 달의 기한을 정
하고 조국을 떠나 멀리 항행의 길에 나선 아들 기호의 소식을 알고 싶어
해사국에 전화를 걸었다. 어느 나라의 무역항에서 국제우편으로 소식을
보내왔던 편지를 받은 지가 퍽 오래 되였던 것이다.

최국락의 전화를 받던 해사국의 일군은 전화상으로 말하기가 좀 어려
운 문제가 생겼으니 빨리 와서 이야기하자고 하더니 서둘러 송수화기를
놓았다.

순간 최국락은 가슴에서 무거운 돌덩이 같은 것이 쿵 하고 내려앉는 듯하더니 금시 숨마저 가빠지였다.

그전에는 "예, 우리 모란봉호는 다 무사하고 일도 잘되니 집에서들도 안심하십시오."라는 간단명료한 전화였다.

아니나 다를가 최국락을 만난 해사국의 일군은 어두운 얼굴로 첫마디부터 알릴 듯 말 듯한 한숨 섞인 목소리로 말하였다.

"한 주일 전이였습니다. 야간항행 중에 정체불명의 무장악당들의 습격에 부닥치고 있다는 모란봉호의 긴급무전이 우리 해사국에 날아왔습니다. 그것이 해적단인지 아니면 적들의 인위적인 도발인지 그건 알아보는 중입니다. 그 위험신호를 받은 즉시로 우리는 국제해사중재위원회에 통지를 날려서 평화적인 무역선 모란봉호를 구원하고 철저히 보호해줄 것을 요구하였습니다. 그런데……"

그는 여기서 잠시 말을 끊고 신호종이 울리는 전화기의 송수화기를 들었다. 누구를 찾아달라는 전화인지 그 부원이 외출해서 자리를 떴다고 말해주고는 송수화기를 도로 놓았다.

일 분도 안 되는 그 짧막한 순간이 최국락에게는 한 시간 맞잡이로 길게 느껴졌다.

끊어졌던 이야기가 다시 시작되였으나 꽉 막힌 듯한 최국락의 가슴에서 시원한 숨구멍은 열어주지 못하였다. 위험전파가 날아온 이후에 통신은 오늘까지도 며칠째 이어지지 못하고 있다는 것이다.

우리 해사국에서도 24시간 밤낮으로 국제해사중재위원회에 알아보는 중이니 좋은 소식을 같이 기다리자고 최국락이를 극력 위안해주었다.

최국락은 혼자 걸어오면서 기호가 마지막으로 보낸 편지의 한 구절을 혼자서 자꾸 외워보았다.

"아버지! 조국에는 첫눈이 그렇게도 많이 왔다지요? 아버지도 이제는 젊었을 때와 다릅니다. 눈길에 절대로 넘어져서는 안 돼요. 공장구내에서 아버지의 팔을 한 번이라도 부축해드린 사람들을 다 기억했다가 저에게 알려주셔야 합니다. 내가 어렸을 때 길거리에서 머리를 한 번 쓸어준 사람들도 아버지는 잊지 않고 인사를 꼭꼭 했지요. 이제는 제가 우리 아버지를 고맙게 해드린 분들을 잊지 않고 꼭꼭 인사를 해야 합니다.……"

지금 기호의 생사를 알 길 없어 바질바질 가슴을 태우고 있는 속에서도 그가 보낸 편지의 한 구절을 저도 몰래 자꾸 외우게 되는 것은 자식을 믿고 싶은 최국락의 간절한 심정에서였다. 눈 오는 날에 아버지의 팔을 한 번 부축해준 사람들에 대해서도 고맙게 생각하는 아들이 제 부모는 물론 이 땅의 천만 자식을 품에 안아주는 고마운 조국, 저를 키워 넓은 세상에 보란 듯이 내세워준 어머니조국을 결코 잊거나 배반하지 않을 것이다.……

최국락은 아들의 마지막 순간까지도 각오하지 않을 수 없었다.

이렇게 혼자서 무거운 마음을 안고 터벅터벅 발걸음을 옮기는데 마주 다가오던 누군가가 발걸음을 멈추었다.

"최 아바이가 아니시오?"

백민수 회계과장이였다.

"아, 백 동무! 내가 이제는 공장에서 나오다나니 자주 못 만나 보겠구만……"

"에익, 나도 래년(내년)에 나이가 되면 얼른 졸업하고 말아야지 이거야 머리가 아파서……"

"무슨 그런 소리를 하오? 백민수 과장답지 않게……"

"이자도 그 차동근이 때문에 지배인한테서 곤경을 치르다가 오는 길인데, 내참……"

최국락은 바싹 긴장해서 백민수 앞에 다가섰다.

"차동근이가 왜?"

"약초를 수매시켰는데 거기서 사달이 좀 났지요. 얼마간의 자금이 딴 데로 좀……"

최국락은 펄쩍 뛰였다.

"아니, 그건 모를 소리요. 순진한 차동근이가 절대로……"

"그거야 낸들 모르겠소. 말 못할 삼자가 하나 끼워들었지요."

"그 삼자라는 사람이 도대체 누구요?"

"내 그러게 말 못할 삼자라고 하지 않소? 그것만은 제발 좀 묻지 말아 주시오."

"아니?"

최국락이가 더 말을 못하게 백민수는 자리를 피하듯 얼른 발걸음을 옮기였다.

최국락의 두 다리는 이래저래 더욱 무거워졌다.

집에 돌아와 밥상에 마주 앉아서도 수저를 든 채 멍하니 깊은 생각에 잠겨 있었다. 밥을 떠 넣어야 목구멍으로 넘어갈 것 같지 않았다.

"오늘 무슨 일이 있었구만요."

오순이는 벌써 몇 번째나 곱씹어 물었다.

"자, 이런. 몸이 좀 말째서 그런다지 않소?"

최국락의 말 못할 이 두 가지의 근심걱정은 이렇게 짜증으로 번져지였다.

그러나 기옥이까지 집에 들어서자바람으로 사색이 되여 따져 묻는 데는 최국락이도 더 이상 견딜 수가 없었다. 기호네 선박의 실종에 대한 불길한 소식은 지금 당장 집에다 이야기했댔자 좋을 것은 없겠고 이자 백민수를 만났던 이야기만은 기옥의 앞에 털어놓았다.

"차동근이가 공장에서 쫓겨나게 됐다니 이 아버지가 기분이 좋게 됐니?"

기옥이도 깜짝 놀라며 최국락의 앞에 바투 다가앉았다.

"아니, 동근이가 쫓겨나게 되다니…… 아버지! 그건 또 무슨 말씀이예요?"

"약초수매에서 돈이 좀 차이가 생긴 모양인데 지배인은 차동근이가 그런 놈인 줄을 몰랐다고 노발대발하면서 가만 놔두지 않겠다누나."

기옥은 머리를 설레설레 흔들었다.

"동근이가 그럴 수가 없어요. 사람이란 겉보기가 속보기(속이 어떠한가를 보는 일)라는데 그렇게 마음이 어질고 착한 동근이가 어데서 그런 나쁜 버릇을 배웠겠어요? 그럴 수가 없어요."

"아버지도 같은 생각이다. 그래서 내 회계과장에게 따졌더니 어디 말해주니? 거기에 그저 한사람이 끼웠다는 소리밖에는……"

"그 삼자라는 사람이 누구래요?"

"글쎄, 지배인 앞에서는 도저히 말할 수 없는 삼자라는데 그 이상은 더 묻지 말라고 딱 잡아떼누나.……"

기옥이는 문득 긴장해지며 최국락에게 되물었다.

"지배인 동지에게는 도저히 말 못할 삼자라구요?"

"그러니 그 아리숭한 소리만 듣고서야 어디 알겠니?"

"아버지, 그 삼자란 지배인 동지네 경식 동무가 아닐가요?"

최국락은 마치 못 들은 소리를 들은 사람처럼 흠칫 놀라며 기옥이를 쏘아보았다.

"너 지금 무슨 소리를 하는 거냐? 그 약초수매하고 경식이가 무슨 상관이 있다구?"

"동근의 그 일에 경식 동무가 자진해서 나섰어요. 약초관리소에 제가 잘 아는 사람이 있다면서……"

"뭐?"

최국락은 지그시 두 눈을 감으며 백민수 과장의 말을 머리속에서 다시 한 번 굴리였다.

"지배인 동지에게는 차마 말하지 못할 삼자라……"

최국락은 벌떡 일어섰다.

"이러고 앉아 있을 새가 있니? 내 이제 당장 찾아가서 그 백민수 과장을 다시 만나봐야 하겠다. 그 불쌍하게 자란 동근이가 그런 험태기를 쓰다니.……"

"아버지, 나도 이제 그 약초관리소의 수매원이라는 사람을 직접 만나서 확인해보겠어요. 그 사람의 처제가 우리 공사장에서 같이 일하니까요."

최국락이와 기옥은 밥상을 밀어놓고 급히 집을 나섰다.

백민수는 깜짝 놀라며 최국락을 쳐다보았다.

"뭐? 그 삼자가 지배인 동지의 아들이라는 걸 누가 대줍디까? 누가……"

"그래서 지배인 동지 앞에서는 차마 말을 하지 못할 삼자라구 했던 거지?"

실내옷 차림의 백민수는 얼른 일어나서 전실문을 닫으며 눈이 둥그래서 다그쳐 물었다.

"글쎄, 그걸 누가 벌써 대줬소?"

"여보!" 하는 최국락의 목소리가 돌연 날카로와졌다.

"약초포전을 참관할 때 이젠 차동근이와 같이 고지식하고 성실하게 일하는 젊은 사람들에게 자리를 내줄 때가 되였다고 울먹울먹하며 결의토론을 해서 지배인 동지를 감동시킨 사람이 바로 과장이였지? 그 차동근이가 억울한 오해를 받고 있는데도 눈을 잔뜩 내려깔구 뭐, 지배인 동지에게는 차마 말을 못할 삼자? 이 일 때문에 이제 지배인 동지에게 문제가 서고 불리하게 되면 그때 가서는 그 말 못할 삼자를 제일 먼저 공개하고 나설 사람도 과장 동무겠지?"

"최 아바이, 바꾸어놓고 좀 생각해보시우. 그래 최 아바이가 지금 내 처지라면……"

"여보! 동무도 이젠 나이를 어지간히 건사했는데 좀 사람답게 사오, 사람답게……"

최국락이가 돌아서 나올 때 백민수는 어쩔 바를 몰라 쩔쩔맸다.

"이렇게 그냥 돌아서 가면……"

최국락은 못 들은 척 하고 백민수의 집을 나와 어두운 밤거리에 들어섰다.

"아버지!"

딸의 목소리를 듣고서야 최국락은 고개를 쳐들었다.

기옥이도 지금 역초관리소의 수매원을 만나고 돌아오는 길이었다.

"아버지, 다 알아봤어요. 그 삼자가 바로 경식 동무예요."

최국락은 기옥의 그 말에 아무 대답도 하지 않았다. 더 이상 할 말도 없었다.

"너는 먼저 집에 가서 저녁밥을 먹고 자거라. 나는 아무래도 지배인 동지를 만나보고 가야겠다."

"아버지, 만나더라도 오늘 밤은 쉬고 래일 찾아가서 만나세요."

"아니다. 시간을 다툰다. 지배인 동지가 차동근의 문제를 확대할수록 종당에 가서는 그 함정에 누가 빠지겠니? 제 아들이 저질러놓은 일에 애매한 생사람을 잡은 걸로 되겠지? 그때 가서도 회계과장 같은 사람들이 말 못할 삼자에 대해서 입을 다물고 있을 것 같애? 아마 앞을 다투어 들고 다닐 거다."

기옥이도 더는 아버지를 말리지 못했다.

"지금 시간이 더 좋다, 지배인 동지는 밤 10시 전에 퇴근하는 때가 없으니까. 이 시간이 조용도 하구……"

어둠 속에 사라지는 아버지의 뒤모습을 바라보니 기옥은 가슴이 서늘해지였다. 그리 유쾌한 마음을 안고 떠난 것도 아닌 공장정문으로 불과 며칠도 안 되여 다시 들어서자니 최국락의 마음인들 편안할 리가 없었다. 그러나 이 일에 자기밖에는 나설 사람이 없다고 생각하는 최국락이였다.

기옥이도 지금 아버지가 오빠에 대한 그 어떤 마음의 고통을 남모르게 안고 있는지를 알았다면 그의 앞을 막아서서 이렇게 말했을 것이다.

"못 가요. 오빠의 생사도 알지 못하는데 그따위 애군 때문에 아버지가 밤길을 걸어요? 못 가요!"

기옥이가 이렇게 앞을 막아 나섰다고 해도 최국락은 기어코 이 밤길에서 물러서지 않을 것이다.

자식들에게 험한 일이 닥치면 내 자식, 남의 자식이 따로 없이 발 벗고 나서야 한다는 것이 최국락이가 한생토록 입버릇처럼 외우던 말이였다.

그래서 공장의 운수반에서도 자식들 때문에 그 무슨 속상한 일이 생기면 어느 운전사나 최국락이와 먼저 의논하군 하였다. 그러면 최국락은 밤이 열이라도 발 벗고 뛰여다녔다. 하물며 거의 한생을 친형제처럼 의좋게 살아왔던 지배인의 집에서 자식 때문에 혹 화근이 생길 수도 있다는 것을 알고도 제 자식 걱정만을 가슴에 부둥켜안고 혼자 도사리고 앉아만 있을 최국락이가 아니였다. 그는 온종일 들볶이우다가 퇴근시간을 앞두고 혼자 조용히 앉아서 하루를 총화 짓고 있을 지배인을 눈앞에 그려보며 부지런히 발걸음을 옮기였다.

어둠 속에 사라지는 아버지를 바라보는 기옥의 눈가에는 눈물이 고였다.

'아, 아버지! 우리 아버지!'

자박자박 걸음을 옮기는 기옥이의 머리속에는 경식이가 저질러놓은 일에 대한 의혹이 무겁게 짓누르고 있었다.

이 시각 홍유철 지배인은 인생의 황홀한 기쁨을 맞이한 극도의 흥분된 심정에 휩싸여 있다고 말할 수 있었다. 그는 복잡하고 어려운 생산지휘를 하면서 오늘까지 꾸준히 고심해왔던 박사학위론문의 공개심의를 끝내고 방금 사무실에 들어서는 참이였다. 가방을 책상 우에 놓기 바쁘게 공개심의에 참가했던 사람들한테서 전화들이 걸려오기 시작했다.

"홍 동무! 축하하네. 오늘 자네가 학위론문에서 제기한 천연항생제는 종전의 화학적 합성법으로 만들어지는 항생제들의 제한성을 극복할 수 있다는 점에서 림상실천상 정말 큰 의의가 있다고 보네.……"

송수화기를 놓기 바쁘게 또 전화 종소리가 울리였다.

"홍유철 지배인 동무! 복잡한 지배인 사업을 용케 감당해나가면서 그런 박사학위론문을 내놓았다니 정말 놀라지 않을 수 없었네. 특히 항생제 성분을 이루는 케라틴펩티드라고 하는 천연광폭항생물질은 항균력이 매우 강해서 각종 호흡기질환과 감염성이나 염증성질병치료에 특효가 있고 오랜 기간 사용해도 부작용과 내성이 거의 안 생긴다니 이거야 우리 모두가 박수를 보낼 만한 일이 아니겠나?!……"

뒤따라 홍유철을 급히 찾는 환희에 넘친 목소리는 진순영이였다.

"여보! 우리 박사원반 동창생들이 우르르 밀려와서 지금 나를 못살게 들볶아대고 있어요. 빨리 좀 와야겠어요."

"하하, 그 친구들이…… 내 이제 곧 떠나겠소."

홍유철이가 가방을 집어 드는 순간이였다.

이때 문기척 소리와 함께 최국락이가 들어섰다.

홍유철은 반갑다기보다 저도 모르게 흠칫 놀라는 기색이였다.

"최 동무가?! 그러지 않아도 내 한번 찾자고 했는데, 날 나쁘게 생각지 말라구!"

최국락은 말없이 홍유철 지배인의 가까이에 다가가서 의자에 조용히 앉았다.

"제때에 자리를 내놓는 것도 지배인 동지의 사업을 도와드리는 거지요. 그런 건 일 없습니다."

지배인은 그의 얼굴을 지켜보며 의아해서 물었다.

"자네 얼굴이 좀 어둡구만.…… 집에 무슨 걱정거리라도 생긴 게 아니요?"

"예, 우리 기호 녀석이 몰고 나간 무역선이 글쎄 며칠 째나 행방을……"

"뭐라구?……"

지배인은 와뜰 놀라며 속에 들었던 가방을 도로 놓고 전화통부터 끌어당긴다.

"알아봅시다. 거기 해사국 부국장도 내 잘 아는 사인데……"

"됐습니다. 알아보나마나…… 저도 거기하구 수시로 련계를 가지고 있습니다."

"그럼 내가 도울 일은 뭐겠나?"

"기다려봐야지요. 공화국 공민이라면 자기 조국을 배반할 수가 없지요.……"

"글쎄, 별다른 일이 없어야 할 텐데.……"

최국락은 한동안 무거운 생각에 잠기며 혼자소리처럼 나직이 입을 열었다.

"어찌겠습니까. 자식을 놓고 그 부모가 평가받는 건 세상리치인데…… 그 녀석이 공적을 세웠어도 내가 평가받는 것처럼 그 녀석이 죄를 져도 내가 벌을 받는 게 응당한 거지요."

"그래서 아버지가 되기는 쉬워도 아버지의 구실을 하기가 힘들다는 말이 있지 않나? 하긴 새끼를 거느리는 건 암닭(암탉)두 할 수 있지. 그 새끼를 사람으로 만들기가 헐치 않아서 누구나 다……"

"그런데 형님!"

최국락은 의자를 당겨 한 걸음 다가앉으며 홍유철을 수십 년 만에 처음으로 형님이라고 불렀다. 이십대가 지나서 그를 다시 만나서부터는 오늘까지 지배인 동지였었다.

"제 급한 걸음을 걷게 된 건…… 형님! 차동근의 문제를 지내 소문내서는 안 될 것 같아서 달려왔습니다."

"자네도 어데서 좀 들은 모양인데 그 녀석이 그런 나쁜 버릇이 있는 줄은 내 꿈에도 미처 생각지 못했거던. 약초수매자금에 손을 대다니…… 내 그래서 래일 아침 당장 초급일군들의 모임을 열고 단단히 문제를 좀 세우자는 거야."

"형님, 거기에는 경식이가 개입되여 있습니다."

"아니, 왕청같이 우리 경식이는 거기에 왜 꺼들이는 건가?"

홍유철은 금시 눈살이 꽂꽂해지였다.

"그 약초수매하고 경식이하고 무슨 상관이요?"

"경식이가 약초관리소에 잘 아는 사람이 있다면서 자진해서 그 일에 나섰습니다. 제 이자 알아보는 껏 다 알아도 보구……"

"뭐?"

지배인의 떨리는 목소리가 남의 목소리처럼 들리였다.

"그게······ 그게 사실인가?"

"그 관리소의 수매원이라는 사람도 만나보구 백민수 과장도 다 만나 봤는데 사실입니다."

"사실이라구?"

홍유철은 뒤말을 흐리더니 그 순간 픽 고개를 돌리며 비칠거렸다. 그리고는 떨리는 손으로 의자등받이를 더듬다가 끝내 몸을 가누지 못하며 그 자리에 풀썩 맥을 놓고 쓰러졌다.

최국락이가 달려가서 그를 흔들었다.

"형님, 왜 이래요? 힘을 내서 이제라도 빨리 수습할 생각은 하지 않고 왜 이래요?"

"늦었어, 이젠 늦었어.······"

홍유철은 알릴 듯 말 듯 고개를 저으며 무엇인가 안타깝게 더 말을 하려는데 그 소리는 입 밖으로 새여 나오지 못하였다.

최국락은 급히 교환을 찾아 운수반에 전화를 걸어서 차를 불렀다.

지배인을 구급과의 침대에 눕혀놓고 겨우 안정을 시켰을 때 진순영이 달려왔다.

박사학위론문 공개심의 통과를 축하해서 기쁨을 함께 나누자고 집에 모여앉아 홍유철이를 눈이 까매 기다리던 박사원 동창생들도 모두가 정신없이 달려왔다.

심리적 타격에서 심장과 뇌수를 내려치는 힘의 크기가 제일 센 것이 자식으로부터 받는 충격이라고도 한다.

홍유철이도 그로부터 오는 일종의 심한 허탈이였다. 아차하면 뇌졸중의 위험계선에까지 이를 번하였으나 인차 손을 써서 제때에 구급대책을 세운 통에 며칠 좀 안정을 하면 일 없겠다는 의사들의 협의진단이 나왔다.

✦

최국락은 날이 푸름푸름 밝기 시작하는 이른 새벽이 다 되여서야 집으로 돌아왔다.

출입문 소리를 기다리며 뜬눈으로 밤을 새우다싶이 하였던 기옥은 간밤에 있었던 아버지의 이야기를 다 듣고 나서 저도 모르게 입술을 깨물었다.

생각하면 할수록 경식이가 원망스럽기 그지없었다. 그처럼 진정을 바쳐주었는데 이렇게도 사람을 속이고 아직까지 하지 말라는 짓을 몰래 하다니⋯⋯

처녀의 몸으로 이때까지 별의별 창피스러운 오해까지도 다 참아가면서 경식이를 위해 혼자 속은 얼마나 태웠고 밤길은 또 얼마나 걸었던가. 생각할수록 분했다. 기옥은 제가 당한 억울한 생각은 둘째 치고 큰집, 작은집처럼 가까이 지내던 두 집을 남남처럼 갈라놓다싶이 한 것도, 아버지를 공장에서 섭섭하게 나오게끔 만든 장본인도 따지고 보면 경식이 때문이라고 생각되였다. 그러더니 종시 저를 낳아 키운 아버지까지 쓰러지게 만들고⋯⋯

기옥은 금시 터질 것만 같은 울분을 가슴에 안은 채 경식이가 림산 이동작업에서 돌아오면 이번에는 정말 가만 놔두지 않으리라 마음먹었다. 이제 맞다들기만 하면 기옥이도 자신을 걷잡지 못할 것 같은 극도의 격한 심정이였다.

그러나 최국락의 마음은 기옥이와는 또 달랐다.

경식이를 만나서 속 시원히 분풀이를 한다든가, 이번 통에 어디 한 번 정신이 번쩍 들게 혼을 내주든가 하는 것은 차후의 문제이고 그가 저질러놓은 일이 어데까지 번져졌는지 빨리 알아보고 미리 손을 써서 막아야 했다. 그러자면 그 돈의 행처부터 정확히 알아내야 하겠는데 경식의 아버지 홍유철은 너무 억이 막혀 이미 쓰러진 상태이다. 자기밖에는 경식이를 위해서 뛰여다닐 사람이 없었다.

물론 망망대해에서 아들이 죽었는지 살았는지 그 생사여부조차 알 수 없어 혼자 속을 조이고 있는 최국락이로서는 지금 그 어떤 일도 손에 잡힐 리가 없었다.

죽었든 살았든 기호가 있는 데를 알 수만 있다면 지금 당장 바다에 뛰여들어 헤염(헤엄)을 쳐서라도 아들을 찾아 떠나지 않고서는 견딜 수 없는 아버지의 심정이였다.

바로 그 때문에 최국락은 경식이를 위해서도 가만히 앉아 있을 수가 없었다.

홍유철의 아들이자 곧 자기의 아들이라고 생각하는 최국락이였다. 자식을 생각하는 부모들의 마음을 천평저울에 뜬다면 어느 하나도 기울어

짐이 없이 하나같이 수평을 그을 것이다.

경식이가 남모르게 무슨 일을 저질렀다면 홍유철이를 대신해서 내가 빨리 알아보고 수습해주어야 한다. 그러자면 경식이가 돌아올 때까지 앉아서 기다리고만 있을 수가 없었다. 한시 아니, 한순간이 바빴다.

그러나 아버지의 이러한 생각을 알 리가 없었던 기옥은 공사장으로 빨리 나가자고 아침부터 독촉이였다.

"아버지, 화물차 37호가 발동이 잘 걸리지 않아서 애먹는데 오늘도 아버지가 공사장에 같이 나가서 좀 도와주셔야지요?"

"내 오늘은 좀 피곤해서 못 나갈 것 같구나.……"

아버지에게서 처음 들어보는 말이였다.

기옥은 저으기 놀란 눈으로 최국락을 쳐다보았다.

"아버지가 피곤하신 게구나. 아버지! 오늘은 아무 데도 나가지 말고 집에서 하루 푹 쉬세요."

"오냐, 그런데 심평림산에 원목을 실으러 떠났다는 35호 대형 화물차는 언제 돌아올 것 같니?"

"원목을 접수하는 날이 돌아오는 날이겠지요 뭐. 요새 원목을 받는다는 게 어디 쉬워요?"

기옥은 가방을 들고 집을 나서다가 다시 발걸음을 멈추며 한마디 덧붙였다.

"경식 동무 때문에 그러시는 것 같은데 아버지, 너무 신경을 쓰지 마세요. 본인이 채심해야지 이게 어디 옆에서 걱정한다고 될 일이예요?"

기옥이가 집을 나서기 바쁘게 아버지도 얼른 일어나서 옷을 입기 시작하였다.

오순은 의아해서 쳐다보았다.

"아니, 오늘은 집에서 하루 쉬겠다더니 어델 가자구 옷을 입어요?"

"경식이가 언제 돌아올 지 알고 우두커니 앉아서 기다리겠소? 한순간을 놓쳐서 괜히 아이를……"

오순은 깜짝 놀라며 눈이 둥그래서 남편을 쳐다보았다.

"여보, 그럼 여기서 이삼백 리나 된다는 그 림산으로 찾아 떠난다는 거예요?"

"차만 잘 잡아타면 오후에 돌아서서 저녁쯤에는 집에 올 수 있지. 기옥이한테는 내 어데 갔다는 말을 하지 말구.……"

이쯤 되면 최국락을 도로 주저앉힐 사람이 이 집안에는 없다. 그것을 누구보다 잘 아는 오순인지라 이런 때 그를 붙잡느라고 공연한 푸념을 하느니 차라리 주의사항이나 빨리 강조하는 편이 낫겠다는 생각이 들어 주머니에 얼마간의 려비(여비)를 넣어주면서 이 당부, 저 당부 부지런히 섬겨대였다.

"아무리 바빠도 달리는 차에는 절대로 매달리지 말라요. 당신도 이제는 그전과 다르다는 걸 꼭 명심하구요. 경식이를 만나서 알아본 다음에는 선 자리에서 인차 돌아서 오세요.……"

"알았소, 알았다니까.……"

최국락은 이렇게 대충 대답을 하고 나서 부랴부랴 집을 나섰다.

도로 입구에서 최국락은 기관실 뚜껑을 제껴놓고 무엇인가 수리하고 있는 화물차에로 천천히 다가갔다.

"고장인가?"

서른 안팎의 고수머리 젊은 운전사는 대답 없이 최국락을 힐끔 쳐다 보고는 다시 뚝딱거린다.

고장 난 걸 뻔히 보면서 괜히 말을 시키지 말라는 눈치였다. 그래도 최 국락은 재차 또 한 번 물었다.

"기동대차 같은데 어데까지 가나?"

고수머리는 한참 후에야 마지못해 뜨직이 한마디 던지였다.

"심평기동대예요."

"나두 심평림산을 찾아가는 길인데 같이 좀 묻어 가세나.……"

"언제 수리될 지 모르겠는데 딴 차를 잡으시라요."

이때 마침 사람들이 몰켜(한곳에 빽빽하게 모여) 선 저쯤 앞에서 중형뻐 스가 멎어선다.

고수머리는 그쪽을 향해 턱짓을 한다.

"아바이도 빨리 달려가서 올라 타시라요."

"아니, 나는 이 차에 타야겠네."

"예?"

"지금 뽐프(펌프)가 고장 나서 휘발유를 제대로 빨아올리지 못하는데 옆에 조수가 있어야지 혼자서는 여기에서 오도 가도 못해!"

고수머리는 나사틀개를 든 채 뼁해서 최국락을 쳐다보았다. 물계(물정)를 좀 아는 아바이 같다는 눈치였다.

최국락은 고수머리의 팔소매를 잡아당기며 다시 이었다.

"자, 빨리 운전칸에 올라가서 발동을 걸라구! 내가 옆에서 뽐프 노릇을 하며 휘발유 공급을 해줄 테니. 어서……"

"아니, 그럼 아바이가?……"

"나도 운전대를 잡고 육십 나이를 맞은 사람이야. 자, 빨리 발동을 걸라는데……"

차가 움직이기 시작하였다. 최국락은 휘발유가 들어 있는 비닐통을 한 손에 들고 기화기 안에 액체가 흘러드는 것을 긴장해서 지켜보고 있다.

"이보게 고수머리! 자네 담배를 피우나?"

"예, 좀……"

"이제부터는 절대 못 피워! 내가 지금 수류탄을 들고 있는 거나 같거던……"

"아바이, 저도 운전사인데 그걸 모르겠습니까?"

고수머리는 앞창에 눈길을 박고 있으면서도 이따금 최국락의 쪽에 힐끔힐끔 곁눈질을 하였다.

중형뻐스에 달려가서 올라탔으면 지금쯤 편안히 목적지까지 제 시간에 갈 수 있었을 아바이가 이렇게 고생을 사서 하는 것이 가슴 뜨겁지 않을 수가 없었다.

"아바이! 고맙습니다. 저 때문에……"

"고맙긴…… 자네도 부모가 있겠지? 나두 자식 생각이 나서 이렇게 마음을 놓지 못하고 옆에 붙어 있는 거라니. 그래 아버지는 어데 다니나?"

"군인민위원회에 다닙니다."

"군인민위원회에서 무슨 일을 하나?"

"위원장입니다."

"음…… 어머니는?"

"몸이 허락치 않아 힘든 일은 못하고 영예군인공장에 다니며 비닐꽃을 만드는 일을……"

최국락은 고개를 끄덕이며 혼자소리처럼 중얼거렸다.

"좋은 아버지를 두었구나!……"

"그건 아바이가 우리 집을 잘 몰라서 거꾸로 하는 소리예요."

"거꾸로 말하다니?"

"우리 집은 어머니가 좋고 아버지는 폭군이예요. 하하, 나에게 채찍만 드는 폭군……"

"에끼, 이 녀석! 아직 된장 몇 독을 더 먹어야 제 아버지가 얼마나 좋은 사람인가를 알겠구나.……"

고수머리도 허허…… 즐겁게 웃으며 이번에는 제 켠에서 한마디 물었다.

"그런데 심평림산에는 무슨 일로 가시나요? 짐도 하나 없이 홀몸으로 가시는 걸 보면 거기서 사는 것 같지는 않는데……"

"왜 가겠나? 이게 다 자식들 때문에 바쁜 걸음을 걷는 거지.……"

"예?"

"내 지금 속은 간 데 없어.……"

최국락은 어쩐지 제 가슴 속에 안고 있는 근심걱정을 이 젊은 고수머리에게 숨기고 싶지 않았다.

그래서 경식이를 찾아 떠나게 된 사연이며 지금 마음이 초조해 있는 심정까지도 다 털어놓았다.

최국락의 이야기를 들으며 고수머리는 자못 심중해지기까지 하였다.

"아바이의 그 말을 들으니 저도 하지 말라는 노릇은 절대로 하지 말아야겠다는 결심이 더 굳혀지는군요."

"자네도 몰래 나쁜 짓을 좀 했나?"

"예, 운행 중에 못 마시게 된 술도 좀 마신 적이 더러 있었거던요."

"에끼, 죽자구? 하지 말라는 노릇을 몰래 해서 리날(좋을) 건 조금도 없어. ……"

"아바이의 말이 맞아요."

기화기 안에 휘발유를 수동으로 떨구며 움직이는 자동차는 푸더덕 푸더덕 하며 좀처럼 속도를 내지 못하였다. 고수머리는 자꾸 최국락의 쪽에 눈길을 보내였다.

"아바이가 급한 길을 가시는데 이놈의 차 때문에 정말…… 읍에까지만 가면 림지까지 삼십 리는 제가 우리 기동대차로 보장해드리겠어요."

"고맙네!"

이때 "빵." 하고 자동차 바퀴가 터지는 요란한 소리와 함께 차체가 한 쪽으로 푹 기울어졌다.

"아이쿠……" 하며 고수머리가 울상이 되여 얼른 발동을 꺼버리였다.

최국락은 팔소매부터 걷어 올린다.

"예비 타이야(타이어)를 차구 있겠지?"

"아바이! 제가 길 복판에 나가서 떡 뻗치고 차를 하나 잡아드릴 게 아바이는 빨리 먼저 가시라요."

"이 사람이?……" 하며 최국락은 엄한 눈길로 고수머리를 흘겨보았다.

"아니, 승용차도 아니고 대형 화물차 바퀴를 어떻게 혼자서 바꿔 채운다는 거야?"

"그렇지만 한시가 바쁜 아바이를……"

"그래 한생을 자동차와 함께 살아온 내가 젊은 운전사를 허허벌판에 혼자 버리고 달아났다는 걸 너의 부모들이 알게 되면 나를 뭐라고 할 것 같나?"

"예?"

"첫마디에 무슨 욕부터 나올 것 같은가 말이야?"

"거야……"

고수머리는 대답을 찾지 못하고 머뭇거리였다.

최국락은 허허 웃으며 다시 이었다.

"너희들이 그걸 알게 뭐야? 부모들은 너무 가슴 아파서 첫마디에 이런 욕부터 나올 거란 말이야. 그래 너를 버리고 제 혼자 달아 뺀 그 놈은 자식도 없는 놈이래?"

"하하…… 그렇게까지야 뭐."

"나는 자식을 두고 그런 욕을 먹고 싶지는 않아. 자, 빨리 전투를 벌리자!"

이 순간에 최국락의 가슴에도 걱정은 한두 가지가 아니였다. 경식이를 한시바삐 만나야 하는 그 초조감은 더 말할 것도 없고 기옥이가 퇴근하기 전에 돌아오겠다고 했던 안해와의 약속은 이미 틀려지고 말았다.

지금쯤은 기옥이가 집에 들어섰을는지도 모르겠는데 무슨 소동이나 또 생기지 않았는지 은근히 걱정스럽기도 하였다.

아니나 다를가 오순은 지금 기옥의 앞에서 진땀을 빼고 있었다. 기옥은 퇴근해서 집에 들어서자바람으로 눈이 동그래서 아버지부터 찾았다.

"어머니, 아버지가 어데 갔어요?"

"거 뭐, 바람을 좀 쏘이겠다면서 좀 전에 나가댔는데…… 너 배고프겠는데 먼저 먹으려무나."

"아버지가 들어오면 같이 먹을래요."

벌써 한 시간이 또 지났다. 기옥이도 몇 번이나 다그쳐 묻는다.

"아니, 너무 피곤해서 하루 쉬겠다던 아버지가…… 바람 쏘이러 어데 갔는지 나가서 찾아봐야지 않아요?"

오순이도 이제는 더 이상 지탱할 수가 없었다.

"암만해도 너의 아버지가 오늘은 돌아서지 못하는가부다."

“돌아서지 못하다니?”

“아침에 경식이를 찾아 떠났다.……”

“뭐, 아버지가?”

기옥은 얼굴이 금시 새하얗게 질리였다.

“아니, 거기가 어덴데 아버지를…… 엄마! 엄마는 집에서 뭘 하는 엄마나? 아버지가 가겠다고 해도 엄마가 어떻게든 막았어야지 엄마는 뭘하고 있었나 말이예요?”

“너의 아버지의 성미를 모르니?”

기옥은 저녁밥도 안 먹고 제 방에 들어가더니 이불을 뒤집어썼다. 생각하면 생각할수록 경식이에 대한 분한 생각에 이제 나타나기만 하면 마구 두들겨 패도 시원할 것 같지 않았다.

거기에다 또 이 밤에 어느 객지에서 무슨 고생을 하고 있을지 모를 아버지를 생각하니 눈물이 콱 쏟아졌다.

무인지경이나 다름없는 이 령길에서 최국락은 밤을 지새우고 지금 또다시 젊은 고수머리 운전사의 옆에 앉아서 새벽길을 달리고 있었다.

“이보게, 고수머리! 졸면 안 되네. 전방 감시.……”

앞창을 내다보던 최국락이가 도리여 우뚝 긴장해지더니 허리를 바싹굽힌다. 원목을 실은 화물차 한 대가 마주 달려오고 있는 것이다. 번호판의 35호라는 수자(숫자)가 눈앞에 확 안겨왔다. 최국락은 저도 모르게 소리를 질렀다.

"우리 35호다! 차를, 차를 세우라.……"

고수머리가 제동을 밟는 순간에 최국락은 운전칸에서 뛰여내리며 소리쳤다.

"35호! 경식이!"

그러나 35호는 이미 마주 지나쳤고 적재함 우에서는 경식이네들이 노래까지 부르며 최국락의 쪽에는 눈길도 보내지 않았다. 차가 굽인돌이(굽이돌이)를 지나서 보이지 않을 때까지 손을 흔들며 따라간 것은 고수머리였다.

그는 최국락이를 쳐다보며 너무도 안타까와 울먹거리기까지 하였다.

"아바이, 이젠 마주 오는 차를 빨리 잡아타고 돌아서십시오."

"돌아서다니? 이제 삼십 리 남았다는데 그래 거진(거의) 다 와서 또 밤을 새울 셈인가? 자, 내가 조수 노릇을 마저 해줄 테니 빨리 떠나자구.……"

"아니, 시간을 다툰다고 하지 않았습니까?"

최국락은 안심하라는 듯 허허 웃음을 지었다.

"방금 원목을 싣고 돌아가는 걸 봤으니 이젠 내가 만나지 않아도 돼. 공사장에서 눈이 까매 기다리고 있는 사람이 있으니까.……"

최국락은 끝내 고수머리를 기동대까지 데려다주고 돌아섰다. 그가 떠날 때 기동대 마당은 참으로 눈물겨운 마당이였다.

기동대대장은 최국락이가 너무 고마와서 다음 날 떠나기로 되였던 화물차 한 대를 당장 떠나도록 지령조직을 하였으며 합숙취사원 아주머니는 도중 식사까지 운전칸에 실어주었다.

고수머리가 어느새 벌써 전화를 걸었는지 군인민위원회 청사에서 작업복 차림의 위원장이 배낭을 메고 달려왔다. 고수머리가 '폭군'이라던 제 아버지였다.

최국락이와 비슷한 나이의 푸수하게 생긴 이 군의 책임일군도 역시 자식을 둔 아버지였다.

"아니, 범도 제 새끼를 구원해주면 신세갚음을 한다는데 이렇게 선 자리에서 돌아가면 이 아버지라는 사람은 뭐가 됩니까?"

"원, 위원장 동지도 무슨 말씀을?…… 신세야 제가 졌지요. 저 아드님이 아니였으면 제가 여기까지 날아왔겠습니까?"

위원장은 허허 웃으며 배낭을 적재함에 실었다.

"제가 보내드릴 건 이 잣씨밖에 없습니다."

"아니, 그보다 더 귀한 게 어데 있더라구요. 허허……"

차가 마당을 벗어날 때까지 고수머리는 운전칸 옆에 붙어 서서 종시 떨어지지를 못하였다. 그의 눈 부리는 아까부터 벌개 있었다.

"아바이! 앓지 말고 건강하십시오.……"

하루밤을, 그것도 좋은 환경에서 즐거운 려행(여행)을 보낸 하루밤이 아니라 한지나 다름없는 외지에서 고생을 함께 하며 새날을 맞은 그 하루밤을 보내고 헤여지는 이 마당에서 두 세대의 마음은 뜨거운 감동과

격정으로 하여 뜨겁게 달아올랐다.

✦

　기옥은 그 바쁜 작업시간에도 줄곧 자동차 길에만 눈길을 팔고 있었다. 원목을 실으러 갔던 차가 돌아와야만 아버지에 대해서도 마음을 놓을 수가 있고 경식의 그 자금 문제도 명백히 알 수 있는 것이다.

　그런데 뜻밖에도 이 길로 수수한 차림의 한 녀인이 다가오더니 기옥의 앞에서 발걸음을 멈추었다. 아직 사십대를 넘기지 않았을 나이치고는 감실감실 해빛에 그슬린 얼굴이 퍽 겉늙어보이였다.

　물기가 어린 듯한 두 눈은 무척 상심에 잠겨있었다.

　"처녀, 말 좀 묻자구요."

　"예, 말씀하세요."

　"여기서 경식이라는 총각이 일한다고 해서 찾아왔는데 좀 만나게 해줄 수 없겠나?"

　"지금 원목을 실으러 먼 데로 이동작업을 나가서 여기에는 없습니다."

　녀인은 잠시 실망한 듯한 안색이더니 다시 물었다.

　"그럼 최기옥이라는 처녀를 좀 만나게 해줄 수 없겠나?"

　기옥은 의아해서 한발 다가섰다.

　"왜 그러시나요? 제가 최기옥입니다."

녀인은 덮어놓고 기옥의 두 손부터 잡아주었다.

"내가 차동근의 어머니일세."

"어마나!"

"고맙네, 다들 우리 동근이를 제 친동생처럼 그렇게 극진히들……"

"그런데 무슨 일로 이렇게?……"

기옥은 동근의 어머니를 나지막한 바위 옆으로 이끌었다.

"먼 길에 힘드셨겠는데 여기에 앉으세요!"

"고맙네!"

동근의 어머니는 나지막한 바위에 걸터앉으며 서둘러 가방에서 편지 봉투를 꺼내였다.

"내 이걸 받고 너무 놀라와서 그 길로 떠나오는 길이네."

"아니, 이건 뭔데요?"

기옥은 동근의 어머니가 내미는 봉투를 받아들었다. 뜻밖에도 경식이가 보낸 편지였다. 그 속에는 저금통장과 함께 다음과 같은 속지가 들어 있었다.

"동근의 어머니! 이것은 동근이도 모르게 제가 보내는 편지이니 어머니만 혼자 알고 계시면 됩니다. 여기에 동근의 할아버지 몫으로 약초를 수매시킨 저금통장을 보냅니다. 아버지도 없는 자식을 평생 혼자서 키우느라면 어머니가 이제 동근이를 위해서 꼭 돈을 써야 할 일이 생길 겁니다.……"

그랬댔구나! 기옥은 가슴에 막혔던 돌멩이 같은 것이 떨어져나가면서 순간에 숨구멍이 확 열리는 것만 같았다.

다음 순간에는 수수한 차림의 이 녀인이 그렇게도 아름답게 보일 줄이야. 정말 눈물겨웁도록 고마왔다.

기옥은 와락 다가가서 그의 꺼칠한 두 손을 뜨겁게 잡아주었다.

"어머니! 고마와요."

동근의 어머니는 의아해서 한동안이나 쳐다보았다.

"내가 고맙다니?"

"우리 어머니들이란 참…… 지배인 동지가 이 편지를 보시게 되면 얼마나 마음이 놓겠어요? 병도 인차 나을 수 있을 거구…… 인젠 됐어요."

동근의 어머니는 눈길을 떨구며 혼자소리처럼 중얼거리였다.

"우리 녀석이 어른들에게 무슨 마음고생을 시킨가 보구만.……"

"아니예요. 그런 건 절대로 아니예요. 어머니도 이제 지배인 동지를 만나면 동근이가 얼마나 좋은 사람들 속에서 사는지 다 알게 될 거예요."

기옥은 지배인이 입원해 있는 병원으로 동근의 어머니를 얼른 돌려세웠다.

기옥이의 가슴 속에는 "됐구나!" 하고 기뻤던 감정이 다시 "사람이 어쩌면 그렇게 돼 먹었을가." 하는 경식이에 대한 야속한 생각으로 바뀌여졌다. 자기 아버지는 졸도시켜 쓰러뜨렸지, 우리 아버지는 저를 찾아 무인지경으로 다니게 만들었지.…… 어디 그뿐인가. 때 묻지 않은 동근이의 어머니까지 놀래워서 허겁지겁 먼 길을 달려오게 만든 것도 다름아닌 경식이였다.

그것이 어데서 생긴 것일가? 아무리 좋은 일이라 할지라도 제 마음 내키는 대로 집단과 조직 밖에서 하는 일들은 오히려 이렇게 근심과 걱정, 종당에는 화근을 가져올 수도 있다는 것을 경식이가 아직 너무도 모르고 있다고 생각하니 기옥은 안타깝고 야속했다.

🍁

원목을 실은 자동차가 공사장에 도착하였다.

며칠 만에 만나는 경식이와 기옥의 상봉은 마치 칼날처럼 날카로왔다.

제가 떠난 후에 벌어진 이 복잡한 사연을 알 수가 없었던 경식은 원목을 실은 적재함에서 제일 먼저 뛰여내리며 기옥의 얼굴부터 찾았다. 어려운 일에 자진해서 갔다가 성과를 거두고 제 기일에 도착했다는 떳떳한 생각에 경식은 기옥이를 빨리 만나 그새 수고가 많았다는 따뜻한 인사를 받아보고 싶었다.

그런데 마지막 돼지우리의 맨 끝에서 기옥은 혼자 뻥끼칠(페인트칠)을 하며 이쪽으로는 단 한 번 눈길도 돌리지 않고 있었다. 경식은 제가 도착했다는 것을 아직 모르고 있구나 하는 생각으로 부리나케 기옥에게 달려갔다.

"기옥이, 돌아왔어! 그새 별 일 없었겠지?……"

그새 일이 생겨도 큰일이 생겼는데 별 일이 없었는가고 물어볼 적에는 저를 찾아 떠나간 아버지를 못 만난 것이 분명하였다. 길이 어긋나서 지금 무슨 고생을 하고 있을지 모를 아버지를 생각하니 기옥은 금시 눈물이 나오는 것을 겨우 참았다.

경식은 의아해서 기옥의 눈치만을 살폈다.

지금 기옥의 얼굴은 얼음으로 다듬어놓은 조각상처럼 랭기를 풍기였고 눈길은 칼날같이 예리하였다.

경식의 묻는 말에 대한 대답도 기옥은 혼자소리처럼 투덜거리였다.

"흥, 돌아왔으면 어쨌다는 거나.……"

"왜 그래? 돌아왔으니까 초급단체 위원장이 동맹원의 보고야 받아야 할 게 아니야?"

"뭐, 동맹원?"

기옥은 뺑기솔을 놓더니 경식이를 데리고 돼지우리 작업장으로 들어갔다.

"동맹원은 고사하고 동무도 사람이예요?"

"아니, 왜 그래? 나더러 어려운 일에 자진해서 나서라고 하지 않았어? 그래 기옥이가 하라는 대로 나는 두말없이 림산에 갔어. 자, 이 손을 좀 보라구. 그런데 왜 나를 그렇게 올곧지 않게 쳐다봐?"

경식은 나무 등걸이에 찢기여 여기저기 상처투성이가 된 두 손을 내보이기까지 하였다.

그러나 기옥은 그것을 보려고 하지 않고 너무 분해서 울먹이였다.

"그래 약초를 수매한 돈에 함부로 손을 대면 일이 이렇게 복잡해질 줄을 몰랐어요?"

"음, 그것 때문에?" 경식은 아무 일도 아니라는 듯 히물히물 웃었다.

"그게 벌써 기옥의 귀에까지 들어갔나?"

"왜? 제가 먹지 않았으니 아무 상관도 없다, 이거지요?"

"흥…… 제가 중뿔나게 나서서 공연히 벌둥지(벌집)처럼 만들어놓구……"

"아니, 내가?……"

기옥은 너무나 안타깝던 나머지 억울하기도 하고 야속하기도 하여 저도 모르게 눈물이 왈칵 쏟아지려는 것을 겨우 참아가며 목 메여 말했다.

"나까지는 글쎄 남이니까 저 때문에 마음고생을 하건, 피해를 입건 아무 상관도 없다고 치자요. 그리고 저를 만나러 림산으로 찾아 떠난 우리 아버지가 길이 어긋나서 고생하는 것도 남의 부모니까 가슴 아파하지 않아도 좋아요."

"아니, 기옥의 아버지가 나를 찾아 떠나다니?……"

"그 돈의 행처를 빨리 알아보고 일이 더 커지기 전에 막아 보자구 했어요."

"뭐?"

"그러나 저를 낳아 키운 제 부모까지 저 때문에 쓰러지게 만드는 것도 사람이예요?"

그 말에는 경식이도 흠칫하였다.

"아니, 쓰러지게 만들다니?"

"아버지가 쓰러져서 병원에 실리여 갔어요."

"우리 아버지가?"

"동근이가 못된 놈이라고 당장 공장에서 내쫓겠다고 만장에다 선포하려다가 그 돈이 자기 아들의 손에 들어갔다는 걸 알게 되였을 때 어느 부모인들 기절하지 않을 수가 있었겠나 말이예요.……"

기옥은 끝내 손수건을 꺼내서 눈굽에 가져갔다.

경식은 돌로 만든 사람처럼 고개를 떨군 채 부동자세로 굳어져 있었다. 예리한 칼끝이 가슴을 서서히 찌르는 듯 아팠다.

거기에 울먹이는 듯한 기옥의 목소리까지 가슴을 더욱 아프게 저미였다.

"못난 자식 문제 때문에 한순간에 그렇게 쓰러졌으니 고통인들 얼마나…… 빨리 병원에 달려가서 아버지 앞에 무릎을 꿇고 용서를 빌라요. 부모들 앞에서만은 제발 자신을 속이지 말고 아이 때처럼 정직하게 용서를 빌란 말이예요."

기옥은 눈물을 닦으며 천천히 돌아서 나가더니 말없이 다시 뺑끼솔을 집어 들었다. 아직도 축축히 젖어 있는 처녀의 쌍가풀(쌍꺼풀) 진 두 눈은 더는 경식의 쪽으로 돌려지지 않았다. 모든 것이 이것으로 끝났구나 하고 경식은 생각했다.

방금 자기에게 울면서 쏟아부었던 거의 행악에 가까운 화풀이며 하소연이며…… 이 모든 것을 다 쥐여 짜보면 결국 한마디로 너는 인간이 아니라는 기옥의 마지막 선언이였다고 생각되였다.

이제 아버지도 마찬가지로 그러한 마지막 선언을 내려줄 것이였다. 아니, 그보다 더 상상할 수 없이 가혹한 선언, 이제부터는 내 자식이 아니라는 마지막 선언이 안겨지리라는 것도 경식은 각오하여야 했다.

  작업장을 떠나 터벅터벅 발걸음을 옮기느라니 경식은 어쩐지 이 세상에 제 혼자 외지에 남은 것 같은 허전한 생각이 들었다. 가까운 모든 사람들이 다 저를 버리고 떠나간 듯한 허전한 생각이.……

  경식이가 떨리는 손으로 입원실의 출입문 손잡이를 조용히 당겼을 때는 벌써 전등불이 켜져 있었다.

  홍유철은 경식이가 고개를 떨구고 들어서는 것도 알지 못하였다. 이 순간에 홍유철은 힘들게 침상에서 일어나 한동안 걸음을 떼지 못하고 서 있었던 것이다.

  경식은 와락 달려가서 아버지를 부축해주어야 하겠으나 다리가 방바닥에 떡 붙어서 떨어지지 않았다. 이런 때 자식으로서 아버지를 부축해주고 거들어주어야 하는 그 자격마저 잃어버린 경식이였다.

  홍유철은 한 발 두 발 겨우 힘겨웁게 원탁 앞에 다가가더니 떨리는 손으로 물 고뿌를 찾아들었다. 그리고는 보온병을 기울여 물을 쏟는데 아버지의 떨리는 손으로 고뿌에 중심을 맞추지 못하였다. 보온병의 따거운 물이 고뿌를 잡은 아버지의 손등에 쏟아졌다.

  아버지는 얼결에 고뿌를 얼른 놓아버리고는 손등이 너무 아려서 파르르 떨었다.

어쩌면 우리 아버지가…… 경식은 울음을 참느라고 손으로 입을 막으며 어깨만을 들먹이다가 끝내는 흑흑 소리를 내고야 말았다.

그제야 홍유철은 한 발 두 발 원탁 앞에서 천천히 몸을 돌리였다.

"경식아……"

"아버지!"

경식은 와락 달려가서 아버지의 두 손을 부둥켜안았다. 보온병의 더운 물이 쏟아진 아버지의 손등은 아직도 따거운 듯하여 경식의 가슴을 마구 허비였다.

"아버지! 나를 때려주십시오. 아버지 앞에 죄를 지은 이 놈을 때려주십시오, 아버지."

홍유철은 아무 대답도 없었다. 다만 이번에는 경식의 손등에 뜨거운 것이 뚝뚝 떨어질 뿐이였다.

흐느끼며 고개를 들어보니 아버지도 울고 있었다. 경식은 아버지가 우는 것을 처음 보았다.

언제나 사람들에게 즐거운 웃음만을 안겨주던 아버지였다. 자식 때문에 차츰 그 웃음이 잦아들었던 나의 아버지, 그 아버지가 지금은 이렇게 눈물을 흘리며 울고 있다.

"아버지! 내가 아버지를 이렇게까지 만들어 놓았으니 나는 어떻게 하면 좋아요? 아버지가 우시는 걸 나는 처음 봅니다."

"내 지금 너무 기뻐서 그렇지 울기야 무슨……"

아버지는 경식의 팔을 끌며 침대를 가리켰다.

경식은 아버지를 부축하여 침대에 조심히 앉혀주었다. 홍유철은 경식이를 제 옆에 가까이 끌어다 앉히고 어깨 우에 손을 얹었다. 이미 신경장애가 온 아버지의 팔은 묵직한 망돌을 어깨 우에 올려놓은 것보다 더 무겁게 느껴지였다. 그것은 경식의 아픈 가슴을 못 견디게 눌러주는 듯하여 숨쉬기조차 힘들었다.

홍유철은 떨리는 손으로 손수건을 꺼내더니 경식의 눈물을 닦아주며 허허 웃었다.

"너의 그 눈물을 보니 내 이제는 만 시름이 다 놓이면서 재미나는 이야기가 하나 생각난다."

홍유철은 이런 때조차도 하하 소리를 내여 웃던 본래의 자기를 조금도 헝클어뜨리지 않았다. 그는 깊은 상심에 잠겨 있는 아들의 마음을 풀어주려는 듯 다시 한 번 허허 웃고 나서 다음 말을 이었다.

"예로부터 부모의 속을 안 태우고 자라난 자식이 별로 있니? 그러다가도 사람 구실을 제대로 하면 되는 거지. 내 이자 재미나는 이야기가 생각났다는 것도 바로 그런 거다. 옛날에 말이야……"

경식은 걱정에 잠긴 눈으로 아버지의 손목을 꼭 잡았다.

"아버지! 안정을 해야지 말을 자꾸 하면?……"

"이젠 일 없다. 이렇게 재미나는 말을 하는 것도 하나의 좋은 치료방법이기도 하거던.……"

"그래요?"

그제야 경식이도 안심되는 듯 히죽이 웃었다.

"그럼 아버지! 이자 그 이야기를 마저 하십시오."

"글쎄 옛날에 어떤 사람이 아들을 꿇어앉히고 이렇게 말했다누나. '너 집안의 재산을 다 탕진하고 못된 짓을 했으니 사람 구실을 못할 놈은 죽어 마땅한즉 말해봐라, 그래 너는 어떤 방법으로 죽고 싶으냐?' 그러니까 그 아들이 머리를 쳐들더니 이렇게 말했다. '아버지, 저는 늙어죽는 방법으로 죽고 싶습니다.'……"

경식이도 너무나 어처구니가 없어 히죽이 웃고 말았다.

"그래서 그 아버지가 뭐라고 했대요?"

"음, 그 아버지가 자기의 생각에도 늙어죽는 방법이 제일 좋겠구나 하고 말했다누나.……"

"예?"

"아들의 눈물을 보고 그렇게 말했다는 거다. 아들은 '아버지! 제가 지금껏 자식 된 도리를 다하지 못하여 효성도 못하였는데…… 이대로 죽을 수는 없나이다.' 하고 우는데 그 눈물을 보니 이제는 사람이 됐구나 하는 것이 헨둥히 알리더라는 거다. 눈물에는 격분해서 우는 눈물도 있구 억울하고 노여워서 우는 눈물, 기뻐서 우는 눈물도 있는데 내가 이제는 사람이 됐다는 것을 말해주는 눈물은 그 부모만은 한 번 척 보면 인차 알린다는 거다. 나도 너에게서 오늘 그 눈물을 보았다. 그것이 너무 기뻐서 아버지도 같이 울었다.……"

아버지의 그 말을 들으니 경식은 더더욱 가슴이 아파졌다. 내가 사람 됨이 되었다는 그 기쁨이 눈물을 왜 아버지에게 진작 보여주지 못했던가 하는 후회가 쇠붙이에 찔리운 상처처럼 못 견디게 아팠다.

홍유철은 아들의 잔등을 한동안이나 쓸어주었다.

"이제는 아버지도 자리를 털고 일어날 것 같다. 두구 보지? 래일부터 내가 다시 펄펄 뛰여다니지 않나.……"

아버지와 아들은 한동안 말이 없었다. 그저 마음속으로만 서로 많은 말을 하고 있었다.

이때 진순영이가 큼직한 가방을 무겁게 들고 입원실에 들어섰다. 그 새 집에 가서 홍유철의 입맛을 돋굴 몇 가지 음식을 만들어가지고 왔던 것이다.

홍유철은 호박지짐을 좋아했고 어촌마을에서 자랐던 때문인지 좁쌀을 넣은 가재미식혜가 밥상에 오르면 다른 때보다 몇 순가락은 더 떴다.

진순영은 입원실에 들어서는 순간 저도 모르게 한시름이 놓여 얼굴에 웃음이 피여났다. 아들의 어깨 우에 한 팔을 척 맡긴 남편의 얼굴에서도 그리고 아버지의 어깨에 볼을 가볍게 대고 있는 아들의 얼굴에서도 무엇인가 뜨겁게 말하는 것이 느껴지였다.

그것은 이전에 볼 수가 없었던 자기반성의 무거운 사색, 그래서 어머니를 쳐다보는 경식의 얼굴은 지어 근엄해 보이기까지 하였다.

"이동작업에 나가서 수고가 많았겠구나.……"

진순영은 더 이상 더 말하지 않았다. 제가 하고 싶은 모든 이야기들이 이미 다 끝났다는 것을 그들의 얼굴에서 읽고도 남음이 있었던 것이다. 그저 가벼운 마음으로 원탁을 가득히 채우느라고 진순영은 한참이나 분주하였다.

홍유철이가 먼저 입을 열었다.

"미리 알았으면 경식이가 좋아하는 음식도 따로 좀 만들어가지고 왔을 걸.……"

"당신은 제 아들의 식성도 아직 몰라요? 제 아버지가 좋아하는 걸 그대로 좋아한답니다. 아버지의 근시 5를 그대로 닮았는데 식성이라고 그대로 안 닮았을가.……"

그 말에 다들 즐겁게 웃으며 원탁에 둘러앉았다.

그날 밤을 경식은 아버지의 곁에서 보냈다.

그리고 다음 날도 경식은 하루 종일 아버지의 입원실에서 시간을 보냈다.

그런데 홍유철은 또 무슨 근심을 안고 있는지 한동안 천정을 쳐다보더니 어덴가 전화를 걸었다.

"아, 해사국 부국장 동무지요? 이거 너무 자꾸 전화를 걸어서 미안합니다. 가만, 부국장 동무의 목소리가 밝아진 걸 보니 무슨 좋은 소식이 날아온 게 아닙니까? 예? 해당 나라의 해사국에서 우리 모란봉호의 승리에 대한 통보를 날렸다구요? 예, 예…… 이제 그 통보문을 내 전화기에 보내주겠단 말이지요. 고맙습니다. 그럼 기다리겠습니다."

홍유철은 두 주먹을 흔들며 너무 기뻐서 어쩔 줄을 몰라 하였다.

"됐구나!"

경식은 어린애처럼 기뻐하는 아버지의 이런 모습을 처음 보는 것 같았다.

"아버지! 모란봉호라는 건 뭐예요?"

"최국락 삼촌네 기호가 탄 무역선이다."

경식은 눈이 둥그래서 아버지를 쳐다보았다.

"그런데요?"

"며칠 전에 공해상에서 해적들의 습격을 받았는데 조국에 조난전파만 날리고는 통 소식이 없었다누나. 그러니 부모된 국락 삼촌의 가슴이야……"

경식은 아버지 앞에 바싹 다가앉았다.

"그럼 국락 삼촌도 그걸 다 알고 나를 찾아 떠났단 말이예요?"

"그러니 낸들 왜 생각이 많지 않았겠니? 손에 땀을 쥐고 계속 해사국에 전화를 걸었는데 인제야 숨이 좀 나가는구나.……"

경식은 점점 더 긴장해서 아버지의 얼굴만 뚫어지게 바라보고 있다.

"그래 어떻게 됐대요?"

"뭐, 적들의 모략도 이만저만하지 않았던 모양인데 역시 우리 조국의 강대성이지! 이자 전화로 얼핏 들어보니 그 나라의 사회계 인사들 가운데도 우리나라에 대한 신봉자들이 적지 않더라는 거다. 지어 국제해사재판에 변호를 자진해서 맡아 나선 변호사는 우리 조국과 기호까지도 잘 아는 사람이라누나.……"

경식은 들을수록 의혹이 생기는 소리들뿐이였다.

"아니, 아버지! 우리 기호 형님을 잘 아는 사람이 그 나라에 어떻게 있을 수가 있을가요?"

"글쎄 말이다. 내가 혹 잘못 들었는지……"

이때 손전화기에서 신호가 울리였다.

"음, 부국장이 통보문을 보내오는 것 같구나. 자, 얼른 좀……"

경식은 서두르며 통보문의 단추를 눌렀다.

해사국 부국장이 알려준 내용은 다음과 같았다.

……

항행 중에 정체 모를 선박이 나타나서 모란봉호를 향하여 확성기로 우리의 국기를 내리우라고 고아대며(고함치며) 위협사격까지 들이댔다. 혹시 그렇게 해놓고 언질을 잡으려는 수작인지도 몰랐다. 적들의 어떤 의도이든 간에 열백 번 생명을 바쳐서라도 신성한 공화국기만은 목숨으로 끝까지 지키는 것이 우리 공민이면 누구나 다 한결 같이 지닌 응당한 의무였다. 기호 선장은 조국에 조난전파를 급히 날리고 나서 갑판으로 뛰여올라 두 주먹을 높이 쳐들었다.

"동무들! 우리 모란봉호는 영광스러운 우리 조국 조선민주주의인민공화국의 신성한 령토(영토)이다. 국기는 어머니 우리 조국의 상징이다. 목숨으로 사수하자! 마스트를 에워싸라!"

기호 선장을 중심으로 선원들 모두가 팔을 끼고 기발대(깃대)를 둘러쌌다. 그들의 눈에서는 불이 일었다.

평화적 무역선인 이 모란봉호의 선원들은 이제부터 육탄이 되여 맨주먹으로 무장악당들과 최후의 격전을 치르어야 했다. 악당들이 갑판 우에 기어오를 때 선원들은 일제히 엎드려서 어둠 속에 잠복을 했다가 불의에 놈들에게 바싹 달라붙었다. 둘러메치고 목을 조이고 바다에 집어던지고…… 격전 끝에 기호 선장은 어깨와 팔에 두 군데나 총상을 입기도 하였다.

그 대신 목을 눌러 바다에 처넣은 악당들 중에는 이미 벌써 시체가 되여 두세 놈이나 파도 우에 둥둥 떠돌고 있었다.

조난전파를 날린 지 얼마 지나서 해상경찰선이 달려왔다. 악당들은 제 놈들의 사상자를 내고 부리나케 꽁무니를 **뺐**으나 그 격전 과정에 모란봉호는 무전기실과 기관실이 수류탄의 피해를 입어 조국에 전파도 날리지 못하고 어느 가까운 무역항에 입항하게 되였다.

이 불의의 사건은 국제해사중재위원회에 기소되였다. 국제해사재판소에서는 항행 중에 우리 무역선인 다른 선박의 선원들에게 사상자를 냈다는 것과 파손된 우리 선박의 수리 및 그 비용 등과 같은 문제들이 심의되였다. 최기호 선장의 주장은 시종 강렬했고 그 론리(논리)에는 빈틈이 없었다.

"우리 모란봉호는 총기류 한 정도 없는 평화적 무역선이였다. 우리는 다만 무장악당들의 불의의 공격으로부터 정당방위를 했을 따름이다. 우리는 조국의 명예와 신성한 국기를 목숨으로 지키기 위하여 용감히 싸웠을 뿐이였다. 그 용감성이 무장을 갖춘 악당들에게 사상자를 낼 수 있은 것이였지 우리 평화적 무역선에는 단 한 정의 무기도 가지고 있지 않다.……"

이때 뜻밖의 일이 벌어졌다.

젊은 흑인 변호사가 자리에서 일어나더니 강경한 자세로 우리를 적극 옹호하여 나섰던 것이다.

그의 첫마디는 이렇게 시작되였다.

"조선민주주의인민공화국, 이 나라의 공민은 나쁜 짓을 할 줄 모른다. 이 나라에 가보지 못한 사람은 그 누구든 이 나라와 이 나라의 공민에 대하여 함부로 인권 문제와 국제법 위반에 대한 비방과 중상을 하지 말아야 한다.……"

그의 말이 채 끝나기도 전에 재판석에서 누군가가 불쑥 이렇게 물었다.

"그렇다면 당신은 그 나라에 가본 적이 있어서 그렇게 자신만만한 말을 하는가?"

젊은 흑인 변호사는 여유 있는 미소를 지으며 장내를 둘러보고 나서 조용히 다시 이었다.

"나는 그 나라에 가보았을 뿐만 아니라 저 모란봉호 선장과 함께 조선에서 주탁아소에 같이 다니였으며 유치원에도 같이 다니였다."

순간 모두가 흠칫하여 젊은 흑인 변호사에게로 눈길이 모아졌다.

그들보다 더더욱 깜짝 놀라 이 흑인 변호사에게서 눈길을 떼지 못하는 사람은 최기호였다.

그 시절이 눈앞에 그려지였다. 바로 그 뚜뻰이였다. 바줄 당기기를 할 때 서로 제가 맨 앞에 서겠다고 싱갱이질을 했던 그 뚜뻰, 그때 보모가 우리 둘을 가지런히 세워주고 서로 어기치기로 바줄을 잡게 했지.……

뚜뺸은 주머니에서 사진을 한 장 꺼내더니 그것을 재판석에 내보였다. 신기한 눈으로 그 사진을 들여다보는 재판장이며 판사, 검사 그리고 기자들의 얼굴에 뚜뺸의 흥분에 넘친 목소리가 울리였다.

"나는 조선 주재 외교관이였던 아버지를 따라 그 나라에 가서 주탁아소와 유치원까지 다니였다. 이 사진에 있는 이 아이가 바로 저 최기호 선장이다. 이 나라는 사람들을 차별하지 않으며 이 나라의 공민은 누구한테 해를 먼저 입히는 법이란 없다. 당신들은 조선의 력사(역사)를 알기나 하는가? 세상에 나라는 많아도 조선이라는 나라처럼 사람을 가장 존중시하는 나라는 없다. 나는 얼굴색이 다르다고 하여 단 한 번도 차별을 받아본 적이 없었던 것은 물론 단 한 번 놀림을 받아본 적도 없었다. 이처럼 인권이 가장 확고히 담보되여 있는 나라, 인도주의를 가장 중시하는 그 나라의 공민이 해상에서 무작정 사람을 살해하였다는 것은 말도 되지 않는다. 죽은 그자들이 틀림없이 해적악당들이라고 나는 인정한다. 따라서 나는 조국의 명예와 나라의 상징인 국기를 사수하기 위하여 결사항거 했으며 그 격전 과정에 용감한 최기호 선장과 선원들에 의하여 무장악당들이 죽음을 당했다는 그들의 진술이 전적으로 옳다는 것을 변호사로서 인정하는 바이다.……"

이 해사재판에서 우리 모란봉호는 크게 이겼다. 최기호와 뚜뺸은 서로 마주 달려가며 와락 끌어안았다. 수많은 사람들이 박수를 보내주었다.

그것은 우리 조국에 보내는 온 세상의 박수이기도 하였다.……

경식은 고개를 푹 떨군 채 벌써 몇 번씩이나 그 통보문을 읽고 또 읽었다. 그리고 일기장에 이런 구절을 써넣었다.

 "기호 형님! 부끄럽습니다. 용서하세요. 내가 배를 타고 세상천지를 다 돌아보고 싶다고 했을 때 형님은 이렇게 말했지요? 준비를 갖추라!……배 멀미를 하지 않고 헤염을 잘 치면 그것이 배를 탈 수 있는 준비인 줄 알았습니다. 아니였습니다. 조국의 품을 떠나 이 세상 끝까지 가서도 자기의 조국을 위해서 한 목숨 서슴없이 바칠 수 있는 준비, 저를 키워준 조국과 저를 낳아준 부모에게 수치를 남기지 않기 위해서 한 목숨 서슴없이 바칠 수 있는 준비…… 형님이 갖추라고 말하던 준비란 바로 이것인 줄 저는 인제야 알았습니다.……"

 ……

 이 충격적인 소식을 최국락의 집에서도 듣고 있었다.

 기옥은 흑흑 흐느껴 울면서 아버지의 두 손을 잡고 마구 흔들었다.

 "우리도 모르게 그새 혼자서 얼마나 속을 태웠어요? 아버지……"

 "됐다, 됐다! 다르게야 될 수 없는 너의 오빠가 아니냐.……"

 오순은 아까부터 한마디의 말도 못하고 눈물만 닦고 있었다.

 최국락도 고개를 돌리며 몰래 눈굽을 찍었다.

22. 같이 가자

 가을에 시작되였던 돼지우리 확장공사는 다음 해 가을에 끝났다. 지난해 가을 이 산턱에 첫 삽을 박던 때가 어제 같은데 그 가을이 다시 돌아오니 이 산턱에는 그새 새로운 돼지우리들이 첩첩히 들어앉았다.

 양지 쪽의 넓은 마당에 갖가지 음식들이 두 줄로 보기 좋게 놓여 있고 그것을 마주하여 확장공사에 참가했던 남녀 건설자들이 빙 둘러앉았다.

 정치지도원이 자리에서 일어나 건설자들을 정겨운 눈길로 둘러보며 한마디 하였다.

 "동무들! 그새 다들 수고들이 많았습니다. 우리는 여기에 기념비적 건축물 같은 요란한 창조물을 남긴 건 아니지만 그래도 오늘 얼마나 기쁩니까! 우리가 좀 더 일을 다그쳐 끝냈더라면 어버이장군님께……"

 정치지도원은 목이 메여 한동안이나 뒤말을 잇지 못하고 고개를 숙이였다. 모두의 눈에도 뜨거운 것이 가득히 고이였다.

 정치지도원은 흐느끼는 듯한 목소리로 다시 이었다.

 "우리가 좀 더 분발했더라면 전선시찰의 길을 이어가시던 어버이장군님께서 이 목장에 개건 확장된 돼지우리들을 보시고 우리 시민들의 밥상에 고기 한 점이라도 더 오르게 되였다고 얼마나 기뻐하시였겠습니까.……"

정치지도원은 눈굽을 찍고 나서 뜨거운 마음으로 대원들을 둘러보았다.

저만치 떨어진 데서 경식은 연신 기옥이 쪽에 눈길을 보내였다.

정치지도원은 생각에 잠겨 있는 그들 모두에게 다시 한 번 재촉했다.

"자, 빨리들 들라는데…… 노래도 부르고! 이제 제각기 자기 직장에 돌아가서 또 혁신들을 해야지. 우리 관리국에서도 이제 곧 새로운 력량(역량)을 편성해가지고 이보다 훨씬 더 어렵고 방대한 전투를 벌려야 하오. 모두들 듭시다!"

다 같이 맥주잔을 높이 들었다.

젊은 축들 속에서는 인차 노래가 나왔다.

　　　우리는 심산 속에 우등불 지폈네
　　　언 땅에 천막 치고 발전소 세워가네
　　　묻지 말아 우리 심장 왜서 불타는지
　　　말해줄 거야 우리 래일이 말해줄 거야

　　　……

노래가 나오면 인차 춤판이 벌어지기 마련이였다.

조국과 함께 걷는 오늘의 행군길

래일의 추억 속에 아름다우리

묻지 말아 우리 심장 왜서 불타는지

말해줄 거야 우리 래일이 말해줄 거야

춤과 노래가 끝나면 이제 곧 헤여져야 하는 그들이였다.

그러다나니 자연히 서로들 만나서 그새 있었던 뜨거운 이야기도 다시 나누고 그새 혹 잘못 생각했던 오해도 웃음으로 풀며 한동안 흥성거리였다.

경식이도 헤여지는 모임이나 다름없는 이 마당에서 기옥에게 하고 싶은 이야기가 없을 수 없었다.

기옥은 말없이 혼자 앉아서 음식을 드는 둥 마는 둥하며 등 뒤에 경식이가 다가오는 것을 속으로 느끼고 있었다.

"기옥이……"

기옥은 돌아보지도 않고 옆자리에 종이 한 장을 깔아주었다. 쳐다보면서 방실 웃어주는 것보다 말없는 행동이 경식에게는 더 뜨겁게 안겨와 가슴이 쿵 뛰였다. 경식이도 종이장을 깔고 기옥의 옆에 앉았다.

왜서인지 경식은 긴 한숨부터 내그었다.

"오빠의 소식은 다 들었어.……"

다시 또 침묵이였다. 이번에도 경식이가 먼저 힘들게 입을 열었다.

"나두 기호 형님처럼 떳떳하게 제 구실을 했으면 이렇게 헤여지는 마당에서 기옥이에게 떳떳하게 할 말도 있었는데……"

기옥은 이번에도 또 그때처럼 작은 손을 경식의 입으로 가져갔다. 이것이 두 번째였다. 눈보라 치던 그날 밤 김이 물물 나는 순대를 가운데 놓고 경식이가 첫마디를 떼기 바쁘게 기옥은 이 작은 손으로 그의 입을 가볍게 막아주었었다.

그때 경식의 첫마디는 이것이였다.

"기옥이, 미안해. 나 때문에……"

그러고 보면 경식이가 무슨 말을 하려는지 듣지 않아도 다 알고 있다는 의미에서 기옥은 이렇게 그의 입을 막았다.

그렇다면 오늘 이 두 번째도 기옥은 경식이가 지금 무슨 말을 하려는지 이미 알고 있다는 의미였다.

경식은 저도 모르게 얼굴이 붉어지며 얼른 말머리를 돌리였다.

"기옥이, 이자 정치지도원 동지가 말하던 건 무슨 소리야? 이제 또 새로운 력량을 편성해가지고 이보다 더 어려운 전투를 다시 벌린다는 것 말이야.……"

"우리 관리국이 이제 탄광을 한 갱 자체로 개발하게 돼요."

"탄광을?……"

"우리 급양관리국 산하의 봉사망(봉사 기관과 봉사 시설의 체계)들에서만도 하루에 얼마나 많은 석탄을 소비하고 있어요? 그걸 나라에 손을 내밀지만 않아도……"

경식은 혼자소리처럼 중얼거리였다.

"여기하군 대비도 안 되게 간고하겠구나.……"

"물론이지요."

"기옥이, 내가 자진해서 또 나가겠다고 하면 뭐라고 할 것 같애?"

기옥은 그제야 비로소 경식이를 마주 쳐다보았다.

"좋지요 뭐! 경식 동무가 이겨낼 수만 있다면……"

"남들이 다 해내는데 내라고 못하겠나? 기옥이가 지지한다면야……"

"지지하지 않구요!"

"그럼 나는 가만있을 게 기옥이가 당조직에 좀 말해주겠어?"

기옥은 물기 어린 눈으로 경식이를 쳐다보며 말없이 고개를 끄덕이였다.

물론 기옥은 당위원회 앞에서 그동안 초급단체의 사업총화를 짓는 기회에 경식의 탄원 문제도 놓치지 않고 제기하였었다.

제일 기뻐한 것은 한 해 동안 확장공사장의 정치책임자로 나와서 경식이를 누구보다 잘 알게 된 강명국이였다.

그러나 다음 날 막상 궐기모임이 벌어진 회관에서 기옥의 생각은 좀 달라졌다. 이날 아래 단위의 모든 기관들이 다 참가한 모임에서 경식은 기옥이로부터 얼마 떨어진 맨 끝자리에 고개를 숙이고 앉아 있었다.

경식은 이제 관리국장의 전투조직사업이 끝나고 돌격대 명단이 발표될 그 시각을 긴장해서 기다리는 듯하였다. 기옥은 집단과 사람들 앞에서 같은 값이면 경식의 몸값을 높여주고 싶었다. 그래서 얼른 종이쪽지를 꺼내여 몇 자 급히 써서 옆에 앉아 있는 처녀의 손에 쥐여주며 경식이를 가리켰다.

쪽지는 이 손에서 저 손을 거쳐 경식이에게 가닿았다.

의아해서 펼쳐보니 쪽지에는 이렇게 씌여 있었다.

"경식 동무, 전투조직사업이 끝나면 제일 먼저 일어나세요. 전투장으로 맨 먼저 달려 나가겠다고 탄원하세요. 기옥"

만약 기옥의 쪽지가 날아오지 않았더라면 경식은 고개를 푹 숙인 채 돌격대의 명단에서 제 이름이 불리워지는 순간까지 기다리고만 있었을 것이다. 그런데 기옥이의 눈길은 계속 자기만을 지켜보지, 일어나지 않으면 처녀에게서 졸장부라는 인정을 받겠지…… 경식은 무슨 정신에 벌떡 일어났는지 제 자신도 미처 알 수가 없었다. 얼결에 막상 일어나고 보니 어데서부터 어떻게 말을 시작하고 끝맺어야 하겠는지 앞이 캄캄해지였다.

그러나 일단 일어섰으니 입은 열어야 하였다.

"새로운 탄전개발에 저를 제일 먼저 내보내주십시오. 저는 거기 나가서 조선로동당원이 되기 전에는 다시 돌아오지 않겠습니다!"

아무 준비도 없이 얼결에 이렇게 말했는데 마치 약속이나 한듯이 요란한 박수가 회관을 오래 울리였다.

별로 격식도 없었고 미리 준비도 없었던 한두 마디였으나 여기에는 경식의 마음속이 모두에게 그대로 드러났던 것이다. 물론 제일 마지막까지 오래 박수를 쳐준 사람은 기옥이와 정치지도원이였다.

진순영은 가슴이 철렁했다. 확장공사장에서 돌아오기 바쁘게 또 그보다 더 험한 탄전개발전투에 나가다니……

이것을 진순영에게 알려준 사람은 없었다.

경식이도 아직은 집에 들어와서 이제 탄전에 다시 또 나간다는 것을 말하지 않고 있었다.

진순영이가 경식의 옷을 빨려다가 우연히 알게 되었다. 옷 웃주머니에 회관에서 받았던 기옥의 그 쪽지가 들어 있었던 것이다.

그전과는 달리 진순영이도 조심스럽게 물었다.

"경식아, 방금 장기동원을 나갔다가 돌아오기 바쁘게 또 나가야 하니?"

"나가야 해요."

"이번에는 어덴데?"

"탄전개발장이예요."

"뭐? 그 직장에는 동원 나갈 사람이 너 하나밖에 없다던?"

"이번에는 내가 자진해서 나가는 거예요."

다른 때 같으면 "내 모를 줄 알구? 자진은 무슨 자진……" 하고 그 쪽지를 경식의 앞에 내들었을 것이다.

그러나 진순영은 꾹 참고 경식이가 모르게 전화로 정치지도원을 만났다.

"확장공사에 정치 책임자로 나갔댔으니까 우리 경식이에 대해서 정

518

확히 말씀해주십시오. 좀 더 힘든 단련을 시키기 위해서 일부러 또 내보내는 건지……"

"무슨 말씀을?…… 본인이 제일 먼저 탄원을 했습니다."

"글쎄 진짜로 그렇게 알고 계시는지는 모르겠는데 뒤에서 사촉이라구 해야 할지, 촉발이라구 해야 할지…… 내가 아무러문 없는 걸 꾸며서 말하겠습니까? 내 손에 그걸 말해주는 글쪽지도 다 있구…… 예, 다시 잘 토론해주십시오. 물론 젊었을 때 어렵고 힘든 일에 앞장서야지요. 그런데 제 아버지도 지금 병상에 누워계시지……"

"알겠습니다. 충분히 리해됩니다."

정치지도원은 이렇게 전화를 끊었다.

그도 경식의 아버지가 병원에 입원 중이라는 것을 알고 있었다. 가뜩이나 집안이 어수선한 때 자식을 가진 어머니로서 재차 또 어려운 전투에 배낭을 지워 떠나보내자니 헐치 않으리라는 것이 충분히 리해는 되였다.

그러나 진순영의 이 오해를 전화상만으로써는 도저히 풀어주기가 힘들겠다는 생각이 들어 정치지도원은 일단 여기서 전화를 끊고 다른 방식을 택하였다.

그래서 정치지도원은 그날 저녁으로 경식의 아버지에게 면회를 가리라 작정하였다. 물론 최국락이와도 사전에 구체적인 의논들이 이미 다 있었다. 최국락은 적극 지지했을 뿐만 아니라 몇 번이나 고맙다고 인사를 하였다.

낯모를 사람이 들어서는 순간 약봉지를 집었던 홍유철이도, 물 고뿌를 들었던 진순영이도 굳어진 채 의아해서 쳐다보았다.

"어느 호실을 찾으시는지?……"

"병세가 좀 어떻습니까? 제 확장공사장에 나가서 정치지도원으로 경식이랑 같이 일했던 급양관리국 초급당 부비서입니다."

뜻밖이였다. 너무 반가와서 홍유철은 어쩔 바를 몰라 하고 진순영은 큼직한 지함과 구럭을 받아들며 허리 굽혀 인사했다.

"아니, 웬걸 이렇게……"

"우리야 급양관리국이 아닙니까? 없는 게 없는 급양관리국……"

하하…… 이렇게 정치지도원은 침울한 입원실에 즐거운 웃음부터 가득히 채워주었다.

전화상으로 만났던 정치지도원이 뜻밖에도 이처럼 성의 있게 준비를 해가지고 입원실에까지 찾아오니 더구나 진순영은 어찌했으면 좋을지 몰라 하였다.

"제 그만 실없는 전화질을 해가지고……"

"아닙니다. 자식을 가진 부모면 누구나 다 그런 생각을 할 수 있지요. 1년 동안이나 확장공사장에 동원되였다가 끝나자바람으로 이번에는 또 집을 떠나 더 어려운 데로 내보내자니…… 집에서 우리들에 대한 고까운 생각들도 십분 가질 수 있었겠다고 봅니다."

"그렇게 말씀하시니 우리가 도리여……"

"제 그래서 경식의 아버지가 입원했다는데 한번 병문안도 하는 겸 부모님들에게 속 시원한 대답을 드리자고 이렇게 찾아왔습니다."

"예?"

홍유철은 의아해서 쳐다보고 사과를 깎던 진순영의 손도 멎었다. 속 시원한 대답이란 무엇일가.……

정치지도원은 가방에서 두툼한 학습장을 꺼내놓았다.

"이걸 한번 읽어보시면 속 시원한 대답도 다 찾을 수 있고 그새 혹 고깝게 생각했던 오해들도 다 풀릴 수 있을 겁니다."

"아니, 이건 뭔데요?"

"경식의 일기장입니다."

"예?"

홍유철이와 진순영은 동시에 입을 열었다.

"우리 경식이는 일기를 쓰는 법이 없었는데……"

"썼습니다, 확장공사장에 나가서부터.……"

홍유철은 믿어지지 않는지 한동안이나 정치지도원을 쳐다보았다.

"그 애가 일기라는 걸 써요?"

정치지도원은 돌연 하하 소리를 내여 웃었다.

"여기에 나에 대한 비판도 썼는데 한번 읽어보라고 하면서 주지 않겠습니까?"

"아니, 그 녀석이……"

"얼마나 솔직하고 재미나게 썼던지 그때부터 나는 경식의 일기장에 대한 열성독자가 되고 말았습니다. 배울 점은 또 얼마나 많다구요! 경식이도 제가 생각한 걸 여기에 써가지구 나한테 와서 같이 토론도 하구 서로 의논도 하구…… 어제 저녁에도 이걸 나한테 주고 갔습니다. 우리는 오늘도 또 만나게 되었지요."

이번에는 진순영이가 한걸음 다가앉으며 의아해서 물었다.

"아니, 그게 사실은 사실입니까?"

"허허, 여기에 이렇게 경식의 일기장이 척 놓여 있지 않습니까? 아들의 글씨야 알겠지요. 한번 같이 읽어보시면 모든 점이 다 리해되고 납득되실 겁니다.……"

정치지도원은 그리 오래 머물러 있지 않고 자리에서 일어섰다. 인사를 나누고 헤여지자 홍유철이와 진순영은 얼른 침대에 가지런히 앉아서 경식의 일기장을 펼치였다.

"기옥이! 미안해. ……" 라는 제목 밑에는 이렇게 씌여 있었다.

……

기옥이가 확장공사장에 나와서 초급단체 위원장의 분공만 맡지 않았서도 나 때문에 그렇게까지는 속을 태우지 않았을 거야. 기옥이는 자기의 당생활총화를 우리 초급단체의 사업결과를 놓고 초급당위원회 앞에서 짓게 되여 있었지.

그래서 굴레 벗은 망아지 같은 나 때문에 기옥이가 힘든 걸음은 얼마나 걸었고 억울한 오해는 또 얼마나 받았댔니.

기옥이가 나를 찾아 우리 집에 왔을 때의 일만 해도 생각할수록 얼굴이 뜨거워. 기옥이는 내가 건설장에 나오지 않아서 데리러 왔다고 사실대로 말하면 부모들이 걱정할가봐 보고 싶어 찾아왔다고 했는데 우리 어머니는 대뜸 처녀가 총각에게 반해서 따라다니는 것으로 오해했으니 이런 창피스러운 일이 어데 또 있겠어.

　흥, 우리 어머니는 자기의 아들도 처녀들이 반할만한 데가 있는 아들로 생각했던 거지?

　그리고 내가 어느 식료 매대에 손목시계를 맡겨놓고 며칠째 행방 없이 떠돌아다닐 때 기옥이는 그 시계가 마음이 놓이지 않아서 점심밥도 안 먹고 헐떡거리며 뛰여가서 찾아왔지.

　그 시계를 내게 돌려주자고 손목에 차고 있다가 우리 어머니의 눈에 띄웠단 말이야. 이 사연을 알 수 없었던 우리 어머니는 기옥이가 내 시계도 제 마음대로 척척 빼앗아서 차고 다니는 사이로만 생각했으니 이건 또 얼마나 창피스러운 일이구⋯⋯

　어디 그뿐이야? 창의고안에 필요한 전자부속을 구하느라고 록화 촬영기를 공업품수매상점에 수매시킬 때도 그렇지. 내가 증명서가 없어서 안타까와할 때 기옥이가 그 공업품수매상점 앞에 우연히 나타나지만 않았으면 어쩔 빈했나? 그런데 우리 어머니가 거기에까지 찾아가서 수매대장을 뒤졌구나. 기옥의 증명서로 수매시켰으니 그 수매자가 기옥의 이름으로 되였을 수밖에⋯⋯ 그때 기옥이가 우리 집에서 어떤 오해를 받았을 것 같애? 우리 아버지와 어머니가 기옥의 아버지와 어머니까지 제각기 따로따로 만나서 뭐 나를 단념하도록 딸을 잘 타일러 달라구?
그때 기옥이가 얼마나 어처구니가 없었을가 하고 생각하면 마주 얼굴을
쳐다보지도 못할 것만 같애. 미안하다. 그런데 일이 여기서 끝났으면 또
좋기나 하게……

　　……

　　진순영은 읽다 말고 머리를 흔들었다.

　　"아이구, 더 못 읽겠어요."

　　"어찌겠소, 얼굴이 뜨거워도 마저 읽는 수밖에.……"

　　그들은 일기장에 다시 눈길을 박기가 은근히 두렵기까지 하였다. 그
러나 이 모든 것을 모르고 지나서도 또한 되지 않을 일이였다.

　　일기장의 다음 구절에는 이렇게 씌여 있었다.

　　……

　　기옥이! 우리 아버지와 어머니는 이따금 어린애가 된 것처럼 천진한
때가 있군 해. 제 자식이 세상에서 제일 잘난 것처럼 생각할 때 보면 말
이야. 그래서 기옥이도 이런 터무니없는 오해를 받게 하고 우리 아버지
와 어머니한테 험한 욕까지 먹게 만들었으니 정말 죄스러워. 내가 창고
의 규정을 위반하고 원자재를 마음대로 출고한 것 때문에 말이야.

　　그때 기옥이가 나 때문에 얼마나 속을 태웠니. 내게서 혹 위법행위라
도 있었으면 미리 막아주려고 우리 창고장까지 집으로 보내주면서……
그런데 그때 우리 집에서는 기옥이를 '못된 계집애'라고까지 욕을 했었
지. 그 '못된 계집애'가 나를 따라다니는 걸 떼놓으니까 복수하느라고

뒤에서 쏠가닥질을 한다고 말이야.

그건 그때 기옥이도 우리 창고장한테서 이미 다 들어 잘 아는 내용이니 더 말하지 말자. 그런데 그때 기옥이는 그 말을 들으면서 오히려 호호…… 하고 창고장 앞에서 웃었다지? "우리 큰아버지와 큰어머니가 나를 그럼 계집애라 하지 않고 아가씨라고 하겠어요?" 하면서 말이야. 그때 우리 창고장은 깜짝 놀랐대. 기옥이는 안 먹을 욕까지도 다 먹으면서 끝내 독고 형님을 찾아내여 그 후불처리도 깨끗이 마무리해주었지. 이번에도 내가 아버지를 속이고 동근을 위한다면서 귀한 약재를 따로 수매시킨 것이 나라는 것까지 찾아낸 걸 보면 확실히 기옥이는 녀성 정찰병의 기질을 타고난 것 같애.……

……

여기까지 읽다가 홍유철은 천정을 쳐다보며 소리 없이 히죽이 웃음을 지었다. 진순영이가 홍유철의 옆구리를 꾹 찔렀다.

"여보, 이 대목도 마저 좀 보시라요."

홍유철은 다시 고개를 천천히 숙여 일기장을 들여다보았다.

……

새로운 전투가 벌어진다. 이제 시작하는 탄전개발작업은 이 목장확장공사와는 비교도 할 수 없이 어렵고 간고할 것이다. 물론 누구도 이 동원명단에 내 이름을 넣지는 않을 것이다. 내 스스로가 자진하여 나갈가? 5년이건 10년이건 마지막까지 몸과 마음을 다 바쳐 성실하게 일한다면 나도 조선로동당원이 될는지 몰라. 내가 이 말을 했더니 기옥이도 눈물이 글썽해서 고개를 끄덕이였다.

그래서 초급단체 위원장인 기옥이에게 나의 이 의사를 당위원회에 보고해달라고 부탁했다. 이번에도 또 말없이 고개를 끄덕이였다. 물기 어린 그의 오목눈은 정말 고왔다.

그런데 궐기모임장에서 기옥은 나를 당황하게 만들었다. 이런 쪽지편지를 나에게 보내왔던 것이다.

"경식 동무, 전투조직사업이 끝나면 제일 먼저 일어나세요. 전투장으로 맨 먼저 달려 나가겠다고 탄원하세요. 기옥"

얼결에 벌떡 일어서면서 그 쪽지를 주머니에 넣었는데 어머니가 내 옷을 빨다가 그것을 보았다.

영화에서 련락쪽지는 불태워버리든가 씹어 삼키는 것을 보면서도 나는 각성이 무디였다.

……

홍유철은 이번에 껄껄 소리 내며 웃었다.

그러나 진순영은 지그시 눈을 감으며 혼자소리처럼 나직이 중얼거리였다.

"부끄럽구나.……"

"그러나 여보! 우리에게 새로운 아들이 하나 더 생긴 것 같지 않소?"

"예, 달라졌어요. 우리 경식이가 그새 많이 달라졌어요."

홍유철은 침대에서 일어나 방안을 한 바퀴 빙 돌아갔다.

"자, 이만하면 나도 이젠 병이 다 낫지 않았소?"

하긴 경식이 때문에 생겼던 탈이였으니 경식이 때문에 그 탈이 나을 수도 있었다.

……

며칠 후 경식이가 새로운 결심을 안고 새 전투장으로 떠나던 그 기쁜 날에는 홍유철이도 아들을 바래우러 급양관리국 마당에까지 나왔다.

벌써 기재들과 설비들을 실은 여러 대의 화물차 그리고 돌격대원들을 태울 뻐스들이 출발시간을 기다리고 있었다.

뻐스를 등지고 경식이와 기옥이가 아까부터 마주서고 있었다.

"기옥 동무, 잘 있어.……"

경식은 잠시 갑자르더니 손으로 입을 가리우며 몇 마디 떠듬거리였다.

"기옥 동무, 그새 말이야……"

"그런데 입은 왜 가리우고 말해요? 녀자들처럼……"

"뭘 좀 속에 있는 말을 꺼낼가 하면 기옥이가 그 손으로 자꾸 내 입을 막군 하니까 그러지.……"

기옥은 허리를 굽히고 깔깔 소리내여 웃었다.

"역시 경식 동무는 좀 못난이야.……"

"뭐?"

"그럼 내가 이렇게 뒤짐(뒷짐)을 지고 있을 게 어디 마지막까지 말해보세요."

경식은 기옥의 눈길을 피하며 용기를 내여 입을 열었다.

"기옥이, 내가 돌아올 때까지 기다려줄 수 없겠어?"

기옥이는 "흥……" 하고 얼굴을 돌리며 비웃듯이 입을 삐죽거리였다.

"언제까지요?"

"거야 나도 모르지 뭐…… 그렇지만 내가 돌아와서 그새 기옥이가 시집갔다는 말을 듣게 되면 견디기 힘들 것 같애. 기다려주기가 힘들겠지?"

그 말에는 기옥이도 정색해지였다. 솔직하고 정직한 데가 많은 그의 앞에서 기옥이도 주춤거렸다.

"기다리고 말고가 있어요? 나도 가는데……"

"가다니, 어데로?"

"같이…… 나도 전투장에 가요."

경식은 펄쩍 뛰였다.

"기옥인 왜 가?"

"돌아올 때까지 기다려 달라면서요? 그게 언제 될지 알고 기다리겠어요? 차라리 같이 가는 게 낫지.……"

경식은 굳어진 채 기옥에게서 눈길을 떼지 못하였다, 안경이 코마루(콧마루)에 처져 내리는 것도 느끼지 못하는 듯.……

기옥이가 안경다리를 올려주었다.

"나의 근시 안경.……"

기옥은 얼른 경식의 배낭을 벗겨들고 뻐스에로 급히 다가갔다. 경식은 뜨거운 눈길로 기옥의 뒤모습을 지켜보며 한동안 움직이지 못하였다.……

정문 앞에 서 있던 홍유철이와 진순영은 돌격대원들을 바래우러 나오는 일군들 속에서 강명국을 알아보고 급히 다가갔다.

홍유철이가 먼저 그의 손을 뜨겁게 잡았다.

"부비서 동무가 우리에게 경식의 일기장을 읽도록 해준 건 우리한테 새 아들을 안겨준 거나 같습니다. 우리는 참 면목이 없구요."

"저도 정말 기쁩니다. 우리 젊은 사람들이 몰라보게 자라는 모습들이 정말……"

진순영이 또 강명국의 앞에 머리 숙여 인사하고 나서 한마디 간절한 부탁을 하였다.

"부비서 동지, 저도 이제는 일을 놓고 집에 들어와서 시간이랑 많습니다. 새로 전투를 벌린다는 그곳에 저도 뒤따라가서 식당일도 거들어주고 일손을 좀 도와주면 안 되겠습니까?"

"하하…… 경식이가 마음이 놓이지 않아서 그러시는 것 같은데…… 하긴 왜 안 그렇겠습니까? 애지중지 키운 자식인데……"

"예, 정말 마음이 놓이지 않습니다. 거기에 나간 바에는 제 구실을 온전하게 해야 하겠는데……"

"어머니의 그 마음을 대신해서 기옥이가 아마 경식이를 빈틈없이 잘 거들어줄 겁니다."

"예?"

홍유철이와 진순영은 동시에 눈이 휘둥그래져서 강명국이를 쳐다보았다.

"아니, 기옥이도 갑니까?"

"갑니다. 하루밤 사이에 젊은 것들끼리 무슨 약속들이 번쩍번쩍 맺어지는지 우리가 어디 정신이나 차리겠습니까? 하하……"

강명국의 말마따나 홍유철이와 진순영은 한결 마음이 놓이였다. 진순영은 다시 또 간청하였다.

"그래도 부비서 동지! 거기에 또 새로 파견되여나가는 정치책임자 동지에게도 우리 경식이를 잘 좀 부탁해주십시오. 부족점이 많은데 많이 좀 관심을 돌려주도록……"

강명국은 하하…… 소리내여 웃었다.

"예, 예…… 그건 걱정을 안 해도 일 없겠습니다."

이때 등 뒤에서 "허허…… 형님!" 하는 웃음 섞인 목소리가 들리였다. 돌아보니 어느새 최국락이와 오순이가 등 뒤에 다가와서 그들의 이야기를 듣고 있었다.

"형님네는 안 해도 일 없을 걱정을 자꾸 하는 게 탈입니다. 이번 새 탄전개발전투에도 또 이 강명국 동무가 정치 책임자로 나가는데 잘 말하기는 어데 다가 잘 말해달라는 겁니까?"

"뭐?!"

그 순간 홍유철이와 진순영은 어린애처럼 기쁨에 넘쳐 어쩔 바를 몰라 했다.

강명국은 허허…… 웃으며 손을 내밀었다.

"자, 인사를 나누고 이젠 헤여집시다."

이때 또 경식이와 기옥이가 달려와서 그들 모두를 향하여 허리 굽혀 인사를 하였다. 어느 누구도 먼저 입을 열지 못했다.

구태여 제 발로 새로운 전선을 찾아 떠나는 그들에게 특별히 가르쳐 줄 말도, 새롭게 당부할 말도 찾기가 힘들었다. 다만 진순영이가 기옥이를 품에 안고 한동안 놓아주지 않았다.……

그들을 태운 뻐스가 멀리 굽인돌이를 돌아 보이지 않을 때까지 두 집의 아버지와 어머니들은 오래동안 손을 흔들며 눈굽을 적시였다.

홍유철이가 먼저 천천히 돌아서서 발걸음을 옮기였다. 그는 은행나무 밑을 지나다가 땅에 떨어진 은행 씨 한 알을 집어 들고 한동안 생각에 잠기더니 진순영이를 돌아보았다.

"여보, 우리 저 최국락 삼촌은 자식들을 다 이 은행 씨처럼 딴딴히 여물게 키웠지?"

진순영은 말없이 고개를 끄덕이였다.

최국락이도 허허…… 하며 한마디 한다.

"형님도 원, 우리 경식이는 또 어째서요?"

"아니, 아니…… 내나 우리 집사람을 두고 하는 말일세."

잠시 또 생각에 잠겼다가 홍유철은 다시 천천히 말을 이었다.

"언젠가 우리 약초포전을 같이 걸으면서 그때 자네가 이런 말을 했던 생각이 나네. 꽃보다 더 고운 게 잘 익은 열매인 것 같다구…… 하긴 꽃이 왜 곱게 피겠나? 사랑이지! 그 사랑이 열매를 낳거던. 잎사귀가 푸르싱싱한 건 제가 낳은 그 열매를 자래우기 위한 거구 단풍이 그처럼 불타는 건 마지막까지 저를 깡그리 다 불태워서 제가 낳은 열매를 딴딴히 여물도록 하기 위해서가 아니겠나? 그런데 나는 제 이름 석 자를 치장질하는 데만 온 정신을 팔았지. 제가 낳은 열매를 충실히 여물도록 할 생각은 미처 못 했거던.……"

홍유철은 잠시 쭈그리고 앉아서 손으로 흙을 파헤치더니 거기에 은행씨를 정성껏 심어놓고 꽁꽁 다져주었다.

이 한 알의 씨앗도 이제 멀지 않아 저를 낳아 자래워준 저 은행나무와 꼭 같은 모습으로 이 대지에 솟아나서 무성한 가지를 활짝 펼치게 될 것이다.

집을 떠나 몇 해 후에 경식이와 기옥은 그 보람찬 전투장에서 서로 사랑을 약속하였다.

머지않아 그들은 젊은 시절부터 오늘까지 친형제처럼 가까이 지내던 자기네 아버지들을 사돈으로 만들어주게 될 것이다. 물론 두 어머니들도 안사돈으로 된다.

그리고 장차 아들, 딸들이 태여나면 경식이와 기옥이 그들 자신들도 첫 스승인 아버지와 어머니가 된다.

그러면 이들, 첫 스승들과 그 자식들에 대한 뜨겁고도 재미나는 새로운 이야기들이 대를 이어 또다시 생겨나게 될 것이다.

김정은 시대, 진솔한 재담으로 드러나는 사회주의 속살

- 북한식 가정교육과 대학 입학 문제의 형상화

오태호(문학평론가, 경희대 교수)

1. 대학 입학 준비를 둘러싼 서사의 재미

리희찬의 『단풍은 락엽이 아니다』(2016)는 인생의 가을기에 접어든 부모 세대와 청춘의 시절을 관통하고 있는 자식 세대의 이야기를 두 축으로 진행하면서, '인민 생활 양상'을 최우선 과제로 내세우고 있는 김정은 시대의 부모와 자식 간 세대론적 갈등을 다룬 작품이다. 특히 대학 입학 문제를 두고 부모의 욕망과 자식의 기대가 충돌하면서 감정적 대립과 함께 소소하게나마 드러나는 가출과 폭언 등의 일탈적 갈등이 기존 북한 소설의 '무갈등적 서사'의 흐름과 다르다는 점에서 흥미롭다. 작품 자체는 약제 공장 지배인인 홍유철과 약국장 진순영 부부와 그의 아들 홍경식을 한 축으로 하고, 지배인 운전사인 최국락과 대학 나온 의사 오순 부부와 그의 딸 최기옥(+오빠 최기호)을 한 축으로 하면서 두 집안의 위계적 구도가 드러나고, 경식과 기옥의 연애 감정 속에 '인격 함양'과 가정교육의 중요성을 강조하는 내용이 그려진다.

이처럼 북한식 사회주의 현실을 주제로 다룬 북한 문학은 사회주의의 속살을 보여주며, 곧바로 남한에서도 동시대의 감수성으로 접근되어 공감대를 확보할 가능성이 크다. 남대현의 『청춘송가』(1987)와 백남룡의 『벗』(1988)이 1990년대 북한 바로 알기 운동 차원에서 '사람이 살고 있는 북한'의 모습을 전조처럼 보여주었고, 홍석중의 『황진이』(2002)가 풍부한 언어 활용과 세부 묘사의 진실성으로 고전의 주인공을 형상화하여 역사소설을 통한 2000년대 남북한 문학의 교류 가능성을 보여주었다면, 리희찬의 『단풍은 락엽이 아니다』는 2018년 남북 정상회담과 북미 정상회담이 열리면서 한반도 비핵화 분위기 속에 평화 체제 구축의 신호탄을 여는 가운데 지금 시기 북한 사회의 생생한 현실적 욕망을 날 것으로 드러내는 텍스트로 읽힐 가능성이 농후하다.

리희찬의 『단풍은 락엽이 아니다』는 일기장을 통한 소통과 교감, 자유주의와 놀새 등의 표현, 지배인 아들의 대학 진학 문제, 청년동맹원들의 우정과 사랑, 정년을 앞둔 은퇴(명예퇴직) 문제, 돈의 양면성, 공적 모범과 사적 기대가 충돌하는 가정교육 문제, 야근을 반복하는 과잉 노동, 사회주의 사회의 위계화된 구조 등 다면적 표정의 북한식 사회주의 현실을 생생하게 보여준다. 작품은 2011년 가을에서 2012년 가을까지 김정일 사망(2011. 12. 17) 전후 1년을 주 배경으로 진행되며, 급양관리국에서 인민생활 향상이라는 당의 호소를 받아들여 '돼지목장 확장공사'를 진행하면서 동창인 동맹위원장 기옥과 창고원 경식의 만남이 이어지고, '인격'을 둘러싼 계도와 연애담이 그려진다.

2. 단풍은 사랑의 열매다

1) 부모의 눈먼 사랑 – 대학 진학 문제

모든 사건의 발단은 부모인 홍유철과 진순영이 대학 입학시험 준비를 착실히 시키기 위해 원자재공급소 창고원 자리에 넣어둔 아들 홍경식을 대학 입학을 위해 빼올 궁리를 하면서 발생한다. 자식의 의사도 제대로 확인하지 않은 채 자식의 '자유주의'를 걱정하는 홍유철이나 체면과 위신을 걱정하며 말썽이 생기지 않기를 바라는 진순영은 22세의 다 큰 자식을 과잉보호하는 '헬리콥터 맘'이자 '헬리콥터 파파'에 해당한다.

경식의 대학입학 준비를 위한 가족의 '예비심사'가 열리는데, 시험관은 평양연극영화대학에서 교무과 부원으로 재직 중인, 홍유철의 외사촌 동생 조하문이다. 경식은 전공으로 기계공학을 희망하지만, 부모의 고집은 '공학계통으로 나가면 고생'이라면서 배우과 시험을 치르려고 한다. 일종의 '노동계급의 천국'이어야 할 북한 사회에서 '3D 업종'처럼 고생을 이야기하며 직업의 귀천을 따지는 양상이 이채롭다. 부모와 달리 경식은 오히려 스스로 배우에 소질과 취미가 없다면서 자신의 점수를 불합격으로 정확하게 평가한다. 하지만 부모는 촬영과에 넣어서라도 공부를 시키는 게 어떻겠냐며 고집을 이어간다. 이때 조하문은 불합격의 대상이 경식이가 아니라 '형님과 형수'라고 진단한다.

"자식에 대한 사랑도 눈먼 사랑, 자식의 전망을 내다보는 눈도 그렇게 멀어지고서야…… 그러니까 오늘 우리 앞에서 경식이를 웃음거리로 만든 게 아니고 뭡니까? 아니, 그래 자식의 타고난 소질과 앞날의 희망을 아버지나 어머니가 대신할 수가 있습니까? 그런 걸 정확히 잘 가려보고 아들이 장차 성공하도록 걸음걸음 이끌어주는 게 부모가 할 일이지요. 우리 아들이 앞으로도 고생을 모르고 살아가게 해주자면 어떤 공부를 시키는 게 유리할가 하는 눈으로 전망을 내다보면서 강요를 해가지고서야 자식을 나라에 쓸모 있는 인재로 키울 수 있겠는가 말입니다."

조하문이 보기에 홍유철과 진순영은 자식에 대한 '눈먼 사랑'을 보여줄 뿐이다. 자식의 전망을 제대로 내다보거나 자식의 입장을 고려하지 않기 때문이다. 부모의 책무가 자식의 소질과 희망을 이끌어주어야 하는 것인데도 부부는 자신들의 기대대로 자식을 잘못 인도하고 있는 것이다. 조하문의 비판은 '쓸모 있는 인재'가 되려면 고생을 모르고 살아가도록 강제하는 것이 아니라 아들의 소질과 전망을 계발할 수 있도록 조력자가 되어야 한다는 합리적 사고에서 출발한다. 이러한 시각은 교육열이 높은 남한의 부모들에게도 그대로 적용된다는 점에서 남북한 교육열의 교집합적인 인식을 보여준다.

2) 직설적 감정 표현의 서사적 매력

작품 속에서 타인에 대한 분노를 적절하게 형상화한 표현들이 곳곳에 등장하며 실감나는 이야기로서의 공감대를 확보한다. 이를 테면 아버지 최국락의 강제 은퇴를 확인한 기옥은 "내가 그 못난이한테 시집 가? 흥, 어머니! 그 집에 찾아갈 때 나도 같이 가자요. 같이 가서 내가 다 빠개겠어요."라며 투덜댄다. 긍정적 인물의 전형인 기옥의 입에서 "다 빠개겠"다는 표현은 기존 북한 소설에서는 '숨은 영웅'에 해당하는 존재이기 때문에 겉으로 드러낼 수 없는 과잉된 대사에 해당하지만, 역설적

이게도 감정선이 살아 있는 인물의 입체성을 보여주는 화법으로 파악된다. 더구나 기옥은 아버지를 섭섭하게 한 경식의 부모를 향해 욕이라도 한바탕 터뜨려야 속이 좀 풀릴 것 같다면서 자식을 "귀동자로 만든 사람들"이라고 비판한다.

뿐만 아니라 경식의 어머니인 순영 역시 기옥에 대한 배신감을 느끼면서 "기옥인지 뭔지 하는 그 계집애가 뒤에서 노는 꼴이"라는 말을 한다든가, 기옥의 어머니인 오순 역시 경식에게 "그 녀석은 백날 가야 사람질을 못해"라며 뒤끝과 후과를 두려워하지 않는 약점이 있다면서, 경식의 부모가 '모범 학부형'임에는 틀림없지만 경식이가 학교에 다니는지 부모가 학교에 다니는지 알 수 없을 지경에까지 이르렀다고 비판하는 대목은 북한식 리얼리즘의 생생한 표정을 보여준다. '공산주의적 인간형'으로서 오욕 칠정을 숨기는 신념의 화신이 아니라 감정을 날것으로 드러내는 '인간적인 인간'의 형상을 보여주는 대목인 것이다.

3) 긍정인물과 부정인물의 입체성

운전사인 최국락은 지배인 홍유철의 "젊은 총각의 말 한마디에도 심중한 태도를 취하며 귀를 기울이는" 모습에서 20대의 젊은 시절을 떠올리며, "좋은 사람은 역시 지금이나 예전이나 좋은 사람"이라고 판단한다. 더구나 오순과의 관계를 중재하여 결혼에 이르게 만들어준 일종의 중매 역할을 해준 인생 선배이기 때문에 긍정인물로 그려진다. 특히 최근에는 자신이 눈이 잘 안 보인다면서 은퇴를 내비쳤는데도 마지막까지 함께 일하다 은퇴하자고 권유하는 대답을 들으며 인간적 고마움 속에 뜨거움과 간절함을 느낀다. 인간과 일군으로서 거의 완벽한 '우리 지배인'이기 때문이다.

하지만 긍정인물이었던 홍유철이 자식 교육 문제에 있어서 자식을 잘못 키운 까닭으로 구설수에 오를까 걱정의 대상으로 표변한다. 더구나 기옥은 경식을 제대로 교육하지 못한 홍유철과 진순영을 '부정인물들인 큰아버지, 큰어머니'로 명명하며 그들은 놀라서 정신을 차릴 줄 알아야 한다며 욕을 먹어도 싸다고 지적한다. 밤낮으로 나라일밖에 모르는 두 분이 좋은 사람들임에는 틀림없지만, '부모들의 책임' 문제에서는 아직 잘못이 많은 존재로 평가절하되는 것이다. 이렇듯 긍정인물의 부정성이 함께 거론되고 '부정인물'로까지 호명되며 성격과 감정의 변화 속에 인물의 입체성을 드러내는 작품이 북한 텍스트에서는 보기 드물다는 점에서 김정은 시대의 새로운 인물 형상화로 판단할 수 있다.

4) 근심의 대상에서 사랑의 대상으로 - 기옥과 경식의 연애담

급양관리국에서 인민생활 향상을 위한 당의 호소를 받들어 '돼지목장 확장공사'를 벌이면서, '통계원 기옥'과 '안경쟁이 경식'이 만나게 된다. 청년동맹 초급단체 위원장으로 파견된 기옥은 돌격대원인 경식이 '야간작업'을 모른 채 사라진 사실을 떠올리면서 '무사태평 부류'이거나 '자유주의'를 하는 '놀새'가 아닐까 걱정한다. 워낙에 '귀동자로 자라온 경식'이기 때문에 더욱 불안해지는 것이다. 더구나 기옥은 정치지도원

강명국에게 경식이 '부정인물 같다'고 이야기하지만, 정치지도원은 사회주의 사회에서 결함은 있지만 '타고난 부정인물'은 없다고 단언한다.

그러나 경식이 만든 설계도면의 성공을 자축하는 파티를 우연히 보게 된 기옥은 여전히 의문을 품는다. 가오리회와 대동강 맥주 등을 마시며 경식과 친구들이 즐기는 모습을 보자 '귀동자 총각들'이자 '놀새패들'로 여겨지기 때문이다. 하지만 작품 말미에 가면 결국 둘의 오해가 풀리면서 함께 전투장에 가게 되는데, 기옥은 경식의 안경다리를 올려주며 '나의 근시 안경'이라는 메타포로 사랑을 고백한다. 경식이 근시적 안목을 지닌 근심의 대상에서 함께 참 스승인 친부모의 뜻을 모시고 살아가야 할 연인으로 인식이 변모된 것이다.

5) 사람의 첫 스승은 친부모다 - 오빠의 일기장이 제공한 네 가지 교훈

기옥은 오빠의 일기장에서 사람의 첫 스승이 친부모라고 가르친 이가 '장군님(김정일)'이라면서 경식이의 경우에는 '첫째 부끄러워하고 미안해하는 법을 채 배우지 못했으며, 둘째 누구를 사랑하는 법과 누구로부터 사랑받는 법을 못 배웠고, 셋째 모든 일들에 대한 후과를 미리 생각하지 못하는 것'이 문제라고 지적한다. 정치지도원 강명국 역시 '사람의 인격'이란 '첫째 부끄러워할 줄 아는 것, 둘째 미안해할 줄 아는 감각, 셋째 사랑을 고맙게 간직할 줄 아는 품성, 넷째 뒤끝과 후과를 미리 생각하는 습성'을 언급한다. 뿐만 아니라 돈의 양면적 속성을 강조한다.

강명국은 기옥이를 물끄러미 쳐다보았다.

"기옥 동무가 생각하고 있는 게 아직 더 있을 것 같은데? 가령 돈에 대한 립장도 사람의 인격에 속하는 문제가 아니겠소?"

"돈은 사람을 고상하게 만들 수도 있고 반대로 저속하게 만들 수도 있다고 생각합니다. 그것은 돈을 자기의 힘으로 어떻게 벌어서 그 돈을 어디에, 어떻게 값나게 쓰는가 하는 데 달렸다고 봅니다.……"

인용문에서 드러나듯 강명국은 돈의 화폐적 기능으로서의 교환가치와 사용가치를 언급하지 않는다. 그에 의하면 '돈' 자체가 아니라 돈을 바라보는 태도나 입장이 사람의 고상함과 저속함을 가르는 기준이 된다. 자력과 방법의 정당성과 함께 용처와 효용적 활용 여부에 따라 돈은 양가적 가치를 내포하는 매개로 인식되는 것이다. 조심스럽긴 하지만, 이러한 인식은 사적 소유에 대한 북한에서의 사회주의적 인식이 '인민 생활 향상'이라는 모토 속에 자본주의적 요소의 유입으로 달라지고 있음을 보여주는 대목이라고 판단된다.

물론 이후 정치지도원은 평범한 일상생활에서 참된 인간으로 준비되도록 청년들의 인격 수양에도 깊은 주의를 돌리자고 강조하면서, 기옥처럼 '깊이 사색하는 기풍'을 세우자고 의례적으로 당부한다. '참된 인간'과 사색적 인격 수양을 강조하긴 하지만 '후불 처리' 문제 등의 돈과 관련된 에피소드들은 북한 사회에서 자본의 사적 소유가 화폐 시장의 확산과 함께 확대되고 있는 현실임을 짐작하게 한다.

6) 지배인과 운전사는 다르다 - 직급으로 위계화된 사회

북한 사회에도 직급에 대한 위계적 차이가 차별로 존재한다는 사실이 작품 속에서 드러난다. 홍유철이 경식이가 자신의 아버지 사업을 보장하는 운전사의 딸과 연애 관계를 맺을 리가 있냐고 반문하는 대목에서 그것이 확인된다. 지배인 집안과 운전사 집안은 계층적 차이가 나니 인연을 맺을 수 없다는 위계적 사고의 전형을 보여주는 것이다.

더구나 최국락이 홍유철에게 은퇴할 마음의 준비를 하라는 말을 듣게 된 이후, 부인인 오순은 "지배인도 혁명과업을 수행하는 사람이고 운전사도 혁명과업을 수행하는 사람인데. 그래 우리 사회에 어디 높은 집이 따로 있구 낮은 집이 따로 있답디까?"라며 화를 낸다. 오순의 표현 자체는 지위 고하의 차이가 있을 수 없다는 당위를 말하고 있지만, 북한의 현실은 그렇지 않다는 모순적 상황을 보여준다. 북한 사회에서도 직위에 따른 '높은 집'과 '낮은 집'의 위계구조가 분명히 존재하기에 '고하'를 따지는 대사가 가능한 것이다.

특히 최국락이 은퇴 송별회를 마치고 집에 들어오자, 오순은 "어느 집이 더 잘되나 두구 보자요."라고 울분을 토하고, 기옥 역시 "우리하고 남남이 되자는 건데 좋아요."라면서 자신이 바보였다고 한탄하는 모습은 북한 사회가 이웃 간의 신뢰와 불신이 여반장처럼 손쉽게 역전될 수 있음을 보여준다. 비적대적 갈등이긴 하지만 사회적 지위의 고하에 따른 내적 갈등이 북한 사회 내부에 잠재되어 있음을 보여준다는 점에서 북한식 리얼리즘의 새로운 표정이 드러난다.

7) 일기장을 통한 소통과 연애, 진심의 확인

기옥은 오빠의 일기장을 통해 자신이 교훈을 얻었듯 자신의 일기장을 보고 경식이 교훈을 얻길 바라면서 경식에게 자신의 일기장을 건넨다. 경식은 기옥의 일기장을 보면서 처녀의 아름답고 깨끗한 진정성을 확인한다. 특히 어제 자신의 일을 적은 기옥의 일기를 보며 자신의 속마음을 정확히 읽어낸 기옥을 두고 "귀신이 아니야?" 하고 혼잣말로 중얼거린다. 마치 경식의 행동을 다 지켜본 것처럼, 일기장에는 경식이 자기의 첫 스승인 부모에게 불손한 행동을 했으며 그들을 무시한 잘못이 지적되어 있었던 것이다.

기옥의 일기를 접한 경식은 난생 처음 일기를 써서 기옥에게 넘겨준다. 다음 날 기옥은 "눈물이 나서 겨우 읽었어요."라든가 "웃음이 나서 겨우 읽었어요."라는 공감의 댓글 표현을 적은 경식의 일기장을 다시 건네주면서 노트 안에 '5점' 만점을 크게 써놓는다. '5점'은 경식이 난생 처음 받아본 최우등 점수에 해당한다. 이렇게 둘은 일기장을 통해 서로의 마음을 주고받는다.

정치지도원 역시 '얼굴이 빨개졌다'는 경식의 일기장 내용을 보며 부끄러움을 드러내는 '붉어진 얼굴'은 '가장 특징적이고 인간적인 사람의 속성'이라고 격려한다. 이 일기장은 다시 홍유철과 진순영에게 건네지고, 순영은 기옥과 경식 사이를 오해한 대목을 보면서 못 읽겠다고 하고, 홍유철은 얼굴이 뜨거워도 마저 읽을 수밖에 없다고 말한다. 하지만 결국 일기를 본 홍유철은 '새로운 아들'이 하나 더 생긴 것 같다고 말하고, 순영은 경식이 많이 달라졌다고 말하면서 아들의 변모와 자신들의 잘못을 반성하게 된다.

결과적으로 이 작품의 '종자'는 마지막 부분에서 "제가 낳은 열매를 충실히 여물도록 할 생각"을 미처 하지 못했다는 지배인 홍유철의 반성에서 드러난다. 즉 사랑의 열매를 제대로 자라게 하기 위해서 단풍이 마지막까지 자신을 모두 다 불태워 열매를 단단히 여물게 하듯이, 자신 역시 앞으로는 자식을 제대로 여물게 하기 위해서 마무리까지 노력하겠다는 다짐이 드러나는 것이다. 홍유철이 마당에 은행 씨를 정성껏 심으면서 은행나무처럼 무성하게 자라기를 기원하며 이야기는 마무리된다. 두 집안이 사돈이 될 것이라는 후기 같은 마지막 대목은 일종의 사족처럼 확인되지만, 전형적인 북한 소설의 '해피엔딩'으로 서사는 완결된다.

3. 생생하게 살아 있는 북한 소설

리희찬의 『단풍은 락엽이 아니다』는 부부 간 사랑의 결실인 자식을 '눈먼 부모'가 잘못 양육함으로써 발생하는 가정교육의 문제를 다루고 있다. 기옥과 경식의 우정과 연애 감정을 밑바탕에 깔고 있지만, 결과적으로 외동아들인 경식의 자유주의적 기질을 그의 부모인 홍유철과 진순영이 방치함으로써 그릇된 인격을 형성하게 만들었음을 깨닫는 각성 구조를 그린 작품인 것이다.

이 작품은 긍정적 인물이었던 홍유철과 진순영이 작품 초반부를 넘어서면서 자식을 과잉보호하는 부정인물로 그려진다는 점에서 매력적이다. 물론 결과적으로는 다시 자신들의 과오를 반성하고 거듭나는 모습이 북한 소설의 전형적인 형상화라는 점에서 아쉬움이 남긴 하지만, 고상한 인물의 무갈등적 캐릭터를 줄곧 형상화했던 기존의 방식에서 벗어나 다양한 성격의 변화를 보여주는 입체적인 인물의 형상을 생생하게 보여주고 있다는 점에서 흥미롭다.

기존 북한 소설이 평면적이거나 전형적인 인물 구도를 크게 벗어나지 않던 방식이었던 점에 비추어볼 때 이 작품은 감정이 생생하게 살아 있는 인물들을 보여준다는 점에서 북한 문학의 새로움을 선사한다. 대표적으로 지배인 홍유철이 최국락을 은퇴시키거나 자식에게 폭언을 퍼붓는 모습, 운전수 최국락이 가부장적 모습을 보이거나 강제 명퇴를 당하는 쓸쓸한 형상, 진순영의 드라마적 오해와 자식에 대한 과잉보호, 오순의 상급자 집안에 대한 분노와 감정의 직설적 표현, 기옥의 과감하고 솔직한 타인 평가 등은 북한 문학의 새로움이자 생동감에 해당한다. 결국 이 작품은 등장인물 내면 심리의 유연성과 유동성을 포착하여 기존의 북한 소설이 지녔던 획일화된 캐릭터 면모를 벗어나게 형상화했다는 점에서 의미가 깊다. 언어의 세련된 구사와 적실한 묘사가 뒷받침되었기에 가능했다고 판단된다.

2018년 김정은 시대의 북한 소설은 '인민 생활 향상'을 지향하면서 진솔한 감정을 솔직하게 표현하며 생생하게 살아 있는 새로운 인물을 포착하고 있다. 이런 인물이 많아질 때 남북 문학교류의 가능성이 확대되고 '통이(通異)'로서의 문학적 소통을 통한 한반도의 평화 체제 구축에 더욱 기여할 수 있을 것이다. 그 앞자리에 리희찬의 『단풍은 락엽이 아니다』가 자리한다.

단어 표기와 뜻풀이

(ㄱ)

가드라들며 – 빳빳하게 되면서 오그라들며

가재미 – 가자미

간호원 – 간호사

갑잘랐다 – 힘이 들거나 뜻대로 되지 않아 낑낑거렸다

강병원 – 간병인

같애요 – 같아요

갈쏨하고 – 깜찍하면서도 트인 맛이 나게 갸름하고

거진 – 거의

건느지 – 건너지

건늬는 – 건네는

걸싸게 – 몹시 괄괄하고 세차게

결패 – 결기와 패기

고개길 – 고갯길

고르로와졌습니다 – 한결같이 골라졌습니다

고뿌 – 컵

고아대며 – 고함치며

고지 – 명태의 이리, 알, 내장을 통틀어 이르는 말

골 – 지능지수

곰곰히 – 곰곰이

공기갈이 – 환기

과시 – 과연

과학환상소설 – 공상과학소설

교양원 – 유치원 교사

구력지 - 끈으로 그물처럼 떠서 물건을 넣게 만든 용기

군중무용 - 포크댄스

굴간 - 굴속

굽인돌이 - 굽이돌이

귀박죽 - 귓바퀴

귀속말 - 귓속말

귀전 - 귓전

규률 - 규율

그제서야 - 그제야

극동기 - 최대로 얼리는 기계나 장치

글쪽지 - 메모지

긍지스럽게 - 보기에 떳떳하고 자랑할 만한 데가 있게

기다림칸 - 대기실

기름사탕 - 캐러멜

기발대 - 깃대

긴요히 - 긴히

까무라치는 - 까무러치는

까밝혔단 - 까발렸단

깨깨 - 하나도 남김없이 몽땅

꺼리낌 - 거리낌

꾸레미 - 꾸러미

꿍져 - 꾸려

(ㄴ)

나무가지 - 나뭇가지

날자 - 날짜

남새 - 채소

남아 - 넘게

남자짠 - 남자다운

남포 - 폭탄

내그었다 - 내쉬었다

내절로 - 내 스스로

내포국 - 짐승 내장을 넣고 끓인 국

녀동생 - 여동생

녀성 - 여성

녀의사 - 여의사

녀인 - 여인

녀자 - 여자

념 - 생각

녕변 - 영변

노상 - 아주 또는 전혀

노죽 - 남의 눈에 들기 위해 말과 행동을 꾸며내는 일

놀새 - 놀기만 하는 허랑한 사람

눅잡혀주었다 - 누그러뜨려주었다

눈굽 - 눈의 안쪽 구석이나 눈의 가장자리

눈까풀 - 눈꺼풀

눈부리 - 눈초리

눈섭 - 눈썹

(ㄷ)

단꺼번에 - 한꺼번에

달삭하다 - 달짝지근하다

닭알 - 달걀

담배갑 - 담뱃갑

담배값 - 담뱃값

담배불 - 담뱃불

당콩밥 - 강낭콩을 넣어 지은 밥

대렬 - 대열

대줬어요 - 알려줬어요

더우기는 - 더욱이는

덜퉁한가 - 성질이나 행동 따위가 찬찬하고 깐깐하지 못한가

덧짐 - 겹친 부담이나 고통

도랑창 - 도랑

도루메기 - 도루묵

도리여 - 도리어

도제 - 고작

돼지발쪽 - 족발

동삼 - 겨울

둥글밥상 - 둥글게 생긴 밥상

뒤거두매 - 마무리

뒤걸음 - 뒷걸음

뒤더수기 - 뒷덜미

뒤마당 - 뒷마당

뒤말 - 뒷말

뒤머리 - 뒤통수

뒤모습 - 뒷모습

뒤문 - 뒷문

뒤바라지 - 뒷바라지

뒤받침 - 뒷받침

뒤소리 - 뒷말

뒤전 - 뒷전

뒤짐 - 뒷짐

들가방 - 들고 다니는 가방

들장났구나 - 들통났구나

등탈 - 뒤탈

따거운 - 따가운

따고 - 떼고

따라세웠다 - 따라섰다

땅크 - 탱크

때식을 번지는 - 끼니를 거르는

똑 - 조금도 틀림이 없이

뚜껑 - 표지

뚤렁 - 꽤 묵직한 물건이 바닥에 뚝 떨어지면서 울리는 소리 또는 모양

뜨물 - 진딧물

뜨직뜨직 - 말이나 행동이 매우 느리고 더딘 모양

뜬뜬해가지고 - 느물느물하고 뱃심이 좋아가지고

(ㄹ)

락엽 - 낙엽

락오자 - 낙오자

락착 - 낙착

락후 - 낙후

란장판 - 난장판

랑비 - 낭비

랑패 - 낭패

래년 - 내년

래력 - 내력

래일 - 내일

랭기 - 냉기

랭동기 - 냉장고

랭랭한 - 냉랭한

랭차 - 냉차

략도 - 약도

량 - 양

량반 - 양반

량심 - 양심

량주 - 양주

량켠 - 양편

런닝그 - 러닝셔츠

레스링 - 레슬링

렌트겐 - 뢴트겐=방사선

려비 - 여비

려행 - 여행

력량 - 역량

력사 - 역사

련거퍼 - 연거푸

련계 - 연계

련락 - 연락

련속 - 연속

련습 - 연습

련애 - 연애

련환모임 - 둘 이상의 집단이나 조직의 성원들이 모여서 함께 경축하고 즐기는 모임

렬사 - 열사

렬차 - 열차

령감 - 영감

령길 - 영길

령리한 - 영리한

령선 - 건물의 표고에서 기준이 되는 선

령토 - 영토

령하 - 영하

례의 - 예의

례증 - 예증

로대 - 노대

로동 - 노동

로력 - 노동력

로상 - 노상
로숙 - 노숙
로출 - 노출
로케트 - 로켓
록화 - 녹화
론리 - 논리
론문 - 논문
론법 - 논법
론의 - 논의
롱 - 농
롱말 - 농담
료리 - 요리
료리사 - 요리사
료해 - 요해
류창하게 - 유창하게
륙십 - 육십
륜곽 - 윤곽
륜리 - 윤리
름름한 - 늠름한
리기 - 이기
리날 - 좋을
리론 - 이론
리상 - 이상
리속 - 잇속
리익 - 이익
리치 - 이치
리탈 - 이탈
리해 - 이해
린근 - 인근

림기응변 - 임기응변
림산 - 임산
림상 - 임상
림업 - 임업
립장 - 입장

(ㅁ)
마깝지 - 마땅치
마스고 - 제도나 양식 따위를 없애버리고
마지크 - 매직펜
만가동을 하는지 - 계획이나 규정대로 완전히 가동(출근)하는지
만시름 - 온갖 시름
말꼬리 - 말끝
말꼭지 - 말의 첫머리
말밥 - 구설수
말째 하는 - 거북하고 불편해하는
망질 - 맷돌질
망탕 - 되는대로 마구
맞다든 - 정면으로 마주친
맞들이 - 들것
맞잡이 - 대등한 정도나 분량
매대 - 진열대
머리속 - 머릿속
머밋 - 머뭇
멋적은 - 멋쩍은
메사한 - 쑥스러운
메터 - 미터
멜가방 - 배낭
면바로 - 똑바로

모래불 – 모래부리
모지름 – 모질음
몰켜 – 한곳에 빽빽하게 모여
몸뚱아리 – 몸뚱이
몸을 잠그고 – 어떤 일을 하기 위해 전적으로 달라붙고
무드기 – 수북하게 쌓일 정도로 상당히 많이
무우 – 무
물계 – 물정
물고기종합회 – 모듬회
물덤벙술덤벙 – 아무 일에나 대중없이 날뛰는 모양
뭉청 – 가슴이 심한 충격을 받아 대번에 내려앉은 듯한 모양
미리감치 – 일찌감치
밀려다니며 – 몰려다니며

(ㅂ)
바께쯔 – 양동이
바다가 – 바닷가
바람으로 – 마자
바삭과자 – 비스킷
바재이다가 – 마음이 놓이지 않아 머뭇거리다가
바줄 – 밧줄
바질바질 – 속이 상하거나 안타까워서 애가 타는 모양
바치구야 – 김에
바투 – 두 대상이나 물체의 사이가 썩 가깝게
박사원 – 대학원
발편잠 – 근심걱정 없이 마음 놓고 편안히 쉬는 잠
밥곽 – 도시락
방조 – 도움
배길 – 뱃길

배사람 - 뱃사람

밸나던 - 부아가 나던

버럭 - 버력

벅작 - 복작

벅적 - 흥분하여 큰소리로 떠드는 모양

번지였다 - 넘겼다

벌둥지 - 벌집

베찬지 - 벅찬지

별로 - 따로 별나게. 또는 따로 특별히

보리자루 - 보릿자루

봉사망 - 봉사 기관과 봉사 시설의 체계

봉창 - 보충

부족점 - 단점

불도젤 - 불도저

블로크 - 블록

비데오촬영기 - 비디오카메라

비물 - 빗물

비방울 - 빗방울

빛다른 - 색다른

빠개놓고 - 어떤 내용이나 내막 따위를 사실대로 다 드러내 놓고

빨락지 - 셀로판지

빨쭉 - 이가 드러나 보일 듯 말 듯 약간 입을 벌려 소리 없이 웃는 모양

빵짝 - 구멍

빼또칼 - 주머니칼

빼람 - 서랍

뻐스 - 버스

뻥끼칠 - 페인트칠

뼈다구 - 뼈다귀

뽐프 - 펌프

(ㅅ)

사려물고 - 사리물고

사위감 - 사윗감

사품치며 - 물살이 계속 부딪치며 세차게

상 - 성=추측이나 가능성을 나타내는 말

새뚝해서 - 새침해서

서렬 - 서열

선렬 - 선열

설겆이 - 설거지

설컹하게 - 설익은 곡식이나 열매 따위가 씹히는 소리가 나게

섬찍해져서 - 섬뜩해져서

성수가 났다 - 일이 잘 되어 신이 나서 기세가 올랐다

센치 - 센티

소랭이 - 대야

속보기 - 속이 어떠한가를 보는 일

손기척 - 노크

손벽 - 손뼉

송아지친구 - 소꿉친구

쇠물 - 쇳물

수자 - 숫자

습벽 - 버릇

시계줄 - 시곗줄

식혜 - 식해

싱갱이질 - 승강이질

쌍가풀 - 쌍꺼풀

쏘파 - 소파

쏠가닥질 - 물건을 조금씩 빼먹는 일

쓰겁게 - 쓰게

씨물 - 입술을 약간 씰그러뜨리며 소리 없이 한 번 웃는 모양

558

씨엉씨엉 - 걸음걸이나 행동 따위가 기운차고 활기 있는 모양

(ㅇ)
아글타글 - 무엇을 이루려고 몹시 애쓰거나 기를 쓰고 달라붙는 모양
아래목 - 아랫목
아래방 - 아랫방
아래사람 - 아랫사람
아름찼다 - 힘에 겨웠다
아리숭한 - 아리송한
아릴사한 - 알싸한
아무러문 - 아무러면
아바이 - 어르신
아부재기 - 아픔이나 어려움을 과장하고 엄살을 부리는 태도나 말
아빠트 - 아파트
아수하다구 - 아쉽고 서운하다고
아이적 - 아잇적
아지 - 어린 줄기
아지미 - 아주머니
악발이 - 악바리
안받침 - 뒷받침
안해 - 아내
알릴 - 아릴
알아맞추는 - 알아맞히는
앓음소리 - 신음소리
암닭 - 암탉
애 - 간
애군 - 늘 애를 먹이는 사람
애기 - 아기
애꾸러기 - 골칫덩이

어데 - 어디

어떻게 된 감투끈이야 - 까닭을 모르거나 갈피를 잡을 수 없는 상태를 비유적으로
　　　　　　　　　　　　　이르는 말

어리삥삥 - 어떻게 해야 할지 모르고 얼빠진 사람처럼 매우 멍한 모양

어벌뚝지 - 생각하는 구상이나 배포

어성버성 - 분위기가 어색하거나 사람을 대하는 것이 부자연스럽고 사이가
　　　　　서먹서먹한 모양

어자어자 - 오냐오냐

어제날 - 어젯날

어제밤 - 어젯밤

엄지돼지 - 성돈

업어넘길 - 얼렁뚱땅하는 수단을 써서 속일

엇드레질 - 엇나가게 비뚜로 행동하는 것

에미 - 어미

에스키모 - 아이스크림

여물구기 - 여물기

여직껏 - 여태껏

역사질 - 육체적으로 힘을 들여서 하는 일을 낮잡아 이르는 말

오그랑수 - 겉과 속이 다른 말이나 행동으로 나쁜 일을 꾸미거나 남을 속여 넘기려는 수법

오금을 박았다 - 함부로 말이나 행동을 하지 못하게 단단히 이르거나 을렀다

오돌차고 - 야무지고 단단하고

오똑 - 오뚝

오래동안 - 오랫동안

올롱해서 - 유별나게 휘둥그레져서

올리 - 아래에서 위로 향하여

올방자 - 책상다리

옳바로 - 올바로

옹근 - 온전히

와뜰 - 갑자기 소스라치게 놀라는 모양

와이샤쯔 - 와이셔츠
와짝 - 기운이나 기세가 갑자기 커지는 모양
왕청같은 - 생각했던 것과는 전혀 엉뚱한
왜서 - 왜
왼심을 썼었다 - 속으로 안타깝게 애쓰며 조바심을 냈었다
우 - 위
우스개소리 - 우스갯소리
우습강스러운 - 우스꽝스러운
우점 - 장점
울뚝밸 - 화를 벌컥 내어 말이나 행동을 함부로 우악스럽게 내놓는 성미, 또는 그런 짓
웃방 - 윗방
웃사람 - 윗사람
웅뎅이 - 웅덩이
웅심깊다 - 웅숭깊다
웨침 - 외침
웬간한 - 웬만한
유모아 - 유머
의지가지 - 의지
이자 - 방금
인차 - 곧
일군 - 일꾼
일떠세워 - 힘차게 일어서게 하여
일찌기 - 일찍이

(ㅈ)
자래웠고 - 길렀고
자신심 - 자신감
잔등 - 등
잔치날 - 잔칫날

잔치상 - 잔칫상

잠간 - 잠깐

잡도리 - 어떤 일을 하거나 치를 작정이나 기세

쟈크 - 지퍼

저레 - 뒤로 미루지 아니하고 무엇을 하거나 생각한 기회에 아예

저으기 - 적이

전화종 - 전화벨

정신병병원 - 정신병원

정찬 - 정이 넘치는

정탐 - 탐정

제개비네 집안 - 아랫사람이 윗사람을 업신여기는 집안. 질서와 규율이 없는 집안

제낀 - 젖힌

제창 - 이내

조동되여 - 행정적인 조치로 직장이 옮겨져

종당에서는 - 결국에는

종이장 - 종잇장

주대 - 줏대

주렁졌다 - 주렁주렁 열리거나 많이 매달렸다

주먹찜질 - 주먹으로 마구 때리는 짓

지내 - 너무

지배인 - 공장, 기업소들을 행정적으로 책임지는 사람

지숙한 - 나이가 지긋한

지어 - 심지어

지짐 - 부침개

지함 - 박스

직통생 - 고등중학교를 졸업하고 곧바로 상급 학교에 진학하여 공부하는 학생

질통 - 물통

짜르더니 - 자르더니

짝 - 쪽

짝다리 - 목발
짝자꿍이 - 끼리끼리만 내통하거나 어울려서 손발을 맞추는 일
짬새 - 짬이 나 있는 사이
쩨일 - 짜일
쪼꼬만 - 쪼끄만
쪼물짝하지 - 사람이 시원하게 트이지 못하여 옹졸하고 좀스럽지
쭈밋쭈밋 - 자꾸 무엇인가 하려다가 망설이며 머뭇거리는 모양
쭐렁거린 - 가만있지 못하고 매우 경망스럽게 행동한

(ㅊ)
차길 - 찻길
차례졌다 - 주어졌다
챙챙한 - 야무지고 맑은
천상 - 천생
천평 - 천칭
첫날옷 - 결혼하는 날에 입는 옷
체신소 - 우체국
체현하게 - 사상, 이론, 특성 따위를 한 몸에 완전히 지닌 채로
촉기 - 사물이나 현상을 빨리 알아차리고 느끼는 기운
총화 - 일 전체를 한데 모아 결산함
축축히 - 축축이
출근률 - 출근율

(ㅋ)
켠 - 편
코마루 - 콧마루
콘베아 - 컨베이어
콤파스 - 컴퍼스
콤퓨터 - 컴퓨터

키로그람 - 킬로그램

(ㅌ)

타발타발 - 매우 가볍게 조금 빠른 동작으로 걷는 모양

타이야 - 타이어

턱을 대고 - 의거할 근거나 이유로 삼고

텔레비죤 - 텔레비전

토받침 - 토씨

통졸임 - 통조림

통채 - 통째

튀기 - 튀김

티각 - 티격

(ㅍ)

파고철 - 파쇠와 고철

팔굽 - 팔꿈치

퍼그나 - 퍽

페지 - 페이지

푸름푸름해지는 - 푸르무레해지는

푸수해 - 수수해

푼푼히 - 모자람이 없이 넉넉하게

피덩이 - 핏덩이

피줄 - 핏줄

필림 - 필름

(ㅎ)

하기사 - 하기야

하다싶이 - 하다시피

하루밤 - 하룻밤

합숙 – 여러 사람이 한데 묵는 곳
해발딱 – 모양새 없이 바라져서 납작한 모양
해빛 – 햇빛
허구픈 – 허전하고 어이없는
허양 – 맥없이 그냥
허재비 – 허수아비
헌데 – 한데
헐한 – 만만한
험테기 – 덤터기
헤덤빌 – 공연히 바쁘게 서두를
헤매이게 – 헤매게
헤염 – 헤엄
헨둥하게 – 뚜렷하고 명백하게
혼쌀 – 혼쭐
혼자소리 – 혼잣소리
화술배우 – 성우
회가루 – 횟가루
회억 – 돌이켜 추억함
후날 – 훗날
후방사업 – 성원들의 생활 문제와 생활상의 편의를 돌봐주는 일
휴계실 – 휴게실
희슥희슥 – 색깔이 드문드문 허옇거나 이따금 드러난 허연색이 있는 모양
히히덕거려 – 시시덕거려
힘자라는 – 힘이 미치는

〈아시아 문학선〉을 펴내며

우리는 무엇보다 언어에 주목한다.

지난 오 백 년 동안, 우리에게 알려진 세계의 언어들 중 거의 절반이 사라졌다고 한다. 에트루리아어, 수메르어, 컴브리아어, 메로에어, 콘월어, 음바바람어……지금 이 순간에도 지구 곳곳에서 수많은 언어들이 사라지고 있다. 소멸의 속도도 점점 빨라진다. 대신 그 자리를 영어와 또 하나의 언어, 그러나 기왕에 존재했던 어떤 언어와도 전혀 다른 종류의 기계어 '비트'가 메워 나가는 중이다.

한 가지 언어가 사라진다는 것은 무슨 뜻일까. 그것은 한 집단의 기억이 최후를 맞이한다는 뜻이다. 물론 성실한 언어학자들의 노력으로 운 좋게 몇몇 단어가 살아남을 수도 있다. 그렇지만 엄밀한 의미에서 그것은 살아 있는 언어가 아니다. 언어는 언어학자의 노트에 적히는 것만으로 생명을 보장받을 수 없다.

이제 우리는 이와 같은 일방통행의 역사에 작으나마 흠집을 내고자 한다. 그 출발이 바로 〈아시아 문학선〉이다.

우리는 서구가 주도했던 지난 시기의 근대화 과정에서 수많은 문명의 유전자가 흔적도 없이 사라졌고, 지금도 아시아 어딘가에서 어떤 기억의 보살핌도 받지 못한 채 속절없이 사라져가는 것들이 많다는 사실을 잘 알고 있다. 그러나 우리는 겸손해야 한다. 소멸은 대개 슬프지만, 때로는 자연스럽게 권장되어야 할 어떤 것이기도 하다. '불멸의 신화'가 지닌 폭력성을 흔히 목격하지 않았던가. 우리는 서구 근대의 가치를 대체하는 아시아 담론을 창출하겠다는 다부진 야심을 갖고 있지 않다. 우리는 다만 아시아의 수많은 언어가 제각기 품어 온 기억의 서사들을 존중하려 할 뿐이다.

특히 문학에 관한 한, 아시아는 이른바 세계화가 가장 덜 진척된 영토로 존재한다. 아시아 문학은 대다수 서구인들에게 여전히 낯설고 어색하면서도 이따금 신기하고 흥미로운 존재다. 가상공간과 더불어, 빈약한 서사를 보충해 줄 최후의 영토로 간주되기도 한다. 그런 시선 속에서, 지난 몇 세기 동안, 아시아는 수없이 발명되고 발견되었다. 그 결과 논과 밭, 구릉과 숲으로 이루어진 아시아의 주름진 대지는 이차원의 매끈한 평면으로 아주 쉽게 왜곡되었다. 거기에서 소수와 은유는 묵살되고, 틈과 사이는 간단히 메워졌다.

　이제 우리는 다시 주름들을 기억하려 한다. 고속도로와 지름길이 길의 다가 아니듯, 표준어와 다수만 아시아의 입체를 구성하지는 않는다. 그러나 놀랍게도, 서구인에게 낯설고 어색한 것 이상으로, 우리 스스로 아시아를 얼마나 낯설고 어색하게 생각하고 있는지! 불행히도 우리 주변에는 읽고 싶어도 읽을 아시아조차 많지 않다. 우리의 기획은 이런 경이로운 무관심과 태만을 반성하는 데서 출발한다. 동시에 우리는 혹 '미지의 세계' 아시아를 또 하나의 개척영역, 흔히 말하듯 '미래의 먹거리' 쯤으로 상정하는 것은 아닌가, 우리 안의 유혹을 끊임없이 경계한다.

　이렇게 경계선을 넘으려 한다.

　바라건대, 저 너머에는 새로운 세계문학이!

〈아시아 문학선〉 기획위원회

〈아시아 문학선〉 기획위원

전승희(문학평론가, 미국 하버드대학교 한국학연구소)
김남일(소설가, 아시아문화네트워크 연구원)
방현석(소설가)
자카리아 무함마드(팔레스타인, 시인·신화연구가)
A. J. 토마스(인도, 시인·번역가·영문학·전 《인도문학》 편집장)
자밀 아흐메드(방그라데시, 연극연출가·평론가·다카대학 교수)
하리 가루바(나이지리아, 문학평론가·남아프리카 케이프타운대학 교수)

단풍은 락엽이 아니다

2018년 12월 7일 초판 1쇄 펴냄

지은이 리희찬 | **펴낸이** 김재범 | **편집장** 김형욱
인쇄 굿에그커뮤니케이션 | **종이** 한솔PNS
펴낸곳 (주)아시아 | **출판등록** 2006년 1월 27일 | **등록번호** 제406-2006-000004호
전화 02-821-5055 | **팩스** 02-821-5057
주소 경기도 파주시 회동길 445(서울 사무소: 서울시 동작구 서달로 161-1 3층)
이메일 bookasia@hanmail.net | **홈페이지** www.bookasia.org
페이스북 www.facebook.com/asiapublishers

ISBN 979-11-5662-384-7 04800
      978-89-94006-46-8 (세트)

*값은 뒤표지에 표시되어 있습니다.

이 도서의 국립중앙도서관 출판시도서목록(CIP)은 서지정보유통지원시스템 홈페이지(http://seoji.nl.go.kr)와
국가자료공동목록시스템(http://www.nl.go.kr/kolisnet)에서 이용하실 수 있습니다.(CIP제어번호: CIP2018031305)